VEINTE MIL LEGUAS DE VIAJE SUBMARINO

Julio Verne

toExcel

San Jose New York Lincoln Shanghai

20.000 Leguas de Viaje Submarino

This edition republished by arrangement with toExcel Press, an imprint of iUniverse.com, Inc.

For information address:
iUniverse.com, Inc.
620 North 48th Street
Suite 201
Lincoln, NE 68504-3467
www.iUniverse.com

ISBN: 1-58348-781-6

Printed in the United States of America

INTRODUCCIÓN

Julio Verne, novelista francés, nació en Nantes el 8 de febrero de 1828. Terminados los estudios de derecho obtuvo un empleo en la Bolsa. de París. Pero su único interés era ser literato, por encima de todo, sin importarle las penalidades que para ello tuviera que pasar. Hacia 1848 escribió dos operetas, al mismo tiempo colaboraba en una revista esribiendo relatos sobre viajes, claro antecedente del tipo de novela por el cual obtendría fama universal.

Tenía escrita ya por entonces la novela *Cinco semanas en globo*, que ningún editor se decidía a aceptarle. El único que no lo había visto había sido Netzel, también distinguido escritor, ausente de París en esos momentos. A su regreso leyó la novela y distinguió inmediatamente en ella un gran éxito por lo que firmó un contrato con su autor. Netzel no se equivocó, el éxito superó todos los cálculos previstos y la publicación de *Cinco semanas en globo* hizo que Julio Verne obtuviera la celebridad de golpe, lo que le animó a seguir escribiendo, publicando sucesivamente *Las aventuras del capitán Hatteras*, *Viaje al centro de la Tierra*, *De la Tierra a la Luna*, etcétera. Sus obras fueron traducidas a todos los idiomas, incluyendo el japonés y el árabe.

Su obra era considerada por los intelectuales del momento como un conjunto de fantasías y vulgaridades para gente poco culta. Generaciones posteriores ya juzgaron a Julio Verne de otro modo. Sería injusto negar que muchos de los inventos actuales fueron previstos por él y algunos hasta descritos con exactitud. Incluso *Veinte mil leguas de viaje submarino* (1870) sería definida por el científico Jorge Claude como la inspiración, encarnada en este caso en Nemo, capitán del Nautilus, para el inicio de la investigación en el problema de la energía del mar.

Literariamente, Verne es uno de los precursores de la literatura de ciencia ficción género literario que parte de las ideas científicas para narrar una historia sobre sociedades futuras o mundos paralelos. La ciencia ficción se ocupa de acontecimientos que aún no han tenido lugar, abordando los efectos que los cambios producen en la humanidad y en particular sobre las personas, todo ello sobre una análisis racional de sus causas y consecuencias.

En 1928 se celebró el centenario de su nacimiento, y como homenaje al autor de tantos viajes fantásticos, el diario *Político* de Copenhague, organizó un concurso entre los boy-scouts dinamarqueses para elegir a uno que realizara un viaje cuyo itinerario parecido al de *La vuelta al mundo en ochenta días*. Resultó favorecido Pablo Huld, muchacho de quince años, que llevó a cabo en cuarenta y tres días la hazaña que costó ochenta a Phileas Fogg y que terminó en Amiens (ciudad en la que falleció Julio Verne el 24 de marzo de 1905).

Sus obras más importantes son: *Viaje al centro de la tierra* (1864), *De la Tierra a la Luna* (1865), *Los hijos del capitán Gran*t (1867-1868), *Veinte mil leguas de viaje submarino*(1870), *La vuelta al mundo en 80 días* (1873), *Miguel Strogoff* (1876),...

4

VEINTE MIL LEGUAS DE VIAJE SUBMARINO

PRIMERA PARTE

I

UN ESCOLLO ERRANTE.

El año 1866 quedó señalado por un acontecimiento singular, por un fenómeno inexplicado e inexplicable, que seguramente no ha olvidado nadie. Sin hablar de los rumores que agitaban a las poblaciones de los puertos y sobreexcitaban el espíritu público en el interior de los continentes, las gentes de mar experimentaron una impresión especial. Negociantes, armadores, capitanes de barco, directores y personal de Europa y de América, oficiales de las marinas militares de todos los países, y con ellos los Gobiernos de los diversos Estados de ambos continentes, se preocuparon en alto grado del hecho.

En efecto, desde algún tiempo antes, varios navíos se habían encontrado en el mar con "una cosa enorme", un objeto largo, fusiforme, fosforescente en ocasiones, infinitamente más voluminoso y más rápido que una ballena.

Los datos relativos a semejante aparición, consignados en los diferentes cuadernos de bitácora, concordaban con bastante exactitud respecto a la estructura del objeto o del ser en cuestión, a la incalculable velocidad de sus movimientos, a la sorprendente potencia de su locomoción, a la vida particular de que parecía dotado... Si era un cetáceo, su tamaño excedía del de todos cuantos la ciencia había clasificado hasta entonces. Ni Guvier, ni Lacépède, ni Dumeril, ni Quatr fages hubieran admitido la existencia de tal monstruo, a menos de haberlo visto, pero visto materialmente: con sus propios ojos de eruditos.

Tomando el término medio de las observaciones repetidamente realizadas, desechando las evaluaciones tímidas que asignaban al objeto una longitud de doscientos pies, y rechazando igualmente los cálculos exagerados que le suponían una milla de anchura por tres de largo, podía afirmarse, sin embargo, que aquel ser fenomenal, dado caso de existir, rebasaba con mucho las mayores dimensiones admitidas hasta el día por los ictiólogos.

Ahora bien; su existencia estaba evidenciada, el hecho en sí no podía negarse, y con esa tendencia que inclina siempre a lo maravilloso al cerebro humano, se comprenderá la emoción producida en el mundo entero por la sobrenatural aparición. Hubiera sido tarea inútil pretender relegarla a la categoría de las fábulas.

En efecto: el 20 de Julio de 1866, el vapor *Gobernor-Higginson*, de la Compañía de navegación a vapor de Calcuta y Burnach, encontró la movediza masa cinco millas al este de las costas de Australia. El capitán Baker se creyó, de momento, en presencia de un escollo desconocido, y ya se disponía a determinar su situación exacta, cuando dos columnas de agua, proyectadas por el enigmático objeto, se elevaron, silbando, a ciento cincuenta pies de altura. Era indudable, por tanto, a menos de que el supuesto escollo no estuviera sometido a las expansiones intermitentes de un *geiser*, que el *Gobernor-Higginson* se hallaba frente a frente de algún mamífero acuático, desconocido hasta entonces, que lanzaba por sus respiradores surtidores de agua, mezclados con aire y vapor.

Otro hecho análogo fue observado, el 23 de Julio del mismo año, en los mares del Pacífico, por el *Cristóbal Colón*, de la Compañía de vapores a la India Occidental y al Pacífico. Luego el extraordinario cetáceo podía trasladarse de un lugar a otro con sorprendente velocidad, puesto que, con tres días de intervalo, el Gobernor-Higginson y el Cristóbal Colón le habían avistado en dos puntos del mapa separados por una distancia de más de setecientas leguas marinas.

Quince días después, a dos mil leguas de allí, el *Helvetia*, de la Compañía Nacional, y el vapor-correo *Shannon*, que marchaban en dirección opuesta por la zona del Atlántico comprendida entre los Estados Unidos y Europa, divisaron, respectivamente, al monstruo a los 42°15' de latitud Norte y a los 60°35' de longitud Oeste del meridiano de Greenwich. Por virtud de la simultánea observación, se creyó poder fijar al mamífero una longitud mínima de ciento cincuenta pies ingleses, puesto que el *Shannon* y el *Helvetia* eran de dimensión inferior, a pesar de medir cien metros desde el codaste al estrave.

Ahora bien; las más corpulentas ballenas, las que frecuentan los parajes de las islas Aleutas, Kulammoch y Umgullil, no han excedido nunca de la longitud de cincuenta y seis metros, a todo tirar.

Informes sucesivos, referentes a nuevas observaciones hechas a bordo del transatlántico *Pereire*, un abordaje entre el *Etna*, de la línea Inman, y el monstruo, un acta levantada por los oficiales de la fragata francesa *Normandie*, un diseño bastante completo obtenido por el estado mayor del comodoro Fitz James, a bordo del *Lord Clyde*, conmovieron profundamente a la opinión pública. En los países de buen humor, se tomó a broma el fenómeno; pero en las naciones graves y prácticas, como Inglaterra, América y Alemania, fue objeto de viva preocupación.

En los centros importantes de todas partes, el monstruo se convirtió en tema preferente de conversación. Se le cantó en las mesas de los cafés, se le satirizó en las columnas de los periódicos, se le sacó a escena en los teatros. Los comentadores tuvieron ocasión de dar rienda suelta a su fantasía.

En las publicaciones, se vieron estampados al pormenor todos los seres imaginarios y gigantescos, desde la ballena blanca, la terrible *Moby Dick* de las regiones hiperbóreas, hasta el desmesurado *Kraken*, cuyos tentáculos pueden enlazar una embarcación de quinientas toneladas y arrastrarla a los abismos del Océano. Hasta se reprodujeron las discusiones de

6

los tiempos antiguos, las opiniones de Aristóteles y de Plinio, que admitían la existencia de tales monstruos, los relatos noruegos del obispo Pontoppidan, las narraciones de Pablo Eggede, y por último, los informes de Harrington, cuya buena fe no puede ser sospechosa, al afirmar haber visto, yendo a bordo del *Castillan*, en 1857, aquella enorme serpiente que no había frecuentado hasta entonces más que los mares del antiguo *Constitucional*.

Entonces estalló la interminable polémica entre los crédulos y los incrédulos, en las corporaciones doctas y en las publicaciones científicas. "La cuestión del monstruo" enardeció los ánimos. Los periodistas, que hacen profesión de ciencia, en pugna con los que hacen profesión de ingenio, vertieron oleadas de tinta durante la memorable campaña: hasta hubo algunos que derramaron gotas de sangre, porque de la discusión de la serpiente de mar, se pasó a los más ofensivos ataques personales.

Durante seis meses, prosiguió la guerra con alternativas de éxito. A los artículos de fondo del Instituto Geográfico del Brasil, de la Real Academia de Ciencias de Berlín, de la Asociación Británica, del Instituto Smithsoniano de Washington; a las discusiones del *Indian Archipiélago*, del *Cosmos*, del abate Moigno, de los *Mittheilungen* de Petermann; a las crónicas científicas de los grandes periódicos nacionales y extranjeros, respondía la prensa festiva con inagotable numen. Sus ingeniosos redactores parodiando una frase de Linneo, citada por los adversarios del monstruo, sostuvieron en efecto, que "la Naturaleza no creaba imbéciles", y exhortaron a sus contemporáneos a que no dieran un mentís a la Naturaleza admitiendo la existencia de los *Krakens*, de las serpientes de mar, de las *Moby Dick* y otras elucubraciones de marinos desvariados. Por último, en un artículo de un periódico satírico muy temido, el más apreciado de sus redactores, echando el resto, derribó al monstruo, como Hipólito, le asestó el golpe de gracia, y le remató, en medio de la hilaridad universal. El ingenio había vencido a la ciencia.

Durante los primeros meses del año 1867, nada se habló del asunto, que parecía sepultado para siempre en el foso del olvido, cuando los acontecimientos le pusieron de nuevo sobre el tapete, atrayendo la atención pública. No se trataba ya de un problema científico a resolver, sino más bien de un peligro positivo y serio a evitar. La cuestión variaba por completo de aspecto. El monstruo se había convertido en un islote, en un peñasco, en un escollo errante, indeterminable.

El 5 de marzo de 1867, el *Moravian*, de la Compañía Oceánica de Montreal, encontrándose durante la noche a 27°30' de longitud y 72°15' de longitud, chocó a estribor con una roca que ninguna carta marcaba en aquellos parajes. La embarcación marchaba a la velocidad de trece nudos, bajo el esfuerzo combinado del viento y de sus cuatrocientos caballos de vapor. Indudablemente, a no ser por la calidad superior del casco, el *Moravian*, abierto al encontronazo, hubiera sido engullido con los doscientos treinta y siete pasajeros que transportaba del Canadá.

El accidente acaeció hacia las cinco de la mañana, cuando comenzaba a despuntar el día. Los oficiales de cuarto se precipitaron a la proa del barco, examinando el Océano con la más escrupulosa atención. Nada vieron, fuera de un fuerte remolino que se agitaba a tres cables de distancia, como si la superficie líquida hubiera sido violentamente sacudida. Se determinó con toda exactitud la situación del lugar, y el *Morovian* siguió su ruta, sin avería aparente. ¿Habría chocado con alguna roca submarina o con el enorme resto de un naufragio? No pudo saberse; pero, reconocida su carena en los varaderos de la Compañía, se apreció una extensa rozadura en la quilla.

El hecho, sumamente grave por sí mismo, habría sido quizá olvidado, como tantos otros, si no se hubiera reproducido tres semanas después, en idénticas condiciones. La única diferencia consistió en que, merced a la nacionalidad del navío víctima del nuevo abordaje, merced a la reputación de la Compañía armadora, el acontecimiento alcanzó una resonancia inmensa.

No habrá nadie que desconozca el nombre del célebre armador inglés Cunard. Este inteligente industrial fundó, en 1840, un servicio postal entre Liverpool y Halifax, con tres navíos de madera y de ruedas, que sumaban una fuerza de cuatrocientos caballos y un desplazamiento de mil ciento sesenta y dos toneladas. Ocho años después, el material de la Compañía se ampliaba en cuatro navíos, con seiscientos cincuenta caballos y mil ochocientas veinte toneladas, y dos años más tarde, en otras dos embarcaciones superiores en fuerza y en tonelaje. En 1853, la Compañía Cunard, cuyo privilegio para el transporte de la correspondencia oficial acababa de serle renovado, agregó sucesivamente a su flota el *Arabia*, el *Persia*, el *China*, el *Scotia*, el *Java* y el *Russia*, todos ellos de rápido andar y los más capaces que, después del *Great-Eastern*, habían surcado, hasta entonces, los mares. Así, pues, en 1867, la Compañía era dueña de doce navíos, ocho de ruedas y cuatro de hélices.

Damos estos sucintos detalles, a fin de que cada cual se percate de la importancia de esta Compañía de transportes marítimos, conocida en el mundo entero por su inteligente gestión. Ninguna empresa de navegación transoceánica fue más hábilmente dirigida; ningún negocio se vio más ni mejor coronado por el éxito. En veintiséis años, los navíos Cunard cruzaron dos mil veces el Atlántico, sin que faltara jamás un viaje, sin que se originara un retraso, sin que se perdiera una sola carta, un solo tripulante, ni un solo barco. Así, a pesar de la gran competencia entablada por Francia, los pasajeros continúan eligiendo la línea Cunard con preferencia a toda otra, según resulta de los datos consignados en las estadísticas oficiales correspondientes a los últimos años. Dicho esto, a nadie asombrará el revuelo producido por el accidente ocurrido a uno de sus más hermosos vapores.

El 13 de abril de 1867, se hallaba el *Scotia* a 15°12' de longitud y 45°37' de latitud, con mar bella y brisa moderada. Avanzaba con una velocidad de trece nudos y cuarenta y tres centésimas, impulsado por sus mil caballos de vapor. Sus ruedas batían las ondas con perfecta regularidad.

Calaba en aquel momento seis metros setenta centímetros, desalojando seis mil seiscientos ochenta metros cúbicos.

A las cuatro y diez y siete minutos de la tarde, cuando los pasajeros merendaban, reunidos en el salón principal, se produjo un choque apenas perceptible en el casco del *Scotia*, en la banda y un poco a popa de la rueda de babor.

El *Scotia* no tropezó, sino que fue embestido, y más bien con un instrumento cortante o perforante que contundente. El abordaje pareció tan suave, que nadie se hubiese inquietado a no ser por la alarma de los guardapañoles, que subieron al puente gritando:

—¡Hacemos agua! ¡Nos hundimos!

Al principio, los pasajeros se aterraron; pero el capitán Anderson se apresuró a tranquilizarlos. En efecto, el peligro no podía ser inminente. El *Scotia*, dividido por tabiques en siete compartimientos estancos, debía resistir impunemente una vía de agua.

El capitán Anderson se trasladó inmediatamente a la cala. Comprobó que el quinto compartimiento había sido invadido por el mar, y la rapidez de la invasión demostraba que la brecha era considerable. Afortunadamente, aquel departamento no tenía relación alguna con las calderas, en cuyo caso, los fuegos se hubieran apagado súbitamente.

El capitán mandó parar en el acto y ordenó a uno de los marineros que buceara, para reconocer la avería. Pocos instantes después, se hacía constar la existencia de una abertura de dos metros de ancho en la carena del vapor. Semejante vía de agua no podía ser cegada, y el *Scotia* hubo de continuar así el viaje, con las ruedas medio anegadas. Se encontraba a la sazón a trescientas millas del cabo Clear, y después de un retraso de tres días, que causó viva inquietud en Liverpool, fondeó en los muelles de la Compañía.

Los ingenieros procedieron entonces al reconocimiento del *Scotia*, puesto en cala seca, y apenas se atrevieron a dar crédito a sus ojos. A dos metros y medio bajo la línea de flotación, se abría un boquete regular, en forma de triángulo isósceles. El corte del palastro era tan perfecto, que no le habría practicado con más limpieza un sacabocados. Precisaba, por tanto, que el instrumento perforador fuera de un temple especial, y además, haberlo lanzado con una fuerza extraordinaria, para poder traspasar una plancha de cuatro centímetros y retirarse automáticamente, por un movimiento de retroceso verdaderamente inexplicable.

Tal fue el último hecho, que dio por resultado apasionar de nuevo a la opinión pública... Desde aquel momento, en efecto, los siniestros marítimos que no tenían causa determinada, fueron achacados al monstruo. El fantástico animal cargó con la responsabilidad de todos aquellos naufragios, cuyo número, desgraciadamente, fue bastante considerable; porque a la cifra de los tres mil siniestros que se registran anualmente en la Agencia Veritas, hubo de aumentarse la de doscientos, a la que ascendieron, por lo menos, los vapores y veleros, cuya pérdida total se supuso, por absoluta carencia de noticias.

9

Justa o injustamente, se acusó al "monstruo" de su desaparición; y como, por su culpa, las comunicaciones entre los diversos continentes iban siendo cada vez más peligrosas, el público protestó, demandando categóricamente que se desembarazasen los mares, a toda costa, del formidable cetáceo.

II

PRO Y CONTRA.

En la época en que se desarrollaron aquellos acontecimientos, regresaba yo de una expedición científica a las ingratas tierras del Nebrasca, en los Estados Unidos. En mi calidad de profesor suplente del Museo de Historia Natural de París, el Gobierno francés me agregó a la expedición. Después de una estancia de seis meses en el Estado de Nebrasca, llegué a Nueva York hacia fines de marzo. Mi partida para Francia quedó fijada para los primeros días de mayo. Mientras me ocupaba en clasificar mis riquezas mineralógicas, botánicas y zoológicas, ocurrió el incidente del *Scotia*.

Yo estaba perfectamente al tanto del tema palpitante; ¿cómo no estarlo? Había leído y releído todos los periódicos americanos y europeos, sin poder sacar nada en limpio. Aquel misterio me intrigaba. En la imposibilidad de formarme una opinión, nadaba entre dos aguas. No podía dudarse de que algo había, y se brindaba una buena ocasión a los incrédulos para poner el dedo en la llaga del *Scotia*.

A mi llegada a Nueva York, la cuestión estaba candente. La hipótesis del islote flotante, del escollo inaccesible, sostenida por algunos entendimientos poco competentes, había sido descartada en absoluto. Y en efecto, a menos de que el escollo no estuviera provisto de una máquina impulsora, ¿cómo había de trasladarse de un lugar a otro, con tan prodigiosa rapidez?

Igualmente, y por la misma causa de la rapidez en el cambio de sitio, fue rechazada la existencia de un casco flotante, de un enorme resto de naufragio.

Quedaban, por lo tanto, dos soluciones posibles al problema, que agrupaban en otros tantos bandos a los partidarios de las opuestas tendencias de una parte, los que juzgaban que se trataba de un monstruo de fuerza colosal; de la otra, los que consideraban que debía ser un barco "submarino", de gran potencia motriz.

Pero esta última hipótesis no pudo resistir a las informaciones y pesquisas practicadas en ambos mundos. Que un simple particular tuviese a su disposición semejante artefacto mecánico, era poco probable. ¿Dónde y cuándo le hubiera hecho construir, y cómo hubiera mantenido en secreto la construcción?

Únicamente un Gobierno podía poseer semejante máquina destructiva, y en estos menguados tiempos en que el hombre se ingenia para multiplicar el poder ofensivo de las armas de guerra, era posible que un Estado ensayara su formidable aparato, a escondidas de los demás.

Después de los *chassepots*, los torpedos; después de los torpedos, los arietes submarinos; después... la reacción. Así es de esperar al menos.

Pero la hipótesis de una máquina de guerra, cayó también ante la declaración de los Gobiernos. Como se trataba de un interés público, puesto que resultaban perjudicadas las comunicaciones transoceánicas, la franqueza de los Gobiernos no podía ser puesta en tela de juicio. Además, ¿cómo admitir que la construcción del barco submarino hubiera escapado a las miradas del público? Guardar el secreto, en tales circunstancias, es sumamente difícil para un particular y realmente imposible para un Estado, cuyos actos todos son obstinadamente vigilados por las potencias rivales.

Así, después de las averiguaciones llevadas a cabo en Inglaterra, en Francia, en Rusia, en España, en Prusia, en Italia, en América, incluso en la misma Turquía, fue definitivamente desechada la hipótesis de un "monitor" submarino.

El monstruo volvió a ponerse en hora, a pesar de las incesantes cuchufletas con que le asaeteaba la prensa festiva, y ya en este camino, las imaginaciones se dejaron llevar a los más absurdos desvaríos de una ictiología fantástica.

A poco de llegar a Nueva York, varias personas me dispensaron el honor de consultarme acerca del fenómeno en cuestión. Yo había publicado en Francia una obra de dos volúmenes en cuarto, intitulada *Misterios de las profundidades submarinas*. Dicha obra, singularmente apreciada entre la gente docta, me otorgaba la consideración de especialista en esta parte, bastante obscura, de la Historia Natural. Se requería, pues, mi opinión. Mientras pude negar la realidad del hecho, me encerré en la más absoluta resistencia; pero, asediado al fin por todas partes, hube de explicarme categóricamente. Y he aquí cómo el "honorable Pedro Aronnax, profesor del Museo de París", se encontró apremiado por el *New-York Herald*, para que formulara una opinión cualquiera.

Me resolví, pues, hablando ante la imposibilidad de callar. Discutí la cuestión bajo todos sus aspectos, política y científicamente, y a continuación copio el final de un artículo muy extenso y muy nutrido, publicado en el número correspondiente al 30 de abril:

"Así, pues —decía yo, después de haber examinado una por una las diversas hipótesis—, rechazadas las restantes suposiciones, hay que admitir necesariamente la existencia de un animal marino de una potencia extraordinaria.

"Las grandes profundidades del Océano son totalmente desconocidas para nosotros. La sonda no ha logrado penetrar hasta ellas. ¿Qué pasa en esos recónditos abismos? ¿Qué seres habitan y pueden habitar a doce o quince millas bajo la superficie de las aguas? ¿Cuál es la organización de tales animales? Apenas podría conjeturarse.

"No obstante, la solución del problema cuyo estudio se me ha sometido, puede afectar la forma de dilema: o conocemos todas las variedades de seres que pueblan nuestro planeta, o no las conocemos.

11

"Si no las conocemos todas, si la Naturaleza sigue teniendo secretos para nosotros, en materia de ictiología, nada más racional que admitir la existencia de peces o de cetáceos, de especies y hasta de géneros nuevos, constituidos esencialmente para vivir en terrenos pantanosos, en las capas inaccesibles a la sonda, y a los que un acontecimiento cualquiera, una extravagancia, un capricho, si se quiere, conduce, a largos intervalos, hacia el nivel superior del Océano.

"Si, por el contrario, conocemos todas las especies vivientes, es preciso buscar al animal en cuestión entre los seres marinos ya catalogados, y en ese caso, yo me inclinaría a admitir la existencia de un "narval gigantesco".

"El narval vulgar o sinceramente marino suele alcanzar a veces una longitud de sesenta pies. Quintuplicad, decuplicad esa dimensión, dad a ese cetáceo una fuerza proporcional a su tamaño, ampliad su armamento ofensivo y obtendréis el animal deseado. Tendrá las proporciones determinadas por los oficiales del Shannon, el instrumento exigido para la perforación del *Scotia* y la resistencia para romper el casco de un vapor.

"En efecto, el narval está armado de una especie de marfil de una alabarda, según expresión de ciertos naturalistas. Es un diente principal, que tiene la dureza del acero. Se han encontrado algunos de esos dientes implantados en el cuerpo de ballenas, a las que el narval ataca siempre con éxito. Otros han sido arrancados, no sin trabajo, de carenas de naves que habían sido traspasadas de parte a parte, como el fondo de un tonel por un berbiquí. El museo de la Facultad de Medicina de París posee una de esas defensas, que mide dos metros veinticinco centímetros de largo, y cuarenta y ocho centímetros de ancho en su base.

Pues bien; suponed el arma diez veces más fuerte y el animal diez veces más potente, lanzadle con una velocidad de veinte millas por hora, multiplicad su masa por el cuadrado de la velocidad, y obtendréis un choque capaz de producir la más tremenda de las catástrofes.

"Así, pues, mientras no existan informaciones más completas, me afirmo en la opinión de que se trata de un unicornio marino de dimensiones colosales, armado no ya de una alabarda, sino de un verdadero espolón, como las fragatas acorazadas, de las cuales debe tener, además, la masa y la potencia motriz.

"Así tendría explicación este fenómeno rarísimo, a menos de que todo haya sido ilusión, a pesar de cuanto se ha visto y oído, ¡que también sería, posible!"

Este último párrafo era una cobardía por mi parte; pero quería, en cierto modo, dejar a cubierto mi dignidad profesional y no exponerme a las chacotas de los americanos, que, cuando se burlan, lo hacen a conciencia. Me reservaba, una escapatoria. En el fondo, admitía la existencia del "monstruo".

Mi artículo fue calurosamente discutido, lo cual me valió gran notoriedad y me captó cierto número de adeptos. La solución que proponía, por otra parte, dejaba libre curso a la fantasía. La mente humana es siempre propicia a esas grandiosas concepciones de seres sobrenaturales, y el mar es, propiamente, su más apropiado vehículo, el único medio en que esos colosos, a cuyo lado los animales terrestres, elefantes o rinocerontes, no son más que pigmeos, pueden producirse y desarrollarse. Las masas líquidas transportan las mayores especies conocidas de mamíferos, y quizá esconden en su seno moluscos de incomparable tamaño, crustáceos cuya contemplación causaría pavor, como langostas de cien metros de longitud o cangrejos de doscientas toneladas de pesos. ¿Por qué no? En otros tiempos, los animales terrestres, coetáneos de las épocas geológicas, cuadrúpedos, cuadrúmanos, reptiles y pájaros, estaban vaciados en moldes gigantescos. El Creador les acopló a una plantilla colosal, que el tiempo ha reducido paulatinamente.

¿Por qué la mar en sus ignoradas profundidades no había de conservar algunas vastas muestras de la existencia de otras edades, ya que su estructura no se modifica jamás, mientras que la terrestre cambia casi incesantemente? ¿Por qué no había de ocultar en su seno las últimas variedades de aquellas especies titánicas, para las cuales los años son siglos y los siglos miriadas?

Pero me dejo arrastrar por ilusiones, que ya no es posible alimentar. Fuera, por tanto, esas quimeras, que el tiempo ha trocado para mí en realidades terribles. Repito que llegó a formarse opinión respecto a la naturaleza del fenómeno, y el público admitió incontestablemente la existencia de un ser prodigioso, que nada tenía de común con las fabulosas serpientes de mar.

Ahora bien; así como unos sólo vieron en el asunto un problema puramente científico a resolver, otros, más positivos, sobre todo en América y en Inglaterra, fueron de opinión de purgar el Océano de aquel temible monstruo, a fin de asegurar las comunicaciones transoceánicas. Los periódicos industriales y mercantiles trataron la cuestión principalmente desde este punto de vista. La *Shippingg and Mercantile Gezette*, el *Lloyd*, el *Paquebot*, la *Revue maritime et coloniale*, todas las publicaciones afectas a las Compañías aseguradoras, que amenazaban con elevar el tipo de sus primas, estuvieron unánimes en este punto.

Pronunciada la opinión pública, los Estados de la Unión fueron los primeros en exteriorizarla y darle forma. Inmediatamente comenzaron en Nueva York los preparativos de una expedición destinada a perseguir al narval. Una fragata con espolón, de mucho andar, la *Abraham Lincoln*, se aprestó para hacerse a la mar cuanto antes. Los arsenales fueron abiertos al comandante Farragut, que imprimió gran actividad al armamento de su embarcación.

Pero sucedió entonces lo que sucede siempre en casos análogos; que desde el momento en que se decidió emprender la persecución del monstruo, el monstruo no volvió a dar señales de vida. Durante dos meses, nadie oyó hablar de él. Ningún barco le tropezó. Parecía como si el unicornio marino estuviera enterado de los complots que se tramaban contra él. ¡Se había propalado tanto la noticia! ¡Hasta por el cable transatlántico! Así, los bromistas pretendían que aquel perillán había interceptado al paso algún telegrama, que ahora utilizaba en su provecho.

13

En su consecuencia, no se sabía dónde dirigir la fragata, pertrechada para una campaña larga y remota y provista de formidables artefactos de pesca. La impaciencia iba tomando cuerpo, cuando el 2 de julio se supo que el Tampico, uno de los vapores de la línea de San Francisco de California a Shangai, había vuelto a ver el animal, tres semanas antes, en las aguas septentrionales del Pacífico.

La emoción producida por esta noticia fue extraordinaria. No se otorgaron al comandante Farragut ni veinticuatro horas de espera. Sus víveres estaban embarcados. Los pañoles rebosaban de carbón. Ni uno solo de los tripulantes faltaba de su puesto. No había más que encender las calderas, dar presión y largar las amarras. No se hubiera dispensado el menor retraso. Además, el comandante Farragut estaba deseando zarpar.

Tres horas antes de abandonar la *Abraham Lincoln* el muelle de Brooklyn, recibí una carta concebida en los siguientes términos:

"Señor don Pedro Aronnax,
profesor del Museo de París.

Presente.

"Muy señor mío: Si quiere usted agregarse a la expedición de la fragata *Abraham Lincoln*, el Gobierno de la Unión verá con gusto que Francia esté representada por tan distinguido erudito en la mencionada empresa. El comandante Farragut tiene un camarote a su disposición.

"Le saluda cordialmente su afectísimo

J. B. HOBSON,
MINISTRO DE MARINA

III

UN SERVIDOR COMPLACIENTE.

Un segundo antes de llegar la carta del ministro, pensaba tan poco en perseguir al unicornio como en emprender la travesía del Noroeste. Un segundo después de haber leído la misiva del elevado funcionario gubernativo estaba plenamente persuadido de que mi verdadera vocación, el único fin de mi vida, consistía en dar caza al alarmante monstruo y librar a la humanidad de su presencia.

Y eso que regresaba de un penoso viaje, fatigado, ávido de reposo. Mi aspiración exclusiva era volver al seno de mi patria, de mis amigos, a mi modesto pabelloncito del Jardín Botánico, rodeado de mis caras y preciosas colecciones. Pero no hubo nada que me contuviera. Me olvidé de todo, de mis fatigas, de mis afectos, de mis colecciones, y acepté sin titubeos el ofrecimiento del Gobierno americano.

14

—Bien mirado —pensé— todos los caminos conducen a Europa, y el unicornio será lo suficientemente galante para acercarme a las costas de Francia. El benévolo animal se dejará pescar en los mares de Europa, por deferencia personal hacia mí, y no me conformo con menos de medio metro de su alabarda marfileña, para exponerla en el Museo de Historia Natural.

Pero, con todo, estaba expuesto a tener que ir a buscar el narval al norte del Océano Pacífico, lo cual, para volver a Francia, era tomar el camino de las antípodas.

—¡Consejo! —grité, revelando impaciencia.

Consejo era mi criado. Un muchacho servicial, que me acompañaba en todos mis viajes; un apuesto flamenco, a quien profesaba un afecto que me devolvía con creces; un ser flemático por temperamento, metódico por principios, celoso por hábito, poco impresionable por las sorpresas de la vida, sumamente mañoso, apto para todo servicio y, a pesar de su nombre, poco aficionado a intervenir en asuntos ajenos, aun cuando se requiriera su parecer.

A fuerza de rozarse con los eruditos que constituían el reducido círculo del Jardín Botánico y de Aclimatación, Consejo llegó a saber algo. Yo tenía en él un especialista a marchamartillo, en lo referente a clasificaciones de Historia Natural, que recorría con agilidad de acróbata la escala completa de ramificaciones, grupos, clases, subclases, órdenes, familias, géneros, subgéneros, especies y variedades. Pero ahí terminaba su ciencia. Se pasaba la vida clasificando, sin profundizar más. Muy versado en la clasificación, por rutina, pero sin método ni conocimientos, creo que no hubiera distinguido un cachalote de una ballena. Pero era un excelente muchacho.

Hasta el momento actual, y desde hacía diez años, Consejo me había seguido allá donde me llevaron las imposiciones de la ciencia. Jamás se le ocurrió la menor observación respecto a lo prolongado ni a lo fatigoso del viaje; jamás la menor objeción al hacer el hatillo para cualquier punto, China o el Congo, por apartado que fuese. Iba lo mismo a un sitio que a otro, sin entrar en más averiguaciones. Además, disfrutaba una salud a prueba de enfermedades; musculatura recia y ausencia total de nervios; moralmente, se entiende.

El mocetón de referencia tenía treinta años, y su edad estaba, con la de su señor, en la proporción de quince a veinte. Creo que es una buena manera de eludir la declaración de que contaba entonces cuarenta años.

Consejo sólo tenía un defecto. Formalista furioso, nunca me hablaba más que en tercera persona, llevando su exageración a tal extremo, que a veces lograba exasperarme.

—¡Consejo! —repetí, comenzando con mano febril mis preparativos de marcha.

Realmente, yo no dudaba de las buenas disposiciones de mi solícito doméstico. De ordinario, no acostumbraba consultarle si le convenía o no seguirme en mis viajes; pero, en el caso presente, se trataba de una expedición que podía prolongarse indefinidamente, de una empresa muy aventurada, de la persecución de un animal capaz de echar a pique una fragata, como un cascarón de nuez. Había, por tanto, motivo y materia de reflexión, hasta para el hombre más impasible del mundo. ¿Qué decidiría Consejo?

—¡Consejo! — grité por tercera vez.

El interpelado se presentó.

—¿Me llama el señor? —preguntó, entrando.

—¡Sí!; ¡prepárame y prepárate! Partiremos dentro de dos horas.

—Como guste el señor — asintió tranquilamente Consejo.

—No hay que perder ni un instante. Guarda en mi maleta todos mis efectos de viaje, ropa blanca, de vestir, calcetines... ¡En abundancia, ¿oyes?, a escape!

—¿Y las colecciones del señor? — observó Consejo.

—Ya nos ocuparemos en ellas después.

—¿Cómo? ¿De los *archaeoterium*, los *hyracotherium*, los *oreodones*, los *chaeropotamus* y demás armazones y osamentas pertenecientes al señor?

—Nos lo reservarán en el hotel.

—¿Y el babirusa del señor?

—Le darán de comer durante nuestra ausencia. Además, ordenará que nos expidan a Francia toda nuestra impedimenta.

—Así, pues, ¿no regresaremos a París? —interrogó Consejo.

—Sí... claro que sí —contesté evasivamente—, pero dando un rodeo.

—Los rodeos que plazcan al señor.

—¡Oh! ¡Será poca cosa! En resumidas cuentas, un camino algo menos directo. Embarcamos en la fragata *Abraham Lincoln*.

—Como convenga al señor —respondió apaciblemente Consejo.

—Ya sabes algo; se trata del monstruo... del famoso narval. Vamos a extirparle de los mares... Como comprenderás, el autor de una obra en cuarto y en dos volúmenes relativa a los *Misterios de las profundidades submarinas*, no podía dispensarse de acompañar al comandante Farragut. Misión gloriosa.... ¡pero no exenta de peligros! No se sabe donde se va. A lo mejor, esos animaluchos son caprichosos... ¡pero le seguiremos! Así como así, llevamos un comandante que no tiene telarañas en los ojos!

—Haré lo que haga el señor —replicó Consejo.

—¡Piénsalo bien! Como no quiero que vayas engañado, he de advertirte que este es uno de esos viajes de que no siempre se vuelve.

—Como acomode al señor.

Un cuarto de hora después estaban listas nuestras maletas. Consejo las había enjaretado en un abrir y cerrar de ojos, y yo tenía la seguridad de que nada faltaba, porque el diligente muchacho clasificaba las camisas y las prendas de indumentaria tan bien como las aves o los mamíferos.

El ascensor del hotel nos depositó en el amplio vestíbulo del entresuelo, desde donde descendimos unos cuantos peldaños que conducían a la planta baja. Liquidé mi cuenta en el vasto escritorio, constantemente asaltado por multitud de huéspedes, di orden de expedir a París mis fardos y paquetes de animales disecados y de plantas secas, hice abrir un crédito suficiente al babirusa y, seguido de Consejo, salté a un carruaje de alquiler.

El vehículo, ajustado por veinte francos, descendió por el Broadway hasta la plaza de la Unión, siguió la Cuarta Avenida hasta su enlace con la calle de Bowey, tomó la de Katrin y se detuvo en el fondeadero treinta y cuatro. Desde allí, una barca de paso nos transportó, con coche y todo, a Brooklyn, el gran anejo de Nueva York, situado en la margen izquierda del río del Este, y en pocos minutos llegamos al muelle, próximo al cual se hallaba la *Abraham Lincoln*, vomitando torrentes de humo negro por sus chimenea.

Nuestros bagajes fueron inmediatamente transbordados al puente de la fragata. Yo me precipité a bordo, preguntando por el comandante Farragut. Uno de los marineros me condujo a la toldilla, donde me hallé en presencia de un oficial de buen aspecto, que me tendió la mano.

—¿El profesor Aronnax? —me preguntó.

—Servidor de usted —le contesté—. ¿El comandante Farragut?

—A sus órdenes. Bien venido, señor profesor. Ya tiene usted preparado su camarote.

Saludé, y dejando al comandante dedicado a sus tareas, me hice acompañar al camarote dispuesto para mí.

La *Abraham Lincoln* había sido perfectamente alistada y equipada para su nuevo destino. Era una fragata de rápido andar, provista de aparatos condensadores, que permitían elevar a siete atmósferas la tensión de su vapor.

Bajo esta presión, el navío alcanzaba una velocidad media de diez y ocho millas y tres décimas por hora, velocidad considerable, pero insuficiente, sin embargo, para competir con la del gigantesco cetáceo.

Las comodidades interiores de la fragata respondían a sus cualidades náuticas. Yo quedé muy satisfecho de mi cabina, situada a popa y recayente a la cámara de oficiales.

—¡Qué bien vamos a estar aquí! —dije a mi doméstico.

—Tan bien —contestó Consejo, y dicho sea sin ánimo de ofender al señor, como gorriones en nido de águilas.

Dejé a Consejo estibar convenientemente nuestros equipajes, y subí al puente, para presenciar los preparativos de aparejamiento.

En aquel momento el comandante Farragut hacía largar las últimas amarras que retenían a la *Abraham Lincoln* al muelle de Brooklyn. Un cuarto de hora, menos quizá, de retraso, y la fragata hubiera partido sin mí, privándome de una expedición extraordinaria, sobrenatural, inverosímil, cuyo verídico relato habrá muchos que no se avengan a creer.

Pero el comandante Farragut no quería perder ni un día, ni una hora para personarse en los mares en que acababa de ser señalada la presencia del animal. Hizo comparecer al maquinista.

—¿Hay bastante presión? —le preguntó.

—Sí, mi comandante —contestó el maquinista.

—Pues ¡avante! —ordenó Farragut.

A este mandato, que fue transmitido a la máquina por medio de aparatos de aire comprimido, los mecánicos pusieron en movimiento la rueda del volante. El vapor escapó silbando por las válvulas entreabiertas. Los largos pistones horizontales gimieron e impulsaron las bielas del árbol. Las aletas de la hélice batieron las ondas con progresiva rapidez, y la *Abraham Lincoln* avanzó majestuosamente entre un centenar de lanchas y de vaporcillos abarrotados de espectadores, que le daban escolta.

Los muelles de Brooklyn y toda la parte de Nueva York que bordea el Hudson estaban atestados de curiosos. Tres hurras, lanzados por quinientos mil pechos, resonaron sucesivamente. Millares de pañuelos se agitaban sobre la compacta masa, saludando a la fragata hasta su llegada a las aguas del Hudson, a la punta de la prolongada península que forma la ciudad de Nueva York.

Entonces, la embarcación, siguiendo por la parte de Nueva Jersey, la admirable orilla derecha del río, llena de lindas casitas de campo, se deslizó entre los fuertes, que la saludaron con sus cañones de grueso calibre. La *Abraham Lincoln* contestó izando y arriando tres veces el pabellón americano, cuyas treinta y nueve estrellas relucieron en el tope de mesana; luego modificó su marcha, para tomar el canal balizado que se redondea en la bahía inferior, formada por la punta de Sandy-Hooch, y pasó rozando aquella lengua arenosa, desde la que algunos millares de personas la aclamaron una vez más.

El cortejo de vaporcillos y lanchas siguió escoltando a la fragata, no abandonándole hasta la altura del farol cuyas dos luces marcan la entrada de los pasos de Nueva York.

En aquel momento dieron las tres. El piloto saltó a su bote y ganó la pequeña goleta que le aguardaba a sotavento. Los hornos se avivaron; la hélice batió más impetuosamente las olas; la fragata bordeó la costa de Long—Island, y a las ocho de la noche, después de trasponer al Noroeste los faros de Fire Island, corrió a todo vapor sobre las sombrías aguas del Atlántico.

IV

NED LAND.

El comandante Farragut era un buen marino, digno de la fragata que mandaba. Su navío y él constituían un todo, del cual era él el alma. Por lo que respecta al cetáceo, no asaltaba a su ánimo la más ligera duda y no permitía que se discutiese a bordo la existencia del animal. Creía en él, como ciertas mujeres sencillas creen en el Leviatán; por fe, no por convicción. El monstruo existía y él libraría a los mares de tal estorbo; lo había jurado. Era una especie de caballero de Rodas, un Deodato de Gozon, yendo al encuentro de la serpiente que desolaba su ínsula. O el comandante Farragut daba cuenta del narval, o perecía en la contienda. No había solución.

Los oficiales del buque compartían la opinión de su jefe. Había que oírles hablar, discutir, disputar, calcular las diversas contingencias de un encuentro y observar la vasta extensión del Océano. Más de uno se impuso un cuarto voluntario en los masteleros de juanete, que hubiera maldecido de semejante servicio en cualquier otra circunstancia. En tanto que el sol describía su arco diurno, la arboladura estaba poblada de marineros, a quienes abrasaban las plantas de los pies los tablones del puente, impidiéndoles permanecer quietos en un sitio. Y, sin embargo, la *Abraham Lincoln* no abría todavía con su quilla las sospechosas aguas del Pacífico.

En cuanto a la tripulación, no deseaba otra cosa que topar con el unicornio, arponearle, izarlo a bordo, despedazarlo, y escrutaba el mar con el más escrupuloso cuidado. Además, el comandante Farragut habló de cierta suma de dos mil dólares, reservada a quienquiera, grumete o marinero, oficial o tripulante, que señalara la presencia del animal. No hay que decir si se aguzaría la vista a bordo de la fragata *Abraham Lincoln*.

Por mi parte, procuré no quedarme atrás, y no cedí a nadie en mis cotidianas observaciones. Nunca, como entonces, hubiera podido cambiarse más justamente, por el de *Argos*, el nombre de la fragata. Entre todos, Consejo era el único que protestaba con su indiferencia tocante a la cuestión que nos apasionaba y discrepaba del entusiasmo general a bordo.

Ya he dicho que el comandante Farragut había provisto cuidadosamente a su navío de aparejos apropiados para la pesca del gigantesco cetáceo. Difícilmente se hubiera encontrado un ballenero mejor armado. Poseíamos todos los elementos conocidos; desde el arpón de mano, hasta las flechas dentadas, los trabucos cargados de metralla y las balas explosivas usadas por los cazadores de ánades. Del castillete de proa sobresalía un cañón perfeccionado, que se cargaba por la recámara, muy recio de paredes, muy estrecho de alma, y cuyo modelo debía figurar en la Exposición Universal de 1867. Este precioso instrumento, de procedencia americana, enviaba, sin dificultad alguna, un proyectil cónico de cuatro kilogramos a una distancia media de diez y seis kilómetros.

Así, pues, la *Abraham Lincoln* no carecía de ningún elemento de destrucción. Pero aun contaba con algo mejor. Contaba con Ned Land, el rey de los arponeros.

Ned Land era un canadiense de habilidad manual poco vulgar y que no conocía rival en su peligrosa profesión. Diestro y sereno, astuto y audaz, poseía tales cualidades, que había de tropezar con una ballena muy maliciosa o con un cachalote redomadamente artero, para que lograra escapar a su arponazo.

Ned Land tenía unos cuarenta años. Era hombre de elevada estatura —más de seis pies ingleses—, de complexión vigorosa, serio de aspecto y escasamente comunicativo, violento en ocasiones y furibundo cuando se le contrariaba. Su persona provocaba la atención, y la intensidad de su mirada acentuaba singularmente su fisonomía.

Creo que el comandante Farragut estuvo muy cuerdo al alistar a bordo al tal individuo. Él solo valía tanto como el resto de la tripulación, por su golpe de vista y por su brazo. No encuentro nada más apropiado, para dar idea de él, que compararle con un potente telescopio, que fuese a la vez un cañón, dispuesto constantemente a disparar.

Quien dice canadiense, dice francés; y aunque muy poco expansivo, he de confesar que Ned Land me cobró cierto afecto. Indudablemente le atraía mi nacionalidad. A él le daba motivo para hablar, y a mí para oír aquella vieja lengua de Rabelais, que todavía está en uso en algunas provincias canadienses. La familia del arponero era oriunda de Quebec, y constituía ya una tribu de intrépidos pescadores en la época en que la antigua villa pertenecía a Francia.

Paulatinamente, Ned se fue aficionando a la conversación, y yo me complacía oyendo el relato de sus aventuras en los mares polares. Refería sus expediciones pesqueras y sus combates con naturalidad verdaderamente poética. Su narración tomaba formas épicas, y me parecía escuchar a un Homero canadiense cantando la *Ilíada* de las regiones hiperbóreas.

Describo a este osado compañero tal como le conocí a la sazón. Porque luego nos convertimos en buenos camaradas, unidos por esa inalterable amistad que nace y se cimenta en las más espantosas contingencias. ¡Ah! ¡Bravo Ned! ¡Quisiera vivir cien años más, tan sólo para prolongar tu recuerdo!

—Ahora bien; ¿cuál era la opinión de Ned Land, en lo concerniente al monstruo marino? Debo declarar que no se mostraba muy conforme con el unicornio marino, siendo el único a bordo que no compartía la convicción general. Hasta esquivaba tratar del asunto, respecto al cual consideré conveniente abordarle cierto día.

En una magnífica tarde del 30 de julio, es decir, tres semanas después de nuestra partida, la fragata se encontraba a la altura del cabo Blanco, treinta millas a sotavento de las costas patagónicas. Habíamos rebasado el trópico de Capricornio, y el estrecho de Magallanes se abría a menos de setecientas millas al Sur. Antes de ocho días, la *Abraham Lincoln* surcaría las ondas del Pacífico.

Sentados en la toldilla, Ned Land y yo charlábamos un poco de cada cosa, contemplando aquel misterioso mar, cuyas profundidades permanecían, hasta la fecha, inaccesibles a las miradas del hombre. Sin forzarlo, encaucé nuestro diálogo hacia el gigantesco unicornio, examinando las diversas probabilidades del éxito o del fracaso de nuestra expedición. Luego, en vista de que Ned Land me dejaba hablar sin pronunciar palabra, lo interpelé más directamente.

—¿Cómo es posible, Ned —le pregunté—, que no esté usted convencido de la existencia del cetáceo que perseguimos? ¿Acaso tiene usted razones especiales para mostrarse tan incrédulo?

El arponero me miró durante algunos segundos, sin responder, se dio unas palmaditas en la espaciosa frente, según hábito inveterado cerró los ojos como para reconcentrarse, y dijo al fin:

—Bien podría ser, señor Aronnax.

—Pero usted —le argumenté—, un ballenero profesional, usted, que está familiarizado con los grandes mamíferos marinos, usted, cuya imaginación debe acomodarse fácilmente a la existencia de cetáceos enormes, habría de ser el último en dudar de semejantes circunstancias.

—Está usted equivocado, señor profesor —replicó Ned—. Que el vulgo crea en cometas extraordinarios que cruzan el espacio, o en la existencia de monstruos antediluvianos que pueblan el interior del globo, puede pasar; pero ni el astrónomo, ni el geólogo admiten tales patrañas. Lo propio le ocurre al ballenero. Yo he perseguido a muchísimos cetáceos, los he arponeado en gran cantidad, he matado algunos; y por muy poderosos y muy bien armados que hayan sido, ni sus colas ni sus defensas habrían podido romper la coraza de un barco.

—Sin embargo, Ned, se citan embarcaciones atravesadas de parte a parte por el diente del narval.

—Buques de madera, tal vez —contestó el canadiense—, aunque ni aun eso he visto nunca. Por consiguiente, salvo prueba en contrario, niego que las ballenas, los cachalotes o los unicornios puedan producir semejantes efectos.

—Pero oiga usted, Ned.

—¡Nada, señor profesor, nada! Todo lo que usted quiera, menos eso. Un pulpo gigantesco, quién sabe.

—Menos todavía, Ned. El pulpo no es más que un molusco, y hasta su mismo nombre indica la escasa consistencia de sus carnes. Aunque tuviera quinientos pies de longitud, el pulpo, que ni siquiera pertenece a la rama de los vertebrados, es completamente inofensivo para naves como el *Scotia* o la *Abraham Lincoln*. Hay que relegar, por tanto, a la categoría de las fábulas las proezas de los *krakens* y demás monstruos de su especie.

—Entonces, señor naturalista —inquirió Ned Land, en tono marcadamente zumbón—, ¿persiste usted en admitir la existencia de un enorme cetáceo?

—Sí, Ned, insisto en ello, con la convicción que se basa en la lógica de los hechos. Creo en la existencia, de un mamífero vigorosamente constituido, perteneciente a la rama de los vertebrados, como las ballenas, los cachalotes o los delfines, y provisto de una defensa córnea cuya fuerza de penetración es extremada.

—¡Hum! — repuso el arponero, sacudiendo la cabeza, como quien se resiste a dejarse convencer.

—Observe usted, amigo mío —le argüí—, que si tal animal existe, si habita en las profundidades del Océano, si frecuenta las capas líquidas situadas a varias millas bajo la superficie de las aguas, ha de poseer, forzosamente, un organismo cuya solidez exceda a toda comparación.

—¿Y por qué ese organismo? —preguntó Ned.

—Porque necesita una fuerza incalculable para mantenerse en las capas profundas y soportar su presión.

—¿De veras? — dijo Ned, haciéndome un guiño.

—¡Tan de veras! Unos cuantos números se lo demostrarán sin esfuerzo.

—¡Oh! ¡Los números! —replicó Ned—. Con los números se hace lo que se quiere.

—En negocios, Ned, pero no en matemáticas. Oiga usted. Admitamos que la presión de una atmósfera esté representada por la presión de una columna de agua de treinta y dos pies de altura. En realidad, esta altura sería menor, porque se trata del agua de mar, cuya densidad es superior a la del agua dulce. Pues bien; si se zambulle usted, su cuerpo soportará una presión de tantas atmósferas, cuantas sean las veces que se sumerja treinta y dos pies, es decir, de kilogramos por cada centímetro cuadrado de la superficie de aquél. De aquí se deduce que, a trescientos veinte pies, dicha presión es de diez atmósferas; a tres mil doscientos pies, de cien atmósferas; y de mil atmósferas a treinta y dos mil pies, o sea dos leguas y media, aproximadamente. Lo cual equivale a decir que si llegase usted a esa profundidad en el Océano, cada centímetro cuadrado de la superficie de su cuerpo sufriría una presión de mil kilogramos. ¿Y sabe usted, mi querido Ned, cuántos centímetros cuadrados tiene de superficie?

—Nunca se me ha ocurrido averiguarlo, señor Aronnax.

—Pues unos diez y siete mil.

—¿Nada menos?

—Y como en realidad la presión atmosférica es algo superior al peso de un kilogramo por centímetro cuadrado, sus diez y siete mil centímetros cuadrados soportan en este momento una presión de diez y siete mil quinientos sesenta y ocho kilogramos.

—¿Sin que yo lo note?

—Sin que usted lo note. Y si no le aplasta semejante presión, es debido a que el aire penetra en el interior de su organismo con una presión igual. De ahí proviene un equilibrio perfecto entre el empuje interior y el exterior, que se neutralizan, permitiéndole soportarlos sin esfuerzo. Pero en el agua, la cosa varía.

—Ahora comprendo —repuso Ned, que ya prestaba mayor atención—; porque el agua me rodea, pero no penetra en mí.

—Precisamente, Ned. Así, pues, a treinta y dos pies bajo la superficie del mar, sufriría usted una presión de diez y siete mil quinientos sesenta y ocho kilogramos; a trescientos veinte pies, diez veces esta presión, o sea ciento setenta y cinco mil seiscientos ochenta kilogramos; a tres mil doscientos pies, cien veces esta presión, o sea un millón setecientos cincuenta y seis mil ochocientos kilogramos; a treinta y dos mil pies, en fin, mil veces esta presión, o sea dos millones quinientos sesenta y ocho mil kilogramos; es decir, que quedaría usted aplanado, como si le retiraran de entre dos platillos de una máquina hidráulica.

—¡Diablo! —exclamó Ned.

—Pues bien, mi estimado arponero; si existen vertebrados de varios centenares de metros de longitud y de grueso proporcionado, que se mantengan a semejantes profundidades, hay que valuar en miles de millones la presión que sufren, puesto que ofrecen una superficie de millones de centímetros cuadrados. ¡Calcule usted, en este caso, cuál debe ser la resistencia de su estructura ósea y la fortaleza de su organismo, para resistir tales presiones!

—Necesariamente —contestó Ned Land— han de estar forrados de planchas de acero de ocho pulgadas, como las fragatas acorazadas.

—En efecto, Ned; y ahora, imagine usted los estragos que puede producir una masa semejante, lanzada con la velocidad de un expreso contra el casco de un navío.

—Sí... realmente... puede ser —contestó el canadiense, impresionado por las cifras, pero sin quererse rendir a la evidencia.

—¡Vaya! ¿Le he convencido?

—Me ha convencido usted de una cosa, señor naturalista; de que, si esos animales existen en el fondo de los mares, es absolutamente preciso que sean tan fuertes como dice.

—Pero de no existir, testarudo arponero, ¿cómo se explica usted el accidente acaecido al *Scotia*?

—Podría suceder... —insinuó Ned, titubeando.

—¿Qué? ¡Acabe usted!

—Pues que... no fuese verdad —contestó el canadiense, reproduciendo, sin saberlo, una célebre respuesta de Arago.

Pero esta respuesta únicamente probaba la obstinación del arponero. Por aquel día no le apreté más. El accidente del *Scotia* no admitía duda. El boquete existía positivamente, puesto que hubo que taparlo, y no creo que la existencia de un boquete pueda demostrarse más categóricamente. Pero el boquete no se había hecho solo, y puesto que no fue producido por rocas submarinas, era debido, forzosamente, al apéndice perforante de un animal.

Ahora bien; a mi juicio, y por todas las razones expuestas precedentemente, dicho animal pertenecía a la rama de los vertebrados, a la clase de los mamíferos, al grupo de los pisciformes, y finalmente, al orden de los cetáceos. En cuanto a la familia en que debiera incluírsele —ballena, cachalote o delfín—, al género de que formaba parte, a la especie en que convenía clasificarle, era cuestión a dilucidar ulteriormente. Para resolverla, precisaba disecar al monstruo desconocido; para disecarlo, capturarle; para capturarlo, arponearle —lo cual era misión exclusiva de Ned Land—; para arponearlo, verle —lo que era incumbencia de la tripulación—; y para verlo, dar con él —lo cual dependía en absoluto del azar.

V

A LA VENTURA.

Durante algún tiempo, la fragata fue realizando su crucero, sin incidente digno de mención. Tan sólo se presentó una circunstancia, que puso de relieve la maravillosa destreza de Ned Land, justificando la confianza depositada en él.

El 30 de julio, frente a las Malvinas, la fragata se puso al habla con unos balleneros americanos, que nos manifestaron no haber observado el menor indicio de la presencia del narval. Pero uno de ellos, el capitán del *Monroe*, al enterarse de que llevábamos embarcado a Ned Land, solicitó su auxilio para dar caza a una ballena que estaba a la vista. El comandante Farragut, deseoso de ver operar a Ned Land, le autorizó para trasladarse a bordo del *Monroe*. Y el azar sirvió tan bien a nuestro canadiense, que en lugar de una ballena, arponeó dos en un doble golpe, alcanzando a una en medio del corazón, y apoderándose de la otra después de una persecución de algunos minutos.

Decididamente, si el monstruo se ponía al alcance del arpón de Ned Land, no apostaría por el monstruo.

La fragata bordeó la costa sudeste de América con una velocidad prodigiosa. El 8 de agosto estábamos a la entrada del estrecho de Magallanes, a la altura del cabo de las Vírgenes. Pero el comandante Farragut no quiso internarse en el sinuoso pasadizo, y maniobró para doblar el cabo de Hornos.

La tripulación aprobó la medida por unanimidad. Y en efecto, ¿era probable que se pudiera encontrar al narval en aquel estrecho tan angosto? Fueron bastantes los marineros que afirmaron que no podía pasar por allí, ¡porque no cabía!

El 6 de agosto, a eso de las tres de la tarde, la *Abraham Lincoln*, a quince millas al Sur, doblaba ese islote solitario, esa roca perdida en el extremo del continente americano, a la que marinos holandeses impusieron el nombre de su ciudad natal: Horn (Hornos). Se hizo rumbo al Noroeste, y a la mañana siguiente la hélice de la fragata batió al fin las aguas del Pacífico.

—¡Mucho ojo! ¡Afinad la vista! —repetían sin cesar los marineros de la *Abraham Lincoln*.

Y en efecto, abrían los ojos desmesuradamente. Los ojos y los catalejos, algo alucinados, ciertamente, por la perspectiva de dos mil dólares, no permanecieron un instante en reposo. De día y de noche se observaba la superficie del Océano, y los nictálopes, cuya facultad de ver en las tinieblas aumentaba sus probabilidades en un cincuenta por ciento, estaban en las mejores condiciones para ganar la prima.

Yo, a pesar de no atraerme gran cosa el incentivo del dinero, no era, sin embargo, el menos atento a bordo. Salvo unos cuantos minutos para comer y unas cuantas horas para dormir, indiferente al sol o a la lluvia, no abandonaba el puente del navío. Bien acodado sobre los parapetos del castillete de proa, bien apoyado en la baranda de popa, devoraba con avidez la algodonada estela que blanqueaba el mar, hasta perderse de vista. ¡Cuántas veces compartí la emoción de la oficialidad, de la tripulación, cuando alguna ballena caprichosa elevaba su negruzco dorso por encima de las ondas! El puente de la fragata se poblaba instantáneamente. Las escotillas vomitaban una oleada de marineros y de oficiales. Todos, con el pecho jadeante y la vista nublada, observaban la marcha del cetáceo. Yo miraba y remiraba hasta fatigar mi retina, hasta quedarme ciego, en tanto que Consejo, siempre flemático, me repetía con toda tranquilidad:

—Si el señor tuviera la bondad de entornar un poco los párpados, vería mucho mejor.

Pero, ¡emoción inútil! La *Abraham Lincoln* modificaba su rumbo, corría en dirección al animal señalado, una simple ballena o un cachalote vulgar, que no tardaba en desaparecer en medio de un coro de imprecaciones.

Menos mal que el tiempo continuaba favorable. La travesía se realizaba en las mejores condiciones. A la sazón transcurría el invierno austral, porque julio, en aquella zona, corresponde al enero europeo; pero la mar se mantenía bella y se dejaba observar fácilmente en un vasto perímetro.

Ned Land seguía revelando la más tenaz incredulidad: llegaba al extremo de no examinar siquiera la superficie de las olas, fuera de sus horas de cuarto, por lo menos, cuando no había ballena a la vista. Y eso que su maravillosa potencia visual hubiera prestado grandes servicios. Pero de cada doce horas, el tozudo canadiense pasaba ocho en su camarote, leyendo o durmiendo. Cien veces le reproché su indiferencia.

—¡Bah! —me contestaba—, no hay cuidado, señor Aronnax. Aun en el caso de que existiera semejante animal, ¿qué probabilidad tenemos de dar con él? ¿Acaso no corremos a la ventura? Se aseguró haberle visto de nuevo en los altos mares del Pacífico y me resigno a creerlo: pero han transcurrido dos meses desde aquel encuentro, y dado el temparamento que atribuye usted a su narval, no es fácil que le guste permanecer largo tiempo enmoheciéndose en los mismos parajes. Está dotado de una movilidad asombrosa; y como ya sabe usted mejor que yo, señor profesor, que la Naturaleza no hace nada sin su cuenta y razón, no hubiera concedido a un animal, pesado y lento por su complexión, la facultad de moverse rápidamente, si no tuviera necesidad de utilizarla. Así pues, si el animal existe, ya estará lejos de aquí.

No había manera de refutar estos argumentos. Evidentemente, marchábamos a ciegas. Pero, ¿cómo proceder en otra forma? Nuestras probabilidades, por tanto, eran muy limitadas. Sin embargo, nadie dudaba todavía del éxito, y ni un solo marinero de a bordo hubiese apostado contra el narval y contra su próxima aparición.

El 20 de agosto cortamos el trópico de Capricornio, a los 105° de longitud, y el 27 del propio mes franqueamos el Ecuador, por el meridiano ciento diez. Comprobado esto, la fragata tomó una dirección más marcada hacia el Oeste y se internó en los mares centrales del Pacífico. El comandante Farragut pensaba, muy atinadamente, que valía más frecuentar las grandes profundidades y alejarse de los continentes o de las islas, cuya proximidad parecía esquivar constantemente el animal, "sin duda porque allí no había suficiente agua para él" según expresión del contramaestre. La fragata, después de repostarse de carbón, pasó a la vista de las Pomotú, de las Marquesas, de las Sandwich, cortó el trópico de Cáncer, a los 132° de longitud, y se dirigió hacia los mares de China.

Por fin nos encontramos en el teatro de las últimas fechorías del monstruo. Para decirlo de una vez, ya no se vivía a bordo. Los corazones latían vertiginosamente, preparándose para el porvenir incurables aneurismas. La tripulación entera sufría una sobreexcitación nerviosa, de la que sería imposible dar idea. No se comía, no se dormía. Veinte veces diarias, un error de apreciación, una ilusión óptica de algún marinero encaramado en los mástiles causaba intolerables sobresaltos, y tales emociones, repetidas veinte veces, nos mantenían en un estado de tensión demasiado violento para no provocar una reacción inmediata.

Y en efecto, la reacción no tardó en producirse. Durante tres meses —¡tres meses, de los que cada día parecía un siglo!— la *Abraham Lincoln* surcó todos los mares septentrionales del Pacífico, persiguiendo ballenas señaladas, realizando bruscas desviaciones de rumbo, virando súbitamente de bordo, deteniéndose de pronto, forzando la velocidad o contramarchando incesantemente, a riesgo de desnivelar su máquina, y no quedó un punto inexplorado desde las riberas del Japón hasta la costa americana. ¡Y nada! ¡Nada que no fuera la desierta inmensidad de las olas! ¡Nada que se asemejase a un narval gigantesco, ni a un islote submarino, ni a un resto de naufragio, ni a un escollo errante, ni a cosa alguna que pudiera considerarse fuera de lo natural!

Sobrevino, pues, la reacción. El desaliento fue invadiendo los espíritus, abriendo ancha brecha a la incredulidad. A los anteriores entusiasmos, sucedió a bordo un nuevo sentimiento, compuesto de tres décimas de vergüenza y siete de furor. Era una "inocentada" haberse dejado embaucar por una patraña, pero se sobreponía la indignación al sonrojo. El cúmulo de argumentos elevado en el transcurso de un año se derrumbó de golpe, y nadie pensó más que en desquitarse, a las horas de la comida o del reposo, del tiempo tan neciamente sacrificado.

Con la instabilidad inherente a la condición humana, de un extremo se cayó en el opuesto. Los más entusiásticos partidarios de la empresa se convirtieron fatalmente en sus más ardientes detractores. La reacción subió de las sentinas del buque, desde los sollados de la marinería a la cámara de la oficialidad, y ciertamente, sin la singularísima obstinación del comandante Farragut, la fragata hubiera puesto la proa, definitivamente, hacia el Sur.

Pero la inútil investigación no podía prolongarse ya por mucho tiempo. *La Abraham Lincoln* no tenía nada que reprocharse, pues se había esforzado en el cumplimiento de su cometido. Jamás hubo tripulación en buque alguno de la marina americana que demostrara más paciencia y más celo; su fracaso no podía serle imputado. No quedaba, por lo tanto, más que regresar.

En tal sentido, pues, se dirigió una razonada instancia al comandante; pero el comandante se mantuvo en sus trece. Los marineros no disimularon su descontento, y el servicio se resintió. No afirmaré que se iniciara la revuelta a bordo; pero después de un razonable período de terquedad, el comandante Farragut, como en época remota Colón, demandó tres días de espera. Si en el plazo de tres días no parecía el monstruo, el timonel daría tres cuartos de conversión, y la *Abraham Lincoln* zarparía con rumbo a los mares europeos.

Esta promesa se hizo el 2 de noviembre, dando el resultado inmediato de reanimar los decaídos ánimos de la tripulación. El Océano se observó de nuevo atentamente. Todos querían abarcarle en esa última ojeada en la que se resume todo el recuerdo. Los catalejos funcionaron con febril actividad. Era un reto supremo al narval gigantesco, que no podía, en rigor, dispensarse de contestar al "apremiante requerimiento".

Transcurrieron dos días. La fragata se mantenía a baja presión. Se apeló a mil medios para despertar la atención o estimular la apatía del animal en el caso de que se encontrara en aquellos parajes. Se largaron a remolque trozos enormes de tocino, con gran satisfacción de los tiburones, que los engullían como por encanto. Los botes se dispersaron en todas direcciones, en torno de la *Abraham Lincoln*, que se puso al pairo, y no dejaron rincón por explorar. Pero llegó la noche del 4 de noviembre, sin que se descorriera el velo del misterioso submarino.

Al mediodía del siguiente, 5 de noviembre, expiraba el improrrogable plazo. Determinada la situación, el comandante Farragut, fiel a su promesa, debía derivar al Sudeste y abandonar definitivamente las regiones septentrionales del Pacífico.

La fragata se encontraba entonces a los 31° 15' de latitud Norte y a los 136° 42' de longitud Este. Las tierras del Japón quedaban a menos de doscientas millas a sotavento. Iba cerrando la noche. Se acababa de marcar las ocho. Densos nubarrones velaban el disco de la luna, en su primer cuarto a la sazón. El mar ondulaba apaciblemente bajo la roda de la embarcación.

Yo estaba en aquel momento a proa, apoyado en la borda de estribor. Consejo, apostado a poca distancia, miraba en lontananza. La tripulación, encaramada en los obenques, escrutaba el horizonte, que se iba reduciendo y obscureciendo poco a poco. Los oficiales, provistos de su catalejo nocturno, escudriñaban en la sombra creciente. De vez en cuando iluminaba las negruras del Océano un rayo que la luna proyectaba entre la franja de dos nubes. Después, se desvanecía en las tinieblas todo vestigio luminoso.

Al observar a Consejo, comprobé que también le había contaminado, en mayor o menor escala, la influencia general. Por lo menos, así lo creí. Quizá, y por primera vez, sus nervios vibraban bajo la acción de un sentimiento de curiosidad.

—¡Vaya, Consejo! —le dije—: aprovecha esta última ocasión para embolsarte dos mil dólares.

—Si el señor me lo permite —contestó Consejo— le diré que no he contado con esa prima, y que el Gobierno de la Unión hubiera podido, sin empobrecerse, ofrecer cien mil dólares.

—Tienes razón, Consejo. Después de todo, es un negocio estúpido, al que nos hemos lanzado muy ligeramente. ¡Cuánto tiempo perdido y cuán-

27

tas emociones infructuosas! Hace ya seis meses que deberíamos estar en Francia...

—En el coquetón domicilio del señor —interrumpió Consejo—, en el museo del señor. ¡Ya tendría clasificados todos los fósiles del señor, y el babirusa estaría instalado en su jaula del Jardín Botánico, atrayendo a todos los curiosos de la capital!

—Exactísimo, Consejo. Eso sin contar lo que, según mis cálculos, se burlarán de nosotros.

—Efectivamente —replicó sin inmutarse Consejo—. Supongo que se burlarán del señor. Y si vale hablar con franqueza...

—Habla, Consejo.

—Pues bien; el señor lo tiene bien merecido.

—¡Es verdad!

—Cuando se tiene el honor de ser un sabio como el señor, no se expone uno...

Consejo no pudo terminar su cumplido. En medio del silencio general, acababa de resonar una voz. Era la voz de Ned Land, que gritaba:

—¡Atención! ¡Ahí está lo que buscamos, a sotavento, frente a nosotros!

VI

A TODO VAPOR.

Al grito, la tripulación entera se precipitó hacia el arponero; comandante, oficiales, condestables, marineros, grumetes, hasta los maquinistas, que abandonaron su máquina, y los fogoneros, que abandonaron sus hornos. Dada la orden de parar, la fragata se movía tan sólo en virtud del impulso adquirido.

La obscuridad era profunda en aquellos momentos, y por fina que fuera la pupila del canadiense, yo me preguntaba cómo había visto y qué había podido ver. Mi corazón latía violentamente.

Pero Ned Land estaba en lo cierto, y todos pudimos distinguir el objeto que nos indicaba con la mano.

A dos cables de la *Abraham Lincoln* y al costado de estribor, la superficie del mar parecía iluminada. No era un simple fenómeno de fosforescencia, y no cabía equivocarse respecto a su origen. El monstruo, sumergido a unas cuantas toesas, proyectaba aquel resplandor intensísimo, pero inexplicable, que mencionaban algunos de los capitanes en sus narraciones. La magnífica irradiación debía ser producida por un agente de gran potencia lumínica. La parte alumbrada describía sobre el mar un enorme óvalo muy prolongado, en cuyo centro se condensaba un foco incandescente, cuyo irresistible brillo se extinguía por sucesivas gradaciones.

—Eso es, sencillamente, una aglomeración de moléculas fosforescentes —dijo uno de los oficiales.

—No estamos conformes —le objeté, plenamente convencido—. No hay pez ni molusco que despida una claridad tan viva. Ese resplandor es de naturaleza esencialmente eléctrica... Además, ¡mire usted!, se mueve... avanza... retrocede... ¡Se lanza sobre nosotros!

Una exclamación general se elevó de la fragata.

—¡Silencio! —ordenó el comandante Farragut—. ¡Vira a barlovento! ¡Contra vapor!

Los marineros se precipitaron al timón y los maquinistas ocuparon sus puestos, cumpliendo la orden. La *Abraham Lincoln* viró a babor, describiendo un semicírculo.

—¡De frente! ¡Avante! —gritó Farragut.

Estos mandatos fueron ejecutados, y la fragata se alejó rápidamente del foco luminoso.

Digo mal: intentó alejarse, porque el fantástico animal nos persiguió, a doble velocidad que la del buque.

Nuestros pechos jadeaban. La estupefacción, más que el temor, nos tenía mudos e inmóviles. El animal fue acortando las distancias, como solazándose, dio la vuelta a la fragata, que marchaba entonces a catorce nudos, y la envolvió en sus cascadas eléctricas, como en una polvareda luminosa. Luego, se alejó dos o tres millas, dejando tras de sí un reguero fosforescente, comparable a los torbellinos de vapor que lanza a su paso la locomotora de un expreso. De pronto, desde los obscuros límites del horizonte, a donde fue a tomar impulso, el monstruo arrancó hacia la *Abraham Lincoln* con espantosa rapidez, se detuvo bruscamente a veinte pies de sus precintas, se apagó —no sumergiéndose, puesto que la extinción de la luz no fue gradual, sino súbita, como si el manantial de sus brillantes efluvios se hubiese agotado repentinamente— y reapareció al otro lado del navío, ya porque le hubiera contorneado, ya porque se hubiera deslizado bajo su casco. Estábamos expuestos, a cada instante, a una colisión, que nos habría sido fatal.

Entretanto, yo me asombraba de las maniobras de la fragata. Huía, no atacaba. Era perseguida, debiendo ser la perseguidora, y así lo hice observar al comandante Farragut. Su fisonomía, tan impasible de ordinario, denotaba una indefinible confusión.

—Señor Aronnax —me contestó—, ignoro con qué ser formidable tengo que habérmelas, y no quiero arriesgar imprudentemente mi fragata en medio de esta obscuridad. Por otra parte, ¿cómo atacar a un adversario desconocido, cómo defenderse de sus acometidas? Esperemos el día, y se trocarán los papeles.

—¿Abriga usted alguna duda, comandante; respecto a la naturaleza del animal?

—No, señor; es evidentemente un narval gigantesco, pero, a la vez, un narval eléctrico.

—Quizá —le observé— sólo sea, comparable a un gimnoto o a un torpedo.

—En efecto —contestó el comandante—, y si la fuerza expansiva del fluido está en relación con sus proporciones, es positivamente el animal más terrible que ha salido de la mano del Creador. Por eso prefiero mantenerme a la expectativa.

Toda la tripulación permaneció en pie durante la noche. Nadie pensó en dormir. Como la fragata no podía competir en velocidad, moderó su marcha, manteniéndose a baja presión. Por su parte, el narval, imitando a la fragata, se dejó mecer a merced de las ondas, pareciendo resuelto a no abandonar el teatro de la lucha.

No obstante, a eso de la media noche, desapareció, o, empleando una expresión más apropiada, *se apagó*, como un enorme gusano de luz. ¿Habría huido? Era de temer, más que de esperar. Pero a la una menos siete minutos de la madrugada, atronó el espacio un silbido ensordecedor, semejante al que produce una columna de agua lanzada con extrema violencia.

El comandante Farragut, Ned Land y yo nos hallábamos en aquel momento en la toldilla, explorando ávidamente a través de las profundas tinieblas.

—Ned Land —preguntó el comandante—; ¿ha oído usted muchas veces el resoplido de las ballenas?

—Muchas, mi comandante, pero nunca el bufido de ballenas como ésta, cuyo encuentro me haya valido dos mil dólares.

Efectivamente, tiene usted derecho a la prima. Pero, dígame, ¿es ése el mismo ruido que producen les cetáceos, cuando lanzan el agua por sus respiradores?

—El mismo, mi comandante, sino que éste es muchísimo más fuerte. No hay error posible. El animal que tenemos a la vista, es un cetáceo. Con su permiso, mi comandante —añadió el arponero—, le diremos dos palabritas, en cuanto empiece a despuntar el día.

—Si está de humor para escucharlas, amigo Land —repliqué yo, en tono de duda.

—¡Que logre acercarme a tiro de arpón —declaró el canadiense—, y no le quedará otro recurso que oírme!

—Pero, para acercarse a él —observó el comandante— habré de poner una ballenera a disposición de usted.

—Es natural, mi comandante.

—Con la cual expondré la vida de mis hombres.

—¡Y la mía! —se limitó a responder el arponero.

Cerca de las dos de la madrugada, reapareció el foco luminoso, con igual intensidad, a cinco millas a barlovento de la *Abraham Lincoln*. A pesar de la distancia, a pesar del ruido del viento y del mar, se percibían distintamente los formidables coletazos del animal y hasta su respiración jadeante. Parecía que al salir a la superficie del Océano el enorme narval, para renovar el aire en sus pulmones, se introducía en ellos como el vapor en los vastos cilindros de una máquina de dos mil caballos.

—¡Hum! —pensé—; una ballena que tiene la fuerza de un regimiento de caballería, ha de ser una famosa ballena!

Todos permanecimos alerta hasta el amanecer, preparándonos al combate. Los aparejos de pesca fueron dispuestos a lo largo de los parapetos. El segundo hizo cargar una especie de trabuco que lanzaba un arpón a una milla de distancia, y unas cerbatanas con balas explosivas, cuya herida es mortal hasta para los animales más resistentes. Ned Land se concretó a aguzar el arpón, arma terrible en su mano.

A las seis comenzó a despuntar el alba, y con los primeros resplandores de la aurora desaparecieron las radiacciones eléctricas del narval. A las siete ya era de día, pero una densa bruma cerraba el horizonte, impidiendo la observación. Esto produjo contrariedad y cólera.

Yo trepé a los masteleros de mesana. Varios oficiales estaban ya izados en los topes de los mástiles.

A las ocho, la bruma resbaló pesadamente sobre las ondas, y sus grandes volutas se fueron elevando paulatinamente. El horizonte se ensanchaba y se purificaba a la vez. De pronto, como la víspera, resonó la voz de Ned Land.

—¡Vista a babor! —gritó el arponero. ¡Ahí está! Todas las miradas se dirigieron al punto indicado.

Allí, a milla y media de la fragata, emergía un metro sobre las ondas un cuerpo negruzco. Su cola, violentamente agitada, producía un tremendo remolino. Jamás batió el mar con tal ímpetu ningún aparato caudal. Un surco inmenso, de resplandeciente blancura, marcaba el paso del animal, describiendo una prolongada curva.

La fragata se aproximó al cetáceo. Yo le examiné a mis anchas. Las referencias del *Shannon* y del *Helvetia* habían exagerado algo su tamaño, pues calculé su longitud en unos doscientos cincuenta pies. En cuanto a su corpulencia, era muy difícil apreciarla, pero, en conjunto, el animal me pareció admirablemente proporcionado en sus tres dimensiones.

Mientras observaba detenidamente a aquel ser fenomenal, brotaron de sus orificios dos surtidores de vapor y de agua, que se elevaron a cuarenta metros de altura, lo cual me determinó su manera de respirar. Concluí definitivamente que pertenecía a la rama de los vertebrados, clase de los mamíferos, subclase de los monodelfinianos, grupo de los pisciformes, orden de los cetáceos, familia... En este punto, no podía pronunciarme todavía. El orden de los cetáceos comprende tres familias; las ballenas, los cachalotes y los delfines, y en este último están incluidos los narvales. Cada una de estas familias se divide en varios géneros, cada género en especies, cada especie en variedades. Me faltaban la variadad, la especie, el género y la familia; pero no dudaba completar mi clasificación, con la ayuda del Cielo y del comandante Farragut.

La tripulación esperaba con impaciencia las órdenes de su jefe. Éste, después de observar atentamente al animal, hizo llamar al maquinista. El maquinista compareció.

—¿Tenemos presión? —le preguntó el comandante.

—Sí, mi comandante —contestó el maquinista.

—Está bien. Fuerce usted las calderas ¡y a todo vapor!

Tres hurras acogieron la orden. Había sonado la hora de la lucha. Pocos instantes después, las dos chimeneas de la fragata vomitaban torrentes de negra humareda, y el puente se estremecía bajo la trepidación de las calderas.

La *Abraham Lincoln*, impulsada por su potente hélice, se dirigió en línea recta sobre el animal. Éste la dejó acercarse, indiferentemente, hasta medio cable; luego se desvió, como si huyera, limitándose a mantener las distancias.

La persecución se prolongó durante unos tres cuartos de hora, sin que la fragata ganara dos toesas al cetáceo. De continuar así, era evidente que no lo alcanzaría nunca.

El comandante Farragut se retorcía con rabia la espesa mata de pelo que ocultaba por completo su barbilla.

—¡Ned Land! —gritó.

El canadiense acudió al llamamiento.

—Dígame, Land —le preguntó el comandante; persiste usted en su consejo de hacer maniobrar los botes?

—No, mi comandante —contestó Ned Land—, porque ese animal no se dejará coger hasta que se le antoje.

—Entonces, ¿qué hacemos?

—Forzar la máquina, si es posible, mi comandante. Por mi parte, previa su autorización, por supuesto, voy a situarme en la sobarba del bauprés, y si el cetáceo se pone a tiro, le arponeo.

—Vaya usted —dijo el comandante.

Y concedido este permiso, ordenó al maquinista:

—¡Aumente usted la presión!

Ned Land marchó a su puesto. Los hornos fueron activamente avivados; la hélice dio cuarenta y tres evoluciones por minuto y el vapor se esparció por las válvulas. Lanzada la corredera, se comprobó que la *Abraham Lincoln* marchaba a razón de diez y ocho millas y cinco décimas por hora.

Pero el maldito animal corría también con una velocidad de diez y ocho millas y cinco décimas.

La fragata mantuvo el mismo andar durante una hora más, sin ganar una toesa. Esto era humillante para una de las embarcaciones más rápidas de la marina americana. Una cólera sorda invadió a la tripulación. Los marineros injuriaban al monstruo, que, por su parte, desdeñaba contestarles. El comandante Farragut no se conformaba ya con retorcer su perilla; la mordía.

El maquinista fue llamado nuevamente.

—¿Hemos alcanzado el máximo de presión? —le preguntó el comandante.

—Sí, mi comandante —contestó el maquinista.

—¿Qué carga tienen las válvulas?

—Seis atmósferas y media.

—Cárguelas usted a diez atmósferas.

La orden era eminentemente americana. No se hubiera ideado procedimiento más expeditivo, en el Mississipi, para distanciar a "los competidores".

—Consejo —dije a mi excelente servidor, que se hallaba junto a mí—, te advierto que probablemente volaremos.

—El señor dispondrá —contestó Consejo.

¡Y lo que son las cosas! He de confesar que no me disgustaba correr aquella contingencia.

Las válvulas fueron cargadas. Los hornos se atestaron de carbón. Los ventiladores enviaron torrentes de aire a los hogares. La velocidad de la *Abraham Lincoln* aumentó. Los mástiles temblaron hasta en sus emplazamientos, y los torbellinos de humo apenas encontraron paso por las chimeneas, demasiado estrechas para contenerlos.

Se lanzó por segunda vez la corredera.

—¿Qué marca, timonel? —preguntó el comandante.

—Diez y nueve millas y tres décimas, mi comandante.

—¡Avivad los fuegos!

El maquinista obedeció. El manómetro marcó diez atmósferas. Pero el cetáceo *caldeó* también, indudablemente, porque, sin esfuerzo alguno, alcanzó igualmente sus diez y nueve millas y tres décimas.

¡Qué persecución! Me sería imposible describir la emoción que hacía vibrar todo mi ser. Ned Land se mantuvo en su puesto, blandiendo el arpón. En varias ocasiones, el animal nos dejó acercar.

—¡Le aventajamos! ¡Le aventajamos! —gritaba el canadiense.

Pero en el momento en que se disponía a atacarle, el cetáceo escurría el bulto, con una rapidez que de seguro excedía de treinta millas por hora. ¡Con decir que hasta durante nuestro máximo de velocidad se permitió mofarse de nosotros, dando la vuelta en redondo a la fragata! Esto provocó un grito unánime de furor.

Al mediodía, estábamos lo mismo que a las ocho de la mañana.

El comandante Farragut se decidió a emplear medios más eficaces.

—¡Ah! —exclamó—. Ese animal ¿corre más que la *Abraham Lincoln*? ¡Pues bien, veremos si se substrae a mis balas cónicas...! ¡Condestable! ¡A la pieza de proa!

El cañón del castillete fue inmediatamente cargado y enfilado. Se hizo el disparo, y el proyectil pasó a unos cuantos pies por encima del cetáceo, que se mantenía a media milla.

—¡A ver! —gritó el comandante—. ¡Otro más hábil, y quinientos dólares al que atraviese a ese endemoniado animal!

Un veterano artillero con barba gris, de mirar sosegado y fisonomía impasible —a quien aun me parece estar viendo—, se acercó a la pieza, la situó en posición y apuntó largo rato. La detonación retumbó, acompañando a su estruendo dos hurras de la tripulación.

El proyectil dio en el blanco, alcanzó al animal, pero anormalmente, y, resbalando sobre su redondeada superficie, fue a perderse dos millas mar adentro.

—¿Cómo es eso? —repuso el veterano, renegando—. ¡No parece sino que ese condenado lleva un blindaje de seis pulgadas!

—¡Maldición! —exclamó a su vez el comandante Farragut.

La caza se reanudó, y el comandante se inclinó hacia mí, diciéndome:

—¡No cejaré en mi empeño, hasta que mi fragata salte en astillas!

—Es natural —le contesté—. Hace usted bien.

Era lógico esperar que el animal se rindiera, que no resultara indiferente al esfuerzo como una máquina de vapor. Pero no sucedió así. Las horas transcurrieron, sin que diera la menor señal de cansancio.

Pero hay que consignar también, en elogio de la *Abraham Lincoln*, que el soberbio navío luchó con infatigable tenacidad. No estimo en menos de quinientos kilómetros la distancia que recorrió en el curso de la malhadada jornada del 6 de noviembre. Pero la noche se vino encima, envolviendo en sus sombras el turbulento Océano.

En aquel momento di por terminada nuestra expedición, suponiendo que no volveríamos a ver al fantástico animal. Me equivocaba.

A las diez y cincuenta minutos de la noche, reaparecieron los resplandores eléctricos, tres millas a barlovento de la fragata, tan diáfanos, tan intensos como la noche precedente.

El narval parecía inmóvil. Quizá dormía, extenuado por la jornada, dejándose mecer por las ondulaciones de las olas. Era una circunstancia favorable, que resolvió aprovechar el comandante Farragut.

Al efecto, comunicó las oportunas órdenes. La *Abraham Lincoln*, sostenida a baja presión, avanzó cautelosamente, para no despertar a su adversario. No es raro encontrar en pleno Océano ballenas profundamente dormidas, a las que se ataca con éxito, en tal caso, y Ned Land había arponeado a más de una durante su sueño. El canadiense se reintegró a su puesto en las sobarbas del bauprés.

La fragata se aproximó sigilosamente, frenó a dos cables de distancia del animal, y se dejó llevar por el impulso adquirido. Nadie respiraba a bordo. En el puente, reinaba un silencio absoluto. Estábamos a menos de cien pies del incandescente foco, cuyo brillo aumentaba, deslumbrando la vista.

Inclinado sobre la barandilla del castillete de proa, veía debajo de mí a Ned Land, aferrado con una mano a la martingala, y blandiendo en la otra su terrible arpón. Apenas le separaban veinte pies del animal, que continuaba inmóvil.

De pronto, su brazo se distendió violentamente, lanzando el arpón. Desde mi sitio percibí el choque sonoro del arma, que pareció tropezar con un cuerpo duro.

El foco eléctrico se extinguió súbitamente, cayendo al propio tiempo sobre cubierta dos enormes trombas de agua, que barrieron el puente de proa a popa, derribando a los tripulantes, destrozando los aparejos y las trapas de los botes.

La colisión fue espantosa, y, despedido por encima de la baranda, sin tener tiempo de sujetarme en ella, me precipité en el mar.

VII

UNA BALLENA DE ESPECIE DESCONOCIDA.

Aunque sorprendido por lo inesperado de la caída, seguí conservando, con toda claridad, la impresión de mis sensaciones.

Al zambullirme, fui arrastrado a una profundidad de unos veinte pies. Soy buen nadador, sin pretender igualar a Byron y a Edgardo Poe, que fueron maestros, y el chapuzón no me hizo perder la cabeza, ni por un instante. Dos vigorosos talonazos me devolvieron a la superficie del mar.

Mi primer cuidado fue buscar la fragata con la vista. ¿Habría sido notada mi desaparición por los tripulantes? ¿Habría virado de bordo el buque? ¿Habría echado una embarcación al mar el comandante Farragut? ¿Debía esperar que acudieran a mi salvamento?

Las tinieblas eran profundas. Divisé una masa negra que desaparecía hacia el Este, y cuyas luces de posición se extinguieron en la lejanía. Era la fragata. Me consideré perdido.

—¡Socorro! ¡Socorro! —grité, nadando en dirección al navío, con la energía que da la desesperación.

Las ropas me estorbaban. El agua las pegaba a mi cuerpo, paralizando mis movimientos. ¡Me sumergía! ¡Me asfixiaba...!

No pude continuar gritando. Mi boca se llenó de agua. Forcejeé, arrastrado al abismo...

De pronto, una mano vigorosa se asió a mis ropas y me sentí transportado violentamente a la superficie, oyendo sí, oyendo estas palabras pronunciadas en voz queda:

—Si el señor se sirve dispensarme la bondad de apoyarse en mi hombro, nadará mucho más cómodamente.

Acepté la invitación sin vacilar, al reconocer a mi fiel Consejo, exclamando a la vez:

—¡Tú, aquí!

—Yo, señor —contestó Consejo—, y a sus órdenes, como siempre.

—Por lo visto, el choque te ha precipitado al mar, al mismo tiempo que a mí, ¿no?

—Nada de eso; pero, estando al servicio del señor, he creído un deber seguirle.

El complaciente muchacho lo encontraba muy natural.

—¿Y la fragata? —le pregunté.

—¡La fragata! —replicó él, volviéndose para nadar de espalda—; si el señor me lo permitiera, le aconsejaría que prescindiera casi en absoluto de ella.

—¿Qué dices?

—Digo que en el momento de arrojarme al mar, oí gritar a los timoneles: "¡Se han roto la hélice y el timón!"

—¿Rotos?

—Sí, señor: rotos por el diente del monstruo. Según tengo entendido, son las únicas averías que ha sufrido la *Abraham Lincoln*; pero, sea como quiera, lo malo, para nosotros, es que carece de gobierno.

—¡Entonces, estamos perdidos!

—Es posible —contestó tranquilamente Consejo—. Sin embargo, tenemos aún varias horas por delante, y en varias horas se pueden hacer muchas cosas.

La imperturbable sangre fría de Consejo me reanimó. Nada más vigorosamente; pero molesto por mis ropas, que me agobiaban como una losa de plomo, experimenté una extrema dificultad para sostenerme. Consejo se dio cuenta de ello.

—Permítame el señor que practique un corte —dijo.

Y deslizando un cuchillo entre la tela y el cuerpo, hendió de alto abajo mis ropas, de un golpe rápido. Luego me desembarazó de ellas, mientras yo nadaba por los dos.

A mi vez le devolví el mismo servicio, y ambos continuamos *navegando de conserva*.

A pesar de ello, nuestra situación no era menos terrible. Quizá no fue advertida nuestra desaparición, y, aun siéndolo, la fragata no podía volver a nuestro encuentro, por no funcionar el timón, No había que contar, por tanto, más que con las embarcaciones menores.

Consejo razonó fríamente en esta hipótesis, y formó su plan, en consecuencia. ¡Arcanos de la Naturaleza! El flemático muchacho estaba allí como en su casa.

Decidimos, pues, en vista de que nuestra salvación dependía de la única probabilidad de ser recogidos por los botes de la *Abraham Lincoln*, encaminar nuestros esfuerzos a retrasarla lo menos posible. Al efecto, resolví dividir nuestras energías, para no agotarlas simultáneamente, y he aquí lo que convinimos: mientras uno de los dos, tendido de espalda se mantendría inmóvil, con los brazos cruzados y las piernas estiradas, el otro nadaría, empujándole hacia adelante. Este papel de remolcador no debía durar más de diez minutos, y relevándonos de tal forma, podríamos sobrenadar varias horas, y tal vez hasta que amaneciera.

¡Menguada probabilidad! ¡Pero está tan fuertemente arraigada la esperanza en el corazón humano! Además, éramos dos. Por último, aunque parezca dudoso, aseguro formalmente que si trataba de destruir en mí toda ilusión, si quería *desesperar*, no podía conseguirlo.

La colisión de la fragata y del cetáceo se produjo a las once de la noche, aproximadamente. Hablamos de nadar, por tanto, unas ocho horas, hasta la salida del sol. En rigor, la operación era practicable, relevándose. La mar, bastante bella, nos fatigaba poco. De vez en cuando, procuraba penetrar con la mirada en las espesas tinieblas, que rompía únicamente la fosforescencia provocada por nuestros movimientos, y observaba las ondas luminosas que se quebraban en mi mano, manchando la cabrilleante superficie de placas lívidas. Habríase dicho que estábamos sumergidos en un baño de mercurio.

Hacia la una de la madrugada, me sentí agobiado por la fatiga. Mis extremidades se paralizaron, acometidas por violentos calambres. Consejo hubo de sostenerme, quedando exclusivamente a su cargo el cuidado de nuestra conservación. No tardó en jadear también el pobre muchacho; su respiración se hizo corta y apresurada. Comprendí que no podía resistir por más tiempo.

—¡Déjame! —le dije—; ¡déjame!

—¿Abandonar al señor? ¡Jamás! —me contestó—. ¡Cuento con ahogarme el primero!

En aquel momento apareció la luna a través de los desgarrones de un nubarrón que el viento impelía hacia el Este. Sus destellos hicieron brillar la superficie del mar. La bienhechora claridad reanimó nuestras fuerzas. Levanté la cabeza, escrutando el horizonte en todas direcciones, y divisé la fragata. Estaba a cinco millas de nosotros, ofreciendo el aspecto de una masa negra. Pero botes, ¡ni sombra!

Intenté gritar. ¿A qué conducía, después de todo, a semejante distancia? Pero mis entumecidos labios no dieron paso a ningún sonido. Consejo logró articular algunas palabras, y le oí repetir diferentes veces:

—¡Socorro! ¡Socorro!

Suspendimos un instante nuestros movimientos y escuchamos. Quizá sería efecto de uno de esos zumbidos con que la sangre congestionada retumbaba en los oídos, pero me pareció que había respondido un grito al grito de Consejo.

—¿Has oído? —murmuré.

—¡Sí! ¡Sí!

Y Consejo lanzó al espacio un nuevo lamento desesperado.

Entonces, ya no hubo error posible. Una voz humana contestó a la nuestra. ¿Era la voz de algún infortunado abandonado en medio del Océano, de alguna otra víctima del choque experimentado por el navío? ¿Sería más bien una embarcación de la fragata, que nos llamaba en la sombra?

Consejo hizo un supremo esfuerzo, y apoyándose en mi hombro, mientras yo resistía en una postrera convulsión, sacó medio cuerpo fuera del agua y cayó abatido.

—¿Qué has visto?

—He visto... —murmuró—, he visto... pero no hablemos... reservemos todas nuestras fuerzas...!

¿Qué habría visto? Sin saber por qué, surgió en mi mente, por primera vez, la idea del monstruo... Pero, ¿y la voz? Habían pasado ya los tiempos en que los Jonás se refugiaban en los vientres de las ballenas.

Entretanto, Consejo seguía remolcándome. De vez en cuando, levantaba la cabeza, miraba al frente y lanzaba un nuevo grito, al que respondía una voz que se aproximaba gradualmente. Yo, apenas le oía. Mis fuerzas estaban agotadas, mis dedos tumefactos, mi mano insensible a todo punto de apoyo; mi boca, convulsivamente abierta, se llenaba de agua salada; el frío me invadía. Alcé la cabeza una última vez, y acabé por hundirme...

En aquél instante, choqué con un cuerpo duro y me así a él fuertemente. Luego, me sentí extraído del agua y transportado a la superficie; noté que mi pecho se deshinchaba y me desvanecí...

Es verdad que reaccioné prontamente, gracias a unas vigorosas fricciones que devolvieron la elasticidad a mi cuerpo. Entonces abrí los ojos.

—Consejo —murmuré.

—¿Ha llamado el señor? —preguntó el interpelado.

Al mirarle, a los postreros resplandores de la luna, que trasponía ya el horizonte, vi una cara: que no era la de Consejo, y que reconocí en seguida.

—¡Ned! —exclamé.

—¡El mismo, señor, que sigue persiguiendo su prima! —contestó el canadiense.

¿Ha sido usted lanzado al mar, a consecuencia del choque de la fragata?

—Sí, señor profesor; pero, más afortunado que usted, pude tomar pie, casi en el acto, en un islote flotante.

—¿Un islote?

—O por mejor decir, en su narval gigantesco.

—¡Explíquese, Ned!

—Y pude hacerme cargo, rápidamente, del por qué mi arpón no penetró, sino que se embotó en su piel.

—¿Por qué, amigo Ned? ¡Veamos!

—Porque este animalucho, señor profesor, está construido con planchas de acero.

Al llegar a este punto, se me hace indispensable coordinar mis ideas, refrescar mis recuerdos, comprobar personalmente mis asertos.

Las últimas palabras del canadiense produjeron un súbito cambio en mi cerebro. Trepé apresuradamente al remate del ser o del objeto medio sumergido que nos servía de refugio, y le tanteé con el pie. Era evidentemente un cuerpo duro, impenetrable, y no la substancia blanda que forma la masa de los grandes mamíferos marinos.

Pero aquel cuerpo duro podía ser una concha ósea, semejante a la de los animales antediluvianos, y en tal caso, saldría del apuro clasificando el monstruo entre los reptiles anfibios, como las tortugas o los cocodrilos.

¡Pues no, señor! El lomo negruzco que me soportaba, era liso, pulimentado, no escamoso. Al golpearlo, producía una sonoridad metálica, y por increíble que fuese, parecía, ¿qué digo parecía? estaba formado de planchas perfectamente ajustadas entre sí.

¡No había duda posible! El animal, el monstruo, el fenómeno natural que traía intrigado a todo el mundo científico, trastornada y extraviada la imaginación de los marinos de ambos hemisferios —precisaba reconocerlo—, era un fenómeno más asombroso todavía, un fenómeno producido por la mano del hombre.

El descubrimiento de la existencia del ser más fabuloso, más mitológico, no hubiera sorprendido en tan alto grado mi razón. Que lo prodigioso proceda del Creador, es cosa muy natural; pero cualquiera se desconcierta, al encontrar súbitamente ante sus ojos lo imposible, misteriosa y humanamente realizado.

Y no había manera de confundirse. Estábamos situados sobre el dorso de una especie de nave submarina, que presentaba, por lo que pude juzgar a primera vista, la forma de un enorme pez de acero. Ned Land expuso su opinión en tal sentido, y Consejo y yo no pudimos menos de adherirnos a ella.

—Pero entonces —observé— este aparato encierra un mecanismo de locomoción y un personal para su manejo.

—Evidentemente —contestó el arponero—. Y, sin embargo, desde hace tres horas que estoy instalado en esta isla flotante, no ha dado señales de vida.

—¿No ha marchado?

—No, señor Aronnax. Se deja balancear a merced de las olas, pero sin moverse.

—No obstante —repliqué—, sabemos por experiencia que está dotado de gran velocidad. Y como para producir esa velocidad hace falta una máquina, y para dirigir esa máquina se necesita un técnico, deduzco que nos hemos salvado.

—¡Qué se yo —repuso Ned Land, en tono reticente.

En aquel momento, y como para robustecer mi argumentación, se produjo una ebullición a popa del extraño artefacto, cuyo propulsor era evidentemente una hélice, y se puso en movimiento. Apenas tuvimos tiempo suficiente para afirmarnos en su parte superior, que emergía unos ochenta centímetros. Afortunadamente, su velocidad no era excesiva.

—Mientras navegue horizontalmente —murmuró Ned Land— ¡menos mal! ¡Pero si se le antoja zambullirse, no daría dos dólares por mi pellejo!

Y aun se excedía el canadiense. Era urgente, por tanto, comunicar con los incógnitos moradores recluidos entre las paredes de aquella máquina. Busqué en su superficie una abertura, una claraboya, una "gatera", empleando la expresión técnica; pero las líneas de remaches que unían las planchas eran netas y uniformes.

Además, la luna desaparecía en aquel instante, dejándonos en una profunda obscuridad. Era preciso esperar el día, para arbitrar los medios de penetrar en el interior de la nave submarina.

Así, pues, nuestra salvación dependía exclusivamente del capricho de los misteriosos timoneles que dirigían el aparato, y si se sumergían, estábamos perdidos. Exceptuado este caso, no dudaba de la posibilidad de entrar en relaciones con ellos. Y realmente, si no se fabricaban el aire para su consumo, forzosamente habían de volver, de tanto en tanto, a la superficie del Océano, para renovar su provisión de moléculas respiratorias. Necesariamente también, en consecuencia, debía existir una abertura que pusiera en comunicación con la atmósfera el interior del bajel.

En cuanto a la esperanza de ser salvados por el comandante Farragut, había que renunciar a ella en absoluto. Íbamos arrastrados hacia el Oeste, y, según mis cálculos, nuestra velocidad, relativamente moderada, alcanzaba doce millas por hora. La hélice batía las olas con regularidad matemática, saliendo del agua, de vez en cuando, y haciéndola saltar a gran altura.

Hacia las cuatro de la madrugada, aumentó la velocidad del aparato, haciéndonos difícil resistir la vertiginosa carrera, cuando las olas nos azotaban en pleno rostro. Afortunadamente, Ned encontró a mano una gran argolla, fija en la parte superior de la coraza metálica, a la que logramos aferrarnos sólidamente.

Por fin, transcurrió la interminable noche. Mi recuerdo incompleto no me permite reproducir todas mis impresiones. Un solo detalle quedó grabado en mi memoria. Durante ciertas calmas momentáneas del mar y del viento, creí percibir varias veces sonidos vagos, una especie de armonía fugaz, producida por lejanos acordes. ¿Cuál era el misterio de aquella navegación submarina, de la que el mundo entero buscaba inútilmente la explicación? ¿Qué seres vivían en aquella singular embarcación? ¿Qué agente mecánico la permitía trasladarse de un punto a otro con tan portentosa celeridad?

Amaneció. Las brumas matutinas nos envolvían, pero no tardaron en disiparse. Me dispuse a proceder a un minucioso examen del casco, que formaba en su parte alta una especie de plataforma horizontal, cuando la sentí hundirse poco a poco.

—¡Eh! ¡Voto a mil diablos! —gritó Ned Land, golpeando con el pie la sonora plancha metálica—. ¡Abrid ya, inhospitalarios navegantes!

Pero era difícil hacerse oír entre las ensordecedoras sacudidas de la hélice. Por fortuna, cesó el movimiento de inmersión.

De pronto, se produjo en el interior de la nave un estrépito de cerrojos y pestillos violentamente descorridos, se alzó una plancha y apareció un hombre, que lanzó un grito estrambótico y desapareció seguidamente.

Pocos minutos después, se presentaron ocho robustos mocetones enmascarados, que nos arrastraron a su formidable máquina.

VIII

MOBILIS IN MOBILI.

El secuestro, tan brutalmente ejecutado, se realizó con la celeridad del rayo. Mis compañeros y yo no tuvimos tiempo de darnos cuenta. No sé la impresión que experimentarían al sentirse introducidos en aquella prisión flotante, pero, por lo que a mí respecta, declaro ingenuamente que se me puso carne de gallina. ¿Con quién teníamos que habérnoslas? Sin duda con algunos piratas de nuevo cuño, que explotaban el mar a su manera.

Apenas cerrada tras de mí la angosta escotilla, quedé sumido en tinieblas. Mis pupilas, impregnadas de la luz exterior, no pudieron distinguir ningún objeto. Sentí que mis descalzos pies resbalaban por los peldaños de una escalera de hierro. Ned Land y Consejo, vigorosamente agarrotados, me seguían. Al pie de la escalera, se abrió y se cerró inmediatamente tras de nosotros una puerta, con retumbante sonoridad.

Estábamos solos. ¿Dónde? No podía decirlo, ni apenas imaginarlo. Todo era negro, pero de una negrura tan absoluta, que ni aun después de varios minutos pude sorprender uno de esos tenues resplandores indeterminados que flotan en las más profundas obscuridades.

Entretanto, Ned Land, furioso ante semejante manera de proceder, daba rienda suelta a su indignación.

—¡Voto a mil legiones de demonios! —exclamó. ¡Estas gentes podrían dar quince y raya a los caledonios en materia de hospitalidad! ¡No les falta más que ser antropófagos! ¡Por supuesto, no me chocaría que lo fuesen! ¡Pero les aseguro que no me engullirán sin protesta.

—Cálmese usted, amigo Ned, cálmese usted —contestó tranquilamente Consejo—. No se enfurezca antes de tiempo. ¡Todavía no estamos en el asador!

—En el asador, no —replicó el canadiense—, pero en el horno, ¡qué duda cabe...! Aquí no se ve ni gota. Afortunadamente, me acompaña mi faca y no necesito luz para utilizarla. ¡Al primero de esos bandidos que me ponga la mano encima...!

—No se irrite usted —aconsejé yo entonces al arponero—, y no nos comprometa con inútiles violencias. ¡Quién sabe si nos oyen! Procuremos ante todo saber dónde estamos.

Y avancé a tientas. A los cinco pasos encontré un tabique de hierro, formado con planchas ensambladas y remachadas. Luego, al volverme, tropecé con una mesa de madera, junto a la cual se hallaban alineados varios taburetes. El pavimento del calabozo estaba oculto bajo una gruesa estera de formio, que amortiguaba el ruido de los pasos. Las paredes no presentaban ningún vestigio de puerta ni de ventana. Consejo dio la vuelta en sentido inverso, y al reunirnos en el centro de la cabina, calculamos que debía tener veinte pies de largo por diez de ancho. En cuanto a su altura, no pudo medirla Ned Land, a pesar de su elevada talla.

Había transcurrido ya una media hora, sin que la situación se modificara, cuando mis ojos pasaron súbitamente de las más densas tinieblas a la más extrema claridad. Nuestra prisión se iluminó de pronto, es decir, se inundó de un fulgor tan vivo, que no pude soportar su brillo en el primer momento. En su blancura, en su intensidad, reconocí aquel haz eléctrico que producía en torno del navío un magnífico fenómeno de fosforescencia. Después de cerrar los ojos involuntariamente, los abrí de nuevo, viendo que las proyecciones luminosas emanaban de un globo esmerilado, adosado a la parte superior de la cabina.

—¡Gracias a Dios que veo claro! —exclamó Ned Land, que se mantenía a la defensiva, empuñando su faca.

—Sí —conteste yo, aventurando la antítesis—, pero la situación no es menos obscura por eso.

—Tenga paciencia el señor —replicó el impasible Consejo.

La súbita iluminación de la cabina me permitió examinarla en sus menores detalles. No contenía más que la mesa y cinco taburetes. La puerta invisible debía estar herméticamente cerrada. No se percibía el más leve rumor. Todo parecía muerto en el interior de la embarcación. ¿Marchaba? ¿Se mantenía sobre la superficie del Océano? ¿Se hundía en sus profundidades? No podía colegirlo.

Pero el globo luminoso no se había encendido sin motivo. Esperaba, por consiguiente, que no tardaría en presentarse el personal de la tripulación. Cuando se quiere olvidar a las gentes, no se iluminan los lugares en que se les recluye.

No me equivocaba. Pocos instantes después se oyó el descorrer de cerrojos, se abrió la puerta y aparecieron dos hombres.

Uno era escaso de talla, de vigorosa musculatura, ancho de hombros, robusto de miembros, cabeza bien asentada, negra y abundante cabellera, grandes bigotazos, mirada viva y penetrante, y llevaba impresa en toda su personalidad esa vehemencia meridional que caracteriza en Francia a las poblaciones provenzales. Diderot ha pretendido, muy atinadamente que el gesto del hombre es metafórico. Aquel hombre era, de seguro, la prueba viviente. Se presentía que en su lenguaje habitual debía prodigar las prosopopeyas, las metonimias y el hipérbaton; pero no tuve ocasión de comprobarlo jamás, porque siempre usó ante mí un idioma singular y absolutamente incomprensible.

El segundo personaje merece descripción más detallada. Un discípulo de Gratiolet o de Engel, hubiera leído en su fisonomía como en un libro abierto. Sin vacilar, reconocí sus cualidades dominantes: la confianza en sí mismo, porque su cabeza descollaba esplendorosa del arco formado por la línea de sus hombros, y sus ojos negros miraban con fría resolución; la calma, porque su tez, más bien pálida que sonrosada, denotaba la tranquila normalidad en la circulación de la sangre; la energía, porque la rápida contracción de sus músculos superciliares lo demostraba; el valor, en fin, porque su dilatada respiración denunciaba una gran expansión vital.

Añadiré que su apostura era arrogante, que su mirada firme y sosegada parecía reflejar elevados pensamientos, y que de todo su conjunto, de la homogeneidad de las expresiones en sus gestos y demanes, según observación de los fisónomos, resultaba una indiscutible franqueza.

Declaro que me sentí "involuntariamente" tranquilizado en su presencia y auguré bien de nuestra entrevista.

El personaje podía tener lo mismo treinta y cinco años que cincuenta; nadie habría sido capaz de precisarlo. Su estatura era elevada, su frente ancha, su nariz recta, su boca netamente dibujada, sus dientes magníficos, sus manos finas, largas, eminentemente "psíquicas", usando un término de la quirognomonía, es decir, dignas de servir a un alma apasionada. Era, positivamente, el tipo más admirable que había encontrado en mi vida. Un detalle particular: sus ojos, un poco separados entre sí, podían abarcar simultáneamente cerca de un cuadrante del horizonte. Esta facultad, como comprobé más tarde, estaba combinada con un alcance de visión superior al que poseía Ned Land. Cuando el incógnito personaje se

42

fijaba en un objeto, se fruncía su entrecejo, se entornaban sus párpados, para circunscribir la pupila y reducir así la extensión del campo visual, y miraba. Pero, ¡qué mirada! ¡Cómo agrandaba los objetos achicados por la distancia! ¡Cómo penetraba hasta el alma! ¡Cómo calaba las líquidas superficies, y cómo leía en lo más profundo de los mares!

Los dos desconocidos, cubiertos con unos gorrillos de piel de nutria marina y calzados con medias botas de piel de foca, llevaban ropas de un tejido especial que no se adhería al cuerpo y permitía una perfecta libertad de movimientos.

El más alto —evidentemente jefe de a bordo— nos examinó con todo detenimiento, sin pronunciar palabra. Luego, volviéndose hacia su compañero, conversó con él en una lengua que no pude reconocer. Era un idioma sonoro, armonioso, flexible, cuyas vocales parecían someterse a una acentuación variadísima.

El otro contestó con un desdeñoso cabeceo, añadiendo unas cuantas palabras completamente incomprensibles. Después de mirarme, pareció interrogarme directamente.

Le contesté, en correcto francés, que no entendía su lenguaje; pero él tampoco debió comprenderme, y la situación se hizo bastante embarazosa.

—El señor debería referirles lo sucedido —me indicó el servicial Consejo—. Quizá estos señores cojan al vuelo algunas palabras.

Hice la narración de nuestras aventuras, articulando claramente cada sílaba, y sin omitir un solo detalle. Declaré nuestros nombres y calidades, y después procedí a la presentación en toda regla del profesor Aronnax, de su criado Consejo y del arponero Ned Land.

El hombre de la mirada dulce y sosegada me escuchó tranquilamente, incluso con deferencia y marcada atención. Pero nada indicó en su fisonomía que hubiera comprendido mi relato. Cuando terminé, permaneció en el más absoluto silencio.

Aún quedaba el recurso de hablar en inglés. Quizá lograríamos hacernos entender en esta lengua, que es casi universal. Yo la conocía, como también la alemana, lo suficiente para leer de corrido, pero no para expresarme en ella correctamente. Y era esencialísimo para nosotros darnos a comprender.

—Le ha llegado su turno, amigo Land —dije al arponero—. Desembuche usted el mejor inglés que haya podido hablar en su vida el más legítimo anglosajón, y procure ser más afortunado que yo.

Ned no se hizo rogar y repitió mi relato, que comprendí en su mayor parte. En el fondo fue idéntico, pero difirió en la forma. El canadiense se dejó llevar por su temperamento, y puso en la narración demasiada vehemencia. Se quejó violentamente de haber sido apresado, con evidente desprecio del derecho de gentes, preguntó en virtud de qué ley se le retenía encarcelado, invocó el *habeas corpus*, amenazó con perseguir a los que le secuestraban indebidamente, se revolvió, gesticuló, vociferó, y, finalmente, dio a entender, con expresivo ademán, que nos moríamos de hambre.

Lo cual era rigurosamente exacto, aunque casi lo habíamos olvidado.

Con gran estupefacción suya, el arponero no pareció haber sido más inteligible que yo. Nuestros visitantes no pestañearon. Era evidente que no comprendían la lengua de Arago ni la de Faraday.

Confuso en extremo, después de haber agotado nuestros recursos filológicos, no sabía ya qué partido adoptar, cuando me dijo Consejo:

—Si el señor me autoriza, contaré lo acaecido en alemán.

—¡Cómo! —exclamé—: ¿sabes alemán?

—Como un flamenco, si el señor no lo toma a mal.

—¿Qué he de tomarlo? ¡Al contrario, muy a bien! ¡Manos a la obra, muchacho!

Y Consejo, con su acento reposado, relató por tercera vez las diversas peripecias de lo acontecido. Pero, a pesar de los elegantes giros y de la hermosa pronunciación del narrador, la lengua alemana no obtuvo ningún éxito.

En tan apurado trance, recopilé cuanto recordaba de mis estudios clásicos y emprendí la narración de nuestras aventuras en latín. Cicerón se hubiera tapado los oídos y me hubiera enviado a la cocina: pero yo conseguí salir del paso, si bien con el mismo resultado negativo.

Definitivamente abortada esta última tentativa, los dos desconocidos cambiaron algunas frases en su enigmático lenguaje y se retiraron, sin dirigirnos siquiera uno de esos gestos consoladores de uso corriente en todos los países del mundo. La puerta volvió a cerrarse.

—¡Esto es una infamia! —bramó Ned Land, explotando por vigésima vez—. ¡Hablar a estos tunantes en francés, en inglés, en alemán y en latín, y no tomarse la molestia de contestarnos, ni aun por cortesía!

—¡Cálmese, Ned! —dije al fogoso arponero—. Los arrebatos no conducen a nada.

—¿Pero no está usted viendo, señor profesor —replicó nuestro irascible compañero—, que vamos a morir de hambre en esta jaula de hierro?

—¡Bah! —repuso filosóficamente Consejo—; ¡todavía se puede resistir mucho tiempo.

—Amigos míos —les manifesté—, no hay que desesperar. Ya hemos salido de peores atolladeros. Aguardemos, pues, antes de formar juicio respecto al comandante y a la tripulación de este buque.

—Mi juicio ya está completamente formado —contestó Ned Land—. ¡Son unos pillos...!

—Bien; pero, ¿de qué país?

—¡Del país de los pillos!

—Mi estimado Ned, ese país no está suficientemente indicado todavía en el mapamundi, pero confieso que la nacionalidad de esos dos individuos es difícil de determinar. Lo único que puede afirmarse es que no son ingleses, ni franceses, ni alemanes. Sin embargo, casi me aventuro a creer que el comandante y su segundo han nacido en latitudes bajas. Hay algo de meridional en ellos. Lo que no me permite decidir su tipo físico, es si son españoles, turcos, árabes o indios. En cuanto a su idioma, es absolutamente incomprensible.

—He ahí los inconvenientes de no saber todos los idiomas, o las desventajas de no haber una lengua única —arguyó Consejo.

—¡Lo cual no serviría de nada! —objetó Ned Land—. ¿No ve usted que esas gentes usan un lenguaje propio, un lenguaje inventado para desesperar a los ciudadanos pacíficos que les piden de comer? ¿No se comprende de sobra, en todos los países de la tierra, lo que significa abrir la boca, mover las mandíbulas, deglutir y relamerse los labios? ¿No quiere decir esto, lo mismo en Quebec que en las Pomotú, en París que en los antípodas: "¡Tengo hambre! Denme de comer"?

—¡Oh! —exclamó Consejo—; ¡hay inteligencias tan obtusas!

Al pronunciar estas palabras se abrió la puerta, dando paso a un camarero. Nos traía ropas, chaquetas y pantalones impermeables, confeccionados con una tela desconocida. Me apresuré a ponerme aquellas prendas, y mis compañeros me imitaron.

Entretanto, el camarero, mudo —sordo quizá—, preparó la mesa, colocando en ella tres cubiertos.

—Esto se va formalizando —dijo Consejo—. Parece que las cosas toman buen giro.

—¡Bah! —contestó el rencoroso arponero—. ¿Qué diablos quiere usted que coman aquí? Hígado de tortuga, filete de tiburón, chuletas de perro marino!

—¡Ya lo veremos! —replicó el inalterable Consejo.

Las fuentes, cubiertas con sus campanas de plata, fueron simétricamente alineadas sobre el mantel, y nos sentamos a la mesa. Decididamente, nos las entendíamos con gentes cultas, y, sin la luz eléctrica que nos inundaba, me habría creído en el comedor del hotel *Adelphi*, en Liverpool, o en el *Grand—Hôtel* de París. Debo consignar, sin embargo, que faltaban en absoluto el pan y el vino. El agua era fresca y cristalina, pero agua, lo cual no fue del gusto de Ned Land. Entre los manjares que nos sirvieron figuraban diversos pescados, delicadamente sazonados; pero respecto a otros platos, aunque igualmente exquisitos, no pude pronunciarme, pues ni aun habría sabido decir a qué reino vegetal o mineral pertenecía su contenido.

El servicio de mesa era elegante y de refinado gusto. Cada utensilio, cuchara, tenedor, cuchillo o plato, ostentaba una letra rodeada de un lema en exergo, cuyo facsímil exacto era el siguiente:

MOBILIS
N
INMOBILI

¡*Móvil en el elemento móvil*! La divisa se adaptaba justamente al aparato submarino, a condición de traducir la preposición *in* por "en" y no por "sobre". La letra N significaba sin duda la inicial del nombre del enigmático personaje que dominaba en el fondo de los mares.

Ned y Consejo prescindían de tales reflexiones. Devoraban, y no tardé en seguir su ejemplo. Estaba, por lo demás, tranquilo respecto a nuestra suerte, y me parecía evidente que nuestros huéspedes no pretendían dejarnos morir de inanición.

Pero todo tiene fin en este mundo, todo pasa, hasta el hambre de individuos que no han comido en quince horas. Satisfecho nuestro apetito, se hizo sentir imperiosamente la necesidad del sueño. Reacción bien natural, después de la interminable noche durante la cual habíamos luchado contra la muerte.

—¡Palabra, que dormiré como un bendito! —dijo Consejo.

—¡Yo duermo ya! —contestó Ned Land.

Mis dos compañeros se tendieron sobre la estera de la cabina, quedando sumidos bien pronto en profundo sueño.

Por lo que a mí respecta, cedí menos fácilmente a la ineludible necesidad de dormir. Las ideas se agolparon en mi mente, una multitud de cuestiones insolubles acudió en tropel a mi imaginación, y un cúmulo de visiones fue surgiendo ante mi vista, manteniéndome desvelado. ¿Dónde estábamos? ¿Qué misterioso poder nos arrastraba? Sentí —o mejor dicho, creí sentir— que el aparato se sumergía en las más recónditas capas del mar. Me asaltaron les más horribles pesadillas. Vislumbré en aquellos remotos asilos todo un mundo de animales desconocidos, de los que la nave submarina parecía ser congénere, viviendo, agitándose, formidable como ellos... Luego, mi cerebro se apaciguó, la imaginación se fundió en una vaga somnolencia, y caí, por fin, en un pesado sopor.

IX

LOS ARREBATOS DE NED LAND.

Ignoro la duración de nuestro sueño; pero debió ser largo, porque nos repuso completamente de nuestras fatigas. Yo fui el primero en despertar. Mis compañeros no habían variado de postura, permaneciendo tendidos, cada cual en su rincón, como masas inertes.

Apenas levantado de la cama, poco mullida por cierto, sentí despejado mi cerebro y clara mi inteligencia. Entonces, emprendí un nuevo y atento examen de nuestra celda.

Su disposición interior no había experimentado modificación alguna. El calabozo seguía siendo cárcel, y los reclusos prisioneros. Pero el camarero, aprovechando nuestro reposo, había levantado la mesa. Nada indicaba, por tanto, un cambio próximo de situación, lo cual me indujo a preguntarme seriamente si estaríamos destinados a vivir indefinidamente en aquel jaulón.

La perspectiva me pareció tanto más penosa cuanto que, si bien mi cerebro estaba libre de las obsesiones de la víspera, sentía en mi pecho una opresión extraña. Respiraba con extraordinaria dificultad. El viciado ambiente no bastaba para el funcionamiento normal de mis pulmones. A pesar de las vastas dimensiones de la celda, era evidente que habíamos consumido en gran parte el oxígeno contenido en ella. En efecto; cada individuo gasta en una hora el oxígeno encerrado en cien litros de aire, y aquel aire, cargado entonces de una cantidad casi equivalente de ácido carbónico, se hace irrespirable.

Era, pues, urgente renovar la atmósfera de nuestra prisión, como también, indudablemente, la de toda la nave submarina.

En este punto, surgía la duda en mi mente. ¿Cómo procedería el capitán de aquella vivienda flotante? ¿Obtendría el aire por medios químicos, extrayendo, por el calor, el oxígeno contenido en el clorato de potasa, y absorbiendo el ácido carbónico por la potasa cáustica? En este caso, debía conservar ciertas relaciones con los continentes, a fin de procurarse las materias precisas para la operación. ¿Se limitaría únicamente a almacenar el aire en los depósitos, bajo elevadas presiones, para distribuirlo después, según las necesidades de su tripulación? Tal vez. ¿Acaso apelaría, como procedimiento más cómodo, más económico, y por consiguiente más probable, al sencillo recurso de salir a respirar a la superficie de las aguas, como un cetáceo, abasteciéndose así de aire para veinticuatro horas? De todos modos, y cualquiera que fuese el método puesto en práctica, me parecía prudente utilizarlo sin demora.

Y en efecto, ya estaba reducido a multiplicar mis inspiraciones para extraer de aquella celda la escasa cantidad de oxígeno que encerraba, cuando, súbitamente, me noté refrigerado por una corriente de aire puro y completamente perfumado de emanaciones salinas. Era, a no dudarlo, la brisa del mar, vivificante, impregnada de yodo. Abrí ampliamente la boca, y mis pulmones se saturaron de frescas moléculas. Al propio tiempo, sentí un balanceo, un ligero vaivén, pero perfectamente determinado. El navío, el monstruo de acero, acababa, indudablemente, de remontarse a la superficie del Océano, para respirar allí a la manera de las ballenas. La forma de ventilación del barco estaba, pues, plenamente comprobada.

Después de absorber el aire a boca llena, busqué el conducto, "el aerífero", si se quiere, que permitía llegar hasta nosotros el bienhechor efluvio, y no tardé en encontrarlo. Sobre la puerta se abría un ventilador que daba paso a una fresca columna de aire, renovándose la enrarecida atmósfera.

A tal altura me hallaba de mis observaciones, cuando Ned y Consejo se incorporaron casi al mismo tiempo, bajo la influencia de la vivificadora aeración. Se frotaron los ojos, estiraron los brazos y se pusieron en pie de un salto.

—¿Ha dormido bien el señor? —me preguntó Consejo, con su cortesía cotidiana.

—Muy bien, muchacho —contesté—. ¿Y usted, intrépido Ned Land?

—Como un tronco, señor profesor... Pero, si el olfato no me engaña, me parece que aquí se respira la brisa del mar.

La confusión no era posible, tratándose de un marino, y relaté al canadiense lo que había pasado durante su sueño.

—¡Ah, vamos! —exclamó—. Eso explica perfectamente los mugidos que oíamos, cuando el supuesto narval estaba a la vista de la *Abraham Lincoln.*

—¡Justo, amigo Land! Era su respiración.

—El caso es, señor Aronnax, que no sabemos en qué hora vivimos. ¿Será ya hora de comer?

—¿Hora de comer, mi querido arponero? Diga usted, por lo menos, hora de almorzar, porque seguramente ya estamos en otro día.

—Lo cual demuestra — dedujo Consejo— que nos hemos pasado durmiendo veinticuatro horas.

—Esa es mi opinión —contesté.

—No contradigo a ustedes —replicó Ned Land—. Pero, comida o almuerzo, el camarero que nos traiga la una o el otro, será recibido en palmas.

—Más vale que lo traiga todo a la vez —dijo Consejo.

—¡Eso es! —contestó el canadiense—. Tenemos derecho a dos comidas, y, por mi parte, prometo hacerles los debidos honores.

—¡Paciencia, Ned! —aconsejé yo—. Es evidente que estos desconocidos no abrigan el propósito de dejarnos morir de hambre, porque, en tal caso, no estaría justificada la comida de ayer.

—¡A menos que pretendan cebarnos! —respondió Ned.

—¡Protesto! —le repliqué—. Estoy seguro, segurísimo, de que no hemos caído en manos de caníbales!

—No se fíe usted! —alegó seriamente el canadiense—. Quién sabe si esas gentes están privadas desde hace tiempo de carne fresca, y al ver tres individuos sanos y robustos, como el señor profesor, su simpático doméstico y yo.

—Deseche usted esas ideas, amigo Land —interrumpí al arponero—, y, sobre todo, no las tome como fundamento para mostrarse hostil a nuestros anfitriones, porque con ello no conseguiríamos más que agravar la situación.

—¡En todo caso —manifestó el arponero—, tengo un hambre canina, y comida o almuerzo, la pitanza no acaba de llegar!

—Amigo Land —le contesté—, es preciso atenerse al reglamento de a bordo, y supongo que nuestros estómagos se han anticipado a la campana de la cocina.

—Pues los pondremos en hora —dijo tranquilamente Consejo.

—¡Le reconozco, amigo Consejo! —contestó el impasible canadiense—. ¡No almacenará usted mucha bilis ni desgastará sus nervios! ¡Qué pachorra! Sería usted capaz de agradecer un favor antes de pedirlo, y de morirse de hambre sin formular la menor queja.

—¿Qué adelantaría con protestar? —preguntó Consejo.

—¡Pues eso! ¡Hacer constar la protesta! Algo es algo. ¡Y si esos piratas (y digo piratas por respeto, y para no contrariar a su amo, que me ha prohibido llamarles caníbales), si esos piratas se figuran que me van a tener trincado en esta jaula, en la cual me ahogo, sin darse por entendidos de los juramentos con que sazono mis arrebatos, se equivocan...! ¿Cree usted que nos tendrán mucho tiempo en esta caja de hierro?

48

—Realmente, no puedo contestarle, amigo Land, porque estoy tan poco enterado como usted.

—Pero en fin: ¿qué supone?

—Supongo que la casualidad nos ha puesto en posesión de un importante secreto. Ahora bien; si la tripulación de esta nave submarina tiene interés en guardarlo, y si ese interés es más grave que la vida de tres hombres, considero muy comprometida nuestra existencia. En el caso contrario, a la primera ocasión, el monstruo que nos ha engullido nos reintegrará al mundo habitado por nuestros semejantes.

—Si no nos alistan como tripulantes —objetó Consejo— y nos retienen así...

—Hasta el momento —interrumpió Ned Land— en que cualquier fragata, más veloz o más hábil que la *Abraham Lincoln*, se apodere de este nido de forajidos y envíe a su dotación, y a nosotros, a exhalar el último suspiro en la verga del palo mayor.

—Puede que no vaya usted descaminado, amigo Land —repliqué—. Pero aún no se nos han hecho que yo sepa, proposiciones a este respecto. Es inútil, por tanto, discutir la determinación que hayamos de adoptar, llegado el caso. Esperemos, repito, aconsejándonos de las circunstancias, y no hagamos nada, puesto que nada hay que hacer por ahora.

—¡Al contrario, señor profesor! —opuso el arponero, sin querer darse por vencido—. Es preciso hacer algo!

—Pero, ¿qué quiere usted que hagamos, amigo Land?

—¡Escaparnos!

—Muchas dificultades suele ofrecer la evasión de una prisión "terrestre" —declaré—, pero la de una prisión submarina, me parece absolutamente impracticable.

—¡Aquí del ingenio, amigo Ned! —repuso Consejo—. Veamos qué contesta usted a la objeción del señor. ¡No puedo creer que un americano consienta nunca quedar apabullado!

El arponero, visiblemente confuso, calló. Una fuga, en las condiciones en que el azar nos había colocado, era completamente imposible. Pero el canadiense tiene mucho de francés, y Ned Land lo probó bien a las claras con su respuesta.

—¿De modo, señor Aronnax —replicó, después de unos instantes de reflexión—, que no se le ocurre lo que deben hacer las gentes que no pueden escaparse de su prisión?

—No, amigo mío.

—Pues es bien sencillo; arreglar las cosas para quedarse en ella.

—¡Pardiez! —exclamó Consejo—; ¡vale más estar dentro, que encima o debajo!

—Pero después de haber echado fuera a carceleros, claveros y vigilantes —añadió Ned Land.

—¡Cómo, Ned! ¿Ha pensado usted seriamente en apoderarse de este buque?

—¡Y tan seriamente! —contestó el canadiense.

—¡Eso es imposible!

—¿Por qué, señor mío? Puede presentarse cualquier contingencia favorable, y no veo que haya nada que nos impida aprovecharla. Si no son más que una veintena de hombres a bordo de esta máquina, supongo que no tendrán la pretensión de hacer retroceder a dos franceses y a un canadiense.

Era preferible admitir la proposición del arponero a discutirla. Así, pues, me limité a contestar:

—Esperemos los acontecimientos, amigo Land, y ya veremos. Pero, entretanto, contenga usted su impaciencia; se lo suplico. Aquí hay que valerse de la astucia, y no es el camino de las provocaciones el más apropiado para originar circunstancias favorables. Prométame, pues, que aceptará la situación, sin encolerizarse.

—Se lo prometo, señor profesor —contestó Ned Land, en tono poco tranquilizador—. No saldrá de mis labios una frase violenta, ni me denunciará ningún gesto brutal, aun cuando el servicio de la mesa no se haga con la regularidad que sería de desear.

—Tengo su palabra, Ned —advertí al canadiense.

La conversación quedó en suspenso, y cada cual se puso a reflexionar por su cuenta. Por mi parte, confesaré que, a pesar de las seguridades del arponero, no conservaba ninguna ilusión. No admitía las contingencias favorables de que Ned Land había hablado. Para maniobrar con tal precisión, la nave submarina requería una dotación numerosa, y por consiguiente, en caso de lucha, nos tocaría la de perder. Además, era preciso, ante todo, estar libres, y nosotros no lo estábamos. Ni siquiera veía el medio de huir de aquella celda de hierro, tan herméticamente cerrada. Y a poco que el singular comandante de la embarcación tuviera un secreto que guardar —lo cual parecía bastante probable—, no nos dejaría operar libremente a su bordo. Ahora, ¿se desembarazaría de nosotros por la violencia, o nos abandonaría cualquier día en un apartado rincón de la tierra? Ésta era la incógnita. Todas estas hipótesis me parecían admisibles, y precisaba ser un arponero para esperar la reconquista de nuestra libertad.

Comprendí que las ideas de Ned Land se agriaban con las reflexiones que invadían su cerebro. A cada instante, le oía proferir juramentos que ahogaba en su coleto, y veía que sus ademanes adquirían un carácter amenazador. Se levantaba, se paseaba dando vueltas, como una fiera enjaulada, golpeaba las paredes, con pies y manos. En realidad, el tiempo transcurría, el hambre nos torturaba cruelmente, el camarero no comparecía, y aquello era olvidar por demasiado tiempo nuestra condición de náufragos, si positivamente había buenas intenciones tocante a nosotros.

Ned Land, atormentado por los retortijones de su robusto estómago, iba montando en cólera gradualmente, y, a pesar de su palabra, temía verdaderamente una explosión cuando se hallara en presencia de cualquiera de los tripulantes.

Durante dos horas más siguió en aumento la exaltación del canadiense. Llamaba, vociferaba, pero en vano. Las metálicas paredes permanecían sordas. No se percibía el más leve ruido en el interior de la embarcación, que parecía muerta. No se movía, porque indudablemente se hubiera sentido la trepidación del casco, al impulso de la hélice. Sumergida seguramente en los abismos del mar, no pertenecía ya a la tierra. Aquel lúgubre silencio resultaba espantoso.

En cuanto a nuestro abandono, a nuestro aislamiento en el fondo de nuestra celda, no era posible aventurarse a determinar su duración. Las esperanzas que concebí después de nuestra entrevista con el comandante, se desvanecían poco a poco. La dulzura de la mirada de aquel hombre, la expresión generosa de su fisonomía, la nobleza de su porte, desaparecían por completo de mi recuerdo. Veía de nuevo al enigmático personaje, tal como debía ser necesariamente, implacable, cruel. Me lo imaginaba fuera de la humanidad, inaccesible a todo sentimiento de piedad, enemigo irreductible de sus semejantes, a los que debía profesar un odio imperecedero.

Pero, ¿era que aquel hombre se proponía dejarnos perecer de inanición, encerrados en aquel reducido recinto, entregados a las terribles tentaciones a que impulsan los acosos del hambre? La espantosa idea puso mi cerebro en terrible tensión, y ayudado por la fantasía, sentíme invadido por un pavor insensato. Consejo permanecía tranquilo. Ned Land rugía.

En aquel momento, se oyó ruido en el exterior. Eran unas pisadas, que resonaban en el pavimento metálico. Se sintió escarbar en las cerraduras, la puerta se abrió y apareció el camarero.

Sin darme tiempo para impedirlo, el canadiense se abalanzó sobre el infeliz, le derribó en tierra y le atenazó la garganta. El camarero se ahogaba bajo el férreo apretón de los nervudos dedos.

Consejo trataba ya de retirar de las manos del arponero a su víctima, medio asfixiada, y yo me disponía a unir mis esfuerzos a los rayos cuando, súbitamente, quedé clavado en mi sitio por las siguientes palabras pronunciadas en francés:

—¡Cálmese, impetuoso Land! Y usted, señor profesor, tenga la bondad de oírme.

X

EL HOMBRE DE LAS AGUAS.

El que acababa de hablar así, era el comandante de la nave.

A sus palabras, Ned Land se incorporó presurosamente. El camarero, casi estrangulado, salió tambaleándose, a una señal de su patrón; y tal era el imperio del comandante a bordo de su barco, que ni un gesto siquiera denunció el resentimiento de que aquel hombre debía estar animado contra el canadiense. Consejo, interesado a pesar suyo, y yo, estupefacto, aguardamos en silencio el desenlace de la escena.

El comandante, apoyado en el ángulo de la mesa y cruzado de brazos, nos observaba con marcada atención. ¿Vacilaba en hablar? ¿Lamentaba las frases que acababa de pronunciar en francés? Podía suponerse así.

Después de unos instantes de silencio, que ninguno de nosotros pensó en interrumpir:

—Señores —dijo— en voz sosegada y vibrante—, hablo de igual modo el francés, que el inglés, el alemán y el latín. Hubiera podido, por tanto, contestarles al comenzar nuestra primera entrevista; pero quería conocerles antes, y reflexionar después. Su cuádruple relato, absolutamente semejante en el fondo, me ha ratificado la identidad de sus personalidades. Ahora, sé que el azar ha puesto en mi presencia a don Pedro Aronnax, profesor de Historia Natural del Museo de París y encargado de una misión científica en el extranjero, a su sirviente Consejo y a Ned Land, de origen canadiense, arponero a bordo de la fragata *Abraham Lincoln*, de la marina de guerra de los Estados Unidos de América.

Yo me incliné, en señal de asentimiento. No era una interrogación la que formulaba el comandante, y nada tenía, por consiguiente, que responder. Aquel hombre se expresaba con toda soltura, sin ningún dejo de extranjero. Sus frases eran rotundas, sus palabras precisas, su facilidad de dicción admirable. Y, sin embargo, no *sentía* en él a un compatriota.

Tras una breve pausa, reanudó la conversación en los siguientes términos:

—Indudablemente, señor Aronnax, le habrá parecido que retrasaba demasiado esta segunda visita; pero, comprobada su identidad, quería pesar maduramente la resolución que había de adoptar respecto a ustedes. He vacilado mucho. Las más enojosas circunstancias les han colocado frente a un hombre que ha roto con la humanidad. Han venido ustedes a perturbar mi existencia.

—Involuntariamente —alegué.

—¿Involuntariamente? —replicó el desconocido, forzando un poco el tono de su voz—. ¿Por ventura es un acto involuntario la persecución que la *Abraham Lincoln* ha emprendido contra mí, en todos los mares? ¿Acaso han embarcado ustedes involuntariamente a bordo de esa fragata? ¿Han sido disparados involuntariamente los proyectiles que han rebotado en el casco de mi navío? ¿Ha lanzado su arpón Ned Land involuntariamente también?

En estas palabras sorprendí una irritación contenida. Pero sus recriminaciones me sugirieron una respuesta muy natural, y la formulé.

—Caballero —le dije—, sin duda ignora usted las discusiones que ha suscitado en América y en Europa; desconoce cuán diversos accidentes, provocados por los choques de un aparato submarino, han conmovido la opinión pública en ambos continentes. Le haré gracia de las innumerables hipótesis con que se ha pretendido explicar el inexplicable fenómeno de que únicamente usted posee el secreto. Pero sepa que, al perseguirle hasta los altos mares del Pacífico, la *Abraham Lincoln* creía dar caza a un formidable monstruo marino, del que precisaba librar al Océano, a toda costa.

Una ligera sonrisa plegó los labios del comandante, que replicó sosegadamente:

—Señor Aronnax, ¿se atrevería usted a afirmar que la fragata no hubiera perseguido y cañoneado a un buque submarino, lo mismo que a un monstruo?

52

La pregunta me dejó perplejo, porque, seguramente, el comandante Farragut no hubiera titubeado. Habría creído deber suyo destruir un aparato de tal género, exactamente lo mismo que a un narval gigantesco.

—Ya comprenderá usted, señor mío —agregó el desconocido—, que me asiste el derecho de tratarles como a enemigos.

No contesté nada, por considerarlo inútil. ¿A qué disentir semejante proposición, cuando la fuerza, puede destruir los más convincentes argumentos?

—He cavilado largo rato —prosiguió el comandante—. Nada me obliga a darles hospitalidad. En el caso de separarme de ustedes, no tendría ningún interés en volverles a ver, con enviarles a la plataforma del navío, que les sirvió de refugio, sumergirme en el fondo de los mares y olvidarme de que jamás hubieran existido, asunto terminado. ¿No estoy en mi derecho?

—Sería quizá el derecho de un salvaje —le contesté—, pero no el de un hombre civilizado.

—¡Señor profesor! —replicó vivamente el comandante—; ¡yo no soy lo que ustedes llaman un hombre civilizado! He roto con la sociedad entera, por razones que sólo a mí compete apreciar. No estoy sometido, por tanto, a ninguna de sus reglas, y le exhorto a que no las invoque jamás ante mí.

La indicación fue terminante. Un relámpago de cólera y de desdén inflamó las pupilas del desconocido, en cuya vida vislumbré un tremendo pasado. No sólo se había colocado fuera de las leyes humanas, sino que se había declarado independiente, en la más rigurosa acepción de la palabra. ¡Fuera de alcance! ¿Quién habría osado perseguirle hasta el fondo de los mares, cuando desbarataba en la superficie de los mismos todos los esfuerzos intentados contra él? ¿Qué navío resistiría al choque de su monitor submarino? ¿Qué coraza, por espesa que fuera, soportaría las embestidas de su espolón? No había tribunal, en lo humano, que pudiera demandarle cuenta de sus acciones. Únicamente Dios, si creía en Él, y su conciencia, si la tenía, eran los jueces de quienes podía depender.

Estas reflexiones cruzaron rápidamente mi cerebro, mientras el extraño personaje calló, absorto y como reconcentrado en sí mismo. Yo le contemplé, con espanto mezclado de interés, lo mismo, indudablemente, que Edipo contemplaría a la esfinge.

Después de un prolongado silencio, el comandante volvió a tomar la palabra.

—Repito que he vacilado —dijo—, pero he pensado que podía conciliarse mi interés con esa piedad natural a la que tiene derecho todo ser humano. Permanecerán ustedes a bordo de mi embarcación, puesto que la fatalidad les ha arrojado a ella. Discurrirán libremente por el buque, y a cambio de esa libertad, siempre relativa, por supuesto, no les impondré más que una sola condición. Su palabra de someterse a ella me bastará.

—Hable usted, caballero —le contesté—. Supongo que esta condición será de las que puede aceptar un hombre de honor.

—Sí, señor; se reduce a lo siguiente: es posible que ciertos acontecimientos imprevistos me obliguen a recluirles en sus cabinas por algunas horas, o por algunos días. Deseando no tener que recurrir jamás a la violencia, espero de ustedes en ese caso, más aún que en cualquier otro, una obediencia pasiva. Al proceder así, pongo a cubierto su responsabilidad, les relevo de todo compromiso, porque soy yo quien les coloca en la imposibilidad de ver lo que no debe ser visto. ¿Acepta usted esta condición?

Por lo visto, acontecían a bordo cosas extraordinarias, cuando menos, de las que no debían enterarse los que no se hallaban desligados de las leyes sociales. Entre las sorpresas que el porvenir me preparaba, no debía ser ésta la menor.

—Aceptamos —le respondí—. Únicamente le rogaré, caballero, que me permita dirigirle una pregunta, una sola.

—Hable usted.

—¿Ha dicho usted que seríamos libres a bordo?

—Completamente.

—Pues bien; yo le suplicaría que nos manifestara lo que entiende por tal libertad.

—Muy sencillo: la facultad de ir y venir, de ver y hasta de observar cuanto aquí pase, salvo en determinadas circunstancias excepcionales; la libertad, en fin, de que gozamos nosotros mismos, mis compañeros y yo.

Era evidente que no nos entendíamos.

—Perdone usted, caballero —le repliqué—, pero esa libertad no es otra que la que se concede a todo prisionero, de recorrer su prisión. ¡No puede bastarnos!

—Pues habrá de bastarles, necesariamente.

—¡Cómo! ¿Hemos de renunciar para siempre a volver al seno de nuestra patria, de nuestras familias, de nuestros amigos?

—Sí, señor; pero renunciar a reconstituir ese yugo insoportable de la tierra, que la generalidad de los mortales califica de libertad, quizá no sea tan penoso como ustedes piensan.

—¡Tiene gracia! —exclamó Ned Land—. Jamás empeñaré mi palabra de no intentar evadirme!

—Ni yo se lo exijo tampoco —replicó fríamente el comandante.

—¡Caballero! —repliqué a éste a mi vez, saliéndome, sin quererlo, de mis casillas—. ¡Abusa usted de nuestras respectivas situaciones, y eso es una crueldad!

—No señor, es clemencia. Son ustedes mis prisioneros de guerra. Respeto sus vidas, cuando podría, con una palabra sumergirlos en los abismos del Océano. ¡Ustedes son los que me han atacado! ¡Ustedes han venido a sorprender un secreto, que nadie en el mundo debe penetrar; el secreto de mi existencia! ¿Cómo pretender que yo les reintegre a esa tierra, con la que he cortado en absoluto la comunicación? ¡Jamás! Al retenerlos en mi poder, no atiendo a su seguridad, sino a la mía!

Estas palabras indicaban, por parte del comandante, un propósito preconcebido, contra el cual no prevalecería ningún argumento.

54

—¿Así, pues —le pregunté—, nos da usted simplemente elegir entre la vida o la muerte?

—Sencillamente.

—Amigos míos —dije volviéndome hacia mis compañeros—, ante determinación tan categórica, no hay nada que replicar. Pero conste que no contraemos ningún compromiso de honor con el patrón del buque.

—Ninguno, caballero —contestó el desconocido.

Y suavizando el tono de voz, agregó:

—Ahora, permítame usted exponer lo que me resta para terminar esta entrevista. Conociéndole, como ya le conozco, señor Aronnax, tengo fundados motivos para suponer que usted, ya que no sus compañeros, no ha de lamentar la casualidad que le ha ligado a mi destino. Entre los libros que utilizo para mis estudios predilectos, figura una obra publicada por usted, que trata de las profundidades del mar. La he leído muchas veces. En esa obra, ha llegado usted tan lejos como lo permite la ciencia terrestre; pero no lo sabe usted todo, no lo ha visto todo, y le repito, señor profesor, que no lamentará el tiempo que pase a bordo en mi compañía. Va usted a viajar por el país de lo maravilloso. El asombro, la estupefacción, serán probablemente el estado habitual de su ánimo. No se hastiará fácilmente del espectáculo incesante que ha de ofrecerse a su vista. Quiero contemplar una vez más, en una nueva vuelta al mundo submarino (¿quién sabe si será la última?) todo cuanto he podido estudiar en el fondo de esos mares, tan repetidamente recorridos, y usted será mi compañero de investigación. A partir de hoy, entra usted en un nuevo elemento, en el que verá lo que no ha visto nadie, exceptuando a mis hombres y a mí, y bajo mi dirección, nuestro planeta le hará dueño de sus más íntimos secretos.

No puedo negarlo: las palabras del comandante produjeron en mí un efecto decisivo. Había dado en mi flaco, y olvidé momentáneamente que la contemplación de aquellas sublimidades no podía equivaler a la libertad perdida. Además, contaba con el porvenir, para zanjar tan grave cuestión. Me limité, pues, a manifestar:

—Caballero, aunque haya usted roto sus vínculos con la humanidad, quiero suponer que no ha renegado de todo sentimiento humano. Somos náufragos caritativamente recogidos a bordo, y no lo olvidaremos. Por lo que a mí atañe, no desconozco que si el interés de la ciencia lograra sobreponerse a las ansias de libertad, lo que me promete nuestro encuentro me ofrecería grandes compensaciones.

Imaginé que el comandante me tendería la mano, para sellar nuestro pacto; pero ni siquiera lo insinuó. ¡Allá él!

—Una última pregunta —dije, en el momento en que aquel enigmático ser pareció dispuesto a retirarse.

—Hable usted, señor profesor.

—¿Qué nombre debo darle?

—Para ustedes —contestó el comandante— soy sencillamente el capitán Nemo. Para mí, ustedes y sus compañeros son tan sólo pasajeros del *Nautilus*.

El capitán Nemo llamó. En el acto se presentó un criado. El capitán le comunicó sus órdenes, en aquella lengua extraña que no me fue posible reconocer. Luego, volviéndose hacia el canadiense y Consejo:

—La comida les espera en su cabina —les dijo—. Tengan la bondad de seguir a ese hombre.

—¡Eso no es de despreciar nunca! —contestó el arponero.

Y acompañado de Consejo, salió al fin de aquella celda en la que llevaban encerrados más de treinta horas.

—Y ahora, señor Aronnax, también está preparada nuestra comida. Permítame que le guíe.

—A sus órdenes, capitán.

Seguí al capitán Nemo, cruzando una especie de corredor iluminado eléctricamente, semejante a los pasadizos de un navío. Después de recorrer unos diez metros, se abrió ante mí una segunda puerta, que daba acceso a un comedor decorado y amueblado con severo gusto.

En ambos testeros de la sala, se destacaban dos macizos aparadores de roble con incrustaciones de ébano, sobre cuyos estantes, de líneas onduladas, resplandecían la loza, la porcelana y la cristalería, de inestimable valor, a las que arrancaban reflejos las irradiaciones de un techo luminoso, cuyas delicadas pinturas tamizaban y atenuaban la intensidad de la luz.

En el centro de la estancia había una mesa, espléndidamente servida. El capitán Nemo me indicó el sitio que debía ocupar.

—Siéntese usted —me dijo— y coma sin cumplidos, hasta saciar su apetito.

El almuerzo se componía de cierto número de platos elaborados con elementos suministrados exclusivamente por el mar, y de otros manjares, cuya naturaleza y procedencia ignoraba en absoluto. Confesaré que todo era bueno, pero con un sabor especial, al que me habitué fácilmente. Los diversos alimentos me parecieron ricos en fósforo, y pensé que debían ser de origen marino.

El capitán Nemo me miraba. Nada le pregunté, pero adivinó mis pensamientos y se adelantó espontáneamente a responder a las interrogaciones que ardía en deseos de dirigirle.

—Casi todos estos manjares son desconocidos para usted —me dijo—. Sin embargo, puede ingerirlos sin temor, porque son sanos y nutritivos. Hace mucho tiempo que prescindí de los alimentos terrestres, y, como ve usted, no me sienta mal. Mi tripulación que es vigorosa, observa el mismo régimen que yo.

—¿De modo —inquirí— que todos estos alimentos son producto del mar?

—Sí, señor profesor, el mar provee a todas mis necesidades. Unas veces, pongo a remolque mis redes, y las retiro repletas a punto de romperse. Otras, me dedico a cazar en el fondo de este elemento, que parece inaccesible al hombre, y me apodero de los animales que moran en mis selvas submarinas. Mis rebaños, como los del viejo pastor Neptuno, pacen tranquilos en las inmensas praderas del Océano. Poseo en él un vasto dominio, explotado personalmente por mí y sembrado constantemente por la mano del Creador.

Después de contemplar con cierto asombro al capitán Nemo, le repliqué:

—Comprendo perfectamente capitán, que sus redes proporcionen excelentes pescados a su mesa; no comprendo tanto que persiga usted la caza acuática en sus selvas submarinas; pero lo que resulta incomprensible, es que no figure en sus comidas la más insignificante partícula de carne.

—Y no figura —contestó el capitán Nemo—, porque la carne de animales terrestres está excluida por completo de nuestra alimentación.

—¿Y qué es eso? —pregunté, señalando a una fuente, en la que restaban aún varias lonjas de filete.

—Eso que tiene apariencia de carne, señor profesor, no es otra cosa que filete de tortuga de mar. Ahí tiene también unos hígados de delfín, que confundiría con un guisado del puerco. Mi cocinero es un hábil preparador, cuya especialidad consiste en conservar los variadísimos productos del Océano. Pruebe usted todos esos manjares. Vea usted una conserva de holoturias, que un malayo declararía sin rival en el mundo; fíjese en esa crema, confeccionada con leche de cetáceo y azucarada con fucos del mar del Norte; permítame usted ofrecerle confituras de anémonas, tan exquisitas como las más sabrosas frutas.

Y las probé, en efecto, más por curiosidad que por golosina, mientras el capitán Nemo me solazaba con sus inverosímiles relatos.

—Pero este mar, señor Aronnax —continuó diciendo—, este proveedor prodigioso, inagotable, no sólo subviene a las necesidades de la alimentación sino también a las del vestido. Las telas que cubren su cuerpo, están tejidas con el biso de ciertos mariscos, teñidas con la púrpura de los antiguos y matizadas con los colores violáceos extraídos de los alisos del Mediterráneo. Los perfumes que encontrará usted en el tocador de su camarote, son producto de la destilación de plantas marinas. Los colchones de su litera, están rellenos con los más suaves zósteros del Océano. Su pluma será una barba de ballena, y su tinta, el líquido segregado por la sepia. ¡Todo lo que da de sí el mar le resarcirá de las cosas necesarias en la tierra!

—Es usted entusiasta del mar, capitán.

—¡Oh, sí! ¡Lo adoro! El mar lo es todo. Cubre las siete décimas partes del globo terráqueo. Su hálito es puro y sano. Es la inmensidad del desierto, en la que el hombre no está solo jamás, porque siente palpitar la vida en su derredor. El mar es el vehículo de una existencia sobrenatural y portentosa; es movimiento y amor: es el infinito viviente, como ha dicho uno de sus poetas. Y en efecto, señor profesor, la Naturaleza se manifiesta en él en sus tres reinos: mineral, vegetal y animal. Este último tiene amplísima representación en cuatro grupos de zoófitos, tres clases de articulados, cinco de moluscos, tres de vertebrados, mamíferos; reptiles y las innumerables legiones de peces, orden infinito de animales que cuenta más de trece mil especies, de las que sólo una décima parte corresponde al agua dulce. El mar es el vasto receptáculo de la Naturaleza. Por el mar ha comenzado el globo, por así decirlo, ¡y quién sabe si acabará por él! En él está la suprema tranquilidad. El mar no pertenece a los déspotas. Aun les es dado ejercer derechos inicuos en su superficie, combatir, devorarse, transportar a ella todos los horrores terrestres; pero a treinta pies bajo su nivel, su poder cesa, su influencia se extingue, su dominio desaparece. ¡Ah, amigo mío! ¡Viva usted en el seno de los mares! ¡En él únicamente existe la independencia! ¡En él no reconozco sectores! ¡Soy libre!

El capitán Nemo calló súbitamente, en medio de su desbordante entusiasmo. ¿Se había dejado arrastrar más allá de su habitual reserva? ¿Se había excedido en sus manifestaciones? Durante unos instantes, se paseó, dando visibles muestras de agitación. Luego, sus nervios se calmaron, su fisonomía recobró su acostumbrada tranquilidad, y dijo, volviéndose hacia mí:

—Ahora, señor profesor, si quiere usted visitar el *Nautilus*, estoy a sus órdenes.

XI

EL *NAUTILUS*.

Me levanté y seguí al capitán Nemo, quien abrió una doble puerta, practicada en la pared opuesta, y entramos en una sala de dimensiones análogas a la que acabábamos de abandonar.

Era una biblioteca. Las elevadas armazones de palo santo, con incrustaciones de bronce, soportaban en sus anchurosos estantes gran número de libros, con encuadernación uniforme. Seguían el contorno de la sala, terminando en su parte inferior en amplios divanes, tapizados de cuero marrón, que ofrecían las más confortables curvas. Varios pupitres articulados, que se apartaban o se acercaban a voluntad, permitían colocar a conveniente distancia el libro de lectura. En el centro se asentaba una vasta mesa cubierta de folletos, revistas y papeles, entre los que se veían algunos periódicos atrasados. La luz eléctrica inundaba todo aquel conjunto armónico, descendiendo de cuatro globos esmerilados, medio empotrados en los artesones del techo. No pude menos de contemplar con admiración aquella estancia, tan ingeniosamente alhajada, atreviéndome apenas a dar crédito a mis ojos.

—Capitán Nemo —dije a mi anfitrión, que acababa de tenderse sobre un diván—, posee usted una biblioteca que haría honor a más de un palacio continental, y me maravilla verdaderamente pensar que pueda seguirle a lo más profundo de los mares.

—¿Dónde hallar más soledad, más silencio? —contestó el capitán Nemo—. Supongo que no reunirá mejores condiciones de quietud su despacho del Museo.

—No, señor, y además, es bien mezquino, comparado con el suyo. Aquí hay seis o siete mil volúmenes.

—Doce mil, señor Aronnax. Ellos son los únicos lazos que me unen a la tierra. El mundo acabó para mí el día en que mi *Nautilus* se sumergió por primera vez bajo las aguas. Aquel mismo día compré los últimos libros, las últimas revistas, los últimos periódicos, y desde entonces, he supuesto que la humanidad no ha vuelto a pensar ni a escribir. Excuso decir a usted que estos libros están a su disposición y que puede utilizarlos libremente.

Agradecí su atención al capitán Nemo, y me acerqué a la estantería. Abundaban en ella los libros de ciencia, de moral, de literatura, escritos en todos los idiomas; pero no vi una sola obra de economía política; la materia parecía estar severamente proscripta a bordo. Como detalle curioso, consignaré que todos los libros estaban clasificados indistintamente, sin separación por idiomas, lo cual demostraba que el capitán del *Nautilus* debía leer corrientemente cualquier volumen que su mano tomase al azar.

Entre aquellas obras, figuraban las más escogidas de autores antiguos y modernos, es decir, todo lo mejor que la humanidad ha producido en historia, poesía, novela y ciencia, desde Homero hasta Víctor Hugo, desde Jenofonte hasta Michelet, desde Rabelais

—Agradezco a usted infinito —dije al capitán— su atención de permitirme disponer de esta biblioteca. Encierra tesoros de ciencia, y me aprovecharé de ellos.

—Esta sala no es únicamente biblioteca —me contestó el capitán Nemo—; está destinada también a fumadero.

—¡A fumadero! —exclamé—. ¡Luego también hay tabaco a bordo!

—¡Es claro!

—En ese caso, capitán, me veré precisado a creer que conserva relaciones con La Habana.

—Ninguna —replicó el capitán—. Acepte usted este cigarro, señor Aronnax, y aunque no procede de La Habana, yo le aseguro que quedará satisfecho, si es usted inteligente en tabacos.

—Tomé el cigarro que se me ofrecía, cuya vitola recordaba la de los cigarros de Londres, pero parecía elaborado con hojas de oro. Lo encendí en un braserillo soportado por un elegante trípode de bronce, y aspiré las primeras bocanadas de humo, con la voluptuosidad del vicioso que lleva dos días sin fumar.

—Es excelente —dije—, pero esto no es tabaco.

—No —contestó el capitán—. Esta hoja no procede de La Habana ni de Oriente. Es una especie de alga, rica en nicotina, que proporciona el mar, no sin cierta parsimonia. Pero, vamos a ver, ¿echa usted de menos los Londres?

—No sólo no los echo de menos, capitán, sino que los desprecio, a partir de hoy.

—Fume usted, pues, a discreción y sin discutir el origen de los cigarros. Aunque no están contrastados por ninguna marca, no los considero inferiores.

—Al contrario.

En aquel momento, el capitán Nemo abrió una puerta frontera a la que nos había dado paso a la biblioteca, y entramos en un salón inmenso, espléndidamente iluminado.

Era un vasto cuadrilátero rectangular, de diez metros de largo, por seis de ancho y cinco de altura. Un cielo raso, luminoso, decorado con ligeros arabescos, distribuía una claridad suave y diáfana sobra todas las maravillas amontonadas en aquel museo. Porque era realmente un museo, en el que una mano inteligente y pródiga había reunido todos los tesoros de la Naturaleza y del arte, en esa peculiar mezcolanza característica de los talleres pictóricos.

Una treintena de cuadros, obras maestras, con marcos uniformes y separados por relucientes panoplias, adornaban las paredes, tapizadas con severos damascos. Allí vi lienzos del más alto valor, cuya mayor parte había admirado ya en las colecciones particulares de Europa y en las exposiciones de pintura. Las diversas escuelas de los antiguos maestros estaban representadas por una madona de Rafael, una virgen de Leonardo de Vinci, una ninfa de Correggio, una mujer de Tiziano, una adoración del Veronés, una asunción de Murillo, un retrato de Holbein, un monje de Velázquez, un mártir de Ribera, una *kermesse* de Rubens, dos paisajes flamencos de Teniers, tres cuadritos de género de Gerardo Dow, de Metsu y de Pablo Potter, dos lienzos da Gericault y de Prud'hon y unas marinas de Backhuysen y de Vernet. Entre las obras de la pintura moderna, aparecían cuadros firmados por Delacroix, Ingres, Decamp, Troyon, Meissonier y otros. Unas admirables reducciones de estatuas en mármol o en bronce, tomadas de los más hermosos modelos de la antigüedad, se alzaban sobre sus pedestales en los ángulos de aquel soberbio museo. El estado de estupefacción que me predijo el comandante del *Nautilus*, comenzaba ya a invadir mi ánimo.

—Señor profesor —me dijo aquel hombre singular—, perdone usted la familiaridad con que le recibo y el desorden que reina en este salón.

—Caballero —le contesté—, sin pretender averiguar quién es usted, ¿me permitirá reconocerle como un artista?

—Un aficionado a lo sumo, caballero. En otro tiempo, me gustó coleccionar las obras de arte creadas por la mano del hombre. Era un buscador ávido, un huroneador infatigable, y pude reunir algunos valiosos objetos. Son los últimos recuerdos de esa tierra que ha muerto para mí. Los artistas que ustedes califican de modernos, los considero ya como antiguos; tienen dos o tres mil años de existencia y se confunden en mi memoria. Los genios no tienen edad.

—¿Y esos músicos? —le pregunté, señalando a varias partituras de Weber, de Rossini, de Mozart, de Beethoven, de Haydn, de Mayerbeer, de Herold, de Wagner, de Auber, de Gounod, de Massé y de otros muchos, esparcidas sobre un órgano de gran tamaño, adosado a uno de los lienzos de pared.

—Esos músicos —me contestó al capitán Nemo— resultan contemporáneos de Orfeo, porque las diferencias cronológicas se borran en la memoria de los muertos, y yo estoy muerto, señor profesor, ¡tan muerto como aquellos de sus allegados que reposan a seis pies bajo tierra!

El capitán Nemo calló, pareciendo abismado en profunda meditación. Yo le contemplé vivamente emocionado, analizando en silencio las particularidades de su fisonomía. Acodado sobre el ángulo de una preciosa mesa de mosaico, no me veía siquiera; se había olvidado de mi presencia.

Respeté aquel recogimiento, y continué pasando revista a las curiosidades que enriquecían el salón.

Además de las obras de arte, ocupaban lugar muy importante las rarezas naturales, consistentes especialmente en plantas, conchas y otros productos del Océano, que debían ser los hallazgos personales del capitán Nemo. En el centro de la estancia un surtidor de agua, iluminado eléctricamente, caía de un pilón formado por una sola tridacna. Esta concha, suministrada por el mayor de los moluscos acéfalos, medía en sus bordes, delicadamente festoneados, una circunferencia de seis metros, aproximadamente, y excedía, por tanto, en tamaño a los hermosos ejemplares de la misma especie donados a Francisco I por la República de Venecia, y de los que la iglesia de San Sulpicio, de París, ha hecho dos gigantescas pilas para el agua bendita. En torno del recipiente, bajo elegantes vitrinas sustentadas por armaduras de bronce, aparecían clasificados y rotulados los más preciosos productos del mar que se hubieran ofrecido jamás a las miradas de un naturalista. Júzguese de mi júbilo de profesional.

La rama de los zoófitos estaba representada por curiosísimas muestras de sus dos grupos de pólipos y de equinodermos. En el primer grupo, figuraban tubíporas, gorgonias dispuestas en abanico, sutilísimas esponjas de Siria, isis de las Molucas, pennátulas, una virgular muy notable de los mares de Noruega, numerosas variedades de umbédulas, alcionarias, toda una serie de las madréporas que mi maestro Milne Edwards ha separado tan perspicazmente en secciones, y entre las cuales llamaron mi atención admirables flabelinas, oculinas de la isla de Borbón, el "carro de Neptuno" de las Antillas, soberbias variedades de corales, todas las especies, en fin, de esos poliperos cuyo conjunto forma verdaderas islas, que se convertirán algún día en continentes; En los equinodermos, notables por su envoltura espinosa, se destacaban astéridos, estrellas de mar, pentacrinos, comátulos, asteróforos, erizos, holoturias y otros, componiendo la colección completa de los individuos del grupo.

Un conquiliólogo algo nervioso, se habría pasmado, seguramente, ante otras vitrinas, más numerosas, en las que se hallaban metódicamente ordenados los muestrarios de la rama de los moluscos. Tuve ocasión de ver en ellas una colección de valor inestimable, para cuya reseña minuciosa me faltaría tiempo. Entre dichos productos, citaré a la ligera el elegante manto real del Océano Índico, cuyas regulares manchas blancas resaltaban vivamente sobre un fondo rojo obscuro; un espóndil imperial, de vistosos colores, erizado por completo de púas, ejemplar rarísimo en los museos europeos y cuyo valor estimé en veinte mil francos; un martillo de los mares de Nueva Holanda, de difícil adquisición; bucardas exóticas del

Senegal, frágiles conchillas bivalvas, que un soplo hubiera disipado como burbujas de jabón; distintas variedades de las playas de Java, especie de tubos calcáreos bordeados de repliegues foliáceos, muy solicitados por los coleccionistas; una serie incontable de trocos, unos de tinte amarillo verdoso, pescados en los mares de América; otros de un pardo rojizo, huéspedes de las aguas de Nueva Holanda; éstos, procedentes del golfo de Méjico y notables por las escamas superpuestas de sus conchas; aquéllos, capturados en los mares australes, y como el más raro de todos, el magnífico espolón de Nueva Zelanda; aquí, admirables tellinas sulfuradas, preciosas especies de citereas y de venus, el enrejado cuadrante de las costas de Tranquebar, el marmóreo zueco de nacarados reflejos, los verdes loritos de los mares de China, la casi desconocida piña del género *coenodulli*, todas las variedades de porcelanas que sirven de moneda en la India y en África, la *gloria del mar*, la más preciosa de las conchas de las Indias orientales, litorinas, delfinelas, turritelas, jantinas, óvulos, espirales, mitras, cascos, púrpuras, buccinos, arpas, múrices, tritones, ceritas, husos, estrombos, alados, lapas, hiadas, cleodoras, pechinas y caracolillos delicados y frágiles, que la ciencia ha bautizado con los más sonoros y significativos nombres.

Aparte, y en compartimientos especiales, aparecían expuestas sartas de perlas de la mayor belleza, que lanzaban brillantes destellos a los fulgores de la luz eléctrica; perlas rosas, arrancadas a los pinos del mar Rojo; perlas verdes, procedentes de la haliótida iris; perlas amarillas, azules y negras, curiosos productos de diversos moluscos de todos los océanos y de ciertas almejas de los ríos del Norte; varios ejemplares, en fin, de un valor inapreciable, segregados por las más raras pintadinas. Algunas de aquellas perlas, excedían en tamaño a un huevo de paloma, valían más que la que el explorador Tavernier vendió por tres millones al shah de Persia, y sobrepujaban a la célebre del imán de Mascate, que yo creía sin rival en el mundo.

Así, pues, hubiera sido tarea imposible la de cifrar el valor de aquella colección. El capitán Nemo había debido gastar una millonada para adquirir tal diversidad de ejemplares, y ya me preguntaba a qué manantial recurriría, para satisfacer de tal modo sus caprichos de coleccionista, cuando interrumpió mis reflexiones con las siguientes palabras:

—Observo que presta usted gran atención a mis conchas, señor profesor. Realmente, la colección es interesante para un naturalista; pero para mí tienen un doble atractivo, porque las he recogido todas por mi propia mano y no hay un mar del globo que haya escapado a mis pesquisas.

—Comprendo, capitán, la alegría de pasearse entre tantas riquezas. Es usted de los que han amasado por sí mismos sus tesoros. No existe museo en Europa que posea una colección semejante de productos del Océano. Pero si agoto mi admiración en ella, ¿qué me restará para el navío que la conduce? No trato de penetrar secretos que le pertenecen exclusivamente. Sin embargo, confieso que el *Nautilus*, la fuerza motriz encerrada en él, los aparatos que permiten manejarlo, el poderoso agente que lo impulsa, son cosas que han excitado en alto grado mi curiosidad. Veo suspendidos en las paredes de este salón unos instrumentos, cuyo destino desconozco. ¿Podría saber...?

—Ya le he dicho a usted, señor Aronnax —me contestó el capitán Nemo—, qué sería usted libre a bordo. No hay nada, por tanto, en el *Nautilus* que le esté vedado; puede usted visitarlo en detalle, y me complaceré en ser su cicerone.

—No sé cómo agradecérselo, capitán, pero no abusaré de su amabilidad. Únicamente desearía que me indicara el uso a que están destinados esos aparatos de física.

—Señor profesor, esos mismos instrumentos los encontrará usted en mi cámara, y en ella tendré el honor de explicarle su empleo. Pero antes, vamos a visitar el camarote que le está reservado, para que conozca su alojamiento a bordo del *Nautilus*.

Seguí al capitán Nemo, que abrió una de las cuatro puertas de acceso al salón y me condujo, a través de los pasadizos, a la proa del navío, donde me encontré, no ya en un camarote, sino en una elegante habitación, con cama, tocador y otros varios muebles.

Vime precisado a expresar mi reconocimiento a mi aposentador.

—Nuestros camarotes están contiguos —me dijo abriendo una puerta, y el mío recae al salón que acabamos de abandonar.

Entré en la cámara del capitán. Tenía un aspecto severo, casi cenobítico. Un lecho de hierro, una mesa de trabajo y algunos útiles de aseo, todo iluminado por una claridad velada. Nada de lujos ni comodidades; lo estrictamente necesario.

El capitán Nemo me indicó una silla.

—Tenga usted la bondad de sentarse —me dijo.

Me senté, y él tomó la palabra en los siguientes términos:

XII

EN PLENO MECANISMO ELÉCTRICO.

—Señor Aronnax —comenzó diciendo, mostrándome a la vez los instrumentos suspendidos de las paredes de su cámara—, éstos son los aparatos que requiere la navegación del *Nautilus*. Aquí, como en el salón, los tengo siempre a la vista y me indican exactamente mi posición y mi dirección en medio del Océano. Ya conoce usted algunos de ellos, como, por ejemplo, el termómetro, que marca la temperatura interior del barco; el barómetro, que determina la presión y las variaciones atmosféricas; el higrómetro, que aprecia la humedad del ambiente; el *stormglass*, cuya mezcla, al descomponerse, anuncia la proximidad de las tempestades; la brújula, que me señala el rumbo; el sextante, que por la altura del sol, me indica el punto de latitud; los cronómetros, que me permiten calcular la longitud; los catalejos y gemelos, en fin, que me sirven para escrutar en todas direcciones el horizonte, de día y de noche, cuando el *Nautilus* se remonta a la superficie de las ondas.

—Todos esos instrumentos son de uso corriente en la navegación —le contesté—, y conozco sus aplicaciones. Pero veo algunos otros, que responden sin duda a las exigencias especiales del *Nautilus*. Por ejemplo, ese cuadrante en torno de cuya esfera gira una aguja, ¿no es un manómetro?

—Es un manómetro, en efecto, que, puesto en comunicación con el agua, me indica, por la presión exterior de la misma, la profundidad a que se mantiene mi embarcación.

—¿Y esas sondas de nuevo modelo?

—Son unas sondas termométricas, que descubren la temperatura de las diversas capas de agua.

—¿Y esos otros instrumentos, con cuyo empleo no atino?

—Respecto a ellos, señor Aronnax, necesito darle algunas explicaciones —contestó el capitán Nemo—. Tómese, pues, la molestia de escucharme.

Y después de una breve pausa, continuó:

—Existe un agente poderoso, dócil, rápido, sencillo, que se presta a todas las aplicaciones y que reina como dueño absoluto a bordo de mi buque. Todo se resuelve merced a él. Me alumbra, me proporciona calórico, es el alma de mis aparatos mecánicos. Ese agente es la electricidad.

—¡La electricidad! —exclamé, sin poder ocultar mi sorpresa.

—Sí, señor.

—Pero, capitán, permítame usted que le objete que la rapidez de sus evoluciones no guarda relación con la energía de la electricidad. Hasta el presente, su potencia dinámica permanece muy restringida y sólo ha producido escasísimas fuerzas.

—Señor Aronnax —replicó el capitán Nemo—, mi electricidad no es la vulgar, y eso es lo que trataré de demostrar a usted, si me otorga su atención.

—No insistiré, capitán, limitándome a significarle mi asombro por semejante resultado. Le formularé, sin embargo, una sola pregunta, que le relevo de contestar, si la juzga indiscreta. Los elementos que utiliza usted para producir ese maravilloso agente, deben consumirse pronto. ¿Cómo reemplaza el cinc, por ejemplo, sin ponerse en comunicación con tierra?

—Encuentro muy lógica su pregunta —contestó el capitán Nemo—, y espero satisfacer su natural curiosidad. Ante todo, debo advertirle que en las profundidades de los mares existen minas de cinc, de hierro, de plata y de oro, cuya explotación sería seguramente irrealizable; pero no he apelado para nada al concurso de esos minerales terrestres, concretándome a pedir al mismo mar los medios para producir mi electricidad.

—¿Al mar?

—Sí, señor profesor, y no me faltaban esos medios. Hubiera podido establecer un circuito entre dos hilos sumergidos a diferentes profundidades, y obtener la electricidad por la diversidad de temperaturas que experimentaran; pero he preferido emplear un procedimiento más práctico.

64

—¿Cuál?

—Ya conoce usted la composición del agua de mar. En mil gramos, se encuentran noventa y seis centésimas y media de agua; dos centésimas y dos tercios, aproximadamente, de cloruro de sodio, y luego, en pequeñas cantidades, cloruros de magnesio y de potasio, bromuro de magnesio, anifato de magnesia, sulfato y carbonato de cal. Como ve usted, el cloruro de sodio figura en notable proporción. Pues bien, este sodio es lo que yo extraigo del agua de mar, para formar mis elementos.

—¿El sodio?

—Sí, señor. Mezclado con el mercurio, constituye una amalgama que produce los mismos efectos que el cinc en los elementos Bunsen. El mercurio no se gasta jamás. Únicamente se consume el sodio, y el mar me lo suministra en abundancia. Le advertiré, además, que las pilas de sodio deben considerarse como las más enérgicas, y que su fuerza electromotriz es doble que la de cinc.

—Comprendo perfectamente, capitán, la excelencia del sodio, en las condiciones en que usted se lo proporciona, puesto que lo contiene el mar. Pero luego es preciso fabricarlo, extraerlo, en una palabra. ¿Cómo se las arregla usted? Sus pilas podrían servir, evidentemente, para verificar esa extracción; pero, si no estoy equivocado, el gasto de sodio que implican los aparatos eléctricos excedería de la cantidad extraída. Resultaría, por tanto, que consumiría usted, para producirlo, más de lo que produjera.

—Por esa razón, señor Aronnax, no me valgo de la pila para extraerlo, sino que utilizo simplemente el calor del carbón de piedra.

—¿De piedra? —pregunté, recalcando.

—Llámele usted de mar, si quiere —contestó el capitán Nemo.

—¿Y puede usted explotar minas submarinas de hulla?

—Señor Aronnax, ya presenciará usted la operación. Únicamente le reclamo un poco de paciencia, puesto que le sobra tiempo para acopiarla. Recuerde siempre lo que le digo: todo se lo debo al Océano; el mar me provee de fluido eléctrico, y la electricidad proporciona al *Nautilus* el calor, la luz, el movimiento, la vida, en una palabra.

—Pero no el aire que respira usted.

—¡Oh! Podría fabricar el aire necesario para mi consumo, pero es inútil, puesto que me remonto a la superficie del mar cuando me acomoda. Sin embargo, si la electricidad no me suministra aire respirable, hace funcionar, por lo menos, potentes bombas que lo almacenan en depósitos adecuados, lo cual me permite prolongar cuanto quiera mi permanencia en las capas profundas.

—Capitán —le contesté—. me conformo con admirar. Evidentemente, ha descubierto usted lo que se descubrirá sin duda andando el tiempo: la verdadera potencia dinámica de la electricidad.

—No sé si la descubrirán —replicó fríamente el capitán Nemo—. Sea como quiera, ya conoce usted la primera aplicación, realizada por mí, de ese valioso agente. Gracias a él, estamos alumbrados con una igualdad, con una continuidad que aventaja a la de la luz del sol. Ahora, fíjese usted en ese reloj; es eléctrico y marcha con una regularidad que compite con la de los mejores cronómetros. Le he dividido en veinticuatro horas, como los relojes italianos, porque para mí no existe día ni noche, sol ni luna, sino sólo este alumbrado artificial, que arrastro conmigo hasta el fondo de los mares. Mire usted, en este momento son las diez de la mañana.

—Perfectamente.

—Otra aplicación de la electricidad. Ese cuadrante suspendido frente a nosotros, sirve para indicar la velocidad del *Nautilus*. Un conductor eléctrico le pone en comunicación con la hélice de la corredera, y su aguja señala la marcha efectiva del aparato. Vea usted; en este momento llevamos una moderada velocidad de 15 millas por hora.

—Es maravilloso —declaré—, y ha sido un acierto utilizar este agente, que está llamado a reemplazar al aire, al agua y al vapor.

—Todavía no hemos terminado, señor Aronnax —dijo el capitán Nemo, levantándose—. Si quiere usted seguirme, visitaremos la proa del *Nautilus*.

En efecto, conocía ya toda la parte anterior de la nave submarina, cuya división exacta era la siguiente, yendo del centro al espolón: el comedor, de cinco metros, separado de la biblioteca por un tabique estanco, es decir, que no permitía penetrar el agua; la biblioteca, de cinco metros; el gran salón, de diez metros, separado de la cámara del capitán, de cinco metros; la mía de dos metros y medio; y, por último, un depósito de aire de siete metros y medio, que se prolongaba hasta la roda. Total, treinta y cinco metros de longitud. En los tabiques estancos, había practicadas puertas que ajustaban herméticamente, por medio de obturadores de caucho, garantizando la más absoluta seguridad a bordo del *Nautilus* si se declarase una vía de agua.

Seguí al capitán Nemo al través de los pasadizos de comunicación, y llegamos al centro del navío. Allí existía una especie de pozo, abierto entre otros dos tabiques estancos. Una escala de hierro, engarfiada a la pared, daba acceso a la parte superior. Al preguntar al capitán a qué uso se destinaba aquella escala me contestó:

—Conduce directamente al bote.

—¡Cómo! ¿Tiene usted un bote?

—¡Claro que sí! Una excelente embarcación, ligera e insumergible, que puede utilizarse para paseo y para pesca.

—Pero, cuando quiera usted embarcar en ella, ¿se verá precisado a volver a la superficie?

—Nada de eso. El bote va encajado en la parte superior del casco del *Nautilus* y ocupa una cavidad dispuesta para contenerle. Está completamente cubierto, aislado y retenido por sólidos pernos. Esta escala conduce a una gatera practicada en el casco del buque, correspondiente a otra igual abierta en el flanco del bote. Por esa doble abertura me introduzco en la embarcación. Cierran por dentro una de ellas, la del buque; cierro yo la otra, la del bote, por medio de tornillos de presión; largo los pernos y la embarcación se

66

remonta con prodigiosa rapidez a la superficie del mar. Entonces, destapo el puente, arbolo, izo el velamen o tomo los remos, y me paseo.

—¿Y cómo vuelve usted a bordo?

—No vuelvo yo, señor Aronnax; va a recogerme el *Nautilus*.

—¿Cuando usted quiere?

—Cuando quiero. Las dos embarcaciones comunican entre sí por un conductor telegráfico. Envío un despacho, y esto basta.

—En efecto —asentí, trastornado por aquellas maravillas—, nada más sencillo.

Traspuesto el hueco de la escalera afluente a la plataforma pasamos por delante de una cabina de dos metros de largo, en la que Consejo y Ned Land. encantados de su comida, engullían a dos carrillos. Luego franqueamos una puerta recayente a la cocina, de tres metros de longitud y situada entre las repletas despensas de a bordo.

Allí, la electricidad, más enérgica y más manuable que el propio gas, contribuía a todas las exigencias de la cocción. Los conductores, empalmados a los hornos, transmitían un calor que se acumulaba en esponjas de platino, distribuyéndose y manteniéndose regularmente. Caldeaba igualmente unos aparatos destiladores, que, por la evaporación, suministraban una excelente agua potable. Junto a la cocina estaba el cuarto de baño, confortablemente dispuesto y cuyos grifos proporcionaban, a voluntad, agua caliente o fría.

Seguía el dormitorio de la tripulación, que ocupaba una extensión de cinco metros; pero estaba cerrada la puerta y no pude enterarme de su distribución, que quizá me habría impuesto del número de hombres requerido para la maniobra del *Nautilus*.

En el fondo, se elevaba un cuarto tabique estanco, que separaba el referido dormitorio de la sala de máquinas. Franqueada la puerta, entré en aquel departamento, en el que el capitán Nemo —consumadísimo ingeniero, a no dudar— tenía instalados sus aparatos de locomoción.

Dicha sala de máquinas, iluminada a toda luz, no medía menos de veinte metros, en su sentido longitudinal. Estaba naturalmente dividida en dos partes; la primera, encerraba los elementos productores del fluido, y la segunda, el mecanismo que transmitía el movimiento a la hélice.

De momento, me sorprendió el olor *sui géneris* que llenaba la sala. El capitán Nemo notó mi impresión.

—Este olor —me dijo— es efecto de algunas emanaciones producidas por el empleo del sodio; pero eso es un ligerísimo inconveniente. Además, todas las mañanas purificamos el navío, ventilándole a pleno aire.

Seguí examinando la maquinaria del *Nautilus*, con el interés fácil de comprender.

—Ya lo ve usted —añadió el capitán—; uso elementos Bunsen y no Ruhmkorff. La experiencia me ha demostrado que son más capaces y resistentes, circunstancias muy dignas de apreciar. La electricidad producida es transportada a popa, donde actúa, por electroimanes de grandes dimensiones, sobre un sistema especial de palancas y engranajes, que transmiten el movimiento al árbol de la hélice. Ésta, que tiene un diámetro de seis metros, y siete y medio de luz, puede dar hasta veinte revoluciones por segundo.

—Con las que se obtiene una velocidad...

—De cincuenta millas por hora.

Existía, en todo aquello un misterio, pero no insistí en descubrirlo. ¿Cómo era posible que la electricidad actuara con tal energía? ¿Cuál era el origen de aquella fuerza casi ilimitada? ¿Estaba en su tensión excesiva, obtenida por bobinas de nueva invención? ¿Estaba en su transmisión, que una desconocida combinación de palancas podía aumentar hasta el infinito? Esto era lo que no acertaba a comprender

—Capitán Nemo —dije a mi acompañante—, contrasto los resultados, sin tratar de buscarles explicación. He visto maniobrar al *Nautilus* frente a la *Abraham Lincoln*, y sé a qué atenerme respecto a su velocidad. Pero no basta marchar: es preciso ver por dónde se va, es preciso poder dirigirse a la derecha, a la izquierda, hacia arriba, hacia abajo. ¿Cómo alcanza usted las grandes profundidades, en las que ha de hallar una resistencia creciente, que se valúa en centenares de atmósferas? ¿Cómo se remonta a la superficie del Océano? ¿Cómo se mantiene, en fin, en el medio que le acomoda? ¿Será indiscreto preguntárselo?

—De ningún modo, señor Aronnax —me contestó el capitán, después de un ligero titubeo—, puesto que no ha de abandonar jamás esta nave submarina. Vamos al salón. Ese es nuestro verdadero gabinete de trabajo, y allí sabrá usted todo cuanto debe saber acerca del *Nautilus*.

XIII

DATOS NUMÉRICOS.

Momentos después estábamos sentados en un diván del salón, saboreando un cigarro. El capitán extendió ante mi vista un dibujo, en el que aparecía el diseño del plano y de los cortes horizontal y vertical del *Nautilus*.

—Aquí tiene usted —comenzó su disertación— las diferentes dimensiones de la nave que le conduce. Es un cilindro muy prolongado, de remates cónicos. Afecta sensiblemente la forma de un cigarro, forma adoptada ya en Londres en varias construcciones de esta índole. La longitud del cilindro, de extremo a extremo, es de setenta metros justos, y el tiro, en su mayor anchura, es de ocho metros. No está, por tanto, construido con la exactitud milimétrica de los vapores de gran andar, pero sus líneas son suficientemente extensas y su carena lo bastante prolongada para que el agua desplazada se desaloje fácilmente, sin oponer ningún obstáculo a su marcha.

"Estas dos dimensiones le permitirán obtener, por un sencillo cálculo, la superficie y el volumen del *Nautilus*. Su superficie comprende mil once metros y cuarenta y cinco centímetros cuadrados; su volumen, mil quinientos metros y dos decímetros cúbicos, lo cual equivale a decir que, completamente sumergido, desplaza o pesa mil quinientos metros cúbicos o mil quinientas toneladas.

"Cuando tracé los planos de este navío destinado a la navegación submarina, me propuse que, mantenido en equilibrio en el agua, tuviera sumergidas sus nueve décimas partes y sólo emergiera la otra décima. Por consiguiente, no debía desplazar, en estas condiciones, más que las nueve décimas partes de su volumen, o sea mil trescientos cincuenta y seis metros y cuarenta y ocho centímetros cúbicos, es decir, no pesar más que este número de toneladas. Y no pudiendo rebasar ese peso, hube de sujetarme; al construirlo, a las dimensiones mencionadas.

"El *Nautilus* se compone de un doble casco, uno interior y otro exterior, unidos entre sí por hierros en T, que le dan una rigidez extraordinaria. En efecto, gracias a esta disposición celular, resiste como un bloque, como si fuera macizo. Su armazón no puede ceder; se adhiere por sí misma, no por la trabazón de los remaches; y la homogeneidad de su construcción, debida a la perfecta ensambladura de los materiales, le permite arrostrar los más furiosos embates.

"Ambos cascos están fabricados con plancha de acero, cuya densidad, en relación con la del agua, está en las respectivas proporciones de siete a ocho décimas. El primero tiene cinco centímetros de espesor, y pesa trescientas noventa y cuatro toneladas y noventa y seis centésimas. La segunda envoltura, la quilla de cincuenta centímetros de altura y veinticinco de ancho, y que pesa por sí sola sesenta y dos toneladas, la maquinaria, el lastre, los diversos accesorios y detalles, los tabiques y puntales interiores, tienen un peso de novecientas sesenta y una toneladas y sesenta y dos centésimas, que, sumado a las trescientas noventa y cuatro toneladas y noventa y seis centésimas, forma el total exigido de mil trescientas cincuenta y seis toneladas y cuarenta y ocho centésimas. ¿Comprende usted?

—Comprendido —contesté.

—Pues bien —prosiguió el capitán—, cuando el *Nautilus* se encuentra a flote en estas condiciones, emerge una décima parte. Luego si dispongo depósitos de una capacidad igual a esa décima, o sea susceptibles de contener ciento cincuenta toneladas y setenta y dos centésimas, y los lleno de agua, el buque desplazará entonces mil quinientas siete toneladas, o las pesará, y se sumergirá por completo. Eso es lo que sucede, señor Aronnax. Los depósitos existen las sentinas del *Nautilus*. Abro unas espitas, se llenan, y el barco se hunde, quedando a flor de agua.

—Bien, capitán, pero ahora tropezamos con la verdadera dificultad. Comprendo que pueda sostenerse a ras de la superficie del Océano; pero al descender bajo ella, su aparato submarino encontrará una presión, y por consiguiente sufrirá un impulso en sentido contrario, de abajo arriba, que debe calcularse en una atmósfera por cada treinta pies de agua, o sea cerca, de un kilogramo por centímetro cuadrado.

—Perfectamente.

—Luego, a menos de anegar por completo al *Nautilus*, no veo cómo puede usted arrastrarle al seno de las masas líquidas.

—Señor profesor —objetó el capitán Nemo—, no hay que confundir la estática con la dinámica; porque esto daría lugar a graves errores. Cuesta muy poco alcanzar las bajas regiones del Océano, porque los cuerpos tienden a buscar el centro de gravedad. Fíjese usted en lo que voy a decirle.

—Le escucho, capitán.

—Cuando traté de determinar el exceso de peso que habría de dar al *Nautilus* para sumergirle, no tuve que preocuparme sino de la reducción de volumen que el agua de mar experimenta, a medida, que se va profundizando en sus capas.

—Evidentemente —le contesté.

—Ahora bien; si el agua no es absolutamente incomprensible, cuando menos, es muy poco comprensible. En efecto, según los cálculos más recientes, esta reducción no es más que de cuatrocientas treinta y seis diezmillonésimas por atmósfera, o por cada treinta pies de profundidad. Se trata de descender mil metros, por ejemplo; pues he de tener en cuenta la reducción del volumen bajo una presión equivalente a la de una columna de agua de mil metros, es decir, bajo una presión de cien atmósferas. Esta reducción será entonces de cuatrocientas treinta y seis cienmilésimas. Debo, pues, elevar el peso a mil quinientas trece toneladas y setenta y siete centésimas, en lugar de mil quinientas siete toneladas y dos décimas. El aumento quedará reducido, por consiguiente, a seis toneladas y cincuenta y siete centésimas.

—¿Nada más?

—Nada más, señor Aronnax, y el cálculo es fácil de verificar. Y como cuento con depósitos suplementarios capaces de embarcar cien toneladas, puedo descender a profundidades considerables. Cuando quiero remontarme y quedar rasando la superficie, me basta con desaguar esos depósitos; y si deseo que el *Nautilus* emerja una décima parte de su totalidad, los vacío todos.

A estos razonamientos, apoyados en cifras, no había nada que replicar.

—Admito sus cálculos, capitán —contesté—. Sería una necedad rebatirlos, puesto que la práctica diaria le ha ido comprobando su exactitud. Pero ahora se me ocurre una positiva dificultad.

—¿Cuál?

—Cuando esté usted a mil metros de profundidad, las paredes del *Nautilus* soportan una presión de cien atmósferas. Luego si quiere usted vaciar los depósitos suplementarios, en aquel momento, para aligerar el barco y remontarse a la superficie, es preciso que las bombas venzan esa presión de cien atmósferas, que representa cien kilogramos por centímetro cuadrado. ¡Y es una potencia...!

—Que únicamente la electricidad podría proporcionarme —se apresuró a interrumpir el capitán Nemo—. Repito a usted que la potencia dinámica de mis máquinas es casi infinita. Las bombas del *Nautilus* tienen una

70

fuerza prodigiosa, como ha podido usted observar por propia experiencia, cuando sus chorros de agua cayeron como un torrente sobre la cubierta de la *Abraham Lincoln*. Pero aun así, no utilizo los depósitos suplementarios más que para llegar a profundidades medias de mil quinientos a dos mil metros, y eso, con objeto de economizar mis aparatos. Ahora, cuando se me antoja visitar las profundidades del Océano, a dos o tres leguas bajo la superficie, apelo a procedimientos más largos, pero no menos infalibles.

—¿Pueden saberse, capitán?

—Esto me lleva naturalmente a explicar a usted el funcionamiento del *Nautilus*.

—Siento verdadera impaciencia por conocerlo.

—Para gobernar este navío a babor y a estribor, para evolucionar, en una palabra, en un plano horizontal, me valgo de un timón ordinario, de amplio azafrán o zapata, fijo al codillo y accionado por una rueda y unas palancas. Pero también puedo mover el *Nautilus* de abajo arriba y viceversa, por medio de dos planos inclinados unidos a sus flancos, en su línea de flotación, planos movibles, aptos para tomar todas las posiciones, y que se hacen funcionar desde el interior por medio de potentes palancas. Cuando esos planos se mantienen paralelos al navío, éste se mueve horizontalmente. Cuando se inclinan, el buque, según sea la inclinación y a impulso de su hélice, o se hunde, siguiendo una diagonal tan prolongada como me convenga, o se remonta, siguiendo la misma diagonal. Y hasta, si quiero volver más de prisa a la superficie, aislo la hélice, y la presión de las aguas hace subir al *Nautilus* verticalmente, como un globo que, repleto de hidrógeno, se eleva rápidamente en el espacio.

—¡Bravo, capitán! —exclamé—. ¿Pero cómo puede seguir el timonel la ruta indicada por usted, en medio de las aguas?

—El timonel va dentro de una garita cerrada, que forma saliente en la parte superior del casco del *Nautilus* y cuyas paredes son cristales lenticulares.

—¿Cristales capaces de resistir semejantes presiones?

—¡Ya lo creo! El cristal, frágil al choque, ofrece, no obstante, una resistencia considerable. En los experimentos de pesca con luz eléctrica, realizados en 1864 en los altos mares del Norte, se han visto placas de dicha materia, de sólo siete milímetros de espesor, resistir una presión de diez y seis atmósferas, aun dejando pasar potentes rayos caloríficos de diferente intensidad. Y los cristales que yo uso tienen veintiún centímetros en su centro, es decir, un grueso treinta veces mayor.

—Conforme, capitán; pero, en resumen, para ver, es preciso que la luz ahuyente las tinieblas, y yo me pregunto cómo, entre la obscuridad de las aguas...

—Detrás de la garita del timonel, va instalado un potente reflector eléctrico, cuyos rayos iluminan el mar a media milla de distancia.

—¡Bravo! ¡Bravísimo, capitán! ¡Ahora me explico la fosforescencia del supuesto narval, que tanto ha intrigado a los eruditos! Y a propósito de esto, ¿querrá usted decirme si el abordaje del *Nautilus* al *Scotia*, que tanta resonancia alcanzó, fue fortuito intencionado?

—Puramente fortuito, señor. Navegábamos a dos metros bajo la superficie, al producirse el choque. Pero pude comprobar que no tuvo consecuencias lamentables.

—Ninguna. Pero no ha sucedido lo propio con la *Abraham Lincoln*.

—Lo deploro, señor Aronnax, por tratarse de uno de los mejores navíos de la valiente marina americana; pero se me atacó y tuve que defenderme. Me he contentado, sin embargo, con poner la fragata fuera de condiciones para volver a tomar la ofensiva, y no le será costoso reparar sus averías en el puerto más próximo.

—¡Ah, capitán! —exclamé con absoluta convicción—. El *Nautilus* es un buque maravilloso!

—¡Sí, señor profesor! —contestó emocionado el capitán Nemo—. Le amo como carne de mi carne. Así como todos los navíos están sometidos a las eventualidades del Océano, así como en la superficie del mar la primera impresión es el sentimiento del abismo, según expresó tan acertadamente el Holandés Jansen, debajo, y a bordo del *Nautilus*, se aleja todo temor del corazón del hombre. No está expuesto a abolladuras, porque su doble casco tiene la rigidez del hierro; carece de aparejos, que inutilizan los bandazos y cabeceos; de velas, que se lleva el viento; de calderas, que deteriora el vapor: no hay posibilidad de incendio, porque la madera no entra para nada en la construcción; no hay cuidado de que falte combustible, puesto que la electricidad es su agente mecánico: no es preciso prevenir los choques, puesto que navega sólo a grandes profundidades: no ha de afrontar tempestades, porque a pocos metros bajo la superficie la tranquilidad es absoluta. ¡Este, este es, señor Aronnax, el navío por excelencia! Y si es cierto que el ingeniero deposita más confianza en su obra que el constructor, y el constructor más que el propio capitán, ¡imagine el abandono con que me confío a mi *Nautilus*, del que soy capitán, constructor e ingeniero!

El capitán Nemo hablaba con arrebatadora exaltación. El fuego de su mirada, el apasionamiento de su gesto, le transfiguraban. ¡Sí! Amaba a su navío como un padre ama a su hijo!

—Se imponía naturalmente una pregunta, quizá indiscreta y no pude menos de formularla.

—¿Por lo visto, es usted ingeniero?

—Sí, señor Aronnax —me contestó—. He cursado mis estudios en Londres, en París, en Nueva York, en los tiempos en que aún era habitante de los continentes de la tierra.

—Pero, ¿cómo ha podido usted construir, en secreto, este buque tan admirable?

—Cada elemento de los que le constituyen, señor Aronnax, me ha sido enviado desde un punto diferente del globo y con destino supuesto. La quilla ha sido forjada en las fundiciones francesas de Creusot; el árbol de la hélice en los talleres de Pen y Compañía, de Londres; las planchas de acero del casco en los de Leard, de Liverpool; la hélice en los de Scott, de Glasgow. Los depósitos han sido fabricados por Cail y Compañía, de

París; la maquinaria por Krupp, de Prusia; el espolón en los talleres suecos de Motala, los instrumentos de precisión en la casa Hart Hermanos, de Nueva York, y así sucesivamente, y cada uno de estos proveedores ha recibido mis planos y pedidos bajo nombres diversos.

—Pero una vez fabricadas esas piezas —le repliqué—, ha sido preciso montarlas, ajustarlas.

—En efecto; y para ello, tenía establecidos mis talleres en un islote desierto, en pleno Océano. Allí, mis obreros, es decir, mis intrépidos compañeros, a quienes he instruido y formado, y yo, acabamos la construcción de nuestro *Nautilus*. Terminada la operación, el fuego borró toda huella de nuestro paso por aquel islote, que habría hecho volar, si me hubiera sido posible.

—Así pues, he de suponer que este barco le ha costado un dineral.

—Mire usted. Un navío con casco metálico cuesta mil ciento veinticinco francos por tonelada. El *Nautilus* desplaza mil quinientas y vale, por consiguiente, un millón seiscientos ochenta y siete mil francos, que con los gastos de mobiliario y demás detalles, pueden elevarse a dos millones. Esto, por supuesto, sin incluir las obras de arte y las colecciones que encierra, en cuyo caso, su valor ascendería a cuatro o cinco millones.

—Una última pregunta, capitán.

—Diga usted, señor Aronnax.

—Entonces, ¿posee usted una gran fortuna?

—Soy inmensamente, rico; tanto que, a quererlo, podría liquidar, sin esfuerzo, los doce mil millones de la deuda francesa.

Me quedé contemplando fijamente al extraño personaje que acababa de expresarse en tales términos. ¿Abusaría de mi credulidad? El porvenir se encargaría de darme la respuesta.

XIV

EL RÍO NEGRO.

La porción del globo terrestre ocupada por las aguas está calculada en tres millones ochocientos treinta y ocho mil miriámetros cuadrados. Esta masa líquida comprende mil doscientos cincuenta millones de millas cúbicas, y formaría una esfera de un diámetro de sesenta leguas, cuyo peso sería de tres quintillones de toneladas. Para darse cuenta de lo que representa esta cifra, hay que pensar en que el quintillón es a mil millones, lo que mil millones a la unidad, es decir, que hay tantos millares de millones en un quintillón, como unidades en mil millones. Además, la referida masa líquida es, aproximadamente, la cantidad de agua que verterían todos los ríos de la tierra, durante cuarenta mil años.

Durante las épocas geológicas, al período del fuego siguió el período del agua. En un principio, el Océano fue universal. Luego, en los tiempos silurianos, fueron apareciendo paulatinamente cumbres montañosas, emergieron islas, desaparecieron bajo diluvios parciales, resurgieron de nuevo, se soldaron, formaron continentes, y, por fin, las tierras se fijaron geográficamente, tal como ahora las vemos. El sólido conquistó al líquido treinta y siete millones seiscientas cincuenta y siete millas cuadradas, o sea doce mil novecientos diez y seis millones de hectáreas.

La configuración de los continentes permite dividir las aguas en cinco partes: Océano Glacial Ártico, Océano Glacial Antártico, Océano Índico, Océano Atlántico y Océano Pacífico.

El Océano Pacífico se extiende de Norte a Sur entre los dos círculos polares, y de Oeste a Este entre Asia y América, en una superficie de ciento cuarenta y cinco grados longitudinales. Es el más tranquilo de los mares; sus corrientes son amplias y sosegadas, sus marcas poco vivas, sus lluvias abundantes. Tal era el Océano que mi sino me llevaba a recorrer, en primer término, en las más extrañas condiciones.

—Señor profesor —me dijo el capitán Nemo—, si le parece a usted, vamos a marcar exactamente nuestra posición y a fijar el punto de partida de este viaje. Son las doce menos cuarto. Voy a remontarme a la superficie de las aguas.

El capitán oprimió tres veces el pulsador de un timbre. Las bombas comenzaron a extraer agua de los depósitos; la aguja del manómetro indicó, por las diferentes presiones, el movimiento ascensional del *Nautilus*, y por último, quedó fija.

—Ya hemos llegado —dijo el capitán.

Me trasladé a la escalera central que terminaba en la plataforma. Subí los escalones metálicos, y salí por la escotilla a la parte superior del navío.

La plataforma sólo emergía ochenta centímetros. La proa y la popa del *Nautilus* presentaban la disposición fusiforme que le daba el aspecto de un colosal cigarro. Observé que sus planchas de acero, ligeramente superpuestas, se asemejaban a las escamas que cubren el cuerpo de los grandes reptiles terrestres, y me expliqué satisfactoriamente que, a pesar del gran alcance y precisión de los catalejos, se hubiera confundido siempre al buque con un animal marino.

En el centro de la plataforma, la canoa, casi empotrada en el casco del navío, formaba una pequeña protuberancia. A proa y a popa, se elevaban dos cajas de regular altura, con las paredes inclinadas y cerradas en parte por gruesos cristales lenticulares; una era la destinada al timonel que dirigía el *Nautilus*; en la otra, brillaba el potente foco eléctrico que iluminaba su ruta.

La mar era magnífica; y el cielo purísimo; apenas si el largo vehículo experimentaba las ondulaciones del Océano. Una tenue brisa del Este; rizaba la superficie de las aguas. El horizonte, limpio de brumas, se prestaba a las más minuciosas observaciones.

No teníamos nada a la vista. Ni un escollo, ni un islote, ni sombra de la *Abraham Lincoln*. La inmensidad desierta.

El capitán Nemo, provisto de su sextante, tomó la altura del sol, que debía darle su latitud, esperando durante unos minutos el paso del astro por el horizonte. Mientras observaba, no sufrió la más leve alteración ninguna de sus músculos, y el instrumento no se hubiera mantenido más inmóvil en una mano de mármol.

—Las doce —me dijo—. Cuando usted guste...

Circulé una postrera mirada por aquel amarillento mar de las playas japonesas, y descendí de nuevo al gran salón.

Allí, el capitán hizo sus anotaciones y calculó cronométricamente la longitud, que comprobó con precedentes observaciones de ángulos horarios. Luego, me dijo:

—Señor Aronnax, estamos a ciento treinta y siete grados y quince minutos de longitud Oeste.

—¿De qué meridiano? —pregunté con viveza, esperando que la respuesta del capitán me indicaría quizá su nacionalidad.

—Señor Aronnax —me contestó—, tengo varios cronómetros, regulados por los meridianos de París, de Greenwich y de Washington. En honor de usted, me serviré del de París.

La respuesta no aclaraba nada. El comandante prosiguió:

—A ciento treinta y siete grados y quince minutos de longitud Oeste, del meridiano de París, y a ciento treinta grados y siete minutos de latitud Norte, es decir, a trescientas millas, próximamente, de las costas del Japón. Hoy, 8 de noviembre, al mediodía, comienza nuestro viaje de exploración submarina.

—¡Que Dios nos proteja! —contesté.

—Y ahora, señor profesor —añadió el capitán—, le dejo entregado a sus estudios. Hago rumbo al Este—Nordeste, a cincuenta metros de profundidad. Aquí tiene usted cartas anotadas, en las que podrá seguirle. Todo está a su disposición, y yo, con su permiso, me retiro.

El capitán Nemo me saludó. Yo me quedé solo, absorto en mis pensamientos. Todos ellos se relacionaban con el comandante del *Nautilus*. ¿Lograría saber alguna vez a qué nación pertenecía aquel hombre extraño, que se jactaba de no pertenecer a ninguna? ¿Quién había provocado el odio que profesaba a la humanidad, aquel odio que quizá clamaba terribles venganzas? ¿Sería uno de esos sabios despreciados, uno de esos genios "perseguidos a sol y a sombra", según frase de Consejo, un Galileo moderno, o bien uno de esos hombres de ciencia, como el americano Maury, cuyo porvenir han fracasado las revoluciones políticas? No podía determinarlo. Sólo sabía que lanzado por el azar a bordo de su nave, teniendo mi vida entre sus manos, había encontrado en él una acogida fría, pero hospitalaria. Nunca estrechó la mano que yo le tendía, y nunca me tendió la suya.

Durante una hora completa permanecí abismado en estas reflexiones, tratando de penetrar aquel misterio, tan interesante para mí. Luego, fijé las miradas en el vasto planisferio extendido sobre la mesa, y coloqué el índice en el punto preciso en que se cruzaban la longitud y la latitud observadas.

El mar tiene sus ríos, como los continentes. Son corrientes especiales, que se manifiestan por su temperatura, por su color, siendo la más notable la conocida con el nombre de *Gulf Stream*. La ciencia ha determinado, en el globo, la dirección de cinco principales corrientes: una al norte del Atlántico, otra al sur del mismo mar, otra al norte del Pacífico, otra al sur del propio Océano, y la última, al sur del Océano Índico. Es muy probable que existiera una sola corriente al norte del citado mar Índico, cuando los mares Caspio y de Aral, unidos a los grandes lagos asiáticos, formaban una misma y única extensión de agua.

En el punto marcado en el planisferio, se desarrollaba una de las mencionadas corrientes, El *Kuro-Sivo* de los japoneses, el *Río Negro*, que saliendo del golfo de Bengala, caldeado por los rayos perpendiculares del sol de los trópicos, atraviesa el estrecho de Malaca, bordea la costa de Asia, se incorpora al Pacífico boreal hasta las islas Aleutas, acarreando troncos de alcanforeros y otras substancias indígenas, y cortando con el puro añil de sus templadas aguas las ondas del Océano. Esta era la corriente que iba a franquear el *Nautilus*. Yo le seguía mentalmente, le veía perderse en la inmensidad del Pacífico y me sentía arrastrado con él, cuando aparecieron a la puerta del salón Ned Land y Consejo.

Mis dos intrépidos compañeros quedaron petrificados a la vista de las maravillas amontonadas ante sus ojos.

—¿Dónde estamos? —preguntó el canadiense—; ¿en el Museo de Quebec?

—Si el señor no lo toma a mal —objetó Consejo— más bien parece que nos encontramos en el palacio del Sommerard.

—Amigos míos —les contesté—, no estamos en el Canadá ni en Francia, sino a bordo del *Nautilus* y a cincuenta metros bajo el nivel del mar.

—Hay que creerlo porque lo afirma el señor —replicó el complaciente Consejo—; pero, francamente, este salón es capaz de producir asombro hasta a un flamenco, como yo.

—¡Asómbrate, amigo mío, y mira, porque un clasificador de tu categoría tiene aquí tarea para rato!

No había necesitado animar a Consejo. El hacendoso muchacho, inclinado sobre las vitrinas, murmuraba ya palabras del léxico de los naturalistas:

—Clase de los gasterópodos, familia de los buccinoideos, género de las porcelanas, especie de *Cypaea madagascariensis...*

Entretanto, Ned Land, poco dado a la conquiliología, me interrogaba acerca de mi entrevista con el capitán Nemo.

¿Había descubierto quién era, de dónde venía, adónde iba, hacia qué profundidades nos arrastraba...?

Estas y otras mil preguntas me dirigió atropelladamente, sin darme siquiera tiempo de contestar.

Le informé de todo lo que sabía, o mejor dicho, de todo lo que no sabía, y le pregunté a mi vez, qué había visto u oído por su parte.

—No he vistió ni oído nada —contestó el canadiense—. Ni siquiera he visto a los tripulantes del buque. ¿Serán también eléctricos, por casualidad?

—¿Eléctricos?

—¡Voto a Cribas! ¡Cualquiera lo creería! Pero usted, señor Aronnax, que siempre tiene solución para todo, ¿no podría decirme cuántos hombres hay a bordo? ¿Diez, veinte, cincuenta, ciento?...

—No puedo contestarle, amigo Land. Pero créame usted; abandone, por el momento, la idea de apoderarse del *Nautilus* o de evadirse. Esta embarcación es un portento de la industria moderna, y lamentaría no haberla visto. ¡Cuántos aceptarían la situación que nos han creado las circunstancias, aunque no fuera más que para pasearse a través de todas estas maravillas! Así, pues, ármese de paciencia y procuremos ver lo que pasa en nuestro derredor.

—¡Ver! —exclamó el arponero—. ¿Qué vamos a ver, ahora ni nunca, metidos en esta cárcel de acero? Marchamos, navegamos a ciegas...

Apenas pronunciadas estas palabras, nos encontramos envueltos en una súbita y absoluta obscuridad. La iluminación del techo se extinguió por completo y tan rápidamente, que mis ojos experimentaron cierta impresión dolorosa, análoga a la que produce el paso contrario de las tinieblas profundas a una claridad demasiado intensa.

Permanecimos mudos, clavados en nuestros sitios, sin saber qué sorpresa, agradable o desagradable, nos esperaba. De pronto percibimos un ligero roce, como si resbalaran de un lado a otro las planchas de los costados del *Nautilus*.

—¡Llegó el final! —exclamó Ned Land.

—Orden de las hidromedusas —murmuró Consejo.

La luz se hizo tan rápidamente como se había extinguido, penetrando en el salón por dos aberturas oblongas practicadas en las paredes. Las masas líquidas aparecieron vivamente iluminadas por las influencias eléctricas. Dos placas de cristal nos separaban del mar. Sufrí un involuntario estremecimiento, a la idea de que aquella frágil pared podía romperse; pero estaba reforzada y sujeta por sólidas armaduras de cobre, que la mantenían y le daban una resistencia casi infinita.

El mar era visible distintamente, en el radio de una milla, alrededor del *Nautilus*. ¡Qué espectáculo! ¿Qué pluma sería capaz de describirlo? ¿Quién sabría pintar los efectos de la luz a través de aquellas masas transparentes, y la dulzura de sus gradaciones sucesivas hasta las capas inferiores y superiores del Océano?

Si se admite la hipótesis de Erhemberg, que cree en una iluminación fosforescente de los fondos submarinos, la Naturaleza ha reservado, ciertamente, para los habitantes del mar uno de sus más prodigiosos espectáculos, como podía juzgarlo en aquel momento, por los mil cambiantes de luz. A cada uno de mis lados, se abría una ventana recayente a los abismos inexplorados. La obscuridad del salón hacía resaltar la claridad exterior, y mirábamos como si aquel puro cristal hubiera sido la vidriera de un inmenso acuario.

El *Nautilus* parecía inmóvil. Faltaban puntos de mira. Sin embargo, de vez en cuando, los surcos abiertos en el agua por su espolón desfilaban ante nuestra vista con vertiginosa velocidad.

Durante buen rato, permanecimos atónitos, acodados en las vitrinas. Consejo fue quien primero rompió aquel silencio de estupefacción, diciendo:

—¿No quería usted ver, amigo Ned? ¡Pues hártese de luz!

—¡Es curioso! ¡Curiosísimo! —exclamó el canadiense, que, olvidando sus furores y sus proyectos de evasión, sufría una atracción irresistible—. La verdad es que vale la pena emprender un largo viaje para contemplar este espectáculo!

—¡Ah! —exclamé yo a mi vez—; comprendo la vida de ese hombre! ¡Se ha creado un mundo aparte, que le reserva sus más estupendas maravillas!

—Pero, ¿y los peces? —observó el arponero—. No los veo por ninguna parte.

—¿Qué le importa, amigo Ned —contestó Consejo—, si no había usted de conocerlos?

—¡No conocerlos yo! ¡Un pescador! —replicó Land.

Y con tal motivo entablaron una discusión los dos amigos, porque ambos conocían los peces, pero bajo un aspecto muy diferente.

Todo el mundo sabe que los peces forman la cuarta y última clase de la rama de los vertebrados. Se les ha definido muy acertadamente, diciendo que son "animales vertebrados de circulación doble y de sangre fría, que respiran por medio de agallas y cuyo elemento natural es el agua". Componen dos series distintas: la de los peces de estructura ósea, es decir, aquellos cuya espina dorsal está constituida por vértebras óseas, y la de los peces de estructura cartilaginosa, es decir, aquellos cuya espina dorsal está constituida por vértebras cartilaginosas.

El canadiense conocía quizá esta distinción; pero Consejo sabía mucho más en la materia, y unido a Ned por lazos de amistad, no podía consentir que fuera menos instruido que él. Así, le dijo:

—Amigo Ned, usted es un matador de peces, un pescador de primera fuerza. Ha capturado usted un gran número de esos interesantes animales. Pero apostaría cualquier cosa a que no sabe su clasificación.

—¡Vaya si la sé! —contestó con toda seriedad el arponero—. Se clasifican en peces comestibles y en peces no comestibles.

—¡Esa es una distinción glotona! —objetó Consejo—. Pero dígame usted, ¿conoce la diferencia que existe entre los peces óseos y los peces cartilaginosos?

—Bien podría ser, amigo Consejo.

—¿Y la subdivisión de estas dos grandes clases?

—No me fijo en esas pequeñeces.

—Pues bien, amigo Ned: ¡oiga usted y grábelo en su memoria! Los peces óseos se subdividen en seis órdenes: Primero; los acantopterigios, cuya mandíbula superior es completa, movible, y cuyas agallas afectan la forma de un peine. Este orden comprende quince familias, es decir, las tres cuartas partes de los peces conocidos. Tipo: la perca vulgar.

—¡No es mal bocado! —contestó Ned Land.

—Segundo —prosiguió Consejo—: los abdominales, que tienen las aletas ventrales suspendidas bajo el abdomen, y pectorales detrás, sin estar unidas a la columna espinal. Este orden se divide en cinco familias y comprende la mayor parte de los peces de agua dulce. Tipo: la carpa, el sollo.

—¡Psch! —repuso el canadiense, con cierto gesto de desdén—; ¡peces de río!

—Tercero —continuó Consejo—: los subranquiales, cuyas ventrales van unidas bajo las pectorales e inmediatamente suspendidas de la espina dorsal. Este orden contiene cuatro familias. Tipos: platijas, latijas, el mero, el lenguado.

—¡Excelente! ¡Soberbio! —exclamó el arponero, que no se avenía a considerar a los peces sino desde el punto de vista comestible.

—Cuarto —agregó Consejo, sin inmutarse—: los ápodos de cuerpo alargado, desprovistos de aletas ventrales y revestidos de una piel gruesa y ordinariamente viscosa, cuyo orden no comprende más que una familia. Tipos: la anguila, el gimnoto.

—¡Medianillo! Pasadero nada más —contestó Ned Land.

—Quinto —siguió enumerando Consejo—: los lofobranquios, que tienen mandíbulas completas y articuladas, pero cuyas agallas están formadas por pequeños penachos o borlas, apareados a lo largo de los arcos branquiales. Este orden sólo cuenta con una familia. Tipos: los hipocampos o caballos marinos, los dragones alados.

—¡Malo! ¡Malo! —replicó el arponero.

—Sexto y último —dijo Consejo—: los plectognatos, cuyo hueso maxilar está unido fijamente a la parte del intermaxilar que forma la mandíbula, y cuya bóveda palatina engrana por sutura con el cráneo haciéndola inmóvil. Este orden carece de verdaderas ventrales y se compone de dos familias. Tipos: el tetrodonte y el pez luna.

—¡Magníficos para descomponer un buen guiso —exclamó el canadiense.

—¿Ha comprendido usted, amigo Ned? —preguntó el ilustrado Consejo.

—¡Ni una palabra, amigo Consejo! —contestó el arponero—. Pero siga usted, porque su descripción es interesantísima.

—En cuanto a los peces cartilaginosos —prosiguió imperturbablemente Consejo—, no comprenden más que tres órdenes.

—¡Tanto mejor! —repuso Ned.

—Primero; los ciclóstomos, cuyas mandíbulas aparecen soldadas en un anillo móvil, y cuyas branquias presentan numerosos orificios; orden que comprende una sola familia, siendo su tipo la lamprea.

—¡Qué rica! —contestó Ned Land.

—Segundo; los selacios, con branquias semejantes a las de los ciclóstomos, pero cuya mandíbula inferior es articulada. Este orden, el más importante de la clase, comprende dos familias, de las que son tipos la raya y los escualos.

—¡Cómo! —exclamó Ned—. ¿Las rayas y los tiburones en el mismo orden? ¡Pues mire, amigo Consejo, en interés de las rayas, le recomiendo que no los eche juntos a un mismo estanque!

—Tercero —continuó Consejo—; los esturios, cuyas aberturas branquiales presentan, como de ordinario, una sola hendedura, guarnecida por un opérculo. Este orden comprende cuatro géneros, y su tipo es el esturión.

—Amigo Consejo, veo que ha reservado lo mejor para el final, al menos para mi gusto. ¿Y es eso todo?

—Todo, mi querido Ned —contestó Consejo—; pero he de advertirle que saber esto equivale a no saber nada, porque las familias se subdividen en géneros, en subgéneros, en especies, en variedades...

—¡Pues bien, amigo Consejo —interrumpió el arponero, acercándose a la transparente escotilla de cristal—, ahí tiene usted una porción de variedades que pasan!

—Ya lo veo —respondió Consejo—; parece un acuario.

—No —le objeté yo—, porque un acuario viene a ser una especie de jaula, y esos peces gozan de absoluta libertad, como el pájaro en el aire.

—¡Vaya, amigo Consejo —indicó Ned Land—, designe a cada uno por su nombre! ¡Vamos a ver!

—¡Oh! —contestó Consejo—. Yo no me considero capaz de hacerlo. Eso corresponde a mi señor.

Y en efecto, el excelente muchacho, clasificador rabioso, no tenía nada de naturalista, hasta el punto de que dudo que hubiera distinguido a un atún de un bonito. En una palabra, era el reverso del canadiense, que aplicaba su nombre a cada pez, sin titubear.

—Aquel parece un pez ballesta —dije yo una de las veces.

—¡Sí! —contestó Ned Land—. Una ballesta china.

—Género ballesta, familia de los esclerodermos, orden de los plectognatos —murmuró Consejo.

Decididamente, entre ambos, Ned y Consejo, hubieran formado un naturalista de talla.

Y no marró el canadiense. Al poco rato, una turba de ballestas, con su cuerpo comprimido, su piel granulosa y armadas de un aguijón en el espinazo, bullían en torno del *Nautilus*, agitando las cuatro hileras de pinchos que erizan cada lado de su cola. Nada más admirable que su envoltura, gris por debajo, blanca por encima, y salpicada de manchas de oro, que reverberaban en el sombrío remolino de las ondas. Entre ellas ondulaban las rayas, como una tela flameante al viento, y no fue poco mi júbilo al distinguir, entre aquel tropel, la notable raya china, amarillenta en su parte superior, rosa pálido bajo el vientre, y provista de tres aguijones situados detrás de los ojos, especie rara y hasta dudosa en tiempos de Lacépéde, que únicamente logró verla en una colección de grabados japoneses.

Durante dos horas escoltó al *Nautilus* un completo ejército acuático. En medio de sus retozos, de sus saltos, rivalizando en belleza, en brillo y en velocidad, vi al verde labro, al rubio salmonete, cruzado por una doble franja negra, al gobio de cola redondeada, de piel blanca y manchas violeta en el dorso, al escombro japonés, admirable caballa marina, de cuerpo azul y cabeza plateada, innumerables azurados, cuyos nombres sería imposible reseñar, esparos listados, con sus aletas matizadas de azul y de amarillo, esparos dorados, cuyo color hacía resaltar la negra banda de su cola, esparos zonéforos, elegantemente aprisionados por sus seis cinturones, antostonos, con bocas aflautadas, o becadas marinas, alguno de cuyos ejemplares alcanza un metro de longitud, salamandras del Japón, serpientes de seis pies de largo, con ojos pequeños y vivos y anchas fauces, erizadas de dientes.

Nuestra admiración se mantenía en constante auge. Nuestras exclamaciones no se agotaban. Ned nombraba a los peces, Consejo los clasificaba, y yo me extasiaba ante la vivacidad de sus movimientos y la hermosura de sus formas. Jamás me fue dado sorprender a tales animales, vivos y libres, en su elemento natural.

No citaré todas las variedades que desfilaron así ante nuestras atónitas miradas, toda aquella colección de los mares japoneses y chinos. Los peces acudían, en bandadas más numerosas que las de los pájaros en el espacio, atraídos sin duda por el fulgurante foco de luz eléctrica.

El salón se iluminó súbitamente, volviendo a sus puestos las planchas de acero y cesando la encantadora visión. Pero seguí contemplándola mentalmente, durante largo rato, hasta el momento en que mis miradas se fijaron en los instrumentos suspendidos en las paredes. La brújula continuaba señalando la dirección Nor-Nordeste, el manómetro marcaba una presión de cinco atmósferas, correspondiente a una profundidad de cincuenta metros, y la corredera eléctrica indicaba una marcha de quince millas por hora.

Esperaba al capitán Nemo, pero no compareció. El reloj marcaba las cinco.

Ned Land y Consejo volvieron a su cabina. Yo me trasladé también a mi camarote, donde ya se hallaba dispuesta mi comida. Se componía de una sopa de tortuga, cuyo jugo había sido extraído de los más delicados careys, de un suculento guisado de barbo, cuyo hígado, servido aparte, constituía un manjar delicioso, y de unos finísimos filetes de holacanto, cuyo sabor me pareció más exquisito que el del salmón.

Pasé la velada leyendo, escribiendo, pensando. Después, asaltado por el sueño, me tendí sobre mi mullido lecho y me dormí profundamente, mientras el *Nautilus* se deslizaba a través de la impetuosa corriente del Río Negro.

XV

UNA INVITACIÓN POR CARTA.

Al día siguiente, 9 de noviembre, no me desperté hasta después de dormir doce horas. Consejo acudió, según su costumbre, a saber "cómo había pasado la noche el señor" y a ofrecerle sus servicios. Su amigo, el canadiense, continuó durmiendo, como quien carece de toda otra ocupación.

Dejé charlar a su gusto al atento muchacho, sin contestarle apenas. Me intrigaba en extremo la ausencia del capitán Nemo, que no pareció durante nuestra sesión de la víspera, y esperaba recibir su visita en el transcurso del nuevo día.

Al poco rato lucía mis atavíos de bisos. Su procedencia provocó más de una vez las reflexiones de Consejo. Le instruí de que aquella tela estaba confeccionada con los sutiles y sedosos filamentos que dejaban adheridos a las rocas las ostras pinadas, moluscos muy abundantes en las orillas del Mediterráneo. En otra época, se tejían con ellos finas telas, medias y guantes, porque resultaban a la vez suaves al tacto y de gran abrigo. La tripulación del *Nautilus* podía, por tanto, vestirse por su propia cuenta, sin recurrir a las plantas de algodón, ni a la lana de los carneros, ni a la seda elaborada por los gusanos terrestres.

Una vez vestido, me trasladé al gran salón. Estaba desierto.

Me abismé en el estudio de aquellos tesoros de conquiología, amontonados en las vitrinas. Escudriñé asimismo los vastos herbarios, repletos de las más raras plantas marinas, y que, aunque secas, conservaban sus admirables colores. Entre aquellos preciosos hidrófitos, llamaron mi atención los verticilados cladostefos, padinas pavo real, caulerpes con hojas de vid, calitamnios graníferos, delicadas ceramias de matices escarlata, agáricos dispuestos en abanico, acetábulos, semejantes a setas muy deprimidas y clasificadas durante largo tiempo entre los zoófitos, una serie completa, en fin, de fucos y algas.

Transcurrió la jornada entera sin que me honrara con su visita el capitán Nemo. Tampoco fueron corridas las planchas metálicas. Quizá no quería que abusáramos del fantástico espectáculo.

El *Nautilus* se mantuvo en dirección Este-Nordeste, con una velocidad de doce millas y a una profundidad de cincuenta a sesenta metros.

Al otro día, 10 de noviembre, reinó el mismo abandono, la misma soledad. No vi a nadie de la tripulación. Ned y Consejo pasaron a mi lado la mayor parte de la jornada, extrañándose, como yo, de la inexplicable ausencia del capitán. ¿Estaría enfermo aquel hombre singular? ¿Trataría de modificar sus propósitos respecto a nosotros?

Después de todo, según observó Consejo, gozábamos de absoluta libertad y estábamos delicadamente alimentados. Nuestro anfitrión respetaba los términos de su pacto. No podíamos quejarnos, y por otra parte, lo especialísimo de nuestra situación nos reservaba tan hermosas compensaciones, que todavía no nos asistía el derecho de acusarle.

Aquel día comencé a registrar ordenadamente estas aventuras, lo cual me ha permitido relatarlas con la más escrupulosa exactitud; y, detalle curioso, las escribí en papel elaborado con zóster marino.

En plena madrugada del 11, la pura brisa esparcida por el interior del *Nautilus* me hizo colegir que habíamos vuelto a la superficie del Océano, a fin de renovar las provisiones de oxígeno. Me dirigí hacia la escalera central y subí a la plataforma.

Eran las seis. El cielo estaba cubierto y el mar gris, pero en calma. Apenas se notaba oleaje. ¿Acudiría el tan esperado capitán Nemo? Sólo vi al timonel, recluido en su jaula de cristal. Me senté sobre el saliente que formaba el casco de la canoa, y aspiré con fruición las emanaciones salinas.

La bruma fue disipándose poco a poco, bajo la acción de los rayos solares. El radiante astro asomó por el horizonte oriental, y el mar se inflamó a sus miradas, como un reguero de pólvora. Las nubes, diseminadas por las alturas, se tiñeron de vivos y variados matices y numerosas *lenguas de gato* presagiaron viento para todo el día.

Pero, ¿qué importaba el viento al *Nautilus*, al que no podían arredrar los más furiosos temporales?

Contemplando estaba el regocijado despertar de la aurora, tan alegre, tan vivificante, cuando advertí que alguien ascendía a la plataforma.

Me dispuse a saludar al capitán Nemo; pero fue su segundo quien apareció, avanzando a lo largo de la plataforma, como si no se hubiera percatado de mi presencia. Auxiliado por un potente catalejo, escrutó el horizonte en todas direcciones, con atención minuciosa. Terminado el examen, se acercó a la escotilla y me dirigió una frase, cuyos términos ha retenido exactamente mi memoria, porque se reprodujo en las mañanas sucesivas, en idénticas condiciones.

—*Nautron respoc lorui virch* —dijo.

No sé lo que significaría.

Pronunciadas las anteriores palabras, el segundo se reintegró al interior. Yo, tomándolo como indicación de que el *Nautilus* iba a reanudar su navegación submarina, seguí el ejemplo y volví a mi cámara.

Así transcurrieron cinco días, sin que la situación se modificara. Cada mañana subía a la plataforma, donde el mismo individuo me repetía la consabida frase. El capitán Nemo continuaba sin parecer.

Ya me había resignado a no verle, cuando el 16 de noviembre, al regresar a mi camarote, acompañado de Ned y de Consejo, encontré sobre la mesa un billete dirigido a mi nombre.

Le abrí con mano impaciente. Estaba escrito en letra clara y cursiva, pero tendiendo algo a un gótico, que recordaba los caracteres alemanes.

El contenido era el siguiente:

"SEÑOR PROFESOR ARONNAX,
 "A BORDO DEL *NAUTILUS.*
                                                    "16 noviembre 1867.

"El capitán Nemo invita al profesor señor Aronnax a una partida de caza, que tendrá efecto mañana por la mañana, en sus bosques de la isla Crespo. Espera que no habrá motivo que le impida asistir a ella, y verá gustoso que se le unan sus compañeros".

—¡Una cacería! —exclamó Ned.

—¡Y en sus bosques de la isla Crespo! —añadió Consejo.

—Por lo visto —indicó Ned Land— ese buen señor se propone tomar tierra.

—La cosa me parece bien clara —contesté, releyendo la carta.

—¡Ah! ¡Pues hay que aceptar! —replicó el canadiense—. Una vez en tierra firme, ya pensaremos lo que mejor nos convenga. Además, no me disgustará comer algunas tajadas de caza fresca.

Sin intentar conciliar lo que había de contradictorio entre el horror manifiesto del capitán Nemo por los continentes y las islas y su invitación a cazar en el bosque, me concreté a contestar:

—Ante todo, veamos lo que es la isla Crespo.

Consulté el planisferio, y a los 32°40' de latitud Norte y 167°50' de longitud Oeste, encontré un islote, descubierto en 1801 por el capitán Crespo, al que los antiguos mapas españoles designaban con el nombre de Roca de la Plata. Estábamos, pues, a unas mil ochocientas millas del punto de partida, y la dirección algo modificada del *Nautilus* le llevaba hacia el Sudeste.

Mostré a mis compañeros aquel picacho aislado en el Pacífico boreal, y les dije:

—Es indudable que, si se le ocurre saltar alguna vez a tierra, el capitán Nemo elige para ello islas completamente desiertas.

Ned Land movió la cabeza sin contestar, y se retiró, acompañado de Consejo. Después de una cena servida por el impasible y mudo camarero, me dormí, no sin cierta preocupación.

Al despertar a la mañana siguiente, la del 17 de noviembre, noté que el *Nautilus* estaba absolutamente inmóvil.

Me vestí a toda prisa y pasé al salón.

El capitán Nemo esperaba ya en él. Se levantó, me saludó y me preguntó si accedíamos a acompañarle.

Como no hizo alusión alguna a su ausencia durante aquellos ocho días, me abstuve de tocar dicho punto y me limité a contestar que mis compañeros y yo estábamos prestos a seguirle.

—Únicamente —añadí— me permitiré dirigirle una pregunta.

—Hágala usted, señor Aronnax, en la seguridad de que, a serme posible, la contestaré.

—Pues bien, capitán; ¿cómo es que habiendo roto en absoluto sus relaciones con la tierra, posee usted bosques en la isla Crespo?

—Señor profesor —me respondió el capitán—, los bosques de mi pertenencia no piden al sol su luz ni su calor. No viven en ellos animales cuadrúpedos, ni los conoce nadie más que yo. Son exclusivamente míos. En una palabra, no son bosques terrestres, sino bosques submarinos.

—¡Bosques submarinos! —exclamé.

—Sí, señor profesor.

—¿Y me ofrece usted llevarme a ellos?

—Justo.

—¿A pie?

—Y hasta a pie enjuto.

—¿De caza?

—De caza.

—¿Con escopeta?

—Con escopeta.

Me quedé mirando al comandante del *Nautilus* con un aire poco lisonjero para su persona.

—Decididamente —pensé— este hombre es loco de remate. Sin duda ha sufrido un acceso que le ha durado estos ocho días, y que yo creo que aún le dura. ¡Lo siento! ¡Prefería sus excentricidades a su locura!

El capitán Nemo debió leer claramente mi pensamiento en mi fisonomía; pero se limitó a invitarme a que le siguiera, y le seguí, armándome de resignación.

Nos trasladamos al comedor, donde ya estaba servido el almuerzo.

—Señor Aronnax —me dijo el capitán—, le ruego que almuerce conmigo, sin cumplimientos. Hablaremos comiendo. Pero debo advertirle que, si bien le he convidado a un paseo silvestre, no me he comprometido, en modo alguno, a proporcionarle posada mientras dure. Almuerce usted, por tanto, como quien probablemente ha de tardar en comer.

Hice honor al ágape. Se componía de diversos pescados y lonjas de holoturias, excelentes zoófitos, aderezados con algas muy apetitosas, tales como la *porfiria laciniata* y la *laurentia primafétida*. La bebida consistía en agua cristalina, a la que, siguiendo el ejemplo del capitán, añadí unas gotas de un licor fermentado, extraído, a estilo de Kamchatka, del alga conocida con el nombre de *rodomenia palmeada*.

El capitán Nemo comió sin pronunciar una sola palabra. Luego, me dijo:

—Señor profesor: cuando le propuse una cacería en mis bosques de Crespo, seguramente me creyó en contradicción conmigo mismo. Al decirle ahora que se trataba de bosques submarinos, indudablemente me ha tomado por loco. Pues bien: no hay que juzgar a los hombres a la ligera.

—Capitán, aseguro a usted que...

—Tenga la bondad de escucharme, y verá usted si existen motivos para acusarme de locura o de contradicción.

—Escucho a usted.

—Sabe usted, tan bien como yo, señor Aronnax, que el hombre puede vivir debajo del agua, siempre que lleve consigo la provisión necesaria de aire respirable. En los trabajos submarinos, el buzo, revestido de un traje impermeable y con la cabeza encerrada en un casco metálico, recibe el aire del exterior por medio de bombas impelentes y de reguladores de salida.

—Tal es el funcionamiento de las escafandras —le contesté.

—En efecto; pero, en esas condiciones, el hombre no goza de libertad de acción. Está sujeto a la bomba que le envía el aire por un tubo de goma, verdadera cadena que le amarra a tierra, y si nosotros quedáramos retenidos al *Nautilus,* en esa forma, sería muy poco lo que podríamos alejarnos.

—¿Y a qué recurso apela usted, para corregir esos inconvenientes? —le pregunté.

—Al empleo del aparato Rouquayrol-Denayrouze, ideado por dos compatriotas de usted, pero que yo he perfeccionado para mi uso, de tal modo, que permite aventurarse, en esas nuevas condiciones fisiológicas, sin que los órganos sufran la menor lesión. Se compone de un resistente receptáculo de metal, en el cual almaceno el aire a una presión de cincuenta atmósferas. Este recipiente va fijo a la espalda por medio de correas, como una mochila de soldado. Su parte superior forma una caja, de la que el aire, mantenido por un mecanismo dispuesto en fuelle, no puede salir más que a su tensión normal. En el aparato Rouquayrol, tal como se usa generalmente, existen dos tubos de caucho, que, partiendo de la caja, van a parar a una especie de pabellones que se ajustan a la nariz y a la boca del operador; uno sirve para la introducción del aire inspirado y el otro para la salida del aire expirado, y la lengua cierra éste o aquél, según las necesidades de la respiración. Pero yo, que afronto presiones considerables en el fondo de los mares, he tenido que guarecer la cabeza bajo una esfera de bronce, a manera de escafandra, y a esa esfera van a parar el tubo inspirador y el expirador.

—Perfectamente; capitán; pero el aire almacenado en el depósito debe consumirse rápidamente, y en el momento en que contenga menos del quince por ciento de oxígeno, se convertirá en irrespirable.

—Claro está; pero ya he dicho a usted, señor Aronnax, que las bombas del *Nautilus* me permiten almacenarlo a elevada presión, y, en tales condiciones, el depósito del aparato puede suministrar aire respirable durante nueve o diez horas.

—No tengo nada que objetar —le contesté—. Pero, ¿cómo se alumbra usted en el fondo del Océano?

—Con un aparato Ruhmkorff. Así como el primero se lleva a la espalda, el segundo se sujeta a la cintura. Se compone de una pila Bunsen, que pongo en actividad, no con bicromato de potasa, que no podría procurarme, sino con sodio, de cuya substancia está saturado el mar. Una bobina de inducción recoge la electricidad producida, enviándola a una linterna dispuesta de un modo especial. En esa linterna existe un serpentín de cristal, que contiene una pequeña cantidad de ácido carbónico. Cuando el aparato funciona, el gas se inflama, dando una luz blanquecina y constante. Provisto de tales elementos, respiro y veo.

—Opone usted a mis observaciones réplicas tan categóricas y contundentes, que no hay manera de dudar. Admito, pues, las explicaciones que indica de los aparatos Rouquayrol y Rubmkorff, pero permítame ciertas reservas respecto a las escopetas de que pretende usted armarnos.

—¡Es que no se trata de armas de fuego! —contestó el capitán.

—¡Ah! ¿Son de aire comprimido?

—¡Claro! ¿Cómo quiere usted que fabrique pólvora a bordo, careciendo de salitre, de azufre y de carbón?

—Aun así —le repliqué—, la utilidad del tiro ha de ser muy relativa, puesto que hay que vencer la resistencia del agua, ochocientas cincuenta y cinco veces más densa que el aire.

—Eso no es obstáculo. Existen ciertos cañones sistema Fulton, perfeccionado por los ingleses Coles y Burley, por el francés Furcy y por el italiano Landi, que van provistos de un cierre especial, que permite tirar en esas condiciones. El hecho es que, a falta de pólvora, la he reemplazado por aire comprimido, que las bombas del *Nautilus* me proporcionan en abundancia.

—Pero el aire debe agotarse rápidamente.

—¿Y acaso no cuento con mi depósito Rouquayrol, que puede suministrármelo, en caso de necesidad? Basta para ello con una espita apropiada. De todos modos, señor Aronnax, ya se convencerá usted, por sí mismo, de que en las cacerías submarinas se hace poco gasto de aire y de proyectiles.

—Por otra parte —argumenté—, me parece que con una claridad tan velada, y a través de un líquido tan denso, en relación con la atmósfera, los disparos han de resultar cortos y difícilmente mortales.

—Al contrario, señor Aronnax. Con esas escopetas, los disparos, todos, son mortales de necesidad. En el momento en que alcanzan a un animal, por ligeramente que sea, cae como herido por el rayo.

—¿Cómo es eso?

—Porque los proyectiles no son como los ordinarios, sino que consisten en unas capsulillas de cristal inventadas por el químico austríaco Leniebroek, de las que tengo una gran provisión. Estas cápsulas de cristal, recubiertas con una armadura de acero y cerradas por un remate de plomo, son verdaderas botellitas de Leyden, en las que la electricidad se halla acumulada a una elevadísima tensión. Al más ligero choque, se descargan, y el animal, por vigoroso que sea, muere instantáneamente. Añadiré que los referidos balines son del calibre cuatro, y que la carga de una escopeta usual puede contener hasta diez.

—Me doy por vencido —declaré, levantándome de la mesa—, y acepto la escopeta que me ofrece. Iré con usted.

El capitán me guió hacia la popa del *Nautilus*, y al pasar por delante del camarote de Ned y de Consejo, llamé a mis dos compañeros, que se unieron a nos.

A los pocos instantes, entrábamos todos en un departamento contiguo a la sala de máquinas, donde debíamos endosarnos nuestros trajes de paseo.

XVI

PASEO POR EL LLANO.

Propiamente hablando, el departamento citado era el almacén y guardarropa del *Nautilus*. Una docena de escafandras completas, suspendidas de la pared, esperaban a los paseantes.

Al verlas, Ned Land manifestó decidida repugnancia a ponerse aquellos atavíos.

—Pero, amigo Land — le argüí—, ¿no comprende usted que los bosques de la isla Crespo son los bosques marinos?

—¡Bah —repuso el arponero, contrariado, al ver desvanecidas sus ilusiones de carne fresca—. ¿Y va usted a calarse esos trebejos, señor Aronnax?

—No hay más remedio, amigo Land.

—Puede usted hacer lo que le plazca —replicó el canadiense, encogiéndose de hombros. Por mi parte, a no ser por fuerza, no me embuto ahí dentro.

—No habrá nadie que le obligue a ello —dijo el capitán Nemo.

—Y Consejo, ¿se arriesga también? —preguntó Ned Land.

—Yo sigo siempre a mi señor, adondequiera que vaya —contestó Consejo.

A una llamada del capitán, se presentaron dos individuos de la tripulación, que nos ayudaron a vestirnos aquellos pesados trajes impermeables de caucho, sin costuras, y preparados para soportar considerables presiones. Habríanse tomado por resistentes armaduras, flexibles a la vez. Los trajes se componían de pantalón y chaqueta. El pantalón terminaba, en recios zapatones, con pesadas suelas de plomo. El chaquetón se ceñía por medio de laminillas de cobre, que acorazaban el pecho, protegiéndole contra las embestidas de las aguas, pero dejando funcionar libremente los pulmones; sus mangas remataban en forma de guante dúctil, que no entorpecía en lo más mínimo los movimientos de la mano.

Como se ve, había gran diferencia entre estas escafandras perfeccionadas y aquellos ropajes informes, tales como los petos de corcho, las sobrevestas, las prendas de hule encerado y tantos otros, inventados y preconizados en el siglo XVIII.

—El capitán Nemo, uno de sus compañeros —especie de Hércules, que debía tener una fuerza colosal—, Consejo y yo, nos ajustamos en un dos por tres nuestras respectivas escafandras. Sólo faltaba encajar la cabeza en la esfera metálica. Pero antes de proceder a esta operación, solicité permiso del capitán para examinar las escopetas que nos estaban destinadas.

Uno de los tripulantes del *Nautilus* me presentó una sencilla escopeta con gran culata de acero, hueca en su interior. Servía de depósito del aire comprimido, que una válvula, accionada por un pestillo, permitía introducir en el tubo de metal. Una caja para proyectiles, adosada al fondo de la culata, contenía una veintena de balas eléctricas, que, por medio de un resorte, pasaban automáticamente al cañón de la escopeta. En cuanto se disparaba, quedaba cargada nuevamente.

—Es un arma precisa y de fácil manejo —dije al capitán—. Ya estoy deseando probarla. Pero, ¿cómo vamos a trasladarnos al fondo del mar?

—En este momento, señor Aronnax, el *Nautilus* está varado a diez metros de la superficie, y no tenemos más que partir.

—¿Y cómo saldremos?

—Va usted a verlo.

El capitán metió su cabeza en el casquete esférico. Consejo y yo hicimos lo propio, no sin oír antes la voz del canadiense, que nos despedía con un irónico:

—¡Buena caza!

El cuello de los chaquetones era una tirilla de latón, a la que se acoplaba y atornillaba el casco metálico. Tres agujeros, protegidos por gruesos cristales, permitían ver en todas direcciones, con sólo girar la cabeza en el interior de la esfera. Una vez encasquetada ésta, comenzaron a funcionar los aparatos Rouquayrol, colocados a la espalda, y, por mi parte, puedo asegurar que respiraba con toda comodidad.

Ajustada a mi cintura la lámpara Ruhmkorff y armado de mi escopeta, me dispuse a partir; pero me fue imposible dar un paso, aprisionado en aquella pesada indumentaria y clavado al suelo por las recias suelas de plomo de mis botas.

Pero el caso estaba previsto, y sentí que me empujaban hacia un reducido recinto, contiguo al guardarropa. Mis compañeros me siguieron, remolcados en igual forma. Una puerta, provista de obturadores, se cerró tras de nosotros, y quedamos envueltos en profunda obscuridad.

Al cabo de unos minutos percibí un estridente silbido, experimentando simultáneamente una impresión de frío, que fue ascendiendo desde los pies hasta el pecho. Evidentemente, habían dado entrada, desde el interior del navío, al agua exterior que nos invadía, y de la que no tardó en llenarse la cabina. Entonces se abrió una segunda puerta, practicada en el costado del *Nautilus*, y nos iluminó una tenue claridad. Un instante después, nuestras plantas hollaban el fondo del mar.

Y ahora, ¿cómo transmitir las impresiones que me dejó aquel paseo submarino? ¡No hay palabras adecuadas para relatar semejantes maravillas! Si el propio pintor es incapaz de reproducir los peculiares efectos del elemento líquido, ¿cómo ha de realizarlo la pluma?

El capitán Nemo nos precedía y su compañero nos seguía, distanciado unos cuantos pasos. Consejo y yo caminábamos a la par, como si nos hubiera sido posible un cambio de palabras a través de nuestros caparazones metálicos. Ya no sentía el agobio de las ropas, del calzado, del depósito de aire, ni aun el de la maciza esfera, en cuyo centro bailoteaba mi cabeza, como una almendra en su cáscara. Todos aquellos objetos, sumergidos en el agua, perdían una parte de su peso igual al del líquido desalojado, y yo me complacía demostrando la ley física descubierta por Arquímedes. Ya no era una masa inerte, sino que disfrutaba de relativa soltura en mis movimientos.

La luz, que penetraba hasta treinta pies bajo la superficie del Océano, me asombró por su intensidad. Los rayos solares atravesaban fácilmente aquella masa acuosa, disipando su coloración. Distinguía claramente los objetos a una distancia de cien metros. Más allá, los fondos se matizaban con las suaves gradaciones del ultramar, se azulaban en lontananza y se esfumaban en una vaga penumbra. Realmente, el agua que me rodeaba era como una especie de aire, más denso que la atmósfera terrestre, pero casi tan diáfano. Sobre mí, veía la tranquila superficie del mar.

Marchábamos sobre una arena fina, compacta, no movediza como la de las playas, que conserva la señal de las olas. Aquella alfombra deslumbrante, verdadero reflector, rechazaba los rayos del sol con sorprendente intensidad. De ahí aquella inmensa reverberación que se filtraba por todas las moléculas líquidas. ¿Se me creería, si afirmase que, a la profundidad de treinta pies, veía como en pleno día?

Durante un cuarto de hora pisé aquella reluciente arena, sembrada de un impalpable polvillo de conchas. El casco del *Nautilus*, dibujado como un largo escollo, desaparecía poco a poco; pero cuando las tinieblas invadieran el fondo de las aguas, su foco eléctrico debía facilitar nuestro regreso a bordo, proyectando sus destellos con perfecta limpidez. Efecto difícil de comprender, para quien sólo ha visto en tierra esos haces blanquecinos tan vivamente acusados. En la atmósfera, el polvillo de que el aire está saturado les da la apariencia de una neblina luminosa; pero en el mar, como bajo las aguas, esos trazos eléctricos se transmiten con incomparable pureza.

A pesar de que avanzábamos incesantemente, la vasta llanura de arena parecía ilimitada. Yo apartaba con la mano las cortinas líquidas, que volvían a cerrarse tras de mí, y las huellas de mis pasos se borraban instantáneamente bajo la presión de las aguas.

No tardaron en aparecer ante mi vista varias formas de objetos, esfumadas en la lejanía. En primer término, se destacaba el diseño de rocas tapizadas de zoófitos de la más rara especie, causándome desde luego un efecto especial el elemento en que nos movíamos.

Eran las diez de la mañana. Los rayos del sol caían con bastante oblicuidad sobre la superficie de las ondas, y al contacto de su luz, descompuesta por la refracción como a través de un prisma, flores, rocas, plantas, conchas y pólipos, se matizaban en sus bordes con los siete colores del espectro solar. Era una maravilla, una fiesta óptica aquella combinación de variados tonos, un verdadero caleidoscopio de rojo, verde, anaranjado, amarillo, azul, añil y violeta, en una palabra, toda la paleta de un entusiasta colorista. ¡Y no poder comunicar a Consejo las vivas sensaciones que asaltaban mi cerebro, y competir con él en exclamaciones admirativas! ¡No saber, como el capitán Nemo y su compañero, cambiar mis pensamientos por medio de signos convenidos! A falta de cosa mejor, hablaba conmigo mismo, daba libre curso a mi sorpresa dentro de la caja de cobre que adornaba mi cabeza, gastando quizá, en vanas palabras, más aire del que convenía.

Ante la esplendidez del espectáculo, Consejo permanció, como yo, en actitud contemplativa. Evidentemente, el celoso muchacho, en presencia de aquellos ejemplares de zoófitos y de moluscos, clasificaba a más y mejor. Esparcidos por el suelo abundaban pólipos y equinodermos. Los variados isis; las solitarias cornularias; los racimos de albas oculinas, designadas en otros tiempos con el nombre de *coral blanco*; las enhiestas fungosas, en forma de seta; las anémonas, adheridas por su disco muscular, simulando un cuadro de flores esmaltado de porpitas engalanadas con su gorguera de azulados tentáculos; estrellas de mar, que constelaban la arena, verrugosos asterósporos, delicadas blondas tejidas por manos de náyades, cuyos festones se balanceaban a las débiles ondulaciones provocadas por nuestra marcha. Era una verdadera pena para mí triturar a mi paso las brillantes especies de moluscos que sembraban el suelo por millares; los peines concéntricos, los martillos, los donacios, verdaderas conchas acróbatas, los trocos, los cascos rojos, los estrombos ala de ángel, los afisios y tantos otros productos de aquel inagotable Océano. Pero había que marchar, y avanzábamos, mientras bogaban sobre nuestras cabezas rebaños de fisalias, dejando flotar a la rastra sus tentáculos de ultramar, medusas, cuya sombrilla opalina o rosa pálido, festonada por un listón azul, nos resguardaba de los rayos solares, y pelagias panopiras, que, en la obscuridad, habrían sembrado nuestro camino de fosforescentes resplandores.

Todas estas maravillas las vislumbré en el espacio de un cuarto de milla, deteniéndome apenas y siguiendo al capitán Nemo, que me llamaba con un gesto. A poco, se modificó la naturaleza del suelo. A la llanura de arena, sucedió un lecho de limo viscoso, que los americanos llaman *ooze*, compuesto exclusivamente de conchas siliciosas o calcáreas. Después recorrimos una pradera de algas, plantas pelágicas que las aguas no habían arrancado aún, y cuya vegetación era exuberante. Aquel césped, tupido y suave al pisar, habría competido con las más mullidas alfombras tejidas por la mano del hombre. Pero, a la vez que la verdura se extendía bajo nuestros pasos, no abandonaba nuestras cabezas. Un sinfín de plantas marinas, pertenecientes a la prolífica familia de las algas, de la que se conocen más de dos mil especies, se cruzaban en la superficie de las aguas, formando ligeras arcadas. Veía flotar largas bandas de fucos, globulosos unos, tubulares otros, laurencias, cladostepos de útiles follajes, rodimenias palmeadas, semejantes a abanicos de cactos. Observé que las plantas verdes se mantenían próximas a la superficie del mar, en tanto que las rojas ocupaban una profundidad media, dejando a los sombríos o negros hidrófitos la misión de constituir los jardines y los parterres de las remotas capas del Océano.

Estas algas son realmente un prodigio de la creación, una de las maravillas de la flora universal. Esta familia produce, a la vez, los más pequeños y los mayores vegetales del globo; porque, así como se han contado

91

cuarenta mil diminutas plantitas en un espacio de cinco milímetros cuadrados, se han recogido fucos cuya longitud excedía de cinco metros.

Hacía como hora y media que habíamos salido del *Nautilus*. Por la perpendicularidad de los rayos solares, que ya no se refractaban, deduje que eran cerca de las doce. La magia de los colores desapareció paulatinamente, borrándose de nuestro firmamento los matices de la esmeralda y del zafiro. Marchábamos a un paso regular, que resonaba en el suelo con pasmosa intensidad. Los más insignificantes ruidos, se transmitían con una velocidad a que el oído no está habituado en tierra. En efecto; el agua es mejor vehículo que el aire para el sonido, que se propaga en ella con cuádruple rapidez.

En aquel momento, el terreno descendía en pronunciada pendiente. La claridad tomó un tinte uniforme. Llegamos a una profundidad de cien metros, resistiendo entonces una presión de diez atmósferas; pero eran tales las condiciones en que se hallaba dispuesta mi escafandra, que dicha presión no me molestaba en lo más mínimo. Sólo sentía cierta tirantez en las articulaciones de los dedos, y aun esta incomodidad no tardó en desaparecer. En cuanto a la fatiga inherente a un paseo de dos horas, bajo una vestimenta tan desacostumbrada para mí, era nula. Mis movimientos, ayudados por el agua, se producían con sorprendente facilidad.

A la profundidad de trescientos pies, aun distinguía los rayos del sol, pero débilmente. A su intenso fulgor había sucedido un crepúsculo rojizo, intermedio entre la luz y la sombra. Sin embargo, veíamos lo suficiente para guiarnos, y todavía no había sido necesario poner en actividad los aparatos Ruhmkorff.

El capitán Nemo se detuvo, esperando que me reuniera con él, y me señaló con el índice algunas masas obscuras, que se destacaban en la penumbra, a poca distancia.

—Debe ser el bosque de la isla Crespo —pensé.

Y no me equivocaba.

XVII

UNA SELVA SUBMARINA.

Habíamos llegado al fin a la linde del bosque, uno de los más frondosos, sin duda, del inmenso dominio del capitán Nemo. Este lo consideraba como de su exclusiva pertenencia, atribuyéndose los mismos derechos que ostentaban los primitivos pobladores en los primeros días del mundo. Realmente, ¿quién le habría disputado la posesión de aquella propiedad submarina? ¿Qué ocupante más osado había de ir, hacha en mano, a desbrozar las sombrías espesuras?

Constituían el bosque grandes plantas arborescentes, y en el instante mismo de penetrar bajo sus vastas arcadas, atrajo mi atención, en primer término, la singular disposición de su ramaje, disposición que no había observado jamás hasta entonces.

Ninguna de las hierbas que tapizaban el suelo, ninguna de las ramas que erizaban los arbustos, rastreaba, ni se encorvaba, ni se extendía en plano horizontal. Todas se elevaban hacia la superficie del Océano. No había filamento ni tallo, por delgado que fuese, que no se mantuviera derecho como un poste. Los fucos y las lianas se desarrollaban siguiendo una línea rígida y perpendicular, impuesta por la densidad del elemento que los había producido. Inmóviles y erguidas, al apartarlas con la mano, las plantas recobraban inmediatamente su primitiva posición. Aquello era el reino de la verticalidad.

Bien pronto me habitué a tan extraña disposición, así como a la obscuridad relativa que nos envolvía. El suelo del bosque estaba sembrado de agudos guijarros, difíciles de evitar. La flora submarina me pareció bastante completa en aquel punto, más rica tal vez que bajo las zonas árticas o tropicales, donde sus productos son menos numerosos; pero, durante unos minutos, confundí lastimosamente los reinos entre sí, tomando a los zoófitos por hidrófitos, a los animales por plantas. ¿Y quién no se hubiera engañado? ¡Se tocan tan de cerca la fauna y la flora en el mundo submarino!

Observé que todos los productos del reino vegetal estaban adheridos al suelo muy superficialmente. Desprovistos de raíces, indiferentes al cuerpo sólido que los soporta, arena o concha, limo o guijarro, no le demandan más que punto de apoyo, no vitalidad. Estas plantas no proceden sino de sí mismas, y el principio de su existencia está en el agua que las sostiene, que las nutre. En su mayor parte, aparecen revestidas, en vez de follaje, de laminillas o tiras de formas caprichosas, circunscriptas a una restringida gama de colores que comprende tan sólo el rosa, el carmín, el verde, el aceitunado, el leonado y el castaño. Allí pude ver, no ya secas, como en las colecciones del *Nautilus*, sino en toda su lozanía, padinas de cola de pavo real, desplegadas en abanico, que la brisa parecía solicitar; ceramias escarlatas; laminarias, alargando sus recientes brotes comestibles; mereocistas filiformes, que se abrían a quince metros de altura; ramilletes de acetábulas, cuyos tallos ensanchan en la punta, y otras numerosas plantas pelágicas, todas ellas desprovistas de flores. "¡Anomalía curiosa, elemento extraño —ha dicho un espiritual naturalista— en el que florece el reino animal, y no florece el reino vegetal!"

Entre los diversos arbustos, corpulentos como los árboles de las zonas templadas, y bajo su sombra húmeda, se amontonaban verdaderos matorrales de flores vivientes, cúmulos de zoófitos, sobre los cuales se desarrollaban cebradas meandrinas de tortuosos listados, amarillentas cariófilas de diáfanos tentáculos, compactas masas de zoantarios; y para que la ilusión fuera completa, los peces—moscas volaban de rama en rama, como un enjambre de colibríes, y los dorados lepisacantos, de mandíbula erizada y punzantes escamas, los dactilópteros y los monocentros se levantaban a nuestro paso, semejantes a bandadas de becadas.

A cosa de la una, el capitán Nemo dio la señal de alto. Por mi parte, puedo afirmar que agradecí la orden, y nos tendimos bajo un entoldado de alarias, cuyas largas y esbeltas ramas se erguían como flechas.

El rato de descanso me pareció delicioso. Únicamente faltaba el encanto de la conversación, pero resultaba imposible entablarla. Me conformé con acercar mi cabezota de cobre a la de Consejo, viendo brillar de contento las pupilas del animoso muchacho, que, para demostrarlo, se agitó en su caparazón, con el aire más cómico del mundo.

Después de las cuatro horas de paseo, me pareció imposible no sentir las punzadas del hambre, sin poder explicarme a qué obedecía tal disposición del estómago. En cambio, experimenté una invencible somnolencia, como sucede a todos los buzos. Así, mis párpados no tardaron en cerrarse tras el espeso vidrio, y caí en un profundo sopor, que sólo había podido combatir hasta entonces el movimiento de avance. El capitán Nemo y su robusto compañero, tendidos también en el límpido cristal; nos daban el ejemplo del sueño.

No puedo calcular el tiempo exacto que permanecí amodorrado; pero, al despertar, me pareció que el sol descendía hacia el horizonte. El capitán Nemo estaba ya en pie, y yo comenzaba a desperezarme, cuando una aparición inesperada me hizo incorporar de un salto.

A pocos pasos, me dirigía sus oblicuas miradas una monstruosa araña de mar, de un metro de altura, presta a lanzarse sobre mí. Aunque la tela de mi escafandra fuera lo bastante resistente para preservarme de las mordeduras del animal, no pude contener un movimiento de horror. Consejo y el marinero del *Nautilus* se despertaron en aquel momento. El capitán Nemo indicó a su compañero el horrible crustáceo, que rodó inmediatamente de un culatazo, retorciendo sus patas en espantosas convulsiones.

El encuentro me hizo pensar en otros animales, más temibles, que seguramente morarían en aquellos tenebrosos antros, y en que mi escafandra no me resguardaría de sus ataques. No había meditado en ello hasta entonces, y resolví mantenerme alerta. Suponía, por otra parte, que aquel alto marcaría el término de nuestro paseo; pero me equivocaba, porque el capitán Nemo, en lugar de volver al *Nautilus*, continuó su audaz excursión.

El terreno seguía deprimiéndose, y su pendiente, cada vez más acentuada, nos condujo a mayores profundidades. Debían ser cerca de las tres cuando llegamos a una estrecha cañada, abierta entre dos paredes a pico y situada a ciento cincuenta metros de fondo. Gracias a la perfección de nuestros aparatos, rebasamos en noventa metros el límite que la Naturaleza parecía haber impuesto, hasta el presente, a las incursiones submarinas del hombre.

Digo ciento cincuenta metros, por más que no poseía ningún aparato que me permitiera calcular esta distancia. Pero sabía que, aún en los mares más transparentes, los rayos solares no tienen mayor fuerza de penetración, y precisamente la obscuridad se había hecho casi absoluta. No se distinguía ningún objeto a diez pasos. Marchaba, pues, a tientas, cuando brilló súbitamente una luz blanca, bastante viva. El capitán Nemo acababa de poner en funcionamiento su aparato eléctrico. Su compañero le imitó, y Consejo y yo seguimos su ejemplo. Establecí, por medio de un conmutador, la comunicación entre la bobina y el serpentín de vidrio, y el mar, alumbrado por nuestras cuatro linternas, se iluminó en un radio de veinticinco metros.

El capitán Nemo continuó hundiéndose en las obscuras profundidades del bosque; cuyos arbustos iban escaseando gradualmente. Observé que la vida vegetal desaparecía más pronto que la vida animal. Las plantas pelágicas abandonaban ya el suelo, convertido en árido, en tanto que seguía pululando un número extraordinario de animales zoófitos, articulados, moluscos y peces.

Mientras caminaba, pensé que la luz de nuestros aparatos Ruhmkorff debía atraer necesariamente a algunos de los habitantes de aquellas sombrías capas. Pero si se acercaron, sería manteniéndose a distancia demasiado respetable para cazadores. En varias ocasiones vi detenerse y amartillar su escopeta al capitán Nemo; pero, después de unos instantes de observación, la cerraba y reanudaba su marcha.

Alrededor de las cuatro, terminó la maravillosa excursión. Un muro de rocas soberbias y de imponente volumen se alzó ante nosotros, formando un hacinamiento de gigantescos bloques, un enorme cantil de granito horadado por negras grutas, pero que no presentaba ninguna rampa practicable.

Eran las escarpas de la isla Crespo. Era la tierra.

El capitán Nemo se paró en firme, y todos hicimos alto, a una señal suya, a pesar de mis vehementes deseos de franquear aquella muralla. Al otro lado, estaba la porción del globo sobre la que no debía volver a posar su planta.

Emprendimos el regreso. El capitán Nemo se puso a la cabeza de la reducida caravana, guiándonos sin la menor vacilación. Yo creí advertir que no seguíamos el mismo camino para reintegrarnos al *Nautilus*. La nueva ruta, muy áspera, y por consiguiente muy penosa, nos aproximó sensiblemente a la superficie del mar. Sin embargo, el retorno a las capas superiores se realizó con cierta mesura, para que la descompresión no se verificara demasiado rápidamente, lo cual hubiera podido acarrearnos graves desórdenes orgánicos y determinar esas lesiones internas tan fatales a los buzos. La claridad reapareció, muy en breve, y fue intensificándose, y como el sol ya declinaba hacia su ocaso, la refracción bordeó de nuevo los objetos con un anillo espectral.

Marchábamos a diez metros de profundidad, entre una nube de pececillos de toda especie, más numerosos que las aves en el espacio, y también más ágiles, pero sin que se ofreciese a nuestras miradas ninguna pieza de montería acuática que pagase realmente el tiro.

De pronto, el capitán se echó la escopeta a la cara, apuntando a un objeto que se movía entre las matas. El disparo partió, produciendo un leve silbido, y un animal cayó muerto a pocos pasos.

Era una magnífica nutria marina, un enhidro, el único cuadrúpedo que vive exclusivamente en el agua. Medía metro y medio de longitud y constituía un valioso hallazgo. Su piel, de un castaño obscuro por encima y plateada en el vientre, prometía uno de esos estimados forros, tan solicitados en los mercados rusos y chinos. La finura y el lustre de su pelaje, le aseguraban un valor mínimo de dos mil francos. Durante largo rato contemplé admirado al curioso mamífero, con su cabeza redondeada y ornada de cortos apéndices auriculares, sus ojos circulares, sus blancos bigotes, semejantes a los del gato, sus patas palmeadas y unguiculadas y su espesa cola. Este precioso carnicero, acosado y batido por los pescadores, va siendo muy raro y se ha refugiado principalmente en las aguas boreales del Pacífico, donde es muy probable que su especie no tarde en extinguirse.

El compañero del capitán Nemo recogió el animal, se lo cargó a la espalda y reanudamos la marcha.

Durante una hora se desarrolló ante nuestros pasos una llanura de arena. De vez en cuando se remontaba a menos de dos metros de la superficie de las aguas. Entonces veía dibujarse claramente nuestras imágenes, invertidas, apareciendo sobre nosotros un grupo idéntico, que reproducía nuestros movimientos y nuestras actitudes: un grupo semejante en absoluto, en una palabra, con la diferencia de que los que lo componían andaban con la cabeza, hacia abajo y los pies en el aire.

Otro efecto notable era el paso de densos nubarrones, que se formaban y se desvanecían rápidamente; pero, reflexionándolo bien, comprendí que las supuestas nubes eran debidas tan sólo al espesor variable de las oleadas del fondo, y hasta distinguí las prominencias espumosas que sus quebradas crestas multiplicaban en las aguas. No había sombra que yo no advirtiera; hasta las de las aves marinas que volaban sobre nuestras cabezas, rasando rápidamente la superficie.

En aquella ocasión fui testigo de uno de los más bonitos tiros que hayan podido conmover jamás las fibras de un cazador. Un pajarraco de amplia envergadura, perfectamente visible, se aproximó cerniéndose en el espacio. El compañero del capitán Nemo apuntó y disparó, cuando estuvo a pocos metros de las ondas. El animal cayó hecho una bola, y su caída le arrastró al alcance del diestro cazador, que se apoderó de su presa. Era un albatros de la más hermosa especie, un admirable ejemplar de las aves pelágicas.

El incidente no interrumpió nuestra marcha. Durante dos horas seguimos avanzando, ya por arenosas llanuras, ya por praderas de algas, cruzadas con penoso esfuerzo. Declaro francamente que ya no podía más, cuando do percibí un vago resplandor que rompía, a una media, milla, la obscuridad de las aguas. Era el foco del *Nautilus*. Antes de veinte minutos debíamos estar a bordo, y una vez allí respiraría a mis anchas; porque me parecía que mi depósito suministraba ya un aire muy pobre en oxígeno. Pero no contaba con un encuentro, que retrasó algo nuestra llegada.

Me había quedado unos veinte pasos a la zaga, cuando vi retroceder presurosamente al capitán Nemo, que me derribó a tierra, apoyando en mi hombro su vigorosa mano, mientras su compañero hacía otro tanto con Consejo. De momento, no supe qué pensar de aquella brusca acometida; pero me tranquilicé, al observar que el capitán se tumbaba junto a mí, permaneciendo inmóvil.

Estábamos tendidos en el suelo, guarecidos bajo un matorral de fucos, cuando, al levantar la cabeza, distinguí dos enormes masas que pasaban con gran estrépito, lanzando destellos fosforescentes.

La sangre se heló en mis venas, al percatarme del peligro que nos amenazaba. Eran dos formidables escualos, una pareja de tintoreras, terribles tiburones de cola enorme, pupila empañada y vidriosa, que destilan una materia fosforescente por unos orificios situados alrededor del hocico. ¡Luciérnagas monstruosas, que pulverizan el cuerpo entero de un hombre entre sus mandíbulas de hierro! No sé si Consejo se ocuparía en clasificarlos; pero por lo que a mí respecta, contemplé su vientre plateado y sus terribles fauces, erizadas de dientes, desde un punto de vista poco científico, y más bien en calidad de víctima que de naturalista.

Afortunadamente, esos voraces animales son cortos de vista. Pasaron sin advertir nuestra presencia, rozándonos con sus pardas aletas, y escapamos como por milagro de aquel peligro, más grave, positivamente, que el encuentro con un tigre en plena selva.

Media hora después, guiados por la estela eléctrica, llegamos al *Nautilus*. La puerta exterior permanecía abierta, y el capitán Nemo la cerró, en cuanto entramos en el primer compartimiento. Luego, oprimió un botón. Inmediatamente oí funcionar las bombas en el interior del navío y sentí descender el agua en mi derredor, quedando completamente vacío el recinto en pocos instantes. Entonces se abrió la puerta interior, y pasamos al guardarropa.

Allí nos despojaron de las escafandras, no sin trabajo, y aspeado, cayéndome de inanición y de sueño, me trasladé a mi cámara, completamente maravillado de aquella sorprendente excursión al fondo de los mares.

XVIII

CUATRO MIL LEGUAS BAJO EL PACÍFICO.

Al día siguiente, 18 de noviembre, repuesto en absoluto de las fatigas de la víspera, subí a la plataforma, en el momento en que el segundo del *Nautilus* pronunciaba su frase cotidiana. Entonces caí en la cuenta de que sus palabras se referían al estado del mar, o más bien que significaban: *Sin novedad.*

Y en efecto, el Océano estaba desierto. Ni una vela en el horizonte. Las alturas de la isla Crespo habían desaparecido durante la noche. El mar, absorbiendo los colores del prisma, a excepción de los rayos azules, refleja éstos en todas direcciones, comunicando a las aguas un admirable tinte añilado. Las ondulantes ondas se dibujaban regularmente, formando anchas bandas tornasoladas.

Admiraba el magnífico aspecto del mar, cuando se presentó el capitán Nemo, que pareció no darse por enterado de mi presencia y emprendió una serie de observaciones astronómicas. Terminada su operación, se acodó sobre la vitrina del reflector, dejando vagar sus miradas por la superficie del Océano.

Entretanto, una veintena de marineros, todos vigorosos y de complexión robusta, fueron congregándose en la plataforma. Iban a retirar las redes que la embarcación había llevado a la rastra durante la noche. Aquellos marinos pertenecían indudablemente a diversas nacionalidades, pero su tipo era marcadamente europeo. Tengo la evidencia de haber reconocido entre ellos varios irlandeses y franceses, algunos eslavos y un griego o candiota. Por lo demás, aquellos hombres eran sobrios de palabras, y no empleaban entre sí más que el estrafalario idioma cuyo origen no podía ni sospechar siquiera. Hube de renunciar, por tanto, a interrogarles.

Las redes fueron haladas a bordo. Eran de un entramado semejante a las de las costas normandas: vastas bolsas que mantienen entreabiertas una verga flotante y una cadena pasada por las mallas inferiores. Estas bolsas, así dispuestas, barren el fondo del Océano y recogen a su paso todos sus productos. Aquel día aportaron curiosas muestras de aquellos parajes pesqueros: lofios, a los que han valido el calificativo de histriones sus cómicos aspavientos; negros comersones, provistos de sus correspondientes antenas; oraduladas ballestas, ceñidas por franjas rojas; tetrodontes media—luna, cuyo veneno es sumamente sutil; varias cetrinas lampreas; macrorrincos, cubiertos de plateadas escamas; triquiuros, cuya potencia eléctrica iguala a las del gimnoto y del torpedo; escamosos notópteros, con sus pardas bandas transversales; verduscos gados; diversas variedades de gobios; otros ejemplares, en fin, de mayores dimensiones, entre los que figuraban una caranga de prominente cabeza, cuya longitud aproximada era de un metro; varios bonitos, recamados de azul y plata, y tres soberbios atunes, a los que no pudo salvar de la leva la rapidez de su marcha.

Estimé que la redada nos aportaría más de mil libras de pescado. Era un buen botín, pero no sorprendente. Hay que tener en cuenta que las redes permanecen a remolque durante varias horas, encerrando en la prisión de su hilaza todo un mundo acuático. No habían de faltarnos, por tanto, víveres de excelente calidad, que la velocidad del *Nautilus* y la atracción de su luz eléctrica podían renovar incesantemente.

El producto de la pesca fue inmediatamente vaciado en las despensas por la escotilla, destinándolo, en parte, a ser comido en fresco, y a poner en conserva lo restante.

Ultimada la tarea y renovada la provisión de aire, supuse que el *Nautilus* reanudaría su viaje submarino; y ya me disponía a volver a mi camarote, cuando el capitán Nemo se volvió hacia mí, diciéndome, sin más preámbulo:

—¿Verdad, señor Aronnax, que el Océano está dotado de una vida real? ¿No es cierto que tiene sus cóleras y sus ternuras? Ayer se durmió, como nosotros, y ahora despierta, después de una noche apacible.

Como se ve, ni siquiera me dio los buenos días. Habríase dicho que el extraño personaje continuaba, un diálogo interrumpido poco antes.

98

—¡Mírelo usted! —prosiguió—. ¡Despierta bajo las caricias del sol! Va a revivir su existencia diurna! El funcionamiento de su organismo es una interesante materia de estudio. Tiene su pulsación, sus arterias, sus espasmos, y estoy del todo conforme con el sabio Maury, que ha descubierto en él una circulación tan efectiva como la circulación sanguínea en los animales.

Como era positivo que el capitán Nemo no esperaba mi aquiescencia, consideré inútil prodigarle frases de "Evidentemente", "De seguro", "Tiene usted razón", y otras por el estilo. Parecía más bien hablar consigo mismo, haciendo largas pausas entre período y período. Era una meditación en alta voz.

—¡Sí! —agregó—. El Océano posee una circulación, y, para provocarla, ha bastado al Creador de todo lo existente multiplicar en él el calórico, la sal y los infusorios. El calórico, en efecto, da lugar a densidades distintas, que originan las corrientes y las contracorrientes. La evaporación, nula en las regiones hiperbóreas, muy activa en las zonas ecuatoriales, constituye un cambio penetrante de aguas tropicales y de aguas polares. Además, yo he sorprendido corrientes de la superficie al fondo y del fondo a la superficie, que forman la verdadera respiración del Océano. Yo he visto la molécula de agua de mar, caldeada en la superficie, descender nuevamente hacia las profundidades, alcanzar su densidad máxima a dos grados bajo cero, y después, aligerarse y remontar, al enfriarse más. Ya observará usted, en él polo, las consecuencias de ese fenómeno, y comprenderá por qué, en virtud de esta ley de la previsora Naturaleza, la congelación no puede producirse nunca más que en la superficie de las aguas.

Mientras el capitán Nemo terminaba su frase, exclamé para mí:

—¡El polo! ¿Incurrirá este hombre tan audaz en la temeridad de llevarnos hasta allí?

Pero el capitán hizo una nueva pausa, contemplando aquel elemento tan minuciosamente, tan incesantemente estudiado por él. Luego continuó:

—Las sales existen en el mar en cantidad considerable; tanto, que si extrajera usted las que contiene en disolución, amontonaría un macizo de cuatro millones y medio de leguas cúbicas, que, extendido sobre el globo, formaría una capa de más de diez metros de espesor. Y no crea usted que la presencia de las sales sea debida a un capricho de la Naturaleza, no. Las sales hacen menos evaporables las aguas del mar, impidiendo que los vientos arrebaten una cantidad excesiva de vapores, que, al resolverse, sumergirían las zonas templadas. ¡Misión inmensa, esa misión de ponderador en la economía general del globo!

El capitán Nemo se interrumpió de nuevo, dio unos cuantos pasos por la plataforma y volvió hacia mí, diciéndome:

—En cuanto a los infusorios, a esa infinidad de animálculos que existen por millones en una sola gota de agua, y de los que se necesitan ochocientos mil para pesar un miligramo, su papel no es menos importante. Absorben las sales marinas, se asimilan los elementos sólidos del agua, y, verdaderos forjadores de continentes calcáreos, fabrican corales y madréporas. Y entonces, la gota de agua, privada de su alimento mineral, se aligera, sube a la superficie, se apropia las sales abandonadas por la evaporación, adquiere peso y vuelve al fondo, transportando a los animálculos nuevos elementos que absorber. De ahí una doble corriente ascendente y descendente, el movimiento constante, ¡la vida! ¡Pero la vida, más intensa que en los continentes, más exuberante, más infinita, dilatándose por todos los ámbitos de este Océano, elemento de muerte para el hombre, según se ha dicho, y elemento de vida para millonadas de animales... y para mí!

En el curso de su peroración, el capitán Nemo se fue transfigurando gradualmente, provocando en mí una emoción extraordinaria.

—¡Esta, ésta es la verdadera existencia! —añadió—. Concebiría la fundación de ciudades náuticas, de agrupaciones de casas submarinas, que, como el *Nautilus*, salieran a respirar todas las mañanas a la superficie de los mares; ciudades libres, en lo que cabe, ciudades independientes... Y aun así, ¡quién sabe si algún déspota...!

El capitán Nemo acabó su frase con un violento ademán. Luego, encarándose conmigo, como para desechar un pensamiento funesto:

—Señor Aronnax —me preguntó—; ¿sabe usted cuál es la profundidad del Océano?

—Por lo menos, capitán, conozco el resultado de los principales sondeos.

—¿Podría usted citármelos, para comprobarlos, en caso necesario?

—Le indicaré algunos que recuerdo en el momento —le contesté—. Si no estoy equivocado, se halló una profundidad media de ocho mil doscientos metros en el Norte del Atlántico; y de dos mil quinientos en el Mediterráneo. Pero los sondeos más notables se han realizado en el sur del Atlántico, cerca del grado treinta y cinco, dando doce mil, catorce mil noventa y uno, o quince mil ciento cuarenta y nueve metros. En resumen, se calcula que si el fondo del mar estuviera nivelado, su profundidad media sería de unos siete kilómetros.

—Está bien, señor profesor —replicó el capitán Nemo—; espero poder proporcionarle algunos datos más. Por lo que respecta a la profundidad media del Pacífico, le diré, desde luego, que sólo es de cuatro mil metros.

Y dicho esto, el capitán Nemo se dirigió a la escotilla y desapareció por la escala. Yo le seguí, encaminándome directamente al gran salón. La hélice se puso en movimiento inmediatamente, y la corredera acusó una velocidad de veinte millas por hora.

Durante los días sucesivos, durante las semanas que transcurrieron, el capitán fue muy parco en sus visitas. No le veía sino a largos intervalos. Su segundo determinaba regularmente nuestra situación, que encontraba marcada en la carta, de tal modo, que podía seguir exactamente la ruta del *Nautilus*.

Consejo y Land pasaban largas horas en mi compañía. Consejo había relatado a su amigo las maravillas de nuestro paseo, y el canadiense lamentaba no haber querido acompañarnos. Pero le quedaba el consuelo de que se presentarían nuevas ocasiones de visitar las selvas oceánicas.

Casi a diario, y durante algunas horas, se abrían las claraboyas del salón, poniéndonos al descubierto los misterios del mundo submarino, que nuestros ojos no se cansaban de penetrar.

Ordinariamente, la dirección del *Nautilus* era Sudeste, manteniéndose entre ciento y ciento cincuenta metros de profundidad. Pero cierto día, no sé por qué capricho, arrastrado diagonalmente, por medio de sus planos inclinados, alcanzó las capas de agua situadas a dos mil metros. El termómetro marcó una temperatura de 4°25 centígrados, temperatura que, a tales profundidades, parecía ser común a todas las latitudes.

El 26 de noviembre, a las tres de la madrugada, el *Nautilus* franqueó el trópico de Cáncer, a los 172° de longitud. El 27 pasó a la vista de las Sandwich, donde el ilustre Cook encontró la muerte, el 14 de febrero de 1779. Habíamos salvado cuatro mil ochocientas sesenta leguas, desde nuestro punto de partida. Por la mañana, al asomarme a la plataforma, divisé, a dos millas a sotavento, la isla Hauaii, la más importante de las que forman el archipiélago de su nombre. Distinguí claramente sus cultivadas lindes, las diversas cadenas de montañas que corren paralelamente a la costa, y sus volcanes, que domina el Muna-Rea, elevado cinco mil metros sobre el nivel del mar. Entre otras muestras de aquellos parajes, las redes nos proporcionaron flabelarias pavonadas, pólipos comprimidos de forma esbelta, peculiares a esta parte del Océano.

El *Nautilus* se mantuvo con rumbo al Sudeste. Corté el Ecuador el 1.° de diciembre, a los 142° de longitud, y el 4 del mismo mes, después de una travesía que no señaló ningún incidente, dimos vista al grupo de las Marquesas. A tres millas, divisé, a los 8°57' de latitud Sur y 139°32' de longitud Oeste, la punta Martín, de Nuka-Hiva, la más importante de este grupo, que pertenece a Francia. Sólo pude ver el espeso boscaje de las montañas que se dibujaban en el horizonte, porque el capitán Nemo ponía especial cuidado en no acercarse a tierra. Allí, las redes nos suministraron selecta pesca: corifenos, de aletas azuladas y cola de oro, cuya carne no tiene rival en el mundo; hologimnosos, casi desprovistos de escamas y de un sabor exquisito; osteorrincos, de óseas mandíbulas, amarillentas clupeas, tan apreciadas como el bonito; ejemplares dignos, todos ellos, de ser clasificados en la cocina de a bordo.

Después de abandonar aquellas encantadoras islas, protegidas por el pabellón francés, el *Nautilus* recorrió unas dos mil millas, del 4 al 11 de diciembre. Este período de navegación quedó marcado por el encuentro de un verdadero tropel de calamares, curiosos moluscos pertenecientes a la clase de los cefalópodos y a la familia de los dibranquiales, que forman, con ellos, las sepias y los argonautas. Estos animales fueron objeto de especial estudio por los naturalistas de la antigüedad, y proporcionaron numerosas metáforas a los oradores del ágora, a la vez que un excelente plato a la mesa de los ciudadanos acomodados, si hemos de dar crédito al escritor griego Athenea, que floreció en época anterior a Galiano.

El encuentro del *Nautilus* con el ejército de estos moluscos, esencialmente nocturnos, tuvo efecto durante la madrugada del 9 al 10 de diciembre. Se les podía contar por millones. Emigraban de las zonas templadas a otras más cálidas, siguiendo el itinerario de los arenques y de las sardinas. A través de los gruesos cristales de nuestro mirador, los veíamos nadar hacia atrás con sorprendente rapidez, moverse por medio de su tubo locomotor, persiguiendo a peces y moluscos, tragándose a los pequeños y dejándose engullir por los grandes; y agitando en indescriptible confusión los diez pies con que la Naturaleza les ha coronado, a modo de cabellera de serpientes neumáticas. A pesar de su velocidad, el *Nautilus* navegó durante varias horas entre aquellas bandadas de animales, y sus redes recogieron innumerable cantidad, en la que figuraban las nueve especies que Orbigny ha clasificado en el Océano Pacífico.

Como se ve, durante esta travesía, el mar prodigaba incesantemente sus más maravillosos espectáculos, variándolos hasta el infinito. Cambiaba su decorado y su aparato escénico, para deleite de nuestros ojos, y estábamos llamados, no sólo a contemplar las obras del Creador, en medio del elemento líquido, sino también a penetrar los más pavorosos misterios del Océano.

Durante la jornada del 11 de diciembre, me hallaba dedicado a la lectura, en el gran salón. Consejo y Ned Land observaban las aguas luminosas, a través de la vidriera del mirador. El *Nautilus* no se movía. Llenos sus depósitos, se mantenía a una profundidad de mil metros, región poco habitada de los océanos, en la que sólo efectúan raras apariciones los peces de gran tamaño.

En aquel momento, leía un precioso libro de Juan Macé, *Los servidores del estómago*, saboreando sus ingeniosas lecciones, cuando Consejo interrumpió mi tarea.

—¿Quiere venir el señor un instante? —me dijo en tono singular.

—¿Qué ocurre Consejo?

—Mire el señor.

Me levanté, me situé detrás del cristal y miré.

En pleno campo de luz se veía una masa negruzca, inmóvil, suspendida en medio de las aguas. La observé atentamente, tratando de reconocer la naturaleza de aquel gigantesco cetáceo. Pero súbitamente cruzó una idea por mi imaginación.

—¡Un navío! —exclamé.

—Sí —contestó el canadiense—, un buque abandonado, que se ha ido a pique.

Tenía razón Ned Land. Nos encontrábamos en presencia de un navío, cuyos obenques, cortados, pendían aún de sus cadenas. Su casco parecía en buen estado, y el naufragio databa de unas cuantas horas, a lo sumo. Tres trozos de mástil, cercenados a dos pies sobre cubierta, indicaban que la comprometida nave hubo de sacrificar su arboladura. Tumbado de flanco, iba llenándose de agua, presentando todavía su banda de babor. ¡Triste espectáculo el de aquella armazón perdida bajo las olas, pero mucho más triste aún el aspecto de su puente, en el que yacían varios cadáveres atados con cuerdas! Conté cuatro, de cuatro hombres, uno de los cuales se mantenía en pie, aferrado al timón, y además, el de una mujer, que asomaba medio cuerpo por la claraboya de la toldilla, llevando un niño en sus brazos. Aquella mujer era joven. Pude examinar sus facciones, no descompuestas aún por el agua y vivamente iluminadas por los reflejos del *Nautilus*. En un supremo esfuerzo, había elevado sobre su cabeza a su hijo, inocente ser, cuyos brazos enlazaban el cuello de su madre. La actitud de los cuatro marinos me pareció espantosa: retorciéndose en movimientos convulsivos, habían muerto intentando un último y desesperado tirón, para desprenderse de las cuerdas que les sujetaban al navío. Únicamente el timonel, más sereno, con su faz imponente y grave, sus canosos cabellos pegados a la frente, con la crispada mano asida a la rueda, parecía conducir el bergantín náufrago a través del Océano.

¡Qué escena! Permanecimos mudos, con el corazón palpitante, frente a aquel naufragio sorprendido, y, por decirlo así, fotografiado en su postrer minuto. Me parecía ver avanzar ya, lanzando codiciosas miradas, a los enormes escualos atraídos por aquel festín de carne humana.

Entretanto, el *Nautilus* evolucionó, dando la vuelta en torno del navío sumergido, y, al paso, pude leer, en el testero de popa:

Florida-Sunderland.

XIX

VANIKORO.

El terrible espectáculo inauguraba la serie de las catástrofes marítimas que el *Nautilus* debía encontrar en su camino. Desde que comenzamos a recorrer mares más frecuentados, divisamos frecuentemente cascos de navíos que se iban pudriendo entre dos aguas, y en lo profundo, sobre el suelo, cañones, proyectiles, anclas, cadenas y otros mil objetos de hierro, que devoraba el moho.

Siempre arrastrados por el *Nautilus*, donde vivíamos como aislados, el mismo 11 de diciembre dimos vista al archipiélago de las Pomotú, antiguo "Grupo Peligroso", de Bougainville, que se extiende en un espacio de quinientas leguas, del Este-Sudeste al Oeste-Noroeste, entre los 13°30' y 23°50′ de latitud Sur y los 125°30' de longitud Oeste, desde la isla Ducie hasta la de Lazaref. Este archipiélago cubre una superficie de trescientas setenta leguas cuadradas, y está formado por unos sesenta grupos de islas, entre los cuales figura el de Gambier, en el que Francia ha impuesto su protectorado. Estas islas son coralígenas. Un crecimiento lento, pero continuo, provocado por el trabajo de los pólipos, las unirá algún día entre sí. Luego, esta nueva isla se soldará, a su vez, con los archipiélagos inmediatos, constituyendo un quinto continente que se extenderá desde Nueva Zelanda y Nueva Caledonia hasta las Marquesas.

El día en que desarrollé esta teoría ante el capitán Nemo, me contestó fríamente:

—No son nuevos continentes lo que necesita el mundo, sino nuevos hombres.

Los azares de su navegación condujeron precisamente al *Nautilus* hacia la isla Clermont-Tonnerre, una de las más curiosas del grupo, descubierta en 1822 por el capitán Bell, al mando de la *Minerva*, y entonces tuve ocasión de estudiar el sistema madrepórico a que son debidas las islas de aquel Océano.

Las medréporas, que hay que cuidar de no confundir con los corales, forman un tejido recubierto de una costra calcárea, y las modificaciones de su estructura han llevado a mi ilustre maestro, Milne Edwards, a clasificarlas en cinco secciones. Los diminutos animálculos que secretan ese polípero, viven por millares de millones en el fondo de sus células. Sus depósitos calcáreos se convierten en peñascos, arrecifes, islotes, islas. Aquí, forman un anillo circular, rodeando una albufera o pequeño lago interior, que comunica con el mar, y por varias brechas. Allá, figuran barreras de arrecifes, semejantes a los que existen en las costas de Nueva Caledonia y en algunas de las islas Pomotú. En otros puntos, como en la Reunión y en Mauricio, elevan arrecifes recortados, altas murallas rectas, junto a las cuales suelen ser considerables las profundidades del Océano.

Costeando a sólo unos cuantos cables de los acantilados de la isla Clermont-Tonnerre, admiré la tarea gigantesca realizada por esos obreros microscópicos. Aquellas murallas eran obra, casi exclusiva de las madréporas, designadas con los nombres de miléporas, peritas, astreas y meandrinas. Estos pólipos se desarrollan especialmente en las capas agitadas de la superficie del mar, y por consiguiente, comienzan por la parte superior las cimentaciones, que se van hundiendo poco a poco, mezcladas con los restos de las secreciones que las soportan. Esta es, además, la teoría de Darwin, que explica así la formación de los yacimientos coralíferos, teoría superior, a mi juicio, a la que considera como bases de los trabajos madrepóricos las cúspides de montañas o de volcanes, inmergidas a unos pies bajo nivel del mar.

Pude observar muy de cerca, aquellas curiosas murallas, porque, a plomo, la sonda marcaba más de trescientos metros de profundidad, y nuestros haces eléctricos iluminaban de lleno aquella brillante masa caliza.

Respondiendo a una pregunta que me dirigió Consejo, acerca del tiempo invertido en la formación de aquellas barreras colosales, se asombró extraordinariamente al decirle que los eruditos señalaban a su crecimiento un octavo de pulgada por siglo.

—Así, pues —me dijo—, para elevar esas murallas, han sido precisos...

—Ciento noventa y dos mil años, mi buen Consejo, lo cual alarga singularmente los días bíblicos. Por otra parte, la formación de la hulla, es decir, la mineralización de los bosques soterrados por los diluvios y el enfriamiento de las rocas basálticas, han exigido un tiempo mucho más considerable. Pero he de advertirte que los días de la Biblia son otras tantas épocas, y no el intervalo transcurrido entre dos salidas de sol, porque, según la misma Biblia, el sol no data del primer día de la Creación.

Cuando el *Nautilus* volvió a la superficie del Océano, pude abarcar en todo su desarrollo la isla de Clermont-Tonnerre, baja y frondosa. Sus rocas madrepóricas habían sido fertilizadas, evidentemente, por trombas y tempestades. Algún día, una semilla, arrebatada por el huracán a las tierras inmediatas, cayó sobre sus capas calcáreas, mezclada con los detritos descompuestos de peces y de plantas marinas, que formaron el humo vegetal. Una nuez de coco, empujada por las olas, arribó a la nueva costa. El germen arraigó. El árbol, al crecer, absorbió el vapor acuoso. Nació el arroyuelo. La vegetación se extendió paulatinamente. Algunos animalejos, gusanos, insectos, abordaron en los troncos arrancados por el viento a otras tierras. Las tortugas acudieron a depositar sus huevos. Los pájaros anidaron en los tiernos arbolillos. Así se fue desarrollando la vida animal y apareció el hombre, atraído por la verdura y la fertilidad, y así se formaron aquellas islas, obra inmensa de animales microscópicos.

Al atardecer, Clermont-Tonnerre se esfumó en la lejanía, y el rumbo del *Nautilus* se modificó de una manera sensible. Después de haber tocado el trópico de Capricornio, en el grado ciento treinta, y cinco de longitud, se dirigió hacia el Oeste-Noroeste, remontando toda la zona intertropical. Aunque el sol fuera pródigo en sus rayos, no nos molestaba el calor, porque a treinta o cuarenta metros bajo el agua, la temperatura no excede de diez o doce grados.

El día 15 de diciembre, dejamos al Este el seductor archipiélago de la Sociedad y la grácil Tahití, la reina del Pacífico. De madrugada, y a unas cuantas millas a sotavento, divisé las cumbres elevadas de dicha isla. Sus aguas proveyeron las mesas de a bordo de excelentes pescados, sargas, bonitos, albicoros y algunas variedades de una serpiente de mar llamada morena.

El *Nautilus* había franqueado ochocientas millas. La corredera marcaba nueve mil setecientas veinte al pasar entre el archipiélago de Tongatabu, donde perecieron las tripulaciones del *Argo*, del *Port-au-Prince* y del *Duke of Portland*, y el archipiélago de los Navegantes, donde fue muerto el capitán Langle, el amigo de La Pérouse. Después dio vista al archipiélago de Viti, donde los salvajes asesinaron a los marineros de la Unión y al capitán Bureau, de Nantes, comandante de la *Aimable Josephine*.

Este archipiélago, que se prolonga en una extensión de cien leguas, de Norte a Sur, y de noventa, de Este a Oeste, se halla comprendido entre los 6° y 2° de latitud meridional y los 174° y 179° de longitud occidental. Se compone de cierto número de islas, peñones y escollos, entre los que sobresalen las islas de Viti, Vanna y Kandubon.

Tasman fue el descubridor de este grupo, en 1643, el año mismo en que Torricelli inventó el barómetro y Luis XIV ascendió al trono. Dejo al criterio de cada uno determinar cuál de estos tres hechos fue más útil a la Humanidad. Siguiéronle Cook, en 1714, Entrecasteaux, en 1793, y por último, Dumont d'Urville, en 1827, que desenmarañó todo el caos geográfico del archipiélago de referencia. El *Nautilus* se aproximó a la bahía, de Wailea, teatro de las terribles aventuras del capitán Dillon, primero en esclarecer el misterio del naufragio de La Pérouse.

La bahía, dragada repetidas veces, nos proporcionó un abundante contingente de magníficas ostras. Las engullimos inmoderadamente, después de abrirlas en nuestra misma mesa, conforme al precepto de Séneca. Estos moluscos pertenecían a la especie conocida, con el nombre de *ostras lameliformes*, muy común en Córcega. El banco de Wailea debía ser considerable, y ciertamente, sin causas múltiples de destrucción, aquellas aglomeraciones acabarían por cegar la bahía, puesto que han llegado a contarse hasta dos millones de huevos por individuo.

Si el gran Ned Land no tuvo que arrepentirse de su glotonería en aquella ocasión, fue porque la ostra es el único manjar que no provoca jamás indigestiones. En efecto, se necesitan por lo menos diez y seis docenas de estos moluscos acéfalos para suministrar los trescientos quince gramos de substancia azoada indispensable para la nutrición cotidiana de cada persona.

El 25 de diciembre, el *Nautilus* navegaba en medio del archipiélago de las Nuevas Hébridas, que Quirós descubrió en 1606, que Bougainville exploró en 1768, y al que Cook dio su nombre actual, en 1763. Este grupo se compone principalmente de nueve grandes islas, y forma una banda de ciento veinte leguas, de Nornoroeste a Sudsudeste, comprendida entre los 15° y 2° de latitud Sur, y los 164° y 168° de longitud. Pasamos muy próximos a la isla de Aurú, que, en el momento de las observaciones del mediodía, se asemejaba a una verde espesura, dominada por un pico de gran elevación.

Era el día de Navidad, y me pareció que Ned Land añoraba vivamente la celebración del *Christmas*, la verdadera fiesta familiar, que tan fanáticamente observan los protestantes.

Hacía ocho días que no había visto al capitán Nemo, cuando el 27, por la mañana, entró en el gran salón, en la actitud de quien se hubiera separado de mí cinco minutos antes.

Estaba ocupado en examinar, sobre el planisferio, el derrotero del *Nautilus*. El capitán se acercó, puso un dedo sobre un punto de la carta, y pronunció esta sola palabra:

—Vanikoro.

Era el nombre de los islotes en que fueron a perderse los bajeles de La Pérouse. Yo me levanté súbitamente.

—¿Nos conduce el *Nautilus* a Vanikoro? —pregunté.

—Sí, señor profesor —contestó el capitán.

—¿Y podré visitar las célebres islas en que se estrellaron la *Boussole* y la *Astrolabe*?

—Si así lo desea, no hay inconveniente, señor Aronnax.

—¿Cuándo estaremos en Vanikoro?

—Ya estamos, señor Aronnax.

106

Seguido del capitán Nemo, subí a la plataforma, desde donde mis miradas recorrieron ávidamente el horizonte.

Al Noroeste, emergían dos islas volcánicas, desiguales en tamaño y rodeadas de un arrecife de corales, que medía cuarenta millas de circuito. Estábamos a la vista de la isla de Vanikoro, propiamente dicha, a la que Dumont d'Urville impuso el nombre de isla de la Exploración, y precisamente ante la ensenadilla de Vanú, situada a los 16° 4' de latitud meridional y los 164° 32' de longitud oriental. Las tierras parecían recubiertas de verdura desde las playas hasta las cumbres del interior, dominadas por el monte Kapogo, de cuatrocientas setenta y seis toesas de altura.

El *Nautilus*, después de franquear el cinturón exterior de rocas, por un angosto paso, se encontró entre las rompientes, donde al mar tenía una profundidad de treinta a cuarenta brazas. Bajo la verdegueante sombra de los paletuvios, divisé una docena de salvajes, que se mostraron grandemente sorprendidos de nuestro arribo. ¿Creerían ver en aquel largo cuerpo negruzco, que avanzaba a flor de agua, algún formidable cetáceo del que debieran desconfiar?

En aquel momento, el capitán Nemo me preguntó qué sabía del naufragio de La Pérouse.

—Lo que sabe todo el mundo, capitán —le contesté.

—¿Y podría usted darme a conocer eso que sabe todo el mundo? —preguntó en un tono algo irónico.

—Sin dificultad alguna.

Y le referí los datos consignados en los últimos trabajos de Dumont d'Urville, que pueden resumirse en lo siguiente:

La Pérouse y su segundo, el capitán Langle, fueron enviados por Luis XVI, en 1785, a realizar un viaje de circunnavegación, al mando de las corbetas *Boussole* y *Astrolabe*, de las que nada volvió a saberse.

En 1791, el Gobierno francés, justamente alarmado por la suerte de las dos corbetas, armó dos grandes urcas, la *Recherche* y la *Esperanza*. Estas dos embarcaciones salieron de Brest el 28 de septiembre, a las órdenes de Bruni d'Entrecasteaux. Dos meses después se supo, por la declaración de un tal Bowen, comandante del Albemarle, que habían sido visto restos de unos navíos en las costas de Nueva Georgia. Pero Entrecasteaux, ignorando este detalle —bastante incierto por otra parte—, se dirigió hacia las islas del Almirantazgo, designadas en un informe del capitán Hunter como lugar de la catástrofe.

Sus pesquisas resultaron infructuosas. La *Esperanza* y la *Recherche* hasta pasaron por delante de Vanikoro, sin detenerse siquiera, y en resumen, el nuevo viaje fue un desastre, porque costó la vida a Entrecasteaux, a dos de sus oficiales y a varios marinos de sus tripulaciones.

Un experto conocedor del Pacífico, el capitán Dillon, fue el primero en dar con las huellas indiscutibles de los náufragos. El 15 de mayo de 1824, su navío, el *Saint Patrick*, pasó cerca de la isla de Tikopia, una de las Nuevas Hébridas. Allí, un lascar, que le abordó en una piragua, vendió al capitán Dillon una empuñadura de espada, de plata, que llevaba impre-

años antes, durante una estancia en Vanikoro, había visto dos europeos pertenecientes a la dotación de unos navíos encallados mucho tiempo atrás en los arrecifes de la isla.

Dillon dedujo que se trataba de los navíos de La Pérouse, cuya desaparición había conmovido al mundo entero. Intentó ganar a Vanikoro, donde, según el lascar, existían numerosos restos del naufragio; pero se lo impidieron los vientos y las corrientes.

Entonces volvió a Calcuta, donde supo interesar en sus investigaciones a la Sociedad Asiática y a la Compañía de Indias, que pusieron a su disposición un navío, al que dio el nombre de la *Recherche* y en el cual partió, el 23 de enero de 1827, acompañado de un agente francés.

La Recherche, después de tocar varios puntos del Pacífico, fondeó ante Vanikoro el 7 de julio de 1827, en el abra misma en que el *Nautilus* flotaba en aquellos momentos.

Dillon recogió numerosos restos del naufragio, utensilios de hierro, anclas, garruchas de poleas, pedreros, un proyectil de diez y ocho, piezas de instrumentos de astronomía, un trozo de remate y una campana de bronce con la siguiente inscripción: *Construida por Bazin*, marca de la fundición del arsenal de Brest, en 1785. No había, por tanto, duda posible.

Dillon permaneció en el lugar del siniestro hasta el mes de octubre, completando sus informes. Luego, abandonó Vanikoro, se dirigió hacia Nueva Zelanda, fondeó en Calcuta el 7 de abril de 1828, y regresó a Francia, donde fue cordialísimamente acogido por Carlos X.

Pero, en aquel entonces, Dumont d'Urville, sin tener conocimiento de los trabajos de Dillon, había partido ya, para buscar por otra parte el teatro del naufragio. Y en efecto, se enteró, por los informes de un ballenero, de que los salvajes de la Luisiana y de Nueva Caledonia tenían en su poder varias medallas y una cruz de San Luis.

Dumont d'Urville, al mando de la *Astrolabe*, se hizo a la mar, y dos meses después de haber marchado Dillon de Vanikoro, fondeó ante Hobart-Town. Allí se informó de los resultados obtenidos por Dillon, sabiendo además que un tal Jaime Hobbs, segundo de la *Unión*, de Calcuta, al abordar a una isla situada a 8° 18' de latitud Sur y 156° 30' de longitud Este, reparó en unas barras de hierro y en unas telas rojas, que utilizaban los naturales de aquellos parajes.

Perplejo Dumont, sin saber hasta qué punto debía conceder crédito a las informaciones de periódicos poco dignos de confianza, se decidió, no obstante, a lanzarse sobre la pista de Dillon.

El 10 de febrero de 1828, la *Astrolabe* se presentó ante Tikopia, tomó por guía y por intérprete a un desertor establecido en aquella isla, hizo rumbo hacia Vanikoro, a la que dio vista el 12 de febrero, costeó sus arrecifes hasta el 14, no dando fondo hasta el 20, en el interior de la barrera, en el abra de Vanú.

108

El 23, varios oficiales contornearon la isla, procurándose algunos restos de escasa importancia. Los indígenas, adoptando un sistema de denegaciones y de subterfugios, se negaban conducirles al lugar del siniestro. Esta solapada conducta infundió sospechas de que hubieran maltratado a los náufragos, y en efecto, parecían temerosos de que Dumont d'Urville fuese a vengar a La Pérouse y a sus infortunados compañeros.

Sin embargo, el 26, decididos a fuerza de presentes y comprendiendo que no existía el propósito de tomar represalias, condujeron al segundo, Jaquinot, al sitio del naufragio.

En aquellos lugares, a tres o cuatro brazas de agua, entre los arrecifes de Pacú y de Vanú, yacían anclas, cañones, lingotes de hierro y de plomo incrustados en las concreciones calizas. Las tripulaciones de la chalupa y de la ballenera de la *Astrolabe* consiguieron, a duras penas, extraer un ancla de mil ochocientas libras de peso, un cañón de ocho, de fundición, un lingote de plomo y dos pedreros de bronce.

Dumont d'Urville, interrogando a los naturales, supo también que La Pérouse, después de perder sus dos navíos en los arrecifes de la isla, construyó una embarcación más pequeña, en la que fue a perderse por segunda vez... ¿Dónde? Se ignoraba.

El comandante de la *Astrolabe* hizo erigir, bajo un bosquecillo de mangles, un cenotafio a la memoria del célebre navegante y de sus compañeros. Consistía en una sencilla pirámide cuadrangular, asentada sobre una base de corales, y en la que no entró ningún herraje que pudiera tentar la codicia de los naturales.

Hecho esto, Dumont d'Urville quiso zarpar; pero sus tripulantes estaban minados por las fiebres de aquellas costas malsanas, y muy enfermo él mismo, lo cual le impidió aparejar hasta el 17 de marzo.

Entretanto, el Gobierno francés, temiendo que Dumont d'Urville no estuviese al corriente de los trabajos de Dillon, envió a Vanikoro la corbeta *Bayonnaise*, mandada por Legoarant de Tromelin, que se hallaba apostada en la costa occidental de América. La *Bayonnaise* fondeó ante Vanikoro unos meses después de la partida de la *Astrolabe*, no encontrando ningún nuevo antecedente; pero comprobó que los salvajes habían respetado el mausoleo erigido a la memoria de La Pérouse.

Tal fue, en substancia, el relato que hice al capitán Nemo.

—Así, pues —me preguntó—, ¿se desconoce el paradero de ese tercer navío construido por los náufragos en la isla de Vanikoro?

—En absoluto.

El capitán Nemo no dijo nada más, pero me hizo señas de que le siguiera al gran salón. El *Nautilus* se sumergió unos cuantos metros y las vidrieras del mirador quedaron al descubierto.

Yo me precipité hacia el cristal, y entre los bancos de corales, revestidos de fungos, sifónulas, alciones y cariófilas, a través de miriadas de preciosos peces, distinguí ciertos restos que las dragas no pudieron arrancar; planchas de blindaje, anclas, cañones, proyectiles, una armadura de cabrestante, una roda, objetos todos procedentes de navíos náufragos y a la sazón tapizados de flores vivientes.

Y en tanto que contemplaba yo aquellos tristes despojos, el capitán Nemo me dijo en tono solemne:

—El comandante La Pérouse partió el 7 de diciembre de 1785, con sus naves *Boussole* y *Astrolabe*. Arribó en primer término a Botany-Bay, visitó el archipiélago de los Amigos y Nueva Caledonia, se dirigió hacia Santa Cruz y tocó en Nanunka, una de las islas del grupo de Hauaii. Después, sus navíos llegaron a los arrecifes desconocidos de Vanikoro. La *Boussole*, que marchaba delante, chocó en la costa meridional. La *Astrolabe* acudió en su auxilio y encalló también. La primera embarcación se destruyó casi inmediatamente. La segunda, embarrancada a sotavento, resistió varios días. Los naturales dispensaron acogida bastante afectuosa a los náufragos. Éstos se instalaron en la isla y construyeron un barco más pequeño, con los restos de los dos grandes. Algunos marineros se quedaron voluntariamente en Vanikoro. Los restantes, extenuados, enfermos, partieron con La Pércuse, dirigiéndose a las islas Salomón, donde la nave se perdió con todo su equipo y tripulantes, en la costa occidental de la isla más importante del grupo, entre los cabos Decepción y Satisfacción.

—¿Y cómo lo sabe usted? —pregunté sorprendido.

—Por estos documentos, encontrados en el lugar mismo del último naufragio.

Y el capitán Nemo me presentó una caja de hojalata, sellada con las armas de Francia y completamente corroída por las aguas salinas. Al abrirla, vi un legajo de papeles amarillentos, pero legibles todavía.

Eran las propias instrucciones del ministerio de Marina al comandante La Pérouse, anotadas marginalmente por mano de Luis XVI.

—¡Ah! ¡Qué hermosa muerte para un marino! —exclamó el capitán Nemo—. ¡No hay tumba, más tranquila que esa tumba de coral, y haga el Cielo que ella sea la de mis compañeros y la mía!

XX

EL ESTRECHO DE TORRES.

Durante la noche del 27 al 28 de diciembre, el *Nautilus* abandonó los parajes de Vanikoro, con una velocidad vertiginosa. Tomó rumbo hacia el Sudoeste, y, en tres días, franqueó las setecientas cincuenta leguas que separan el grupo de La Pérouse de la punta Sudeste de la Papuasia.

Al amanecer el día 10 de enero de 1868, Consejo fue a reunirse conmigo en la plataforma.

—¿Me permitirá el señor —me preguntó— que le desee un feliz año?

—¡Ya lo creo! Lo mismo que si estuviéramos en París, en mi despacho del Museo. Acepto tus votos y los agradezco en lo que valen. Sólo te preguntaré qué es lo que tú entiendes por *un feliz año*, en las presentes circunstancias. ¿Es el año que ponga fin a nuestro cautiverio, o el año que prolongue nuestro extraño viaje?

Realmente —declaró Consejo— no sé qué contestar al señor. Lo cierto es que vemos cosas curiosísimas, y que, desde hace dos meses, no hemos tenido tiempo de aburrirnos. El último espectáculo es siempre el más asombroso, y si esta progresión se mantiene, no sé cómo acabará todo esto. Mi opinión es que jamás encontraremos una ocasión semejante.

—Desde luego, Consejo.

—Además, el capitán Nemo, que justifica perfectamenta su nombre latino, no nos molesta en lo más mínimo.

—Tienes razón, Consejo.

—Pienso, pues, salvo el parecer del señor, que no sería malo un año que nos permitiera verlo todo.

—¿Verlo todo, Consejo? Quizá sería demasiado largo... Pero, y Ned Land, ¿qué piensa de todo esto?

—Ned Land tiene un criterio diametralmente opuesto al mío. Es un espíritu positivo y un estómago imperioso. No le basta mirar los peces y saborearlos constantemente. La falta de vino, de pan y de carne no rezan con un legítimo sajón familiarizado con los bistecs y a quien siempre van bien unos vasitos de brandy o de gin.

—Por mi parte, Consejo, no es eso lo que me atormenta, pues me acomodo perfectamente al régimen de a bordo.

—Yo también —contestó Consejo—. Por eso me halaga tanto la permanencia como al amigo Land la evasión. Así, pues, si el año que comienza, no es bueno para mí, lo será para él, y recíprocamente. De este modo habrá siempre algún satisfecho. En resumen, deseo al señor lo que sea más de su agrado.

—Gracias, Consejo. Pero habrás de aplazar para otra ocasión los aguinaldos, y reemplazarlos provisionalmente por un fuerte apretón de manos. Es todo cuanto llevo encima.

—Nunca estuvo el señor tan generoso —dijo el cumplido muchacho, saludándome y retirándose.

El 2 de enero, habíamos hecho once mil trescientas cuarenta millas, o sea cinco mil doscientas cincuenta leguas, desde nuestro punto de partida, en los mares del Japón. Ante el espolón del *Nautilus* se extendían los peligrosos parajes del mar de Coral, en la costa Nordeste de Australia. Nuestra embarcación costeaba a unas millas de distancia, aquel temible banco, en el que estuvieron a punto de perderse las naves de Cook, el 10 de junio de 1770. La que ocupaba el intrépido marino embistió contra una roca, y si no se hundió, fue gracias a la circunstancia de que el trozo de coral, desprendido al choque, se empotró en la abertura del casco.

Habría deseado visitar aquel arrecife de trescientas sesenta leguas de largo, en el que la mar, siempre agitada, rompe con formidable estruendo, comparable al estrépito del trueno. Pero, en aquel momento, los planos inclinados del *Nautilus* nos arrastraron a gran profundidad, y no pude ver nada de aquellas altas murallas coralígenas. Hube de conformarme con la contemplación de diversos ejemplares de peces aportados por nuestras redes. Figuraban, entre otros, algunos alalongas especie de escombros del tamaño de atunes, con sus flancos azulados y cruzados por bandas transversales, que desaparecen con la vida del animal. Se cobraron también gran número de esparos, de un medio decímetro, con el sabor de la dorada, y algunos voladores, verdaderas golondrinas submarinas, que, en las noches lóbregas, surcan alternativamente los aires y las aguas con sus fosforescentes resplandores. Entre los moluscos y zoófitos, encontré encerrados en las mallas del aparejo varias especies de alciones, erizos, martillos, espuelas, cuadrantes, ceritas y otros. La flora estaba representada por hermosas algas flotantes, luminarias y macrocistas, impregnadas del mucílago que trasudaba a través de sus poros, y entre las que recogí un admirable *Nemastoma gelmiaroide*, que fue clasificada entre las curiosidades naturales del museo.

Dos días después de haber atravesado el mar de Coral, el 4 de enero avistamos las costas de la Papuasia. Entonces, el capitán Nemo me significó su propósito de ganar el Océano Índico, por el estrecho de Torres. A esto se redujeron sus manifestaciones. Ned vio con placer que aquella ruta le aproximaba a los mares europeos.

El estrecho de Torres es considerado como peligroso, tanto por los escollos de que está erizado, como por la ferocidad de los salvajes que habitan sus costas. Separa Nueva Holanda de la gran isla de la Papuasia, llamada también Nueva Guinea.

La Papuasia mide cuatrocientas leguas de largo por treinta de anchura, y una superficie de cuarenta mil leguas geográficas. Está situada, en latitud, entre los 0°19' y 10°2' Sur, y en longitud, entre los 128°23' y 146°15'. Al mediodía, mientras el segundo tomaba la altura del sol, divisé las cimas de los montes Arfales, elevados en declive y terminados en agudos picachos.

Ese territorio, descubierto en 1511 por el portugués Francisco Serrano, fue visitado sucesivamente por José Meneses, en 1526, por Grijalba, en 1527, por el general español Álvaro de Saavedra, en 1528, por Íñigo Ortez, en 1545, por el holandés Shouten, en 1616, por Nicolás Sruic, en 1753, por Tasman, Dampier, Fumel, Carteret, Edwards, Bougainville, Cook, Forrest, Mac Cluer, por Entrecasteaux, en 1792, por Duperrey, en 1823, y por Dumont d'Urville, en 1827. "Es el núcleo de los negros que ocupan toda la Malasia"; ha dicho Rienzi, y no sospechaba yo, ni por lo más remoto, que los azares de aquella navegación hubieran de ponerme en presencia de los temibles andamanes.

El *Nautilus* se presentó, pues, a la entrada del estrecho más peligroso del globo, del estrecho que los más intrépidos navegantes se atreven apenas a franquear, del estrecho que Luis Paz de Torres afrontó al volver de los mares del Sur a la Melanesia, y en el cual estuvieron a punto de perderse por completo, en 1840, al encallar, las corbetas de Dumont d'Urville. El propio *Nautilus*, superior a todos los peligros marítimos, había de saber, por experiencia, cómo las gastaban los arrecifes coralinos.

El estrecho de Torres mide cerca de treinta y cuatro leguas de anchura, pero está obstruido por innumerable cantidad de islas, islotes, rompientes y peñascos, que hacen casi impracticable su navegación. En su consecuencia, el capitán Nemo tomó todas las precauciones apetecibles para cruzarle. El *Nautilus*, flotando a flor de agua, avanzó a marcha moderada. Su hélice batía las olas con lentitud, como una cola de cetáceo.

Aprovechando esta situación, mis dos compañeros y yo nos instalamos en la plataforma, constantemente desierta. Ante nosotros se elevaba la vitrina del timonel, y o mucho me equivoco, o el capitán Nemo debía estar en ella, dirigiendo personalmente el *Nautilus*.

Yo tenía a la vista las excelentes cartas del estrecho de Torres confeccionadas por el ingeniero hidrógrafo Vincendon Dumolin y el alférez de navío Compvent-Desbois —a la sazón almirante— que formaban parte del estado mayor de Dumont d'Urville, durante su último viaje de circunnavegación. Estas cartas, y las del capitán King, son las mejores para desenredar la madeja de aquel angosto pasaje, y las consultaban con escrupulosa atención.

El mar se encrespaba furiosamente en torno del *Nautilus*. La corriente de las olas, impelida de Sudeste a Noroeste con una velocidad de dos millas y media, se estrellaba contra los corales, cuyas crestas asomaban en todas direcciones.

—¡Vaya una mar! —me dijo Ned Land.

—En efecto —le contesté—, es detestable, y poco apropiada para una embarcación como el *Nautilus*.

—Es preciso —replicó el canadiense— que ese endemoniado capitán esté muy seguro de su ruta, porque veo desde aquí cada mole de coral, que haría volar el casco en añicos con sólo que lo rozase.

Realmente, la situación era peligrosa, pero el *Nautilus* parecía deslizarse como por encanto entre aquellos furiosos escollos. No seguía exactamente el derrotero de la *Astrolabe* y de la *Zelée*, que tan fatal fue a Dumont d'Urville. Se orientó más al Norte, costeó la isla Murray y viró al Sudoeste, hacia el paso de Cúmberland. Ya creía que se internaría francamente en él, cuando, remontando al Noroeste, se dirigió, a través de un laberinto de islas y de islotes casi desconocidos, hacia la isla Tound y el canal Mauvais.

Ya me preguntaba si el capitán Nemo, imprudente hasta la locura, trataría de arriesgar su navío en aquel paso, en el que encallaron las dos corbetas de Dumont d'Urville, cuando cambiando nuevamente de rumbo y cortando en línea recta al Oeste, se dirigió hacia la isla Gueboroar.

Eran las tres de la tarde. El mar se iba embraveciendo y la marea estaba casi en su plenitud. El *Nautilus* se aproximó a la isla, que aun me parece estar viendo con su notable linde de pandanas. La costeábamos a menos de dos millas.

De pronto, me sentí derribado por un choque. El *Nautilus* acababa de embestir contra un escollo, y permanecía inmóvil, ligeramente inclinado a babor.

Cuando me incorporé, vi en la plataforma al capitán Nemo y a su segundo. Examinaban la situación del navío, cambiando algunas palabras en su incomprensible idioma.

La situación era la siguiente: a dos millas a estribor, aparecía la isla Gueboroar, cuya costa se extendía en curva, de Norte a Oeste, como un inmenso brazo. Al Sur y al Este, se iban viendo ya varias crestas de corales, que el reflejo dejaba al descubierto. Habíamos embarrancado durante la pleamar y en aguas en que las mareas son escasas, lo cual era una contrariedad para poner a flote al *Nautilus*. El navío no había sufrido averías, gracias a la solidez de su construcción; pero no podía sumergirse ni abrirse paso, y corría el riesgo de quedar prendido para siempre en aquellos escollos, en cuyo caso habría terminado la misión del aparato submarino del capitán Nemo.

Cuando me hacía estas reflexiones, se acercó a mí el capitán, sereno y tranquilo, tan dueño de sí como siempre, sin aparentar emoción ni contrariedad.

—¿Un accidente? —le pregunté.

—No; un incidente —me contestó.

—Pero un incidente —le repliqué— que quizá le obligue a convertirse en morador de estas tierras, que tanto esquiva usted.

El capitán me miró con aire singular, haciendo un gesto negativo. Era tanto como darme a entender, con toda claridad, que nada le forzaría a volver a pisar un continente. Luego me dijo:

—Además, el *Nautilus* no está perdido, ni mucho menos; tanto, que todavía le ha de transportar a contemplar las maravillas del Océano. Nuestro viaje apenas ha comenzado, y no deseo privarme tan pronto del placer de su compañía.

—Sin embargo, capitán —le objeté, haciendo caso omiso del dejo irónico de su frase—, el *Nautilus* ha encallado estando en pleamar. Y como las marcas son poco intensas en el Pacífico, si no deslastra el navío —lo cual me parece imposible—, no veo la manera de ponerlo a flote.

—Efectivamente, señor Aronnax —contestó el capitán Nemo—; las mareas son débiles en el Pacífico; pero, en el estrecho de Torres, hay una diferencia de nivel de metro y medio entre la pleamar y la bajamar. Estamos a 4 de enero, y dentro de cinco días entraremos en plenilunio. Pues bien; me sorprendería muchísimo que el complaciente satélite no elevara suficientemente estas masas de agua, prestándome así un servicio que quiero deberle exclusivamente.

Dicho esto, el capitán Nemo, seguido de su segundo, se reintegró al interior del *Nautilus*. En cuanto a la embarcación, permaneció inmóvil, como si los pólipos coralinos·la hubieran mazonado ya en su indestructible cimiento.

—¿Qué hay, señor Aronnax? —me preguntó Ned Land, viniendo a mi encuentro, apenas partió el capitán.

—Nada, amigo Ned; habremos de esperar tranquilamente la marea del 9, porque parece que la luna tendrá la complacencia de ponernos a flote.

—¿Sin hacer otra cosa?

—Así parece.

—¿Y ese capitán se va a estar quieto, sin largar las anclas, sin forzar la máquina, sin hacer todo lo imaginable para salir del atolladero?

—Puesto que la marea bastará... —contestó simplemente Consejo.

El canadiense miró a su interruptor y se encogió de hombros. Era el marino quien hablaba en él.

—Créame usted, señor Aronnax —afirmó a continuación—. Ese pedazo de hierro no volverá a navegar, ni por encima ni por debajo de los mares. Ya no sirve más que para venderlo al peso. Pienso, por tanto, que ha llegado el momento de dar esquinazo al capitán Nemo.

—Amigo Ned —le contesté—, no desespero tanto como usted de las condiciones de este arrogante *Nautilus*, y dentro de cuatro días sabremos a qué atenernos respecto a las mareas del Pacífico. Por lo demás, el consejo de huir podría ser oportuno, si estuviéramos a la vista de las costas de Inglaterra o de Provenza, pero no en estos parajes de la Papuasia; sobre todo, siempre estaremos a tiempo de recurrir a ese extremo, si el *Nautilus* no lograra desencallar, lo cual constituiría una gravísima contingencia.

—¿Pero no podríamos, cuando menos, tantear el terreno? —replicó Ned Land—. Ahí tenemos una isla; en esa isla existen árboles, y bajo esos árboles animales terrestres, propietarios de magníficas chuletas y de soberbios filetes, a los que de buena gana daría unas dentelladas.

—En eso tiene razón el amigo Ned —asintió Consejo—, y me adhiero a su parecer. El señor podría obtener de su amigo, el capitán Nemo, que nos transportase a tierra, aunque no fuera más que por no perder la costumbre de caminar sobre la parte sólida de nuestro planeta.

—Puedo proponérselo —contesté—, pero se negará.

—Inténtelo el señor —insistió Consejo—, y así sabremos hasta dónde llega la amabilidad del capitán.

Con gran sorpresa mía, el capitán Nemo me otorgó el permiso pedido. Lo hizo hasta excediéndose en corrección y solicitud, sin exigirme siquiera la promesa de volver a bordo. Pero una fuga a través de las tierras de Nueva Guinea habría sido muy peligrosa, y nunca hubiera aconsejado a Ned Land intentarla. Más valía ser prisionero a bordo del *Nautilus*, que caer en las manos de los naturales de la Papuasia.

A la mañana siguiente, se puso a nuestra disposición la canoa. No traté de inquirir si nos acompañaría el capitán Nemo. Supuse que no nos conduciría ningún individuo de la tripulación, y que Ned Land sería el único encargado de dirigir el bote. Pero la tierra distaba dos millas escasas, y era un verdadero pasatiempo, para el canadiense, enfilar la ligera canoa entre las líneas de arrecifes, tan fatales a los grandes navíos.

Así; pues, en la mañana del 5 de enero, la canoa, previamente desembalada, fue arrancada de su alvéolo y lanzada al mar desde lo alto de la plataforma. Dos hombres bastaron para efectuar la operación. Los remos estaban ya preparados, y no tuvimos más que ocupar nuestros puestos en la embarcación.

A las ocho, armados de escopetas eléctricas y de hachas, desatracamos del *Nautilus*. El mar estaba en calma, soplando una ligera brisa de tierra. Consejo y yo actuábamos de remeros, bogando vigorosamente, y Ned gobernaba, sorteando los estrechos pasos que las rompientes dejaban entre sí; la canoa se manejaba perfectamente y se deslizaba con rapidez.

Ned Land no podía contener su júbilo. Era un preso evadido de su cárcel, y ni siquiera pensaba en la necesidad imprescindible de volver a ella.

—¡Carne! —repetía—. ¡Por fin vamos a comer carne! ¡Y qué carne! ¡Verdadera caza! Nos falta el pan, pero, ¿qué importa? Yo no digo que el pescado no sea bueno, pero todo cansa, cuando se abusa, y un trozo de carne fresca, asada a la brasa, variará muy agradablemente nuestra comida diaria.

—¡Glotón! —contestaba Consejo—. ¡Ya se me hace la boca agua!

—Falta saber —les advertí— si hay caza en esos bosques, o si la que haya es de tal tamaño, que puedan volverse las tornas y resulte cazado el cazador.

—¡No le hace, señor Aronnax! —contestó el canadiense, cuyos dientes parecían afilados como un corte de hacha—. Si no hay otro cuadrúpedo en la isla, comeré tigre. ¡Digo! ¡Solomillo de tigre!

—Este amigo Ned es un impaciente —observó Consejo.

—Llámeme como quiera —replicó el aludido—. pero al primer animal de pluma o de pelo que se presente, le descerrajo un tiro.

—¡Ya volvemos a sus imprudencias! —amonesté al canadiense.

—No tema usted, señor Aronnax —me contestó—, ¡y bogue firme! Antes de veinticinco minutos, les ofrezco un plato de mi cosecha.

A las ocho y media, la canoa del *Nautilus* encallaba suavemente en una arenosa playa, después de haber franqueado con toda felicidad el anillo coralígeno que rodea la isla de Gueboroar.

XXI

UNOS DÍAS EN TIERRA.

Declaro que me sentí vivamente impresionado al tomar tierra. Ned Land pisoteaba el suelo como queriendo afirmar su posesión. Y eso que apenas hacía dos meses que éramos, según expresión del capitán Nemo, "pasajeros del *Nautilus*", en realidad prisioneros de su comandante.

En pocos minutos estuvimos a un tiro de fusil de la costa. El terreno era casi exclusivamente madrepórico: pero ciertos lechos de torrentes en estiaje, sembrados de restos graníticos, demostraban la formación primordial de la isla. El horizonte se ocultaba por completo tras una cortina de admirable boscaje. Arboles enormes, algunos de los cuales se elevaban a una altura de doscientos pies, aparecían unidos entre sí por guirnaldas de lianas, verdaderas hamacas naturales, que mecía una tenue brisa. Allí había mimosas, higueras, casuarinas, tecas, hibiscos, pandanos, palmeras, mezclados profusamente, y al abrigo de su bóveda verdegueante, al pie de sus gigantescos troncos, crecían orquídeas, leguminosas y helechos.

Sin fijar su atención en aquellas magníficas muestras de la flora papuásica, el canadiense abandonó lo agradable por lo útil. Vio un cocotero, derribó algunos de sus frutos, los partió, y bebimos su leche y comimos su almendra, con una satisfacción que protestaba contra la mesa cotidiana del *Nautilus*.

—¡Excelente! —exclamó Ned Land.

—¡Exquisito! —apoyó Consejo.

—Supongo —agregó el canadiense— que nuestro patrón no se opondrá a que introduzcamos un cargamento de cocos a bordo.

—No lo creo —contesté—, pero no querrá probarlos.

—¡Peor para él! —dijo Consejo.

—¡Y mucho mejor para nosotros —contestó Ned Land—. Así tocaremos a más.

—Una palabra, amigo Land —observé al arponero, que se disponía a talar otro cocotero—; los cocos son riquísimos, pero antes de llenar de ellos la canoa, me parece prudente reconocer si la isla produce alguna substancia igualmente útil. Las legumbres frescas no irían mal en la cocina del *Nautilus*.

—Tiene razón el señor —asintió Consejo—, y desde luego me propongo reservar tres huecos en nuestra embarcación; uno para las frutas, otro para las legumbres, y un tercero para la caza, cuya pinta no he visto aún.

—Todo se andará, amigo Consejo —manifestó el canadiense.

—Continuemos, pues, nuestra excursión —indiqué—, pero mantengámonos en guardia. Aunque la isla parece deshabitada, podría encerrar algunos individuos que fueran menos descontentadizos que nosotros en materia de caza.

—¡Ah! ya... —repuso Ned Land, con un significativo movimiento mandibular.

—¿Qué es eso, Ned? —preguntó Consejo.

—¡Palabra —contestó el canadiense— que comienzo a comprender los encantos de la antropofagia!

—¿Qué dice usted? —exclamó Consejo—. ¡Usted, antropófago! Habré de velar por mi seguridad, en lo sucesivo, compartiendo, como compartimos, la habitación. ¿Se dará el caso de despertarme algún día medio devorado?

—Amigo Consejo, le aprecio mucho, pero no lo bastante para comérmelo sin necesidad.

—No me fío —contestó Consejo—. ¡Vamos a cazar! Hay que cobrar algunas piezas para satisfacer el apetito de este caníbal, porque, si no, la mañana menos pensada, sólo encontrará el señor un resto de criado para servirle.

Prosiguiendo en animada charla, penetramos bajo las sombrías bóvedas del bosque, recorriéndolo en todas direcciones durante dos horas.

El azar ayudó a completa satisfacción nuestra requisa de vegetales comestibles, suministrándonos, con uno de los productos más útiles de las zonas tropicales, un precioso alimento de que carecíamos a bordo.

Me refiero al árbol del pan, abundantísimo en la isla de Gueboroar, donde observé principalmente esa variedad desprovista de simiente, llamada *rima*, en malayo.

Este árbol se distinguía de los demás por su tronco liso, de cuarenta pies de altura. Su copa, graciosamente redondeada y formada por grandes hojas multilobuladas, designaba suficientemente, a los ojos de un naturalista, el artocarpo tan atinadamente naturalizado en las islas Mascareñas. De su masa de verdura, se destacaban grandes frutos globulosos, de un decímetro de ancho, cuyas rugosidades exteriores les daban una disposición hexagonal. Es un provechoso vegetal con que la Naturaleza ha gratificado a las regiones carentes de trigo, y que, sin exigir ningún cultivo, produce frutos durante ocho meses del año.

Ned Land conocía perfectamente aquellos frutos. Los había comido ya durante sus numerosos viajes, y sabía preparar su parte comestible. Así, pues, su vista excitó sus deseos, que no pudo contener largo tiempo.

—Señor Aronnax —me dijo—, ¡me moriría, si no probara la exquisita pasta del árbol del pan!

—Prepárela y coma hasta saciarse, amigo Ned. Hemos venido a indagar y a realizar experimentos, y éste será uno de tantos.

—Será cuestión de unos instantes —contestó el canadiense.

Y valiéndose de una lente, prendió fuego a un montón de leña seca, que produjo alegre chisporroteo. Entretanto, Consejo y yo escogimos los mejores frutos del artocarpo. Algunos no habían alcanzado suficiente grado de madurez y su gruesa piel recubría una pulpa blanca, pero poco fibrosa. Otros, en gran cantidad, amarillentos y gelatinosos, esperaban sólo el momento de ser recolectados.

Estos frutos no tenían hueso. Consejo llevó una docena a Ned Land, quien los colocó sobre las ascuas, después de cortarlos en gruesas lonjas, sin cesar de repetir, mientras practicaba la operación:

—¡Ya verá usted qué pan tan bueno, señor Aronnax!

—Sobre todo, cuando uno está privado de él desde hace tiempo —dijo Consejo.

—Esto no es pan —añadió el canadiense—, es una delicada torta de pastelería. ¿No lo ha comido usted nunca, señor Aronnax?

—No, amigo Ned.

—Pues bien; dispóngase a injerir un bocado suculento. ¡Si no repite usted, dejo de ser el rey de los arponeros!

Al cabo de unos minutos, la parte de los frutos expuesta al fuego estuvo completamente carbonizada. En el interior apareció una pasta blanca, especie de miga tierna, cuyo sabor recordaba el de la alcachofa.

Hay que confesar que resultaba un pan excelente, y lo comí con verdadero gusto.

—Desgraciadamente —dije— esta pasta no puede conservarse fresca, y me parece inútil hacer provisión de ella, para llevárnosla a bordo.

—¿Cómo se entiende, señor Aronnax? —exclamó Ned Land—. Usted habla como naturalista, pero yo voy a proceder como panadero.

¡Consejo! Acopie usted una buena cantidad de esos frutos, que recogeremos a nuestro regreso.

—¿Pero cómo los preparará usted? —le pregunté.

—Fabricando con su pulpa una pasta fermentada, que se conservará indefinidamente sin corromperse. Cuando quiera utilizarla, la coceré en la cocina de a bordo, y a pesar de su sabor, un poco ácido, la encontrará usted exquisita.

—Así, pues, amigo Ned, ¿no le falta nada a ese pan...?

—Sí, señor Aronnax —contestó el canadiense—, le faltan unas frutas, o cuando menos unas legumbres.

—Pues busquemos las frutas y las legumbres.

Terminada nuestra recolección, nos pusimos en camino para completar aquella comida "terrestre".

Nuestras pesquisas no fueron vanas, porque, al mediodía, teníamos una buena provisión de plátanos. Estos deliciosos productos de la zona tórrida, maduran durante todo el año, y los malayos, que les han dado el nombre, de *pisang*, los comen en crudo. Con estas bananas, recogimos enormes yacas, cuyo gusto es muy pronunciado, sabrosos mangos, y ananás o piñas, de un tamaño inverosímil. Pero esta recolección invirtió gran parte de nuestro tiempo, aunque, realmente, no podía considerarse como perdido.

Consejo no perdía de vista a Ned. El arponero marchaba delante y en su caminata por el bosque, iba espigando, con mano segura, los más selectos frutos que habían de completar su provisión.

—¿Creo que ya tenemos de todo, amigo Ned? —preguntó Consejo.

—¡Hum! —gruñó el canadiense.

—¡Cómo! ¿Aun se queja usted?

—Todos estos vegetales no pueden constituir una comida —contestó Ned—. A lo sumo, son el final de la comida, los postres. Pero, ¿y la sopa? ¿Y el asado?

—En efecto —dije yo—. Ned nos prometió unas chuletas, que me parecen muy problemáticas.

—Señor Aronnax —contestó el canadiense—, no sólo no ha terminado la cacería, sino que aun no ha comenzado. ¡Paciencia! Seguramente acabaremos por encontrar algún animal de pluma o de pelo; si no es en este sitio, será en otro...

—Y si no es hoy, será mañana —interrumpió Consejo—, porque no debemos alejarnos. Hasta propongo que volvamos a la canoa.

—¡Cómo! ¿Tan pronto? —exclamó Ned.

—Debemos estar de regreso antes de anochecer —le advertí.

—¿Pues qué hora es? —preguntó el canadiense.

—Lo menos las dos —contestó Consejo.

—¡Cómo pasa, el tiempo en tierra firme! —exclamó Ned Land, lanzando un suspiro de pesar.

—¡En marcha! —dijo Consejo.

Regresamos cruzando el bosque, y completamos nuestra colecta con el saqueo de unas palmeras coles, que hubimos de mondar trepando a la copa de los árboles, con unas habichuelas, en las que reconocí las *abrú* de los malayos y con batatas de superior calidad.

A pesar de que, cuando llegamos a la canoa, íbamos abrumados por la carga, Ned Land no encontró aún suficiente su provisión. Pero la suerte le favoreció. En el momento de embarcar, se fijó en unos árboles de veinticinco pies de elevación, pertenecientes a la especie de las palmeras. Estos árboles tan preciados como el artocarpo, están comprendidos, con justicia, entre los productos más útiles de la Malasia.

Eran sagues, plantas que crecen sin cultivo, reproduciéndose, como los morales, por sus brotes y sus semillas.

Ned Land conocía la manera de manipular árboles. Empuñó su hacha, y, blandiéndola vigorosamente, echó por tierra dos o tres sagues, cuya madurez revelaba el polvillo blanquecino que salpicaba sus hojas. Comenzó por arrancar a cada tronco una tira de corteza, de una pulgada de grueso, que recubría una red de fibras alargadas formando inextricables nudos, soldadas por una especie de harina resinosa. Esta harina era el sagú, substancia comestible, que constituye la base de alimentación de las poblaciones melanésicas.

Ned Land se concretó, por el momento, a dividir aquellos troncos en trozos, como si los cortara para leña, reservándose para más tarde la extracción de la harina, pasándola por un tamiz, a fin de separar sus ligamentos fibrosos, evaporando la humedad al sol y dejándola endurecer en moldes.

Por fin, a las cinco de la tarde, cargados con todas nuestras riquezas, abandonamos la orilla de la playa, y media hora después atracábamos al costado del *Nautilus*. Nadie salió a recibirnos. El enorme cilindro de acero parecía desierto. Embarcadas las provisiones, descendí a mi cámara, donde ya tenía servida la cena. Comí y me acosté.

Al otro día, 6 de enero, no había ocurrido variación alguna a bordo. Ni un ruido en el interior, ni señales de vida. La canoa permanecía al costado del *Nautilus*, en el mismo sitio en que la dejamos. Resolvimos volver a la isla de Gueborear. Ned Land esperaba ser más afortunado que la víspera, en su aspecto de cazador, y deseaba visitar otros lugares del bosque. Al amanecer estábamos en marcha. La embarcación, impelida por el oleaje, abordó la isla en pocos instantes.

Desembarcamos, y pensando que lo mejor era dejarse guiar por el instinto del canadiense, le seguimos, echando los botes, porque sus zancadas amenazaban distanciarnos.

Ned Land remontó la costa hacia el Oeste. Luego, vadeando los cauces de algunos torrentes, ganó la elevada meseta, bordeada por admirables bosques. Varios martínpescadores, que merodeaban a lo largo de las corrientes de agua, al vernos remontaban el vuelo. Su cautela me demostró que aquellos volátiles sabían a qué atenerse respecto a los bípedos de nuestra especie, y deduje, en consecuencia, que, si la isla no estaba habitada, por lo menos la frecuentaban seres humanos.

Después de cruzar una extensa pradera, llegamos al lindero de un bosquecillo, que animaban el canto y el aleteo de numerosas aves.

—Aquí no hay más que pájaros —dijo Consejo.

—Pero algunos son comestibles —contestó el arponero.

—Pocos, amigo Ned —objetó Consejo—, porque no veo más que papagayos.

—Amigo Consejo —replicó gravemente Ned—, el papagayo es el faisán de los que no tienen otra cosa que comer.

—A lo cual hay que agregar —dije yo— que esos pájaros, convenientemente preparados, valen la pena de hincarles el diente.

En efecto, bajo el espeso follaje del bosque, revoloteaban de rama en rama bandadas de papagayos, que sólo esperaban una educación más esmerada para hablar la lengua humana. Por el momento, alternaban su greguería con chillonas cotorras y graves cacatúas, que parecían meditar algún problema filosófico, mientras los periquitos, de un rojo brillante, cruzaban como flechas entre cálaos de ruidoso vuelo, loris teñidos con los más delicados matices de azul, y toda una variedad de aves vistosísimas, pero, en general, poco gratas al paladar.

Sin embargo, faltaba en la colección un ave exclusiva de aquellas tierras, que jamás ha rebasado el límite de las islas de Arrú y de la Papuasia. Pero la suerte me reservaba admirarle, sin tardanza.

Después de atravesar un soto poco frondoso, encontramos una planicie obstruida por espesos matorrales. De entre ellos, se elevaron en el espacio unas magníficas aves, a las que la disposición de su largo plumaje obligaba a dirigirse contra el viento. Su ondulado vuelo, la gracia de sus evoluciones aéreas, el tornasol de sus colores, atraían y encantaban la vista. No hube de esforzarme para reconocerlas.

—¡Aves del paraíso! —exclamé.

—Orden de los paserinos, sección de los clistómeros —repuso Consejo.

—¿Familia de las perdices? —preguntó el canadiense.

—No lo creo, maese Land. Pero, sea lo que quiera, cuento con su destreza para atrapar una de esas encantadoras producciones de la naturaleza tropical.

—Se procurará, señor profesor, aunque, a decir verdad, estoy más habituado a manejar el arpón que la escopeta.

Los malayos, que realizan un gran tráfico de tales aves con los chinos, utilizan, para capturarlas, diversos medios que nosotros no podíamos emplear. Unas veces, disponen lazos en las copas de los árboles elevados, hacia los que los mencionados volátiles muestran predilección. Otras, se apoderan de ellas valiéndose de una liga muy adherente, que paraliza sus movimientos. Hasta llegan a emponzoñar los charcos en que dichas aves tienen costumbre de beber. Nosotros estábamos reducidos a tirarlas al vuelo, con escasas probabilidades de alcanzarlas. Y, en efecto, agotamos en vano una parte de nuestras municiones.

A eso de las once de la mañana, habíamos franqueado el primer replano de montañas que forman el centro de la isla, sin aprovechar un tiro. El hambre nos aguijoneaba. En realidad, había sido un desacierto confiar en el producto de la caza. Por fortuna, Consejo, con gran asombro de su parte, hizo una carambola y aseguró el almuerzo. Cobró un par de palomas torcaces, que, presurosamente desplumadas y ensartadas en una varilla, se tostaron al fuego de una hoguera de ramaje. Mientras se sazonaban los interesantes animales, Ned preparó unos cuantos frutos de antocarpus. Después, las dos palomas fueron devoradas hasta los huesos y declaradas excelentes. La nuez moscada, de que acostumbran atiborrarse, perfuma su carne, y la convierte en delicioso manjar.

—Es como si a los capones se les cebara con trufas —dijo Consejo.

—¿Qué más necesita usted ahora? —pregunté al canadiense.

—Un ejemplar de cuatro patas —me contestó Ned Land—. Estos pichoncillos no son más que aperitivos o entremeses. Por tanto, hasta que tumbe un animal de buenos costillares, no me doy por satisfecho.

—Yo tampoco, amigo Ned, hasta que atrape un ave del paraíso.

—Continuemos, pues, la cacería —propuso Consejo—, pero volviendo hacia el mar. Hemos llegado a las primeras pendientes de las montañas, y creo preferible internarnos de nuevo en la región de los bosques.

La proposición era sensata y fue aceptada. Después de una hora de marcha, llegamos a un verdadero bosque de sagúes. Algunas serpientes inofensivas huían a nuestro paso. Las aves del paraíso alzaban el vuelo, al acercarnos, y ya desesperaba de poseer un ejemplar de la especie, cuando Consejo, que marchaba a la vanguardia, se inclinó al suelo con presteza; prorrumpió en una exclamación de triunfo y retrocedió a mi encuentro, llevando en la mano uno de los soberbios pájaros.

—¡Bravo! ¡Bravísimo, Consejo! —exclamé.

—El señor me confunde con sus exagerados elogios —contestó Consejo.

—Son justísimos, muchacho. Ha sido un golpe maestro. ¡Coger uno de estos pájaros vivos y cogerlo con la mano!

—Si el señor se toma la molestia de fijarse detenidamente, verá que la cosa no tiene mérito alguno.

—¿Por qué, Consejo?

—Porque este pájaro está borracho como una sopa.

—¿Borracho?

—Sí, señor; aletargado por el abuso de nueces moscadas, que devoraba en el árbol de que le he tomado. ¡Repare usted, amigo Land, en los desastrosos efectos de la intemperancia!

—¡Vaya usted al cuerno! —contestó el canadiense—. ¡Como si hubiera probado el alcohol, desde hace dos meses, para venirme ahora con reproches!

En efecto; examiné el curioso ejemplar, comprobando la certeza del aserto de Consejo. El ave, embriagada por el espiritoso jugo, estaba reducida a la impotencia. No podía volar, ni andar apenas. Pero eso no me inquietó y la dejé dormir la mona.

El ave apresada pertenecía a la más notable de las ocho especies existentes en Papuasia y en las islas próximas. Era de las conocidas con el nombre de *gran esmeralda*, una de las más raras. Medía tres decímetros de longitud. Su cabeza era relativamente pequeña, y sus ojos, también pequeños, estaban situados junto a la abertura del pico. Presentaba un extraordinario conjunto de matices, pues el pico era amarillo, las patas casi negras, las alas de un color avellana, empurpuradas en sus extremos, la cabeza y la parte posterior del cuello de un oro pálido, la garganta de un verde esmeraldino y el vientre y el pecho marrón obscuro. Dos hilillos córneos sobresalían de la cola, que se extendía en luengas plumas ligerísimas y de admirable finura, completando el conjunto de este maravilloso pájaro, al que los indígenas han calificado poéticamente de *ave del sol*.

Experimenté un vehemente deseo de poder transportar a París aquel soberbio ejemplar de ave del paraíso, a fin de donarlo a la colección zoológica del Jardín Botánico, que no posee ninguno vivo.

—¿Tan raros son? —preguntó el canadiense, con el tono del cazador que aprecia un poco las piezas cobradas, desde el punto de vista artístico.

—Rarísimas, mi estimado compañero, y sobre todo, es muy difícil capturarlas vivas. Hasta muertas, son objeto esas aves de un importante tráfico; tanto, que los naturales han ideado fabricarlas, como se fabrican perlas o diamantes.

—¡Cómo! —exclamó Consejo—. ¿Se fabrican las aves del paraíso?

—Sí, Consejo.

—¿Y el señor conoce el procedimiento empleado por los indígenas?

—Al dedillo: las aves del paraíso, durante los monzones de Levante, pierden esas magníficas plumas que rodean su cola, que los naturalistas han designado con el nombre de subalares. Dichas plumas son recogidas por los falsificadores de volátiles, y adaptadas hábilmente al cuerpo de cualquier pajarraco de análogo tamaño, previamente desfigurado. Después, tiñen la sutura, barnizan el pájaro y expiden a los museos y a los coleccionistas esos productos de su industria.

—¡Bueno! —repuso Ned Land—. Si el pájaro no es legítimo, lo son las plumas, y mientras el animal no se destine al consumo alimenticio, no veo grave mal en ello.

Pero si mis deseos estaban colmados con la posesión del ave codiciada, no sucedía lo propio con los del cazador canadiense. Afortunadamente, hacia las dos, Ned Land derribó un magnífico jabalí, de los que llaman *bariutang* los naturales. El animal llegó a tiempo para procurarnos verdadera carne de cuadrúpedo, y fue bien recibido. Ned Land se mostró envanecido de su tiro. El jabalí, alcanzado por el proyectil eléctrico, rodó como una pelota.

El canadiense le desolló y le despojó según arte, y separó media docena de chuletas, destinadas a una parrillada para la cena. Luego se reanudó la cacería, que debía quedar marcada por nuevas hazañas de Ned Land y de Consejo.

En efecto, los dos amigos, removiendo los matorrales, levantaron una manada de canguros, que huyeron saltando sobre sus elásticas extremidades posteriores. Pero los animales no decamparon tan rápidamente que la cápsula eléctrica no pudiera detenerles en su carrera.

—¡Ah! ¡Señor Aronnax! —exclamó Ned Land, enardecido en su furor cinegético—. ¡Qué carne tan exquisita, sobre todo en estofado! ¡Qué provisión para el *Nautilus*! ¡Ya cayeron dos ...! ¡Tres! ¡Cinco! ¡Y pensar que devoraremos toda esta carne y que esos imbéciles de a bordo no probarán ni pizca!

Creo que si el canadiense no hubiese hablado tanto, en el exceso de su alegría habría dado fin de toda la manada. Pero se conformó con una docena de aquellos marsupiales, "que forman el primer orden de los mamíferos aplacentarios", según manifestó Consejo. Los animales en cuestión eran de escasa corpulencia; una especie de esos *canguros conejos* que se albergan en los huecos de los árboles y cuya velocidad es extremada; pero, si su tamaño es reducido, en cambio su carne es la más estimada.

Quedamos satisfechos del resultado de la cacería. El gozoso Ned se proponía volver al día siguiente a aquella isla encantada, que quería despoblar de todos los cuadrúpedos comestibles. Pero no contaba con los acontecimientos.

A las seis de la, tarde, estábamos de vuelta en la playa. La canoa estaba en su sitio. El *Nautilus*, semejante a un largo escollo, emergía de las ondas a dos millas de la orilla.

Ned Land se ocupó sin tardanza en la preparación de la comida. Era ducho en tales menesteres. Las chuletas del jabalí, asadas a la brasa, no tardaron en esparcir un tufillo delicioso, que perfumó el ambiente.

Pero ahora me percato de que voy imitando el ejemplo del canadiense, quedando extasiado ante una parrillada de puerco fresco. ¡Perdóneseme, como yo he perdonado al amigo Land, y por iguales motivos!

En resumen; el banquete fue opíparo. Dos palomos completaron la lista de aquel ágape extraordinario. La fécula de sagú, el pan de artocarpo, unos cuantos mangos, media docena de piñas y el licor fermentado de ciertas nueces de coco, nos alegraron de cascos. Hasta creo que las ideas de mis apreciables compañeros no tenían la lucidez apetecible.

—¡Si no volviéramos esta noche al *Nautilus*...! —dijo Consejo.

—¿Y si desertáramos de él definitivamente? —añadió Ned Land.

En aquel momento cayó una piedra a nuestros pies, cortando en seco la proposición del arponero.

XXII

EL RAYO DEL CAPITÁN NEMO.

Miramos a la parte del bosque, sin levantarnos, quedando mi mano detenida en su movimiento hacia la boca y consumando el suyo la de Ned Land.

—Una piedra no cae del cielo —dijo Consejo—, a menos de que sea un aerolito.

124

Una segunda piedra, cuidadosamente redondeada, que arrebató de la mano de Consejo una sabrosa pata de palomo, dio mayor peso a su observación.

Los tres nos pusimos en pie y montamos las escopeta, dispuestos a repeler cualquier agresión.

—¡Son monos! —exclamó Ned Land.

—Casi, casi —contestó Consejo—, son salvajes.

—¡A la canoa! —grité, dirigiéndome hacia el mar.

Se imponía, en efecto, batirse en retirada, porque una veintena de indígenas, armados de arcos y de hondas, acababa de aparecer en el linde de una espesura, que ocultaba el horizonte por la derecha, a menos de cien pasos de distancia.

La canoa permanecía varada, a diez toesas de nosotros.

Los salvajes se acercaban lentamente, pero prodigando las más hostiles demostraciones. Llovían las piedras y las flechas.

Ned Land no quiso abandonar las provisiones, y, a pesar de la inminencia del peligro, tirando del jabalí, por una parte, y de los canguros, por otra, decampaba con relativa rapidez.

A los dos minutos, pisábamos el arenal de la playa. Cargar en la canoa víveres y armamentos botarla al agua y armar los dos remos, fue obra de un instante. No habíamos ganado dos cables, cuando cien salvajes, aullando y gesticulando, se metieron en el mar hasta la cintura. Por si su aparición y sus gritos atraían a la plataforma a algunos de los tripulantes, miré al *Nautilus*. ¡Nada! El enorme artefacto, encallado mar adentro, permanecía completamente desierto.

Veinte minutos más tarde, subíamos a bordo. Las escotillas estaban abiertas. Después de amarrar la canoa, nos precipitamos en el interior del *Nautilus*.

Inmediatamente me trasladé al salón, del que salían algunos acordes. Allí estaba el capitán Nemo, inclinado sobre su órgano y sumido en éxtasis musical

—¡Capitán! —llamé.

No me oyó

—¡Capitán! —repetí, apoyando mi mano en su hombro.

El interpelado se estremeció ligeramente y se volvió con presteza.

—¡Ah! ¿Es usted, señor Aronnax? —me dijo—. ¿Qué tal ha ido la cacería? ¿Ha herborizado usted con éxito?

—Sí, capitán —le contesté—, pero, desgraciadamente, nos hemos traído detrás una turba de bípedos, cuya vecindad considero alarmante.

—¿Qué bípedos?

—Salvajes.

—¡Salvajes! —contestó el capitán Nemo en tono irónico. ¿Y se asombra usted, señor Aronnax, de encontrar salvajes, al poner los pies en cualquier territorio del globo? ¿Dónde no los hay? ¿Son, acaso, peores que los demás, esos que usted califica de salvajes?

—Pero, capitán...

—Por lo que a mí respecta, señor Aronnax, le aseguro que los he tropezado en todas partes.

125

—Pues bien —le advertí—; si no quiere usted recibirlos a bordo del *Nautilus*, le aconsejo que adopte algunas precauciones.

Tranquilícese usted, señor profesor; no hay motivos para preocuparse.

—Es que los indígenas son numerosos.

—¿Cuántos ha contado usted?

—Un centenar por lo menos.

—Señor Aronnax —afirmó el capitán Nemo, cuyos dedos volvieron a recorrer el teclado del órgano—, aun cuando se reunieran en esta playa todos los indígenas de la Papuasia, el *Nautilus* nada tendría que temer de sus ataques.

El capitán pulsaba tan sólo las teclas negras del instrumento, comunicando a sus melodías un dejo esencialmente escocés. Bien pronto se olvidó de mi presencia, cayendo en una meditación que no traté de distraer.

Subí de nuevo a la plataforma. Ya era de noche, porque, en latitudes tan bajas, el sol se pone rápidamente y sin crepúsculo. La isla de Gueboroar se distinguía muy confusamente; pero las numerosas hogueras encendidas en la playa atestiguaban que los naturales no abrigaban propósitos de abandonarla.

Así permanecí solo, durante varias horas, ya pensando en los indígenas —aunque sin temerlos en absoluto, porque el capitán me había contagiado su imperturbable confianza—, ya olvidándoles, para admirar los esplendores de aquella noche de los trópicos. Mi pensamiento volvió hacia Francia, siguiendo a las estrellas zodiacales que debían fulgurar en ella, dentro de unas horas. La luna brillaba en medio de las constelaciones del cenit. Entonces recordé que el fiel y complaciente satélite volvería, pasadas dos noches, al mismo sitio, para elevar las ondas y arrancar al *Nautilus* de su lecho de corales. A media noche, viendo que todo estaba tranquilo en la sombría superficie del mar, así como bajo los árboles de la ribera, volví a mi cámara y me dormí apaciblemente.

La noche transcurrió sin contratiempo. Los papúas debieron amedrentarse, indudablemente, a la sola vista del monstruo encallado en la bahía, porque las escotillas, que permanecían abiertas, les hubieran ofrecido un fácil acceso al interior del *Nautilus*.

—A las seis de la mañana del 8 de enero, ascendí nuevamente a la plataforma. El día clareaba, y no tardaron en aparecer, a través de la indecisa neblina, primero las playas de la isla y las cimas de las alturas poco después.

Los indígenas continuaban allí, más numerosos que la víspera; quizá serían quinientos o seiscientos. Algunos, aprovechando la marea baja, habían avanzado sobre las crestas de corales, a menos de dos cables del *Nautilus*. Se les distinguía perfectamente. Eran papúas auténticos, de talla atlética, fuertes y robustos, de frente ancha y elevada, nariz gruesa, pero no achatada, y dientes blanquísimos. Su cabellera lanosa, teñida de rojo, se destacaba sobre un cuerpo negro y lustroso, como el de los nubios. Del lóbulo de sus orejas, rasgado y distendido, pendían sartas de huesos. En general, iban desnudos. Mezcladas entre ellos, figuraban algunas mujeres, cubiertas desde las caderas hasta la rodilla por una verdadera crinolina, sostenida por un cinturón vegetal. Algunos jefes adornaban su cuello con una media luna y con collares de abalorios rojos y blancos. Casi todos, armados de arcos, flechas y escudos, llevaban a la espalda una especie de red llena de piedras redondas, que sus hondas lanzaban con singular destreza.

Uno de dichos jefes, muy próximo al *Nautilus*, le examinaba con atención. Debía ser un *mado* de alto rango, porque iba envuelto en un manto de hojas de plátano, festoneado en sus bordes y orlado de vistosos colores.

Hubiera podido tender fácilmente al indígena, del que me separaba escasa distancia; pero preferí esperar demostraciones verdaderamente hostiles. Entre europeos y salvajes, conviene que los europeos respondan al ataque, sin provocarlo.

Mientras duró la marea baja, los indígenas merodearon por las inmediaciones del *Nautilus*, pero sin vociferar. Con bastante frecuencia, les oía repetir el vocablo *assai*, comprendiendo por sus ademanes que me invitaban a trasladarme a tierra, invitación que me creí en el caso de declinar.

En su consecuencia, la canoa permaneció amarrada durante todo el día, con gran disgusto del amigo Land, que no pudo completar sus provisiones. El hábil canadiense invirtió el tiempo en preparar las carnes y las harinas transportadas desde la isla de Gueboroar. En cuanto a los salvajes, se reintegraron a tierra hacia las once de la mañana, cuando las crestas de coral comenzaron a desaparecer bajo el flujo de la marea creciente. Pero vi que su número aumentaba considerablemente en la playa. Era probable que afluyeran de las islas inmediatas, o de la Papuasia propiamente dicha. Sin embargo, no había visto una sola piragua indígena.

A falta de ocupación más apremiante, pensé en dragar aquellas cristalinas aguas que dejaban transparentar en su fondo multitud de conchas, de zoófitos y de plantas pelágicas. Era, por otra parte, la última jornada que pasaría el *Nautilus* en aquellos parajes, si se cumplían los vaticinios del capitán Nemo, de que flotaría durante la pleamar del día siguiente.

Llamé, por tanto, a Consejo, que me suministró una draguilla ligera, muy semejante a las que se utilizan para la pesca de ostras.

—¿Y los salvajes? —me preguntó—. Salvo la opinión del señor, no me parecen de muy mala índole.

—Pero no dejan de ser antropófagos —le contesté.

—Se puede ser antropófago y bueno —objetó Consejo—, como se puede ser glotón y honrado. Una cosa no excluye la otra.

—¡Bueno, muchacho! Te concedo que sean antropófagos honrados, y que devoren honradamente a sus prisioneros. Pero como yo no tengo el menor empeño en ser devorado, ni aun honradamente, permaneceré alerte, porque el comandante del *Nautilus* no parece adoptar ninguna precaución. Y ahora, ¡manos a la obra!

Durante dos horas, la pesca fue abundante, pero sin reportar ninguna rareza. La draga se llenaba de orejas de Midas, de arpas, de melanias, y especialmente, de los más caprichosos martillos que había visto hasta entonces. También capturamos algunas holoturias, ostras aljofaradas y una docena de pequeñas tortugas, que fueron reservadas para la cocina de a bordo.

Pero en el momento en que menos lo esperaba, tropecé con un verdadero prodigio, más bien cabe decir con una deformidad natural, cuyo hallazgo casi puede calificarse de milagroso. Acababa de dar Consejo una paletada y de remontar su aparato, repleto de diversas conchas bastante ordinarias, cuando, de pronto, me vio hundir rápidamente la mano en la red, retirar de ella, una caracola y lanzar un grito de conquiliólogo, es decir, el grito más penetrante que puede articular garganta humana.

—¿Qué ocurre? —me preguntó, sorprendido—. ¿Se ha lastimado el señor?

—No, muchacho; pero no me hubiera dolido dar un dedo, a cambio de mi descubrimiento.

—¿Qué descubrimiento?

—¡Este caracol! —le contesté, mostrando con aire triunfal el objeto de mi entusiasmo.

—Pero si es simplemente una oliva pórfido, género oliva, orden de los pectinibranquios, clase de los gasterópodos, rama de los moluscos...

—Es verdad, Consejo; pero en vez de formar espiral de derecha a izquierda, esta oliva se arrolla de izquierda a derecha.

—¿Es posible? —exclamó Consejo.

—Sí; es un caracol siniestro.

—¡Un caracol siniestro! —repitió Consejo, anhelante.

—Mira su espiral.

—¡Ah! —exclamó el muchacho, tomando el caracol con mano trémula—. Crea el señor que jamás he experimentado emoción semejante.

¡Y había para emocionarse! Se sabe, en efecto, como lo han hecho notar los especialistas, que la destrosidad es una ley natural. Los astros y sus satélites efectúan sus movimientos de traslación y de rotación, de derecha a izquierda. El hombre utiliza ordinariamente la mano derecha; más que la izquierda, y por ello, sus instrumentos y sus aparatos están combinados para emplearlos de derecha a izquierda. Pues bien; la Naturaleza ha seguido, en general, esta ley para las espirales de los caracoles. Todas son diestras, con raras excepciones, y cuando, por casualidad, una es siniestra, los coleccionistas la pagan a peso de oro.

Consejo y yo nos abismamos en la contemplación de nuestro tesoro, y ya me prometía, por mi parte, enriquecer el Museo con tal adquisición, cuando una malhadada piedra, lanzada por un indígena, redujo a polvo el precioso ejemplar en la mano de Consejo.

Prorrumpí en un grito de desesperación. Consejo se apoderó de mi escopeta y apuntó a un salvaje, que balanceaba su honda, a diez metros de nosotros. Intenté detenerle, pero el tiro salió, rompiendo el brazalete de amuleto que pendía de la muñeca del indígena.

—¡Consejo! —le grité—. ¡Consejo!

—¿Pues qué? ¿No ve el señor que ese caníbal ha comenzado el ataque?

—Un caracol no vale la vida de un hombre —le dije.

—¡Canalla! —exclamó Consejo—. ¡Hubiera, preferido que me deshiciera el hombro!

Consejo era sincero, pero yo hube de disentir de su parecer. El hecho era que la situación había cambiado en pocos instantes, sin que lo hubiéramos advertido. Una veintena de piraguas rodeaba al *Nautilus*. Dichas piraguas, consistentes en largos y estrechos troncos de árboles vaciados, bien combinados para la marcha, se mantenían en equilibrio por medio de un doble balancín de bambú, que flotaba en la superficie del agua. Iban tripuladas por hábiles piragüeros, medio desnudos, y su avance me inspiró cierto recelo.

Era evidente que aquellos papúas habían tenido ya relaciones con europeos, y que conocían sus navíos. Pero, ¿qué pensarían de aquel largo cilindro de hierro, estacionado en la bahía, sin mástiles, sin chimenea? Nada bueno, porque, al principio, se mantuvieron a respetuosa distancia. Luego, al verle inmóvil, fueron, confiándose gradualmente, hasta tratar de familiarizarse con él. Y tal familiaridad era la que había que evitar precisamente. Nuestras armas, faltas de detonación, sólo podían producir un efecto muy relativo en los indígenas, que no tienen respeto más que a los artefactos ruidosos. El rayo, sin el estampido del trueno, no causaría pavor a las gentes, aunque el peligro está en el relámpago y no en el estruendo.

Inmediatamente, las piraguas se acercaron más al *Nautilus*, sobre el cual cayó una nube de flechas.

—¡Diablo! ¡Vaya una granizada! —exclamó Consejo—. ¡Y puede que el granizo esté emponzoñado!

—Hay que prevenir al capitán Nemo —dije, introduciéndome por la escotilla.

Descendí al salón, donde no encontré a nadie, y me aventuré a llamar a la puerta que comunicaba con la cámara del capitán.

Un "¡adelante!" fue la respuesta. Entré, y vi al capitán Nemo engolfado en un cálculo, en el que abundaban las x y demás signos algebraicos.

—¿Le molesto? —pregunté por cortesía.

—Un poco, señor Aronnax —me contestó el capitán—, pero supongo que le inducirán a ello motivos serios.

—Muy serios. Estamos rodeados de piraguas indígenas, y, en pocos minutos, nos asaltarán, seguramente, varios centenares de salvajes.

—¡Ah! —repuso tranquilamente el capitán Nemo—; ¿nos han abordado con sus piraguas?

—Sí, señor.

—Pues bien, basta con cerrar las escotillas.

—Precisamente, venía a decirle...

—Nada más sencillo —interrumpió el capitán.

Y oprimiendo un botón eléctrico, transmitió una orden al departamento de la tripulación.

—Ya está hecho —me dijo, pasados unos instantes—. La canoa está en su sitio y las escotillas cerradas. ¿Supongo que no temerá usted que esos pelafustanes desmantelen una muralla, en la que no pudieron abrir brecha los proyectiles de su fragata?

—No, capitán; pero existe otro peligro.

—¿Cuál?

—Que mañana, cuando haya que abrir de nuevo las escotillas para renovar el aire del *Nautilus*...

—Se abrirán, pese a quien pese, puesto que nuestra embarcación respira a la manera de los cetáceos.

—Pero si, en aquel momento, los papúas ocupan la plataforma, no veo cómo podrá usted impedirles la entrada.

—¿De modo que sospecha usted que subirán a bordo?

—Estoy seguro de ello.

—Pues bien; que suban. No encuentro motivo para impedírselo. En el fondo, esos papúas son unos pobres diablos, y no quisiera que mi visita a la isla de Gueboroar costara la vida a uno solo de esos desdichados.

Cumplido el objeto de mi entrevista, me dispuse a retirarme; pero el capitán Nemo me retuvo, invitándome a sentarme a su lado. Me interrogó con interés acerca de nuestras excursiones a tierra, aparentando no comprender la necesidad de carne que apasionaba al canadiense. Luego, la conversación recayó sobre diferentes temas, y el capitán Nemo, sin ser más comunicativo, se mostró más amable.

Entre otros puntos, tocamos el de la situación del *Nautilus*, embarrancado precisamente en el estrecho en que Dumont d'Urville estuvo a punto de perecer.

—Dumont d'Urville —dijo el capitán, a este propósito— fue uno de los más ilustres marinos, uno de los más inteligentes navegantes de su país. Es el capitán Cook de Francia. ¡Lástima de hombre! ¡Ir a morir miserablemente en un vagón de una línea férrea, después de haber afrontado los bancos de hielo del polo Sur, los arrecifes de coral de Oceanía y los caníbales del Pacífico! Si ese hombre tan enérgico pudo reflexionar durante los últimos segundos de su existencia, ¡imagínese usted cuáles debieron ser sus postreros pensamientos!

El capitán Nemo parecía conmovido al hacer estas declaraciones, y anoto esta emoción en su activo.

Después, carta en mano, reconstituimos los trabajos del navegante francés, sus viajes de circunnavegación, su doble tentativa al polo Sur, que dio lugar al descubrimiento de las tierras de Amelia y de Luis Felipe, sus planos hidrográficos, en fin, de las principales islas de Oceanía.

—Lo que Urville realizó en la superficie de los mares —agregó el capitán Nemo—, lo realizo yo ahora en el interior del Océano, pero más fácilmente, más completamente que él. La *Astrolabe* y la *Zelée*, incesantemente zarandeadas por los huracanes, no podían compararse con el *Nautilus*, tranquilo gabinete de trabajo, verdaderamente sedentario en medio de las aguas.

—Sin embargo, capitán —le repliqué—, existe un punto de semejanza entre las corbetas de Dumont d'Urville y el *Nautilus*.

—¿Cuál, señor Aronnax?

—Que el *Nautilus* ha embarrancado como ellas.

—El *Nautilus* no ha embarrancado, señor mío —contestó con frialdad el capitán Nemo—. El *Nautilus* está construido para reposar en el fondo de los mares, y por consiguiente, yo no tendré que apelar a los durísimos trabajos, a las penosas maniobras a que hubo de recurrir Dumont d'Urville, para poner a flote sus corbetas. La *Astrolobe* y la *Zelée* estuvieron a punto de perderse, mientras que mi *Nautilus* no corre ningún peligro. Como previamente anuncié, mañana, a la hora indicada, la marea le elevará apaciblemente y reanudará su navegación a través de los mares.

—Capitán —repliqué—, yo no dudo...

—Mañana —prosiguió el capitán Nemo levantándose—, a las dos y cuarenta minutos de la tarde, el *Nautilus* flotará y abandonará, sin averías, el estrecho de Torres.

Pronunciadas estas lacónicas palabras, el capitán Nemo se inclinó ligeramente. Equivalían a una despedida, y me retiré a mi cámara.

Allí encontré a Consejo, ansioso de conocer el resultado de mi entrevista con el capitán.

—Muy sencillo —le manifesté—. Al exponer al capitán mi creencia de que su *Nautilus* estaba amenazado por los naturales de la Papuasia, lo ha tomado a risa. Sólo te diré una cosa: ten confianza en él, y vete a dormir en paz.

—¿Necesita el señor de mis servicios?

—No, gracias. ¿Qué hace Ned Land?

—Permita el señor que le presente sus excusas, porque está confeccionando un pastel de canguro que será delicioso.

Cuando me quedé solo, me acosté, pero dormí muy mal. Llegaba incesantemente a mis oídos la algarabía de los salvajes, que pataleaban sobre la plataforma, lanzando gritos ensordecedores. Así transcurrió la noche, sin que la tripulación saliera de su inercia habitual. No la inquietaba la presencia de los caníbales, más de lo que hubiera preocupado a la guarnición de un fuerte blindado las hormigas que corrieran sobre su blindaje.

A las seis de la mañana me levanté. Las escotillas continuaban cerradas. No se había renovado, por tanto, el aire del interior, pero los depósitos, cargados a todo evento, funcionaron oportunamente, distribuyendo algunos metros cúbicos de oxígeno en la enrarecida atmósfera del *Nautilus*.

Trabajé en mi cámara hasta el mediodía, sin haber visto, un instante siquiera, al capitán Nemo. A bordo, no se observaba ningún preparativo de marcha.

Esperé un rato más, y me trasladé al gran salón. El péndulo marcaba las dos y media. Dentro de diez minutos, alcanzaría su altura máxima la marea, y, si el capitán Nemo no había hecho una promesa temeraria, el

Nautilus flotaría inmediatamente. En otro caso, pasarían largos meses sin desprenderse de su lecho de coral.

Pero no tardaron en producirse ciertos estremecimientos precursores en el casco del navío, y en oírse los chirridos del metal al resbalar en las asperezas calcáreas del fondo coralino.

A las dos y treinta y cinco, se presentó el capitán Nemo en el salón.

—Vamos a partir —dijo.

—¡Ah! ¿Sí? —me limité a responder.

—Ya he ordenado que abran las escotillas.

—¿Y los papúas? —pregunté.

—¿Los papúas? ¡Bah! —contestó el capitán, en tono y ademán despreciativos.

—¿No penetrarán en el interior del *Nautilus*?

—¿Y cómo?

—Franqueando las escotillas que ha mandado usted abrir.

—Señor Aronnax —objetó con toda calma el capitán Nemo—, no se entra así como se quiera por las escotillas del *Nautilus*, aun cuando estén abiertas.

Yo me quedé mirándole.

—¿No comprende usted? —me preguntó.

—En absoluto.

—Pues bien; venga usted, y lo verá.

Ambos nos dirigimos hacia la escalera central. Ned Land y Consejo estaban allí, sumamente intrigados al ver que varios tripulantes abrían las escotillas, mientras resonaban en el exterior gritos de rabia y espantosas vociferaciones.

Las portas rebatieron sobre la plataforma, dejando ver por el hueco veinte fisonomías horribles. Pero el primer indígena que apoyó la mano en la baranda de la escalera, rechazado hacia atrás por desconocida fuerza invisible, huyó lanzando estridentes alaridos y haciendo contorsiones.

Diez de sus compañeros le sucedieron, sufriendo idéntica suerte.

Consejo estaba extasiado. Ned Land, impulsado por sus violentos instintos, se precipitó hacia la escalera; pero al asirse a la baranda con ambas manos, fue derribado a su vez.

—¡Voto a Satanás! —exclamó—. ¡Una exhalación!

Esta palabra me dio la clave del enigma. La baranda no era tal baranda, sino un cable metálico, cargado de la electricidad de a bordo y enlazado con la plataforma. Quien lo tocaba experimentaba una formidable sacudida, que habría sido mortal, si el capitán Nemo hubiese acumulado en aquel conductor toda la corriente de sus aparatos. Realmente, puede decirse que había tendido, entre sus asaltantes y él, una red eléctrica, que nadie podía franquear impunemente.

Entretanto, los papúas se habían ido replegando y levantando el campo, enloquecidos por el terror. Nosotros, regocijados a medias, nos sentimos aliviados de aquel peso y friccionamos al infortunado Ned Land, que juraba como un poseído.

En aquel momento, el *Nautilus*, elevado por las últimas ondulaciones de la marea, se desgajó del fondo del coral, al cuadragésimo minuto, matemáticamente fijado por el capitán. Su hélice batió las aguas con majestuosa lentitud. Luego aumentó gradualmente su velocidad, y, deslizándose sobre la superficie del Océano, abandonó, sano y salvo, los peligrosos pasos del estrecho de Torres.

XXIII

ÆGRI SOMNIA.

Al día siguiente, 10 de enero, el *Nautilus* prosiguió su marcha entre dos aguas, con una velocidad que no estimo inferior a treinta y cinco millas por hora. Era tal la rapidez de su hélice, que no podía seguir sus revoluciones ni contarlas.

Al pensar que aquel maravilloso agente eléctrico, después de proporcionar movimiento, calor y luz al *Nautilus* lo protegía también contra los ataques exteriores, transformándole en un arca santa, a la que ningún profanador podía tocar sin quedar aniquilado, mi admiración no tuvo límites, y, del aparato, se remontó seguidamente al ingeniero que lo había creado.

Navegábamos directamente hacia el Oeste, y el 11 de enero doblamos el cabo Wessel, situado a los 135° de longitud y 10° de latitud Norte, que forma la punta oriental del golfo de Carpentaria. Los arrecifes eran todavía numerosos, pero más distanciados entre sí y marcados en la carta con extrema precisión. El *Nautilus* evitó fácilmente las rompientes de Money, a babor, y los arrecifes Victoria, a estribor, situados a 130° de longitud, en el décimo paralelo, que seguíamos rigurosamente.

El 13 de enero, el capitán Nemo llegó al mar de Timor, dando vista a la isla de igual nombre, a 122° de longitud. Esta isla, cuya superficie es mil seiscientas veinticinco leguas cuadradas, está gobernada por rajaes. Los aludidos príncipes se titulan hijos de cocodrilos, es decir, descendientes de la más alta estirpe a que un ser humano puede aspirar. Así, los escamosos antepasados pululan por las riberas de la isla y son objeto de veneración especial. Se les protege, se les agasaja, se les reverencia, se les nutre, ofreciéndoles doncellas como pasto, y desgraciado el extranjero que ose poner la mano sobre los sagrados reptiles.

Pero el *Nautilus* no tuvo el menor rozamiento con aquellos animales. Timor no fue visible más que un instante, a mediodía, mientras el segundo fijaba su posición. Asimismo, no hice más que vislumbrar la pequeña isla Rotti, que forma parte del grupo, cuyas mujeres gozan una reputación de belleza muy sólidamente atendida en los mercados malayos.

A partir de este punto, la dirección del *Nautilus*, en latitud, se desvió hacia el Sudoeste, emproando al Océano. ¿A dónde nos arrastraría la fantasía del capitán Nemo. ¿Remontaría hacia las costas asiáticas? ¿Se aproximaría a las riberas europeas? Eran resoluciones poco probables, de parte

133

de un hombre que huía de los continentes habitados. ¿Descendería hacia el Sur? ¿Doblaría el cabo de Buena Esperanza, y el de Hornos después, para lanzarse al polo antártico? ¿Retornaría, en fin, hacia los mares del Pacífico, donde su *Nautilus* encontraba una navegación fácil e indescriptible? El porvenir nos lo diría.

Durante esta etapa de viaje, el capitán Nemo realizó interesantes experimentos acerca de las temperaturas del mar a diferentes profundidades. En condiciones ordinarias estos datos se obtienen por medio de instrumentos bastante complicados y de dudosa exactitud, ya sean sondas termométricas, cuyos cristales suelen romperse bajo la presión de las aguas, ya sean aparatos basados en la diferente resistencia que oponen los metales a las corrientes eléctricas. Los resultados así obtenidos, no pueden ser suficientemente comprobados. Por el contrario, el capitán Nemo indagaba personalmente la temperatura en las profundidades del mar, y su termómetro, puesto en contacto con las diversas capas líquidas, le daba, inmediata y seguramente, la graduación buscada.

En estas operaciones, y ya reforzando sus planos inclinados, el *Nautilus* alcanzó sucesivamente profundidades de tres, cuatro, cinco, siete, nueve y diez mil metros, y el resultado definitivo de tales experimentos fue que el mar presentaba una temperatura permanente de cuatro grados y medio, a una profundidad de mil metros, bajo todas las latitudes.

Yo seguía los experimentos con el más vivo interés. El capitán Nemo ponía en ellos verdadera pasión. A veces, me interrogaba interiormente con qué objeto haría las observaciones. ¿Sería en provecho de sus semejantes? No parecía verosímil, porque, más tarde o más temprano, sus trabajos perecerían con él, en cualquier mar ignorado. A no ser que me destinara el resultado de sus experimentos... Pero eso era tanto como admitir que mi viaje tendría un término, término que no columbraba por el momento.

De todas suertes, el capitán me dio a conocer asimismo diversas cifras obtenidas por él, que establecían la relación de las densidades del agua en los principales mares del globo. De tales antecedentes, deduje consecuencias personales, que no tenían nada de científicas.

Ocurrió esto en la mañana del 15 de enero. El capitán, con quien paseaba por la plataforma, me preguntó si conocía las diferentes densidades que presentan las aguas del mar. Le contesté negativamente, añadiendo que la ciencia carecía de observaciones rigurosas respecto a ese extremo.

Yo he realizado esas observaciones —me dijo—, y puedo responder de su exactitud.

—Bien —contesté—; pero el *Nautilus* es un mundo aparte; y los secretos de sus eruditos no llegan a la tierra.

—Tiene usted razón, señor Aronnax —asintió el capitán, después de unos instantes de silencio—. Es un mundo aparte. Es tan extraño a la tierra como los planetas que acompañan al globo en torno del sol, y nunca se conocerán los trabajos de los sabios de Júpiter o de Saturno. Pero ya que

134

el azar ha ligado nuestras dos existencias, puedo comunicarle el resultado de mis observaciones.

—Escucho a usted, capitán.

—Como sabe usted, señor Aronnax, el agua de mar es más densa que el agua dulce, pero esta densidad no es uniforme. En efecto, representando por uno densidad del agua dulce, encontraremos uno y veintiocho milésimas para las aguas del Atlántico, uno y veintiséis milésimas para las del Pacífico, y uno y treinta milésimas para las del Mediterráneo.

—¡Ah! —pensé—; ¿luego se aventura en el Mediterráneo?

—Uno y diez y ocho milésimas para el mar Jónico, y uno y veintinueve milésimas para el Adriático.

Decididamente, el *Nautilus* no esquivaba los mares frecuentados de Europa, de lo cual deduje que nos conduciría muy pronto quizá, hacia continentes más civilizados. Supuse que Ned Land se enteraría de esta particularidad con naturalísima satisfacción.

Durante varios días, dedicamos las jornadas a experimentos de toda clase, encaminados a investigar los grados de salazón de las aguas a diferentes profundidades, su electrización, su coloración, su transparencia, y en todas estas circunstancias, el capitán Nemo desplegó un ingenio únicamente comparable con su afabilidad para conmigo. Luego transcurrieron varios días sin verle, y permanecí de nuevo como aislado a bordo.

El 16 de enero, el *Nautilus* pareció reposar a pocos metros bajo la superficie de las olas. Sus aparatos eléctricos dejaron de funcionar, y su hélice, inmóvil, le abandonó a merced de las corrientes. Supuse que la tripulación se ocuparía en hacer reparaciones interiores, reclamadas por la violencia de los movimientos mecánicos de la máquina.

Con tal motivo, mis compañeros y yo fuimos testigos de un curioso espectáculo. Los lienzos metálicos del salón estaban corridos, y como el foco del *Nautilus* no alumbraba, reinaba una vaga obscuridad en medio de las aguas. El cielo, tempestuoso y cubierto de espesas nubes, sólo comunicaba una indecisa claridad a las primeras capas del Océano.

Cuando me hallaba observando el estado del mar en tales condiciones, en las que los más corpulentos peces aparecían como sombras apenas trazadas, el *Nautilus* quedó envuelto súbitamente en plena luz. De momento, creí que había sido nuevamente, activado el foco y que proyectaba sus haces eléctricos sobre la masa líquida; pero tardé poco en convencerme de mi error después de una rápida observación.

El *Nautilus* flotaba en medio de una capa fosforescente, que, en la penumbra, resultaba deslumbradora. La fosforescencia era producida por millones de animálculos luminosos, cuyo centelleo se avivaba al deslizarse por el casco de acero del navío. Entonces sorprendí, entre aquellas sabanas de luz, destellos semejantes a regueros de plomo derretido, o de masas metálicas fundidas al rojo blanco, de tal suerte que, por oposición, ciertas zonas incandescentes obscurecían aquel medio ígneo, del que parecía deber estar desterrada toda sombra. ¡No! No era la irradiación monótona de nuestro alumbrado habitual! ¡Existían en ella un vigor y un movimiento insólitos! ¡Aquella luz emanaba vida!

En efecto: era una aglomeración infinita de infusorios pelágicos, de noctilucos miliares, verdaderos glóbulos de gelatina diáfana, provistos de un tentáculo filiforme, y de los que se han contado hasta veinticinco mil en treinta centímetros cúbicos de agua. Su brillo se intensificaba todavía con los fulgores peculiares de las medusas, asterias, aurelias, fólades y otros zoófitos fosforescentes, impregnados de los residuos grasientos de las materias orgánicas descompuestas, y tal vez de las mucosidades segregadas por los peces.

Durante varias horas, el *Nautilus* flotó en aquellas resplandecientes ondas, y nuestro asombro siguió aumentando, al ver retozar en ellas, como salamandras, a grandes animales marinos. En el foco de aquel fuego inofensivo, vi airosas marsoplas, infatigables payasos de los mares, y algunos istióforos de tres metros de largo, inteligentes precursores de los huracanes, cuya formidable cuchilla rozó varias veces la vidriera del salón. Luego aparecieron peces más pequeños; ballestas variadas, escombroides saltadores y otros cien, que surcaban en su curso la luminosa atmósfera.

El espectáculo nos dejó deslumbrados. ¿Contribuirían a aumentar la intensidad del fenómeno ciertas condiciones atmosféricas? ¿Se desencadenaría, quizá, una tormenta, en la superficie de las olas? A la profundidad de unos cuantos metros, el *Nautilus* no experimentaba su furor y se balanceaba apaciblemente en medio de aguas tranquilas.

Así marchamos, atraídos incesantemente por nuevas maravillas. Consejo contemplaba y clasificaba los zoófitos, los articulados, los moluscos, los peces. Las jornadas transcurrían rápidamente, sin que me cuidara ya de ocultarlas. Ned según su costumbre, procuraba dar variedad al programa de las comidas. Verdaderos caracoles, nos habíamos avezado a nuestra concha, y declaro que es muy fácil convertirse en un perfecto caracol.

Aquella existencia nos parecía llevadera, natural, y ya nos imaginábamos que no existía vida diferente en la superficie del globo terráqueo, cuando un acontecimiento vino a recordarnos lo anormal de nuestra situación.

El 18 de enero, el *Nautilus* se encontraba a 105° de longitud y 15° de latitud meridional. El tiempo estaba amenazador, y el mar duro y agitado. El viento soplaba de Levante, con gran intensidad. El barómetro, que bajaba desde días antes, anunciaba una próxima conflagración de los elementos.

Subí a la plataforma, en el momento en que el segundo medía los ángulos horarios. Esperaba; según costumbre, que pronunciaría su frase sacramental; pero aquel día fue reemplazada por otra, no menos incomprensible. Casi en el acto, vi aparecer al capitán Nemo, cuyas miradas, auxiliadas por unos gemelos, se dirigieron hacia el horizonte.

Durante unos minutos el capitán permaneció inmóvil, sin abandonar el punto encerrado en el campo de su objetivo. Después, bajó el anteojo y cambió breves palabras con su segundo. Éste parecía presa de una emoción que trataba en vano de contener. El capitán Nemo, más dueño de sí, continuaba sereno. Parecía, por otra parte, formular ciertas objeciones, a las que el segundo contestaba con firme seguridad. Al menos así lo colegí, por la diferencia de su tono y de sus ademanes.

Por lo que a mí atañe, miré minuciosamente en la dirección indicada, sin distinguir nada. El cielo y el agua se confundían en el horizonte, en una línea perfectamente marcada.

Sin embargo, el capitán Nemo se paseaba de un extremo a otro de la plataforma, sin mirarme, o quizá sin verme. Su paso era seguro, pero menos regular que de ordinario. Se detenía de vez en cuando y contemplaba el mar, cruzado de brazos. ¿Qué podía buscar en aquel inmenso espacio? ¡El *Nautilus* se hallaba, a la sazón, a varios centenares de millas de la costa más próxima...!

El segundo enfocó nuevamente sus gemelos e interrogó obstinadamente al horizonte, yendo y viniendo, golpeando la plataforma con el pie y contrastando con su jefe, por su agitación nerviosa.

Pero el misterio llevaba trazas de aclararse, y pronto, porque, a una orden del capitán Nemo, la máquina reforzó su potencia propulsora, imprimiendo a la hélice una rotación más rápida.

En aquel momento, el segundo llamó nuevamente la atención del capitán. Este suspendió su paseo y asestó su anteojo hacia el punto señalado, escrutando durante largo rato. Por mi parte, muy seriamente intrigado, descendí al salón, para proveerme de un excelente catalejo, del que me servía ordinariamente, y, una vez vuelto a la plataforma, lo apoyé en la vitrina del foco eléctrico, que formaba saliente a proa, disponiéndome a recorrer toda la línea del cielo y del mar.

Pero apenas aplicado el ojo a la lente, el instrumento me fue bruscamente arrancado de las manos.

Al volverme, vi ante mí al capitán Nemo, a quien me costó trabajo reconocer. Su fisonomía estaba transformada. Sus pupilas, que despedían un fulgor siniestro se ocultaban tras de su fruncido entrecejo; sus labios, plegados en un gesto duro, dejaban medio al descubierto sus dientes; su cuerpo rígido, sus puños cerrados, su cabeza erguida entre los hombros, denotaban la ira reconcentrada que respiraba todo su ser. No se movía. Mi catalejo, caído de su mano, había rodado a sus pies.

¿Habría provocado yo, inconscientemente, aquella actitud de cólera? ¿Se imaginaría, aquel incomprensible personaje, que había sorprendido algún secreto vedado a los huéspedes del *Nautilus*?

¡No! No era yo el objeto de aquel furor, porque no me miraba, sino que sus pupilas permanecían tenazmente clavadas en el impenetrable punto del horizonte.

Por fin, el capitán Nemo se rehízo. Su fisonomía, tan profundamente alterada, recobró su calma habitual. Dirigió a su segundo unas cuantas palabras, en su indescifrable lenguaje, y luego se volvió hacia mí.

—Señor Aronnax —me dijo, en un tono bastante imperioso—, reclamo de usted el cumplimiento de uno de los compromisos que tiene contraídos conmigo.

—¿De qué se trata, capitán?

—Es preciso que se deje usted encerrar, así como sus compañeros, hasta el momento en que juzgue conveniente devolverles la libertad.

—Su voluntad es ley —le contesté, mirándole fijamente—. Pero, ¿me será permitido formular una pregunta?

—Ninguna, señor mío.

Lo categórico de la réplica no dejaba lugar a discutir, sino a obedecer, puesto que toda resistencia hubiera sido imposible.

Descendí al camarote que ocupaban Ned y Consejo, a quienes di cuenta de la determinación del capitán. No hay para qué decir cómo recibió la notificación el canadiense. De todos modos, no hubo tiempo para entrar en explicaciones. Cuatro tripulantes esperaban a la puerta, y nos condujeron a la misma celda en que pasamos nuestra primera noche a bordo del *Nautilus*.

Ned Land intentó reclamar, pero le dieron con la puerta en las narices por toda respuesta.

—¿Podría decirme el señor qué significa esto? —me preguntó Consejo.

Referí lo sucedido a mis compañeros, que quedaron tan asombrados como yo, pero sin sacar nada en limpio.

Yo caí en un abismo de reflexiones, sin poder desechar de mi mente aquel extraño recelo del capitán Nemo. Era incapaz de acoplar dos ideas lógicas, y ya me iba perdiendo en las más absurdas hipótesis, cuando me sacó de mi abstracción la voz de Ned Land.

—¡Calla! —exclamó—. ¡Si tenemos servido el almuerzo!

En efecto: la mesa estaba preparada. Era evidente que el capitán Nemo había transmitido esta orden, al mismo tiempo que mandaba forzar la marcha del *Nautilus*.

—¿Me permitirá el señor hacerle una recomendación? —me preguntó Consejo.

—¿Por qué no? —le contesté.

—Pues bien: almuerce el señor. Es prudente, porque no sabemos lo que puede ocurrir.

—Tienes razón, Consejo.

—Desgraciadamente —dijo Ned Land— no se han excedido de la costumbre de a bordo.

—Amigo Ned —arguyó Consejo—, ¿qué diría usted si nos hubieran suprimido totalmente el almuerzo?

Este argumento cortó de plano las recriminaciones del arponero.

Nos sentamos a la mesa. El almuerzo se hizo en silencio. Yo comí poco. Consejo "se esforzó", siempre por prudencia, y Ned Land, por lo que fuera, no perdió bocado. Terminado el ágape, cada cual se recató en un rincón.

En el mismo instante se apagó el globo luminoso que alumbraba la celda y quedamos en tinieblas. Ned Land no tardó en dormirse, y —cosa extraña— Consejo cayó también en un pesado sopor. Cuando me pregun-

138

taba qué habría podido provocar en él aquella imperiosa necesidad de sueño, noté que invadía mi cerebro un invencible letargo. Mis ojos, que me obstinaba en mantener abiertos, se cerraron a mi pesar, experimentando a la vez una sensación dolorosa. Evidentemente se había mezclado algún narcótico a los alimentos que acabábamos de tomar. ¡No era bastante la reclusión para ocultarnos los proyectos del capitán Nemo; había de ir acompañada del sueño!

Aún percibí el ruido de las escotillas, al cerrarse. Las ondulaciones del mar, que provocaban un ligero movimiento de balanceo, cesaron. ¿Era que abandonaba el *Nautilus* la superficie del Océano; que se sumergía en el fondo inmóvil de las aguas?

Intenté resistir al sueño, pero fue imposible; mis energías se debilitaban. Sentí una mortal impresión de frío, que paralizaba mis entumecidos miembros. Mis párpados cayeron sobre los ojos, como verdaderos velos de plomo. Una somnolencia mórbida, llena de alucinaciones, se apoderó de todo mi ser. Luego desaparecieron las visiones, postrándome en un completo anonadamiento.

XXIV

EL REINO DE CORAL.

Al día siguiente me desperté perfectamente despejado. Con gran sorpresa mía, estaba en mi cámara. Indudablemente, mis compañeros habían sido reintegrados también a su camarote, sin darse más cuenta que yo del traslado. Ignoraban lo que había pasado aquella noche, como lo ignoraba yo mismo, que no contaba sino con los azares del porvenir para penetrar aquel misterio.

Mi primer impulso fue salir de la estancia. ¿Era libre ya, o continuaba prisionero? Libre absolutamente. Abrí la puerta, crucé los pasadizos y subí la escalera central. Las escotillas, cerradas la víspera, estaban abiertas. Llegué a la plataforma.

Ned Land y Consejo me esperaban en ella. Les interrogué. No sabían nada. Sumidos en profundísimo letargo, que no les permitía conservar el menor recuerdo, se vieron sorprendidos al encontrarse en su camarote.

En cuanto al *Nautilus*, nos pareció tranquilo y misterioso, como siempre. Flotaba en la superficie de las ondas, a una marcha moderada.. No se notaba, ningún cambio a bordo.

Ned Land, con sus pupilas penetrantes, escrutó el mar. Estaba desierto. El canadiense no señaló nada nuevo en el horizonte; ni velamen, ni tierra. La brisa del Oeste soplaba con estrépito, y el fuerte oleaje, encrespado por el viento, imprimía al aparato un pronunciado vaivén.

El *Nautilus*, después de renovar su aire, se mantuvo a una profundidad media de quince metros, para poder volver prontamente a la superficie de las ondas, operación que, contra lo acostumbrado, se practicó varias veces, durante la jornada del 19 de enero. El segundo subía entonces a la plataforma, y resonaba la consabida frase en el interior del navío.

Por lo que hace al capitán Nemo, no pareció por ninguna parte. De las gentes de a bordo, sólo vi al impasible camarero, que me sirvió con su exactitud y su mutismo habituales.

Cerca de las dos, estaba en el salón, ocupado en ordenar mis notas, cuando se abrió la puerta y se presentó el capitán. Le saludé, y me correspondió con una inclinación casi imperceptible, sin dirigirme la palabra. Volví a mi trabajo esperando que quizá me daría explicaciones relativas a los acontecimientos desarrollados en la noche precedente; pero no fue así. Le miré. Su rostro me pareció demacrado; sus ojos, enrojecidos, no habían sido refrigerados por el reposo, y su fisonomía expresaba una tristeza profunda, un verdadero pesar. Iba y venía de un lado a otro, se sentaba, y se levantaba, tomaba un libro al azar, lo dejaba en seguida, consultaba sus instrumentos, sin hacer sus apuntes habituales, y parecía no poder estar quieto un instante en el mismo sitio.

Por fin, avanzó hacia mí, preguntándome:

—¿Es usted médico, señor Aronnax?

Era tan inesperada la pregunta, que me quedé mirándole un buen rato, sin responder.

—¿Es usted médico? —repitió—. Se lo pregunto, porque son varios sus colegas que han cursado la carrera de Medicina, como Gratiolet, Moquin-Tandon y tantos otros.

—En efecto —contesté—, soy doctor en Medicina, y ejercí mi profesión, durante varios años, antes de ingresar en el Museo.

—Muy bien.

Mi respuesta satisfizo evidentemente al capitán Nemo. Pero no sabiendo a dónde quería ir a parar, esperé nuevas preguntas, reservándome contestar con arreglo a las circunstancias.

—Señor Aronnax —me dijo el capitán—, ¿consentiría usted en prestar asistencia a uno de mis tripulantes?

—¿Hay algún enfermo?

—Sí.

—Estoy dispuesto a seguir a usted.

—Pues vamos.

Confesaré que mi corazón latía con violencia. Sin saber por qué, veía cierta conexión entre aquella enfermedad de uno de los tripulantes y los acontecimientos de la víspera, y el misterio me preocupaba, por lo menos, tanto como el enfermo.

El capitán Nemo me condujo a popa del *Nautilus*, y me introdujo en un camarote contiguo al dormitorio de los marineros.

Allí, sobre su lecho, reposaba un hombre de unos cuarenta años, de rostro enérgico, verdadero tipo anglo-sajón.

Me incliné sobre él. No se trataba sencillamente de un enfermo, sino de un herido. Su cabeza, envuelta en telas ensangrentadas, descansaba sobre una doble almohada. Levanté la cura, y el herido, fijando en mí sus ojazos, me dejó hacer, sin proferir una queja.

140

La herida era horrible. El cráneo, roto por un instrumento contundente, dejaba los sesos al descubierto, y la substancia cerebral había sufrido una trituración profunda. La masa difluente formaba cuajarones sanguinolentos, de un color parecido a las heces del vino. Se había producido, a la vez, contusión y conmoción cerebral. La respiración del enfermo era lenta. Algunos movimientos espasmódicos de los músculos agitaban sus facciones. La flegmasía cerebral era completa, llevando consigo la parálisis de la sensibilidad y del movimiento.

Pulsé al herido. Las pulsaciones eran intermitentes. Las extremidades se iban enfriando, y presentí que la muerte se acercaba, sin que me pareciera posible detenerla. Después de practicar la cura, vendé nuevamente la cabeza de aquel desventurado y me volví hacia el capitán Nemo.

—¿Cómo se ha producido esta herida? —le pregunté.

—¡Qué importa eso! —contestó evasivamente el capitán—. Un choque del *Nautilus* ha roto una de las palancas de la máquina, alcanzando a este infeliz. El segundo estaba junto a él y se interpuso para evitar el golpe... Un hermano que sacrifica su vida por su hermano, un amigo por su amigo... ¿qué cosa más natural? ¡Es la ley común a bordo del *Nautilus*...! Pero, ¿cuál es la opinión de usted, respecto a su estado?

No titubeé al pronosticar.

—Hable usted sin cuidado —me dijo el capitán—. Ese hombre no entiende el francés.

Lancé una nueva ojeada al herido, y contesté:

—Antes de dos horas habrá muerto.

—¿No hay manera de salvarle?

—Ninguna.

La mano del capitán Nemo se crispó, brotando algunas lágrimas de sus ojos, que yo consideraba incapaces de llorar.

Durante algunos instantes seguí observando al moribundo, cuya vida se iba extinguiendo poco a poco. Su palidez aumentaba en intensidad, bajo el reflejo eléctrico que inundaba su lecho de muerte. Contemplé su frente inteligente, surcada de arrugas prematuras, que la desgracia, la miseria quizás, había marcado en ella desde mucho tiempo antes. Traté de sorprender el secreto de su vida en las últimas palabras escapadas de sus labios...

—Puede usted retirarse, señor Aronnax —me dijo el capitán Nemo.

Dejé al capitán en la cámara del moribundo y regresé a la mía, emocionadísimo por aquella escena. Durante la jornada entera, me sentí asaltado por siniestros presentimientos. Por la noche, dormí mal, y entre mis sueños, frecuentemente interrumpidos, creí oír gemidos lejanos y como una salmodia fúnebre. ¿Sería una plegaria, murmurada en aquel lenguaje que no acertaba a comprender?

A la mañana siguiente subí sobre cubierta. El capitán Nemo me había precedido. En cuanto me vio, avanzó a mi encuentro.

—Señor doctor —me preguntó—, ¿le acomodaría realizar hoy una excursión submarina?

141

—¿Con mis compañeros? —interrogué a mi vez.

—Como gusten.

—Estamos a sus órdenes, capitán.

—Pues tengan la bondad de ir a ponerse las escafandras.

No se aludió para nada al moribundo, muerto ya quizá. Fui en busca de Ned Land y de Consejo, a quienes transmití la invitación del capitán Nemo. Consejo se apresuró a aceptarla, y el canadiense, por su parte, se mostró voluntariamente dispuesto a seguirnos.

Eran las ocho de la mañana. A las ocho y media estábamos vestidos para el nuevo paseo y provistos de los dos aparatos de alumbrado y de respiración. La doble puerta se abrió, y acompañados por el capitán Nemo, a quien seguía una docena de tripulantes, tomamos pie a una profundidad de diez metros, sobre el terreno firme en que se asentaba el *Nautilus*.

Una ligera pendiente recaía sobre un fondo accidentado, a unas quince brazas del arranque de aquélla. Dicho fondo difería en absoluto del que visité durante mi primera excursión bajo las aguas del Océano Pacífico. En el actual, faltaban las finas arenas, las praderas submarinas, las selvas pelágicas. Inmediatamente, reconocí la región maravillosa con cuya visita nos agasajaba aquel día el capitán Nemo. Era el reino del coral.

En la rama de los zoófitos y en la clase de los alciones, figura el orden de los gorgonios, que abraza los tres grupos de gorgonias, isidias y coralinas. A este último pertenece el coral, curiosa substancia sucesivamente clasificada en los reinos mineral, vegetal y animal. Remedio entre los antiguos, adorno entre los modernos, hasta 1694 no fue definitivamente incluida en el reino animal, por el marsellés Peysonnel.

El coral es una aglomeración de animálculos, reunidos en un polipero de naturaleza quebradiza y pedregosa. Estos pólipos tienen un generador único, que los ha producido por sucesivas agregaciones, y poseen una existencia propia, sin dejar de participar de la vida común. Constituyen, pues, una especie de socialismo natural. Yo conocía los últimos trabajos relativos al singular zoófito, que se mineraliza sin perder su arborización, según han observado muy atinadamente los naturalistas, y nada más interesante para mí que visitar uno de esos bosques petrificados, que la Naturaleza ha plantado en el fondo de los mares.

Los aparatos Ruhmkorff entraron en actividad, y seguimos un banco de coral, en vía de formación, que, andando el tiempo, llegará a cerrar aquella porción del Océano Índico. El camino aparecía bordeado por inextricables espesuras, formadas por arbolillos enlazados, cubiertos de flores de radios blancos. Sólo que, a la inversa de las plantas terrestres, aquellas arborizaciones, adheridas a las rocas del suelo, se dirigían todas de arriba abajo.

La luz producía mil vistosos efectos, al filtrarse a través de aquellos ramajes tan vivamente matizados. Me parecía que aquellos tubos membranosos y cilíndricos temblaban bajo la oscilación de las aguas. Intenté coger sus frescas corolas adornadas de delicados tentáculos, unas recientemente abiertas, otras apenas nacientes, que los raudos pececillos rozaban con sus rápidas aletas, al pasar como bandadas de pájaros. Pero si mi mano se aproximaba a aquellas flores vivientes, sensitivas animadas, se difundía inmediatamente la alarma en la colonia. Las blancas corolas se replegaban en sus estuches rojos, las flores se desvanecían a mi vista y la enramada se trocaba en un bloque de pedregosos picachos.

La casualidad me había puesto en presencia de las más preciosas muestras de aquel zoófito.

Este coral, tan valioso como el que se pesca en el Mediterráneo, en las costas de Francia, de Italia y de Berbería, justificaba por sus tonos vivos los poéticos calificativos de *flor de sangre* y *espuma de sangre*, que el comercio ha dado a sus más apreciados productos. El coral alcanza un precio hasta de quinientos francos el kilogramo, y, en aquel sitio, las capas líquidas ocultaban la fortuna de todo un mundo de traficantes. La preciosa materia, mezclada con frecuencia con otros políperos, formaba entonces masas compactas e intrincadas llamadas "macizos", entre las cuales observé admirables ejemplares de coral rosa.

La enramada no tardó en convertirse en bosque. A nuestro paso, se abrieron verdaderos sotos petrificados y bovedillas de arquitectura caprichosa.

El capitán Nemo se internó en una obscura galería, cuya suave pendiente nos condujo a una profundidad de cien metros. La luz de nuestros serpentines producía en ocasiones efectos mágicos, al iluminar las rugosas asperezas de aquellas arcadas naturales y las pechinas dispuestas como arañas, de las que arrancaba reflejos de fuego. Entre los arbolillos coralinos, observé otros pólipos no menos curiosos, melitas, iris de articuladas ramificaciones, matas de coralinas, ya verdes, ya rojas, verdaderas algas incrustadas en sus sales calcáreas, que los naturalistas, después de largas discusiones, han clasificado definitivamente en el reino vegetal. Pero, según la observación de un pensador, "quizá sea este el punto efectivo en que la vida se levanta obscuramente de su sueño de piedra, sin desprenderse aún del rudo punto de partida"

Al fin, después de dos horas de marcha, alcanzamos una profundidad aproximada de trescientos metros, es decir, el límite extremo que comienza la formación del coral. Allí desaparecían ya el matorral aislado y el modesto seto de monte bajo, siendo substituidos por la selva inmensa, las grandes vegetaciones minerales, los enormes árboles petrificados, unidos entre sí por guirnaldas de elegantes plumarias, esas lianas marinas, pletóricas de matices y de reflejos. Pasamos desahogadamente bajo su elevado ramaje, perdido en la sombra de las ondas, mientras que, a nuestros pies las tubíporas, las meandrinas, las astreas, los fungos y las cariófilas formaban una alfombra de flores, sembrada de resplandecientes gemas.

¡Qué espectáculo tan indescriptible! ¡Ah! ¿Por qué no podíamos comunicarnos nuestras sensaciones? ¿Por qué íbamos aprisionados bajo aquella máscara de metal y de vidrio? ¿Por qué hallarnos privados de cambiar nuestras mutuas impresiones? ¡Quién hubiera podido vivir la vida de los peces que pueblan el líquido elemento, o mejor todavía la de los anfibios, a los que, durante largas horas, les es dado recorrer, a medida de su capricho, el doble dominio de la tierra y de las aguas!

El capitán Nemo se detuvo. Mis compañeros y yo suspendimos también nuestra marcha, y, al volverme, vi que sus subordinados formaban un semicírculo en torno del jefe. Mirando con más atención, observé que cuatro de ellos llevaban a hombros un bulto de forma oblonga.

Ocupamos, en aquel sitio, el centro de un vasto claro, rodeado por las elevadas arborizaciones de la selva submarina. Nuestras lámparas proyectaban en aquel espacio como una vaga claridad crepuscular, que alargaba desmesuradamente las sombras en el suelo. En el límite del claro dominaban las tinieblas, destacándose únicamente algunos ligeros chispazos retenidos por las vivas aristas del coral.

Ned Land y Consejo estaban junto a mí. Al cruzar nuestras miradas, surgió en mi mente la idea de que íbamos a presenciar una escena extraña. Fijándome en el suelo, noté ciertas ligeras protuberancias, revestidas de concreciones calizas y dispuestas con una regularidad que revelaba la intervención de la mano del hombre.

En el centro de la plazoleta formada por el claro, sobre un pedestal de guijarros toscamente amontonados, se alzaba una cruz de coral, que extendía sus largos brazos, que hubiérase creído tallados en sangre petrificada.

A una señal del capitán Nemo, avanzó uno de sus subordinados, que comenzó a cavar un hoyo, a pocos pies de la cruz.

Entonces lo comprendí todo. Aquel claro era un cementerio; aquel hoyo, una tumba; aquel bulto de forma oblonga, el cuerpo de un hombre muerto durante la noche. El capitán Nemo y los suyos iban a enterrar a su compañero en aquella morada común, en el inaccesible fondo de aquel Océano.

Jamás asaltó mi espíritu tan violenta excitación; jamás invadieron mi cerebro ideas tan impresionantes. No quería dar crédito a lo que veían mis ojos.

La tumba se fue abriendo lentamente. Los peces se dispersaron en todas direcciones, al ver turbada la quietud de su retiro. Oí resonar, sobre el suelo calcáreo, el acero del pico, que hacía brotar de vez en cuando una chispa, al chocar con algún pedernal perdido en el fondo de las aguas. Las dimensiones del hoyo aumentaron gradualmente, no tardando en adquirir la profundidad bastante para recibir el cuerpo.

Entonces, se adelantaron sus portadores. El cadáver, envuelto en una blanca sábana de biso, descendió a su inundada fosa. El capitán Nemo, con los brazos cruzados sobre el pecho, y todos los que fueron entrañables amigos del difunto, se arrodillaron en actitud de orar. Mis dos compañeros y yo permanecimos fervorosamente inclinados.

La sepultura quedó cubierta con los propios materiales extraídos, que formaron una pequeña eminencia.

Realizada esta operación, el capitán Nemo y sus hombres se incorporaron. Luego, aproximándose a la tumba, doblaron nuevamente la rodilla y extendieron el brazo, en señal de suprema despedida.

144

La fúnebre comitiva emprendió el regreso al *Nautilus*, repasando bajo las arcadas de la selva, entre los setos y a lo largo de las espesuras de coral, y ascendiendo constantemente.

Al fin, aparecieron las luces de a bordo. Su lurninosa estela nos guió hasta la embarcación. A la una, estábamos de vuelta.

Cambiada mi indumentaria, subí a la plataforma, y obsesionado por un cúmulo de ideas, fui a sentarme junto al proyector eléctrico.

El capitán Nemo se me acercó. Entonces me levanté, preguntándole:

—¿De modo que ese hombre murió en el transcurso de la noche, según mis previsiones?

—Sí, señor Aronnax —contestó el capitán.

—¿Y ahora reposa junto a sus compañeros en ese cementerio de coral?

—¡Si! ¡Olvidado por todos, menos por nosotros! ¡Nosotros abrimos la tumba, y los pólipos se encargan de sellar la fosa de nuestros muertos, para siempre!

Y ocultando el rostro entre sus crispadas manos, con brusco ademán, el capitán Nemo intentó vanamente comprimir un sollozo. Luego, añadió:

—Ese es nuestro apacible cementerio, situado a unos cuantos centenares de pies bajo la superficie de las ondas.

—Por lo menos, capitán, sus muertos duermen tranquilos, fuera del alcance de los tiburones.

—Sí, señor —contestó gravemente el capitán Nemo—. ¡De los tiburones y de los hombres!

FIN DE LA PRIMERA PARTE

SEGUNDA PARTE

XXV

EL OCÉANO ÍNDICO.

Aquí comienza la segunda parte de este viaje submarino. La primera termina en la emocionante escena del cementerio de coral, que dejó en mi ánimo una profunda impresión. Como se ha visto, la vida del capitán Nemo se desarrollaba por entero en el seno de aquel inmenso mar, no habiendo nada que no estuviera previsto, hasta su tumba, en el más impenetrable de sus abismos. Allí, ningún monstruo del Océano turbaría el último sueño de los moradores del *Nautilus*, de aquellos amigos inseparables en la muerte, como en la vida.

—¡No quiero relaciones con los hombres! —añadió el capitán.

¡Siempre la misma desconfianza irreductible, implacable, de las sociedades humanas!

Por mi parte, no me conformaba con las hipótesis que satisfacían a Consejo. El benemérito muchacho persistía en no ver en el comandante del *Nautilus* más que a uno de esos sabios desconocidos, que devuelven a la humanidad desprecio por indiferencia. Hasta le consideraba como un genio incomprendido, que, harto de las decepciones de la tierra, había debido buscar refugio en aquel inaccesible medio, donde sus instintos se desenvolvían libremente. Pero, a mi juicio, esta hipótesis no explicaba más que uno de los aspectos del capitán.

En efecto; el misterio de la última noche, durante la cual estuvimos encadenados en la prisión y en el sueño, la precaución tan violentamente adoptada por el capitán, de arrancar de mis ojos el catalejo dispuesto a recorrer el horizonte, la herida mortal de aquel hombre, debida a un choque inexplicable del *Nautilus*; todo esto, me lanzaba por nuevos derroteros. ¡No! ¡El capitán Nemo no se limitaba a huir de los hombres! Su formidable aparato servía, no solamente sus instintos de libertad, sino también, quizá, los intereses de no sé qué terribles represalias.

En aquel momento, no había nada evidente para mí; no vislumbraba todavía en las tinieblas más que resplandores, y he de limitarme a escribir, por decirlo así, bajo el dictado de los acontecimientos.

Por lo demás, nada nos ligaba al capitán Nemo. Sabía que la fuga del *Nautilus* era imposible. No éramos ni aun prisioneros bajo palabra. No habíamos contraído ningún compromiso de honor. Éramos simplemente cautivos prisioneros disfrazados bajo el nombre de huéspedes, por una apariencia de cortesía. Sin embargo, Ned Land no renunciaba a la esperanza de recobrar su libertad; seguramente aprovecharía la primera ocasión que le ofreciera el azar. Yo haría lo mismo, indudablemente; pero confieso que habría de experimentar cierto remordimiento, al llevarme lo que la generosidad del capitán nos había dejado penetrar de los misterios del

Nautilus. Porque, en resumen, ¿había que odiar a aquel hombre, o admirarle? ¿Era una víctima o un verdugo? Además, si he de ser franco, hubiera querido antes de abandonarle para siempre, haber realizado aquella vuelta al mundo submarino, que tan magnífica se presentaba en sus comienzos; hubiera querido conocer la serie completa de las maravillas acumuladas bajo los mares del globo; hubiera querido ver lo que ningún hombre había logrado ver todavía, aunque debiera pagar con mi vida el insaciable afán de aprender. ¿Qué había descubierto hasta entonces? Nada, o casi nada, puesto que aún no habíamos recorrido más que seis mil leguas a través del Pacífico.

Sin embargo, sabía positivamente que el *Nautilus* se aproximaría a tierras habitadas, y, si se nos ofrecía cualquier probabilidad de salvación, hubiera sido cruel sacrificar mis compañeros a mi pasión por lo desconocido. Sería preciso seguirles, y hasta guiarles. Pero, ¿llegaría a presentarse tal ocasión? El hombre privado por la fuerza en su libre albedrío, la desea; pero el erudito, el curioso, la teme.

Aquel día, el 21 de enero de 1868, a las doce de la mañana, el segundo fue a tomar la altura del sol. Yo subí a la plataforma, encendí un cigarro y seguí la operación. Me pareció evidente que aquel hombre no comprendía el francés, porque varias veces hice reflexiones en alta voz que hubieran debido arrancarle algún signo involuntario de atención, de haberse hecho cargo de ellas, y permaneció impasible y silencioso.

Mientras observaba por medio del sextante, uno de los marineros del *Nautilus* —el vigoroso individuo que nos acompañó en nuestra primera excursión a la isla Crespo— acudió a limpiar los cristales de la caja del reflector. Esto me permitió examinar la instalación del aparato, cuya potencia estaba centuplicada por anillos lenticulares, dispuestos como los de los faros, que mantenían su luz en el plano útil. El foco eléctrico estaba combinado de tal manera, que proporcionaba toda su potencia lumínica. Su luz, en efecto, se producía en el vacío, lo cual aseguraba, conjuntamente, la regularidad y la intensidad. A la vez, el vacío economizaba las puntas del grafito entre los cuales se desarrolla el arco luminoso, economía importante para el capitán Nemo, que no hubiera podido renovarlas fácilmente. Pero, en tales condiciones, su desgaste resultaba, casi insensible.

Cuando el *Nautilus* se preparó a reanudar su marcha submarina, descendí nuevamente al salón. Las claraboyas se cerraron, y la embarcación derivó directamente hacia el Oeste.

Surcamos entonces las ondas del Océano Índico, vasta llanura líquida de una capacidad de quinientos cincuenta millones de hectáreas, cuyas aguas son tan transparentes, que producen el vértigo a quien se inclina sobre la superficie. El *Nautilus* flotó en ellas, generalmente, entre ciento y doscientos metros de profundidad. Así navegamos durante varios días. A cualquiera otro que yo, apasionadamente prendado del mar, las horas le hubieran parecido, indudablemente, largas y monótonas; pero aquellos paseos cotidianos por la plataforma, donde aspiraba el ambiente vivificador del Océano, el espectáculo de aquellas soberbias aguas, a través de las vidrieras del salón, la lectura de los libros de la biblioteca, la redacción de mis memorias, invertían todo mi tiempo, sin dejarme un solo instante de laxitud o de hastío.

La salud de todos se mantenía en un estado sumamente satisfactorio. El régimen de a bordo nos sentaba perfectamente, y por mi parte habría prescindido de las variaciones que Ned Land, por espíritu de protesta, se ingeniaba en introducir en él. Además, en aquella temperatura constante no había que temer ni un simple constipado. Y en último extremo, el madreporario dendrofilar, conocido en Provenza con el nombre de *hinojo marítimo* y del cual existían ciertas reservas a bordo, nos habría suministrado, con el jugo destilado de sus pólipos, una excelente pasta contra la tos.

Durante varios días, vimos gran cantidad de aves acuáticas, palmípedas y gaviotas. Algunas fueron hábilmente cazadas, y, aliñadas de cierta manera, nos proporcionaron un plato bastante aceptable. Entre los grandes voladores, trasladados a largas distancias de todas las tierras y que reposan sobre las olas de las fatigas de su excursión aérea, observé magníficos albatros, de graznido discordante como un rebuzno, aves que pertenecen a la familia de las longipennas. La familia de los totipalmos estaba representada por rápidas fragatas, que pescaban presurosamente los peces de la superficie, y por numerosos faetones o cola de junco, entre los que destacaba el de apéndices rojos, del tamaño de una paloma, y cuyo blanco plumaje, matizado de tonos rosáceos, hacía destacar la negrura de sus alas.

Las redes del *Nautilus* nos aportaron varias clases de tortugas marinas, del género carey, combadas de dorso y cuya concha es muy apreciada. Estos reptiles, que se sumergen con gran facilidad, pueden mantenerse largo tiempo bajo el agua, cerrando la válvula carnosa situada en el orificio externo de su conducto nasal. Algunos de dichos animales, cuando se les captura, duermen aún, encerrados en su caparazón, resguardados de los peces. La carne de tales tortugas suela ser muy mediana, pero sus huevos constituyen un verdadero manjar.

En cuanto a los peces, provocaban constantemente nuestra admiración, cuando sorprendíamos, a través de los cristales de nuestro observatorio, los secretos de su vida acuática. Tuve ocasión de reparar en varias especies, que no me había sido dado observar hasta entonces.

Citaré principalmente unos ostráceos pecaliares del mar Rojo, del mar de las Indias y de la parte del Océano que baña las costas de la América equinoccial. Estos peces, a semejanza de las tortugas, de los armadillos, de los erizos y de los crustáceos, están protegidos por una coraza, que no es cretácea ni pétrea, sino realmente ósea, y afecta unas veces la forma de un sólido triangular, y otras, la de un sólido cuadrangular. Entre los triangulares, anoté algunos de un medio decímetro de largo, de carne saludable, de sabor exquisito, obscuros de cola y amarillos de aletas, cuya aclimatación en aguas dulces recomiendo eficazmente, porque hay cierto número de peces que se acostumbran a ellas con mucha facilidad. Entre los cuadrangulares, mencionaré algunos de cuyo lomo sobresalen cuatro

148

grandes tubérculos, otros moteados de blanco en la parte inferior del cuerpo, domesticables como los pájaros, trígonos provistos de aguijones formados por la prolongación de su costra ósea, y a los que su singular gruñido ha valido el sobrenombre de *puerco marino*, y dromedarios, con gruesas gibas de forma cónica, cuya carne es dura y coriácea.

Saco también de las notas cotidianas archivadas por Consejo, ciertos peces del género tetrodónteo, espenglerianos de lomo rojo y pecho blanco, que se distinguen por tres hileras longitudinales de filamentos, y eléctricos, de siete pulgadas de longitud, ataviados con los más vistosos colores. Como muestras de otros géneros, señalaré los ovoides, semejantes a un huevo de color pardusco, surcados por franjas blancas y desprovistos de cola; los diodones, verdaderos puercoespines marinos, provistos de púas, y que pueden hincharse hasta quedar convertidos en una pelota erizada de dardos; los hipocampos, comunes a todos los mares; los pegasos alados, de hocico alargado, cuyas aletas pectorales, muy extendidas y dispuestas en forma de alas, les permiten, si no volar, cuando menos saltar en el espacio; palomas espatuladas, cuya cola está cubierta de anillos escamosos; macrognatos de afiladas mandíbulas, excelentes peces de veinticinco centímetros de longitud y matizados de los más agradables colores; lívidos caliomoros, de rugosa cabeza; bandadas de saltadores, rayados de negro, con largas aletas pectorales, que se deslizan por la superficie de las aguas con pasmosa velocidad; deliciosos veleros, que pueden izar sus aletas como otras tantas velas desplegadas a las corrientes favorables; espléndidos kurtos, a los que la Naturaleza ha prodigado el amarillo, el azul celeste, la plata y el oro; tricópteros, cuyas alas están formadas por filamentos; cotas, maculadas de limón, que producen cierto zumbido; triglas, cuyo hígado está conceptuado como venenoso; bodios, que llevan sobre los ojos un colmillo movible; fuelles, de hocico largo y tubular, verdaderos papamoscas del Océano, armados de un fusil que no han previsto los Chassepot ni los Remington, que mata a los insectos tocándoles con una sola gota de agua.

En el octogésimo noveno género de peces clasificados por Lacépède, que pertenecen a la segunda subclase de los óseos, caracterizada por un opérculo y una membrana bronquial, observé la escorpena, cuya cabeza está guarnecida de púas y que sólo posee una aleta dorsal; estos animales van recubiertos, o no, de pequeñas escamas, según el subgénero a que corresponden. El segundo subgénero nos ofreció muestras de didáctilos, de tres a cuatro decímetros de longitud y franjeados de amarillo, cuya cabeza presenta un aspecto fantástico. En cuanto al primer subgénero, nos proporcionó diversos ejemplares de ese pez extraño, calificado justamente de *sapo marino*, animal de cabeza grande, ya hundida por hoyos profundos, ya hinchada de protuberancias; erizado de pinchos y sembrado de tubérculos, lleva unos cuernos irregulares y disformes; su cuerpo y su cola están guarnecidos de callosidades y sus aguijones producen heridas peligrosas. Es repugnante y horrible.

Del 21 al 23 de enero, el *Nautilus* marchó a razón de doscientas cincuenta leguas por día, equivalentes a quinientas cuarenta millas, o sea veintidós millas por hora. Si podíamos reconocer al paso las diversas variedades de peces, era porque éstos, atraídos por los resplandores eléctricos, trataban de acompañarnos. La mayor parte, distanciados por la velocidad, quedaban rezagados. Algunos, sin embargo, lograban mantenerse cierto tiempo en las aguas del *Nautilus*.

En la mañana del 24, a 12º5' de latitud meridional y 94º33' de longitud, divisamos la isla Keeling, aglomeración madrepórica plantada de magníficos cocoteros, visitada en otra época por Darwin y por el capitán Fitz-Roy. El *Nautilus* bordeó a poca distancia los bancos de aquella isla desierta. Sus dragas reportaron numerosas muestras de pólipos y de equinodermos, y curiosos testáceos, de la rama de los moluscos. Varios preciosos productos de la especie de las delfinelas aumentaron los tesoros del capitán Nemo, a los que agregué una astrea puntífera, especie de polipero parásito, que suele adherirse a las conchas.

No tardó en desaparecer en el horizonte la isla Keeling, y derivamos hacia el Noroeste, en dirección al extremo de la península Índica.

—Territorio civilizado —me dijo aquel día Ned Land—. Esto ya es mejor que las islas de la Papuasia, donde abundan más los salvajes que la caza. En la tierra índica, señor Aronnax, hay carreteras, caminos de hierro, ciudades inglesas, francesas e indias. No caminaríamos cinco millas sin encontrar un compatriota. ¿No le parece a usted que ha llegado el momento de dar esquinazo al capitán Nemo?

—No, amigo Ned —respondí en tono resuelto—. Vayamos capeando el temporal, como dicen ustedes los marinos. El *Nautilus* se acerca a continentes habitados. Puesto que se dirige hacia Europa, dejémonos conducir a ella, y una vez en nuestros mares, ya veremos lo que la prudencia nos aconseja intentar. Por otra parte, no es de suponer que el capitán Nemo nos permita ir a cazar a las costas de Malabar o de Coromandel, como a los bosques de Nueva Guinea.

—¿Y qué? ¿no podemos prescindir de su permiso?

No contesté al canadiense. No quise discutir. En el fondo, me interesaba vivamente agotar hasta el fin los azares del sino que me había lanzado a bordo del *Nautilus*.

A partir de la isla Keeling, nuestra marcha fue generalmente más lenta, pero también más caprichosa, arrastrándonos, en ocasiones, a grandes profundidades. Se utilizaron diferentes veces los planos inclinados, que las palancas interiores podían colocar oblicuamente a la línea de flotación. Así penetramos hasta dos y tres kilómetros, pero sin haber verificado jamás los grandes fondos del mar Índico, a los que no han logrado alcanzar sondas de trece mil metros. En cuanto a la temperatura de las capas bajas, el termómetro siguió marcando invariablemente cuatro grados sobre cero. Únicamente observé que, en las capas superiores, el agua era siempre más fría sobre los altos fondos que en plena mar.

El 25 de enero, el Océano estaba completamente desierto. El *Nautilus* pasó la jornada en la superficie, batiendo las olas con su potente hélice y haciéndolas saltar a gran altura. ¿Cómo en tales condiciones, no había de tomársele por un cetáceo gigantesco? Permanecí sobre la plataforma las tres cuartas partes del día, contemplando el mar. Nada vi en el horizonte hasta cerca de las cuatro de la tarde, hora en que cruzó un vapor hacia el Oeste, en dirección opuesta a la nuestra. Su arboladura fue visible un instante, pero él no podía distinguir al *Nautilus*, que flotaba casi a ras de agua. Supuse que aquel buque pertenecería a la línea peninsular y oriental, que presta servicio de la isla de Ceilán a Sidney, tocando en el cabo del Rey Jorge y en Melbourne.

A las cinco, poco antes del rápido crepúsculo que enlaza el día, con la noche en las zonas tropicales, Consejo y yo quedamos admirados, a la vista de un curioso espectáculo.

Existe un precioso animal, cuyo encuentro, según los antiguos, presagia prosperidades y venturas. Aristóteles, Ateneo, Plinio, Opiano, estudiaron sus aficiones y apuraron en su obsequio toda la poética de Grecia y de Italia. Le denominaron *Nautilus* y *Pompilius*; pero la ciencia moderna no ha ratificado el calificativo, y el molusco en cuestión es conocido actualmente con el nombre de argonauta.

Quien hubiera consultado a Consejo, habría sabido por el simpático muchacho que la rama de los moluscos se divide en cinco clases; que la primera clase, la de los cefalópodos, cuyos individuos son, ya desnudos, ya testáceos, comprende dos familias: la de los dibranquiales y la de los tetrabranquiales, que se distinguen por el número de sus branquias; que la familia de los dibranquiales contiene tres géneros: el argonauta, el calamar y la sepia; y que la familia de los tetrabranquiales no contiene más que uno solo: el nautilo. Si, después de esta nomenclatura, un espíritu rebelde hubiera confundido al argonauta, que es *acetabulífero*, es decir, provisto de ventosas, con el nautilo, que es *tentaculífero*, es decir, provisto de tentáculos, no habría tenido excusa posible.

Pues bien; un verdadero tropel de los mentados argonautas viajaba en aquel momento por la superficie del Océano. Pudimos contar muchos centenares. Pertenecían a la especie de los argonautas tuberculados, peculiar de los mares de la India.

Los airosos moluscos se movían reculando, valiéndose de su tubo locomotor y expulsando por él el agua que habían aspirado. De sus ocho tentáculos, seis, alargados y adelgazados, flotaban sobre el agua, mientras que los otros dos, enlazados como palmas, se tendían al viento, a modo de ligera vela. Vi su concha espiraliforme y ondulada, que Cuvier ha comparado acertadamente con una chalupa. Es, efectivamente, una verdadera embarcación, que transporta al animal que la segrega, sin que el animal se adhiera a ella.

—El argonauta puede desprenderse de su concha —dije a Consejo—, pero no la abandona jamás.

—Lo mismo que el capitán Nemo —contestó juiciosamente Consejo—. Yo creo que hubiera hecho mejor en imponer a su navío el nombre de *Argonauta*.

Durante cerca de una hora, el *Nautilus* navegó entre aquella turba de moluscos. Luego, se sintieron asaltados por inexplicable y repentino

151

pavor. Como a una señal, las velas fueron arriadas súbitamente; los brazos se replegaron, los cuerpos se contrajeron, las conchas se invirtieron, cambiando su centro de gravedad, y toda la flotilla desapareció bajo las ondas. La operación fue instantánea y jamás existió escuadra cuyas naves maniobraran con semejante precisión.

La noche cayó rápidamente, y las olas, apenas agitadas por la brisa, se ensancharon apaciblemente bajo los precintos del *Nautilus*.

Al otro día, 26 de enero, cortamos el Ecuador por el meridiano ochenta y dos y entramos en el hemisferio boreal.

Durante la jornada, nos escoltó una formidable manada de escualos, esos terribles animales que pululan en aquellos mares, haciéndolos sumamente peligrosos. Había escualos filipos, de lomo pardusco y vientre blanquecino, armados de once hileras de dientes; escualos oculados, cuyo cuello ostenta una gran mancha negra ribeteada de blanco, semejante a un ojo; escualos isabelos, de hocico redondeado y salpicado de puntos obscuros. A veces, estos potentes animales se precipitaban contra los vidrios del salón, con violencia poco tranquilizadora. En aquellos momentos, Ned Land perdía el tino. Quería subir a la superficie de las olas y arponear a aquellos monstruos, sobre todo a ciertos escualos mustelas, cuyas fauces están empedradas de dientes, dispuestos como un mosaico, y a otros corpulentos escualos atigrados, de cinco metros de largo, que le provocaban con singular insistencia. Pero el *Nautilus* aumentó su velocidad, rezagando bien pronto a los más rápidos de aquellos tiburones.

El 27 de enero, en la embocadura del vasto golfo de Bengala, presenciamos repetidamente el siniestro espectáculo de los cadáveres que flotaban en la superficie de las ondas. Eran los muertos de los poblados indios arrastrados por el Ganges hasta alta mar, y a los que los buitres, únicos sepultureros del país, no habían acabado de devorar. Pero no faltaban escualos que les ayudaran en su fúnebre tarea.

Hacia las siete de la tarde, el *Nautilus*, sumergido a medias, navegó en un mar lácteo. Hasta donde alcanzaba la vista, el Océano parecía lactificado. ¿Sería efecto de los rayos lunares? No; porque la luna, nueva a la sazón, aún se perdía tras el horizonte, entre los reflejos del sol. Todo el firmamento, aunque iluminado por el resplandor sideral, aparecía negro, contrastando con la blancura de las aguas.

Consejo no podía dar crédito a sus ojos, y me interrogó acerca de las causas del singular fenómeno. Por fortuna, estaba en disposición de contestarle.

—Esto es lo que se llama un mar lácteo —le dije—, una vasta extensión de oleadas blancas, que se observa con frecuencia en las costas de Amboina y en estos parajes.

—¿Pero podría indicarme el señor —preguntó Consejo— la causa productora de tal efecto? Porque supongo que estas aguas no se habrán transformado en leche.

—No, Consejo; esta blancura que tanto te sorprende, se debe exclusivamente a la presencia de millones de animalejos infusorios, especie de gusanillos luminosos, de un aspecto gelatinoso incoloro, del grueso de un cabello, y cuya longitud no excede de un quinto de milímetro. Esos bichejos suelen adherirse entre sí en un espacio de varias leguas.

—¡De varias leguas! —exclamó Consejo.

—Como lo oyes. ¡Y no se te ocurra computar el número de tales infusorios! Perderías el tiempo, porque, si no me engaño, ciertos navegantes han flotado en estos mares lácteos durante más de cuarenta millas.

No sé si Consejo tendría en cuenta mi recomendación; pero pareció abismarse en profundas reflexiones, tratando sin duda de calcular cuántos quintos de milímetros contienen cuarenta millas cuadradas. Por mi parte, continué observando el fenómeno. Durante varias horas, el *Nautilus* hendió con su espolón aquellas ondas blanquecinas, siendo de notar que se deslizaba silenciosamente sobre las jabonosas aguas, como si hubiera bogado en esos remolinos de espuma que las corrientes y las contracorrientes de las bahías suelen dejar entre sí.

A media noche, el mar recobró súbitamente su coloración ordinaria; pero a nuestra espalda, hasta los límites del horizonte, el cielo, reverberando la blancura de las ondas, pareció envuelto, largo rato, en los vagos resplandores de una aurora boreal.

XXVI

UNA NUEVA PROPOSICIÓN DEL CAPITÁN NEMO.

El 28 de enero, cuando el *Nautilus* volvió, al mediodía a la superficie del mar, a 9°4 de latitud Norte, se hallaba a la vista de un territorio, que quedaba a ocho millas al Oeste. Lo primero que divisé, fue una aglomeración de montañas, de unos dos mil pies de altura, cuyas formas se modelaban caprichosamente. Terminadas las confrontaciones, regresé al salón, y al notar la situación en la carta, reconocí que estábamos en presencia de la isla de Ceilán, esa perla que pende del lóbulo inferior de la península índica.

Buscando en la biblioteca algún libro relativo a esta isla, una de las más fértiles del globo, di precisamente con un volumen de sir H. C., titulado *Ceylon and the cingalese*. Vuelto al salón, anoté desde luego la posición de Ceilán, a la que tan diversos nombres se prodigaron en los antiguos tiempos. Estaba situada entre los 5°55' y 9°49' de latitud Norte y entre los 79°42' y los 82°4' de longitud, al Este del meridiano de Greenwich; su longitud, doscientas setenta y cinco millas; su anchura máxima, ciento cincuenta; su circunferencia; novecientas; su superficie, veinticuatro mil cuatrocientas cuarenta y ocho, es decir, poco inferior a la de Irlanda.

El capitán Nemo y su segundo se presentaron en aquel momento.

Después de lanzar una ojeada sobre la carta, el capitán se volvió hacia mí, diciéndome:

—La isla de Ceilán es célebre por sus pesquerías de perlas. ¿Le complacería, señor Aronnax, visitar alguna de ellas?

Indudablemente, capitán.

—Pues nada más fácil. Lo que hay es que sólo veremos las pesquerías, pero no a los pescadores. Todavía no ha comenzado la explotación anual; pero no importa. Voy a dar orden de hacer rumbo al golfo de Manar, a donde llegaremos a la noche.

El capitán cambió unas cuantas palabras con su segundo, que salió inmediatamente. El *Nautilus* penetró en su líquido elemento, y el manómetro indicó que se mantenía a una profundidad de treinta pies.

Entonces busqué en la carta el golfo de Manar, encontrándolo en el noveno paralelo, en la costa noroeste de Ceilán. Estaba formado por una prolongación de la línea de la isleta de su nombre. Para llegar a él, había que remontar toda la ribera occidental de Ceilán.

—Doctor —me dijo entonces el capitán Nemo—, se pescan perlas en el golfo de Bengala, en el mar de las Indias, en los mares de China y del Japón, en los mares del sur de América, en el golfo de Panamá, en el golfo de California; pero en Ceilán, es donde la pesca referida produce mayores rendimientos. Indudablemente, llegamos un poco pronto. Los pescadores sólo se reúnen en el golfo de Manar en el mes de marzo, y durante treinta días, sus trescientas embarcaciones se dedican a esa lucrativa explotación de los tesoros del mar. Cada embarcación va tripulada por diez remeros y diez pescadores. Estos, divididos en dos grupos, se sumergen alternativamente y descienden a una profundidad de doce metros, valiéndose de una pesada piedra que sujetan entre sus pies y que una cuerda une a la embarcación.

—¡Cómo! —exclamé—. ¿Todavía utilizan ese procedimiento primitivo?

—Todavía —me contestó el capitán Nemo—, a pesar de que esas pesquerías pertenecen al pueblo más industrial del globo, a los ingleses, a quienes fueron cedidas en 1802, en virtud del tratado de Amiens.

—Pues yo creo que la escafandra, tal como usted la emplea, prestaría grandes servicios en una operación así.

—Es claro, porque esos pobres pescadores no pueden permanecer mucho tiempo bajo el agua. El inglés Perceval, en su viaje a Ceilán, hace mención de un cafre que permanecía cinco minutos sin remontar a la superficie, pero el hecho me parece poco verosímil. Yo sé que algunos buzos resisten hasta cincuenta y siete segundos, y los más hábiles, hasta ochenta y siete. Son rarísimos, sin embargo, y, al volver a bordo, esos infelices arrojan agua, teñida en sangre, por nariz y oídos. Yo creo que el tiempo medio que los pescadores pueden pasar bajo las ondas es el de treinta segundos, durante los cuales se apresuran a reunir en un saquito cuantas madreperlas arrancan. Pero, generalmente, esos pescadores no llegan a viejos; su vista se debilita, se les ulceran los ojos, se llaga su cuerpo y, a veces, hasta sufren ataques de apoplejía en el fondo del mar.

—Es un oficio bien triste —observé—. Y todo, ¿para qué? ¡Para satisfacer pequeñas vanidades de la moda! Pero dígame usted, capitán, ¿qué cantidad de moluscos puede pescar una embarcación en su jornada?

154

—De cuarenta a cincuenta mil. Hasta se asegura que en 1814, año en que el Gobierno inglés se encargó de la pesca por su cuenta, sus buzos extrajeron, en veinte días de trabajo, setenta y seis millones de madreperlas.

—Menos mal —inquirí— si esos pescadores están bien retribuidos.

—Muy mezquinamente, señor Aronnax. En Panamá, sólo ganan un dólar por semana. Lo general es que cobren cinco céntimos por cada concha que contenga una perla, ¡y son tantas las que resultan vacías!

—¡Cinco céntimos a esas pobres gentes, que enriquecen a sus patrones! ¡Eso es una iniquidad!

—Así, pues —me dijo el capitán Nemo—, sus compañeros y usted visitarán el banco de Manar; y si por casualidad anda por allí algún pescador anticipado, le veremos operar.

—Conforme, capitán. —A propósito, señor Aronnax, ¿le asustan los tiburones?

—¿Los tiburones? —exclamé.

La pregunta me pareció extemporánea, cuando menos.

—¿Qué dice usted? —insistió el capitán.

—Le confesaré francamente, capitán, que todavía no estoy muy familiarizado con ese género de peces.

—Nosotros ya estamos habituados a ellos —replicó el capitán Nemo—, y con el tiempo, le ocurrirá a usted lo propio. Así, pues, iremos armados, y quizá podamos cazar algún escualo en el camino. Es una caza interesante. Hasta mañana, señor Aronnax, y procure prepararse bien temprano.

Y dicho esto, en tono decidido, el capitán Nemo abandonó el salón.

Si os invitaran a una cacería de osos en las montañas de Suiza, diríais probablemente: "¡Bravo! Mañana vamos a cazar osos". Si os invitaran a cazar leones en las llanuras del Atlas, o tigres en las chunglas de la India, contestaríais: "¡ Bueno! Vayamos a cazar tigres o leones". Pero, si os invitaran a cazar tiburones en su elemento natural, seguramente pediríais tiempo para meditarlo, antes de aceptar la invitación.

Por mi parte, me pasé la mano por la frente, de la que brotaban gotas de sudor frío.

—Reflexionemos con calma —me dije—. Cazar nutrias en los bosques submarinos, como lo hemos hecho en los de la isla Crespo, aún puede pasar. Pero correr al fondo de los mares, con la casi absoluta seguridad de tropezar con los escualos, ¡ya es otra cosa! Bien sé que en ciertas regiones, en las islas Andamán especialmente, los negros no titubean en atacar al tiburón, con un cuchillo en una mano y un lazo en la otra; pero también sé que muchos de los que afrontan a esos formidables animales, no vuelven vivos. Además, yo no soy negro, y aun cuando lo fuera, creo que una ligera vacilación por mi parte no estaría fuera de lugar.

Y héteme soñando con tiburones, pensando en sus vastas mandíbulas, armadas, de múltiples hileras de dientes y capaces de dividir a un hombre en dos. Ya sentía cierto dolorcillo en los riñones. Realmente, no podía digerir el desahogo con que el capitán Nemo me había hecho la deplorable invitación. ¡Como si se tratara de acosar a un zorro inofensivo!

—¡Bueno! —seguí pensando—. Consejo no querrá venir, de ningún modo, y esto me dispensará de acompañar al capitán.

En cuanto a Ned Land, confieso que no me sentía tan seguro de su prudencia. Un peligro, por grande que fuera, ofrecía siempre un atractivo a su carácter batallador.

Reanudé la lectura del libro inglés, pero lo hojeé maquinalmente. Veía, entre líneas, fauces desmesuradamente abiertas y amenazadoras.

A los pocos momentos, entraron Consejo y el canadiense, con aire tranquilo y hasta regocijado. No sabían lo que les esperaba.

—Señor Aronnax —comenzó diciendo Ned Land—, su amigo el capitán Nemo (a quien el diablo le lleve) acaba de hacernos una sugestiva proposición.

—¡Ah! —repuse—. De modo que saben ustedes...

—Con la venia del señor —contestó Consejo—, el comandante del *Nautilus* nos ha invitado a visitar mañana, en su compañía, las magníficas pesquerías de Ceilán. Lo ha hecho en términos correctísimos y conduciéndose como un perfecto caballero.

—¿Y no les ha dicho a ustedes nada más?

—Nada, Señor Aronnax —respondió el canadiense—. Únicamente, que ya habían ustedes hablado de ese paseíllo.

—En efecto —confirmé—. ¿Pero no les ha dado ningún detalle relativo a...?

—Ninguno, señor Aronnax. Nos acompañará usted, ¿verdad?

—¿Yo...? ¡Es claro! Parece que se va usted aficionando, amigo Land.

—¡Sí! Es muy curioso todo esto, curiosísimo.

—¡Y peligroso tal vez! —añadí en tono insinuante.

—¡Peligroso! —replicó Ned Land— ¡Una sencilla excursión a un banco de madreperlas!

Decididamente, el capitán Nemo había juzgado inútil despertar la idea de tiburones en el ánimo de mis compañeros. Les miré compasivamente, como si ya les faltase algún miembro. ¿Debía prevenirles? No cabía duda, pero no sabía cómo empezar.

—¿Tendría la bondad el señor —me dijo Consejo— de facilitarnos algunos detalles referentes a la pesca de perlas?

—¿Respecto a la pesca, propiamente dicha —pregunté— o respecto a los incidentes que...?

—Respecto a la pesca —contestó interrumpiendo el canadiense—. Antes de aventurarse en un terreno, conviene conocerlo.

—Pues bien; sentaos, amigos míos, y os daré a conocer cuanto acabo de aprender en este libro.

Ned y Consejo tomaron asiento en un diván y el canadiense me preguntó ante todo:

—¿Qué es una perla, señor Aronnax?

—Mi estimado Ned —contesté—, para el poeta, la perla es una lágrima del mar; para los orientales, es una gota de rocío solidificada; para las damas, es una alhaja de forma oblonga, de brillo cristalino, de una materia nacarada, que lucen en sortijas, collares y pendientes; para el químico, es una mezcla de fosfato y de carbonato de cal, con un poco de gelatina; y, por último, para los naturalistas, es una simple secreción morbosa del órgano que produce el nácar en ciertos bivalvos.

—Rama de los moluscos —dijo Consejo—, clase de los acéfalos, orden de los testáceos.

—Justo, eminente Consejo. Ahora bien; entre esos testáceos, hay algunos que son susceptibles de producir las perlas, como los isis, las tridacnas, las ostrapennas, en una palabra, todos los que segregan el nácar, o sea esa substancia azul, azulada, violeta o blanca, que recubre el interior de sus valvas.

—¿Y las almejas, también? —preguntó el canadiense.

—Algunas de ciertas aguas de Escocia, del país de Gales, de Irlanda, de Sajonia, de Bohemia, y de Francia.

—¡Bueno —replicó el arponero—. En lo sucesivo, prestaremos atención.

—Pero el molusco por excelencia que destila la perla —proseguí diciendo —es la madreperla. La perla no es más que una concreción nacarada, que se acumula bajo forma globulosa. O bien se adhiere a la concha de la ostra, o se incrusta en los pliegues del animal. En las valvas, la perla es adherente; en las carnes, es libre. Pero siempre tiene por núcleo un cuerpo sólido, ya un huevecillo estéril, ya un grano de arena, en torno del cual se va depositando la materia nacarada, durante varios años, sucesivamente, y en capas delgadas y concéntricas.

—¿Se encuentran varias perlas en una misma ostra? —preguntó Consejo.

—Sí; hay ciertas madreperlas que son un verdadero almacén. Se ha llegado a citar una, aunque me permito ponerlo en duda, que contenía nada menos que ciento cincuenta tiburones.

—¡Ciento cincuenta tiburones! —exclamó Ned Land.

—¡Qué atrocidad! —exclamé a mi vez con viveza—. He querido decir ciento cincuenta perlas. Tiburones, sería una falta de sentido común.

—Verdaderamente —asintió Consejo—. ¿Pero querría decirnos ahora el señor, por qué medios se extraen estas perlas?

—Se utilizan diversos procedimientos, y aun a veces, cuando las perlas se adhieren a las valvas, los pescadores las arrancan con pinzas. Pero, generalmente, las madreperlas se colocan sobre esterillas extendidas en la playa. Así, mueren al aire libre, y al cabo de diez días, se encuentran en satisfactorio estado de putrefacción. Entonces, se sumergen en vastos depósitos de agua de mar, se abren y se lavan. En este momento, comienza el doble trabajo de los extractores. Ante todo, separan las placas de nácar conocidas en el comercio con el nombre de plata pura, mezcla blanca y mezcla negra, que son remesadas en cajas de ciento veinticinco a ciento cincuenta kilogramos. Después, sacan la parénquima de la ostra, la cuecen y la tamizan, a fin de extraer hasta las perlas más pequeñas.

—¿Y el valor de las perlas variará según el tamaño? —preguntó Consejo.

—No sólo con arreglo a su tamaño — contesté—, sino también a su forma, sus *aguas*, o sea su color, y su *oriente*, es decir, el brillo tornasolado y diapreado, que las hace tan agradables a la vista. Las más apreciadas se llaman perlas vírgenes; se forman aisladamente en el tejido del molusco; son blancas, opacas unas veces y de transparencia opalina otras, y en general, esféricas o periformes. Las esféricas se utilizan en los brazaletes, las periformes en los pendientes, y por ser las más preciosas se venden por piezas. Las otras perlas se adhieren a la concha de la ostra, son más irregulares y se venden a peso. Por último, las más pequeñas, llamadas aljófar, se venden a medida y se usan con especialidad en el bordado de ornamentos de iglesia.

—¿Pero ese trabajo de separar las perlas por tamaños debe ser largo y pesado? —interrogó el canadiense.

—No, amigo mío. Esa operación se realiza por medio de once cribas o cedazos, cuyo número de agujeros varía. Las perlas que quedan en los cedazos que cuentan de veinte a veinticuatro agujeros, son de primer orden. Las que no pasan por cribas horadadas por ciento a ochocientos agujeros son de segundo orden. Finalmente, aquéllas para las cuales se emplean tamices con novecientos a mil agujeros, se clasifican como aljófar.

—Es ingenioso —manifestó Consejo—, porque así, la división, la clasificación de las perlas se opera mecánicamente. ¿Y podrá decirnos el señor lo que produce la explotación de los bancos de madreperlas?

—A juzgar por datos fidedignos —contesté—, las pesquerías de Ceilán están arrendadas por la cantidad anual de tres millones de escualos.

—¡De francos! —enmendó Consejo.

—¡Sí! De francos —rectifiqué—. Tres millones de francos. Pero yo creo que estas pesquerías no rinden lo que rendían en otras épocas. Hasta las pesquerías americanas, que bajo el reinado de Carlos V producían cuatro millones de francos, actualmente han perdido una tercera parte. En resumen, se puede calcular en nueve millones de francos el rendimiento general de la explotación de perlas.

—¿Y no se citan en esos datos —preguntó Consejo— algunas perlas célebres, que hayan sido adquiridas a elevado precio?

—Sí, varias. Se dice que César obsequió a Servilia con una, valuada en ciento veinticinco mil francos de nuestra moneda.

—Y yo he oído contar —dijo el canadiense— que cierta dama de la antigüedad bebía perlas desleídas en vinagre.

—Cleopatra —contestó Consejo.

—¡Eso debe ser muy malo! —añadió Ned Land.

—Detestable, amigo Ned —asintió Consejo—; pero un vasito de vinagre que cuesta mil quinientos francos, no puede beberlo quien quiere.

—Siento no haberme casado con esa dama —dijo el canadiense, moviendo el brazo en ademán poco tranquilizador.

—¡Ned Land esposo de Cleopatra! —exclamó Consejo.

—¡Ah! Pues ya estuve a punto de casarme una vez, amigo Consejo —contestó seriamente el canadiense—, y no fue culpa mía que se deshiciera la boda. Pues bien; compré un collar de perlas para Catalina Tender, mi prometida, que, por cierto, se casó después con otro, y ese collar no me costó arriba de dólar y medio. ¡Y crea usted, señor Aronnax, que las perlas que lo formaban no hubieran pasado por el cedazo de veinte agujeros!

—Amigo Ned —le repliqué riendo—, serían perlas falsas, glóbulos de cristal, bañados en su interior con una capa de esencia de Oriente.

—¡Ah! —objetó el canadiense—. ¡Pero esa esencia de Oriente debe valer mucho!

—¡Poco más que nada! Es ni más ni menos que la escama plateada del pajel, preparada en agua y conservada en amoníaco.

—Tal vez fuera esa la causa de que se casara con otro Catalina Tender —repuso filosóficamente el buen Land.

—Pero volviendo a las perlas de alta estimación —dije yo—, creo que ningún soberano del mundo haya poseído ni posea un ejemplar como el del capitán Nemo.

—Este —contestó Consejo, mostrando la soberbia joya encerrada en su vitrina.

—Con seguridad que marraré muy poco, asignándole un valor de dos millones de...

—¡Francos! —dijo vivamente Consejo.

—Sí, dos millones de francos —confirmé—. Y sin duda, sólo habrá costado al capitán el trabajo de recogerla.

—¡Oh! —exclamó Ned Land—; ¿quién nos asegura que mañana, durante nuestra excursión, no encontramos su pareja?

—¡Bah! —repuso Consejo.

—¿Y por qué no?

—¿De qué nos servirían los millones a bordo del *Nautilus*?

—A bordo, no —contestó Ned Land—, pero... fuera, sí.

—¡Oh! ¡Fuera! —exclamó Consejo, moviendo la cabeza.

—Bien mirado —alegué—, tiene razón el amigo Land. Si consiguiéramos presentarnos en Europa o en América, con una perla de unos cuantos millones, daríamos gran autenticidad, y al propio tiempo gran estimación, al relato de nuestras aventuras.

—¡Ya lo creo! —convino el canadiense.

—Dígame el señor —preguntó Consejo, abordando constantemente el aspecto instructivo de las cosas—, ¿es peligrosa la pesca de perlas?

—No —contesté con presteza—, sobre todo, si se toman ciertas precauciones.

—¿Qué riesgo puede haber en ese oficio? —replicó Ned Land—. ¿Tragarse algunas bocanadas de agua de mar?

—Justo. Y a propósito, intrépido Ned —le dije, procurando adoptar el tono desenvuelto del capitán Nemo—, ¿le asustan a usted los tiburones?

—¡A mí! —contestó el canadiense—. ¡A un arponero de profesión! Si la misión mía consiste en burlarse de ellos!

—No se trata —repliqué— de capturarlos con anzuelo, izarlos sobre cubierta, cortarles la cola a hachazos, abrirles el vientre, arrancándoles el corazón, y arrojarlos al mar.

—¿Entonces, se trata de...?

—Eso, precisamente.

—¿En el agua?

—En el agua.

—¡Qué diantre! ¡Con un buen arpón! Ya sabe usted que la conformación de esos animales es muy defectuosa, y que tienen que volverse panza arriba para hacer presa. Y durante ese, tiempo...

La manera de pronunciar Ned Land la frase "para hacer presa" helaba de espanto.

—Y tú. Consejo, ¿qué piensas de esos escualos?

—Pues, contestaré francamente al señor.

—¡Nos salvamos! —dije para mí.

—Si el señor afronta los tiburones —declaró Consejo—, no hay razón para que su fiel doméstico no afronte con él los mismos riesgos.

XXVII

UNA PERLA DE DIEZ MILLONES.

Llegó la noche. Me acosté, pero dormí bastante mal. Los escualos jugaron un papel muy importante en mis sueños, desfilando ante mi vista e inspirándome los más tétricos pensamientos.

A las cuatro de la mañana siguiente, me despertó el camarero puesto exclusivamente a mi servicio por el capitán Nemo. Me levanté presurosamente, me vestí y pasé al salón.

El capitán Nemo estaba ya esperándome.

—Señor Aronnax —me dijo—, ¿está dispuesto a partir?

—Cuando usted guste.

—Tenga la bondad de seguirme.

—¿Y mis compañeros, capitán?

—Están prevenidos y nos aguardan.

—¿No vamos a ponernos las escafandras? —pregunté.

—Más tarde. No he querido aproximarme, demasiado a la costa, y estamos algo lejos del banco de Manar; pero he mandado aparejar la canoa, que nos conducirá al punto preciso de desembarco y nos ahorrará un largo trayecto. En ella van nuestros trajes de buzo, que nos endosaremos en el momento de comenzar la exploración submarina.

El capitán Nemo me condujo hacia la escalera central, cuyos peldaños recaían sobre la plataforma. Allí estaban ya Ned y Consejo, encantados de "la partida de placer" que se preparaba. Cinco marineros del *Nautilus* ocupaban sus puestos en la canoa, atracada a la borda.

Todavía era de noche. Los nubarrones que cubrían el firmamento apenas permitían ver alguna que otra estrella. Dirigí mis miradas a la parte de tierra, no divisando más que una línea confusa que cerraba tres cuartos del horizonte, de Sudoeste a Noroeste. El *Nautilus* había remontado durante la noche la costa occidental de Ceilán, encontrándose al Oeste de la bahía, o por mejor decir, del golfo que formaban las islas de Ceilán y de Manar. Allí, bajo las aguas sombrías, se extendía el banco de madreperlas, inagotable campo de perlas, cuya longitud excede de veinte millas.

El capitán Nemo, Consejo, Ned Land y yo, nos colocamos a popa de la canoa; el timonel ocupó su sitio; sus cuatro compañeros se afianzaron sobre sus remos; las amarras fueron largadas y desatracamos.

La canoa se dirigió hacia el Sur. Sus remeros bogaban sin apresurarse. Observé que sus vigorosos empujones se sucedían de diez en diez segundos, con arreglo a la práctica generalmente seguida en las marinas de guerra. Mientras la embarcación corría bajo el impulso adquirido, las gotas líquidas caían crepitando en el fondo negro de las ondas, como rebabas de plomo fundido; una suave marejada imprimía un ligero balanceo a la canoa, y algunas crestas de las olas embestían la proa, chapoteando.

Íbamos silenciosos. ¿En qué pensaba el capitán Nemo? Quizá en aquella tierra a la cual se acercaba y que encontraría demasiado próxima, en contra de la opinión del canadiense, a quien aún le pareció muy alejada. En cuanto a Consejo, figuraba como simple curioso.

Hacia las cinco y media, los primeros albores del horizonte acusaron más distintamente la línea superior de la costa. Bastante llana al Este, se accidentaba un poco hacia el Sur. La separaban todavía cinco millas, y su playa se confundía con las aguas brumosas. El mar estaba desierto entre ella y nosotros. No se veía una lancha ni un buzo. Como me había indicado el capitán Nemo, llegábamos con un mes de anticipación a aquellos parajes.

A las seis aclaró súbitamente, con esa rapidez peculiar de las regiones tropicales, en las que no hay aurora ni crepúsculo. Los rayos solares traspasaron el velo nuboso que cubría el horizonte oriental, y el radiante astro apareció en todo su esplendor.

Miré a tierra, viendo varios árboles diseminados en todas direcciones.

La embarcación avanzó hacia la isla. Manar, que se redondeaba al Sur. El capitán Nemo se levantó de su banco, y examinó el mar.

A una señal suya, se ancló. La cadena corrió apenas, porque el fondo estaba a menos de un metro y formaba en aquel sitio uno de los puntos más elevados del banco de madreperlas. La canoa se apartó en seguida, empujada por la resaca, que la impelía mar adentro.

—Ya hemos llegado, señor Aronnax — dijo entonces el capitán Nemo—. En esta misma reducida bahía que ve usted, se reunirán dentro de un mes los numerosos lanchones pesqueros de los beneficiarios, y en estas mismas aguas se sumergirán a escudriñar audazmente sus buzos. La

Sin oponer el menor reparo y sin dejar de contemplar aquellas sospechosas ondas, me revestí de mi pesado traje de mar, ayudado por los marineros de la embarcación. El capitán Nemo y mis dos compañeros hicieron lo propio. En esta nueva excursión, no debía acompañarnos ninguno de los tripulantes del *Nautilus*.

Al poco rato quedábamos aprisionados hasta el cuello por las vestimentas de caucho, y las correas sujetaban a nuestra espalda los depósitos de aire. En cuanto a los aparatos Rubmkorf, se prescindió de ellos. Antes de introducir mi cabeza en su envoltura metálica, se lo hice notar al capitán.

—Esos aparatos resultarían inútiles —me contestó—. No descenderemos a grandes profundidades, y los rayos solares bastarán para iluminar nuestro camino. Además, no es prudente llevar bajo estas aguas una linterna eléctrica. Su brillo podría atraer inopinadamente a cualquier peligroso habitante de estos parajes.

Al pronunciar estas palabras el capitán Nemo, me volví hacia Consejo y Ned Land; pero los dos amigos se habían encasquetado ya el caparazón, y no podían oír ni contestar.

Me quedaba un último extremo que aclarar con el capitán.

—¿Y las armas? —le pregunté—. ¿Y las escopetas?

—¡Escopetas! ¿Para qué? ¿No atacan a los osos, cuchillo en mano, los montañeses de su país, y les resulta más seguro el acero que el plomo? Aquí tiene usted una hoja de magnífico temple. Cíñala a su cintura y partamos.

Miré a mis compañeros. Llevaban el mismo armamento que nosotros, y, además, Ned Land blandía un enorme arpón, que había depositado en la canoa, al abandonar el *Nautilus*.

Luego, siguiendo el ejemplo del capitán Nemo, me dejé cubrir la cabeza con la pesada esfera de bronce, y ambos pusimos inmediatamente en funcionamiento nuestros depósitos de aire.

Un instante después, los marineros de la canoa nos desembarcaron sucesivamente y tomamos pie, a metro y medio de la superficie, sobre un compacto terreno arenoso. El capitán Nemo nos hizo un signo con la mano; le seguimos, y desaparecimos bajo las ondas de una suave pendiente.

Una vez allí, se desvanecieron las ideas que obsesionaban mi cerebro, adquiriendo una calma verdaderamente asombrosa. La facilidad de mis movimientos acreció mi confianza y lo extraño del espectáculo cautivó mi imaginación.

El sol filtraba ya bajo las aguas una suficiente claridad, que hacía perceptibles los menores objetos. Después de diez minutos de marcha; nos cubrían cinco metros de agua y el terreno era casi plano.

A nuestro paso se levantaban, como becasinas en un pantano, bandadas de curiosos peces del género de los monópteros, cuyos individuos no tienen más aleta que la de la cola. Reconocí a la javanesa, verdadera serpiente de ocho decímetros de largo, de vientre lívido, que se confundiría fácilmente con el congrio, a no ser por las líneas de oro de sus flancos. En el género de los estromatos, cuyo cuerpo es muy comprimido y ovalado, vi partes de brillantes colores, con su aleta dorsal en forma de hoz, peces comestibles que, curados y marinados constituyen un excelente manjar, y tranquebaros, pertenecientes al género de los apsiforoides, cuyo cuerpo está cubierto por una coraza escamosa de ocho caras longitudinales.

La elevación progresiva del sol alumbraba con mayor intensidad cada vez la masa de las aguas. El suelo variaba poco a poco. A la arena fina, sucedió una verdadera calzada de peñascos redondeados, revestidos de una alfombra de moluscos y de zoófitos. Entre las muestras de estas dos ramas, observé placenas de valvas delgadas y desiguales, especie de ostráceos exclusivos del mar Rojo y del Océano Índico; anaranjadas lucinas, de concha orbicular; barrenas subuladas; algunas de esas púrpuras persas, que suministraban al *Nautilus* un tinte admirable; múrices cuajados de aguijones, que se elevan sobre las ondas, como manos dispuestas a hacer presa; turbinadas cornígeras, erizadas de púas; língulas, anatinas, moluscos comestibles que surten los mercados del Indostán; pelagias panopiras, ligeramente luminosas; en fin, magníficas oculinas flabeliformes, soberbios abanicos, que forman una de las más ricas arborizaciones de aquellos mares.

En medio de aquellas plantas vivientes y bajo las arcadas de hidrófitos, pululaban legiones de articulados, especialmente raninas dentadas, cuyo caparazón representa un triángulos un poco romo, birgos especiales de aquellos parajes, horribles parténopes, cuyo aspecto repugnaba a la vista. Un animal no menos repulsivo que vi varias veces, fue el cangrejo enorme observado por Darwin, a cuyo animal ha dotado la Naturaleza del instinto y de la fuerza necesarios para nutrirse de nueces de coco; trepa a los árboles de la orilla, desgaja la nuez, que se parte al caer, y la abre con sus potentes pinzas. Bajo aquellas transparentes ondas, el cangrejo corría con agilidad sin par, mientras los quelonios, de esa especie tan frecuente en las costas de Malabar, se deslizaban lentamente entre las movedizas rocas.

A eso de las siete, posábamos nuestras plantas sobre el banco de madreperlas, en el que se reproducían por millones las ostras perleras.

Estos preciosos moluscos se adherían a las rocas, quedando sólidamente unidos a ellas por ese biso negruzco que les impide moverse; en esto, las ostras son inferiores a las mismas almejas, a las que la Naturaleza no ha negado toda facultad de locomoción.

La madreperla, cuyas valvas son casi iguales, se presenta bajo la forma de una concha redondeada, de gruesas paredes, muy rugosas al exterior. Algunas de dichas conchas estaban hojeadas y surcadas por bandas verdosas, que irradiaban de la charnela. Eran ostras jóvenes. Las demás, de superficie áspera y negra, que contaban diez o más años, medían hasta quince centímetros de anchura.

El capitán Nemo me señaló con la mano aquel prodigioso amontonamiento de madreperlas, y comprendí que la mina era inagotable, porque la fuerza creadora de la Naturaleza supera al instinto destructor del hombre. Ned Land, fiel a ese instinto de destrucción, se apresuró a llenar de los más hermosos moluscos una red que llevaba pendiente de la cintura.

Pero no pudimos detenernos. Había que seguir al capitán, que parecía dirigirse por senderos únicamente conocidos por él. El suelo remontaba sensiblemente y, a veces, mi brazo, al elevarse, rebasaba la superficie del mar. Luego, el nivel del banco descendía caprichosamente. En ocasiones, contorneamos altas rocas, apuntadas en forma de pirámides. En sus sombrías anfractuosidades, grandes crustáceos, asestando sus largas patas, como máquinas de guerra, clavaban sus ojos en nosotros, y bajo nuestros pies, rastreaban mirianos, gliceros, aricios y anélidos, alargando desmesuradamente sus antenas y sus apéndices tentaculares.

De pronto, se abrió ante nosotros una vasta gruta, practicada en un pintoresco hacinamiento de peñascos tapizados de lo más vistoso de la flora submarina. De momento, la gruta me pareció sumamente lóbrega. Los rayos solares parecían extenderse por sucesivas gradaciones. Su vaga transparencia no era más que la filtración de la luz.

El capitán Nemo entró en ella, seguido por nosotros. Mis ojos se acostumbraron prontamente a las tinieblas relativas, y distinguí los caprichosos declives de la bóveda, soportada por railares naturales sólidamente asentados sobre base granítica, como las pesadas columnas de la arquitectura toscana. ¿Por qué nos arrastraba nuestro incomprensible guía al fondo de aquella cripta submarina? No tardé en saberlo.

Después de haber descendido una empinada pendiente, nuestros pies hollaron el fondo de una especie de pozo circular. Allí, el capitán Nemo se detuvo y nos indicó con un ademán un objeto en el que aun no me había fijado. Era una concha de extraordinarias dimensiones, una tridácnea gigantesca, una pila capaz de contener un lago de agua bendita, un receptáculo cuya anchura excedía de dos metros, y por consiguiente mayor que el que adornaba el salón del *Nautilus*.

Me acerqué al fenomenal molusco. Su biso le mantenía adherido a una placa del granito, donde se desarrollaba aisladamente, en las tranquilas aguas de la gruta. Calculé su peso en trescientos kilogramos. Semejante ostra podría contener quince kilos de carne, siendo preciso el estómago de un Gargantúa, para injerir unas cuantas docenas como ella.

El capitán Nemo conocía evidentemente la existencia del bivalvo. No era la primera vez que le visitaba, y supuse que, al conducirnos a aquel sitio, lo hizo con el solo propósito de mostrarnos una curiosidad natural. Me equivocaba. El capitán Nemo tenía particular interés en comprobar el estado actual del tridácneo.

Las dos valvas del molusco estaban, entreabiertas. El capitán se aproximó e introdujo su cuchillo entre las conchas, para impedir que se juntaran; después, con la mano, levantó la túnica membranosa y franjeada en sus bordes que formaba la vestidura del animal.

Allí, entre los pliegues foliáceos, vi una perla libre, cuyo tamaño igualaba al de una nuez de cocotero. Su forma globulosa, su limpidez perfecta, su admirable oriente, hacían de ella una joya de inestimable valor. Impulsado por la curiosidad, alargué la mano para cogerla, para tantearla, para palparla. Pero el capitán me detuvo, hizo un signo negativo, y retirando su cuchillo, con rápido ademán, dejó que las dos valvas se cerraran súbitamente.

Entonces comprendí cuál era el propósito del capitán Nemo. Al dejar escondida la perla bajo el manto del tridácneo, le permitía ir creciendo insensiblemente. Cada año, la secreción del molusco añadía nuevas capas concéntricas. Sólo el capitán conocía la gruta en que *maduraba* aquel prodigioso fruto de la Naturaleza; sólo él la *cultivaba*, por decirlo así, a fin de transportarla algún día a su precioso museo. Hasta quizá, siguiendo el ejemplo de los chinos y de los indios, había determinado la producción de la perla, introduciendo bajo los pliegues del molusco un fragmento de metal o de vidrio, que se había recubierto paulatinamente de la materia nacarada. En todo caso, comparando aquella perla con las que ya conocía, con las que lucían en la colección del capitán, estimé su valor en diez millones de francos, por lo menos. Soberbia curiosidad natural y no joya de lujo, porque no habría cuello ni oreja femenina capaces de soportarla.

Terminada la visita, al opulento tridácneo, el capitán Nemo abandonó la gruta, y remontamos por el banco de madreperlas, entre aquellas cristalinas aguas, que todavía no agitaba el trabajo de los buzos.

Marchábamos aisladamente, como verdaderos paseantes ociosos, deteniéndose o alejándose cada cual de los demás a medida de su antojo. Por mi parte, no me preocupaban ya los peligros que mi imaginación había exagerado tan ridículamente. El fondo se aproximaba sensiblemente a la superficie del mar, habiendo momentos en que mi cabeza rebasaba el nivel oceánico. El fiel Consejo se me unió, y pegando su cabezota metálica a la mía, me dirigió con la vista un saludo afectuoso. Pero la elevada meseta medía únicamente unas cuantas toesas, y no tardamos en reintegrarnos a *nuestro elemento*. Me considero autorizado para calificarlo así.

Diez minutos después, el capitán Nemo se detuvo súbitamente. Creí que habría variado de intención y que se propondría volver sobre sus pasos: pero no fue así. Con un gesto, nos ordenó que nos agazapáramos junto a él, en el fondo de una amplia sinuosidad. Su mano señaló a un punto de la masa líquida, hacia donde miré atentamente.

A cinco metros de mí, apareció una sombra que descendió hasta el suelo. La inquietante idea de los tiburones volvió a cruzar por mi mente; pero pronto hube de convencerme de que, por entonces al menos, no se trataba de los monstruos del Océano.

Era un hombre, un hombre vivo, un indio, un negro, un pescador, un pobre diablo, sin duda, que se dedicaba al espigueo, anticipándose a la recolección. Se veía la quilla de su bote, fondeado a pocos pies sobre su cabeza. El individuo en cuestión se sumergía y remontaba sucesivamente. Una piedra, cortada en forma de pilón de azúcar y sujeta entre los pies, le servía para descender más rápidamente al fondo del mar, por una cuerda unida por el otro extremo a su embarcación. Tal era todo su aparejo. Llegado al suelo, a unos cinco metros de profundidad, se arrodillaba presurosamente y llenaba su saco de madreperlas, recogidas al azar. Luego, remontaba, vaciaba el saco, preparaba nuevamente la piedra y repetía su operación, que no se prolongaba más allá de treinta segundos.

El buzo no nos veía. La sombra de la roca nos ocultaba a sus miradas. Y por otra parte, ¿cómo había de sospechar el pobre indio que unos hombres, unos seres semejantes a él, estuviesen allí, bajo las aguas, espiando sus movimientos, sin perder ningún detalle de su pesca?

Así remontó y se zambulló de nuevo diferentes veces. Cada inmersión le producía diez o doce madreperlas, a lo sumo, porque había que arrancarlas del banco, al cual estaban fuertemente adheridas por su consistente biso. ¡Y cuántas de aquellas ostras carecerían de las perlas por las cuales exponía su vida!

Le observé con gran atención. Su maniobra se realizaba con regularidad, y durante una media hora, no pareció amenazarle ningún peligro. Ya me iba familiarizando con el espectáculo de la interesante pesca, cuando de pronto, el indio, arrodillado en aquel momento en el suelo, hizo un gesto de pavor, se incorporó y se abalanzó a la cuerda, para remontarse a la superficie de las ondas.

Comprendí su espanto. Una sombra gigantesca se cernía sobre el desventurado pescador. Era un tiburón de gran tamaño, que avanzaba diagonalmente, con los ojos chispeantes y las fauces abiertas.

Quedé mudo de horror, imposibilitado para moverme.

El voraz animal, dando un vigoroso aletazo, se lanzó sobre el indio, que se echó a un lado, evitando la dentellada del tiburón pero no el coletazo, que, alcanzándole en el pecho, le derribó.

La escena duró escasamente unos segundos. El tiburón insistió en su ataque y se volvió sobre el lomo, dispuesto a engullirse al indio, cuando el capitán Nemo, apostado junto a mí, se levantó apresuradamente. Luego, empuñando su cuchillo, se fue derecho al monstruo, presto a luchar cuerpo a cuerpo con él.

El escualo, en el momento de ir a zamparse al infortunado pescador, vio a su nuevo adversario, y restituyéndose a su posición normal, le embistió rápidamente.

Aún me parece ver al capitán Nemo. Replegado sobre sí mismo, esperó con admirable impasibilidad al escualo, y en el momento de acometerle éste, se desvió con asombrosa presteza, esquivó el golpe y hundió el cuchillo en el vientre del animal. Pero no paró ahí la cosa, sino que se entabló un terrible combate.

El tiburón rugió, por decirlo así. La sangre manaba a borbotones de su herida. El mar se tiñó de rojo y no pude ver nada más a través del opaco líquido.

Nada más, hasta que, en una clara, distinguí al arrojado capitán, asido a una de las aletas del animal, luchando a brazo partido con el monstruo y acribillando a cuchilladas el vientre de su enemigo, pero sin lograr asestarle el golpe definitivo, es decir, alcanzarle en pleno corazón. El escualo,

166

al forcejear, agitaba furiosamente la masa de las aguas y sus remolinos amenazaban derribarme.

Hubiera deseado correr en auxilio del capitán; pero, clavado por el horror, no podía moverme.

Contemplé la escena con mirada hosca, al ver modificarse las fases de la lucha. El capitán cayó al suelo, abrumado por la enorme mole que pesaba sobre él. Las fauces del animal se abrieron desmesuradamente, y de fijo habría sonado la última hora para el capitán Nemo, si Ned Land, veloz como el pensamiento y esgrimiendo su arpón, no se hubiera precipitado hacia el escualo, hiriéndole con su acerado gancho.

Las ondas se impregnaron de una masa sanguinolenta y se agitaron bajo los movimientos del tiburón, que las batía con indescriptible furor. Ned Land no había errado el blanco. Eran las convulsiones de la agonía. El animal, alcanzado en el corazón, se revolvía en espantosos espasmos, cuyo rechazo tiró de espalda a Consejo.

Pero Ned Land había librado al capitán. Éste se levantó, sin lesión alguna, se fue directamente al indio, cortó prestamente la cuerda que le ligaba a su piedra, le tomó en sus brazos y, de un vigoroso talonazo, lo remontó a la superficie del mar.

Nosotros tres le seguimos, y a los pocos instantes nos encontramos en la embarcación del pescador, milagrosamente salvado.

El primer cuidado del capitán Nemo, fue volver a la vida al desgraciado indio. Dudé si podría conseguirse, aunque lo esperaba, porque la inmersión no había sido larga; pero el coletazo del tiburón podía haber sido mortal.

Afortunadamente, merced a las vigorosas fricciones de Consejo y del capitán, el infeliz fue recobrando poco a poco el conocimiento y abrió los ojos. ¡Cuál no debió ser su sorpresa, hasta su terror, al ver las cuatro cabezotas de bronce inclinadas sobre él!

Y sobre todo, ¿qué pensaría, cuando el capitán Nemo, sacando de un bolsillo de su ropaje un saquito de perlas, lo depositó en su mano? La magnífica dádiva del hombre de las aguas al pobre indio de Ceilán, fue aceptada por éste con mano trémula; pero su mirada despavorida indicaba, bien a las claras, que ignoraba a qué seres sobrehumanos debía, simultáneamente, la fortuna y la vida.

A una señal del capitán, retornamos al banco de madreperlas, y deshaciendo el camino recorrido, encontramos, a la media hora de marcha, el ancla que retenía la canoa del *Nautilus*.

Una vez embarcados, cada cual se despojó de su pesada indumentaria, con ayuda de los marineros.

La primera palabra del capitán Nemo fue para el canadiense.

—Gracias, bravo Land —le dijo.

—Es el desquite, capitán —contestó Ned—, se lo debía.

La réplica del capitán se redujo a una ligera sonrisa.

—¡Al *Nautilus*! —dispuso.

La embarcación voló sobre las ondas. Pocos minutos después, encontramos flotando el cadáver del tiburón.

En el color negro, perfectamente ostensible, del extremo de sus aletas, reconocí el terrible melanóptero del mar de las Indias, de la especie de los tiburones propiamente dichos. Su longitud excedía de veinticinco pies; su enorme boca ocupaba el tercio de su cuerpo. Era un adulto, según lo denotaban seis hileras de dientes, dispuestas en triángulos isósceles en la mandíbula superior.

Consejo le contempló con interés puramente científico, y estoy seguro de que le clasificó, acertadamente, en la clase de los cartilaginosos, orden de los condropterigios de branquias fijas, familia de los selacios, género de los escualos.

Mientras examinaba la inerte mole, rodearon la embarcación diez o doce de los voraces melanópteros; pero, sin preocuparse de nosotros, se arrojaron sobre el cadáver, disputándose sus despojos.

A las ocho y media estábamos de regreso a bordo del *Nautilus*.

Ya tranquilos, reflexioné acerca de los incidentes de nuestra excursión al banco de Manar. Dos observaciones se destacaban inevitablemente: era una, la referente a la audacia sin par del capitán Nemo: era la otra, la relativa a su abnegación por un ser humano, por uno de los representantes de aquella raza cuya presencia esquivaba por los mares. Por más que dijera, aquel hombre singular no había logrado aún matar por completo su corazón.

Al hacérselo notar, me contestó, en tono ligeramente conmovido:

—¡Ese indio, señor Aronnax, es un habitante del país de los oprimidos, al que yo pertenezco y perteneceré, hasta que exhale mi último suspiro!

XXVIII

EL MAR ROJO.

Durante la jornada del 29 de enero, la isla de Ceilán desapareció en el horizonte, y el *Nautilus*, con una velocidad de veinte millas por hora, se deslizó entre el laberinto de canales que separa las Maldivas de las Laquedivas. Hasta costeó las islas Kitan, tierra de origen madrepórico descubierta por Vasco de Gama, en 1499, y una de las diez y nueve más importantes del archipiélago de las Laquedivas, situada entre los 10° y los 14° 30' de latitud Norte, y los 69° y 50°72' de longitud Este.

Habíamos hecho a la sazón diez y seis mil doscientas veinte millas, equivalentes a siete mil quinientas leguas, desde nuestro punto de partida en los mares del Japón.

Al siguiente día, el 30 de enero, cuando el *Nautilus* remontó a la superficie del Océano, no se divisaba tierra. Marchaba con rumbo al Noroeste, dirigiéndose hacia el mar de Omán, abierto entre Arabia y la Península Índica, que sirve de desagüe al golfo Pérsico.

Era evidentemente un atolladero, un callejón sin salida posible. ¿Qué se proponía el capitán Nemo? No hubiera podido decirlo. La perspectiva no pareció satisfacer al canadiense, que se decidió a preguntarme a dónde íbamos.

—Vamos, amigo Ned —le contesté—, a donde se le antoje al capitán.

—Pero ese capricho —replicó el canadiense— no puede llevarnos lejos. El golfo Pérsico no tiene salida, y si nos metemos en él, no tardaremos mucho en volver sobre nuestros pasos.

—Pues volveremos, amigo Ned; y si, después del golfo Pérsico, el *Nautilus* quiere visitar el mar Rojo, ahí está el estrecho de Bab-el-Mandeb para darle acceso.

—Es que no necesito decirle —objetó Ned Land—, que el mar Rojo es tan infranqueable como el golfo, mientras no esté abierto el istmo de Suez, y que, aunque lo estuviera, un navío misterioso, como el nuestro, no se aventuraría en sus canales, cortados por exclusas. Así, pues, no es, por ahora, el mar Rojo el camino que ha de conducirnos a Europa.

—Tampoco he dicho yo que vayamos a Europa.

—Entonces, ¿qué supone usted?

—Supongo que después de recorrer los curiosos parajes de Arabia y de Egipto, el *Nautilus* descenderá nuevamente al Océano Índico, atravesará quizá el canal de Mozambique o pasará a la vista de las Mascareñas, con objeto de ganar el cabo de Buena Esperanza.

—¿Y una vez en el cabo de Buena, Esperanza? —preguntó el canadiense con sorprendente insistencia.

—Pues penetraremos en el Atlántico, que no conocemos todavía. Pero, ¿qué es eso, amigo Ned? ¿Acaso le cansa este viaje submarino? ¿Le hastía el espectáculo, incesantemente variado, de las maravillas amontonadas en el fondo de los mares? Por mi parte, le aseguro que tendré un verdadero pesar cuando termine esta expedición, que a tan pocos hombres les habrá sido dado realizar.

—¿Pero sabe usted, señor Aronnax —arguyó el canadiense—, que llevamos muy cerca de tres meses enjaulados en el *Nautilus*?

—No, Ned; no lo sé; no quiero saberlo. No cuento los días ni las horas.

—Pero, ¿y el final?

—El final vendrá a su tiempo. Además, no podemos hacer nada y discutimos inútilmente. Si viniera usted a decirme: "Se nos presenta una circunstancia favorable para evadirnos", pesaríamos el pro y el contra y resolveríamos. Pero no es ése el caso, y si he de hablarle con franqueza, no creo el capitán Nemo se aventure nunca, en los mares europeos.

Como se ve por este corto diálogo, el profesor Aronnax, entusiasta del *Nautilus*, estaba encarnado en la piel de su comandante.

En cuanto a Ned Land, terminó la conversación con estas palabras, en forma de monólogo:

—Todo eso es muy bueno y muy bonito; pero, a mi parecer, las cosas por fuerza no pueden hacerse a gusto.

Durante cuatro días, hasta el 3 de febrero, el *Nautilus* recorrió el mar de Omán, a diversas velocidades y a profundidades distintas. Parecía marchar al azar, como si vacilara en su itinerario; pero nunca rebasó el trópico de Cáncer.

Al abandonar aquel mar, dimos vista un momento a Mascate, la ciudad más importante del territorio de Omán. Admiré su aspecto extraño, entre los negros peñascos que la circundan, de los que se destacan las manchas blancas de sus casas y de sus fuertes. Divisé la cúpula redondeada de sus mezquitas, las elegantes puntas de sus alminares, sus frescas y verdegueantes terrazas. Pero no fue más que una visión, pues el *Nautilus* no tardó en sumergirse bajo las ondas de aquellos sombríos parajes.

Luego, pasamos a una distancia de seis millas frente a las costas arábigas de Mahrah y de Hadramaut y de su línea ondulada de montañas, dominada por algunas antiguas ruinas. El 5 de febrero entrábamos por fin en el golfo de Aden, verdadero embudo introducido en el gollete de Babel-Mandeb, que trasvasa las aguas índicas al mar Rojo.

El 6 de febrero, el *Nautilus* flotaba a la vista de Aden, encaramada en un promontorio que un angosto istmo une al continente, especie de Gibraltar inaccesible cuyas fortificaciones rehicieron los ingleses después de apoderarse de ella, en 1839. Columbré los torreones octogonales de la ciudad, emporio en otros tiempos de la riqueza y del comercio de la costa, al decir del historiador Edrisi.

Creí firmemente que el capitán Nemo, llegado a este punto, retrocedería; pero no sucedió así, con gran sorpresa de mi parte.

Al día siguiente, 7 de febrero, embocamos el estrecho de Bab-el-Mandeb, cuyo nombre, significa, en lengua, árabe *La Puerta de las lágrimas*. En una anchura de veinte millas, mide tan sólo cincuenta y dos kilómetros de largo, y para el *Nautilus*, lanzado a toda velocidad, fue cuestión de una hora escasa el franquearlo; pero no vi nada, ni siquiera la isla de Perim, con la que el Gobierno británico ha fortificado la posición de Aden. Cruzaban el estrecho paso demasiados vapores ingleses o franceses, de las líneas de Suez a Bombay, a Calcuta, a Melbourne, a Borbón y a Mauricio, para que el *Nautilus* intentara mostrarse en aquel sitio. Así, pues, se mantuvo prudentemente entre dos aguas.

Por fin, al mediodía, surcamos las ondas del mar Rojo.

Es el mar Rojo el célebre lago de las tradiciones bíblicas, al que apenas abastecen las lluvias, al que no contribuye ningún importante río, al que una excesiva evaporación vacía incesantemente y que pierde anualmente una masa líquida de metro y medio de altura. Golfo singular que, cerrado en las condiciones de un lago, estaría quizá completamente desecado; inferior en esto a sus vecinos, el Caspio y el Asfaltites, cuyo nivel sólo ha descendido hasta el punto preciso en que su evaporación iguala a la suma de las aguas recibidas en su seno.

Este mar tiene dos mil seiscientos kilómetros de longitud, por una anchura media de doscientos cuarenta. En tiempo de los Ptolomeos y de los emperadores romanos, fue la gran arteria comercial del mundo, y la apertura del istmo le devolverá su antigua importancia, que ya le han hecho recuperar en parte los ferrocarriles de Suez.

No traté de investigar siquiera, qué capricho del capitán Nemo podía decidirle a internarnos en aquel golfo; pero aprobé sin reservas la entrada del *Nautilus* en sus aguas. El navío tomó un andar medio, ya manteniéndose en la superficie, ya sumergiéndose para esquivar otras embarcaciones, y así pude observar por dentro y por fuera aquel mar tan curioso.

El 8 de febrero, a primeras horas de la mañana, surgió a nuestra vista la ciudad de Moka, actualmente arruinada, cuyas murallas se derrumbaban al solo estampido del cañón, y resguardada por algunas verdegueantes datileras diseminadas. Importante ciudad en otros tiempos, que encerraba seis mercados públicos, veintiséis mezquitas, y cuyos muros, defendidos por catorce fuertes, formaban un cinturón de tres kilómetros.

El *Nautilus* se aproximó después a las costas africanas, en las que la profundidad del mar es más considerable. Allí, entre dos aguas de cristalina nitidez, a través de las abiertas claraboyas, nos permitió contemplar admirables matorrales de brillantes corales y vastos lienzos rocosos, revestidos de una espléndida y verde alfombra de algas y de fucos. ¡Qué indescriptible espectáculo y qué variedad de sitios y de paisajes, al ras de aquellos escollos y de aquellos islotes volcánicos, que confinan con la costa libia! Pero donde las arborizaciones aparecieron en todo su esplendor, fue en las riberas orientales, que el *Nautilus* tardó poco en abordar, fue en las costas de Tehama; porque en ellas, no sólo florecían bajo el nivel del mar aquellas verdaderas exposiciones de zoófitos, sino que formaban también pintorescas tramas, que se extendían a diez brazas sobre la superficie; éstas más caprichosas, pero menos coloreadas que aquéllas, cuya lozanía conservaba, la húmeda vitalidad de las aguas.

¡Qué horas tan deliciosas pasé así, tras la vidriada galería del salón! ¡Cuántas nuevas muestras de la flora y de la fauna submarinas admiré, a los fulgores de nuestro foco eléctrico! Fungos agariciformes, actinias de colores pizarrosos, entre otras las *thalasianthus aster*, tubíporas dispuestas como flautas, que sólo esperaran el soplo del dios Pan, conchas exclusivas de aquel mar, que se instalan en las excavaciones madrepóricas y cuya base presenta el contorno de una reducida espiral, mil ejemplares, en fin, de un polípero que aún no había logrado ver: la vulgar esponja.

La clase de los espongiarios, primera del grupo de los pólipos, está constituida precisamente por ese producto, cuya utilidad es incontestable. La esponja no es un vegetal, como aun admiten algunos naturalistas, sino un mineral de orden ínfimo, un polípero inferior al del coral. Su animalidad no es dudosa, no pudiéndose adoptar siquiera la opinión de los antiguos, que la consideraban como un ser intermedio entre la planta y el animal. Debo advertir, sin embargo, que los naturalistas no están de acuerdo respecto a la forma de organización de la esponja. Para unos, es un polípero, y para otros, entre ellos Milne Edwards, es un individuo aislado y único.

La citada clase de los espongiarios contiene cerca de trescientas especies, que se encuentran en un gran número de mares, y hasta en ciertos cursos de agua, en donde han recibido el nombre de *fluviales*; pero sus aguas predilectas son las del Mediterráneo, las del archipiélago griego, las de las costas de Siria y las del mar Rojo. Allí se reproducen y se desarrollan esas esponjas de utilísima finura, cuyo valor se eleva hasta ciento cincuenta francos, la blanca de Siria, la tupida de Berbería y otras. Pero ya que no podía alentar esperanzas de estudiar tales zoófitos en las escalas levantinas, de las cuales nos separaba el infranqueable istmo de Suez, me conformé con observarlas en las aguas del mar Rojo.

Llamé, pues, a Consejo a mi lado, mientras el *Nautilus* rasaba lentamente todas aquellas peñas de la costa oriental, a una profundidad media de ocho a nueve metros.

Allí crecían esponjas de todas formas; pedunculares, foliáceas, globulosas, digitadas, que justificaban con bastante propiedad los nombres de corbella, cáliz, rueca, asta de ciervo, pata de león, cola de pavo real, guante de Neptuno y otros semejantes que les han atribuido los pescadores, más poetas que los eruditos. De su tejido fibroso, impregnado de una substancia gelatinosa medio fluida, escapaban incesantemente hilillos de agua, que, después de haber llevado la vida a cada célula, eran expulsados por un movimiento contráctil. Esta substancia desaparece al morir el pólipo, y se pudre, desprendiendo amoníaco, quedando reducido entonces a esas fibras córneas o gelatinosas que constituyen la esponja doméstica, que adquiere un color pajizo y que tiene diversas aplicaciones, según su grado de elasticidad, de permeabilidad o de resistencia a la maceración.

Los poliperos estaban adheridos a los peñascos, a las conchas de los moluscos y hasta a los tallos de los hidrófitos. Guarnecían las más pequeñas anfractuosidades, unos extendiéndose, otros elevándose o pendiendo, como excrecencias coralígeras. Instruí a Consejo de que las esponjas se pescaban de dos maneras; a draga o a mano. Este último procedimiento, que requiere el empleo de buzos, es preferible, porque conserva íntegro el tejido del polipero, lo cual aumenta considerablemente su valor.

Los restantes zoófitos que pululaban en torno de los espongiarios, consistían principalmente en medusas de una primorosa especie; los moluscos estaban representados por distintas variedades de calamares, que, según Orbigny, son exclusivos del mar Rojo, y los reptiles por tortugas *virgata*, pertenecientes al género de los quelonios, que suministraron a nuestra mesa un manjar sano y delicado.

En cuanto a los peces, eran numerosos y notables muchos de ellos. He aquí los que las redes del *Nautilus* aportaban más frecuentemente a bordo: rayas, entre las cuales se distinguían las limas de forma ovalada, de un ocre rojizo, con el cuerpo salpicado de manchas azules desiguales y caracterizadas por su doble aguijón dentellado; arnacas de plateado lomo, pastinacas de punteada cola, bocatas, vastos mantos de dos metros de largo, que ondulaban entre las aguas; aodones, absolutamente desprovistos de dientes, especie de cartilaginosos que se aproximan al escualo; ostráceos dromedarios, cuya giba remata en un aguijón encorvado, de pie y medio de longitud; ofidios, verdaderas murenas de cola argentada, lomo azulado y pardos pectorales recamados de gris; fiatolas, especie de estromatos, cebrados de estrechas franjas de oro y adornados con los tres colores de la bandera francesa; blenias garamitas, de cuatro decímetros de largo; soberbios carangos, decorados con siete bandas transversales de un hermoso negro, aletas azules y amarillas y escamas de oro y de plata; centrópodos, oriflamas de amarilla cabeza, escaos, labros, ballestas, gobios y otros mil, comunes a los océanos que habíamos cruzado ya.

El 9 de febrero, el *Nautilus* flotaba en la parte más ancha del mar Rojo, comprendida entre Suakin, en la costa occidental, y Quonfodah, en la oriental, en un diámetro de ciento noventa millas.

Al mediodía, después de la comprobación solar, el capitán Nemo subió a la plataforma, donde yo me encontraba. Me prometí no dejarle descender, sin haber inquirido por lo menos sus proyectos ulteriores. Apenas me vio, avanzó hacia mí, me ofreció galantemente un cigarro y me dijo:

—¿Qué tal, ilustre profesor? ¿Le gusta el mar Rojo? ¿Ha podido usted observar bien a sus anchas las maravillas que oculta, sus peces y sus zoófitos, sus parterres de esponjas y sus bosques de coral? ¿Ha divisado usted las ciudades asentadas en sus bordes?

—Sí, capitán —le contesté—. El *Nautilus* es apropiadísimo para todos estos estudios. Es un navío instructivo.

—Sí, señor; instructivo, audaz e invulnerable. No teme ni las terribles tempestades del mar Rojo, ni sus corrientes, ni sus escollos.

—En efecto —asentí—; este mar se cita entre los peores, y, si no me equivoco, su renombre era detestable en la antigüedad.

—Detestable, señor Aronnax. Los historiadores griegos y latinos echan pestes contra él, y Estrabón dice que es singularmente duro en la época de los vientos etesios y en la estación de las lluvias. El árabe Edrisi, que le describe bajo el nombre de golfo de Colzun, refiere que los navíos perecían en gran número en sus bancos de arena y que nadie se aventuraba a navegar por él, durante la noche. Le presenta como un mar sujeto a espantosos huracanes, sembrado de islas inhospitalarias y "que no ofrecen nada bueno" en sus profundidades ni en su superficie. Tal es también la opinión expuesta por Arriano, Agatarquides y Artemidoro.

—Ya se conoce —repliqué— que esos historiadores no han navegado a bordo del *Nautilus*.

—Indudablemente —dijo sonriendo el capitán—; y en este aspecto, no están mucho más adelantados los modernos que los antiguos. Han precisado varios siglos para encontrar la potencia mecánica del vapor. ¡Quién sabe si transcurrirán cien años más, antes de ver un segundo *Nautilus*! Los progresos son lentos, señor Aronnax.

—Realmente —afirmé— su navío se ha adelantado a su época en un siglo, en varios quizá. ¡Lástima que semejante secreto esté destinado a morir con su inventor!

El capitán Nemo permaneció en silencio unos minutos, diciéndome después:

—Me hablaba usted de la opinión de los historiadores antiguos respecto a los peligros que ofrece la navegación en el mar Rojo.

—Sí —contesté—; pero sus temores deben pecar de exagerados.

—De todo hay, señor Aronnax —objetó el capitán Nemo, que me pareció poseer a fondo "su mar Rojo"—. Lo que no constituye un peligro para un buque moderno, bien aparejado, sólidamente construido, dueño de su ruta gracias al obediente vapor, ofrecía riesgos sin cuento a las embarcaciones antiguas. Es preciso imaginarse a los primeros navegantes, aventurándose en barcazas hechas de tablones sujetos con cuerdas de palmera, calafateadas con resina machacada y bañadas con una capa de grasa de perro marino. Carecían en absoluto de instrumentos para fijar su dirección, y marchaban a la estima, entre corrientes que apenas conocían. En tales condiciones, los naufragios eran y habían de ser numerosos; pero, actualmente, los vapores que hacen el servicio entre Suez y los mares del Sur no tienen nada que temer de las cóleras de este golfo, a pesar de los monzones contrarios. Sus capitanes y pasajeros no se preparan a partir ofreciendo sacrificios propiciatorios, ni van, al regreso, adornados de guirnaldas y cintas doradas, a dar gracias a los dioses, al templo más inmediato.

—Convengo en ello —dije—, y desde este punto de vista, el vapor me parece haber matado el reconocimiento en el corazón de los marinos. Pero ya que ha estudiado usted tan minuciosamente este mar, ¿podría decirme cuál es el origen de su nombre?

—Respecto a este punto, señor Aronnax, existen numerosas explicaciones. ¿Quiere usted conocer la opinión de un cronista del siglo XIV?

—Con mucho gusto.

—Pues bien; dicho narrador, al cantar en uno de sus romances el paso de los israelitas, pretende que cuando el Faraón pereció entre las ondas, que se cerraron de nuevo a la voz de Moisés, las aguas se tiñeron de un vivo matiz encarnado, lo cual dio lugar a que se aplicase a este mar el nombre de Rojo, en conmemoración de tamaño prodigio.

—Esas son explicaciones de poeta, que no pueden satisfacerme —le contesté—. Yo desearía saber la opinión personal de usted.

—Pues muy sencillo, señor Aronnax. A mi juicio, el calificativo de mar Rojo es simplemente una traducción de la palabra hebrea *edrom*; y si los antiguos le dieron tal nombre, fue a causa de la coloración especial de sus aguas.

—Pero, hasta ahora, he visto siempre las ondas claras y cristalinas, sin el menor vestigio de esa coloración especial.

—Es verdad; pero a medida que avancemos hacia el fondo del golfo, notará usted ese fenómeno singular. Yo recuerdo haber visto la bahía de Tor completamente roja, como un lago de sangre.

—¿Y a qué atribuye usted ese color? ¿Indudablemente a la presencia de un alga microscópica?

—Sí; es una materia mucilaginosa, purpurada, producida por esas diminutas plantas llamadas *tricodesmias*, de las que precisan cuarenta mil para ocupar el espacio de un milímetro cuadrado. Quizá tenga usted ocasión de observarlo cuando estemos en Tor.

—¿Así, pues, no es la primera vez que recorre usted el mar Rojo a bordo del *Nautilus*?

174

—No, señor.

—En ese caso, y volviendo al paso de los israelitas y a la catástrofe de los egipcios, a que antes se refería, ¿no ha descubierto usted bajo las aguas las huellas de aquel gran acontecimiento histórico?

—No, mi querido doctor, y comprenderá usted fácilmente la razón.

—¿Cuál?

—La de que actualmente hay acumulada tal cantidad de arena en el sitio mismo por donde pasó Moisés con su pueblo, que apenas cubren las aguas las patas de los camellos. Por tanto, no hay fondo suficiente para el *Nautilus*.

—¿Y ese sitio...? — pregunté.

—Ese sitio está un poco más allá de Suez, en el brazo que formaba en otro tiempo un profundo estuario, cuando el mar Rojo se extendía hasta los lagos Amargos. De lo que no cabe dudar, es de que los israelitas cruzaron por allí, natural o milagrosamente, para ganar la Tierra prometida, y de que el ejército de Faraón pereció precisamente en aquel sitio. Creo, por consiguiente, que si se practicaran excavaciones en estas arenas, pondrían al descubierto gran cantidad de armas y de instrumentos de procedencia egipcia.

—Evidentemente —contesté—, y es de esperar, en beneficio de los arqueólogos, que esas excavaciones se lleven a cabo, tarde o temprano, cuando se establezcan nuevas ciudades en ese istmo, después de la apertura del canal de Suez. ¡Canal bien inútil, por cierto, para un navío como el *Nautilus*!

—Pero útil al mundo entero —replicó el capitán Nemo—. Los antiguos comprendieron ya la utilidad para sus negocios comerciales, de establecer una comunicación entre los mares Rojo y Mediterráneo; pero no soñaron siquiera en abrir un canal directo, y tomaron al Nilo como intermediario. Lo más probable es que el canal que unía el Nilo al mar Rojo comenzara en tiempos de Sesostris, de dar crédito a la tradición. Lo positivo es que, 615 años antes de Jesucristo, Nechao emprendió los trabajos de un canal alimentado por las aguas del Nilo, a través de la llanura egipcia frontera con Arabia. Dicho canal se remontaba en cuatro días, y su amplitud era la precisa para que dos trirremes pudieran pasar de frente. Continuó las obras Darío, hijo de Histaspes, y se da como probable que la terminara Ptolomeo II. Estrabón le vio utilizado para la navegación; pero la debilidad de su pendiente entre el punto de partida, cerca de Bubaste, y el mar Rojo, sólo permitía cruzarle en determinados meses del año. El canal prestó sus servicios al comercio hasta el siglo de los Antoninos: abandonado después, obstruido, rehabilitado nuevamente por orden del califa Omar, fue definitivamente cegado, en 761 ó 762, por el califa Almanzor, con objeto de impedir que se aprovisionara de víveres Mohamed-ben-Abdallah, rebelado contra él. Durante la expedición a Egipto, el caudillo francés Bonaparte descubrió vestigios de aquellos trabajos en el desierto de Suez, y, sorprendido por la marea, estuvo a punto de perecer unas horas antes de llegar a Hadjaroth, el sitio mismo en que Moisés acampó tres mil trescientos años antes que él.

—Pues bien, capitán, la empresa que los antiguos no se atrevieron a acometer, esa unión de los dos mares, que abreviará en nueve mil kilómetros la ruta de Cádiz a las Indias, la ha puesto en práctica el señor de Lesseps, y en breve se habrá convertido África en una isla inmensa.

—Es cierto, señor Aronnax, y tiene usted perfecto derecho de mostrarse orgulloso de su compatriota. Hombres así, honran más a una nación que los más esforzados capitanes. Ha comenzado, como tantos otros, desalentado por obstáculos y desdenes; pero ha triunfado, porque posee el genio de la voluntad. Es triste pensar que esa obra, que hubiera debido ser una obra internacional, suficiente para engrandecer un reinado, no habrá prosperado más que por la energía de un hombre solo. ¡Honor, pues, al señor de Lesseps!

—¡Sí! ¡Honor a ese insigne ciudadano! —contesté, sorprendido del tono en que acababa de expresarse el capitán Nemo.

—Desgraciadamente —prosiguió éste—, no puedo conducirle a través de ese canal de Suez; pero podrá usted divisar las extensas escolleras de Port-Said, pasado mañana, cuando estemos en el Mediterráneo.

—¿En el Mediterráneo? —exclamé.

—Sí, mi distinguido profesor. ¿Eso le asombra?

—¿No ha de asombrarme la idea de navegar pasado mañana en aguas del Mediterráneo?

—¿De veras?

—¡Y tan de veras! Por más que ya debería estar habituado a no asombrarme de nada, con el tiempo que llevo en su compañía.

—Pero, ¿qué le produce tanta extrañeza? ¡Sepamos!

—La espantosa velocidad que se verá usted precisado a imprimir al *Nautilus*, si ha de hallarse pasado mañana en pleno Mediterráneo, después de dar la vuelta al África y doblar el cabo de Buena Esperanza.

—¿Y quién le ha dicho que ha de dar la vuelta al África, mi estimado profesor? ¿Quién le ha hablado de doblar el cabo de Buena Esperanza?

—Sin embargo, a menos que el *Nautilus* navegue sobre tierra firme pasando por encima del istmo...

—O por debajo, señor Aronnax.

—¿Por debajo?

—¡Es claro! —contestó tranquilamente el capitán Nemo—. Hace largo tiempo que la Naturaleza realizó bajo esa lengua de tierra la tarea que hoy ejecutan los hombres en la superficie.

—¡Cómo! ¿Existe un paso?

—Sí, un paso subterráneo, al que yo he denominado *Arabian-Tunnel*. Se abre al pie de Suez y va a dar al golfo de Pelusio

—Pero, ¡si este istmo está formado únicamente de arenas movedizas!

—Hasta cierta profundidad; pero a cincuenta metros, ya se encuentra un firme cimiento de rocas.

—¿Y ha sido el azar el que le ha descubierto ese paso? —pregunté, cada vez más sorprendido.

—El azar y el cálculo, señor Aronnax; más bien el cálculo que el azar.

—Le oigo a usted, capitán, y me resisto a dar crédito a mis oídos.

—¡Ah! ¡Señor Aronnax! El *aures habent et non audient* es de todos los tiempos. Yo le aseguro que no sólo existe ese paso, sino que lo he utilizado diferentes veces. A no ser por ello, no me habría aventurado en este callejón sin salida del mar Rojo.

—¿Sería indiscreto preguntar a usted cómo descubrió ese túnel?

—Realmente —me contestó el capitán— no hay para qué guardar el secreto entre personas que no han de separarse nunca.

Sin darme por aludido con la insinuación, esperé el relato del capitán Nemo.

—El descubrimiento de ese paso —me dijo—, que nadie más que yo conoce, me fue sugerido por un sencillo razonamiento de naturalista. Habiendo notado la existencia, en el mar Rojo y en el Mediterráneo, de cierto número de peces de especies absolutamente idénticas, como ofidios, jirelas, fiatolas, escocetos y otros, me pregunté si habría comunicación entre los dos mares. Si existía, la corriente subterránea debía ir forzosamente del mar Rojo al Mediterráneo, por el solo efecto de la diferencia de niveles. En su consecuencia, recogí una gran cantidad de peces en los alrededores de Suez, les puse un anillo de metal en la cola y los arrojé nuevamente al mar. Unos meses más tarde, aprehendí en las costas de Siria varios ejemplares de mis peces, adornados con su anillo indicador. La comunicación entre los dos mares estaba, pues, plenamente demostrada. La busqué con mi *Nautilus*, la descubrí, me aventuré en ella, y muy en breve, señor Aronnax, habrá usted franqueado también mi túnel arábigo.

XXIX

ARABIAN-TUNNEL

Aquel mismo día, trasladé a Consejo y a Ned Land la parte de mi conversación con el capitán que les interesaba directamente. Al notificarles que dentro de dos días flotaríamos en aguas del Mediterráneo, Consejo batió palmas, en tanto que el canadiense se encogía de hombros.

—¡Un túnel submarino! —exclamó—. ¡Una comunicación entre los dos mares! ¿Quién ha oído hablar de eso?

—Amigo Ned —objetó Consejo. ¿había usted oído hablar alguna vez del *Nautilus*? ¡No! Y sin embargo, existe. No se encoja, pues, de hombros con tanta ligereza, y no rechace las cosas, so pretexto de que no ha oído hablar nunca de ellas.

—¡Ya lo veremos! —contestó Ned Land, sacudiendo la cabeza—. Después de todo, no deseo otra cosa que convencerme de la existencia de ese paso, ¡y haga el Cielo que el capitán nos conduzca, efectivamente, al Mediterráneo!

Por la tarde, a 21°30' de latitud Norte, el *Nautilus*, flotando en la superficie del mar, se aproximó a la costa arábiga. Divisé a Djeddah, importante factoría de Egipto, de Siria, de Turquía y de las Indias. Distinguí bastante netamente el conjunto de sus construcciones, los buques amarrados a lo largo de los muelles, y algunos otros, a los que su excesivo calado obligaba a fondear en la rada. El sol, bastante bajo en el horizonte, daba de lleno en las casas de la ciudad, haciendo resaltar su blancura. En las afueras, varias cabañas de madera o de cañizo indicaban el barrio habitado por los beduinos.

Bien pronto se borró Djeddah en las sombras del crepúsculo, y el *Nautilus* se sumergió bajo las ondas, ligeramente fosforescentes.

Al día siguiente, 10 de febrero, aparecieron varios navíos, que marchaban en dirección contraria a la nuestra. El *Nautilus* continuó su navegación submarina; pero al mediodía, en el momento de la comprobación, la mar estaba desierta y el buque ascendió hasta su línea de flotación.

Acompañado de Ned y de Consejo, fui a sentarme sobre la plataforma. La costa oriental se mostraba, como una masa apenas esfumada en una húmeda neblina.

Apoyados en la borda de la canoa, hablábamos un poco de todo, cuando Ned Land, tendiendo su mano hacia un punto del mar, me dijo:

—¿No ve usted algo allí, señor Aronnax?

—No, amigo Ned —le contesté—; pero ya sabe que mi vista no es tan buena como la de usted.

—¡Mire usted bien! —insistió el canadiense—. ¡A lo lejos y un poco a estribor! ¿No ve usted una masa que parece moverse?

—En efecto —confirmé, después de una detenida observación—; veo como un vago cuerpo negruzco, en la superficie de las aguas.

—¿Otro *Nautilus*? —preguntó Consejo.

—No —contestó Ned Land—, pero, o mucho me equivoco, o eso es un animal marino.

—¿Hay ballenas en el mar Rojo? —inquirió Consejo.

—Suelen encontrarse algunas —le respondí.

—Eso no es una ballena —replicó Ned, que no perdía de vista el objeto señalado—. Las ballenas y yo nos conocemos de antiguo, y no podría confundirme respecto a su porte.

—Esperemos —dijo Consejo—. El *Nautilus* se dirige hacia esa parte, y bien pronto sabremos a qué atenernos.

En efecto; al poco rato, el objeto negruzco estuvo a una milla de nosotros. Parecía un gran escollo embarrancado en alta mar. ¿Qué sería? No podía determinarlo aún.

—¡Mire usted! —exclamó Ned Land—. ¡Avanza! ¡Se sumerge...! ¡Voto al diablo! ¿Qué animal puede ser ése? No tiene la cola bifurcada, como las ballenas o los cachalotes, y sus aletas se asemejan a miembros truncados.

—Pues entonces... —repuse.

—¡Anda! —siguió diciendo el canadiense—. ¡Ahora se tumba panza arriba y echa sus pechos al aire!

178

—Es una sirena —agregó Consejo—; una verdadera sirena, salvo la opinión del señor.

El nombre de sirena me orientó, dándome a comprender que aquel animal pertenecía a ese orden de seres marinos de que la fábula ha creado las sirenas, mitad mujeres y mitad peces.

—No —dije a Consejo—; no es una sirena, sino un curioso animal, del que apenas restan algunos ejemplares en el mar Rojo. Es un dugongo.

—Orden de los sirenios, grupo de los pisciformes, subclase de los monodelfos, clase de los mamíferos, rama de los vertebrados —contestó Consejo.

Y expuesta su clasificación, nada tuvo que añadir.

Entretanto, Ned Land seguía mirando. Sus ojos brillaban de codicia a la vista del animal, y su mano parecía presta a arponearle. Hubiérase dicho que esperaba el momento de lanzarse al mar, para atacarle en su elemento.

—Señor Aronnax —me dijo, en voz temblorosa de emoción—, nunca he matado nada de *eso*.

Y el arponero puso toda su alma en la frase.

—En aquel instante se presentó el capitán Nemo en la plataforma. Al ver el dugongo, comprendió la actitud del canadiense, y yéndose directamente a él, le preguntó:

—¿Verdad que si tuviera usted un arpón se le escaparía de la mano?

—Ha dado usted en el clavo, mi capitán.

—¿Le disgustaría reanudar por un día sus tareas de pescador, y añadir ese cetáceo a la lista de sus víctimas.

—¡Qué había de disgustarme!

—Pues bien; puede usted intentarlo.

—¡Gracias, mi capitán! —contestó Ned Land, cuyas pupilas se inflamaron.

—Pero le prevengo —continuó el capitán—, en beneficio de usted, que procure no errar el golpe.

—¿Es que ofrece peligros el ataque al manatí? —pregunté yo, a pesar del gesto desdeñoso del canadiense.

—En ciertas ocasiones —contestó el capitán— el animal se revuelve contra sus asaltantes y hace zozobrar su embarcación. Pero tratándose de un hombre tan experto como Land, no es de temer ese peligro. Su golpe de vista es rápido y su brazo seguro. Si le recomiendo que afine la puntería, es porque el dugongo está justamente considerado como un exquisito manjar, y sé que al intrépido Land le gustan las buenas tajadas.

—¡Ah! —repuso el canadiense—. ¿De modo que ese animal se permite también el lujo de ser un plato selecto?

—Sí, estimado Land. Su carne, verdadera carne, es sumamente apreciada, y se la reserva en toda la Malasia para la mesa de los príncipes. Esto ha hecho que se persiga tan encarnizadamente a esos animales, que van escaseando cada vez más, como sus congéneres los manatíes.

—Entonces, señor capitán —alegó seriamente Consejo—, quizá conviniera respetar su vida, en interés de la ciencia, por si acaso fuera el último de su raza.

—En interés de la ciencia, tal vez —replicó el canadiense—, pero en interés de la cocina, vale más darle caza.

—¡Pues manos a la obra! —dijo el capitán Nemo.

En el acto subieron a la plataforma siete marineros de la tripulación, mudos e impasibles como siempre. Uno de ellos llevaba un arpón y un sedal, análogos a los que usan los pescadores de ballenas. La canoa fue desembarcada, arrancada de su alvéolo y lanzada al mar. Seis remeros se acoplaron en sus bancos, poniéndose a la barra el patrón. Ned, Consejo y yo, nos sentamos a popa.

—¿No viene usted, capitán? —pregunté.

—No, señor, pero les deseo una buena caza.

La canoa desatracó, y, empujada por los seis remos, se dirigió rápidamente hacia el dugongo, que flotaba entonces a dos millas del *Nautilus*.

Al llegar a unos cuantos cables del cetáceo, acortó su marcha, y los remos se sumergieron silenciosamente en las tranquilas ondas. Ned Land, con su arpón en la mano, fue a situarse en pie, a proa del bote. El arpón que se utiliza para la pesca de la ballena, va ordinariamente unido a una larguísima cuerda, que se desarrolla rápidamente cuando el animal herido la arrastra consigo. Pero en el de referencia, la cuerda no medía más de unas diez brazas, y su extremo iba simplemente sujeto a un barrilillo que, manteniéndose siempre a flote, debía indicar la marcha del dugongo, bajo las aguas.

Yo me levanté y examiné detenidamente al adversario del canadiense. Aquel animal, conocido también vulgarmente por vaca de mar, se parecía mucho al manatí. Su cuerpo oblongo terminaba en un apéndice caudal muy prolongado, y sus aletas laterales en verdaderos dedos. La diferencia con el manatí consistía en que su mandíbula superior estaba provista de dos dientes largos y puntiagudos, que formaban en cada lado defensas divergentes.

El dugongo a cuyo ataque se disponía Ned Land era de colosales dimensiones, pues su longitud excedía en mucho de siete metros. No se movía, pareciendo dormir en la superficie de las ondas, circunstancia que facilitaba su captura.

La canoa avanzó prudentemente hasta tres brazas del animal. Los remos permanecieron suspendidos en sus pivotes. Yo me incliné un poco, para ver mejor. Ned Land con el cuerpo algo echado atrás, blandía el arpón en su adiestrada mano.

De pronto, cruzó el espacio un silbido y desapareció el dugongo. El arpón, lanzado briosamente, había caído sin duda en el agua.

—¡Voto a mil legiones de demonios! —exclamó furioso el canadiense—. ¡Me ha fallado el golpe!

—No —le contesté—. El animal está herido; mire usted su sangre; pero el aparejo no se ha clavado en el cuerpo.

—¡Mi arpón! ¡Mi arpón! —gritó Ned Land.

Los marineros bogaron de nuevo, y el patrón dirigió la canoa hacia el barril flotante. Recuperado el arpón, la canoa emprendió la persecución del animal.

180

Este salía de vez en cuando a la superficie, para respirar. Su herida no le había debilitado, porque huía con rapidez vertiginosa. La embarcación, impulsada por vigorosos brazos, volaba tras de su rastro. En diferentes ocasiones, se acercó a pocas brazas, y el canadiense preparó su acometida; pero el dugongo la esquivaba, zambulléndose repentinamente, y era imposible alcanzarle.

Júzguese de la desatada cólera de Ned Land, que lanzaba contra el desdichado animal los más enérgicos improperios y juramentos de la lengua inglesa. Por mi parte, no dejaba de sentirme despechado, al ver que el dugongo burlaba todos nuestros ardides.

Se le persiguió sin descanso durante una hora, y ya comenzaba a convencerme de que sería muy difícil su captura, cuando el animal fue invadido por una malhadada idea de venganza, de la que hubo de arrepentirse. Hizo frente a la canoa, para asaltar a su vez.

La maniobra no pasó inadvertida para el canadiense.

—¡Atención! —dijo.

El patrón pronunció unas cuantas palabras en su estrambótica lengua, sin duda para prevenir a sus hombres.

El dugongo, al llegar a veinte pies de la canoa, se detuvo, aspiró bruscamente el aire con sus vastas narices, abiertas, no en el extremo, sino en la parte superior del hocico. Luego, tomando impulso, se precipitó sobre nosotros.

La canoa no podía evitar el choque; medio volcada, embarcó un par de toneladas de agua, que fue preciso vaciar; pero, gracias a la habilidad del patrón, abordada oblicuamente, y no de lleno, no zozobró. Ned Land, aferrado con una mano a la roda, acribillaba a arponazos, con la otra, al gigantesco animal, que con sus dientes incrustados en la borda, zarandeaba y levantaba en vilo la embarcación, como un león pudiera hacerlo con un cervatillo. Estábamos apretujados unos contra otros, y no sé cómo habría terminado la aventura, si el canadiense, cada vez más encarnizado contra el animal, no hubiera logrado alcanzarle en el corazón.

Oí rechinar los dientes en el casco metálico, y el dugongo desapareció, arrastrando consigo el arpón. Pero el barril volvió en seguida a la superficie, y poco después reapareció el cuerpo del animal, tendido sobre el lomo. La canoa le recogió, le tomó a remolque y se dirigió hacia el *Nautilus*.

Hubo que valerse de cabrias de gran resistencia para izar al dugongo a la plataforma. Pesaba cinco mil kilogramos. Se le despedazó a la vista del canadiense, que no quiso perder el menor detalle de la operación. Aquel mismo día, el camarero me sirvió en la comida unas lonjas de aquella carne, hábilmente aderezada por el cocinero de a bordo. La encontré excelente y hasta superior a la de ternera, si no a la de buey.

Al día siguiente, 11 de febrero, la despensa del *Nautilus* se enriqueció con una nueva y delicada caza; una bandada de golondrinas marinas que cayó sobre la embarcación. Eran una especie de *sterna nilotica*, exclusiva de Egipto, con el pico negro, la cabeza gris y moteada, los ojos rodeados de puntos blancos, el lomo, las alas y la cola, grisáceas, el cuello y el buche blancos y las patas rojas. También se cobraron unas docenas de patos del Nilo, aves silvestres de exquisito paladar, que se distinguen por tener el cuello y la parte superior de la cabeza blancos, con manchas negras.

La velocidad del *Nautilus* era moderada. Avanzaba "matando el tiempo", por decirlo así. Observé que el agua del mar Rojo iba siendo menos salada, a medida que nos aproximábamos a Suez.

Hacia las cinco de la tarde, quedó al Norte el cabo de Ras-Mohamed. Es el cabo que forma el extremo de la Arabia Pétrea, comprendido entre el golfo de Suez y el golfo de Acabah.

El *Nautilus* penetró en el estrecho de Jubal, que conduce al golfo de Suez. Divisé distintamente una elevada montaña, que dominaba, entre los dos golfos, al Ras-Mohamed. Era el monte Oreb, el Sinaí, en cuya cumbre se apareció Dios a Moisés, y que la imaginación se figura incesantemente coronado por el resplandor del relámpago.

A las seis, el *Nautilus*, ya flotando, ya sumergido, pasó frente a Tor, emplazada en el fondo de una bahía cuyas aguas parecían teñidas de rojo, como anticipadamente advirtió el capitán Nemo. Luego llegó la noche, en medio de un pesado silencio interrumpido a intervalos por los graznidos del pelícano y de algunas aves nocturnas, por el ruido de la resaca encrespada por las rocas, o por el gemido lejano de un vapor, al batir las aguas del golfo con sus palas sonoras.

De ocho a nueve el *Nautilus* permaneció zambullido a unos cuantos metros. Según mi cálculo, debíamos estar muy cerca de Suez. A través de la galería de cristales del salón, se veían macizos de rocas vivamente iluminados por nuestra luz eléctrica, pareciéndome que la distancia entre los bordes del estrecho se iba reduciendo progresivamente.

A las nueve y cuarto el navío volvió a la superficie. Subí a la plataforma. Impaciente por franquear el túnel del capitán Nemo, no podía estarme quieto en un sitio y salí a respirar el aire fresco de la noche.

Al poco rato brillaron en la sombra, a una milla de nosotros, unos pálidos destellos, medio esfumados por la bruma.

—Un faro flotante —dijo una voz junto a mí.

Al volverme reconocí al capitán.

—Es el faro flotante de Suez —añadió—. No tardaremos en ganar el orificio del túnel.

—No debe ser fácil la entrada, ¿verdad?

—No, señor. Por eso acostumbro trasladarme a la cabina del timonel para dirigir personalmente la maniobra. Y ahora, señor Aronnax, tenga usted la bondad de bajar, porque el *Nautilus* va a sumergirse bajo las ondas, y no volverá a su superficie hasta que haya franqueado el *Arabien-Tunnel*.

Seguí al capitán Nemo. Las escotillas se cerraron, se llenaron los depósitos de agua, y el aparato se hundió unos diez metros.

En el momento en que me disponía a volver a mi cámara, me detuvo el capitán.

—Señor Aronnax —me dijo—, ¿le gustaría acompañarme en la cabina del piloto?

—No me atrevía a proponérselo —contesté.

—Venga usted, pues. Así verá todo cuanto es posible ver de esta navegación, simultáneamente subterránea y submarina.

El capitán me condujo hacia la escalera central. A media rampa, abrió una puerta, cruzó los pasadizos superiores y llegó a la vitrina del piloto, instalada, como es sabido, en el extremo de la plataforma.

Era, una cabina que medía seis pies por cara, muy semejante a la que ocupan los timoneles de los vaporcillos del Mississipi o del Hudson. En el centro, evolucionaba una rueda dispuesta verticalmente, engranada en los guardianes del gobernalle, que corrían hasta la popa del *Nautilus*. Cuatro claraboyas de vidrios lenticulares, ajustadas a las paredes de la cabina, permitían al timonel mirar en todas direcciones.

La cabina estaba a obscuras; pero mis ojos se habituaron bien pronto a la obscuridad, y vi al piloto, un hombrachón vigoroso, cuyas manos se apoyaban en las llantas de la rueda. En el exterior, el mar aparecía vivamente iluminado por el reflector, que fulgía a popa de la cabina, en el otro extremo de la plataforma.

—Ahora —dijo el capitán Nemo—, busquemos nuestro paso.

Unos conductores eléctricos ponían en comunicación la vitrina del timonel con el departamento de máquinas, y, desde la primera, el capitán podía transmitir simultáneamente a su *Nautilus* la dirección y el movimiento. Oprimió un botón de metal, y, en el acto, comenzaron a disminuir gradualmente las rotaciones de la hélice.

Contemplé en silencio la elevada y escarpadísima muralla que bordeábamos en aquel momento, inquebrantable base del macizo arenoso de la costa. La seguimos así durante una hora, tan sólo a unos metros de distancia. El capitán Nemo no apartaba la vista de la brújula, suspendida en la cabina en sus dos círculos concéntricos. A un simple gesto, el timonel modificaba a cada instante la dirección del *Nautilus*.

Situado tras la claraboya de babor, veía las magníficas cimentaciones coralinas, zoófitos, algas y crustáceos que agitaban sus enormes patas, que asomaban entre las anfractuosidades de la roca.

A las diez y cuarto, el capitán Nemo se encargó personalmente del timón. Ante nosotros, se abría una profunda y amplia galería. El *Nautilus* se internó audazmente en ella, envuelta en un insólito rumor. Era producido por las aguas del mar Rojo, que la pendiente del túnel precipitaba hacia el Mediterráneo. El *Nautilus* siguió el torrente, rápido como una flecha, a pesar de los esfuerzos de su máquina que, para resistir, batía las ondas a contra hélice.

Ya no vi en los murallones del angosto paso más que rayas brillantes, líneas rectas, surcos de fuego trazados por la velocidad a los reflejos del foco eléctrico. Mi corazón palpitaba, y hube de comprimirle con la mano.

A las diez y treinta y cinco, el capitán Nemo abandonó la rueda del gobernalle y se volvió hacia mí, diciéndome:

—El Mediterráneo.

En menos de veinte minutos, el *Nautilus*, arrastrado por aquel torrente, acababa de franquear el istmo de Suez.

XXX

EL ARCHIPIÉLAGO GRIEGO.

Al despuntar el siguiente día, 12 de febrero, el *Nautilus* se remontó a la superficie de las ondas. Inmediatamente corría la plataforma. A tres millas al Sur se dibujaba la vaga silueta de Pelusio. Un torrente nos había transportado de un mar a otro. Pero aquel túnel, fácil al descenso, debía ser impracticable a la subida.

A eso de las siete se me unieron Ned y Consejo. Los dos inseparables compañeros habían dormido tranquilamente, sin preocuparse para nada de las proezas del *Nautilus*.

—¿Qué hay, señor naturalista? —me preguntó el canadiense con cierto deje burlón—. ¿Y el Mediterráneo?

—Estamos flotando en su superficie, amigo Ned.

—¿Eh? —repuso Consejo—. ¿Esta misma noche...?

—Sí, esta misma noche, en unos cuantos minutos, hemos franqueado este istmo infranqueable.

—No lo creo —contestó el canadiense.

—Pues hace usted mal, amigo Land —repliqué—. Aquella costa baja que limita el Sur, es la costa egipcia.

—¡A otro perro con ese hueso, señor Aronnax! —dijo el testarudo arponero.

—Pues cuando el señor lo afirma —le objetó Consejo—, será verdad.

—Tan verdad —alegué— que el capitán Nemo me ha hecho los honores de su túnel, y he permanecido a su lado, en la cabina del timonel, mientras él dirigía personalmente el *Nautilus* a través del estrecho paso.

—¿Lo oye usted? —preguntó Consejo a su amigo.

—Y usted que tiene tan buena vista —agregué—, puede distinguir desde aquí las escolleras de Port-Said, que penetran en el mar.

El canadiense miró atentamente.

—En efecto —dijo—; tiene usted razón, señor Aronnax, y su capitán es todo un hombre. Ya estamos en el Mediterráneo. Perfectamente. Hablemos, pues, si le parece, de nuestros asuntillos, pero de modo que nadie pueda oírnos.

Comprendí en el acto dónde quería ir a parar el canadiense. En todo caso, pensé que valía más conversar, puesto que lo deseaba, y los tres fuimos a sentarnos junto al reflector, donde estábamos menos expuestos a recibir la húmeda rociada de las olas.

—Ya puede usted empezar, amigo Ned —le dije—. ¿Qué tiene que manifestarnos?

—Lo que tengo que manifestar a ustedes es muy sencillo — contestó el canadiense—. Estamos en Europa, y antes de que los caprichos del

184

capitán Nemo nos arrastren hasta el fondo de los mares polares o nos vuelvan a Oceanía, les pido que abandonemos el *Nautilus*.

He de confesar que estas discusiones con el canadiense me cohibían siempre. No quería, en modo alguno, coartar la libertad de mis compañeros, y por otra parte, no experimentaba el menor deseo de separarme del capitán Nemo. Gracias a él, gracias a su aparejo, iba completando de día en día mis estudios submarinos y perfeccionando mi libro relativo a las profundidades de los mares, en medio de su propio elemento. ¿Encontraría jamás otra ocasión semejante para observar las maravillas del Océano? ¡Seguramente, no! En su consecuencia, no podía conformarme con la idea de abandonar el *Nautilus* sin haber realizado nuestro ciclo de investigaciones.

—Amigo Ned —le repliqué—, contésteme francamente. ¿Se aburre usted a bordo? ¿Lamenta usted que el Destino le haya hecho caer en las manos del capitán Nemo?

El canadiense permaneció silencioso unos instantes. Luego, se cruzó de brazos y respondió:

—Con franqueza, no me siento pesaroso de este viaje submarino. Me daré por satisfecho de haberlo realizado; pero para poder decir que se ha realizado, es preciso terminarlo. Tal es mi manera de pensar.

—Ya terminará, amigo Ned.

—¿Dónde y cuándo?

—¿Dónde? No lo sé. ¿Cuándo? Tampoco puedo asegurarlo; pero supongo que acabará cuando estos mares no tengan ya nada que revelarnos. Todo lo que ha comenzado tiene forzosamente un fin en este mundo.

—Pienso como el señor —declaró Consejo—. Es muy posible que después de haber recorrido todos los mares del globo, el capitán Nemo nos ponga en libertad a los tres.

—¡En libertad! —exclamó el canadiense—. ¡No ha dicho usted nada!

—No exageremos, amigo Land —le objeté—. Nada tenemos que temer del capitán, pero no participo de las ideas de Consejo. Poseemos los secretos del *Nautilus*, y no espero que su comandante, por devolvernos nuestra libertad, se resigne a verlos esparcidos por el mundo con nosotros.

—Pues entonces, ¿qué aguarda usted? —preguntó el canadiense.

—Que se presenten circunstancias de las que podremos, de las que deberemos aprovecharnos, lo mismo dentro de seis meses que ahora.

—¡Huy! —repuso Ned Land—. ¿Sabe usted acaso dónde pararán nuestros huesos dentro de seis meses?

—Tal vez aquí, o tal vez en China. Ya sabe usted que el *Nautilus* es un rápido corredor. Atraviesa los océanos, como una golondrina surca los espacios o un expreso cruza los continentes. No rehúye los mares frecuentados. ¿Quién nos asegura que no abordará cualquier día las costas de Francia, de Inglaterra, o de América, en las que podrá intentarse una evasión, tanto o más ventajosamente que aquí?

—Señor Aronnax —contestó el canadiense—, sus argumentos carecen de base. Usted habla en futuro. "¡Estaremos aquí! ¡Estaremos allá!" Yo hablo en presente: estamos aquí, y es preciso aprovecharnos de ello.

Estrechado por la lógica de Ned Land, me sentí derrotado en este terreno. No sabía qué argumentos hacer valer en mi favor.

—Supongamos un imposible —prosiguió Ned—, que el capitán le ofreciera hoy mismo la libertad. ¿Aceptaría usted?

—No sé —contesté.

—Y si añadiese que ese ofrecimiento que le hacía hoy lo renovaría más tarde, ¿aceptaría usted?

No le respondí.

—¿Y qué piensa de todo esto el amigo Consejo? —preguntó el canadiense.

—El amigo Consejo —contestó tranquilamente el simpático muchacho— no tiene absolutamente nada que decir. Mira la cuestión desapasionadamente. Como su señor, y como su camarada Ned, es soltero. No tiene mujer, hijos, ni padres que esperen su regreso al hogar. Está al servicio del señor, piensa como el señor, habla por boca del señor, y tiene el sentimiento de manifestar a su amigo que no cuente con él para constituir mayoría. Quedan tan sólo dos personas frente a frente; el señor de una parte, y Ned Land de otra. Y dicho esto, el amigo Consejo se dispone a escuchar y a levantar acta.

No pude menos de sonreír al ver aniquilar tan por completo su personalidad a Consejo. En el fondo, el canadiense debía estar encantado de no tenerlo en contra suya.

—Puesto que Consejo está descartado —me dijo Ned Land—, discutamos nosotros solos. Yo dejo sentados mis razonamientos. ¿Qué tiene usted que oponer a ellos?

Se imponía terminar, pues los subterfugios me repugnan.

—Amigo Ned —le dije—, voy a contestarle con toda sinceridad. Tiene usted razón que le sobra, y mis argumentos no pueden prevalecer contra los suyos. No hay que contar con la buena voluntad del capitán Nemo. La prudencia más vulgar le impide ponernos en libertad. En cambio, esa misma prudencia aconseja que nos aprovechemos de la primera ocasión para abandonar el *Nautilus*.

—Bien, señor Aronnax. Eso es hablar cuerdamente.

—Sólo he de formular una observación —añadí—, una sola. Es preciso que la ocasión sea seria. Es preciso que nuestra primera tentativa de fuga prospere; porque, si aborta, no encontraremos ya oportunidad para repetirla y el capitán Nemo no nos perdonará.

—Todo eso es muy acertado —contestó el canadiense—. Pero su observación es aplicable a cualquier tentativa de fuga, ya tenga efecto dentro de dos años, ya dentro de dos días. La cuestión, por tanto, sigue siendo la misma: si se presenta una ocasión favorable, hay que aprovecharla.

—De acuerdo. Y ahora, mi apreciable Land, ¿quiere usted decirme lo que entiende por ocasión favorable?

—Lo sería, por ejemplo, la que nos ofreciera una noche sombría, en la que el *Nautilus* estuviese a corta distancia de una costa europea.

—¿Y se aventuraría usted a salvarla a nado?

186

—Desde luego, estando la playa suficientemente cerca y flotando el navío en la superficie. Estando alejados y navegando la embarcación bajo el agua, claro que no.

—¿Y en este caso?

—En este caso, procuraría apoderarme de la canoa, cuyo manejo conozco. Nos introduciríamos en ella, soltaríamos los pernos y remontaríamos a la superficie, sin que advirtiera nuestra fuga ni aun el timonel, situado a proa.

—Está bien, amigo Ned. Aceche usted, pues, la ocasión, pero sin olvidar que un fracaso nos perdería.

—Lo tendré presente, señor Aronnax.

—Y ahora, mi querido Ned, ¿quiere usted que le exponga claramente mi pensamiento respecto a su proyecto?

—Con mucho gusto.

—Pues bien: pienso —no digo que espero—, pienso que no se presentará esa ocasión favorable.

¿Por qué?

—Porque al capitán Nemo no puede ocultársele la imposibilidad de que hayamos renunciado en absoluto a la esperanza de recobrar nuestra libertad, y estará sobre aviso, especialmente a la vista de las costas europeas.

—Soy de la opinión del señor —dijo Consejo.

—¡Ya veremos! —contestó Ned Land, sacudiendo la cabeza con aire determinado.

—Quedamos en eso —agregué—, no hay más que hablar. El día que lo tenga usted dispuesto, nos prevendrá y le seguiremos. Me confío completamente a usted.

Así terminó esta conversación, que tan graves consecuencias había de tener más tarde. Por el momento, debo decir que los hechos parecieron confirmar mis previsiones, con gran desesperación del canadiense. ¿Era que el capitán Nemo desconfiaba de nosotros en aquellos mares concurridos, o quería tan sólo preservarse de la vista; de los numerosos navíos; de todas las naciones, que surcaban el Mediterráneo? Lo ignoro; pero lo cierto fue que se mantuvo casi constantemente entre dos aguas y apartado de las costas. O el *Nautilus* emergía, asomando apenas la caseta del timonel, o se lanzaba a grandes profundidades, porque entre el archipiélago griego y el Asia Menor no alcanzamos fondo a los dos mil metros.

Así, no pude conocer la isla de Cárpatos, una de las Espórades, sino por aquel verso de Virgilio que me citó el capitán Nemo, al poner su índice sobre un punto del planisferio:

"Es in Carpathio Neptuni gurgite vates
Cœruleus Proteus..."

Era, en efecto, la antigua residencia de Proteo, el viejo pastor de los rebaños de Neptuno, actualmente isla de Escarpanto, entre Rodas y Creta. Sólo vi los basamentos graníticos, a través de los cristales del salón.

Al siguiente día, 14 de febrero, resolví emplear algunas horas en el estudio de los peces del archipiélago; pero no sé por qué motivo, las escotillas permanecieron herméticamente cerradas. Al determinar la posición del *Nautilus*, observé que marchaba hacia Candía, la antigua isla de Creta. En el momento de embarcarme en la *Abraham Lincoln*, dicha isla acababa de rebelarse en masa contra el despotismo turco; pero ignoraba el estado de la insurrección, desde aquella fecha, y no había de ser el capitán Nemo, abstenido de toda comunicación con tierra, quien hubiera podido ilustrarme.

Omití, por tanto, la menor alusión a tal acontecimiento, cuando, por la tarde, me encontré a solas con él en el salón. Por otra parte, me pareció taciturno, preocupado. Luego, quebrantando sus hábitos, mandó abrir las dos claraboyas del salón, yendo de una a otra y observando atentamente la masa de las aguas. ¿Con qué objeto? No podía colegirlo, y decidí dedicarme al examen de los peces que pasaban ante mi vista.

Entre otros, registré los gobios afisos, citados por Aristóteles y vulgarmente conocidos con el nombre de *lochas marinas*, que se encuentran especialmente en las aguas saladas próximas al delta del Nilo. Junto a ellos, se agitaban los pagros medio fosforescentes, especie de esparos que los egipcios incluían entre los animales sagrados, y cuyo arribo a las aguas del río anunciaba su fecundo desbordamiento, siendo festejado con ceremonias religiosas. Anoté igualmente queilinos de tres decímetros de largo, peces huesosos con escamas transparentes cuyo color lívido alterna con manchas rojas, que devoran ansiosamente vegetales marinos, lo cual les da un sabor exquisito. Estos queilinos eran muy solicitados por los gastrónomos de la antigua Roma, y sus entrañas, aderezadas con criadillas de murenas, seso de pavo real y lenguas de flamenco, constituían el divino manjar predilecto de Vitelio.

Otro habitante de aquellos mares llamó mi atención, trayendo a mi memoria todos los recuerdos de la antigüedad: la rémora, que viaja pegada al vientre de los tiburones. Al decir de los antiguos; estos pececillos, adheridos a la carena de una embarcación, podían entorpecer su marcha, y ellos fueron, reteniendo la nave de Antonio en la batalla de Accio, los que facilitaron la victoria de Augusto. ¡De qué poco dependen los destinos de las naciones!

Observé asimismo admirables antias, peces sagrados para los griegos, que les atribuían el poder de limpiar de monstruos marinos las aguas que visitaban: su nombre significa *flor*, y lo justificaban sus cambiantes colores, sus matices comprendidos en la gama del rojo, desde la palidez del rosa hasta el brillo del rubí, y los fugaces reflejos tornasolados de su aleta dorsal. Mis miradas estaban fijas en aquellas maravillas del mar, cuando fueron súbitamente distraídas por una aparición inesperada.

Entre las aguas, surgió un hombre, un buzo, de cuya cintura pendía una bolsa de cuero. No era un cuerpo abandonado a las olas. Era un hombre vivo que nadaba vigorosamente, desapareciendo a intervalos para ir a respirar a la superficie y zambullirse nuevamente, casi en el acto.

Me volví hacia el capitán Nemo, y exclamé, verdaderamente conmovido:

—¡Un hombre! ¡Un náufrago...! ¡Hay que salvarlo a toda costa!

El capitán, sin contestarme, se acercó y apoyó su mano en el cristal.

El nadador se aproximó a su vez, pegando su cara a la claraboya y mirándonos.

Con gran estupefacción mía, el capitán Nemo le hizo un signo. El buzo le contestó con la mano, se remontó inmediatamente a la superficie y no reapareció ya.

—No se inquiete usted —me dijo el capitán—. Ese hombre es un tal Nicolás, del cabo Matapán, apodado *el Pez*, bien conocido en todas las Cícladas. ¡Un buzo de los más osados! El agua es su elemento, y vive más en ella que en tierra, yendo incesantemente de isla en isla, y hasta la de Creta.

—¿Le conoce usted, capitán?

—¿Qué tiene de particular, señor Aronnax?

Y sin decir más, el capitán Nemo se dirigió a un mueble colocado cerca del lienzo izquierdo del salón. Junto al mueble vi un arcón, reforzado con abrazaderas de hierro, cuya tapa ostentaba, en una placa de bronce, la cifra del *Nautilus*, con su divisa: *Mobilis in mobile*.

El capitán, sin cuidarse de mi presencia, abrió el mueble, especie de caja de caudales, que contenía un gran número de lingotes.

Eran lingotes de oro. ¿De dónde procedía el precioso metal, que representaba una suma enorme? ¿Dónde recogía el capitán aquel oro y qué iba a hacer de él?

Me limité a mirar, sin pronunciar una palabra. El capitán Nemo fue tomando uno a uno los lingotes, acoplándolos simétricamente, en el arcón, que llenó por completo. Calculé que contenía entonces más de mil kilogramos de oro o sea cerca de cinco millones de francos.

El arcón fue sólidamente cerrado, y el capitán escribió en su tapa una dirección, en caracteres que debían pertenecer al griego moderno.

Hecho esto, oprimió un botón, cuyos conductores estaban enlazados con el departamento de la marinería. Acudieron cuatro tripulantes, que sacaron el arcón de la sala, no sin trabajo. Después, oí que le izaban, por medio de poleas, por el hueco de la escalera de hierro.

El capitán Nemo se volvió hacia mí.

—¿Qué decía usted, doctor? —me preguntó.

—Nada, capitán.

—Entonces, me permitirá usted que le salude y me retire.

Y sin más cumplidos, el capitán Nemo abandonó el salón.

Yo me trasladé a mi cámara, tan intrigado como puede suponerse. Traté vanamente de conciliar el sueño, buscando una relación entre la presencia del buzo y el arcón repleto de oro. Al poco rato, ciertos bandazos y cabeceos me advirtieron de que el *Nautilus*, abandonando las capas inferiores, volvía a la superficie de las aguas.

Luego, percibí un rumor de pasos por la plataforma. Comprendí que se descolgaba la canoa, que se la lanzaba al mar. Rozó un instante el casco del navío y cesó todo ruido.

Dos horas más tarde, se reprodujeron el mismo ruido, las mismas idas y venidas. La embarcación, izada a bordo, fue ajustada en su alvéolo y el *Nautilus* volvió a sumergirse bajo las ondas.

Así, pues, aquellos millones habían sido transportados a su dirección. ¿A qué punto del continente? ¿Quién era el corresponsal del capitán Nemo?

Al día siguiente, referí a Consejo y al canadiense los acontecimientos de la noche, que tan en alto grado excitaban mi curiosidad. Mis compañeros se mostraron igualmente sorprendidos.

—¿Pero de dónde saca esos millones? —preguntó Ned Land.

No había modo de contestar a esa pregunta. Después de almorzar, me trasladé al salón y me puse a trabajar. Hasta las cinco de la tarde, redacté mis notas. A dicha hora —lo cual atribuí a una disposición personal— sentí un calor tan sofocante, que hube de despojarme de mi traje de biso. El efecto era incomprensible, porque no nos encontrábamos bajo latitudes altas, y, además, el *Nautilus*, sumergido, no debía experimentar ninguna elevación de temperatura. Miré al manómetro. Mareaba una profundidad de sesenta pies, a la que no podía llegar el calor atmosférico.

Continué mi trabajo, pero la temperatura se elevó hasta el punto de hacerse intolerable.

—¿Habrá fuego a bordo? —me pregunté.

Al disponerme a salir del salón, encontré en él al capitán Nemo. Se acercó al termómetro, lo consultó y dijo, volviéndose hacia mí:

—Cuarenta y dos grados.

—Ya lo veo, capitán —contesté—, y a poco que aumente esta temperatura, no podremos soportarla.

—¡Oh! señor Aronnax, este calor no aumentará, si no lo queremos.

—¿Puede usted, pues, moderarlo a su voluntad?

—No; pero puedo alejarme del foco que lo produce.

—¿Es exterior?

—Claro. Flotamos en una corriente de agua hirviendo.

—¿Es posible?

—Mire usted.

Los tableros metálicos se deslizaron por sus ranuras, dejando al descubierto el mar, completamente blanco, en torno del *Nautilus*. Una humareda de vapores sulfurosos se extendía entre las ondas, que burbujeaban como el agua de una caldera. Apoyé la mano en uno de los cristales; pero el calor era tan intenso, que tuve que retirarla.

—¿Dónde estamos? —pregunté.

—Cerca de la isla Santorín —me contestó el capitán—, y precisamente en el canal que separa Nea-Kameni de Palea-Kameni. He querido proporcionar a usted el curioso espectáculo de una erupción submarina.

—Creía —dije— que la formación de esas nuevas islas estaba terminada ya.

—En los parajes volcánicos —objetó el capitán—, la transformación es incesante, por la constante actuación de los fuegos subterráneos. Ya, en el año décimo noveno de nuestra era, según Casiodoro y Plinio, apareció la nueva isla de Teya, en el mismo sitio en que recientemente se han formado estos islotes. Luego se sumergió bajo las ondas, para reaparecer el año sesenta y nueve, y abismase de nuevo. Desde aquella época hasta nuestros días, quedó interrumpido el trabajo plutónico. Pero, el 3 de febrero de 1866, emergió entre los vapores sulfurosos un nuevo islote, al que se dio el nombre de Jorge, inmediato a Nea-Kameni, y se soldó a este macizo, el 6 del mismo mes. Siete días después, el 13 de febrero, surgió el islote Afrodisia, dejando un canal de diez metros entre él y Nea-Kameni. Precisamente me encontraba en estos mares cuando se produjo el fenómeno, y pude observar todas sus fases. El nuevo islote, de forma redondeada, medía trescientos pies de diámetro por treinta de altura. Se componía de lavas negras y vítreas, mezcladas con fragmentos feldespáticos. Por último, el 10 de marzo, se presentó un islote más pequeño, llamado Reka, próximo a Nea-Kameni, y desde entonces, los tres islotes, adheridos entre sí, forman una sola y misma isla.

—¿Y el canal que cruzamos ahora? —pregunté.

Aquí le tiene usted —contestó el capitán Nemo, enseñándome una carta del archipiélago—. Como ve usted, he marcado en el mapa los nuevos islotes.

—Pero este canal acabará por quedar obstruido.

—Es probable, señor Aronnax, porque desde 1866, han surgido ya ocho pequeños islotes de lava frente al puerto de San Nicolás, de Palea—Kameni. Es, por tanto, evidente que Nea y Palea se reunirán, sin que pase mucho tiempo. Así como, en medio del Pacífico, son los infusorios los que forman los continentes, aquí, son los fenómenos eruptivos. ¡Vea usted, señor Aronnax, vea usted el trabajo que se realiza bajo las ondas!

Me acerqué de nuevo al cristal. El *Nautilus* estaba parado. El calor resultaba intolerable. El mar se había convertido de blanco en rojo, coloración debida a la presencia de una sal de hierro. A pesar del hermético cierre del salón se percibían insoportables emanaciones sulfurosas, viéndose tras del cristal llamaradas escarlatas, cuyos fulgores amortiguaban el brillo de la electricidad.

Estaba empapado en sudor, me ahogaba, me liquidaba. ¡Sí! Realmente sentíame liquidarme.

—No es posible parmanecer más tiempo en este hervidero —dije al capitán.

—No; no sería prudente —contestó el impasible Nemo.

Y transmitió una orden. El *Nautilus* viró en redondo y se alejó de aquel horno, que no hubiera podido afrontar impunemente. Un cuarto de hora más tarde, respirábamos en la superficie de las ondas.

En el mismo instante, cruzó por mi mente la idea de que si Ned Land hubiera escogido semejantes parajes para efectuar nuestra evasión, no habríamos salido vivos de aquel mar de fuego.

191

Al día siguiente, 16 de febrero, dejábamos aquella bahía, que alcanza profundidades de tres mil metros, entre Rodas y Alejandría, y el *Nautilus*, pasando a la vista de Cerigo abandonaba el archipiélago griego, después de haber doblado el cabo Matapán.

XXXI

EL MEDITERRÁNEO EN CUARENTA Y OCHO HORAS.

El Mediterráneo, el mar azul por excelencia., el *gran mar* de los hebreos, el *mar* de los griegos, el *mare nostrum* de los romanos, bordeado de naranjos, áloes, cactos y pinos marítimos, embalsamado por el perfume de los mirtos, encuadrado por ásperas montañas, saturado de un aire puro y diáfano, pero influenciado incesantemente por la ignición terrestre, es un verdadero campo de batalla, en el que Neptuno y Plutón continúan disputándose el dominio del mundo. Allí, en sus playas y en sus aguas, según Michelet, templa el hombre sus energías en uno de los más vigorosos climas del globo.

Pero, a pesar de sus ponderadas bellezas, sólo pude tomar un rápido bosquejo de aquel vasto recipiente, cuya superficie cubre dos millones de kilómetros cuadrados. Hasta me faltó el concurso de los conocimientos personales del capitán Nemo, porque el enigmático personaje no se dejó ver una sola vez, durante aquella travesía desenfrenada. Estimo en unas seiscientas leguas la distancia que recorrió el *Nautilus* sobre las ondas del citado mar, realizando tal viaje en cuarenta y ocho horas. Partidos en la madrugada del 16 de febrero de los parajes griegos, el 18, al amanecer, habíamos franqueado el estrecho de Gibraltar.

Adquirí el convencimiento de que el Mediterráneo, encerrado entre tierras que deseaba esquivar, disgustaba al capitán Nemo. Las ondas y las brisas de aquel mar le aportaban demasiados recuerdos, si no demasiados pesares. Se echaba de menos aquella libertad de acción, aquella independencia en las maniobras que le dejaban los océanos, y su Nantilus se sentía estrecho entre las próximas costas de África y de Europa.

Así, nuestra velocidad fue de veinticinco millas por hora, o sea de doce leguas de cuatro kilómetros. No hay para qué decir que Ned Land, bien a pesar suyo, hubo de renunciar a sus proyectos de fuga. No era posible utilizar la canoa, arrastrada a razón de doce a trece metros por segundo. Abandonar el *Nautilus* en tales condiciones, hubiera equivalido a tirarse de un tren que marchara con igual rapidez, intento manifiestamente temerario. Por otra parte, nuestro aparejo no remontaba la superficie más que de noche, a fin de renovar su provisión de aire, guiándose tan sólo por las indicaciones de la brújula y las anotaciones de la corredera.

No vi, por tanto, del interior del Mediterráneo, más de lo que el viajero de un expreso vislumbra del paisaje que huye ante su vista, es decir, los horizontes lejanos, pero no los primeros términos, que pasan como un relámpago. Sin embargo, Consejo y yo pudimos observar algunos peces de aquel mar, que se mantenían unos instantes en aguas del *Nautilus*, merced al vigor de sus aletas. Permanecimos al acecho tras la vidriera del salón, y nuestras notas me permiten rehacer, en pocas palabras, la ictiología mediterránica.

De los diversos peces que pueblan aquellas profundidades, vi unos y adiviné otros, sin mencionar los numerosos que hurtó a mis ojos la velocidad del *Nautilus*. Séame, pues, permitido clasificarlos en una forma relativamente arbitraria, que reflejará más exactamente mis rápidas observaciones.

Entre la masa de las aguas, vivamente iluminadas por los haces eléctricos, serpenteaban algunas de esas lampreas de un metro de longitud, que son comunes a casi todos los climas. Varios oxirrincos, especies de rayas de cinco pies de anchura, con el vientre blanco y el dorso ceniciento y moteado, se extendían como vastos chales arrebatados por las corrientes. Otras rayas pasaban tan de prisa, que no podía comprobar si merecían el nombre de águilas, que les fue aplicado por los griegos, o los calificativos de rata, sapo y murciélago, con que las han disfrazado los pescadores modernos. Escualos milandros, de doce pies de largo y muy temidos por los buzos, competían entre sí en rapidez. Zorros marinos, de ocho pies de longitud y dotados de una extraordinaria finura de olfato, aparecían como grandes sombras azuladas. Doradas, del género esparo, algunas de las cuales medían hasta trece decímetros, ostentaban su vestidura de plata y azul, festoneada, que se destacaba del tono sombrío de sus aletas; peces consagrados a Venus, con las pupilas engastadas en áureos círculos, especie preciosa adaptable a todas las aguas, dulces o saladas, que habita en los ríos, en los lagos y en los océanos, que vive bajo todos los climas, que soporta todas las temperaturas, y cuya raza, que se remonta a las épocas geológicas de la tierra, ha conservado toda su belleza primitiva. Magníficos esturiones, de nueve a diez metros de largo, animales de gran andar, azotaban con su potente cola los cristales de nuestro mirador, mostrando su lomo azulado con pintas obscuras; son parecidos a los escualos, cuya fuerza no llegan a igualar, y se encuentran en todos los mares; en primavera, gustan de remontar los grandes ríos, y luchan contra las corrientes del Volga, del Danubio, del Po, del Rin, del Loira, y del Óder, alimentándose de arenques, de caballas, de salmones y de gados; aunque pertenecen a la clase de los cartilaginosos, son delicados; se comen frescos, en conserva o curados, y en otra época se les llevaba triunfalmente a la mesa de Lúculo. Pero de los distintos moradores del Mediterráneo, los que pude observar más útilmente, cuando el *Nautilus* se aproximaba a la superficie, pertenecían al género sexagésimo tercero de los peces óseos. Eran escombros atunes, de lomo negro azulado, vientre acorazado de plata, y cuyos bisos dorsales lanzan resplandores de oro. Tienen fama de seguir la marcha de los navíos, a cuya sombra buscan frescura bajo los ardores del sol tropical, y no la desmintieron, acompañando al *Nautilus*, como en otro tiempo acompañaron a las naves de La Pérouse. Durante largas horas, compitieron en velocidad con nuestro aparejo. Yo no me cansaba de admirar a aquellos animales, verdaderamente constituidos para la carrera, con su cabeza pequeña, su cuerpo liso y fusiforme, que en algunos excedía de tres metros, sus pectorales dotadas de notable vigor y sus caudales ahorquilladas. Nadaban en triángulo, como ciertas bandadas de aves, cuya rapidez igualaban, lo cual hizo decir a los antiguos que les eran familiares la geometría y la estrategia. Y sin embargo, no logran escapar a las persecuciones de los provenzales, que los estiman como los estimaban los habitantes de Propóntide y de Italia, y se lanzan ciegamente, aturdidamente, pereciendo a millares en las almadrabas marsellesas.

Citaré, sólo a título de curiosidad, los peces mediterráneos que Consejo y yo no vimos más que de pasada. Figuraban entre ellos blanquecinos gimnotos, que pasaban como impalpables vapores; morenas, congrios, serpientes de tres a cuatro metros, ataviadas de verde, de azul y de amarillo; gados merlos, de tres pies de largo, cuyo hígado constituye un delicado manjar; féfolos tenias, que flotaban como sutiles algas; triglas, a las que los poetas llaman peces liras y los marinos peces silbadores, cuyo hocico aparece adornado por dos placas triangulares y dentadas, que figuran el intrumento del viejo Homero; triglas golondrinas, que nadan con la rapidez del pájaro cuyo nombre llevan; holocentros marinos, de roja cabeza, cuya aleta dorsal va guarnecida de filamentos; alosas salpicadas de manchas negras, grises, pardas, azules, amarillas o verdes, que son sensibles al sonido argentino de las campanillas; espléndidos rodaballos, esos faisanes marinos, especie de losanges con aletas amarillentas, moteadas de obscuro, y cuyo lado superior, el izquierdo, está generalmente jaspeado de negro y de amarillo; turbas, en fin, de admirables salmonetes, verdaderas aves del paraíso del Océano, que los romanos pagaban hasta a diez mil sestercios el ejemplar y que hacían morir a su vista, para seguir con mirada cruel sus cambios de color, desde el rojo cinabrio de la vida, hasta el blanco lívido de la muerte.

Y si no pude observar otros, como ballestas, tetrodontes, hipocampos, centriscos, blenias, barbos, labros, esperinques, exocetos, anchoas, pajeles, bogas y órfios, ni todos los principales representantes del orden de los pleuronectos, como latijas, hipoglosos, platijas y lenguados, comunes al Atlántico y al Mediterráneo, culpa fue de la vertiginosa velocidad a que nos arrastraba el *Nautilus*, a través de aquellas opulentas aguas.

Entre los mamíferos marinos, me pareció reconocer, al cruzar frente al Adriático, dos o tres cachalotes provistos de una aleta dorsal, pertenecientes al género de los físeteros; algunos delfines del género de los globicéfalos, exclusivos del Mediterráneo, y cuya cabeza está cebrada, en su parte anterior, por pequeñas líneas claras, y una docena de focas de vientre blanco y manto negro, de tres metros de longitud, conocidas con el nombre de monjes, por ofrecer toda, la apariencia de religiosas dominicas.

Por su parte, Consejo creyó haber distinguido una tortuga de seis pies de anchura, ribeteada por tres aristas salientes, en sentido longitudinal. Sentí no haber visto aquel reptil, porque, por la descripción que me hizo

194

Consejo, creí reconocer en él uno de los escasos ejemplares de la especie laúd. Yo sólo vi algunas cacuanas, con su prolongado caparazón.

Por lo que respecta a zoófitos, pude admirar, durante unos momentos, una soberbia galeolaria anaranjada, que se adhirió a la vidriera del costado de babor; era un largo y delgado filamento, que arborizaba, en ramas infinitas, terminadas por el más fino encaje que hubieran podido tejer nunca las rivales de Arácnida. Desgraciadamente, no me fue dable pescar aquel ejemplar admirable, y seguramente no se habría, ofrecido a mis miradas ningún otro zoófito mediterráneo, si el *Nautilus*, en la tarde del 16, no hubiese acortado notablemente su velocidad, en las circunstancias que voy a exponer.

Pasábamos entonces entre Sicilia y la costa de Túnez. En ese angosto espacio comprendido entre el cabo Bueno y el estrecho de Mesina, el fondo del mar se remonta de una manera brusca, formando una verdadera cresta sobre la cual no quedan más que diez y siete metros de agua, mientras que, a cada lado, la profundidad es de ciento setenta. El *Nautilus* hubo de maniobrar con prudencia, para no chocar en aquella barrera submarina.

Mostré a Consejo, en la carta del Mediterráneo, el emplazamiento que ocupaba el extenso arrecife.

—Pero esto, salvo la opinión del señor —observó Consejo—, es como un verdadero istmo que une a Europa con África.

—Justamente —contesté— obstruye por completo el estrecho de Libia, y los sondeos de Smith han demostrado que los continentes estuvieron unidos en otras épocas, entre el cabo Bueno y el cabo Furina.

—Es muy creíble —dijo Consejo.

—Añadiré —proseguí explicando— que entre Gibraltar y Ceuta existe otra barrera semejante, que, en los tiempos geológicos, cerraba por completo el Mediterráneo.

—¡Diantre! —exclamó Consejo—; pues si cualquier fenómeno volcánico elevase algún día esas dos barreras por encima de las ondas...

—No es probable, Consejo.

—Permítame terminar el señor. Quería decir que, si ese fenómeno se produjera, sería un contratiempo grave para Lesseps, a quien tantos desvelos cuesta la apertura de su istmo.

—Convengo en ello; pero te repito, Consejo, que ese fenómeno no se producirá. La violencia de las fuerzas subterráneas va disminuyendo constantemente. Los volcanes, tan numerosos en los primeros días del mundo, se apagan poco a poco; el calor interior se debilita, la temperatura de las capas inferiores del globo desciende en cantidad apreciable por siglo, y en detrimento de nuestro planeta, porque ese calor es su vida.

—Pero el sol...

—El sol es insuficiente, Consejo. ¿Podría devolverse el calor a un cadáver?

—No creo que haya medios.

—Pues bien, amigo mío; la Tierra será algún día ese cadáver yerto. Se convertirá en inhabitable y quedará deshabitada como la Luna, que perdió hace mucho tiempo su calor habitual.

—¿En cuántos siglos? —preguntó Consejo.

—En varios centenares de miles de años —le contesté.

—Entonces —replicó el simpático servidor—, tenemos tiempo de terminar nuestro viaje. ¡Digo! ¡Si Ned Land no toma cartas en el asunto!

Y tranquilizado ya, Consejo se dedicó al estudio de aquel fondo casi superficial, que el *Nautilus* rasaba de cerca, con moderada velocidad.

Allí, bajo un suelo pedregoso y volcánico, se esparcía toda una flora viviente; esponjas, holoturias, cidipos cristalinos adornados de cirros rojizos, de los que se desprendía una ligera fosforescencia; los vulgarmente conocidos con el nombre de cohombros de mar, bañados en las reverberaciones de un espectro solar; comátulas ambulantes, de un metro de longitud, cuya púrpura enrojecía las aguas; corales arborescentes de la más espléndida belleza; pavonáceas de largos tallos; numerosos esquinos comestibles de varias especies y verdes actinias de tronco grisáceo y disco pardusco, que se perdían en su cabellera aceitunada de tentáculos.

Consejo se ocupó especialmente en observar los moluscos y los articulados, y aunque su nomenclatura resulte un poco árida, no quiero desairar al celoso muchacho omitiendo sus observaciones.

En la rama de los moluscos anotó numerosos petúnculos pectiniformes; espóndilos pie de asno, amontonados unos sobre otros; donacios triangulares; hialos tridentados, con aletas amarillas y conchas transparentes; pleurobranquios anaranjados; huevos moteados o sembrados de puntos verdosos; aplisias, conocidos también con el nombre de *liebres de mar*; doladeras; carnudos aceros; sombrillas peculiares del Mediterráneo; orejas de mar, cuya concha produce un nácar muy solicitado; pechinas flamuladas; anomias, que los habitantes del Languedoc —según se dice— prefieren a las ostras; clovisas, tan estimadas por los marselleses; algunos de esos clamios, tan abundantes en las costas de América del Norte y de los que tan considerable consumo se hace en Nueva York; peines operculares de variados colores; litodendros hundidos en sus cavidades, con un pronunciado sabor a pimienta; venericardios, cuya concha, de vértice bombeado, aparece surcada por salientes aristas; cintias erizadas de tubérculos escarlata; carnianos de punta encorvada, semejantes a ligeras góndolas; feros coronados; atlantes de concha espiraliforme; tetis grises con manchas blancas, recubiertos de su mantelina franjeada; eólidas, semejantes a pequeñas badosas; cavolinias rastreando sobre el lomo; aurículas, entre ellas la miosotis, de concha ovalada; leonadas escalarias, litorinas, janos, cinerarias, petrícolas, laminares, cabujones, pandoras y tantos otros, cuya reseña sería interminable.

En cuanto a los articulados, Consejo los tenía acertadamente divididos en seis clases, de las que tres pertenecen al mundo marino. Estas clases son las de los crustáceos, cirrópodos y anélidos.

Los crustáceos se subdividen en nueve órdenes, el primero de los cuales comprende los decápodos, es decir, los animales cuya cabeza está generalmente soldada al tórax, cuyo aparato bucal se compone de varios miembros apareados, y que poseen cuatro, cinco o seis pares de patas torácicas o ambulatorias. Consejo, siguiendo el método de nuestro maestro Milne Edwards, formó tres secciones de decápodos; los braquiuros, los macruros y los anomuros. Estos nombres resultan algo bárbaros, pero son justos y precisos. Entre los braquiuros, Consejo tomó nota de los amacias cuya frente va armada de dos grandes puntas divergentes; el inaco escorpión, que —ignoro por qué motivo— simbolizaba la prudencia entre los griegos; de las arañas masenas y espinimanas, probablemente perdidas en aquellas alturas, porque, de ordinario, viven a grandes profundidades; jantos, dardos, romboides, calapianos granulosos —muy fáciles de digerir, según observación de Consejo—, coristos desdentados, ebalios, cinopolios, dorripos y otros varios. Entre los macruros, subdivididos en cinco familias, los acorazados, los minadores, los astacios, los cangrejos y los esquizópodos, hizo constar la langosta común, la cigarra marina, la jibia ribereña y toda clase de especies comestibles, pero sin mencionar la subdivisión de los astacios que comprende los cabrajos, porque la langosta es el único cabrajo del Mediterráneo. Por último, entre los anomuros, consiguió los drocinos vulgares, resguardados tras la concha de que pueden desprenderse y apoderarse, las homolas de frente espinosa, los bernardos ermitaños, porcelanas y otros.

Aquí daba fin el trabajo de Consejo. Le faltó tiempo para completar las clases de los crustáceos, examinando los estomápodos, los antípodos, los homópodos, los isópodos, los trilobitos, los branquiápodos, los ostrácodos y los entomostráceos. Y para terminar el estudio de los articulados marinos, hubiera debido citar la clase de los cirrópodos, que contiene los cíclopes y los argulos, y la clase de los anélidos, que seguramente habría dividido en tubícolas y dorsibranquios. Pero el *Nautilus*, salvada la elevación del estrecho de Libia, reanudó en aguas más profundas su acostumbrada marcha veloz. A partir de aquel momento, ya no se vieron moluscos, articulados ni zoófitos; apenas algunos corpulentos peces, que pasaban como sombras.

Durante la noche del 16 al 17 de febrero, entramos en ese segundo receptáculo mediterráneo, cuyas mayores profundidades se encuentran a tres mil metros. El *Nautilus* impulsado por su hélice, deslizándose sobre sus planos inclinados, penetró hasta las últimas capas del mar.

Allí, a falta de maravillas naturales, la masa de las aguas ofreció a mis ojos abundantes escenas conmovedoras y terribles. Atravesábamos a la sazón la parte del Mediterráneo más fecundo en siniestros. ¡Cuántas naves han naufragado, cuántas embarcaciones han desaparecido, desde las costas argelinas a las playas de Provenza! El Mediterráneo no es más que un lago, comparado con las vastas llanuras líquidas del Pacífico; pero es un lago caprichoso, tornadizo y variable, hoy propicio y acariciador para la frágil carabela que parece flotar entre el doble azul purísimo de las aguas y del cielo, mañana furioso, desatado, encrespado por los vendavales, despedazando los más resistentes navíos entre sus olas desenfrenadas, que los azotan incesante y precipitadamente.

En aquel rápido paseo a través de las capas profundas, tuve ocasión de contemplar numerosos restos yacentes sobre el suelo, unos empotrados ya en los corales, otros revestidos únicamente de una capa de moho anclas, cañones, proyectiles, guarniciones de hierro, árboles de hélice, trozos de máquinas, cilindros destrozados, calderas desfondadas, cascos flotando entre dos aguas: ya en posición natural, ya invertidos.

De aquellos navíos náufragos unos habían perecido por colisión; otros, por haber chocado con algún escollo de granito, Vi varios sumergidos a plomo, con la arboladura vertical y los aparejos atirantados por el agua. Aparentaban estar anclados en una inmensa rada exterior, esperando el momento de zarpar. Cuando el *Nautilus* pasaba entre ellos, envolviéndolos en los destellos de su reflector, parecía que aquellas embarcaciones iban a saludarle izando su pabellón y enviándole su número de matrícula. ¡Pero no! ¡Tan sólo el silencio y la muerte reinaban en aquel campo de catástrofes!

Observé que abundaban más los siniestros despojos, a medida que el *Nautilus* se acercaba al estrecho de Gibraltar. Las costas de África y de Europa se estrecharon en aquellos parajes, y los encuentros son más frecuentes en tan angosto espacio. Vi diseminadas numerosas cadenas de hierro, ruinas fantásticas de vapores, tumbados unos, erguidos los otros, semejantes a formidables animales. Una de aquellas naves, con los flancos abiertos, la chimenea encorvada, destrozadas las ruedas, de las que no restaba más que la montura, separado el timón del codaste y retenido aún por una cadena de hierro, roída la placa de popa por las sales marinas, ofrecía un aspecto terrible. ¡Cuántas existencias cercenadas en su naufragio! ¡Cuántas víctimas arrastradas al abismo! ¿Habría sobrevivido algún tripulante para narrar el tremendo desastre, o seguirían guardando las ondas el secreto del siniestro? Sin saber por qué, asaltó mi mente la idea de que aquella embarcación sepultada bajo las olas pudiera ser el

Atlas, desaparecida con carga y pasaje hacía unos veinte años, sin volver a saberse nada de su paradero. ¡Ah! ¡Qué pavorosa historia la que se reconstituyera en aquellos fondos mediterráneos, en aquel vasto osario, donde tantas riquezas se han perdido y tantos seres han hallado la muerte!

Pero el *Nautilus*, indiferente y rápido, corría a toda hélice por entre aquellas ruinas. El 18 de febrero, a las tres de la madrugada, embocaba el estrecho de Gibraltar.

En él, existen dos corrientes; una corriente superior, descubierta en remotos tiempos, que lleva las aguas del Océano al recipiente del Mediterráneo; y una contracorriente inferior, cuya existencia se ha deducido y comprobado por el cálculo. En efecto; el total de las aguas del Mediterráneo, incesantemente acrecido por las ondas del Atlántico y por los ríos que desembocan en él, debería elevar anualmente el nivel de dicho mar, porque su evaporación es insuficiente para restablecer el equilibrio. Y como no sucede así, no queda otro recurso que admitir la existencia de otra corriente inferior, que, por el estrecho de Gibraltar, vierta en el depósito del Atlántico sobre el Mediterráneo.

El hecho quedó plenamente demostrado. De tal contracorriente se aprovechó el *Nautilus*, avanzando rápidamente por el angosto paso. Un instante después, pudo vislumbrar las admirables ruinas del templo de Hércules, sumergido, al decir de Plinio y de Avienus, bajo el islote que le soportaba, y a los pocos minutos, flotábamos sobre las ondas del Atlántico.

XXXII

LA BAHÍA DE VIGO.

¡El Atlántico! Vasta extensión de agua, cuya superficie cubre veinticinco millones de millas cuadradas, en una longitud de nueve mil por una anchura media de dos mil setecientas. Importante mar casi ignorado de los antiguos, excepto quizá de los cartagineses, esos holandeses de la antigüedad, que en sus peregrinaciones comerciales recorrieron las costas occidentales de Europa y de África. Océano cuyas costas de sinuosidades paralelas abarcan un perímetro inmenso, regado por los ríos más caudalosos del mundo, el San Lorenzo, el Mississipi, el Amazonas, el Plata, el Orinoco, el Níger, el Senegal, el Loira, el Rin, que le llevan las aguas de los países más civilizados y de las comarcas más salvajes. Magnífica llanura, surcada incesantemente por los navíos de todas las naciones, guarnecida bajo todos los pabellones del mundo y que limitan esas dos terribles puntas, temidas por los navegantes, el cabo de Hornos y el cabo de las Tormentas.

El *Nautilus* hendía las aguas bajo el filo de su tajamar después de haber cubierto cerca de diez mil leguas en tres meses y medio, trayecto superior a uno de los grandes círculos de la tierra. ¿Dónde íbamos ahora, y qué nos reservaba el porvenir?

Una vez salvado el estrecho de Gibraltar, el *Nautilus* se internó en el Océano y volvió a la superficie de las ondas, restituyéndonos los cotidianos paseos por la plataforma.

Ascendí a ella inmediatamente, acompañado de Ned Land y de Consejo. A una distancia de doce millas, aparecía vagamente el cabo de San Vicente, que forma el extremo Sudoeste de la península hispana. Soplaba fuerte ventarrón del Sur. La mar, gruesa y agitada, imprimía violentos balanceos al *Nautilus*. Era casi imposible mantenerse sobre la plataforma, invadida a cada instante por enormes oleadas. Hubimos, por lo tanto, de retornar al interior, después de aspirar algunas bocanadas de aire.

Yo me dirigí a mi cámara. Consejo volvió a su cabina, y el canadiense me siguió, con aire preocupado. Nuestro rápido paso a través del Mediterráneo no le había permitido poner en ejecución sus proyectos, y disimulaba poco su contrariedad.

Cerrada la puerta de mi cámara, se sentó y me miró silenciosamente.

—Amigo Ned — le dije—, comprendo su enojo, pero no tiene usted nada que reprocharse. En las condiciones en que navegaba el *Nautilus*, hubiera sido una locura pensar en abandonarle.

Ned Land no contestó. Sus apretados labios, sus fruncidas cejas, denotaban en él la violenta obsesión de una idea fija.

—No hay que desesperar todavía —continué—. Remontamos la costa de Portugal, y no estamos tan lejos de Francia y de Inglaterra, donde hallaremos fácil refugio. Si el *Nautilus*, al salir del estrecho de Gibraltar, hubiera emproado al Sur, si nos hubiera arrastrado hacia esas regiones en que faltan los continentes, compartiría sus inquietudes; pero ahora sabemos positivamente que el capitán Nemo no esquiva los mares civilizados, y dentro de pocos días creo que podrá usted actuar con seguridad.

Ned Land me miró más fijamente que antes, y desplegando por fin los labios, declaró:

—Lo haré esta misma noche.

Me levanté de un salto. Confieso que no estaba preparado para semejante comunicación. Hubiera querido replicar al canadiense, pero las palabras no acudieron a mi boca.

—Convinimos en esperar una oportunidad —prosiguió Ned Land—, y esa oportunidad se ha presentado. Esta noche, nos encontraremos a muy pocas millas de la costa española. El tiempo es sombrío y el viento sopla de la parte del mar. Tengo su palabra, señor Aronnax, y cuento con usted.

Y como yo siguiera callado, el canadiense se levantó, se acercó a mí y agregó:

—Esta noche, a las nueve. Ya he prevenido a Consejo. A esa hora, el capitán Nemo estará encerrado en su cámara y probablemente acostado. Ni los maquinistas ni el resto de la dotación pueden vernos. Consejo y yo ganaremos la escalera central. Usted, permanecerá en la biblioteca, a dos pasos de nosotros, aguardando mi señal. Los remos, el mástil y la vela están en la canoa, y hasta he logrado almacenar en ella algunas provisiones. Me he procurado una llave inglesa para destornillar las tuercas que sujetan la canoa al casco del *Nautilus*. Así, pues, todo está dispuesto. ¡Hasta la noche!

—Hay mucha marejada —objeté.

—Ya lo sé —contestó el canadiense—, pero es preciso aventurarse. La libertad vale algún sacrificio. Además, la embarcación es sólida, y unas cuantas millas con viento favorable no son obra de romanos. ¿Quién sabe si mañana estaremos cien leguas mar adentro? Que las circunstancias nos ayuden, y entre diez y once habremos desembarcado en tierra firme o habremos muerto. ¡A la gracia de Dios, pues, y hasta la noche!

Dicho esto, el canadiense se retiró, dejándome casi aturdido. Me había imaginado que, llegado el caso, tendría tiempo de reflexionar, de discutir. Mi testarudo compañero no me lo permitía. Después de todo, ¿qué habría de argumentarle? Ned Land tenía razón sobrada. La ocasión la pintan calva. ¿Podía volver sobre mi palabra y asumir la responsabilidad de comprometer el porvenir de mis compañeros, por un interés puramente personal? ¿No podía ocurrírsele mañana al capitán Nemo alejarnos de todas las costas?

En aquel momento, un estridente silbido me informó de que los depósitos se llenaban, y el *Nautilus* se hundió bajo las ondas del Atlántico.

Permanecí en mi cámara. Quería evitar el encuentro con el capitán, para no ponerle de manifiesto la emoción que me dominaba. ¡Triste jornada la que pasé, luchando entre el deseo de recobrar la posesión de mi libre albedrío y el sentimiento de abandonar aquel portentoso *Nautilus*, dejando incompletos mis estudios submarinos! ¡Dejar así aquel Océano, "mi Atlántico", como me complacía en llamarle, sin haber investigado sus últimas capas, sin haberle arrebatado los secretos que me habían revelado los mares de las Indias y del Pacífico! ¡Mi novela desaparecía de mis manos en el primer volumen; mi sueño se interrumpía en el momento más interesante! ¡Qué horas tan penosas transcurrieron en esta situación, ya viéndome seguro, en tierra, con mis compañeros, ya anhelando, contra todo raciocinio, que alguna circunstancia imprevista desbaratase la realización de los proyectos de Ned Land!

Dos veces acudí al salón, para consultar la brújula. Quería saber si la dirección del *Nautilus* nos aproximaba, en efecto, o nos alejaba de la costa. Comprobé que la embarcación se mantenía en aguas portuguesas, costeando y emproada al Norte.

Precisaba, pues, resolverse y prepararse a huir. Mi bagaje no era pesado; únicamente lo constituían mis notas.

En cuanto al capitán Nemo, me pregunté qué pensaría de nuestra evasión, qué zozobras, qué perjuicios, quizá, le causaría, y qué haría en el doble caso de ser descubierta o frustrada. Indudablemente, no tenía motivo de queja contra él; al contrario. Jamás existió más franca hospitalidad que la suya. Pero, al abandonarle, no podía tachárseme de ingratitud. No nos ligaba ningún juramento. El capitán sólo contaba con la fuerza que le daba su situación, pero no con nuestra palabra, para exigir nuestra permanencia junto a él, y esta pretensión, franca y manifiestamente declarada, de retenernos eternamente prisioneros a bordo, justificaba todas nuestras tentativas.

No había vuelto a ver al capitán desde nuestra visita a la isla de Santorín. ¿Nos pondría el azar frente a frente, antes de nuestra partida? Lo deseaba y lo temía a la vez. Escuché atentamente, por si percibía rumor de pasos en su cámara, contigua a la mía; pero no turbó el silencio el más ligero ruido. La cámara debía estar desierta.

Entonces, se me ocurrió preguntarme si el extraño personaje estaría a bordo. Desde la noche durante la cual se destacó la canoa del *Nautilus* para un servicio misterioso, mis ideas, en lo que concernía al capitán, se habían modificado algo. Pensaba, dijera él lo que le pareciese, que debía conservar con tierra relaciones de cierta especie. ¿Que no salía jamás del *Nautilus*? A veces habían transcurrido semanas enteras sin encontrarnos. ¿Qué hacía durante aquel tiempo? Mientras yo le suponía presa de accesos de misantropía, ¿no realizaría lejos de allí algún acto secreto, cuya naturaleza no podía colegir en el momento?

Todas estas ideas, y otras mil, me asaltaron simultáneamente. El campo de las conjeturas se extiende hasta el infinito, en situaciones tan anormales como la en que nos hallábamos. Experimenté un malestar insoportable. Aquella jornada de espera me pareció interminable. Las horas sonaban demasiado lentamente, en relación con mi impaciencia.

La comida me fue servida en mi cámara, según costumbre. Comí mal, invadido por la preocupación. Al levantarme de la mesa daban las siete. Aún me separaban ciento veinte minutos —que iba contando uno a uno— del momento en que debía reunirme con Ned Land. Mi agitación redoblaba. Mi pulso latía con violencia. No podía permanecer quieto. Iba y venía, esperando calmar por el movimiento la turbación de mi espíritu. La idea de sucumbir en nuestra temeraria empresa era la menos penosa de mis inquietudes; pero mi corazón palpitaba al imaginar descubierto nuestro proyecto, antes de abandonar el *Nautilus*; al *verme* conducido a presencia del capitán Nemo irritado, o lo que hubiera sido peor aún, contristado por mi proceder.

Quise lanzar una última ojeada al salón. Crucé los pasadizos, y llegué a aquel museo, en el que había pasado tantas horas agradables y útiles. Miré todas aquellas riquezas, todos aquellos tesoros, como condenado en víspera de un perpetuo destierro, al que parte para no volver. Aquellas maravillas de la Naturaleza, aquellas obras maestras de arte, entre las que durante tantos días se había concentrado mi vida, iban a ser abandonadas por mí para siempre. Hubiera deseado penetrar con la vista en el fondo del Atlántico, a través de la vidriera del salón; pero las escotillas estaban herméticamente cerradas, y un lienzo metálico me separaba de aquel Océano, desconocido todavía para mí.

Recorriendo así el salón, llegué junto a la puerta, practicada en el tabique divisorio, que daba a la cámara del capitán. Con gran asombro mío, vi que la puerta estaba entornada. Involuntariamente, me hice atrás. Si el capitán Nemo estaba en su cámara podía verme. Pero, como no percibiera ningún ruido, me acerqué de nuevo. La cámara estaba desierta. Empujé la puerta y avancé unos pasos en el interior, que seguía conservando su aspecto severo, cenobítico.

En aquel instante atrajeron mis miradas unos aguafuertes suspendidos en la pared, en los que no reparé durante mi primera visita. Eran retratos; retratos de grandes hombres históricos, cuya existencia se ha reducido a un continuo sacrificio en aras de una elevada y generosa idea, en beneficio de la Humanidad: Kosciuszko, el héroe caído al grito de *Finis Poloniae*; Botzaris, el Leónidas de la Grecia moderna; O'Connell, el defensor de Irlanda; Washington, el fundador de la Unión americana; Manín, el patriota italiano; Lincoln, muerto por la bala de un esclavista; y por último el mártir de la manumisión de la raza negra, John Brown, pendiente de la horca, tal como lo ha dibujado tan terriblemente el lápiz de Víctor Hugo.

¿Qué lazo de unión existía entre aquellas almas heroicas y el alma del capitán Nemo? ¿Podía deducir, en conclusión, de aquel conjunto de retratos,

202

el misterio de su existencia? ¿Era el campeón de los pueblos oprimidos, el libertador de las razas esclavas? ¿Había figurado en las recientes conmociones políticas o sociales del siglo? ¿Había sido uno de los protagonistas de la terrible guerra americana, guerra cruenta y gloriosa para siempre...?

El reloj dio las ocho. El primer golpe del martillo sobre la campana me arrancó a mis meditaciones. Temblé; como si una pupila invisible hubiera podido penetrar en lo más hondo de mis pensamientos, y me precipité fuera de la cámara.

Allí, mis miradas se fijaron en la brújula. Seguíamos orientados hacia el Norte. La corredera indicaba una velocidad moderada. El manómetro, una profundidad aproximada de sesenta pies. Las circunstancias favorecían, por tanto, los proyectos del canadiense.

Volví a mi cámara y me vestí con presteza; polainas, gorra de nutria y chaquetón de biso, forrado de piel de foca. Así dispuesto, esperé. Únicamente la trepidación de la hélice turbaba el profundo silencio que reinaba a bordo. Escuché atentamente, aguzando el oído. ¿Resonaría de pronto algún vocerío, indicador de que Ned Land acababa de ser sorprendido en sus proyectos de evasión? Una inquietud mortal invadió todo mi ser. Traté vanamente de recobrar mi sangre fría.

A las nueve menos minutos, apliqué mi oído a la puerta del capitán. La quietud era completa. Salí de mi cámara y volví al salón, que estaba sumido en una suave penumbra pero desierto.

Abrí la puerta de comunicación con la biblioteca. La misma claridad indecisa, la misma soledad. Me aposté junto a la puerta que daba al hueco de la escalera central, aguardando la señal de Ned Land.

De pronto disminuyeron sensiblemente las revoluciones de la hélice, hasta cesar por completo. ¿Por qué aquella maniobra del *Nautilus*? El inesperado alto, ¿favorecería o trastornaría los designios de Ned Land? No hubiera podido decirlo.

Ya no interrumpían el silencio más que los latidos de mi corazón.

Súbitamente se dejó sentir un ligero choque. Comprendí que el *Nautilus* acababa de detenerse en el fondo del Océano. Mis zozobras aumentaron. La señal del canadiense no llegaba. Tentado estuve de ir a reunirme con él, para exhortarle a que aplazase sus propósitos. Notaba que nuestra navegación no se hacía ya en las condiciones ordinarias...

En aquel momento se abrió la puerta del gran salón y se presentó el capitán Nemo. Al verme, avanzó a mi encuentro y me dijo sin más preámbulo, en tono afable:

—A propósito, señor profesor. Le buscaba. ¿Conoce usted la historia de España?

Aun conociendo a fondo la historia de su propio país, cualquiera que, se hubiese hallado en mis condiciones, azorado y confuso no habría dado pie con bolo.

—¿Qué dice usted? —insistió el capitán Nemo—. ¿No ha oído mi pregunta? ¿Conoce usted la historia de España?

—Muy superficialmente —contesté.

203

—Todos los sabios son iguales —replicó el capitán—. ¡No saben nada! ¡Vaya! ¡Siéntese usted! —añadió—. Voy a referirle un curioso episodio de esa historia.

El capitán se tendió sobre un diván, y maquinalmente me acomodé a su lado en la penumbra.

—Señor Aronnax —comenzó diciendo—, fíjese bien. Mi relato le interesará en cierto modo, porque responderá a una pregunta que sin duda se habrá usted formulado, sin obtener solución.

—Escucho a usted, capitán —contesté, sin saber a dónde quería ir a parar mi interlocutor, y preguntándome si aquel incidente se relacionaría con nuestros proyectos de fuga.

—Si le parece —prosiguió el capitán Nemo—, nos remontaremos a 1702. No ignorará usted que en la citada época, su rey, Luis XIV, creyendo que bastaba un gesto de potentado para aplastar los Pirineos, impuso a los españoles a su nieto, el duque de Anjou. Este príncipe, que reinó mejor o peor con el nombre, de Felipe V, tuvo que habérselas, en el exterior, con poderosos adversarios.

"En efecto, el año precedente, las casas reales de Holanda, de Austria y de Inglaterra, habían concertado un tratado de alianza, en La Haya, con objeto de arrancar la corona de España a Felipe V, a fin de ceñirla sobre las sienes de un archiduque, al que dieron anticipadamente el nombre de Carlos III.

"España hubo de oponerse a esta coalición, pero carecía casi en absoluto de soldados y de marinos. En cambio no le faltaba dinero, a condición, sin embargo, de que sus galeones, cargados de oro y de plata de América, pudieran arribar a sus puertos. Precisamente, a fines de 1702, esperaba un riquísimo convoy, que Francia haría escoltar por una flota de veintitrés navíos, mandados por el almirante Château-Renault, porque los marinos aliados recorrían a la sazón el Atlántico.

"Dicho convoy debía fondear en Cádiz; pero, enterado el almirante de que la flota inglesa realizaba un crucero por aquellos parajes, resolvió replegarse en un puerto francés.

"Los comandantes de las naves españolas protestaron contra tal decisión, exigiendo que se les condujese a un puerto español y señalando, en defecto del de Cádiz, la bahía de Vigo, situada en la costa Noroeste de España y que no estaba bloqueada.

"El almirante Château-Renault cometió la debilidad de someterse a semejante imposición, y los galeones entraron en la bahía de Vigo.

"Desgraciadamente, dicha bahía forma una rada abierta, que no hay manera de defender. Era preciso, por tanto, apresurarse a descargar los galeones, antes de que llegaran las flotas aliadas, y no hubiera faltado tiempo para realizar la operación, de no haber surgido una miserable cuestión de rivalidad.

"¿Sigue usted bien el encadenamiento de los hechos? —me preguntó el capitán Nemo.

—Perfectamente —le contesté, sin atinar aún a qué conducía darme aquella lección de historia.

—Continúo, pues. Lo acaecido fue lo siguiente: los comerciantes de Cádiz disfrutaban de un privilegio, con arreglo al cual debían recibir todas las mercancías procedentes de las Indias occidentales. En su consecuencia, desembarcar los lingotes conducidos por los galeones en el puerto de Vigo, era un atentado contra su derecho. Recurrieron a Madrid, y obtuvieron del débil Felipe V que el convoy, sin proceder a su descarga, permaneciera en secreto en la rada de Vigo, hasta el momento en que las flotas enemigas se alejaran de aquellos lugares.

"Ahora bien: mientras se adoptaba esta resolución, el 22 de octubre de 1702, los navíos ingleses abordaron la bahía de Vigo. El almirante Château-Renault, a pesar de la inferioridad de sus fuerzas, se batió denodadamente; pero al ver que las riquezas del convoy iban a caer en manos de los enemigos, incendió y barrenó los galeones, que se hundieron con sus inmensos tesoros.

El capitán Nemo interrumpió su relato. Lo confieso, no acertaba todavía en qué podía interesarme semejante reseña histórica.

—Bien, ¿y qué? —le pregunté.

—Pues muy sencillo, señor Aronnax —me contestó el capitán Nemo—. Estamos en la bahía de Vigo, y sólo de usted depende penetrar los misterios encerrados en ella.

El capitán se levantó y me rogó que le siguiera. Repuesto ya, obedecí su indicación. El salón estaba a obscuras, pero las ondas del mar centelleaban, a través del transparente mirador. Alrededor del *Nautilus*, en el radio de una milla, las aguas aparecían impregnadas de claridad eléctrica, destacándose distintamente del arenoso fondo. Varios tripulantes, envueltos en escafandras, se ocupaban en vaciar toneles medio podridos, cajas desvencijadas, entre despojos ennegrecidos. De aquellas cajas, de aquellos barriles, se escapaban lingotes de oro y de plata, cascadas de monedas y de joyas, esparciéndose sobre las arenas. Luego, cargados con el precioso botín, los marineros volvían al *Nautilus*, depositaban en él sus fardos y reanudaban aquella inagotable pesca de plata y de oro.

Caí en la cuenta. Aquél había sido el teatro del combate del 22 de octubre de 1702. Allí mismo se habían ido a pique los galeones cargados por cuenta del Gobierno español. Allí acudía el capitán Nemo a ingresar en sus arcas, según las necesidades, los millones con que lastraba su *Nautilus*. Para él, exclusivamente para él, había librado América sus metales preciosos. Él era el heredero directo y universal de aquellos tesoros arrancados a los incas, a los vencidos de Hernán Cortés.

—¿Sabía usted, señor catedrático —me preguntó sonriendo—, que el mar contuviese tantas riquezas?

—Sabía —le contesté— que se calcula en dos millones de toneladas el dinero que mantienen en suspensión sus aguas.

—Indudablemente; pero para extraer ese dinero, los gastos excederían a los beneficios obtenidos. Aquí, por el contrario, sólo he de recoger lo que los hombres han perdido; y no únicamente en esta bahía de Vigo, sino en otros mil lugares de naufragios, cuya situación exacta consta en mi carta submarina. ¿Comprende usted ahora que yo sea mil veces millonario?

—Lo comprendo, capitán. Permítame, sin embargo, decirle que, al explotar esta bahía de Vigo, precisamente, no ha hecho usted más que anticiparse a los trabajos de una sociedad rival.

—¿Qué sociedad es ésa?

—Una entidad que ha obtenido del Gobierno español el privilegio de buscar los galeones sumergidos. Los accionistas están engolosinados por el cebo de un enorme beneficio, porque se estima en quinientos millones el valor de las riquezas sepultadas.

—¿Quinientos millones? —repuso el capitán Nemo—. Los había, pero ya no los hay.

—Con seguridad —contesté—. No dejaría de ser una obra caritativa la de prevenir a esos accionistas, aunque quién sabe cómo recibirían la advertencia. Los jugadores, en general, suelen sentir menos la pérdida de su fortuna que la de sus locas esperanzas. Después de todo, son menos dignos de compasión que esos millares de desventurados, a quienes tantas riquezas, repartidas, hubieran podido aprovechar, mientras que ahora serán estériles para ellos.

Apenas exteriorizada mi lamentación, noté que había molestado al capitán Nemo.

—¡Estériles! —replicó, animándose gradualmente—. ¿Acaso considera usted perdidas esas riquezas, siendo yo quien las recoge? ¿Supone usted que me impulsa un afán egoísta, al tomarme el trabajo de amontonar esos tesoros? ¿Quién le ha dicho que yo no hago buen uso de ellos? ¿Cree usted que ignoro la existencia en la tierra de seres dolientes, de razas oprimidas, de miserables a quienes aliviar, de víctimas a quienes vengar? ¿No comprende usted...?

El capitán Nemo se interrumpió, lamentando quizá su excesiva expansión. Pero adiviné lo que callaba. Cualesquiera que fuesen los motivos que le habían forzado a buscar la independencia bajo los mares, conservaba la integridad de su naturaleza. Su corazón seguía palpitando ante los sufrimientos de la Humanidad, y su infinita caridad estaba consagrada al amparo del débil y del oprimido.

Entonces comprendí el destino de los millones expedidos por el capitán Nemo cuando el *Nautilus* navegaba en aguas de la insurgente Creta.

XXIII

UN CONTINENTE DESAPARECIDO.

A la mañana siguiente, la del 19 de febrero, se presentó el canadiense en mi cámara. Esperaba su visita. Su semblante revelaba contrariedad.

—¿Qué le parece a usted? —me preguntó.

—¿Qué ha de parecerme? Que el azar se puso anoche contra nosotros.

—Verdaderamente. ¡Mire usted que ocurrírsele parar ese maldito capitán, a la hora precisa en que habíamos de huir de su navío!

—Sí: tenía que hacer en casa de su banquero, amigo Ned.

—¿De su banquero?

—Mejor dicho, en su casa de banca. No merece otro nombre este Océano, donde sus riquezas están más seguras que pudieran estarlo en las arcas de una Tesorería pública.

Y relaté al canadiense los incidentes de la víspera, con la secreta esperanza de convencerle a no abandonar al capitán: pero mi narración sólo produjo el efecto de provocar en Ned el sentimiento, enérgicamente expresado, de no haber podido dar un paseo, por su cuenta, por el campo de batalla de Vigo.

—En fin —dijo—, la pelota está en el tejado. ¡Ha sido un arponazo en falso! Otra vez acertaremos, y desde esta noche, si es preciso...

—¿Qué dirección lleva el *Nautilus*? —pregunté, interrumpiéndole.

—Lo ignoro —contestó Ned.

—Bueno; ya nos enteraremos al mediodía.

El canadiense volvió al lado de Consejo. En cuanto me vestí, pasé al salón. La brújula no inspiraba tranquilidad. El *Nautilus* hacía rumbo al Sudoeste : volvíamos, por tanto, la espalda a Europa.

Esperé con cierta impaciencia la comprobación cotidiana. Hacia las ocho y media, se vaciaron los depósitos y el aparejo remontó la superficie del Océano. Inmediatamente, corrí a la plataforma. Ned Land me había precedido.

No se divisaba tierra. Únicamente la inmensidad del mar. Algunas velas en el horizonte, sin duda de las que van a buscar hasta el cabo de San Roque los vientos favorables, para doblar el cabo de Buena Esperanza. El tiempo estaba cubierto. Se preparaba un vendaval.

Ned, furioso, trataba de escrutar el brumoso horizonte. Seguía esperando que, detrás de aquella niebla, aparecería la tierra tan deseada.

Al mediodía, el sol se mostró un instante. El segundo aprovechó aquella claridad para tomar altura. Como la marejada fuera en aumento, descendimos de nuevo y fueron cerradas las escotillas.

Una hora después, al consultar la carta, vi que la posición del *Nautilus* estaba indicada a 16°17' de longitud y a 32°22' de latitud, a ciento cincuenta leguas de la costa más próxima. No había manera de pensar en la fuga, y dejo a cada cual imaginarse las explosiones de ira del canadiense, cuando le notifiqué nuestra situación.

Por lo que a mí respecta, la contrariedad no me hizo mella. Me sentí como aliviado del peso que me oprimía, y pude reanudar, con relativa calma, mis trabajos habituales.

Por la noche, a cosa de las once, recibí la visita, bien inesperada por cierto, del capitán Nemo. Me preguntó con gran afabilidad si me sentía fatigado por la vigilia de la noche anterior, a lo cual le contesté negativamente.

—Entonces, señor Aronnax, voy a proponerle una curiosa excursión.

—Usted dirá, capitán.

—Todavía no ha visitado usted las profundidades submarinas más que de día y a la luz del sol. ¿Le acomodaría verlas en una noche lóbrega?

—Con mucho gusto.

—El paseo resultará fatigoso; se lo prevengo. Habrá que andar mucho y trepar por una montaña, y los caminos están bastante mal conservados.

Esos obstáculos excitan en mayor grado mi curiosidad, capitán. Estoy pronto a seguirle.

—Vamos, pues, a ponernos las escafandras, señor Aronnax.

Llegado al guardarropa, observé que no estaban preparados para acompañarnos en la expedición, ni mis compañeros ni ninguno de los tripulantes. El capitán Nemo, ni siquiera me propuso llevar con nosotros a Ned o a Consejo.

En pocos instantes nos endosamos nuestras vestimentas. Colocados a la espalda los depósitos de aire, abundantemente cargados, hice notar al capitán el olvido de proveernos de las lámparas eléctricas.

—Sólo nos servirían de estorbo —me contestó.

Creí haber entendido mal, pero no pude reiterar mi observación, porque la cabeza del capitán había desaparecido ya bajo su envoltura metálica. Terminado mi atavío, me fue entregado un fuerte palo con regatón de hierro, y unos minutos más tarde, previa la consabida maniobra, tomábamos pie en el fondo del Atlántico, a una profundidad de trescientos metros.

Se aproximaba la media noche. La obscuridad era densísima en el agua, pero el capitán Nemo me señaló en la lejanía un punto rojizo, una especie de faja resplandeciente, que brillaba a unas dos millas del *Nautilus*. Imposible determinar la naturaleza de aquella luz, qué materias la alimentaban, cómo y por qué tomaba cuerpo en la masa líquida. De todas suertes, nos alumbraba, siquiera fuese vagamente, y no tardé en habituarme a aquellas tinieblas especiales, comprendiendo, en tales circunstancias, la inutilidad de los aparatos Ruhmkorff.

El capitán Nemo y yo avanzamos directamente, uno junto a otro, hacia la luz señalada. El terreno, llano, ascendía insensiblemente. Caminábamos a largas zancadas, con el auxilio del bastón; pero, aun así, nuestra marcha era lenta porque los pies se hundían con frecuencia en una especie de limo amasado con algas y sembrado de cantos.

Durante la marcha, percibí una especie de chapoteo sobre mi cabeza. El ruido arreciaba de vez en cuando, produciendo como un chisporroteo continuo. Bien pronto comprendí la causa. Era la lluvia que caía violentamente, crepitando en la superficie de las ondas. Instintivamente me asaltó la idea de que iba a calarme. ¡Mojarse dentro del agua! No pude menos de sonreírme de la extravagancia. Tiene su explicación, sin embargo; porque enfundado en el grueso ropaje de la escafandra, deja de sentirse el líquido elemento, y parece, simplemente, hallarse en una atmósfera un poco más densa que la terrestre.

Después de media hora de marcha, el suelo se hizo peligroso. Las medusas, los crustáceos microscópicos, las penáctulas lo iluminaban ligeramente con sus fosforescencias. Distinguí montones de pedriscos, cubiertos por millones de zoófitos y tramas de algas. Los pies resbalaban a menudo en aquellos viscosos tapices de fucos, y a no ser por el ferrado bastón en que me apoyaba, hubiera caído más de una vez. Al volverme, seguía viendo el blanquecino foco del *Nautilus*, que comenzaba a palidecer en lontananza.

Los cúmulos pedregosos que acabo de citar, estaban dispuestos en el fondo oceánico con cierta regularidad, que no alcanzaba a explicarme. Divisé gigantescos surcos que se perdían en la obscuridad lejana, y cuya longitud escapaba a todo cálculo. Asimismo se ofrecían otras particularidades, que no sabía a qué atribuir. Me parecía que mis pesadas suelas de plomo aplastaban una capa de osamentas, que crujían con ruido seco. ¿Qué vasta llanura era aquélla? Hubiera querido interrogar al capitán, pero su mímica, que le permitía conversar con sus compañeros, cuando le seguían en sus excursiones, resultaba todavía incomprensible para mí.

Entretanto, la rojiza, claridad que nos guiaba iba intensificándose, inflamando el horizonte. La presencia de aquel lugar bajo las aguas me intrigaba extraordinariamente. ¿Sería la manifestación de alguna afluencia eléctrica? ¿Iríamos hacia un fenómeno natural, desconocido aún por los sabios de la tierra? Hasta cruzó mi cerebro la idea de si la mano del hombre intervendría en aquella combustión. ¿Sería ella la que avivase aquel incendio? ¿Encontraría, en aquellas capas profundas, compañeros, amigos del capitán Nemo, que vivieran como él aquella existencia extraña y a quienes fuese a visitar? ¿Existiría en aquel fondo una verdadera colonia de desterrados, que, cansados de las miserias de la tierra, hubieran buscado y encontrado la independencia en las entrañas del Océano? Todas esas ideas descabelladas, inadmisiblemente, me perseguían, y en tal disposición de ánimo, excitado sin cesar por la serie de maravillas que desfilaban ante mis ojos, no me hubiera sorprendido descubrir, en lo hondo de aquel mar, una de las ciudades submarinas con que soñaba el capitán Nemo.

Nuestro camino se iluminaba progresivamente. Los destellos luminosos irradiaban de la cúspide de una montaña de unos ochocientos pies de altura; pero lo que yo veía era una simple reverberación desarrollada por el cristal de las capas de agua. El foco, el origen de aquella inexplicable claridad, ocupaba la vertiente opuesta de la montaña.

El capitán Nemo avanzaba sin vacilar entre los dédalos pedregosos que surcaban el fondo del Atlántico. Sin duda conocía el sombrío camino por haberlo recorrido varias veces, y no podía perderse. Yo le seguía, completamente confiado. Se me aparecía como uno de los genios del mar, y cuando marchaba delante de mí, admiraba su elevada estatura, que se destacaba en negro del fondo luminoso del horizonte.

Era la una de la madrugada. Habíamos llegado a las primeras rampas de la montaña, pero, para abordarla, precisaba internarse en los intrincados senderos de un vasto soto.

¡Sí! Un soto de árboles muertos, sin hojas, sin savia; árboles mineralizados bajo la acción de las aguas, dominando a los pinos gigantescos diseminados en todas direcciones. Era como una hornaguera todavía en pie, adherida por sus raíces al suelo excavado, y cuyo ramaje, a la manera de finos recortes de papel negro, se dibujaba netamente en la techumbre acuosa. Imagínese un bosque del Hartz, adosado a los flancos de una montaña, pero un bosque anegado. Los senderos estaban obstruidos por algas y por fucos, entre los que bullían un mundo de crustáceos. Yo marchaba, trepando por las rocas, saltando sobre los troncos caídos, quebrando las lianas marinas que se balanceaban de árbol a árbol, espantando a los peces, que volaban de rama en rama. Arrastrado, ya no sentía la fatiga, siguiendo, incansable, a mi incansable guía.

¡Qué espectáculo! ¿Cómo reproducirlo? ¿Cómo pintar el aspecto de aquellos bosques y de aquellas rocas en el medio líquido, con sus bases sombrías y agrestes y sus cumbres coloreadas de tonos rojos, bajo aquella claridad, que duplicaba la potencia reflectora de las aguas? Escalábamos rocas, que se desmoronaban en el acto en moles enormes, con un sordo rugido de alud. A derecha e izquierda se abrían tenebrosas galerías, en las que se perdía la vista. En otros puntos se destacaban varios claros que parecían despejados por la mano del hombre, y que hicieron preguntarme a veces si se me aparecería repentinamente algún habitante de aquellas regiones submarinas.

Pero el capitán Nemo ascendía constantemente, y yo no quería quedarme atrás. Le seguía briosamente. Mi pasamontañas me prestaba valioso auxilio. Un paso en falso hubiera sido peligroso en aquellos angostos desfiladeros flanqueados de abismos; pero marchaba por ellos con pie firme y sin experimentar los mareos del vértigo. Tan pronto salvaba, una cortadura, cuya profundidad me habría hecho retroceder en los ventisqueros terrestres, como me aventuraba sobre el tronco vacilante de un árbol tendido entre dos abismos, sin mirar bajo mis pies y fijos mil ojos en la contemplación de aquellos parajes selváticos. Aquí, rocas monumentales, descansando sobre sus bases, irregularmente recortadas, parecían desafiar las leyes del equilibrio. Entre sus pétreas articulaciones se elevaban los árboles como un surtidor bajo una presión formidable, sosteniendo a los que les sostenían a su vez. Allí, torreones naturales, extensos paredones cortados a pico, como lienzos de muralla, se inclinaban formando ángulos que las leyes de la gravitación no hubieran consentido en la superficie de las regiones terrestres.

¿Y acaso no sentía yo mismo esta diferencia, debida a la poderosa densidad del agua, cuando, a pesar de mi pesado ropaje, de la caperuza y de las suelas metálicas, ascendía por pendientes de impracticable fragosidad, franqueándolas, por decirlo así, con la ligereza de una gamuza o de un rebeco?

210

Me hago perfecto cargo de que parecerá inverosímil este relato de mi excursión bajo las aguas. Sin embargo, declaro que soy narrador de cosas de apariencia imposible, pero que son reales, incontestables. No las he soñado. ¡Las he visto, las he palpado!

Dos horas después de nuestra salida del *Nautilus*, habíamos traspuesto la línea de árboles, y a cien pies sobre nuestras cabezas se erguía el pico de la montaña, cuya proyección sombreaba la refulgente irradiación de la vertiente opuesta. Varios arbolillos petrificados se despeñaban en todas direcciones, en zigzag amenazadores. Los peces se levantaban en tropel a nuestro paso, como pajarillos sorprendidos en la enramada. La masa rocosa estaba horadada por impenetrables anfractuosidades, grutas profundas, insondables simas, en cuyo fondo se oía remover algo formidable. La sangre me afluía al corazón al ver una antena enorme que me interceptaba el camino, o una pinza espantosa que se cerraba ruidosamente en la sombra de. las cavidades. Millares de puntos luminosos brillaban en las tinieblas. Eran los ojos de crustáceos gigantescos agazapados en sus guaridas; descomunales cangrejos, tiesos como alabarderos y moviendo sus patas con chasquido metálico; cárabos titánicos, asentados como cañones en sus cureñas; pulpos colosales, entrelazando sus tentáculos, viviente matorral de serpientes.

¿Qué mundo exorbitante era aquel mundo, que aún no conocía del todo? ¿A qué orden pertenecían aquellos articulados, a los que la roca formaba como una segunda concha? ¿Dónde había encontrado la Naturaleza el secreto de su existencia vegetativa, y cuántos siglos vivían así en las últimas capas del Océano?

Pero no podía detenerme. El capitán Nemo, familiarizado con aquellos terribles animales, no les hacía el menor caso. Acabábamos de llegar a una primera meseta, en la que todavía me aguardaban otras sorpresas. En ella se dibujaban pintorescas ruinas, que delataban la obra del hombre, y no la del Creador. Consistían en vastas aglomeraciones de piedras, en las que se distinguían vagas formas de castillos, de templos, revestidos, en lugar de hiedra, de una espesa capa de algas y de fucos.

Pero, ¿cuál era aquella parte del globo, sepultada por los cataclismos? ¿Quién había dispuesto aquellas rocas y aquellas piedras, como dólmenes de los tiempos prehistóricos? ¿En dónde estaba, o a dónde me había arrastrado la fantasía del capitán Nemo?

Hubiera querido interrogarle; pero, en la imposibilidad de hacerlo, le detuve, asiéndole por el brazo. El capitán sacudió la cabeza y me indicó el último pico de la montaña, pareciendo decirme:

—¡Un poco más! ¡Adelante!

Le seguí, sacando fuerzas de flaqueza, y en algunos minutos nos encaramamos a la eminencia, que dominaba en unos diez metros toda la masa rocosa.

Miré la pendiente que acabábamos de franquear. La montaña sólo se elevaba de setecientos a ochocientos pies sobre la llanura; pero a la otra vertiente dominaba desde una altura doble el fondo en el declive de aquella porción del Atlántico. Tendí mi vista en lontananza, abarcando un vasto espacio iluminado por un fulgor vivísimo. Aquella montaña era un volcán. A cincuenta pies bajo la cúspide, entre una lluvia de piedras y de escorias, un ancho cráter vomitaba torrentes de lava, que se dispersaban en cascadas de fuego en el seno de la masa líquida. Situado así, el volcán, como una colosal antorcha, iluminaba la llanura inferior hasta los últimos límites del horizonte.

He dicho que el cráter submarino arrojaba lavas, pero no llamas. Para la combustión es indispensable el oxígeno del aire, y la llama no hubiera podido desarrollarse bajo las aguas; pero las oleadas de lava, que tienen en sí mismas el principio de su incandescencia pueden elevarse al rojo blanco, luchar victoriosamente contra el elemento líquido y evaporarse a su contacto. Rápidas corrientes arrastraban todos aquellos gases en difusión y los torrentes lávicos se deslizaban hasta el pie de la montaña como deyecciones del Vesubio sobre otra Torre del Greco.

En efecto; allí, a mi vista arruinada, abismada, derrocada, aparecía una ciudad destruida, con sus techumbres descuajadas, sus templos derruidos, sus arcos dislocados, sus columnas yacentes en tierra, en cuyas ruinas se advertían todavía las sólidas proporciones de una especie de arquitectura toscana; más lejos, los restos de un gigantesco acueducto; aquí, la bóveda ensamblada de una acrópolis, con las formas flotantes de un Partenón; allá, vestigios de muelle, como si algún antiguo puerto hubiese abrigado en otras épocas, en las márgenes de un océano desaparecido, a las naves mercantes y a las trirremes de guerra; más lejos aún, extensas líneas de murallas desplomadas, amplias calles desiertas, toda una Pompeya sepultada bajo las aguas, que el capitán Nemo resucitaba a mi vista.

¿En dónde estaba? Quería saberlo a toda costa, quería hablar, quise arrancar la esfera metálica que aprisionaba mi cabeza.

Pero el capitán Nemo vino hacia mí, deteniéndome con un gesto. Luego, recogiendo un trozo de piedra caliza, se adelantó hacia una roca de basalto negro y trazó esta sola palabra:

Atlántida.

¡Qué rayo de luz iluminó mi mente! ¡Aquellas ruinas expuestas a mi contemplación y que conservaban aún los testimonios irrecusables de su catástrofe, eran las de Atlántida, la antigua Merópide de Teopompo, la Atlántida de Platón, ese continente negado por Orígenes, Porfirio, Janíbique, D'Anville, Malte-Brun y Llumboldt, que cargaban su desaparición a la cuenta de los relatos legendarios, y admitido por Posidonio, Plinio, Amiano, Marcellin, Tertuliano, Engel, Sherer, Tournefort, Buffon y D'Avezac! ¡Era aquella región sumergida que existió separada de Europa, de Asia, de Libia, más allá de las columnas de Hércules, donde vivía el poderoso pueblo de los atlantes, contra el que se sostuvieron las primeras guerras de la antigua Grecia!

El historiador que ha consignado en sus escritos las hazañas de aquellos tiempos heroicos, ha sido el propio Platón. Su diálogo de Timeo y de

Critias fue, por decirlo así, trazado bajo la inspiración de Solón, poeta y legislador.

Cierto día, Solón conversaba con varios eruditos ancianos de Sais, ciudad que contaba ya ochocientos años, como lo atestiguaban sus anales, grabados en el muro sagrado de sus templos. Uno de los ancianos, contó la historia de otra ciudad más antigua en mil años. Aquella primitiva ciudad ateniense, cuyos orígenes se remontaban a novecientos siglos, fue invadida y destruida en parte por los atlantes. Estos atlantes —según él— ocupaban un inmenso continente, de mayor extensión que África y Asia reunidas, que cubría una superficie comprendida entre el duodécimo y cuadragésimo grado de latitud Norte. Su dominación alcanzó hasta Egipto. Pretendieron imponerla también a Grecia, pero hubieron de renunciar ante la indomable resistencia de los helenos. Transcurrieron siglos, y se produjo un cataclismo de inundaciones y terremotos. Una noche y un día bastaron para el aniquilamiento de aquella Atlántida, cuyas más elevadas cumbres, Madeira, las Azores, las Canarias, las islas de Cabo Verde, emergen todavía.

Tales fueron los recuerdos históricos que la inscripción del capitán Nemo hizo acudir a mi memoria. ¡Así pues, conducido por el más extraño de los destinos, hollaba con mi planta una de las montañas de aquel continente, tocaba con la mano aquellas ruinas mil veces seculares y contemporáneas de las épocas geológicas, marchaba por donde habían marchado los coetáneos del primer hombre, aplastaba bajo mis pesadas suelas los esqueletos de animales de los tiempos fabulosos, a los que aquellos árboles, ahora mineralizados, habían guarecido antiguamente bajo su sombra!

¡Ah! ¿Por qué carecía de tiempo? Hubiera querido descender las abruptas pendientes de aquella montaña, recorrer por entero aquel inmenso continente, que indudablemente unía al África con América, y visitar sus grandes ciudades antediluvianas. Tal vez allí mismo, a mi vista, se extendían la guerrera Makimos y la piadosa Cusebos, cuyos gigantescos habitantes vivían siglos enteros, poseyendo fuerza suficiente para hacinar aquellos bloques enormes, que resistían aún a la acción de las aguas. Es posible que, algún día, otro fenómeno eruptivo reintegre aquellas ruinas engullidas a la superficie de las ondas. Se han señalado numerosos volcanes submarinos en esta parte del Océano, siendo muchos los navíos que han experimentado extraordinarias sacudidas al pasar sobre sus agitados fondos. Unos han oído ruidos sordos, que denunciaban la ruda lucha de los elementos; otros, han recogido cenizas volcánicas proyectadas fuera del mar. Todo aquel suelo, hasta el Ecuador, continúa influenciado por las fuerzas plutónicas, y ¡quién sabe si en época más o menos remota, acrecidas por las deyecciones volcánicas y por las capas sucesivas de lava, aparecerán de nuevo cumbres de montañas ignívomas en la superficie del Atlántico!

Mientras yo soñaba despierto, en tanto que procuraba grabar en mi memoria todos los detalles de aquel grandioso paisaje, el capitán Nemo, acodado sobre un musgo monolito, permanecía inmóvil y como absorto en mudo éxtasis. ¿Pensaría en las generaciones desaparecidas, demandándoles el secreto del destino humano? ¿Sería aquel el sitio a que acudiera el extraño personaje, para refrescar sus recuerdos históricos y revivir aquella vida antigua, él que renegaba de la moderna? ¡Cuánto hubiera dado por conocer sus pensamientos, por compartirlos, por comprenderlos!

Allí estuvimos durante una hora, contemplando la vasta planicie al resplandor de las lavas, que adquirían a intervalos sorprendente intensidad. La ebullición interior producía ligeros estremecimientos en la corteza de la montaña. Los ruidos profundos, netamente transmitidos por el medio líquido, repercutían con majestuosa amplitud. En aquel momento, los pálidos rayos lunares penetraron a través de la masa de las aguas, inundando de luz el continente absorbido. Sólo fue un destello fugaz, pero de indescriptible efecto.

El capitán se incorporó, lanzó una última ojeada a la inmensa llanura y me hizo un signo con la mano, indicándome que le siguiera.

Descendimos rápidamente la montaña. Una vez transpuesto el bosque petrificado, divisé el reflector del *Nautilus* que brillaba como una estrella. El capitán avanzó directamente hacia él, y ambos saltábamos a bordo, en el momento en que los primeros fulgores de la aurora blanqueaban la superficie del Océano.

XXXIV

LAS HORNAGUERAS SUBMARINAS.

Al día siguiente, 20 de febrero, me levanté muy tarde. Las fatigas de la noche prolongaron mi sueño hasta las once. Me vestí presurosamente. Sentía impaciencia por averiguar la dirección del *Nautilus*. Los aparatos me indicaron que seguía derivando al Sur, con una velocidad de veinte millas por hora y a una profundidad de cien metros.

Consejo entró a saludarme. Le relaté nuestra excursión nocturna; y como las planchas metálicas estaban descorridas, pudo vislumbrar aún una parte del continente sumergido.

El *Nautilus* rasaba la llanura de la Atlántida, tan sólo a diez metros del suelo. Corría como un globo empujado por el viento sobre praderas terrestres, aunque quizá sea más exacto decir que nos encontrábamos en el salón como viajeros en un vagón de tren expreso. Los primeros términos que desfilaban ante nuestra vista, eran rocas fantásticamente recortadas, bosques cuyos árboles habían pasado del reino vegetal al mineral y cuya inmóvil silueta se reproducía bajo las ondas. También se destacaban moles pedregosas sepultadas bajo alfombras de axidias y de anémonas, erizadas de largos hidrófitos verticales, y bloques de lava extrañamente contorneados, que atestiguaban todo el furor de las expansiones plutónicas.

En tanto que aquellos pintorescos lugares resplandecían a la luz de nuestro proyector eléctrico, conté a Consejo la historia de los atlantes, que,

214

desde el punto de vista puramente imaginarios, inspiraron a Bailly tantas encantadoras páginas. Le enumeré las guerras de aquellos pueblos heroicos. Discutí la cuestión de la Atlántida, como quien no puede ya dudar de su existencia. Pero Consejo, distraído, apenas paraba mientes en mis disquisiciones históricas, escuchándome con una indiferencia que no tardé en explicarme.

En efecto, numerosos peces atraían sus miradas, y cuando pasaban peces, Consejo, engolfado en los abismos de la clasificación, prescindía en absoluto de cuanto le rodeaba. En casos tales, no me quedaba otro recurso que seguirle y reanudar con él nuestros estudios ictiológicos.

Por lo demás, los peces del Atlántico no diferían sensiblemente de los que habíamos visto hasta entonces. Eran rayas de gigantescas proporciones, de cinco metros de longitud y dotadas de gran fuerza muscular, que les permite saltar por encima de las ondas; escualos de diversas especies, entre otros un glauco de quince pies, con dientes triangulares y agudos, al que su transparencia hacía casi invisible entre las aguas; pardos sargos; centrinos en forma de prismas y protegidos por una piel tuberculosa; esturiones semejantes a sus congéneres del Mediterráneo; agujas de mar, de pie y medio de longitud y de un color amarillo sucio, provistas de pequeñas aletas grises, sin dientes ni lengua, y que desfilaban como delgadas y flexibles serpientes.

Entre los peces óseos, Consejo tomó nota de negruzcos macairas, largos de tres metros y armados en su mandíbula superior de una punzante espada; arañas de vistosos matices, conocidas en tiempos de Aristóteles con el nombre de dragones marinos, y cuya captura resulta muy peligrosa, a causa de los aguijones de su dorsal; corifenas, de lomo pardusco listado de azul y encuadrado en un festón áureo; hermosas doradas; peces lunas, especie de discos de azulados reflejos, que, iluminados en su anverso por los rayos solares, forman como argentadas manchas; jifias, en fin, o espadartes, de ocho metros de largo, que circulaban en bandadas, provistos de aletas amarillentas en forma de hoz y de largas cuchillas de seis pies, intrépidos animales, más bien herbívoros que piscívoros, obedientes a la menor señal de sus hembras, como perfectos y atentos maridos.

Pero sin suspender la observación de tan diversas muestras de la fauna marina, tampoco dejaba de examinar las extensas llanuras de la Atlántida. De vez en cuando, los caprichosos accidentes del suelo obligaban al *Nautilus* a moderar su velocidad, deslizándose entonces, con la destreza de un cetáceo, entre las angostas gargantas de las colinas. Cuando aquel laberinto se convertía en inextricable, el aparejo se elevaba como un globo, y una vez salvado el obstáculo, reanudaba su rápida carrera, a unos cuantos metros del fondo. Admirable y distraída navegación que recordaba las maniobras de una excursión aerostática, con la diferencia de que el *Nautilus* obedecía pasivamente a la mano de su timonel.

Hacia las cuatro de la tarde, el terreno, formado en general por un fango espeso mezclado con ramas mineralizadas, se modificó poco a poco, haciéndose más pedregoso y como sombrado de conglomerados, de tobas basálticas, con algunas partículas de lavas y de obsidianas sulfurosas. Supuse que la región de las montañas no tardaría en suceder a las dilatadas llanuras, y en efecto, al evolucionar el *Nautilus*, vi el horizonte meridional interceptado por una elevada muralla, que parecía cerrar el paso. Su cima rebasaba, indudablemente, el nivel del Océano. Debía ser un continente, o por lo menos, una isla, ya perteneciente al archipiélago canario, ya al de Cabo Verde. No habiéndose determinado la posición, quizá intencionadamente,, ignoraba dónde nos encontrábamos. De todos modos, me pareció que aquella muralla debía marcar el fin de la Atlántida, de la que, en suma, sólo habíamos recorrido una pequeña parte.

La noche no interrumpió mis observaciones. Al retirarse Consejo a su camarote, me quedé solo. El *Nautilus* acortó su marcha, sorteando varias moles confusas, ya rozándolas, como si hubiera querido posarse sobre ellas, ya remontándose caprichosamente a la superficie de las ondas. Entonces, vislumbraba a través del cristal de las aguas varias chispeantes constelaciones, entre las que figuraban, precisamente, cinco o seis de las estrellas zodiacales que forman la cola de Orión.

Habría continuado largo tiempo en mi atalaya, admirando las bellezas del mar y del cielo, pero corrieron los lienzos metálicos, cerrándome la vidriera. En aquel momento, llegó perpendicularmente el *Nautilus* a la base de la elevada muralla, sin que me fuera posible enterarme de la maniobra practicada. Volví a mi cámara. El *Nautilus* no se movía. Me dormí, con el firme propósito de despertarme a las pocas horas; pero eran ya las ocho de la mañana cuando pasé al salón.

Consulté el manómetro, informándome de que el *Nautilus* flotaba en la superficie del Océano; además, percibí ruido de pasos en la plataforma.

Sin embargo, no se notaba el menor vaivén que revelara la ondulación de las olas. Subí hasta la escotilla, que estaba abierta; pero; en lugar de la claridad que esperaba, me vi envuelto en sombras. ¿Dónde estábamos? ¿Me habría equivocado? ¿Era todavía de noche? No; no brillaba ni una estrella, y la noche al aire libre no tiene tinieblas tan absolutas.

Encontrábame perplejo, cuando una voz me dijo:

—¿Es usted, señor profesor?

—¡Hola, capitán! —contesté—. ¿Dónde estamos?

Bajo tierra, señor Aronnax.

—¡Bajo tierra —exclamé—. ¿Y sigue flotando el *Nautilus*?

Ya lo ve usted.

—Pues no lo comprendo.

Espere usted un momento. Van a encender el reflector, y, si le gustan las situaciones claras, quedará usted satisfecho.

Salí a la plataforma y esperé. La obscuridad era tan completa, que ni siquiera veía al capitán Nemo. Sin embargo, al mirar al cenit, exactamente sobre mi cabeza, me pareció percibir una claridad indecisa, una especie de luz crepuscular, que penetraba por un agujero circular. En aquel mismo instante se encendió el foco eléctrico, y su vivo fulgor dominó la suave penumbra.

216

Miré, después de cerrar momentáneamente los ojos, deslumbrados por el haz luminoso. El *Nautilus* estaba estacionario, flotando junto a un ribazo dispuesto como un muelle. Las aguas que le sostenían, eran las de un lago ceñido por un circo amurallado que medía unas dos millas de diámetro, o sea, seis de circunferencia. Su nivel, y así lo indicaba el manómetro, no podía ser sino el nivel exterior, puesto que necesariamente había de comunicar el lago con el mar. Los murallones, inclinados sobre su base, se arqueaban en forma de bóveda, presentando el aspecto de un inmenso embudo invertido, de quinientos a seiscientos metros de altura. En su parte superior se abría un orificio redondo, por el cual sorprendí aquella tenue claridad, debida evidentemente a irradiación diurna.

Antes de examinar más atentamente las disposiciones interiores de la enorme caverna, antes de investigar si era obra de la Naturaleza o del hombre, me fui hacia el capitán Nemo.

—¿Dónde estamos? —le pregunté.

—En el centro mismo de un volcán apagado —me contestó el capitán—, de un volcán cuyo interior ha invadido el mar, a consecuencia de alguna convulsión del suelo. Mientras dormía usted, el *Nautilus* ha penetrado en este remanso por un canal natural abierto a diez metros bajo la superficie del Océano. Es un magnífico fondeadero, un puerto seguro, cómodo, misterioso, al abrigo de todos los vientos. ¡Vaya usted a buscar en sus continentes o en sus islas una rada que iguale a este refugio, inaccesible al furor de los huracanes!

—En efecto —asentí—; aquí goza usted de completa seguridad. ¿Quién ha de venir a atacarle en el centro de un volcán? Pero me parece haber visto una abertura en su cima.

—¡Es claro! Su cráter; un cráter repleto en otro tiempo de lavas, de gases y de llamas, y que ahora da paso a este aire vivificante que respiramos.

—Pero, en resumen, ¿qué volcán es éste?

—Pertenece a uno de los numerosos islotes de que se halla sembrado este mar; simple escollo para los navíos, es para nosotros inmersa caverna. La casualidad me hizo descubrirla, y he de confesar que la casualidad me ha servido cumplidamente.

—¿Y podría descenderse por el orificio que fue cráter del volcán?

—No, señor Aronnax. La base interior de la montaña es practicable hasta un centenar de pies; pero más arriba, las paredes forman salientes que sería imposible franquear.

—Veo, capitán, que la Naturaleza le secunda siempre por doquier. Aquí está usted en seguridad, puesto que nadie más que usted puede visitar las aguas de este lago. Pero, ¿a qué buscar refugios? El *Nautilus* no necesita puerto.

—Es verdad, señor Aronnax; pero necesita electricidad para moverse, elementos para producir esa electricidad, sodio para alimentar esos elementos, carbón para fabricar ese sodio y yacimientos hulleros para extraer ese carbón. Y aquí, precisamente, el mar cubre bosques enteros

217

sepultados en los tiempos geológicos, que, petrificados hoy y transforma-
dos en hulla, son para mí una mina inagotable.

—¿De modo que sus tripulantes ejercen aquí el oficio de mineros?

—Justo. Estas minas se extienden bajo las ondas, los yacimientos de
Newcastle, y mis tripulantes, cubiertos de escafandra y provistos de picos
y azadones, extraen la hulla, que no he de solicitar a las minas de los continentes. Cuando quemo el combustible para la fabricación del sodio, la
humareda que se escapa por el cráter de la montaña sigue dando a ésta la
apariencia de un volcán en actividad.

—¿Y veremos trabajar a sus compañeros?

—En esta ocasión, no, porque me urge continuar nuestra vuelta al
mundo submarino. Me limitaré, pues, a cargar el repuesto de sodio que
poseo. En cuanto lo embarquemos, operación en la cual se invertirá un
solo día, proseguiremos nuestro viaje. Si quiere usted recorrer la caverna
y dar la vuelta al lago, aproveche este día, señor Aronnax.

Di las gracias al capitán y fui en busca de mis dos compañeros, que
aún no habían salido de su camarote, invitándoles a que me acompañaran,
sin decirles dónde nos encontrábamos.

Subimos a la plataforma. A Consejo, que no se asombraba de nada,
le pareció cosa muy natural despertar bajo una montaña después de haber
dormido bajo las olas; pero a Ned Land, no se le ocurrió más idea que la
de averiguar si la caverna tenía salida.

Después de almorzar, a eso de las diez, saltamos al ribazo.

—Ya estamos otra vez en tierra —dijo Consejo.

—Yo no llamo tierra a esto —contestó el canadiense—. Además, no
estamos sobre ella, sino debajo.

Entre la base de las paredes de la montaña y las aguas del lago, se
extendía una playa arenosa, que en su mayor anchura, mediría unos quinientos pies. Por aquel arenal, podía contornearse con facilidad el lago.
Pero los paredones se asentaban sobre un suelo irregular, en el que yacían, en pintoresco amontonamiento, bloques volcánicos y enormes piedras pómez. Todas estas masas disgregadas, revestidas de un esmalte
pulimentado por efecto de los fuegos subterráneos, resplandecían al
contacto de los haces eléctricos del proyector, y el polvillo micáceo de
la playa, que levantábamos al andar, revoloteaba como una nube de
chispas.

El terreno se elevaba sensiblemente a medida que se alejaba de la orilla del lago, y no tardamos en abordar unas rampas largas y sinuosas, verdaderos cerrillos, que nos permitieron elevarnos poco a poco; pero precisaba caminar con gran prudencia entre aquellos conglomerados, faltos en
absoluto de cimentación, porque los pies resbalaban en las duras traquitas,
formadas de cristales de feldespato y de cuarzo.

La naturaleza volcánica de la enorme excavación se afirmaba por
doquier, y así lo hice observar a mis compañeros.

—Figúrense ustedes —les dije— lo que debería ser este embudo,
cuando se llenara de lavas hirvientes y el nivel del líquido abrasador se

elevara hasta el orificio de la montaña, como el metal fundido en las paredes de un horno.

—Me lo imagino perfectamente —contestó Consejo—; pero querría decirme el señor ¿por qué ha suspendido sus tareas el Gran Fundidor, y en qué consiste que el horno haya sido reemplazado por las aguas tranquilas de un lago?

—Probablemente, mi estimado Consejo, porque alguna convulsión ha producido bajo la superficie del Océano esa abertura que ha dado paso al *Nautilus*. Entonces, las aguas del Atlántico se precipitaron en el interior de la montaña, entablándose una lucha tremenda entre los dos elementos, lucha que se decidió en favor de Neptuno. Desde entonces hasta hoy han transcurrido muchos siglos, y el volcán sumergido se ha trocado en apacible gruta.

—Muy bien —replicó Ned Land—. Acepto la explicación, pero lamento, por nuestro personal interés, que esa abertura, de que nos habla usted no se haya producido sobre el nivel del mar.

—Pero, amigo Ned —objetó Consejo—, si ese paso no fuera submarino, el *Nautilus* no habría podido penetrar aquí.

—Y yo añadiré, mi buen Land —manifesté a mi vez—, que las aguas no se habrían precipitado en el interior de la montaña, y el volcán seguiría siendo volcán. Sus lamentaciones, por tanto, resultan superfluas.

Continuamos la ascensión. Las rampas iban aumentando en aspereza y disminuyendo en anchura. De vez en cuando, se hallaban cortadas por profundas grietas, que había que saltar, por salientes de la roca, que nos obligaban a dar un rodeo. Marchábamos a gatas o arrastrándonos; pero la destreza de Consejo y la fuerza del canadiense vencieron todos los obstáculos.

A unos treinta metros de altura, se modificó la naturaleza del terreno, pero continuando tan impracticable como antes. A los conglomerados y a las traquitas sucedieron negros basaltos, ya extendidos en planchas cuajadas de protuberancias, ya formando prismas regulares dispuestos como una columnata que soportaría aquella inmensa bóveda, admirable muestra de arquitectura natural. Entre los basaltos, serpenteaban largos regueros de lavas enfriadas, incrustadas de hilillos bituminosos, y en algunos puntos, se extendían anchas vetas de azufre. La luz del pleno día, penetrando por el cráter superior, esparcía una vaga claridad sobre todas aquellas deyecciones volcánicas, sepultadas para siempre en el seno de la apagada montaña.

Al llegar a unos doscientos cincuenta pies de altura, tropezamos con insuperables obstáculos que detuvieron nuestro avance ascensional. El abovedado interior se iba pronunciando gradualmente, y hubimos de trocar la subida en paseo circular. En aquel último término, luchaba ya el reino vegetal con el mineral. En las fragosidades de la pared, crecían varios arbustos y aun ciertos árboles, entre los que figuraban algunos euforbios, que segregaban su jugo cáustico; heliotropos que justificaban mal su nombre, porque los rayos solares no llegaban jamás hasta ellos, y sus racimos de flores, sin aroma y sin color, pendían tristemente de sus tallos; crisantemos diseminados, que brotaban tímidamente al pie de áloes de largas hojas, macilentos y enfermizos. Pero entre los regueros de lava, se veían algunas pequeñas violetas, que exhalaban un ligero perfume, que aspiré con verdadera fruición. ¡El aroma es el alma de la flor, y las flores del mar, esos soberbios hidrófitos, carecen de alma!

Habíamos llegado a la linde de un bosquecillo de robustos dragoneros, cuya fuerte raigambre resquebrajaba las rocas, cuando Ned Land exclamó:

—¡Señor Aronnax! ¡Una colmena!

—¡Una colmena! —repliqué, resistiéndome a creerlo.

¡Sí! Una colmena —repitió el canadiense—, y abejas que zumban en su derredor.

Me acerqué y hube de rendirme a la evidencia. En el hueco de un agujero practicado en el tronco de un dragonero, pululaban algunos millares de esos ingeniosos insectos, tan comunes en todas las Canarias, donde sus productos merecen especial estimación.

Como es natural, el canadiense quiso hacer su provisión de miel, y trabajo hubiera tenido para oponerme a su propósito. Encendió su yesquero, pegó fuego a un brazado de hojas secas mezcladas con azufre, y asfixió a las abejas. Los zumbidos cesaron poco a poco, y vaciada la colmena, proporcionó varias libras del oloroso producto, del que Ned Land llenó su morral.

—Cuando haya mezclado esta miel con la pasta del antrocarpo —nos dijo—, tendré ocasión de brindar a ustedes un sabroso pastel.

—¡Cáspita! —repuso Consejo—. ¡Eso será una especie de turrón!

—Probaremos el turrón —contesté—, pero ahora, continuemos nuestro interesante paseo.

Desde algunos recodos del sendero que seguíamos entonces, se dominaba el lago en toda su extensión. El reflector iluminaba por completo su apacible superficie; sin rizos ni ondulaciones. El *Nautilus* se mantenía en absoluta inmovilidad. Sus tripulantes iban y venían de la plataforma al ribazo, destacándose sus negras siluetas en medio de aquella atmósfera luminosa.

Al contornear la elevada, cresta de los primeros macizos de rocas que sostenían la bóveda, vi que no eran las abejas los únicos representantes del reino animal en el interior del volcán. Varias aves de rapiña se cernían, revoloteaban en la sombra, o huían de sus nidos, colgados en los salientes de los picachos. Eran gavilanes de blanco vientre o vocingleros cernícalos. También resbalaban por las pendientes, a toda velocidad de sus zancas, hermosas y rechonchas avutardas. Imagínese la codicia que despertaría en el canadiense la vista de la sabrosa caza, y si sentiría no tener a mano una escopeta. Trató de reemplazar el plomo por las piedras, y después de varias tentativas infructuosas, logró herir a una de las magníficas zancudas. No exageraré, afirmando que arriesgó veinte veces su vida para apoderarse de ella; pero se ingenió de tal manera, que el animal fue a reunirse en su morral con los panales de miel.

Desde allí, hubimos de emprender el descenso hacia la playa, porque la cresta era del todo inaccesible. Sobre nuestras cabezas aparecía la boca del cráter como amplio brocal de pozo. Por el hueco, se veía el espacio cubierto de nubes que, impelidas por el viento del Oeste, arrastraban sus jirones por la cima de la montaña. Esto demostraba que dichas nubes no estaban muy altas, que el volcán apenas se elevaba ochocientos pies sobre el nivel del Océano.

Media hora después de la última hazaña del canadiense, nos encontrábamos en la ribera interior. En ella, estaba representada la flora por extensos tapizados de crista marina, pequeña planta umbelífera muy apropiada para conservarla en almíbar y que se conoce también con los nombres de quebrantapiedra, traspasapiedra e hinojo marino. Consejo acopió algunos manojos. En cuanto a la fauna, contaba por millares crustáceos de toda especie, cabrajos, cangrejos torteros, palemones, misis, segadores, galateas y una prodigiosa cantidad de conchas, porcelanas, rocas y lapas.

En aquel sitio se abría una magnífica gruta. Mis compañeros y yo, nos deleitamos tendiéndonos sobre las sedosas arenas. El fuego había calcinado sus paredes, esmaltadas y, brillantes, salpicadas de plaquillas de mica. Ned Land palpó aquellas murallas y procuró tantear su espesor, lo cual no pudo menos de hacerme sonreír. La conversación recayó de nuevo sobre sus eternos proyectos de fuga, y sin aventurarme demasiado, le inicié la esperanza de que el capitán Nemo hubiera descendido hacia el Sur con el exclusivo propósito de renovar su provisión de sodio. Suponía, por tanto, que volvería a las costas europeas y americanas, lo cual permitiría al canadiense repetir, con mejor éxito, su abortada tentativa.

Llevábamos una hora tumbados en la deliciosa gruta. La conversación, animada al principio, comenzó a languidecer, sintiéndonos invadidos por cierta somnolencia. Como no había razón alguna para resistir al sueño, me abandoné a un profundo sopor. Soñé —no es potestativo elegir los sueños— que mi existencia se reducía a la vida vegetativa de un simple molusco. Me pareció que aquella gruta formaba la doble valva de mi concha.

De pronto me despertó la voz de Consejo.

—¡Alerta! ¡Alerta! —gritaba el bondadoso muchacho.

—¿Qué ocurre? —le pregunté, incorporándome a medias.

—¡Que el agua nos invade!

Entonces, me levanté. El mar se precipitaba como un torrente en nuestro retiro, y, decididamente, puesto que no éramos moluscos, había que ponerse a salvo.

En pocos instantes, nos encaramamos a lo alto de la gruta misma.

—¿Pero qué significa esto? —preguntó Consejo—. ¿Algún nuevo fenómeno?

—No, amigos míos —contesté—. Es la marea, que ha estado a punto de sorprendernos como al protagonista de Walter Scott. El mar crece en el exterior, y por una ley de equilibrio, perfectamente natural, sube también el nivel del lago. Afortunadamente, todo se ha reducido al remojón. Vamos a mudarnos al *Nautilus*.

Tres cuartos de hora después, habíamos terminado nuestro paseo circular y volvíamos a bordo. La tripulación acababa de embarcar las provisiones de sodio en aquel momento, y el *Nautilus* hubiera podido zarpar inmediatamente.

Pero el capitán Nemo no transmitió ninguna orden. ¿Querría esperar la noche, para salir secretamente por su paso submarino? Bien pudiera ser.

Lo cierto fue que al día siguiente, el *Nautilus*, después de abandonar su fondeadero, continuó su navegación mar adentro y a unos cuantos metros bajo las olas del Atlántico.

XXXV

EL MAR DE SARGAZOS.

El rumbo del *Nautilus* no se había modificado. En su consecuencia, debía renunciarse, al menos por el momento, a toda esperanza de volver a los mares europeos. El capitán Nemo continuaba emproando hacia el Sur. ¿A dónde nos llevaba? No quería pensarlo.

Aquel día, el *Nautilus* cruzó una zona singular del Océano Atlántico. Nadie ignora la existencia de esa gran corriente de agua caldeada, conocida con el nombre de Gulf-Stream, que después de salir de los canales de la Florida se dirige hacia el Spitzberg. Pero antes de penetrar en el golfo de Méjico, hacia el grado cuarenta y cuatro de latitud Norte, dicha corriente se divide en dos brazos; el principal sigue hacia las costas de Irlanda, y de Noruega, mientras el otro se desvía en dirección al Sur, a la altura de las Azores, costea luego las playas africanas y, describiendo un óvalo prolongado, vuelve a las Antillas.

Pues bien; este segundo brazo, que más bien puede calificarse de collar, rodea entre sus anillos de agua tibia esa porción del Océano, fría, tranquila, inmóvil, que se llama el mar de sargazos, verdadero lago en pleno Atlántico. Las aguas de la gran corriente invierten unos tres años en contornearlo.

Hablando propiamente, el mar de sargazos cubre toda la parte sumergida de la Atlántida. Ciertos autores han llegado al extremo de afirmar que las numerosas hierbas de que se halla sembrado proceden de las praderas de aquel antiguo continente. Es más probable, sin embargo, que dichas hierbas, algas y fucos, hayan sido arrebatadas a las costas europeas y americanas y arrastradas hasta esta zona por el Gulf-Stream. Tal fue una de las razones que indujeron a Colón a suponer la existencia de un nuevo mundo. Cuando las naves del atrevido explorador llegaron al mar de sargazos, bogaron con gran trabajo entre aquellas hierbas que interrumpían su avance, con gran espanto de las tripulaciones, y perdieron tres largas semanas en atravesarlo.

Tal era la región que el *Nautilus* recorría en aquellos momentos, una verdadera pradera, una tupida alfombra de algas, fucos natátiles, sarmienlos del trópico, aglomeración tan espesa, tan compacta, que difícilmente la hubiera hendido la roda de un navío. Así, el capitán Nemo, no queriendo exponer su hélice en aquella masa herbácea, se mantuvo a varios metros de profundidad bajo las olas.

El nombre de sargazo es de origen español, y se aplica a la especie de fuco flotante que forma principalmente el inmenso banco. He aquí por qué, según el erudito Maury, el autor de la *Geografía física del globo*, se reúnen tales hidrófitos en esa apacible cuenca del Atlántico:

"La explicación que puede darse —dice— resulta, a mi juicio de un experimento conocido por todo el mundo. Si se colocan en una vasija fragmentos de corcho, o de cualquier otro cuerpo flotante, y se imprime al agua contenida en la misma un movimiento circular, se observará que los fragmentos esparcidos se agrupan en el centro de la superficie líquida, es decir, en el punto menos agitado. En el fenómeno que nos ocupa, la vasija es el Atlántico, el Gulf-Stream la corriente circular, y el mar de sargazos el punto central donde van a reunirse los cuerpos flotantes".

Participo de la opinión de Maury, y he podido estudiar el fenómeno en ese medio especial, en el que los navíos penetran raras veces. Sobre nosotros flotaban cuerpos de toda procedencia, amontonados entre aquellas hierbas parduscas; troncos de árboles arrancados a los Andes o a las Montañas Rocosas y transportados por el Amazonas o el Mississipi; numerosos restos de buques, quillas o carenas, tablones desprendidos y de tal modo cargados de conchas y de anatifas que no podían remontarse a la superficie del Océano. Y el tiempo justificará también otra opinión de Maury: la de que esas materias, acumuladas así durante siglos, se mineralizarán bajo la acción de las aguas, formando entonces inagotables criaderos de hulla; preciosa reserva que prepara la previsora Naturaleza para el día en que los hombres hayan apurado las minas de los continentes.

Entre aquella intrincada maraña de hierbas y de fucos, noté la presencia de bonitos alciones estrellados, de rosados matices; de actinias, con su larga cabellera de tentáculos desplegada; de medusas verdes, rojas y azules; y especialmente, de esos grandes rizóstomos de Cuvier, cuya azulada umbela está ribeteada por un festón violeta.

Pasamos toda la jornada del 22 de febrero en el mar de sargazos, donde los peces aficionados a las plantas marinas y a los crustáceos encuentran abundante alimentación. Al día siguiente, el Océano recobró su acostumbrado aspecto.

A partir de aquel momento y durante diez y nueve días, del 23 de febrero al 12 de marzo, el *Nautilus* se mantuvo en aguas del Atlántico, navegando con una velocidad constante de cien leguas diarias. El capitán Nemo se proponía indudablemente realizar su programa submarino, y vi clara su intención de volver a los mares australes del Pacífico; después de doblar el cabo de Hornos.

Eran, pues, fundados los temores de Ned Land. En aquellos anchurosos mares, sin islas, no era posible intentar la fuga; y como tampoco había medio de oponerse a la voluntad del capitán Nemo, no quedaba otro recurso que resignarse, con la lisonjera esperanza de que lo que ya no podía lograrse por la fuerza o por la astucia quizá se alcanzara por la persuasión. Terminado el viaje, ¿no accedería el capitán Nemo a devolvernos la libertad, bajo promesa formal de no revelar jamás su existencia? La palabra de honor empeñada hubiera sido escrupulosamente cumplida por nosotros. Pero precisaba tratar esta delicada cuestión con el capitán. Ahora bien; ¿era procedente mi demanda de libertad? ¿No había declarado el capitán desde un principio, y de una manera categórica, que el secreto de su vida exigía nuestro perpetuo cautiverio a bordo del *Nautilus*? Mi silencio, durante cuatro meses, ¿no debía considerarse como tácita conformidad por nuestra parte? La insistencia sobre tal asunto, ¿no produciría el resultado de infundir sospechas perjudiciales a nuestros proyectos, si más adelante se presentaran circunstancias favorables para ponerlos en ejecución? Pesé todas estas razones, las revolví en mi magín y las sometí a la consideración de Consejo, que se manifestó tan perplejo como yo. En resumen; que aunque soy poco propenso al desaliento, comprendí que las probabilidades de reintegrarme al trato con mis semejantes disminuían de día en día, sobre todo, desde el momento en que el capitán Nemo corría temerariamente hacia el sur del Atlántico.

Durante los diez y nueve días citados, no se registró en la travesía ningún incidente digno de mención. Apenas vi al capitán. Andaba indudablemente muy atareado, porque solía encontrar con frecuencia en la biblioteca libros que dejaba entreabiertos, especialmente obras de Historia Natural. Mi volumen relativo a las profundidades submarinas, hojeado por él, estaba cuajado de notas marginales, que contradecían a veces mis teorías y mis métodos; pero el capitán se conformaba con depurar así mi trabajo, siendo muy raro que discutiera conmigo. De vez en cuando, llegaban hasta mis oídos los acordes melancólicos de su órgano, que tocaba con gran expresión, pero sólo de noche, cuando las tinieblas lo invadían todo y el *Nautilus* se adormecía en los desiertos del Océano.

En el curso de esta parte del viaje, navegamos días enteros a flor de agua. El mar parecía abandonado: apenas alguno que otro velero, con cargamento para las Indias, se dirigía hacia el cabo de Buena Esperanza. Uno de los días, fuimos perseguidos por las embarcaciones de un ballenero, que nos tomó sin duda por una enorme ballena, de la que se prometía un pingüe negocio: pero el capitán Nemo no quiso que aquellas buenas gentes perdieran tiempo y trabajo, y puso fin a la persecución sumergiéndose bajo las aguas. El incidente pareció interesar vivamente a Ned Land. No creo equivocarme afirmando que el canadiense debió sentir que nuestro cetáceo de acero no fuera herido de muerte por el arpón de los pescadores.

Los peces observados por Consejo y por mí, durante aquel período, se diferenciaban poco de las que habíamos estudiado ya en otras latitudes. Los principales fueron algunos ejemplares de ese terrible género de cartilaginosos, dividido en tres subgéneros, que comprenden hasta treinta y dos especies; escualos franjeados, de cinco metros de largo, cabeza deprimida y más ancha que el cuerpo; aleta caudal redondeada, y que ostentan en el tronco siete grandes bandas negras, paralelas y longitudinales; y escualos perlones, de un color gris ceniciento, con siete aberturas branquiales y provistos de una sola aleta dorsal, situada casi en medio del cuerpo.

También pasaron corpulentos perros marinos, animales sumamente voraces. Dejando a salvo el derecho de conceder más o menos crédito a las referencias de los pescadores, se asegura que se ha encontrado en el vientre de uno de esos animales una cabeza de búfalo y una ternera enterita; en el de otro, dos atunes y un marinero uniformado; en el de otro, un soldado con su sable; y finalmente, en el de otro, un caballo con su jinete. Realmente, todo esto no es artículo de fe; y como, por otra parte, ninguno de los citados animales se dejó coger en las redes del *Nautilus*, no pude comprobar su veracidad.

Numerosas bandadas de airosos y retozones delfines nos acompañaron durante jornadas enteras. Iban en grupos de cinco o seis, merodeando en jauría, como los lobos en la campiña. Son tan voraces como los perros marinos, si hemos de atenernos al testimonio de un catedrático de Copenhague, que extrajo del estómago de un delfín trece marsuinos y quince focas. Verdad que era una marsopa perteneciente a la mayor especie conocida, cuya longitud suele exceder de veinticuatro pies. La familia de los delfíneos abarca diez géneros, y los que yo vi eran delfinorrincos, que se distinguen por su hocico extraordinariamente aguzado y cuatro veces más largo que el cráneo: su cuerpo medía tres metros, siendo negro por encima, y blanco rosado, con algunas pequeñas manchas, por debajo.

Citaré también algunos curiosos ejemplares de ciertos peces del orden de los acantopterigios, de la familia de los escienoideos, de los que algunos autores, más poetas que naturalistas, pretenden que cantan melodiosamente, y que sus modulaciones reunidas forman un concierto que no igualaría un coro de voces humanas. No lo negará; pero los tales escienos no nos obsequiaron con ninguna serenata, a nuestro paso, y lo lamento de veras.

Para terminar, diré que Consejo clasificó gran número de peces voladores. Nada más curioso, por cierto, que ver la maravillosa precisión con que los delfines les daban caza. Cualquiera que fuese el alcance de su vuelo, cualquiera la trayectoria que describiese, hasta por encima del *Nautilus*, el infortunado pez encontraba siempre abierta para recibirle, la boca del delfín. Eran pirápedos o triglas-milanos de boca luminosa, que después de trazar líneas de fuego en atmósfera durante la noche, se zambullían bajo las aguas sombrías, como estrellas errantes.

Hasta el 13 de marzo continuó la navegación en análogas condiciones. El día mencionado se utilizó el *Nautilus* para realizar experimentos de sondeo, que me interesaron vivamente.

Habíamos recorrido entonces unas trece mil leguas, desde nuestra partida de los altos mares del Pacífico, encontrándonos a 45°37' de latitud meridional y a 37°53' de longitud Oeste. Eran los mismos parajes en que el capitán Denham, comandante del *Herald*, largó catorce mil metros de sonda, sin alcanzar fondo. Allí también, el teniente Parcker, de la fragata americana *Congress*, no pudo tocar terreno firme bajo las aguas, a quince mil ciento cuarenta metros.

El capitán Nemo resolvió descender hasta las más remotas profundidades, a fin de comprobar estos diferentes sondeos. Yo me preparé a tomar nota de los resultados del experimento. Descorridos los postigos metálicos del salón, comenzaron las maniobras para llegar a tan alejadas capas del Océano.

Ya se comprenderá que, para ello, no se trataba, simplemente de sumergirse llenando los depósitos. Esto, quizá no hubiera sido suficiente para aumentar la gravedad específica del *Nautilus*. Además, para remontarse, habría precisado desalojar aquel exceso de agua, y las bombas habrían carecido de potencia para vencer la presión exterior.

El capitán Nemo decidió ganar el fondo siguiendo una diagonal muy prolongada, valiéndose, para trazarla, de los planos laterales, que fueron colocados formando un ángulo de cuarenta y cinco grados con la línea de flotación del *Nautilus*. Luego se imprimió a la hélice su velocidad máxima, y su cuádruple rama batió las ondas con indescriptible violencia.

La elevada presión hizo vibrar como una cuerda sonora al casco del *Nautilus*, que se hundió con regularidad bajo las aguas. El capitán y yo, apostados en el salón, seguimos la oscilación de la aguja del manómetro, que se fue desviando rápidamente. En pocos instantes, rebasamos la zona habitable en que mora la mayor parte de los peces. Algunos de estos animales, sólo pueden vivir en la superficie de los mares o de los ríos, pero hay otros, menos numerosos, que se mantienen a considerables profundidades. Entre los últimos, observé el exanco, especie de perro marino provisto de seis hendeduras respiratorias; el telescopio, con sus ojazos saltones; el peristedión acorazado, de tórax grisáceo con aletas negras, protegido por un peto de placas óseas, de un matiz ligeramente rojizo; y por último, el granadero, que vive a mil doscientos metros de profundidad, soportando, en consecuencia, una presión de ciento veinte atmósferas.

Pregunté al capitán Nemo si había visto peces a mayores profundidades.

—Muy raras veces —me contestó—. Pero, en el estado actual de la ciencia, ¿qué se presume, qué se sabe, respecto a este extremo?

—Voy a decírselo, capitán. Se sabe que al descender hacia las capas inferiores del Océano, la vida vegetal desaparece antes que la animal; que hay zonas en las que aun existen seres animados, sin que vegete un solo hidrófito; que las peregrinas, las ostras, suelen encontrarse hasta bajo dos mil metros de agua, y que Mac Clintock, el héroe de los mares polares, sacó una estrella, viva, de una profundidad de dos mil quinientos metros; que la tripulación del *Bull-Dog*, de la Marina real, pescó una asteria a dos mil seiscientas veinte brazas, o sea a más de una legua de profundidad. Ya supongo que me replicará usted que esto equivale a no saber nada.

—No, señor Aronnax —dijo el capitán—; me guardare mucho de incurrir en tamaña descortesía. Pero, vamos a ver, ¿cómo se explica usted que haya seres que puedan vivir a semejantes profundidades?

—Me lo explico por dos razones —le contesté—. En primer lugar, porque las corrientes verticales, determinadas por las diferencias de saturación salina y de densidad de las aguas, producen un movimiento que basta para conservar la vida rudimentaria de las encrinas y de las asterias.

—Justo —asintió el capitán.

—Además —continué diciendo—, porque el oxígeno es la base de la vida, y está demostrado que la cantidad de oxígeno disuelta en el agua del mar aumenta con la profundidad, en lugar de disminuir, y que la presión de las capas inferiores contribuye a comprimirlo.

—¡Ah! ¿De modo que se da por sentado esto? —exclamó el capitán, en tono ligeramente sorprendido—. Pues bien, señor Aronnax; sus afirmaciones y sus deducciones son exactísimas. Añadiré, para comprobarlo, que la vejiga natatoria de los peces contiene más nitrógeno que oxígeno, cuando son pescados en la superficie del mar, y más oxígeno que ázoe, por el contrario, cuando se les extrae de grandes profundidades. Esto corrobora su teoría. Pero continuemos nuestras observaciones.

Miré de nuevo al manómetro, que marcaba seis mil metros de profundidad. Nuestra inmersión duraba ya una hora. El *Nautilus*, deslizándose sobre sus planos inclinados, seguía descendiendo. Aquellas desiertas aguas eran de una transparencia y de una diafanidad incomparables. Una hora después estábamos a trece mil metros —cerca de tres leguas y cuarto— sin que se advirtiera ningún indicio de la proximidad del fondo del Océano.

A los catorce mil metros, distinguí unos picos negruzcos, que surgían entre las aguas; pero aquellas cimas podían pertenecer a montañas tan altas como el Himalaya o el Mont-Blanc, o más elevadas aún, y la profundidad de aquellos abismos permanecía incalculable.

El *Nautilus* continuó su descenso, a pesar de las enormes presiones que soportaba. Sentí trepidar sus planchas en las junturas de los pernos, arquearse sus barrotes, crujir sus tabiques, y hasta me pareció que se combaban los cristales del salón, bajo el vigoroso empuje de las aguas. Seguramente habría cedido el sólido artefacto, si, como dijo su capitán, no hubiera sido capaz de resistir como un bloque macizo.

Al rasar las pendientes de aquellos peñascos perdidos bajo las aguas, vi todavía varías conchas, como sérpulas, espinorbias y ciertas variedades de asterias; pero estos últimos representantes de la vida animal acababan por desaparecer en absoluto, y más allá de las tres leguas, el *Nautilus* traspasó los límites de la existencia submarina, como el globo que se remonta en el espacio sobre las zonas respirables. Habíamos alcanzado una profundidad de diez y seis mil metros —cuatro leguas— y los flancos del navío soportaban en aquel momento una presión de mil seiscientas atmósferas, es decir, mil seiscientos kilogramos por cada centímetro cuadrado de superficie.

—¡Qué situación! —exclamé—. Recorrer estas profundas regiones, en las que jamás ha penetrado el hombre! ¡Mire usted, capitán! ¡Fíjese en esas magníficas rocas, en esas grutas desiertas, en esos últimos receptáculos del globo, donde ya no es posible la vida! ¿No es verdaderamente lamentable, que hayamos de limitarnos a conservar el simple recuerdo de estos parajes desconocidos?

—¿Le gustaría llevarse de aquí algo más positivo que el recuerdo? —me preguntó el capitán.

—¿Qué quiere usted decir con eso?

—Que nada más fácil que tomar una vista fotográfica de esta región submarina.

Sin darme tiempo a manifestar la sorpresa producida por esta nueva proposición, el capitán ordenó que le llevaran un objetivo. El líquido elemento, iluminado eléctricamente, se dominaba con toda precisión a través del acristalado de nuestro mirador, completamente abierto. Ni una sombra, ni una degradación de tono empañaba la claridad de nuestro alumbrado artificial. El sol no hubiera sido más favorable a una operación de tal naturaleza. El *Nautilus*, retenido por la presión de su hélice y por la inclinación de sus planos, quedó inmóvil. El aparato fotográfico enfocó el pintoresco panorama y en pocos segundos obtuvimos una negativa de extraordinaria limpieza.

Procuraré reseñar la prueba positiva. En ella se destacaban aquellas rocas primordiales, a las que jamás llegaría la luz de los cielos; aquellos granitos inferiores, que constituyen el sólido basamento del globo; aquellas grutas profundas, socavadas en la masa pétrea; aquellos perfiles de incomparable pureza, cuyo contorno resaltaba en negro, como ciertas obras pictóricas del arte flamenco; más allá, un horizonte montañoso, una admirable línea ondulada, limitando el confín del paisaje. No es posible describir aquel conjunto de rocas lisas, negras, bruñidas, sin una mata de hierba, sin una mancha, de formas extrañamente recortadas, y sólidamente asentadas sobre aquel tapiz arenoso, que centelleaba a los destellos del proyector eléctrico.

Terminada la operación, el capitán Nemo me dijo:

—Ascendamos, señor Aronnax. No conviene abusar de esta situación, ni exponer largo tiempo al *Nautilus* a semejantes presiones.

—Sí, ascendamos —contesté.

—Afiáncese usted bien.

Apenas pronunciadas estas palabras sin tiempo para comprender el motivo de la recomendación del capitán, di de bruces sobre el pavimento. Engranada la hélice y dispuestos verticalmente los planos, a una señal del capitán, el *Nautilus* arrancó como un globo libre de amarras, elevándose con vertiginosa velocidad y cortando la masa de las aguas con estruendosa trepidación. No era visible ningún detalle. En cuatro minutos franqueó las cuatro leguas que le separaban de la superficie del Océano, y después de emerger de ella, como un pez volante, cayó de nuevo sobre las aguas, haciéndolas saltar a prodigiosa altura.

XXXVI

CACHALOTES Y BALLENAS.

Durante la noche del 13 al 14 de marzo, el *Nautilus* prosiguió su rumbo hacia el sur. Supuse que a la altura del cabo de Hornos enfilaría al Oeste, a fin de desembocar en los mares del Pacífico y terminar su vuelta al mundo; pero, en vez de esto, siguió derrotando hacia las regiones australes. ¿A dónde se proponía ir? ¿Acaso al polo? Era una insensatez. Empecé a creer que las temeridades del capitán justificaban suficientemente los recelos de Ned Land.

Desde algún tiempo atrás, el canadiense no me hablaba ya de sus proyectos de fuga. Se mostraba menos comunicativo, casi retraído, dejando ver claramente cuánto le pesaba el prolongado cautiverio, y cuánta era la cólera reconcentrada en él. Cuando encontraba al capitán, sus pupilas centelleaban con siniestro fulgor, haciéndome temer constantemente que la ingénita violencia de su temperamento le condujese a cualquier extremo.

Aquel día, 14 de marzo, se presentó en mi cámara, acompañado de Consejo. Yo inquirí el objeto de su visita.

—Dirigirle una simple pregunta —me contestó el canadiense.

—Hable, pues, amigo Ned.

—¿Cuántos hombres supone usted que hay a bordo del *Nautilus*?

—No lo sé, amigo mío.

—Me parece —agregó Ned Land— que su manejo no requiere una tripulación numerosa.

—Efectivamente —asentí—; dadas sus condiciones, deben bastar unos diez hombres a lo sumo.

—Pues bien —dijo el canadiense—; ¿por qué ha de haber más?

—¿Por qué? —respondí mirando fijamente a Ned Land, cuyas intenciones se adivinaban con facilidad—. Porque, si he de guiarme por mis presentimientos, si he comprendido bien la existencia del capitán, el *Nautilus* no es solamente un navío, sino que también debe ser un lugar de refugio para los que, como su comandante, han roto en absoluto sus relaciones con el mundo.

—Es posible —dijo Consejo—; pero, en fin, el *Nautilus* no puede albergar más que a cierto número de hombres. ¿No podría el señor determinar ese máximo?

—¿Con qué datos, Consejo?

—Por el cálculo. Dada la capacidad del navío, que ya conoce el señor, y, por consiguiente, la cantidad de aire que encierra; sabiendo, por otra parte, lo que cada hombre consume en el acto de la respiración, y comparando estos resultados con la imprescindible necesidad del *Nautilus* de remontarse a la superficie cada veinticuatro horas...

Consejo no explanó del todo su idea, pero deduje perfectamente a dónde quería ir a parar.

—Comprendido —le contesté—; pero ese cálculo, de sencillísimo desarrollo después de todo, será de una exactitud muy relativa.

—No importa —insistió Ned Land, apoyando a su amigo.

—Pues ahí va el cálculo. Cada hombre consume en una hora el oxígeno contenido en cien litros de aire; por tanto, en veinticuatro horas, consumirá el contenido en dos mil cuatrocientos litros. Averigüemos, pues, cuántas veces encierra el *Nautilus* dos mil cuatrocientos litros de aire.

—Precisamente —dijo Consejo.

—Ahora bien —continué—; siendo la capacidad del *Nautilus* mil quinientas toneladas, y la de la tonelada mil litros, contendrá un total de un millón quinientos mil litros de aire, que divididos por dos mil cuatrocientos...

Practiqué rápidamente la operación aritmética.

—... dan un cociente de seiscientos veinticinco. Lo cual equivale a decir que el aire contenido en el *Nautilus* podría bastar rigurosamente a seiscientos veinticinco hombres durante veinticuatro horas.

—¡Seiscientos veinticinco! —repitió Ned.

—Pero tenga usted por seguro —agregué— que entre oficialidad, marinería y pasajeros no componemos la décima parte de ese número.

—De cualquier modo, son demasiados para tres hombres —murmuró Ned.

—Pues, amigo mío, no puedo aconsejarle más que la paciencia.

—Y mejor aún que la paciencia —dijo Consejo—, la resignación.

Consejo había empleado la palabra justa.

—Después de todo —prosiguió—, el capitán Nemo no podrá continuar avanzando siempre hacia el Sur. Tendrá que detenerse alguna vez, siquiera sea al tropezar con los bancos de hielo, y retroceder a mares más civilizados. Entonces será ocasión de reproducir los planes de Ned Land.

El canadiense movió la cabeza, se pasó la mano por la frente y se retiró sin contestar.

—Permítame el señor una observación —me dijo Consejo—. Ese pobre Ned piensa en todo lo que no puede tener. Recuerda su vida pasada y echa de menos todo cuanto nos está vedado. Le angustia esta situación y se siente apenado. Se comprende. ¿Qué alicientes tiene aquí? Ninguno. Carece de instrucción, y no puede encontrar el placer que nosotros en la contemplación de los prodigios del mar. Lo arriesgaría todo, con tal de poder entrar en una taberna de su país.

Positivamente, la monotonía de a bordo debía parecer insoportable al canadiense, habituado a una vida independiente, y activa. Los acontecimientos; capaces de apasionarle eran raros. Sin embargo, aquel mismo día ocurrió un incidente que vino a recordarle sus buenos tiempos de arponero.

Cerca de las once de la mañana, y hallándose en la superficie del Océano, el *Nautilus* cayó en medio de un tropel de ballenas. El encuentro no me sorprendió, porque sabía que dichos animales, perseguidos con saña, se han refugiado en los mares de las altas latitudes.

El papel representado por la ballena en el mundo marino y su influencia en los descubrimientos geográficos, han sido importantísimos. Ella fue la que atrayendo en su persecución a los vascos, en primer término, y después a los astures, a los ingleses y a los holandeses, les enardeció contra los peligros del Océano, llevándolos de confín a confín de la tierra. Las ballenas son muy aficionadas a frecuentar los mares australes y boreales, y según referencias de antiguas leyendas, esos cetáceos arrastraron tras de sí a los pescadores hasta siete leguas tan sólo del polo Norte. Si el hecho es falso, dejará de serlo algún día, pues probablemente así, cazando la ballena en las regiones árticas o antárticas, abordarán los hombres los dos puntos desconocidos del globo.

Estábamos sentados en la plataforma. La mar era tranquila, pues el mes de octubre de aquellas latitudes nos obsequiaba con hermosas jornadas otoñales. El canadiense, que no podía equivocarse, señaló una ballena en el horizonte, en dirección al Este. Mirando atentamente, se veía una mole negruzca, que se elevaba y descendía alternativamente sobre las olas, a cinco millas del *Nautilus*.

—¡Ah! —exclamó Ned Land—. Cómo me alegraría este encuentro, si estuviese a bordo de un ballenero! Qué magnífico animal! ¡Mire usted qué columnas de aire y de vapor arroja por sus respiraderos! ¡Voto al demonio! ¿Por qué he de estar enjaulado en este armatoste de acero.

—¡Cómo! —le contesté—. ¿Conserva usted aún sus aficiones de pescador?

—¿Acaso puede olvidar su oficio un pescador de ballenas? —replicó el canadiense—. ¿Dónde hallar emociones tan variadas como las de semejante caza?

—¿No ha pescado usted nunca en estas aguas, amigo Ned?

—Nunca, señor Aronnax. Únicamente en los mares boreales, tanto en el estrecho de Behring como en el de Davis.

—Entonces no conoce usted la ballena austral. Sólo ha cazado hasta ahora la ballena franca, que no se aventuraría a pasar las cálidas aguas del Ecuador.

—¿Qué me dice usted, señor Aronnax? —preguntó el canadiense, con cierta incredulidad.

—Lo que usted oye.

—¡Me gusta la frescura! Sepa usted, señor profesor, que el año sesenta y cinco, es decir, hace dos y medio el modesto arponero que le dirige la palabra atrapó cerca de Groenlandia una ballena, que llevaba todavía clavado un arpón con la inscripción de un ballenero de Behring. Y siendo así, ¿quiere usted decirme cómo, después de haber sido herido en el Occidente de América, el animal fue a dejarse rematar en el Este, sin haber doblado, ya el cabo de Hornos, ya el de Buena Esperanza, cruzando el Ecuador?

—Me adhiero a la pregunta del amigo Ned —dijo Consejo, y espero las respuesta del señor.

—Pues el señor contestará, mis queridos amigos, que las ballenas están localizadas, según su especie, en determinados mares, de los cuales no salen. Por tanto, si uno de esos animales ha ido del estrecho de Behring al de Davis, habrá sido, sencillamente, porque exista un paso entre ambos mares, bien en las costas septentrionales de América, bien en las de Asia.

—Si es broma, puede pasar —dijo el canadiense, guiñando un ojo.

—El señor no bromea nunca —respondió Consejo.

—En ese caso —declaró Ned—, puesto que nunca he pescado en estos parajes, claro es que no conozco las ballenas que los habitan.

—Créalo usted, amigo Land.

—Razón de más para entrar en relaciones con ellas —observó Consejo.

—¡Miren! ¡Miren ustedes! —exclamó el canadiense, con voz alterada, por la emoción—. ¡Se acerca! ¡Viene hacia nosotros! ¡Parece provocarme, como si supiera que nada puedo contra ella!

Ned pataleaba de impaciencia, mientras agitaba su brazo en el aire, blandiendo un arpón imaginario.

—¿Son tan grandes estos cetáceos como los de los mares boreales? —me preguntó.

—Poco más o menos.

—Es que yo he visto ballenas enormes, señor Aronnax, ballenas que medían hasta cien pies de longitud, y no sería la primera vez que afirmara que ciertos cetáceos de las islas Aleutinas excedían de ciento cincuenta pies.

—Me parece algo exagerado —le objeté—. Esos animales son simples ballenópteros, provistos de aletas dorsales, y, como los cachalotes, suelen ser más pequeños que la ballena franca.

—¡Ah! —exclamó el canadiense, cuyas miradas no se apartaban del Océano—. ¡Sigue acercándose¡ ¡Ya entra en aguas del *Nautilus*!

Y reanudando la conversación, prosiguió:

—Habla usted del cachalote como de un animalejo, y, sin embargo, los hay gigantescos. Son cetáceos muy inteligentes. Algunos, según se dice, se cubren de algas y de fucos, con lo cual se les toma por islotes, se acampa sobre ellos, se enciende fuego...

—Y se construyen casas —interrumpió Consejo.

—Sí, señor guasón —contestó Ned Land—. Y el día menos pensado, el animal se zambulle, arrastrando a todos sus habitantes al fondo del abismo.

—Como en las aventuras de Simbad el marino —repliqué riendo—. ¡Ay! ¡Amigo Land, parece usted aficionado a los cuentos fantásticos! ¡Vaya con sus cachalotes! ¡Supongo que no creerá nada de eso!

—Mire usted, señor Aronnax —respondió seriamente el canadiense—; en materia de ballenas, hay que creerlo todo...

¡Cómo avanza ésta...! ¡Cómo se oculta...! Se asegura que esos animales pueden dar la vuelta al mundo en quince días.

—No digo que no.

—Pero lo que seguramente ignora usted, señor Aronnax, es que, al principio del mundo, las ballenas nadaban más de prisa que ahora.

232

—¿De veras, amigo Ned? ¿Y por qué razón?

—Porque entonces tenían la cola en sentido vertical, Como los peces, y batían el agua de izquierda, a derecha y de derecha a izquierda. Pero el Creador, al advertir que corrían demasiado, cambió la posición de la cola, y ahora la mueven de arriba abajo, en detrimento de su velocidad.

—Bien, amigo Ned —dije, repitiendo una expresión del canadiense—; si es broma, puede pasar.

—No del todo —contestó Ned Land—. Es como si le dijera que existen ballenas de trescientos pies de longitud y cien mil libras de peso.

—Mucho es, en efecto —repliqué—. Sin embargo, preciso es reconocer que ciertos cetáceos adquieren un desarrollo extraordinario, puesto que, según dicen, dan hasta veinte toneladas de aceite.

—En cuanto a eso, yo lo he visto —afirmó el canadiense.

—Lo creo firmemente, como creo también que algunas ballenas igualan en volumen a cien elefantes. ¡Calcule usted los efectos producidos por semejante masa, lanzada a toda velocidad!

—¿Es cierto que pueden echar a pique un navío? —preguntó Consejo.

—Tanto como un navío, no lo creo —contesté—. Sin embargo, se cuenta que el año 1820, precisamente en estos mares del Sur, una ballena acometió al *Essex*, haciéndolo recular con una velocidad de cuatro metros por segundo. Las olas inundaron la popa, y el *Essex* zozobró casi instantáneamente.

Ned me miró con aire socarrón.

—Lo que puedo afirmar por mi parte —dijo— es que, en cierta ocasión, recibí un coletazo de ballena (en la canoa, se entiende), y mis camaradas y yo fuimos despedidos a seis metros de altura; pero aquella ballena, comparada con la del señor Aronnax, no debía ser más que un ballenato.

—¿Viven mucho tiempo esos animales? —preguntó Consejo.

—Mil años —contestó el canadiense sin vacilar.

—¿Cómo lo sabe usted?

—Porque lo dicen.

—¿Y por qué lo dicen?

—Porque ya es cosa sabida.

—No, amigo Ned —dije al canadiense—: no se sabe; pero se supone, fundándose en el siguiente razonamiento: hace cuatrocientos años, cuando los pescadores persiguieron por primera vez a las ballenas, estos animales tenían un tamaño superior al que adquieren hoy. Se supone, pues, bastante lógicamente, que la inferioridad de las ballenas actuales proviene de que no han tenido tiempo suficiente para alcanzar su completo desarrollo. Esto es lo que ha hecho decir a Buffon que dichos cetáceos podían y aun debían vivir mil años. ¿Comprende usted? ¿Qué había de comprender? Ni escuchaba siquiera. La ballena seguía acercándose, y él devorándola con la vista.

—¡Ah! — exclamó—. ¡No es una ballena sola! ¡Son diez... veinte... una verdadera manada...! ¡Mire usted que no poder moverse! ¡Estar aquí, atado de pies y manos!

—Pero, amigo Ned —le propuso Consejo—, ¿por qué no pide usted al capitán Nemo que le permita...?

Sin esperar a que Consejo terminara la frase; Ned Land se precipitó por la escotilla, corriendo en busca del capitán. Pocos instantes después, se presentaron ambos en la plataforma.

El capitán Nemo fijó sus miradas en el tropel de cetáceos, que se solazaban sobre las aguas, a una milla del *Nautilus*.

—Son ballenas australes —dijo—. Harían la fortuna de una flotilla de balleneros.

—Mi capitán —preguntó el canadiense—; ¿podría darles caza, siquiera sea para recordar mi antigua profesión de arponero?

—¿Para qué? —contestó el capitán—. No tendría objeto cazar por el sólo afán de destruir. No utilizamos a bordo el aceite de la ballena.

—Sin embargo, mi capitán —replicó el canadiense—, bien nos autorizó usted, en el mar Rojo, a perseguir a un dugongo.

—Entonces se trataba de procurar carne fresca a mi tripulación. Ahora, sería matar por matar. Bien sé que este es un privilegio reservado al hombre, pero soy opuesto a esos pasatiempos mortíferos. Destruyendo la ballena, ser inofensivo y sencillo, tanto usted como sus partidarios cometen una acción vituperable. Así han despoblado ya toda la bahía de Baffin, y acabarán por exterminar una clase de animales útiles. Deje usted en paz a esos infelices cetáceos; demasiados enemigos naturales tienen en los cachalotes, los peces-espada y los peces-sierra, para que vaya usted a aumentar el número.

Imagínese la cara que pondría el canadiense, durante aquel curso de moral. Ir con semejantes reflexiones a un cazador, es predicar en desierto. Ned Land miraba al capitán Nemo, sin comprender, evidentemente, lo que quería decirle. No obstante, el capitán tenía razón; el encarnizamiento bárbaro y desatinado de los pescadores, será causa de que llegue un día en que no quede una sola ballena en el Océano.

Ned Land silbó entre dientes una canción popular yanqui, se metió las manos en los bolsillos y nos volvió la espalda.

El capitán Nemo continuó mirando fijamente el grupo de ballenas, y acabó por dirigirse a mí, afirmando:

—Bien decía yo, al sostener que las ballenas tienen bastantes enemigos naturales, sin contar con el hombre. Éstas, no tardarán en sufrir una ataque. ¿Ve usted, señor Aronnax, aquellos puntos negruzcos que se mueven a ocho millas a sotavento?

—Sí, capitán —le contesté.

—Pues son cachalotes, animales terribles, que he encontrado a veces en bandadas de doscientos a trescientos. ¡A éstos sí que hay motivo para exterminarlos, porque son animales feroces y dañinos!

El canadiense se volvió vivamente, al oír estas últimas palabras.

—Pues bien, capitán —le dije—; aún estamos a tiempo, y hasta en interés de las ballenas...

—Es inútil exponerse, señor Aronnax. El *Nautilus* bastará para dispersar a esos cachalotes, porque su espolón de acero vale tanto, indiscutiblemente, como el arpón del intrépido Land.

El canadiense no disimuló un despectivo encogimiento de hombros. ¡Atacar cetáceos a espolonazos! ¿A quién se le ocurría semejante procedimiento?

—Ya verá usted, señor Aronnax —prosiguió el capitán Nemo—. Va usted a presenciar una caza, que de seguro desconoce. ¡Guerra sin cuartel a esos feroces cetáceos, que no son más que boca y dientes!

¡Boca y dientes! No cabía descripción más exacta del cachalote macrocéfalo, cuya talla suele exceder de veinticinco metros. La cabeza enorme de tales cetáceos ocupa casi la tercera parte de su cuerpo. Mejor armados que las ballenas, cuya mandíbula superior sólo está revestida de láminas córneas, van provistos de veinticinco grandes dientes, de veinte centímetros de altura, cilíndricos en su base y cónicos en su vértice y que pesan dos libras cada uno. En la parte superior de tan desmesurada cabezota, y en grandes cavidades separadas por cartílagos, es donde se encuentran de trescientos a cuatrocientos kilogramos de ese precioso aceite conocido por *blanco de ballena*. El cachalote es un animal repulsivo, más bien batracio que pez, según observación de Fredol. Está mal conformado, es, por decirlo así, *contrahecho* en toda la parte izquierda de su armazón, y apenas ve más que con el ojo derecho.

Entretanto, seguía aproximándose la monstruosa turba.

Había visto a las ballenas y se aprestaba a embestirlas. Podía descontarse desde luego la victoria; de los cachalotes, no sólo porque su estructura es más adecuada, para el ataque que la de sus inofensivos adversarios, sino también porque pueden permanecer zambullidos más tiempo, sin salir a respirar a la superficie.

Era el momento de acudir en auxilio de las ballenas. El *Nautilus* comenzó a navegar entre dos aguas. Consejo, Ned y yo, nos situamos detrás de la vidriera del salón. El capitán Nemo se trasladó a la caseta del timonel, para manejar su artefacto como una máquina de destrucción, y no tardó en advertirse que se aceleraban los movimientos de la hélice y que aumentaba nuestra velocidad.

Cuando llegó el *Nautilus* se había entablado ya el combate entre cachalotes y ballenas. La embarcación evolucionó para cortar la bandada de macrocéfalos. Estos, por el momento, se mostraron poco impresionados a la vista del nuevo monstruo que se mezclaba en la contienda; pero bien pronto hubieron de zafarse de sus golpes.

¡Qué lucha! El propio Ned Land, entusiasmado, acabó por batir palmas. El *Nautilus* se había trocado en arpón formidable, blandido por la mano de su capitán. Embestía contra aquellas moles carnosas, atravesándolas de parte a parte y dejando a su paso mitades palpitantes de animal, sin resentirse de los formidables coletazos asestados sobre sus flancos, ni de sus propios choques. Exterminado un cachalote, acometía a otro, virando en redondo para no marrar su presa, avanzando de proa o de popa, dócil al timón, sumergiéndose cuando el cetáceo se zambullía, remontándose con él cuando volvía a la superficie, hiriéndole de plano o de través, hundiéndole o desgarrándole, y alcanzándole en todas direcciones y a todas velocidades con el filo de su terrible espolón.

¡Que carnicería! ¡Qué estruendo en la superficie de las olas! ¡Qué de silbidos estridentes y de sonoros resoplidos, reveladores del terror de aquellos animales! Su cola producía verdaderas marejadas en aquellas aguas, tan apacibles de ordinario.

La homérica matanza, a la que los macrocéfalos no podían substraerse, se prolongó durante una hora. En varias ocasiones, se reunieron diez o doce, intentando aplastar al *Nautilus* bajo su masa. A través de la vidriera, se veían sus enormes fauces empedradas de dientes, sus candentes pupilas. Ned Land, completamente fuera de sí, les amenazaba y les insultaba. Notábase que se aferraban al casco del navío, como perros que hacen presa en un jabato en la espesura del monte: pero el *Nautilus*, forzando su hélice, los zarandeaba, los arrastraba o los volvía al nivel superior de las aguas, a pesar de su peso abrumador y de sus vigorosos estrujones.

Por fin, se fue aclarando la masa de cachalotes, se aquietaron las removidas ondas y noté que ascendíamos a la superficie del Océano. Abierta la escotilla, nos precipitamos a la plataforma.

El mar estaba cubierto de cadáveres mutilados. La explosión más formidable no hubiera dividido, desgarrado, despedazado con tal violencia aquellas moles de carne. Flotábamos entre cuerpos gigantescos, de lomo azulado, vientre blancuzco y salpicados de grandes protuberancias. Algunos supervivientes huían despavoridos hacia el horizonte. Las ondas estaban teñidas de rojo en un espacio de varias millas, y el *Nautilus* nadaba en un mar de sangre.

El capitán Nemo se reunió con nosotros.

—¿Qué le ha parecido, batallador Land? —preguntó.

—Francamente —contestó el canadiense, cuyo entusiasmo había cedido ya— el espectáculo resulta, demasiado sangriento. Yo no soy carnicero, sino cazador, y eso ha sido una carnicería.

—Es una matanza de animales dañinos —replicó el capitán—. El *Nautilus*, por tanto, no ha ejercido de cuchilla de carnicero.

—Prefiero mi arpón —declaró el canadiense.

—Cada cual estima su arma —contestó el capitán, mirando fijamente a su interlocutor.

Temí que Ned Land se dejara llevar de alguno de sus arrebatos, lo cual hubiera tenido consecuencias deplorables; pero su cólera se apaciguó a la vista de una ballena, que abordaba, al *Nautilus* en aquel momento.

El animal no había podido escapar a los dientes de los cachalotes. Reconocí a la ballena austral, de cabeza deprimida, y completamente negra. Anatómicamente, se distingue de la ballena blanca, y de la del Nord-Caper, por la soldadura de las siete vértebras cervicales y por tener dos costillas más que sus congéneres. El desventurado cetáceo, tendido de lado, con el vientre acribillado a dentelladas, estaba muerto. Del extremo de su aleta mutilada pendía un ballenato, que no había podido salvar de la matanza, y el agua afluía a su abierta boca, murmurando como una resaca a través de las córneas barbas.

El capitán Nemo condujo el *Nautilus* junto al cadáver del animal. Dos marineros saltaron sobre la ballena, de cuyos pechos extrajeron, no sin asombro mío, toda la leche que contenían, es decir, la equivalencia de dos o tres toneladas.

El capitán me ofreció una taza de aquella leche, caliente aún, y como advirtiera un gesto de repugnancia, que no pude contener, me aseguró que era excelente y que no se diferenciaba en nada de la de vaca.

La probé, y me adherí a su opinión. Constituía, pues, para nosotros una reserva útil, porque aquella leche, ya convertida en manteca salada, ya en queso, introduciría una agradable variante en nuestra comida ordinaria.

A partir de aquel día observé con inquietud que las disposiciones de Ned Land con respecto al capitán Nemo eran cada vez más agresivas, y determiné vigilar de cerca todos los actos y ademanes del canadiense.

XXXVII

LOS BANCOS DE HIELO.

El *Nautilus* reanudó su imperturbable rumbo hacia el Sur, siguiendo el meridiano quincuagésimo a considerable velocidad. ¿Se propondría llegar al polo? No era, presumible, porque, hasta entonces, habían fracasado todas las tentativas para remontarse a dicho punto del globo. Además, la estación estaba muy avanzada, pues el 13 de marzo de las tierras antárticas corresponde al 13 de septiembre, de las regiones boreales, época en que comienza el período equinoccial.

El 14 de marzo, a los 55° de latitud, divisé hielos flotantes, simples disgregaciones incoloras, de veinte a veinticinco pies, que formaban escollos sobre los que la mar se estrellaba con estrépito. El *Nautilus* se mantenía en la superficie del Océano. Ned Land, que ya se había dedicado a la pesca en los mares árticos, estaba familiarizado con el espectáculo de los icebergs. Consejo y yo lo admirábamos por primera vez.

En perspectiva, hacia el horizonte meridional, se extendía una faja blanca, de aspecto deslumbrador. Los balleneros ingleses le han dado el nombre de *iceblink*. Por densas que sean las nubes no pueden obscurecerla. Anuncia la presencia de un *pack* o banco de hielo.

En efecto; no tardaron en aparecer témpanos de mayor volumen, cuyo brillo se modificaba con arreglo a los caprichos de la bruma. Algunas de las moles presentaban vetas verdes, cuyas ondulaciones semejaban venas de sulfato de cobre; otras, semejantes a enormes amatistas, filtraban la luz. Unas, reverberaban los rayos diurnos en las mil facetas de sus cristales; otras, matizadas por los vivos reflejos del calizo, hubieran bastado para la construcción de toda una ciudad de mármol.

A medida que descendíamos hacia el Sur, las islas flotantes aumentaban en número y en tamaño. En ellas anidaban a miles las aves polares, como petreles, procelarios y pufinos, que nos ensordecían con sus graznidos. Algunos, tomando el *Nautilus* por el cadáver de una ballena, acudieron a posarse sobre el casco, picoteando sus sonoras planchas metálicas.

Durante aquella navegación entre hielos, el capitán Nemo pasaba largos ratos en la plataforma, observando atentamente aquellos parajes abandonados. En ocasiones, se animaba su impasible mirada. ¿Se imaginaba que en los mares polares, inaccesibles al hombre, estaba en sus dominios, corno señor absoluto de aquellos infranqueables espacios? Tal vez. Pero no hablaba. Permanecía inmóvil, ensimismado, hasta que se sobreponían en él sus instintos de piloto. Entonces, dirigía su *Nautilus* con destreza consumada, esquivaba hábilmente los choques con aquellas masas, de las que algunas medían varias millas de longitud, por una altura que fluctuaba entre setenta y ochenta metros. De vez en cuando, el horizonte parecía completamente cerrado. A la altura de los sesenta grados de latitud, había desaparecido todo paso; pero el capitán Nemo, buscando con cuidado, tardaba poco en dar con alguna estrecha abertura por la que se deslizaba osadamente, aun sabiendo de modo cierto que se cerraría tras él.

Así fue como el *Nautilus*, guiado por aquella mano experta, rebasó la línea de hielos, clasificados, según su forma o tamaño, con una precisión que encantó a Consejo, en *icebergs* o montañas, *ice-fields* o planicies ilimitadas, *drift-ice* o hielos flotantes, *packs* o moles disgregadas, llamadas *palchs*, cuando son circulares, y *streams*, si están formadas por fragmentos alargados.

La temperatura era bastante baja. El termómetro, expuesto al aire exterior, marcaba de dos a tres grados bajo cero; pero íbamos forrados de pieles, suministradas por focas y osos marinos. El interior del *Nautilus*, caldeado con regularidad por sus aparatos eléctricos, desafiaba los fríos más intensos. Además, le hubiera bastado sumergirse unos cuantos metros, para encontrar una temperatura soportable.

Dos meses antes, habríamos disfrutado de un día perpetuo bajo aquellas latitudes; pero ya duraba tres o cuatro horas la noche, que, más adelante, habría de envolver en sus sombras, por espacio de medio año, aquellas regiones circumpolares.

El 15 de marzo rebasamos la latitud de las islas New-Sethland y de las Orkney del Sur. El capitán me informó de que, tiempo atrás, habitaban aquellas tierras numerosas tribus de focas; pero los balleneros ingleses y americanos, en su afán destructor, habían acabado con ellas, dejando tras de sí el silencio de la muerte, allí donde antes existía la animación de la vida.

El 16 de marzo, hacia las ocho de la mañana, el *Nautilus*, siguiendo el meridiano cincuenta y cinco, cortó el círculo polar antártico. Los hielos nos rodeaban por todas partes y cerraban el horizonte; pero el capitán Nemo seguía incesantemente su avance, marchando de paso en paso.

—Pero, ¿a dónde va este hombre? —pregunté mis compañeros.

238

—De frente siempre —contestó Consejo—. Después de todo, cuando no pueda seguir más adelante, habrá de detenerse.

—¡No lo juraría! —repliqué.

Hablando con franqueza, confesaré que aquella excursión aventurera no me desagradaba. No encuentro frases para describir mi asombro ante las peregrinas bellezas de aquellas nuevas regiones. Los hielos ofrecían perspectivas soberbias. Aquí, su aglomeración formaba una ciudad oriental, con sus innumerables alminares y mezquitas; allá, una población derruida y como desplomada por una convulsión del suelo. Aspectos continuamente variados por los oblicuos rayos del sol, o perdidos en el gris de las brumas, en medio de huracanes de nieve. Por todas partes se oían detonaciones y se veían derrumbamientos, desprendimientos de *ice-bergs*, que cambiaban la decoración, como se cambian las vistas de un diorama.

Cuando el *Nautilus* estaba sumergido al producirse aquellos trastornos, el estruendo se propagaba bajo las aguas con espantosa intensidad, y la caída de aquellas masas originaba temerosos remolinos hasta las capas más profundas del Océano. En tales instantes, el *Nautilus* se bamboleaba, como un navío abandonado a la furia de los elementos.

En más de una ocasión, no viendo ninguna salida, suponía que habíamos quedado aprisionados definitivamente; pero el capitán Nemo, guiado por su instinto, aprovechando el más ligero indicio, descubría pasos nuevos. Jamás se equivocaba al observar los delgados regueros de agua azulada que surcaban los *ice-fields*, lo cual me hizo colegir que no era la primera vez que el *Nautilus* se aventuraba en los mares antárticos.

Sin embargo, en la jornada del 16 de marzo, las heladas llanuras nos interceptaron absolutamente el paso. Aun no era el banco, sino vastos *ice-fields* cimentados por el frío. El obstáculo no podía detener al capitán Nemo, que se lanzó contra el *ice-field* con terrible ímpetu. El *Nautilus* penetró como una cuña en la quebradiza masa, que se dividió crujiendo. Era como un antiguo ariete, impelido por una fuerza irresistible. Los fragmentos de hielo, proyectados al espacio, caían en nuestro derredor como una granizada. Por su sola fuerza propulsora, nuestra embarcación se abrió su canal. A veces, arrastrada por el impulso adquirido, montaba sobre el témpano, aplastándolo con su peso; otras, encajada en el macizo de hielo, le partía con un simple movimiento de cabeceo, que producía extensos desgarrones.

Durante aquellos días, descargaron fuertes chubascos y nos envolvieron nieblas tan densas, que no permitían ver de un extremo a otro de la plataforma. El viento saltaba bruscamente de cuadrante, y la nieve se acumulaba en capas tan compactas, que había que romperla con picos. A la temperatura de cinco grados bajo cero, las partes salientes del *Nautilus* se cubrieron de hielo. No habría podido funcionar ningún aparejo: porque los fiadores hubieran quedado sujetos en las ranuras de las poleas. Un buque sin velamen y movido por un motor eléctrico, era el único capaz de afrontar tan elevadas latitudes.

239

En tales condiciones, el barómetro se mantuvo generalmente, muy bajo. Llegó a descender hasta 735 milímetros.

Las indicaciones de la brújula ofrecían escasa o nula garantía, porque las agujas oscilaban en opuestas direcciones al acercarse al polo magnético meridional, que no coincide con el polo terrestre. En efecto, según Hansten, dicho polo está situado, aproximadamente, a los 70° de latitud y 130° de longitud, y según las observaciones de Duperré, a los 135° de longitud y 70°30' de latitud. Entonces, precisaba realizar numerosas observaciones en la brújula, transportándola a diferentes puntos del navío, y tomar el término medio. Pero lo más corriente era recurrir a la estima, para determinar el camino recorrido, método poco satisfactorio entre aquellos pasos sinuosos, donde cambian incesantemente los puntos de referencia.

Por fin, el 18 de marzo, después de inútiles y repetidos asaltos, el *Nautilus* quedó definitivamente, detenido. Ya no se, trataba de *streams*, *packes* o *ice-fields*, sino de una interminable, y fija barrera formada por montañas soldadas entre sí.

—¡El mar de hielo! —me dijo el canadiense.

Comprendí que para Ned Land, como para todos los navegantes que nos habían precedido, era el obstáculo infranqueable. El sol apareció un instante, alrededor del mediodía, y el capitán Nemo pudo fijar con relativa exactitud nuestra situación, deduciendo que nos hallábamos a los 51°30' de longitud y a 67°39' de latitud meridional. Era ya un punto bastante avanzado de las regiones antárticas.

A la vista, no se notaba la menor apariencia de mar, de superficie líquida. Bajo el espolón del *Nautilus* se extendía una dilatada, y accidentada llanura, un laberinto de confusas moles, con toda la caprichosa confusión que caracteriza la superficie de un río poco antes del deshielo, pero en proporciones gigantescas. Por todas partes, picos agudos, afiladas agujas, que se elevaban a doscientos pies de altura. Más al fondo, una serie de cantiles cortados a pico, de tinte grisáceo, vastos espejos que reflejaban los rayos del sol, medio empañados por las brumas. Y sobre aquella naturaleza desolada, un lúgubre silencio, apenas interrumpido por el aleteo de petreles o pufinos. Todo estaba, helado allí; hasta el ruido.

El *Nautilus* hubo de detenerse, pues, en su correría.

—Señor Aronnax —me dijo aquel día Ned Land—, si su amigo el capitán va más allá...

—¿Qué?

—Será un hombre de cuerpo entero.

—¿Por qué, Neil?

—Porque no ha habido nadie que haya franqueado el mar de hielo. De mucho es capaz el tal capitán; pero, ¡vive Dios!, que no ha de poder más que la Naturaleza; y donde ella ha puesto sus límites, habrá de detenerse, de grado o por fuerza.

—En efecto, amigo Ned; y, sin embargo, yo hubiera querido saber lo que hay detrás de esos bancos de hielo. ¡No hay nada que me exaspere como una barrera!

240

—El señor tiene razón —asintió Consejo—. Los muros han sido inventados con el único fin de desesperar a los sabios; no deberían existir en ninguna parte.

—¡Bah! —exclamó el canadiense—. ¡Bien sabido es lo que hay detrás de ese muro de hielo!

—¿Qué hay? —le pregunté.

—Pues hielo, y más hielo —contestó el canadiense.

—Esa será una opinión de usted —repliqué—, con la cual no me conformo. Por eso quisiera ir a verlo.

—Pues bien, señor Aronnax —objetó Ned Land—, renuncie usted a esa idea. Hemos llegado al mar de hielo, lo cual no es poco, y ni usted, ni su amigo el capitán Nemo, ni su *Nautilus*, pasarán más adelante. Quiera o no quiera ese capitán, volveremos hacia el Norte, es decir, al país de los hombres de bien.

Debo convenir en que Ned Land tenía razón, y que mientras no se construyan buques para navegar por los campos de hielo, habrán de detenerse forzosamente ante ellos.

Y en efecto; a pesar de sus esfuerzos, a pesar de los poderosos medios utilizados para disgregar los hielos, el *Nautilus* quedó reducido a la inmovilidad. En general, a quien no puede avanzar más, le resta el recurso de volver sobre sus pasos; pero en nuestro caso, resultaba tan imposible adelantar como retroceder, porque los canalizos abiertos se habían cerrado tras de nosotros, y a poco que nuestra embarcación permaneciera estacionaria, no tardaría en verse bloqueada. Eso fue lo que sucedió a las dos de la tarde, a cuya hora se amontonó en sus flancos el hielo recién formado, con asombrosa rapidez. He de confesar que la conducta del capitán Nemo traspasaba los límites de la imprudencia.

En aquel momento estábamos en la plataforma. El capitán, que observaba la situación desde hacía un rato, me dijo:

—¿Qué le parece a usted esto, señor Aronnax?

—Pues que nos hemos atascado, capitán.

—¡Atascado! ¿En qué sentido entiende usted esa palabra?

—En el único que tiene en todos los continentes habitados; en el sentido de que no podemos ir adelante, ni atrás, ni a derecha ni a izquierda. Esto es lo que yo creo que se llama quedar "atascado", en todas partes.

—Así, pues, señor Aronnax, ¿supone usted que el *Nautilus* no podrá salir del atolladero?

—Difícilmente, capitán, porque la estación está ya muy avanzada para poder contar con el deshielo.

—¡Siempre será usted el mismo, señor Aronnax —replicó el capitán Nemo, en tono irónico—. ¡En todo ve usted inconvenientes y obstáculos! Pues bien; yo le aseguro, no sólo que saldremos de aquí, sino que seguiremos avanzando.

—¿Avanzando hacia el Sur? —pregunté, mirando al capitán.

—Sí, señor, hasta el polo.

—¡Al polo! —exclamé, sin poder reprimir un gesto de incredulidad.

241

—Sí —contestó fríamente el capitán—; al polo antártico, a ese punto desconocido, en el que se cruzan todos los meridianos del globo. Ya sabe usted que hago lo que quiero del *Nautilus*.

¿No había de saberlo? Estaba convencido de que aquel hombre era audaz hasta la temeridad; pero vencer les obstáculos de que se halla erizado el polo Sur, más inaccesible aún que el polo Norte, al que no han podido llegar todavía los más intrépidos navegantes, era una empresa completamente insensata, que sólo el cerebro de un loco podía concebir.

Se me ocurrió entonces preguntar al capitán si había descubierto ya ese polo, jamás hollado por la planta de un ser humano.

—No, señor —me, contestó—; pero lo descubriremos juntos. Allí donde, otros han fracasado, venceré yo. Jamás he paseado mi *Nautilus* por regiones tan apartadas, pero, se lo repito, continuaremos avanzando por los mares australes.

—Quiero persuadirme, capitán —repliqué con cierto dejo zumbón—. ¡Qué digo! Ya estoy persuadido. ¡Adelante! ¡No haya obstáculos para nosotros! ¡Rompamos esta muralla de hielo! ¡Volémosla, y si resiste, proveamos de alas al *Nautilus* para que pase por encima!

—¿Por encima? —repuso con toda calma el capitán Nemo—. Al contrario, señor Aronnax, ¡por debajo!

—¡Por debajo! —exclamé.

Una súbita revelación de los proyectos del capitán iluminó en aquel instante mi mente. Había comprendido. Las maravillosas propiedades del *Nautilus* iban a servirle una vez más en aquella sobrehumana empresa.

—Veo que comenzamos a entendernos, mi querido profesor —me dijo el capitán, esbozando una sonrisa—. Ya vislumbra usted la posibilidad, yo diría el éxito, de esta tentativa. Lo que sería impracticable con un buque ordinario, resulta fácil para el *Nautilus*. Si emergiera un continente en el polo, se detendrá ante este continente; pero si, por el contrario, está bañado por el mar libre, ¡llegará hasta el mismo polo!

—En efecto —contesté, plegándome al razonamiento del capitán—, si la superficie del mar está solidificada por los hielos, sus capas inferiores son fluidas, merced a esa previsión providencial que ha dotado de un grado superior al de la congelación la densidad máxima del agua del mar. Y si no estoy equivocado, la parte sumergida de estos bancos de hielo guarda la proporción de cuatro a uno con la parte emergente: ¿no es así?

—Aproximadamente, señor Aronnax. Puede calcularse que por cada pie que los *ice-bergs* sobresalen del agua, tienen tres bajo ella. Estas montañas de hielo no exceden de cien metros de altura; luego la parte sumergida no pasará de trescientos. ¿Y qué son trescientos metros para el *Nautilus*?

—Nada, capitán.

—Y aun podremos ir a buscar a mayor profundidad esa temperatura uniforme de las aguas marinas, desafiando en ella impunemente los treinta o cuarenta grados de frío de la superficie.

—¡Magnífico! ¡Soberbio! —interrumpí, animándome.

242

—La única dificultad —prosiguió el capitán Nemo— consistirá en permanecer sumergidos varios días, sin renovar nuestra provisión de aire.

—Si no es más que eso —repliqué—, el *Nautilus* está provisto de grandes depósitos; los llenaremos y nos suministrarán todo el oxigeno que necesitemos.

—Bien pensado, señor Aronnax —dijo el capitán sonriendo—. Pero, como no quiero que me acuse usted de temeridad, le expongo de antemano todas mis objeciones.

—¿Tiene usted alguna más que formular?

—Una sola. Si existe mar en el polo Sur, es posible que esté completamente helado, y, por consiguiente, que no podamos volver a la superficie.

—Pero, capitán, ¿olvida usted que el *Nautilus* va provisto de un formidable espolón, y que podríamos lanzarle diagonalmente contra las masas de hielo, que se abrirán al choque?

—Veo que hoy está usted inspirado, señor Aronnax.

—Además —añadí entusiasmándome gradualmente—, ¿por qué no ha de haber mar libre en el polo Sur, lo mismo que en el polo Norte? Los polos del frío y los de la tierra no se confunden, ni en el hemisferio austral ni en el boreal y, mientras no se demuestre lo contrario, debe suponerse en ambos puntos extremos del globo, bien un continente, bien un océano libre de hielos.

—Así lo creo —contestó el capitán Nemo—. Pero he de hacerle observar que después de haber opuesto tantas objeciones a mi proyecto, ahora me abruma usted a fuerza de argumentos en su favor.

Decía bien el capitán Nemo. Había llegado a sobrepujarle en audacia. ¡Era yo quien le arrastraba al polo! Me adelantaba, le dejaba atrás... ¡Pero, no! ¡Pobre iluso! El capitán Nemo conocía, infinitamente mejor que yo el pro y el contra de la cuestión, y se divertía viéndome soñar despierto.

Sin perder un instante, mandó llamar a su segundo. Éste compareció en el acto. Ambos conversaron rápidamente en su incomprensible lenguaje, y ya porque el segundo estuviera prevenido con anterioridad, ya porque le pareciera practicable el proyecto, no manifestó la menor extrañeza.

Pero aún superó a su impasibilidad la de Consejo, cuando notifiqué al complaciente muchacho nuestro propósito de avanzar hasta el polo. Un "como el señor guste" acogió mi comunicación, y no hubo quien le sacara de ahí. En cuanto a Ned Land, jamás hombres humanos se encogieron tan acentuadamente como los suyos.

—Créame, señor Aronnax —me dijo—; tanto usted como el capitán Nemo, me inspiran compasión.

—Pero iremos al polo, amigo Ned.

—Es posible; pero no volverán.

Y Ned Land fue a encerrarse en su camarote "para no hacer un disparate", según manifestó al salir.

Entretanto, se había dado comienzo a los preparativos de la audaz tentativa. Las potentes bombas del *Nautilus* introducían el aire en los depósitos, almacenándolo a elevada presión. A las cuatro de la tarde, el capitán me anunció que iban a ser cerradas las escotillas de la plataforma. Lancé una última ojeada sobre la compacta mole de hielo que nos disponíamos a franquear. El tiempo era claro, la atmósfera bastante pura y el frío intensísimo, doce grados bajo cero; pero, como el viento había calmado, la temperatura no parecía tan cruda.

Diez hombres provistos de picos se situaron a ambos costados del *Nautilus*, rompiendo el hielo alrededor de la carena, operación realizada con relativa rapidez, porque la capa era reciente y poco espesa. Terminada la operación, volvimos todos al interior. Los acostumbrados recipientes se llenaron con el agua mantenida líquida en torno de la línea de flotación, y el *Nautilus* comenzó a descender.

Instalado en el salón, acompañado por Consejo, contemplamos ambos las capas inferiores del Océano austral, a través del mirador de cristal. El barómetro subió y la aguja del manómetro se desvió de su posición.

Como lo había previsto el capitán Nemo, a unos trescientos metros, flotamos bajo la superficie ondulada del mar de hielo; pero el *Nautilus* continuó su inmersión, alcanzando una profundidad de ochocientos metros. La temperatura del agua, que era de doce grados en la superficie, no acusaba más que diez. Habíamos ganado, por tanto, dos grados. No hay para qué decir que la temperatura del *Nautilus*, elevada por sus aparatos de calefacción, se mantenía a un grado muy superior. Todas las maniobras se realizaban con extraordinaria precisión.

—Salvando siempre la opinión del señor —dijo Consejo—, creo que pasaremos.

—Lo doy por descontado —contesté, profundamente convencido.

Ya en mar libre, el *Nautilus* hizo rumbo al polo directamente, sin apartarse del meridiano cincuenta y dos. Faltábale recorrer de los 67°30' a los 90°, o sea poco más de quinientas leguas. Su velocidad media era de veintiséis millas por hora; de sostenerla, bastarían cuarenta horas para llegar al polo.

Durante una parte de la noche, Consejo y yo permanecimos tras de las vidrieras, atraídos por la novedad de la situación. Las irradiaciones eléctricas del reflector iluminaban el mar, completamente desierto. Los peces no se estacionaban en aquellas aguas cautivas, que sólo utilizaban como paso para ir del Océano antártico al mar libre del polo. Nuestra marcha era rápida, denotándolo así la trepidación del largo casco de acero.

A las dos me retiré, con objeto de reposar algunas horas. Consejo me imitó. No encontré al capitán Nemo, al cruzar los corredores, lo cual me hizo suponer que continuaría en la caseta del timonel.

A las cinco de la mañana, ocupé nuevamente mi observatorio. La corredera eléctrica me indicó que se había moderado la velocidad del *Nautilus*. En aquel momento, se remontaba hacia la superficie, pero con grandes precauciones y vaciando lentamente sus depósitos.

Mi corazón latió precipitadamente. ¿Emergeríamos al fin, encontrando la atmósfera libre del polo?

244

No. Un choque me advirtió que habíamos tropezado con la base del banco de hielo, muy grueso todavía, a juzgar por la opacidad del ruido En efecto, habíamos "tocado", empleando la expresión marina, pero en sentido inverso y a tres mil pies de profundidad, lo cual representaba cuatro mil pies de hielo sobre nosotros y mil fuera de la superficie. Había, pues, aumentado la altura del banco, circunstancia, en verdad, poco tranquilizadora.

Durante la jornada, el *Nautilus* repitió diferentes veces la prueba, chocando siempre contra la muralla que gravitaba sobre él. En varias ocasiones, acusó novecientos metros, es decir, mil doscientos de espesor total, contando los trescientos que rebasaban la superficie del Océano. Era doble altura de la que presentaba el banco al sumergirse el *Nautilus* bajo las ondas.

Anoté cuidadosamente las diversas profundidades, obteniendo así el perfil de aquella cordillera submarina.

Por la noche, no sobrevino cambio alguno en nuestra situación. El hielo comenzó a oscilar entre cuatrocientos y quinientos metros de profundidad. La disminución era evidente. Pero, ¡qué barrera, todavía, la interpuesta entre nosotros y la superficie del mar!

Eran las ocho. Hacía ya cuatro horas que debía haberse efectuado la renovación del aire en el interior del *Nautilus*, según la costumbre cotidiana de a bordo. Sin embargo, no experimentaba gran molestia, aunque el capitán Nemo no había reclamado aún a sus depósitos un suplemento de oxígeno.

Mi sueño fue penoso durante aquella noche. Sucesivamente, me asaltaban la esperanza y el temor. Me levanté varias veces, observando que continuaban los tanteos del *Nautilus*. A eso de las tres de la madrugada, advertí que el macizo inferior del hielo sólo alcanzaba, cincuenta metros de profundidad: estábamos, por tanto, a ciento cincuenta pies de la superficie. El banco se iba transformando paulatinamente en *ice-field*. La montaña se convertía en llanura.

Mis ojos no se apartaban del manómetro. Seguíamos ascendiendo, trazando una diagonal, a la resplandeciente superficie, que centelleaba al fulgor de los haces eléctricos. El hielo cedía por encima y por debajo, formando prolongadas pendientes y adelgazando de milla en milla.

Por fin, a las seis de la mañana del memorable día 19 de marzo, se abrió la puerta del salón, dando paso al capitán Nemo.

—¡El mar libre! —me dijo.

XXXVIII

EL POLO SUR.

Me dirigí presurosamente hacia la plataforma.

En efecto, era el mar libre. Apenas se veían algunos témpanos esparcidos, flotantes *ice-bergs*; en lontananza, la extensión del mar; en el espacio, un tropel de aves; bajo las aguas, minadas de peces que variaban, según los fondos, del más intenso azul al verde aceitunado. El termómetro marcaba tres grados centígrados sobre cero. Era como una primavera relativa encerrada tras del mar de hielo, cuyas lejanas masas se perfilaban en el horizonte septentrional.

—¿Estamos en el polo? —pregunté al capitán con el corazón palpitante.

—Lo ignoro —me contestó—. Al mediodía, determinaremos nuestra posición.

—Pero, ¿lucirá el sol a través de esas brumas?

—A poco que aclaren, bastará.

A diez millas del *Nautilus*, en dirección al Sur, se elevaba un islote, solitario a una altura de doscientos metros. Marchamos hacia él; pero con prudencia, porque aquel mar podía estar sembrado de escollos.

Una hora después llegábamos al islote, y pasadas otras dos, lo habíamos contorneado por completo. Medía de cuatro a cinco millas de circunferencia. Un estrecho canal le separaba de una vasta extensión de territorio, quizá un continente, cuyos límites no alcanzábamos a divisar. La existencia de aquel territorio parecía confirmar las hipótesis de Maury. El ingenioso americano ha observado, en efecto, que entre el polo Sur y el paralelo sesenta, el mar está cubierto de hielos flotantes de dimensiones enormes, que no se ven nunca en el Atlántico del Norte. De este hecho, ha deducido la conclusión de que el círculo antártico encierra territorios considerables, puesto que los *ice-bergs* no pueden formarse en alta mar, sino únicamente en las costas. Según sus cálculos, la masa de hielos que circundan el polo austral, constituye un vasto casquete, cuya anchura debe llegar a cuatro mil kilómetros.

Ante, el temor de que embarrancara el *Nautilus* se hizo alto a tres cables de un arenal, dominado por un amontonamiento de rocas. Lanzada la canoa, embarcamos en ella el capitán, dos de sus subordinados, portadores de los instrumentos, Consejo y yo. Eran las diez de la mañana. Ned Land no se hizo visible; sin duda, no quiso retractarse de sus opiniones, en el polo.

Unas cuantas remadas impulsaron al bote hasta la arena, en la que quedó encallado. En el momento en que Consejo, se disponía a saltar a tierra, le retuve.

—Capitán Nemo —dije al comandante del *Nautilus*—, a usted corresponde el honor de ser el primero que pise este territorio.

—Crea usted, señor Aronnax —contestó el capitán—, que si no vacilo en hollar con mi planta este suelo del polo, es porque, hasta el presente, ningún ser humano ha marcado en él la huella de sus pasos.

246

Y dicho esto, saltó ligeramente sobre la arena. Se veía bien a las claras que le embargaba la emoción. Se encaramó a un picacho que coronaba una pequeña eminencia, y desde allí, cruzando los brazos, chispeante la mirada, inmóvil y mudo, pareció tomar posesión de aquellas regiones australes. Después de permanecer extasiado durante unos cinco minutos, se dirigió a nosotros, gritándome:

—Cuando usted guste, señor Aronnax.

Desembarqué, seguido de Consejo, dejando a los dos marineros en la canoa.

En un largo trecho, el terreno estaba cubierto por una toba rojiza, semejante a cascote de ladrillo, mezclada con escorias, regueros de lava y piedra pómez. No cabía dudar de su origen volcánico. En ciertos sitios, algunas ligeras humaredas, que despedían un olor sulfuroso, testificaban que los fuegos interiores seguían conservando su fuerza expansiva. Sin embargo, situado en una elevada escarpadura, a la cual trepamos, no divisé ningún volcán en un radio de varias millas. Ya se sabe que en aquellas regiones antárticas, Jaime Ross descubrió los cráteres del Erebo y del Terror, en plena actividad, en el meridiano ciento sesenta y siete y los 77°32' de latitud.

La vegetación de aquel yermo continente me pareció en extremo limitada. Algunos líquenes, ciertas plantas microscópicas, diatomeas rudimentarias, especie de células dispuestas entre dos conchas cuarzosas, largos fucos purpúreos y carmíneos, sostenidos por pequeñas vejigas natatorias y que la resaca arrojaba a la costa, componían la escasísima flora de la región.

La playa estaba sembrada de moluscos: pequeñas almejas, lapas, bucardas lisas en forma de corazón, y especialmente, clíos, de cuerpo oblongo y membranoso, cuya cabeza consiste en dos lóbulos redondeados. Vi asimismo millares de esos clíos boreales de tres centímetros de largo, que las ballenas engullen a montones. Los vistosos terópodos, verdaderas mariposas marinas, animaban las aguas libres en la orilla de la costa.

En las grandes profundidades, aparecían, entre otros zoófitos, arborescencias coralígenas, que, según Jaime Ross, viven en los mares antárticos, hasta mil metros bajo la superficie; pequeños alciones pertenecientes a la especie *procelaria pelágica*, y gran número de arterias privativas de aquellos climas y de estrellas de mar, que constelaban el suelo.

Pero donde había plétora de vida era en el espacio. En él volaban y revoloteaban por millares las más variadas especies de aves, que nos ensordecían con sus graznidos. Otras atestaban las rocas, contemplándonos confiadamente y apiñándose familiarmente a nuestro paso. Eran pingüinos, tan ágiles y flexibles en el agua, donde suele confundírseles con veloces bonitos, como torpes y pesados en tierra; lanzaban irregulares chirridos y formaban grupos numerosos, sobrios de movimientos, pero pródigos de algazara.

Entre otras aves, observé los quionios, de la familia de las zancudas, del tamaño de palomas, de color blanco, pico corto y cónico y ojos encuadrados en un círculo rojo. Consejo hizo una buena provisión de tales volátiles, que, convenientemente aderezados, constituyen un agradable manjar. También cruzaban los aires fuliginosos albatros de cuatro metros de envergadura, llamados justamente buitres del Océano; gigantescos petreles, entre los cuales figuraban los quebrantahuesos, arqueados de alas y grandes consumidores de focas; cuadriculados, especie de patos, cuyo plumaje blanco y negro se asemeja a un tablero de ajedrez; toda una serie, en fin, de aves marinas, peculiares de las regiones antárticas y tan oleosas algunas de ellas, según indiqué a Consejo, que los naturales de las islas Feroe las utilizan a manera de luz, adaptándoles una mecha.

—Un poco más —contestó Consejo—, y serían lámparas en toda regla. En realidad, no puede exigirse a la Naturaleza que las provea previamente de torcida.

Una media milla más adentro, el terreno aparecía materialmente acribillado por nidos de mancos, especie de madrigueras dispuestas para la cría, que resultaba muy abundante. El capitán Nemo hizo cazar luego algunos centenares, pues su carne, aunque negra, es bastante comestible. Aquellos animales, del tamaño de ocas, de color pizarroso por encima, blancos por debajo y ceñido el cuello por un corbatín amarillo, lanzaban graznidos semejantes a un rebuzno y se dejaban matar a pedradas, sin tratar de huir.

Pero la bruma no se disipaba, y a las once aún no había brillado el sol. La invisibilidad del astro no dejaba de inquietarme, porque sin él no eran posible las observaciones. ¿Cómo determinar de otro modo si habíamos llegado al polo?

Cuando me reuní al capitán Nemo le encontré acodado sobre un saliente de la roca y mirando silenciosamente al cielo. Parecía impaciente, contrariado. Pero, ¿qué recurso quedaba? Aquel hombre audaz y poderoso no dominaba al sol como al mar.

Llegó el mediodía, sin que hubiera resplandecido un solo instante el astro diurno. No podía ni aun colegirse la posición que ocupaba tras la densa cortina de bruma, que no tardó en resolverse en copiosa nevada.

—Lo aplazaremos hasta mañana —se limitó a decir el capitán.

Y regresamos al *Nautilus*, envueltos en los torbellinos de la atmósfera.

Las redes se habían tendido, durante nuestra ausencia, y observé con interés los peces izados a bordo. Los mares antárticos sirven de refugio a un grandísimo número de peces emigrantes, que huyen de las tempestades de las zonas menos elevadas, aunque para ir a caer en las fauces de marsoplas y de focas. Anoté algunos cotos australes, de un decímetro de longitud, especie de cartilaginosos blanquecinos listados de franjas amarillas y armados de aguijones; quimeras antárticas, de tres pies de largo, cuerpo muy prolongado, piel blanca, plateada y lisa, cabeza redondeada, dorso provisto de tres aletas y hocico terminado en una trompa que se encorva hacia la boca. Probé su carne y la encontré insípida, contra la opinión de Consejo, a quien le supo a gloria.

El temporal de nieve duró hasta el día siguiente, haciendo imposible asomarse a la plataforma. Desde el salón, donde ordenaba las notas de los

248

incidentes de nuestra expedición al continente polar, oía los graznidos de petreles y albatros, que se refocilaban en medio de la tempestad. El *Nautilus* no permaneció inmóvil, sino que, bordeando la costa, avanzó unas diez millas más hacia el Sur, entre aquella indecisa claridad esparcida por el sol al rasar los límites del horizonte.

Al otro día, 20 de marzo, cesó la nevada. El frío era un poco más intenso. El termómetro marcaba dos grados bajo cero. Las nieblas se desvanecieron, infundiéndome la esperanza de que aquel día podríamos efectuar nuestra observación.

No habiéndose presentado aún el capitán Nemo, Consejo y yo embarcamos en la canoa, que nos transportó a tierra. La naturaleza del suelo era la misma, volcánica. Por todas partes, vestigios de lavas, de escorias, de basaltos, sin que tampoco lograra descubrir el cráter que los había vomitado. Como en el anterior paraje, millares de aves poblaban aquella parte del continente polar, pero compartían su dominio con abundantes manadas de mamíferos marinos, que nos contemplaban lánguidamente. Eran focas de diversas especies, unas tendidas en el suelo, otras reclinadas sobre témpanos a la deriva, otras, que se chapuzaban a la orilla. Desconociendo, en su aislamiento, el peligro con que pudiera amenazarles el hombre, no huyeron al aproximarnos. Había tantas, que habrían podido aprovisionarse algunos centenares de navíos.

—Ciertamente —dijo Consejo— ha sido una suerte que no nos acompañe Ned Land.

—¿Por qué, Consejo?

—Porque a fuer de furibundo cazador, no habría dejado títere con cabeza.

—No digo tanto; pero creo, efectivamente, que no hubiéramos podido evitar que nuestro amigo el canadiense arponease alguno de esos magníficos anfibios, lo cual habría disgustado al capitán Nemo, que no es partidario de verter inútilmente la sangre de animales inofensivos.

—Y hace bien.

—Es verdad, Consejo. Pero dime, ¿no has clasificado ya esos soberbios ejemplares de la fauna marina?

—Como sabe muy bien el señor —contestó Consejo—, soy poco versado en la práctica; pero si el señor me indica el nombre de esos animales...

—Son focas y morsas.

—Dos géneros que pertenecen a la familia de los pinípedos —se apresuró a decir el ilustrado Consejo—, orden de los carnívoros, grupo de los unguiculados, subclase de los monodelfos, clase de los mamíferos, rama de los vertebrados.

—Bien, Consejo —le contesté—; pero esos dos géneros se dividen en especies, y si no me equivoco, tendremos ocasión de observarlas aquí. Prosigamos nuestra marcha.

Eran las ocho de la mañana. Disponíamos, pues, de cuatro horas, hasta la de verificar útilmente la comprobación solar. Dirigí nuestros pasos a una vasta bahía, escotada en el acantilado granítico de la costa.

Desde aquel punto hasta donde alcanzaba la vista, el terreno firme y los témpanos flotantes estaban atestados de mamíferos marinos, lo cual me hizo escudriñar involuntariamente buscando al viejo Proteo, el mitológico pastor encargado de la guarda de los inmensos rebaños de Neptuno. Lo que más abundaba eran las focas. Machos y hembras formaban grupos distintos; el padre vigilaba a la familia; la madre amamantaba a los pequeñuelos, de los que algunos, ya más vigorosos, se emancipaban a corta distancia. Cuando querían trasladarse de lugar, lo hacían a saltitos, contrayendo el cuerpo y ayudándose, bastante torpemente, con su deficiente aleta, que en el manatí, su congénere, viene a ser un verdadero antebrazo; pero en el agua, que es su elemento por excelencia, aquellos animales, de espina dorsal flexible, de pelvis estrecha, de pelaje raso y tupido y patas palmeadas, nadan admirablemente. En reposo, y en tierra, adoptan actitudes sumamente graciosas. Por eso, los antiguos, al observar la placidez de su fisonomía, su mirada expresiva, con la cual no competiría la más encantadora mirada de mujer, sus ojos aterciopelados y claros, el atractivo desgaire de sus posturas, los poetizaron a su manera, metamorfoseando a los machos en tritones y a las hembras en sirenas.

Hice notar a Consejo el considerable desarrollo de los lóbulos cerebrales de los inteligentes cetáceos. Ningún mamífero, a excepción del hombre, es más abundante en materia cerebral. Esto hace que las focas sean susceptibles de recibir cierta educación; se las domestica fácilmente, y creo, con algunos naturalistas, que, convenientemente adiestradas, podrían prestar excelentes servicios como perros de pesca.

La mayor parte de aquellos animales dormían sobre las rocas o en la arena. Entre las focas propiamente dichas, que carecen de apéndices auriculares —diferenciándose en esto de los otarios, cuyas orejas son visibles—, vi algunas variedades de estenorrincos, de tres metros de longitud, pelaje blanco, cabeza de dogo y armados de diez dientes en cada mandíbula. Mezclados con ellos, se deslizaban elefantes marinos, clase de focas de trompa corta y movible, gigantes de la especie, que miden diez metros de largo por veinte pies de circunferencia. Ninguno se movió al acercarnos.

—¿Son peligrosos estos animales? —me preguntó Consejo.

—No —le contesté—, a menos que se les ataque. Cuando una foca defiende su cría, su furor es terrible, habiéndose dado el caso de hacer trizas una lancha de pesca.

—Y están en su derecho —replicó Consejo.

—No trataré de contradecirte.

Dos millas más allá, interceptó nuestro paso el promontorio que resguardaba la bahía de los vientos del Sur. Caía perpendicularmente sobre el mar, espumeando a los embates de la resaca. Al otro lado, estallaban formidables mugidos, semejantes a los producidos por un rebaño vacuno.

—¡Calla! —exclamó Consejo—. Parecen berridos de toros.

—No —le contesté—; son bramidos de morsas.

—¿Riñen?

250

—Riñen o juegan.

—Si no molestase al señor, podríamos verlo.

—Vamos allá.

Y héteme trepando por las negruzcas rocas, entre imprevistos derrumbamientos, y pisando pedruscos que el hielo hacía sumamente resbaladizos. Más de una vez di con mi humanidad en tierra, con detrimento de mis riñones. Consejo, más cauto o más fuerte que yo, caminaba casi sin tropiezo y me levantaba, diciendo:

—Si el señor quisiera tener la bondad de separar las piernas, conservaría mejor el equilibrio.

Llegado a la arista superior del promontorio divisé una extensa llanura blanca, plagada de morsas. Los animales retozaban entre sí, y sus alaridos eran de alegría, no de cólera.

Las morsas se asemejan a las focas, en la forma de su cuerpo y en la disposición de sus miembros; pero carecen de dientes en la mandíbula inferior, y sus caninos superiores son dos largas defensas de ochenta centímetros, que miden treinta y tres de circunferencia en su alvéolo. Estos dientes, de un marfil compacto y sin estrías, más duro que el de los elefantes y menos propenso a amarillear, son muy solicitados. Con tal motivo, los citados animales son objeto de una persecución encarnizada, que acabará con ellos en breve plazo, pues los cazadores matan indistintamente a las hembras preñadas y a las crías recientes, destruyendo anualmente más de cuatro mil.

Al pasar junto a los curiosos anfibios, pude examinarlos a placer, porque no se recataban a nuestras miradas. Su piel era gruesa y rugosa, de un tono leonado tirando al rojo, y su pelaje corto y claro. Algunos alcanzaban una longitud de cuatro metros. Más tranquilos y menos temerosos que sus congéneres del Norte, no tenían establecidos centinelas encargados de vigilar las inmediaciones de su campamento.

Después de examinar aquel poblado de morsas, creí llegada la hora de desandar el camino. Eran las once, y si el capitán Nemo estimaba favorables las condiciones para la observación, tan deseada, yo quería presenciar la operación.

Sin embargo, no confiaba en que el sol apareciese aquel día.

Las nubes amontonadas en el horizonte seguían ocultándole a nuestra vista, como si el astro, celoso, se negase a revelar a seres humanos aquel punto inabordable del globo.

A pesar de todo, decidí volver al *Nautilus*. Seguimos un angosto sendero que corría a lo largo de la cima del acantilado, y a las once y media nos hallábamos en el punto de desembarco. La canoa, varada en la playa, había dejado ya en tierra al capitán Nemo. Le vi, en pie, sobre un peñasco de basalto. Sus instrumentos estaban junto a él. Su mirada permanecía fija en el horizonte septentrional, cerca de cuyos límites describía el sol, a la sazón, su prolongada curva.

Me situé a su lado, aguardando sin pronunciar palabra.

Llegó el mediodía, y, como la víspera, las nubes velaron el sol.

Era una fatalidad. La observación se frustraba de nuevo, y de no realizarse al día siguiente, habría que renunciar en definitiva a conocer nuestra situación.

En efecto; estábamos precisamente a 20 de marzo. Al siguiente día, 21, correspondiente al equinoccio, sin tener en cuenta la refracción, el sol desaparecería del horizonte por espacio de seis meses, y con su desaparición, comenzaría la prolongada noche polar. Desde el equinoccio de septiembre, había ido surgiendo del horizonte septentrional, elevándose por extensas espirales hasta el 21 de diciembre. A partir de esta época, solsticio de las comarcas boreales, había iniciado su descenso, y al día siguiente debía lanzar sus últimos rayos.

Comuniqué mis observaciones y mis temores al capitán Nemo.

—Tiene usted razón, señor Aronnax —me dijo—; si mañana no obtengo la altura del sol, no podré verificar esta operación hasta pasados seis meses. En cambio, y precisamente por habernos conducido los azares de la navegación a estos mares el 21 de marzo, será más fácil determinar nuestra posición, si el sol es visible.

—¿Por qué, capitán?

—Porque cuando el astro del día describe espirales muy prolongadas es difícil medir exactamente su altura sobre el horizonte, y los instrumentos están expuestos a cometer graves errores.

—Entonces, ¿cómo procederá usted?

—Utilizando sólo el cronómetro —me contestó el capitán Nemo—. Si mañana, 21 de marzo, al mediodía, el disco del sol, teniendo en cuenta la refracción, está cortado exactamente por el horizonte del Norte, estamos en el polo Sur.

—Efectivamente —le repliqué—; pero la indicación no es matemáticamente rigurosa, porque el equinoccio no coincide al segundo con el mediodía.

—Indudablemente, señor Aronnax; pero el error no llegará a cien metros, y no necesitamos más. Hasta mañana, pues.

El capitán Nemo volvió a bordo. Consejo y yo nos quedamos recorriendo la playa, hasta las cinco, observando y estudiando. No recolecté ningún objeto curioso, salvo un huevo de pingüino, notable por su tamaño y por el que un coleccionista hubiese abonado lo menos mil francos. Su color isabelino, los trazos y las cifras que le adornaban, como otros tantos jeroglíficos, le convertían en una verdadera monada. Lo confié al prudente Consejo, que lo transportó intacto al *Nautilus*, como una preciosa reliquia.

Una vez a bordo, deposité la curiosidad en una de las vitrinas del museo. Cené con apetito un buen trozo de hígado de foca, cuyo sabor me recordó el de la carne de cerdo, y me acosté, no sin invocar, como los indios, los favores del radiante astro.

A las cinco de la mañana del 21 de marzo, estaba ya en la plataforma. El capitán Nemo se me había anticipado.

—El tiempo tiende a despejar —me dijo—. Tengo buenas esperanzas. Después de almorzar, nos trasladaremos a tierra para elegir un puesto de observación.

252

Convenido así, fui en busca de Ned Land, para invitarle a que nos acompañara. El obstinado canadiense rehusó la invitación, revelando claramente que su taciturnidad y su mal humor iban en aumento de día en día. Recapacitándolo bien, no lamenté su terquedad en aquella ocasión. Realmente, había demasiadas focas en tierra, y no era cuerdo someter al irreflexivo pescador a semejante tentación.

Terminado el almuerzo, emprendimos el camino hacia tierra. El *Nautilus* se había internado unas cuantas millas durante la noche. Estaba en alta mar, a una legua larga de una costa dominada por mi agudo picacho de cuatrocientos a quinientos metros. La canoa conducía conmigo al capitán Nemo, a dos marineros y los instrumentos, consistentes en un cronómetro, un anteojo y un barómetro.

Durante nuestra travesía, vi numerosas ballenas pertenecientes a las tres especies exclusivas de los mares australes; la ballena franca, o *rightwhale* de los ingleses, que carece de aleta dorsal; el *humpback*, ballenóptero de vientre rugoso, con grandes aletas blancuzcas, que, a pesar de su nombre, no afectan la forma de alas; y el *finback*, de un color pardo amarillento, el más vivo de los cetáceos. Este potente animal se deja oír de lejos, cuando proyecta a enorme altura columnas de aire y de vapor, semejantes a torbellinos de humo. Todos aquellos mamíferos retozaban a sus anchas sobre las tranquilas aguas, dándome a comprender que la cuenca del polo antártico servía actualmente de refugio a los cetáceos estrechamente acorralados por los pescadores.

Observé igualmente largos cordones blanquecinos de salpas, especie de moluscos agregados, y medusas de gran tamaño, que se mecían entre los remolinos de las olas.

A las nueve atracamos a tierra. El cielo aclaraba, las nubes huían hacia el Sur y las brumas abandonaban la helada superficie de las aguas. El capitán Nemo se dirigió hacia el pico, en el cual, sin duda, quería establecer su observatorio. Fue una ascensión penosa sobre lavas cristalizadas en punta y piedras pómez, y entre una atmósfera saturada con frecuencia por las emanaciones sulfurosas de las fumarolas. El capitán, a pesar de haber perdido la costumbre de caminar por tierra, trepaba por las más ásperas pendientes con una ligereza, con una agilidad que yo no podía igualar y que hubiera envidiado un cazador de gamuzas.

Dos horas invertimos en ganar la cima de aquel pico, mezcla de pórfido y basalto. Desde allí, nuestras miradas abarcaban una dilatada extensión de mar, que, hacia el Norte, trazaba netamente su línea terminal en el fondo del cielo. A nuestros pies, campos de blancura deslumbradora. Sobre nuestras cabezas, el pálido azul del firmamento, limpio de brumas. Al Norte, el disco del sol, como una bola de fuego cercenada ya por el filo del horizonte. Del seno de las aguas, se elevaban a centenares magníficos haces de surtidores líquidos. A lo lejos, el *Nautilus*, como un cetáceo adormecido. A nuestra espalda, en dirección al Sur y al Este, un territorio inmenso, un amontonamiento caótico de rocas y de hielos, cuyo límite no alcanzaba la vista.

El capitán Nemo, al llegar a la cumbre del pico, calculó minuciosamente su altura, valiéndose del barómetro, por ser un dato que debía tener en cuenta en su observación.

A las doce menos cuarto el sol, visto entonces únicamente por refracción, apareció como un disco de oro y esparció sus postreros rayos sobre aquel continente abandonado, por aquellos mares no surcados aún por el hombre.

El capitán, provisto de un anteojo de retículas, que con el auxilio de un espejo corregía la refracción, observó el astro, que trasponía lentamente el horizonte siguiendo una diagonal muy prolongada. Yo tenía el cronómetro. Mi corazón latía violentamente. Si la desaparición del semidisco solar coincidía con las doce del cronómetro, estábamos en el mismo polo.

—¡Las doce! —exclamé.

—¡El polo Sur! —contestó el capitán Nemo con acento solemne, traspasándome el anteojo, a través de cuyos cristales se veía el astro diurno, cortado en dos mitades exactamente iguales por el horizonte.

Contemplé los últimos rayos que coronaban el pico, mientras las sombras ascendían paulatinamente por sus rampas.

En aquel momento, el capitán Nemo apoyó su mano en mi hombro, diciéndome:

—Señor Aronnax, en 1600, el holandés Gheritk, arrastrado por las corrientes y por los temporales, llegó al 64° de latitud meridional y descubrió las islas de Nueva Shetland. El 17 de enero de 1773, el ilustre Cook, siguiendo el meridiano treinta y ocho, avanzó hasta los 67°30' de latitud, y el 30 de enero de 1774, en el meridiano ciento nueve, hasta los 71°15'. En 1819, el ruso Bellingshausen cortó el paralelo sesenta y nueve, y en 1821, el sesenta y seis, a los 111° de longitud Oeste. En 1820, el inglés Brunsfield se vio detenido en el grado sesenta y cinco. En el mismo año, el americano Morrel, cuyos relatos son dudosos, remontando el meridiano cuarenta y dos, descubrió el mar libre, a los 70°14' de latitud. En 1825, el inglés Powell no pudo rebasar el grado sesenta y dos. En el propio año, un simple pescador de perlas, el inglés Wedell ascendió por el meridiano treinta y cinco hasta 72°14' de latitud, y por el treinta y seis, hasta 74°15'. En 1829, el inglés Forster, comandante del Chanticleer, tomó posesión del continente antártico a los 63°26' de latitud y 66°26' de longitud. En 1° de febrero de 1831, el inglés Biscoë descubrió la tierra de Enderby, a los 68°50' de latitud, la de Adelaida, a los 67°, el 5 de febrero, y la de Graham, a los 64°5', el 21 del mismo mes. En 1838, el francés Dumont d'Urville', detenido por los hielos a los 62°57' de latitud, avistó la tierra de Luis Felipe. Dos años más tarde, en una nueva expedición al Sur, dio nombre al territorio de Adelia, situado a los 66°30', el día 21 de febrero, y ocho días después, a los 64°40' abordó la costa de Claria. En el citado año 1838, el inglés Wilkes avanzó hasta el paralelo sesenta y nueve, en el centésimo meridiano. En 1839, el inglés Balleny descubrió el territorio de Sabrina, en el límite del círculo polar. Por último, en 1842, el inglés Jaime Ross; mandando el *Erebus* y el *Terror,* dio con la isla Victoria, el día 12 de enero, a los 73°56' de latitud y a los 171°7' de longitud Oeste; el 23 del mismo mes, llegó al paralelo setenta y cuatro el punto más alto alcanzado hasta entonces; el 27, se hallaba, a los 76°8'; el 28, a los 77°32'; el 2 de febrero, a los 78°4': y en 1842, volvió al grado setenta y uno, que no pudo traspasar. Pues bien; yo, capitán Nemo, he llegado al grado noventa y nueve, o sea al polo Sur, hoy, 21 de marzo de 1868, y me posesiono de esta porción del globo, equivalente a la sexta parte de los continentes conocidos.

—¿En nombre de quién, capitán?

—En el mío, señor Aronnax.

Y al decirlo, el capitán Nemo desplegó una bandera negra, con una N de oro bordada en su centro. Luego, volviéndose hacia el astro del día, cuyos postreros destellos lamían el horizonte del mar:

—¡Adiós, sol! —exclamó—. Desaparece, refulgente astro! ¡Ocúltate bajo este mar libre, dejando envuelto en las sombras de una noche de seis meses mi nuevo dominio!

XXXIX

¿ACCIDENTE O INCIDENTE?

A las seis de la mañana del día siguiente, 22 de marzo, se dio comienzo a los preparativos de marcha. Los últimos resplandores del crepúsculo se fundían en la noche. El frío era penetrante. Las constelaciones resplandecían con sorprendente intensidad. En el cenit brillaba la admirable Cruz del Sur, la estrella polar de las regiones antárticas.

El termómetro marcaba doce grados bajo cero, y cuando el viento arreciaba, producía vivísimo escozor. Los témpanos se multiplicaban en el mar libre, cuya superficie tendía a congelarse por completo. Así lo denunciaban numerosas placas negruzcas, que se acumulaban rápidamente, quedando soldadas entre sí. Evidentemente, la cuenca austral, helada durante los seis meses de invierno, era en absoluto inaccesible. ¿Qué sería de las ballenas, en el transcurso de aquel período? Sin duda se deslizarían por debajo del compacto banco, yendo en busca de mares más practicables. En cuanto a las focas y a las morsas, habituadas a vivir en los más duros climas, permanecían en aquellas glaciales regiones. Los citados animales tienen el instinto de abrir agujeros en los *ice-fields*, manteniéndolos constantemente abiertos y saliendo a respirar por ellos. Cuando las aves, ahuyentadas por el frío, emigran hacia el Norte, los mamíferos marinos quedan como únicos dueños del continente polar.

Una vez llenos los depósitos del agua, el *Nautilus* descendió lentamente, deteniéndose a una profundidad de mil pies. Su hélice batió las ondas, y la embarcación avanzó directamente hacia el Norte, con una velocidad de quince millas por hora. Al anochecer, flotaba ya bajo el inmenso caparazón helado del banco.

La claraboya del salón había sido cerrada por prudencia, porque el casco del *Nautilus* podía chocar con algún témpano sumergido. Así, dediqué la jornada a poner en limpio mis notas. Los recuerdos del polo absorbían por entero mi pensamiento. Habíamos llegado a aquel punto inaccesible del globo, sin fatigas, sin riesgos, como si nuestro vagón flotante se hubiera deslizado por los rieles de un camino de hierro. A la sazón, comenzaba realmente el regreso. ¿Me reservaría sorpresas semejantes? Tal pensaba, dado lo inagotable de la serie de maravillas submarinas. Por el momento, hacía cinco meses y medio que la casualidad nos había lanzado a bordo de aquel buque singular y habíamos franqueado catorce mil leguas, en cuyo recorrido, más extenso que el del ecuador terrestre, se había desarrollado un cúmulo de incidentes, ya curiosos, ya terribles, amenizando nuestro crucero: la cacería en los bosques de Crespo, el varamiento en el estrecho de Torres, el cementerio de coral, las pesquerías de Ceilán, el túnel arábigo, los fuegos de Santorín, los millones de la bahía de Vigo, la Atlántida, el polo Sur. Durante la noche, todos estos recuerdos, pasando de sueño en sueño, no dejaron un instante de reposo mi cerebro.

A las tres de la madrugada me despertó un violento choque. Me incorporé en el lecho y escuchaba en medio de la obscuridad, cuando me sentí bruscamente despedido hasta el centro de la cámara. Indudablemente, el *Nautilus* había escorado después del encontronazo.

Arrimándome a las paredes, me arrastré por los corredores hasta el salón, alumbrado por el techo luminoso. Los muebles estaban derribados. Por fortuna, las vitrinas, sólidamente sujetas por su base, habían resistido. Alterada la verticalidad, los cuadros de estribor aparecían pegados a la pared; mientras que los de babor se separaban un pie de ella, por su borde inferior. El *Nautilus* estaba, por tanto, tumbado a estribor, y, además, completamente inmóvil.

En el interior percibí ruido de pasos y voces confusas; pero no vi al capitán Nemo. Al salir del salón, entraron en él Ned Land y Consejo.

—¿Qué ocurre? —les pregunté inmediatamente.

—Eso venía a preguntar al señor —contestó Consejo.

—¡Voto a mil diablos! —exclamó el canadiense—; ¡no hay que calentarse mucho la mollera para saberlo! Que ha varado el *Nautilus*, y que, a juzgar por su inclinación, no creo que salgamos tan bien librados de esta hecha como escapamos de la del estrecho de Torres.

—Pero supongo que habremos vuelto a la superficie.

—Lo ignoramos, señor —contestó Consejo.

—Fácil es averiguarlo —dije.

Y me acerqué a consultar el manómetro, quedando sorprendido al ver que marcaba una profundidad de trescientos sesenta metros.

—¿Qué significa esto? —exclamé.

—Hay que interrogar al capitán —dijo Consejo.

—¡Cualquiera le encuentra! —replicó el canadiense.

—Seguidme —indiqué a mis dos compañeros.

Y abandonamos la estancia. En la biblioteca no había nadie. Supuse que el capitán Nemo estaría en la caseta del timonel. Lo mejor era esperar. Así lo decidimos, volviendo los tres al salón.

Pasaré por alto las recriminaciones del canadiense, quien ya tenía pretexto para justificar sus arrebatos. Le dejé desahogar el mal humor a su gusto, sin contestarle.

Transcurridos veinte minutos, durante los cuales tratamos de sorprender los menores ruidos producidos a bordo, entró el capitán Nemo. Pareció no vernos. Su fisonomía, ordinariamente tan impasible, revelaba cierta inquietud. Observó silenciosamente la brújula y el manómetro, y apoyó después el índice en un punto del planisferio, en la parte que representaba los mares australes.

No quise interrumpirle. Sólo cuando se tornó hacia mí, pasados unos instantes, le pregunté, devolviéndole una expresión de que se había servido en el estrecho de Torres:

—¿Un incidente, capitán?

—No, señor —contestó—; esta vez es un accidente.

—¿Grave?

—Quizá.

—¿Es inmediato el peligro?

—No.

—¿Ha encallado el *Nautilus*?

—Sí.

—¿Y el accidente ha provenido...?

—De un capricho de la Naturaleza, no de la impericia de los hombres. No se ha cometido una sola falta en las maniobras, pero no se han podido evitar los efectos del equilibrio. Cabe oponerse a las leyes humanas, pero no resistirse a las leyes naturales.

Singular ocasión la elegida por el capitán Nemo, para formular esta reflexión filosófica. En resumidas cuentas, su respuesta no me sacaba de dudas.

—Pero, ¿puedo saber, capitán —le pregunté—, cuál ha sido la causa de la varadura?

—Un enorme témpano de hielo —me contestó—; una montaña entera que ha volcado. Cuando los *ice-bergs* están minados en su base por el contacto de aguas más calientes o por reiterados choques, se eleva su centro de gravedad. Entonces, pierden su estabilidad y dan una vuelta de campana. Eso es lo que ha sucedido ahora. Una de esas moles, al invertirse, ha chocado con el *Nautilus*, que flotaba tranquilamente entre las aguas, se ha deslizado bajo su casco, y levantándole con irresistible empuje, le ha llevado a capas menos densas, donde se encuentra escorado.

—¿Pero no es posible aligerar el *Nautilus*, vaciando sus depósitos, a fin de que recobre el equilibrio?

—Eso estamos haciendo ahora. Desde aquí, puede usted oír cómo funcionan las bombas. Mire usted la aguja del manómetro. Indica que el *Nautilus* va remontándose; pero el témpano sube con él, y hasta que un obstáculo detenga su movimiento ascendente, no cambiará nuestra situación.

En efecto; el *Nautilus* seguía inclinado sobre la banda de estribor. Seguramente se enderezaría, cuando el témpano se detuviese; pero, ¿quién sabía si antes chocaríamos con la parte inferior del banco, quedando espantosamente prensados entre las dos superficies heladas?

Mientras yo reflexionaba acerca de todas las contingencias de nuestra situación, el capitán Nemo no apartaba la vista del manómetro. Desde la caída del *ice-berg*, el *Nautilus* se había remontado unos ciento cincuenta pies; pero seguía formando el mismo ángulo con la perpendicular.

De pronto, el casco hizo un ligero movimiento. Evidentemente, el *Nautilus* iba recuperando poco a poco su primitiva posición. Los objetos suspendidos de las paredes del salón volvían también sensiblemente, a su posición normal. Los muros se acercaban a la verticalidad. Nadie chistaba. Dominados por la ansiedad, todos nos mirábamos, sintiendo las oscilaciones del buque. El pavimento se allanó bajo nuestros pies. Así transcurrieron diez minutos.

—¡Al fin, hemos recobrado la posición horizontal! —exclamé.

—Efectivamente —asintió el capitán Nemo, dirigiéndose a la puerta.

—Pero, ¿flotaremos? —le pregunté.

—¿Qué duda cabe? —contestó—. En cuanto estén vacíos los depósitos, el *Nautilus* ascenderá a la superficie del mar.

El capitán salió, y a los pocos instantes, obedeciendo sus órdenes, quedaba interrumpida la marcha ascensional del *Nautilus*. De no hacerlo, así, no habría tardado en chocar con la parte inferior del banco, y era preferible. mantenerlo entre dos aguas.

—¡De buena hemos escapado! —exclamó entonces Consejo.

—Es verdad —le contesté—. Hemos podido quedar aplastados entre esas moles de hielo, o por lo menos emparedados. Y en ese caso, la imposibilidad de renovar el aire...— ¡Sí! ¡De buena hemos escapado!

—¡Si es que acaban aquí los tropiezos! —murmuró el canadiense..

No quise entablar con él una discusión inútil y callé. Además, en aquel momento se abrió la claraboya del salón, y la luz exterior irrumpió a través de la vidriera.

Como ya he dicho, estábamos en aguas libres; pero a diez metros de distancia de cada costado del *Nautilus* se elevaba una deslumbradora muralla de hielo. Por encima y por debajo había otras barreras semejantes; por encima, porque la parte inferior del banco se extendía, como inmensa techumbre; por debajo, porque la mole, derrumbada, deslizándose poco a poco, había encontrado en las murallas laterales dos puntos de apoyo, que la mantenían retenida en su nueva posición. El *Nautilus* estaba, encajonado en un verdadero túnel de hielo, lleno de un agua mansa. Era, pues, fácil salir de allí, avanzando o retrocediendo, y descender seguidamente unos centenares de metros, hasta encontrar un paso libre bajo el banco.

A pesar de haberse apagado los focos del techo, el salón estaba inundado de luz. Era que la potente reverberación de las paredes de hielo, rechazaba violentamente los haces del proyector. Imposible describir el efecto de los rayos voltaicos en aquellas voluminosas masas de caprichosos contornos, en las que cada ángulo, cada arista, cada faceta irradiaba un fulgor diferente, según la naturaleza de las vetas que surcaban el hielo. Mina resplandeciente de gemas, especialmente de zafiros, que cruzaban sus azules destellos con los verdes de la esmeralda. Por todas partes, los más delicados matices opalinos se barajaban con los puntos incandescentes, verdaderos diamantes de fuego, cuyo brillo no podía soportar la vista. La potencia luminosa del reflector aparecía centuplicada, como la de una lámpara a través de las láminas lenticulares de un faro de primer orden.

—¡Qué hermoso es todo esto! —exclamó Consejo.

—Sí —confirmé—; es un espectáculo admirable. ¿Verdad, Ned?

—Verdad, ¡qué demonio! —contestó el canadiense—. Aunque me contraría reconocerlo, he de confesarlo así. ¡Es soberbio! ¡Jamás se ha visto nada parecido! Pero el espectáculo podría costarnos caro. Si he de hablar a ustedes con franqueza, creo que vamos viendo cosas que Dios ha querido substraer a las miradas del hombre.

Tenía razón Ned. No podía imaginarse mayor belleza. De pronto, me hizo volver la cabeza una exclamación de Consejo.

—¿Qué es eso? —pregunté.

—¡Cierre los ojos, señor! ¡No mire el señor!

Y al formular su advertencia. Consejo aplicó presurosamente sus manos a los párpados.

—Pero, ¿qué te pasa, muchacho?

—¡Estoy deslumbrado, ciego!

Mis miradas se dirigieron involuntariamente a la claraboya, pero no pude resistir al vivísimo centelleo del cristal.

Comprendí lo acaecido. El *Nautilus* acababa de emprender su marcha, a gran velocidad, y todos los tranquilos reflejos de las murallas de hielo se habían trocado en surcos fulgurantes, confundiéndose, en apretado haz. El *Nautilus*, impelido por su hélice, bogaba envuelto en relámpagos.

La claraboya se cerró. Nosotros seguimos restregándonos los ojos, impregnados de esos destellos concéntricos que flotan ante la retina, cuando la hieren demasiado vivamente los rayos solares. Hubo de transcurrir un largo rato, para que se calmara nuestro desvanecimiento.

—¡Nunca, lo hubiera creído! —dijo Consejo.

—Yo lo dudo todavía —contestó Ned.

—Cuando volvamos a tierra —prosiguió Consejo— impresionados por tanta maravilla de la Naturaleza, ¿qué han de parecernos los miserables continentes y las mezquinas obras producidas por la mano del hombre? ¡No! ¡Ya no es digno de nosotros el mundo habitado!

Tales palabras, en boca de un impasible flamenco, demostraban claramente a qué grado de efervescencia se había elevado nuestro entusiasmo. Pero el canadiense no podía menos de verter sobre él su jarro de agua fría.

—¡El mundo habitado —replicó moviendo la cabeza—. ¡Descuide usted, amigo Consejo, que no volveremos a verle.

259

Eran las cinco de la mañana. En aquel momento, se produjo un choque a proa. Comprendí que el espolón del barco había tropezado en un macizo de hielo. Debió ser consecuencia de una falsa maniobra, porque el túnel submarino, obstruido por los témpanos, no ofrecía una fácil navegación. Supuse, pues, que el capitán Nemo, modificando su rumbo, sortearía aquellos obstáculos o seguiría las sinuosidades del túnel. De cualquier modo, no se paralizaría el avance. Pero, contra lo que yo esperaba, el *Nautilus* inició un pronunciado movimiento de retroceso.

—¿Volvemos hacia atrás? —preguntó Consejo.

—Sí, —contesté—. Por lo visto, el túnel está cerrado por esta parte.

—¿Entonces..?

—Es cuestión de un simple cambio de maniobra —dije—. Desandaremos lo andado y saldremos por la boca Sur. A eso queda reducido todo.

Al expresarme así, aparentaba más tranquilidad de la que realmente sentía. Entre tanto; se aceleraba el movimiento retrógrado del *Nautilus*, que, navegando a contra hélice, nos arrastraba con extraordinaria velocidad.

—Esto será un nuevo retraso —refunfuñó Ned.

—¿Qué importan unas horas más o menos, con tal de salir? —objeté.

Y comencé a pasearme, desde el salón a la biblioteca. Mis compañeros permanecieron sentados y silenciosos. A los pocos instantes, me dejé caer sobre un diván y tomé un libro que mis ojos recorrieron maquinalmente.

Un cuarto de hora después, Consejo se me acercó, preguntándome:

—¿Es muy interesante lo que lee el señor?

—Interesantísimo —le contesté.

—¡Ya lo creo! ¡Como que el señor está leyendo su propio libro!

—¿Mi libro?

Efectivamente; sin haberlo advertido siquiera, tenía en la mano la obra *Las grandes profundidades submarinas*. Cerré el libro y reanudé mis paseos. Ned y Consejo se levantaron, en actitud de retirarse.

—Quédense ustedes —les dije reteniéndoles—. Permanezcamos juntos hasta que salgamos de este atolladero.

—Como guste el señor —contestó Consejo.

Transcurrieron varias horas, durante las cuales observé con frecuencia los instrumentos suspendidos en la pared del salón. El manómetro indicaba que el *Nautilus* se mantenía a una profundidad constante de trescientos metros; la brújula, que seguía derivando hacia el Sur; la corredera, que marchaba con una velocidad de veinte millas por hora, velocidad excesiva en un espacio tan reducido. Pero el capitán Nemo sabía que toda premura era poca y que, en aquellas circunstancias, cada minuto equivalía a un siglo.

A las ocho veinticinco se produjo un nuevo choque, a popa esta vez. Palidecí. Mis compañeros se me aproximaron. Estreché con fuerza la mano de Consejo, y ambos nos interrogamos con la mirada, más directamente que si las palabras hubieran interpretado nuestro pensamiento.

En aquel instante entró el capitán en el salón. Me adelanté a su encuentro.

—¿Está interceptado también el camino por el Sur? —le pregunté.

—Sí, señor —me contestó—. El *ice-berg*, al derrumbarse, ha cerrado toda salida.

—¿Luego estamos bloqueados?

—Sí.

XL

CARENCIA DE AIRE.

Así, pues, el *Nautilus* estaba rodeado por todas partes de un impenetrable muro de hielo. Éramos prisioneros del banco. El canadiense descargó un formidable puñetazo sobre la mesa. Consejo permaneció en silencio y yo miré al capitán, cuya fisonomía había recobrado su habitual impasibilidad. Estaba cruzado de brazos, en actitud meditabunda. El *Nautilus* no se movía.

El capitán tomó la palabra.

—Señores —dijo en voz reposada—, en las condiciones en que nos encontramos, podemos morir de dos maneras.

El inexplicable personaje tenía el aire de un profesor de matemáticas, demostrando un teorema a sus discípulos.

—La primera —prosiguió— consiste en morir aplastados. La segunda, en perecer por asfixia. No hablo de la posibilidad de morir de hambre, porque las provisiones del *Nautilus* durarán seguramente más que nosotros. Preocupémonos, pues, de las probabilidades de aplastamiento o de asfixia.

—La asfixia no es de temer —contesté—, porque los depósitos están llenos.

—Exacto —replicó el capitán Nemo—, pero no suministrarán aire más que para dos días, y hemos de tener en cuenta que llevamos treinta y seis horas sumergidos y que se impone la necesidad de renovar esta atmósfera, ya muy viciada. En su consecuencia, dentro de cuarenta y ocho horas, habremos agotado nuestras reservas.

—Pues bien, capitán; conjuremos el peligro antes de cuarenta y ocho horas.

—Lo intentaremos, cuando menos, perforando la muralla que nos rodea.

—¿Por qué parte? —pregunté.

—Eso nos lo dirá la sonda. Voy a varar el *Nautilus* en el banco inferior, y mis tripulantes, provistos de escafandras, horadarán el *ice-berg* por su parte menos consistente.

—¿Se puede abrir la claraboya del salón?

—No hay inconveniente, puesto que estamos parados.

El capitán Nemo salió. Al poco rato, los silbidos me indicaron que el agua se introducía en los depósitos. El *Nautilus* descendió lentamente hasta descansar sobre la masa de hielo a una profundidad de trescientos cincuenta metros.

Amigos míos —arengué a Consejo y a Ned Land—, la situación es grave, pero cuento con vuestro valor y con vuestra energía.

—Señor Aronnax —me contestó el canadiense—, sería enojoso importunarle con mis recriminaciones en estos momentos. Estoy dispuesto a cuanto sea preciso, en beneficio de la salvación común.

—¡Bien, Ned! —dije tendiéndole la mano.

—He de advertir a usted —añadió el canadiense— que soy tan diestro en el manejo de la piqueta como en el del arpón. Si el capitán me considera útil, puede disponer de mí.

—No rechazará su concurso. Vamos a verle, amigo Ned.

Y conduje al canadiense al sollado en que los tripulantes del *Nautilus* se ajustaban sus escafandras, notificando al capitán el ofrecimiento de Ned, que fue aceptado. El canadiense se endosó su traje de mar, alistándose al mismo tiempo que sus compañeros de trabajo. Todos llevaban a la espalda los aparatos Rouquaysol, a los cuales habían suministrado los depósitos abundante contingente de aire puro, empréstito trascendental, pero absolutamente indispensable, tomado de la reserva del *Nautilus*. En cuanto a las lámparas Ruhmkorff, resultaban innecesarias en medio de aquellas aguas luminosas y saturadas de rayos eléctricos.

Cuando Ned estuvo vestido, volví al salón, examinando a través de la vidriera, y apostado junto a Consejo, las capas circundantes que soportaban al *Nautilus*.

Pocos instantes después, pisaban el banco de hielo doce hombres de la tripulación, entre los cuales se destacaba Ned Land, por lo elevado de su estatura. Les acompañaba el capitán Nemo.

Antes de proceder a la perforación de las murallas, el capitán hizo practicar sondeos, a fin de asegurar la buena dirección de los trabajos. Se introdujeron largas sondas en las paredes laterales; pero a los quince metros, tropezaban aún con la compacta masa. Era inútil tantear la superficie superior, puesto que la constituía el mismo banco, que medía más de cuatrocientos metros de altura. El capitán mandó sondar entonces la superficie inferior, comprobando que nos separaban del agua unos diez metros. Tal era el espesor del *ice-field*. Ante todo, había que separar un trozo de superficie igual a la línea de flotación del *Nautilus*, es decir, arrancar seis mil quinientos metros aproximadamente, a fin de abrir un hueco que nos permitiera situarnos bajo el campo de hielo.

Inmediatamente se dio comienzo a la tarea, proseguida con incansable tenacidad. En lugar de excavar en torno del *Nautilus*, lo cual habría acarreado grandes dificultades, el capitán Nemo hizo trazar la extensa fosa a ocho metros de la banda de estribor. Luego, los marineros taladraron simultáneamente en varios puntos de su circunferencia. A los pocos momentos, el pico atacó vigorosamente aquella materia compacta, separando voluminosos fragmentos de la masa. Por un curioso efecto de gravedad específico, los fragmentos, menos pesados que el agua, volaban, por decirlo así, a la bóveda del túnel, que engrosaba por arriba lo que disminuía por debajo; pero esto importaba poco, mientras la pared inferior fuese adelgazando en idéntica proporción.

Después de dos horas de incesante y brioso trabajo, Ned Land se retiró rendido, así como sus compañeros, siendo substituidos por nuevos operarios, entre los cuales figurábamos Consejo y yo, bajo la dirección del segundo de a bordo.

El agua me pareció excesivamente fría, pero el manejo de la piqueta provocó una inmediata reacción. Mis movimientos eran muy desembarazados, a pesar de producirse bajo una presión de treinta atmósferas.

Cuando volví al *Nautilus*, terminadas mis dos horas de faena, para proporcionarme algún alimento y algún reposo, encontré una notable diferencia entre el fluido puro que me había suministrado el aparato Rouquayrol y el ambiente interior de la embarcación, cargado ya de ácido carbónico. Hacía cuarenta y ocho horas que no se había renovado el aire, y sus cualidades vivificadoras estaban considerablemente mermadas. Y el caso era que, en doce horas, sólo habíamos rebajado un metro de la superficie delineada, o sea unos seiscientos metros cúbicos. Suponiendo que realizáramos el mismo trabajo cada doce horas, necesitaríamos cinco noches y cuatro días para llevar a feliz término la empresa.

—¡Cinco noches y cuatro días —dije a mis compañeros—, y no tenemos aire almacenado más que para dos!

—Sin contar —replicó Ned— que una vez fuera de esta maldita prisión, quedaremos aún encarcelados bajo el banco y sin comunicación posible con la atmósfera.

La reflexión no podía ser más atinada. ¿Quién era capaz de determinar el tiempo mínimo necesario para nuestra liberación? ¿No pereceríamos asfixiados antes de que el *Nautilus* hubiera podido volver a la superficie de las ondas? ¿Estaría destinado a sucumbir en aquella tumba de hielo, con todos sus ocupantes? La situación era pavorosa; pero todos la afrontaban resignados, decididos a cumplir su deber hasta el fin.

Conforme a mis previsiones, durante la noche, se profundizó un metro más en el inmenso alvéolo; pero por la mañana, cuando revestido de mi escafandra recorrí la masa líquida, a una temperatura de seis a siete grados bajo cero, observé que las murallas laterales se aproximaban poco a poco. Las capas de agua apartadas de la zanja, no caldeadas por el trabajo de los hombres y la acción de las herramientas, presentaban marcada tendencia a solidificarse. En presencia del nuevo e inminente peligro, ¿qué probabilidades de salvación nos restaban, y cómo evitar la solidificación del elemento líquido, que hubiera hecho saltar en añicos, como un cristal, la coraza del *Nautilus*?

No di a conocer el nuevo riesgo a mis dos compañeros. ¿A qué conduciría exponerme a debilitar la energía que desplegaban en el penoso trabajo de salvamento? Pero, cuando volví a bordo, hice observar al capitán esta grave complicación.

—Ya lo sé —me contestó con su calma característica que no alteraban las más terribles coyunturas—. Es un peligro más, pero no veo medio de evitarlo. La única probabilidad de salvarnos es ir más de prisa que la solidificación. Todo se reduce, sencillamente, a llegar los primeros.

¡Llegar los primeros! ¡Vaya una solución! ¡Realmente, ya debiera estar habituado a las intemperancias del capitán Nemo!

Aquel día manejé la piqueta, durante varias horas, con verdadero ahínco. El trabajo me alentaba. Por otra parte, trabajar era estar fuera del *Nautilus*, era respirar directamente el aire puro prestado por los depósitos y suministrado por los aparatos, era abandonar un ambiente enrarecido y viciado.

Al llegar la noche se había excavado un metro más de zanja. Cuando volví a bordo estuvieron a punto de asfixiarme las emanaciones de ácido carbónico de que se hallaba saturado el aire. ¡Qué conveniente hubiera sido poder recurrir a procedimientos químicos para purificar aquella atmósfera deletérea! Nos sobraba oxígeno. El agua lo contenía en cantidad considerable, y descomponiéndola por medio de nuestras potentes pilas, nos habría restituido el fluido vivificador. Ya pensé en ello, pero, ¿qué resolveríamos. si el ácido carbónico, producto de nuestra respiración, había invadido todos los ámbitos del navío? Para absorberlo, hubiera precisado llenar recipientes de potasa cáustica y agitarlos incesantemente. A bordo carecíamos de tal substancia, y nada podía reemplazarla.

Aquella misma noche, el capitán Nemo hubo de abrir las espitas de sus depósitos y dar salida a algunas columnas de aire puro. Sin semejante precaución, no habríamos despertado.

Al día siguiente, 26 de marzo, reanudé mi trabajo de minero, ahondando el quinto metro. Las paredes laterales y la base del banco engrosaban visiblemente. Era indudable que se juntarían. antes de que el *Nautilus* lograra romper aquel círculo de hielo. La desesperación me asaltó por un instante, y la piqueta casi escapó de mis manos. ¿A qué continuar cavando, si había de perecer ahogado, estrujado por aquel agua convertida en piedra, víctima de un suplicio que ni la ferocidad de los salvajes hubiera ideado? Me parecía encontrarme entre las formidables mandíbulas de un monstruo, que se cerraban irremisiblemente.

En aquel momento, el capitán Nemo, que dirigía los trabajos, sin perjuicio de trabajar como uno de tantos, pasó junto a mí. Le toqué con la mano y le señalé las paredes de nuestra prisión. El muro de estribor había avanzado hasta menos de cuatro metros del casco del *Nautilus*.

El capitán me comprendió y me hizo signos de que le siguiera. Volvimos a bordo, nos quitamos las escafandras y pasamos al salón.

—Señor Aronnax —me dijo—, hay que apelar a cualquier recurso heroico, si hemos de librarnos de morir emparedados entre los hielos, como en un macizo de cemento.

—Es cierto —contesté—; pero, ¿qué hacer?

—¡Ah! —exclamó el capitán—. ¡Si el *Nautilus* fuera bastante resistente para soportar esa presión sin quedar aplastado!

—¿Qué? —pregunté, sin acertar a descifrar su pensamiento.

—¿No comprende usted —me replicó—, que la congelación del agua se convertiría en un auxiliar para nosotros? ¿No imagina que, al solidificarse, haría estallar esas moles las piedras más duras? ¿No presiente que sería un agente de hielo que nos aprisionan, como hace estallar, al helarse, las piedras más duras? ¿No presiente que sería un agente de salvación, en lugar de ser un agente destructor?

—Es posible, capitán; pero, por mucha que sea la resistencia del *Nautilus*, no podrá resistir esa espantosa presión que le laminaría como una placa metálica.

—Estoy convencido, señor Aronnax. No podemos contar con el auxilio de la Naturaleza, sino con nuestros propios medios. Hay que oponerse a la solidificación. Es preciso contenerla. Ya no sólo se va estrechando la distancia entre las paredes laterales, sino que apenas quedan diez pies de agua a proa y a popa del *Nautilus*. La congelación gana terreno por todos lados.

—¿Para cuánto tiempo tenemos aire en los depósitos? —pregunté.

El capitán me miró fijamente.

—¡Pasado mañana —contestó— estarán vacíos!

Un sudor frío invadió todo mi cuerpo. Y sin embargo, la respuesta no debió sorprenderme. El *Nautilus* se había sumergido en las aguas libres del polo el día 22 de marzo, y estábamos a 26. Hacía, por tanto, cinco días que vivíamos de las reservas almacenadas a bordo. Lo que restaba de aire respirable, precisaba conservarlo para los trabajadores. De tal modo quedó grabada en mi cerebro la impresión de aquellos momentos, que, al relatarlos, me siento involuntariamente sobrecogido de terror, y me parece que aún experimento las angustias de la asfixia.

El capitán Nemo permaneció pensativo unos instantes, silencioso, inmóvil. Visiblemente, se agitaba una idea en su imaginación. Pero parecía rechazarla, respondiéndose negativamente a sí mismo. Al fin, se escaparon unas palabras de sus labios.

—Sí, agua hirviendo —murmuró.

—¿Agua hirviendo? —exclamé.

—Sí, señor. Estamos encerrados en un espacio relativamente reducido. ¿No cree usted que si las bombas arrojaran constantemente chorros de agua hirviendo, elevarían la temperatura de ese medio y retardarían la congelación?

—Vamos a probarlo —dije resueltamente.

—Probémoslo —contestó el capitán.

El termómetro marcaba siete grados escasos, en el exterior. El capitán Nemo me condujo a las cocinas del *Nautilus*, donde funcionaban los aparatos destiladores que nos proveían de agua potable por evaporación. Se llenaron de líquido, y se concentró todo el calórico de las pilas a través de los serpentines. A los pocos minutos, el agua llegó a cien grados. Entonces, se encauzó hacia las bombas, mientras el agua fría penetraba de nuevo en los receptáculos a medida que salía la caliente. El calor desarrollado por las pilas era tan intenso, que el agua fría, recogida en el mar, llegaba hirviendo a los cuerpos de bomba, con sólo atravesar los aparatos.

A las tres horas de comenzada la inyección, el termómetro marcaba seis grados bajo cero. Se había ganado un grado. Dos horas después, el termómetro ascendió a cuatro.

—Lograremos nuestro propósito —dije al capitán, después de seguir y comprobar minuciosamente los progresos de la operación.

—Así lo creo —me contestó—. Por lo menos, no moriremos aplastados; sólo nos amenaza el peligro de asfixia.

Durante la noche, la temperatura llegó a un grado bajo cero. Las inyecciones no pudieron elevarla más. Pero, como la congelación del agua del mar no se produce hasta dos grados, me tranquilicé respecto a los riesgos de la solidificación.

Al día siguiente, 27 de marzo, quedaron vaciados seis metros de zanja. Faltaban solamente cuatro, lo cual representaba un trabajo de cuarenta y ocho horas. La atmósfera del *Nautilus* no podía renovarse, lo cual determinó un mayor enrarecimiento del aire.

Me sentí abrumado por una intolerable pesadez. A las tres de la tarde, aquella sensación de angustia llegó a su colmo. Los bostezos dislocaban mis mandíbulas; mis pulmones jadeaban, buscando el fluido comburente indispensable a la respiración, que se agotaba por momentos. Invadido por el desfallecimiento, me dejé caer extenuado y casi desvanecido. Mi buen Consejo, aunque invadido por los mismos síntomas, experimentando análogos sufrimientos, no se apartaba de mi lado. Me tomaba las manos, me animaba, y más de una vez le oí murmurar:

—¡Ah! Si pudiera no respirar, para dejar más aire al señor! Las lágrimas se agolpaban a mis ojos, al oírle hablar así.

En tan intolerable situación, general a todos en el interior, ¡con qué precipitación, con qué júbilo nos revestíamos las escafandras, para emprender nuestro turno de trabajo! Los picos resonaban en la dura superficie. Los brazos se cansaban, las manos se desollaban, pero, ¿qué significaban aquellas fatigas, qué importaban aquellas heridas? ¡El aire vital penetraba en los pulmones! ¡Se alentaba, se respiraba!

Pero, sin embargo, nadie prolongaba su tarea más allá de los límites fijados. Terminada aquélla, cada cual entregaba a sus jadeantes compañeros el depósito que debía transmitirles la vida. El capitán Nemo daba el ejemplo, siendo el primero en someterse a la severa disciplina. Llegada la hora, cedía su aparato a otro, y volvía a la atmósfera viciada de a bordo, siempre tranquilo, sin denotar el menor desaliento, sin formular la más leve queja.

Aquel día se redobló el esfuerzo. Sólo faltaban dos metros que ahondar, en toda la superficie de la excavación. Pero los depósitos de aire estaban casi exhaustos, y la escasa cantidad contenida en ellos había de reservarse para los que trabajaban. ¡Ni un átomo para el *Nautilus*!

Cuando volví a bordo, estuve a punto de ahogarme. ¡Qué noche! Imposible describirla, porque faltan términos para relatar semejante sufrimiento. Por la mañana, mi respiración era sumamente anhelosa. A los dolores de cabeza, se unían atolondramientos y mareos, que me asemejaban a un beodo. Mis compañeros experimentaban idénticos síntomas. Varios tripulantes exhalaban ronquidos parecidos al estertor.

Estábamos en el sexto día de reclusión. El capitán Nemo, considerando muy lenta la obra de azadones y de picos, resolvió traspasar de golpe la capa congelada que nos separaba de la sabana líquida. Aquel hombre conservaba su serenidad y su energía, domando por su fuerza moral los dolores físicos. Pensaba, combinaba, se movía.

Conforme a sus órdenes, la embarcación fue aligerada y extraída de la masa de hielo, mediante un cambio de su centro de gravedad. Cuando flotó, fue halada por la marinería, hasta colocarla encima precisamente de la zanja abierta a la medida de su contorno. Luego se llenaron los depósitos, y el *Nautilus* descendió, quedando encajada en su alvéolo.

Inmediatamente, toda la tripulación se trasladó a bordo, y se cerró la doble puerta de comunicación. El *Nautilus* gravitaba en aquel momento sobre una capa de hielo que apenas medía un metro de espesor, agujereada en varios sitios por las sondas.

Abiertas del todo las válvulas de los depósitos, se precipitaron en ellos cien metros cúbicos de agua, que aumentaron en cien mil kilogramos el peso del *Nautilus*.

Todos aguardamos, escuchamos, olvidando nuestros sufrimientos y conservando aún la esperanza. Nos jugábamos el todo por el todo.

A pesar de los zumbidos que resonaban en mi cabeza, percibí ciertos estremecimientos bajo el casco del *Nautilus*. A poco, se produjo un desnivel. El hielo crujió de un modo singular, semejante al del papel que se rasga, y el buque resbaló.

—¡Pasamos! —murmuró Consejo a mi oído.

No pude contestarle. Tomé su mano, y la oprimí en una involuntaria convulsión.

De pronto, arrastrado por el exceso de su carga, el *Nautilus* se hundió en las aguas como una bala, es decir, cayó a plomo, como si descendiera en el vacío.

Entonces se transmitió toda la corriente eléctrica a las bombas, que comenzaron inmediatamente a desalojar el agua de los depósitos. A los pocos minutos se contuvo la caída, trocándose en ascenso, que indicó el manómetro. La hélice, girando a toda velocidad, hizo retemblar el casco de acero hasta en sus remaches y nos impelió hacia el Norte.

Pero, ¿cuánto tiempo se prolongaría la navegación bajo el banco de hielo, hasta encontrar mar libre? ¿Un día más? Seguramente, moriría antes.

Medio tendido sobre un diván de la biblioteca, me ahogaba. Mi rostro estaba amoratado, mis labios, cárdenos, mis facultades, en suspenso. Ya no veía ni oía. Había perdido la noción del tiempo y no podía contraer los músculos.

Ignoro las horas que transcurrirían así; pero tuve la conciencia del comienzo de mi agonía, comprendí que iba a morir...

Súbitamente volví en mí. Habían penetrado en mis pulmones unas bocanadas de aire. ¿Nos habíamos remontado a la superficie de las ondas? ¿Habíamos franqueado el helado banco?

¡No! Eran Ned y Consejo, mis dos abnegados amigos, que se sacrificaban por salvarme. Habían encontrado un aparato, en cuyo fondo restaban unos átomos de aire, y en lugar de respirarlo, lo reservaban para mí. En tanto que se asfixiaban, me infundían la vida gota a gota. Quise desviar el aparato: pero me sujetaron las manos, y durante algunos instantes respiré con voluptuosidad.

Mis miradas se dirigieron hacia el reloj. Eran las once de la mañana. Debíamos estar a 28 de marzo. El *Nautilus* marchaba a la vertiginosa velocidad de cuarenta millas por hora.

¿Dónde estaba el capitán Nemo? ¿Habría sucumbido? ¿Habrían perecido también con él sus compañeros?

En aquel momento, el manómetro indicó que nos hallábamos tan sólo a veinte pies de la superficie. Únicamente nos separaba de la atmósfera un simple campo de hielo. ¿Conseguiríamos romperlo? ¡Quizá! En todo caso, el *Nautilus* iba a intentarlo.

Advertí que tomaba una posición oblicua, bajando por la popa y levantando el espolón. La entrada de una corriente de agua había bastado para romper su equilibrio. Luego, impulsado por su potente hélice, embistió por debajo al *ice-field*, como un formidable ariete, perforándolo poco a poco. Retrocedió, para repetir su acometida a toda velocidad, hasta que, impelido por un arranque supremo, se lanzó sobre la helada superficie, que cedió a su empuje.

Abrióse, o mejor dicho se forzó la escotilla, y el aire puro se introdujo a oleadas en todos los ámbitos del *Nautilus*.

XLI

DEL CABO DE HORNOS AL AMAZONAS.

No puedo explicarme cómo me encontré en la plataforma. Quizá me transportó a ella el canadiense. Pero respiraba, absorbía el aire vivificador del mar. Mis dos compañeros se embriagaban a mi lado con sus moléculas. Los que por desgracia se han visto privados largo tiempo de alimento, no pueden lanzarse irreflexivamente sobre el primero que se les presenta. Nosotros, por el contrario, no teníamos por qué moderarnos, podíamos aspirar a pleno pulmón los átomos de aquella atmósfera, y era la brisa, la propia brisa, la que nos deparaba tan delicioso goce.

—¡Ah! —exclamó Consejo—, ¡qué bueno es el oxígeno! No tema respirar el señor. Hay para todos.

Ned Land no hablaba; sólo abría unas mandíbulas capaces de asustar a un tiburón. ¡Qué inspiraciones! El canadiense *tiraba* como una estufa en plena combustión.

No tardamos en recuperar las fuerzas, y al mirar en mi derredor, vi que estábamos solos. En la plataforma, no asomó las narices ningún tripulante: ni siquiera el capitán Nemo. Los estrambóticos marinos del *Nautilus* se conformaban con el aire que circulaba en el interior, sin acudir a deleitarse en plena atmósfera.

Las primeras palabras que pronuncié fueron de reconocimiento y de gratitud a mis dos compañeros. Ned y Consejo habían aliviado mi existencia durante aquellas interminables horas de agonía. Todo agradecimiento era poco para pagar tanta abnegación.

—¡Bah! —contestó Ned Land— ¡Eso no vale la pena ni de mencionarlo! ¿Qué mérito hemos contraído con ello? Ninguno. Era sencillamente una cuestión de aritmética. La existencia de usted valía más que la nuestra, y había, por tanto, que conservarla.

—No, amigo Ned —repliqué—; no valía más. No hay nadie superior a un hombre tan generoso y bueno como usted.

—¡Bueno, bueno! —replicó el canadiense confuso.

—Y tú, mi buen Consejo —dije dirigiéndome al leal sirviente—, ¡cuánto has padecido!

—Un poquillo —contestó el aludido—. Si he de ser sincero con el señor, confesaré que hubo momentos en que noté la falta de unas bocanadas de aire, pero creo que habría acabado por acostumbrarme a ello. Además, veía desfallecer al señor, y eso me quitaba la gana de respirar; me cortaba el aliento...

Consejo se interrumpió, temeroso de incurrir en alguna vulgaridad.

—Amigos míos —declaré hondamente conmovido—, estamos ligados los tres para siempre, y habéis adquirido sobre mí ciertos derechos...

—De los cuales abusaré —interrumpió el canadiense.

—¡Cómo! —exclamó Consejo.

—Sí —prosiguió Ned Land—; reclamaré el derecho que me asiste de llevármelo conmigo, cuando me sea dado abandonar esta máquina infernal.

—A propósito —inquirió Consejo—; ¿hemos emprendido buen rumbo?

—Sí —contesté—, puesto que nos encaminamos hacia el sol, que, en este caso, es el Norte.

—No está mal —replicó Ned—; pero falta saber si derivamos hacia el Pacífico o hacia el Atlántico, es decir, si vamos a mares frecuentados o desiertos.

No podía responder, aunque me temía que el capitán Nemo nos condujera preferentemente al anchuroso Océano que baña a la vez las costas de Asia y de América. Así completaría su vuelta al mundo submarino, volviendo a mares en los que el *Nautilus* gozaría de absoluta independencia. Y si tornáramos al Pacífico, lejos de todo continente habitado, ¿en qué quedarían los proyectos de Ned Land?

Pronto habíamos de saber a qué atenernos en punto tan importante. El *Nautilus* navegaba rápidamente. No tardó en franquear el círculo polar, poniendo la proa en dirección al cabo de Hornos, a cuya vista cruzamos el 31 de marzo a las siete de la tarde.

Habíamos olvidado ya nuestras pasadas penalidades. El recuerdo de nuestra reclusión entre los hielos se iba borrando poco a poco en nuestra mente. Sólo pensábamos en el porvenir. El capitán Nemo no había vuelto a parecer por el salón, ni por la plataforma. La determinación del punto, realizada cotidianamente por el segundo y marcada en el planisferio, me permitía conocer exactamente la dirección del *Nautilus*. En la tarde de referencia, tuve por evidente, con la natural satisfacción, que volvíamos al Norte por la ruta del Atlántico.

Inmediatamente, informé al canadiense y a Consejo del resultado de mis observaciones.

—La noticia es buena, en efecto —contestó Ned—, pero, ¿a dónde se dirige el *Nautilus*?

—¡Ah! Eso no lo sé.

—¿No se le ocurrirá a su capitán abordar el polo Norte, después de haber abordado el polo Sur, y regresar al Pacífico por el famoso paso del Noroeste?

—No lo diga usted muchas veces —contestó Consejo.

—Pues bien —replicó el canadiense—, antes de eso, le daremos esquinazo.

—De todos modos —añadió Consejo—, el tal capitán Nemo es un hombre arrojado y no hay por qué lamentar haberlo conocido.

—¡Sobre todo cuando le hayamos perdido de vista! —contestó Ned Land.

Al día siguiente, 1º de abril, cuando el *Nautilus* ascendió a la superficie, pocos minutos antes del mediodía, divisamos una costa, en dirección Oeste. Era la Tierra del Fuego, a la que dieron este nombre sus primeros descubridores, al ver las numerosas humaredas que se elevaban de las chozas indígenas. La Tierra del Fuego está constituida por una vasta aglomeración de islas, que se extienden en un espacio de treinta leguas de longitud por ochenta de anchura, entre los 53 y 56 grados de latitud austral, y los 67º50' y 77º15' de longitud Oeste. La costa me pareció baja, pero a lo lejos se destacaban altas montañas, entre las que descollaba el pico Sarmiento, elevado dos mil setenta metros sobre el nivel del mar; bloque piramidal pizarroso, muy agudo en su vértice, que, según esté velado o despejado de nubes, "anuncia tiempo malo o bueno", me dijo Ned Land.

—¡Vaya un barómetro! —le contesté.

—Un barómetro natural —replicó el canadiense— que no me falló jamás cuando navegaba por los pasos del estrecho de Magallanes.

A la sazón, el pico aparecía claramente perfilado en el fondo del cielo. Era un presagio de buen tiempo, que se realizó.

Sumergido de nuevo el *Nautilus*, se acercó a la costa, que bordeó a muy pocas millas. Desde el mirador del salón, vi largos bejucos y fucos gigantescos, algunos de los cuales se desarrollaban también en el mar libre del polo; sus filamentos lisos y viscosos miden hasta trescientos metros de

270

longitud, constituyendo verdaderos cables más gruesos que el pulgar, muy resistentes, que sirven en ocasiones de amarras a los buques. Otra hierba, conocida con el nombre de *velp* con hojas de cuatro pies de largo, empotradas en las concreciones coralígenas, tapizaba los fondos. Servía de nido y de alimento a millares de crustáceos y de moluscos, de cárabos y de sepias. Allí, las focas y las nutrias se entregaban a espléndidos festines, mezclando la carne del pez con las hortalizas marinas, con arreglo al procedimiento inglés.

El *Nautilus* pasó con extraordinaria rapidez sobre aquellos fértiles y lujuriantes fondos. Al anochecer, se aproximó al archipiélago de las Malvinas, cuyas escarpadas cimas reconocí al día siguiente. La profundidad del mar no era excesiva, lo cual me hizo suponer, con cierto fundamento, que aquellas dos islas, rodeadas de numerosos islotes, habían formado parte, en otro tiempo, de las tierras magallánicas. Las Malvinas, según todos los indicios, fueron descubiertas por el célebre John Davis, que les impuso el nombre de Davis-Southern-Islands. Posteriormente, Ricardo Hawkins las denominó Maiden-Islands o islas de la Virgen. Poco después, a principios del siglo XVIII, los pescadores de Saint-Malo las llamaron Maloninas o Malvinas, y por último, los ingleses, a quienes pertenecen hoy, les han aplicado el nombre de Falkland.

En aquellos parajes, nuestras redes recogieron magníficos ejemplares de algas, y especialmente de ciertos fucos, cuyas raíces estaban cargadas de almejas, que son las mejores del mundo. Las ocas y los ánades cayeron a docenas sobre la plataforma, pasando en el acto a la despensa de a bordo. Por lo que respecta a peces, dominaban los óseos pertenecientes al género gobio.

También tuve ocasión de admirar una multitud de medusas, las más bonitas del género, las crisauras, exclusivas de las aguas de las Malvinas. Unas figuraban una sombrilla semiesférica, listada de líneas de un rojo obscuro y terminada en doce festones regulares; otras se asemejaban a un canastillo, de cuyos bordes pendían donosamente anchas hojas y largos tallos rojos. Nadaban agitando sus cuatro brazos foliáceos y abandonando a la deriva su opulenta cabellera de tentáculos. Hubiera deseado conservar algunas muestras de los delicados zoófitos; pero no son más que nubes, sombras, apariencias, que se funden y se evaporan fuera de su elemento natal.

Cuando las últimas cumbres de las Malvinas desaparecieron tras el horizonte, el *Nautilus* se sumergió de veinte a veinticinco metros y siguió bordeando la costa americana. El capitán Nemo no se hacía visible.

Hasta el 3 de abril, no abandonamos los parajes de la Patagonia, ya bajo el Océano, ya en su superficie. El *Nautilus* traspuso el amplio estuario formado por la desembocadura del Plata, llegando el día 4 a la altura del Uruguay, pero cincuenta millas mar adentro. Mantenía su rumbo al Norte, siguiendo las sinuosidades de la costa de América meridional. Habíamos andado diez y seis mil leguas, desde nuestro embarque en los mares del Japón.

Hacia las once de la mañana cortamos el trópico de Capricornio, en el meridiano treinta y siete, y pasamos frente al cabo Frío. Con gran contrariedad de Ned Land, al capitán Nemo no debía gustarle la vecindad de las costas habitadas del Brasil, porque marchábamos con vertiginosa velocidad. Ningún pez, ningún ave, por rápidos que fuesen, hubieran podido seguirnos, y las curiosidades naturales de aquellos mares escaparon a toda observación.

Esta velocidad se sostuvo durante varios días, y en la tarde del 9 de abril dimos vista a la punta más oriental de América del Sur, formada por el cabo de San Roque. Pero el *Nautilus* se internó de nuevo, yendo a buscar a mayores profundidades un valle submarino abierto entre dicho cabo y Sierra Leona, en la costa africana. Este valle se bifurca a la altura de las Antillas, terminando al Norte en una enorme depresión de nueve mil metros. En ese sitio, el corte geológico del Océano, hasta las pequeñas Antillas, figura un acantilado de seis kilómetros, cortado a pico, y a la altura de las islas de Cabo Verde, otra muralla no menos importante viniendo así a encerrar todo el continente inmergido de la Atlántida. El fondo de la inmensa cañada está accidentado por varias montañas, que dan un aspecto pintoresco a aquellos parajes submarinos. Al hacer esta descripción, me refiero de un modo especial a las cartas dibujadas a pluma existentes en la biblioteca del *Nautilus*, cartas evidentemente debidas a la mano del capitán Nemo y planeadas con arreglo a sus observaciones personales.

Durante dos días visitamos aquellas aguas desiertas y profundas, utilizando los planos inclinados. El *Nautilus* daba largas bordadas diagonales, que le llevaban a todos los puntos deseados. Pero el 11 de abril ascendió súbitamente, reapareciendo a nuestra vista, a la entrada del río Amazonas, vastísimo estuario cuyo caudal es tan considerable, que desala el mar en un espacio de varias leguas.

Habíamos cortado el Ecuador. Veinte millas al Oeste quedaban las Guyanas, territorio francés en el que hubiéramos encontrado fácil asilo; pero la brisa era dura y las embravecidas olas no habrían permitido que las afrontara una frágil canoa. Ned Land debió comprenderlo así, porque no hizo la menor alusión a la fuga. Por mi parte, me guardé bien de referirme a sus proyectos de evasión, porque no quería inducirle a cualquier tentativa, que habría fracasado infaliblemente.

Me resarcí fácilmente del aplazamiento, dedicándome a interesantes estudios. Durante las dos jornadas del 11 y 12 de abril, el *Nautilus* permaneció en la superficie del mar, y sus redadas aportaron zoófitos, peces y reptiles, en cantidad verdaderamente asombrosa.

Los zoófitos apresados entre las mallas eran, en su mayor parte, preciosos fictalinos, pertenecientes a la familia de los actinios, y entre otras especies, el *phyctalis protexta*, pequeño cilindro truncado, surcado por líneas verticales, salpicado de notas rojas y coronado por un soberbio penacho de tentáculos.

Entre los moluscos, figuraban productos observados con anterioridad: turritelas; olivas textilinas, con líneas regularmente entrelazadas, cuyas manchas rojizas se destacaban vivamente sobre un fondo carne; caprichosos teroceros, semejantes a escorpiones petrificados; transparentes hialas, argonutas, sabrosísimas sepias, y cierta especie de calamares que los naturalistas de la antigüedad clasificaron entre los peces voladores, y que sirven especialmente de cebo para la pesca del abadejo.

Respecto a peces de aquellas latitudes, que aún no había tenido ocasión de estudiar, noté diversas especies. Entre los cartilaginosos, teromizones parecidos a anguilas, de quince pulgadas de largo, cabeza verdosa y aletas violeta, dorso gris azulado y vientre plateado, sembrado de viscosas manchas; iris, con los ojos encuadrados en círculos de oro, curiosos animales a los que la corriente del Amazonas había debido arrastrar hasta el mar, porque viven en agua dulce; rayas tuberculadas, armadas de un largo aguijón dentado, de hocico puntiagudo y cola delgada y larga, pequeños escualos de un metro, de piel grisácea, cuyos dientes, dispuestos en varias hileras, se encorvan hacia atrás; lofios, especie de triángulos isósceles rojizos, de un medio metro, cuyas aletas pectorales están unidas por una membrana carnosa que les da el aspecto de murciélagos, pero a los que su apéndice córneo, situado junto a las fosas nasales, ha hecho denominar unicornios marinos; por último, varias especies de ballestas, como el curasino, cuyos moteados flancos brillan con áureos reflejos, y el caprisco, de un violeta claro, con tornasoles semejantes a los del cuello de una paloma.

Terminaré esta nomenclatura, un poco árida pero bastante exacta, consignando la serie de peces óseos que examiné; pasenos, pertenecientes al género de los apteronotos, cuyo hocico es muy obtuso y de albura nívea, el cuerpo de un hermoso negro, y que van provistos de una tira carnosa muy larga y flexible; odontognatos aguijoneados, semejantes a sardinas, de tres decímetros de longitud y de un intenso brillo argentino; escombros, provistos de dos aletas anales; centronotos negros, cuya pesca se efectúa con hachones, largos de dos metros, de carne jugosa, blanca y maciza, que tienen, en fresco, el sabor de la anguila, y secos, el del salmón ahumado; rosados labros, con escamas tan sólo en la base de las aletas dorsales y anales; crisópteros, en los cuales se mezclan los reflejos del oro y de la plata con el de rubí y los del topacio; esparos de cola de oro, cuya carne resulta delicadísima y cuyas propiedades fosforescentes denuncian su presencia; escenas de áureos apéndices caudales, etc.

Este *et caetera* no me impedirá citar otro pez, del que Consejo guardará recuerdo imperecedero, con motivo justificadísimo.

Una de las redes acarreó una especie de raya sumamente aplanada, que de haber carecido de cola hubiera sido un disco perfecto y que pesaría unos veinte kilogramos. Era blanca por debajo, rojiza por encima, con grandes manchas redondas de un azul obscuro y orladas de negro, muy lisa de piel y terminada en una aleta bilobulada. Extendida sobre la plataforma, se agitó en movimientos convulsivos, para volverse, realizando tan violentos esfuerzos, que una suprema contracción la hubiera precipitado al mar, si Consejo, atento a la presa, no se hubiese lanzado sobre ella, asiéndola con ambas manos, antes de que nadie pudiera evitarlo.

273

Inmediatamente cayó de espalda, levantando las piernas en alto, y quedó privado de movimiento, gritando:

—¡Señor! ¡Señor! ¡Socórrame usted!

Era la primera vez que el pobre muchacho no me hablaba en impersonal. El canadiense y yo le incorporamos, le friccionamos vigorosamente, y, al recobrar sus sentidos, el sempiterno clasificador murmuró con voz entrecortada:

—Clase de los cartilaginosos, orden de los condropterigios, de branquias fijas, suborden de los selaceos, familia de las rayas, género torpedo.

—Sí, amigo mío —le contesté—; un torpedo es el que te ha puesto en tan deplorable estado.

—¡Ah! —exclamó Consejo—. ¡Me vengaré de ese animal! Créalo el señor.

—Pero, ¿cómo?

—Comiéndomelo.

Y así lo hizo aquella misma tarde; pero por pura represalia, porque, francamente, la carne era muy coriácea.

El infortunado Consejo se las había tenido con un torpedo de la más peligrosa especie; la cumana. Este singular animal, actuando en un elemento tan buen conductor como el agua, mata a los peces a varios metros de distancia; tan grande es la potencia de su órgano eléctrico, cuyas dos superficies principales no miden menos de veintisiete pies cuadrados.

Durante la jornada siguiente, la del 12 de abril, el *Nautilus* se aproximó a la costa holandesa, cerca de la desembocadura del Maroni. Allí vivían en familia varios grupos de manatíes, pertenecientes, como el dugongo, al orden de los sirenios. Aquellos hermosos animales, pacíficos e inofensivos, de seis a siete metros de largo, debían pesar, por lo menos, unos cuatro mil kilogramos. Instruí a Ned Land y a Consejo que la previsora Naturaleza había asignado a tales mamíferos un importante papel. Ellos son, en efecto, como las focas, los encargados de pastar en las praderas submarinas, destruyendo así las aglomeraciones de hierbas que obstruyen las desembocaduras de los ríos tropicales.

—¿Y saben ustedes lo que ha sucedido —añadí— desde que los hombres han aniquilado casi por completo esas útiles razas? Pues que las hierbas putrefactas han emponzoñado el aire, desarrollando la fiebre amarilla que asuela estas magníficas regiones. Las vegetaciones venenosas se han multiplicado bajo estos mares tórridos, y la dolencia se ha extendido irresistiblemente desde la desembocadura del Plata hasta las Floridas. Y a creer a Toussenel, ese azote no es nada comparado con el que afligirá a nuestros descendientes, cuando queden los mares despoblados de ballenas y de focas. Entonces, obstruidos de pulpos, de medusas, de calamares, se convertirán en vastos focos de infección, por carecer ya de esos "amplios estómagos, a los que Dios ha confiado la misión de espumar la superficie de los mares".

Pero la tripulación del *Nautilus*, sin desdeñar tales teorías, se apoderó de media docena de manatíes, con el exclusivo fin de proveer la des-

274

pensa de una carne excelente, superior a la del buey y a la de la ternera. La caza no tuvo nada de interesante. Los manatíes se dejaron capturar sin defenderse, y se almacenaron a bordo varios millares de kilos de carne, destinada a convertirse en cecina.

Otra pesca, singularmente practicada en aquellas aguas tan abundantes en ella, vino a aumentar, aquel mismo día, el repuesto del *Nautilus*. Las redes aprisionaron entre sus mallas cierto número de peces, cuya cabeza, terminaba en una placa ovalada, de rebordes carnosos. Eran equídnidos, de la tercera familia de los malacopterigios subranquiales. Su disco aplanado se compone de láminas cartilaginosas transversales, movibles, entre las cuales puede hacer el vacío el animal, circunstancia que le permite adherirse a los objetos a manera de ventosa.

La rémora, observada ya por mí en el Mediterráneo, pertenece a la misma especie; pero el animal en cuestión era el equídnido osteóquero, propio del mar en que nos hallábamos. Los marineros, a medida que los escogían, los depositaban en tinas llenas de agua.

Terminada la pesca, el *Nautilus* se acercó a la costa. En aquel sitio dormían en la superficie de las ondas varias tortugas marinas. Difícil hubiera sido apoderarse de los apetitosos reptiles, porque el menor ruido los despierta y su sólida concha está hecha a prueba de arpón. Pero el equídnido debía operar su captura, con seguridad y precisión extraordinarias. Dicho animal es, en efecto, un anzuelo viviente, que haría la felicidad y la fortuna del sencillo pescador de caña.

Los tripulantes del *Nautilus acoplaron* a la cola de los peces unos anillos, suficientemente anchos para no dificultar sus movimientos, y ataron a los anillos un largo cabo, amarrado a bordo por el otro extremo.

Los equídnidos, lanzados al mar, comenzaron inmediatamente su cometido, yendo a fijarse al peto de las tortugas. Su adherencia era tal, que se habrían dejado despedazar antes de soltar su presa. Se les izó a bordo y, con ellos, a las tortugas a las cuales estaban adheridos.

Así se cobraron varias cacuanas de un metro de ancho, que pesaban doscientos kilos. Su caparazón, formado por grandes placas córneas, delgadas, transparentes, obscuras con motas blancas y amarillas, les daban un precioso aspecto. Además, eran excelentes desde el punto de vista comestible.

Con esta pesca terminó nuestra estancia en los parajes del Amazonas, y, llegada la noche el *Nautilus* se internó de nuevo en el mar.

XLII

LOS PULPOS.

Durante varios días, el *Nautilus* se apartó constantemente de la costa americana. Sin duda, no quería visitar las aguas del golfo de Méjico ni del mar de las Antillas, y no ciertamente por falta de calado, puesto que la profundidad media en aquellos lugares es de mil ochocientos metros, sino porque tales parajes, sembrados de islas y surcados por vapores, no convenían al capitán Nemo.

El 16 de abril pasamos a unas treinta millas de la Martinica y de la Guadalupe, cuyos elevados picos divisé un instante.

El canadiense, que contaba con poner sus proyectos en ejecución en el golfo, ya ganando una playa, ya abordando a una de las numerosas embarcaciones que hacen el cabotaje entre aquellas islas, estaba desconcertado. La fuga hubiera sido practicable, de haber logrado Ned Land apoderarse de la canoa, sin que lo advirtiera el capitán; pero, en pleno Océano, no había que pensar en ello.

Consejo, el canadiense y yo, celebramos una extensa conferencia a este respecto. Hacía seis meses que permanecíamos prisioneros a bordo del *Nautilus*, habíamos realizado un crucero de diez y siete mil leguas, y como decía Ned Land, no se vislumbraba el fin de todo aquello. En su consecuencia, me formuló una proposición, que no esperaba ni por asomo: la de requerir categóricamente al capitán Nemo, para que manifestara si pensaba retenernos indefinidamente a bordo de su navío.

Semejante paso me repugnaba, porque, a mi juicio, era completamente inútil. No había que esperar nada del comandante del *Nautilus*, sino confiar tan sólo en nosotros mismos. Además, hacía una temporada que aquel hombre se mostraba preocupado, retraído, menos comunicativo. Parecía esquivar mi presencia y nos encontrábamos de tarde en tarde. Antes, se complacía en explicarme las maravillas submarinas; actualmente, me abandonaba a mis estudios, sin parecer por el salón.

¿Qué cambio se había operado en él, y por qué causa? Yo no tenía nada que reprocharme. ¿Le cansaría nuestra permanencia a bordo? De cualquier modo, no le consideraba hombre capaz de devolvernos la libertad.

Rogué, por tanto, a Ned que me permitiera reflexionar antes de resolver. Si mi gestión no daba resultado, podía reavivar sus sospechas, empeorar nuestra situación y perjudicar los proyectos del canadiense. He de añadir que no era posible, en modo alguno, alegar motivos de salud. A excepción de la ruda prueba de los bancos polares, jamás habíamos estado tan buenos ninguno de los tres. Aquella alimentación sana, aquel ambiente salino, aquella seguridad de la vida, aquella uniformidad de temperatura, no daban margen a enfermedades, y para un hombre que no añoraba la tierra, para un capitán Nemo, que estaba en su propia casa, que iba donde quería, que por vías misteriosas, únicamente conocidas por él, marchaba directamente a su objeto, era perfectamente comprensible tal existencia. Pero nosotros no habíamos roto con la humanidad. Por mi parte, no quería llevarme a la tumba mis recientes estudios, tan curiosos como nuevos. Tenía el derecho de escribir el verdadero libro del mar, y quería que dicho libro viera la luz pública, más tarde o más temprano.

Aun allí mismo, en aguas de las Antillas, a diez metros bajo la superficie de las olas, a través de los cristales de la escotilla, ¡qué de interesantes datos hube de consignar en mi diario! Entre otros zoófitos, figuraban galeras conocidas con el nombre de fisalias pelágicas, especie de grandes vejigas oblongas de nacarados reflejos, tendiendo su membrana al viento y dejando flotar sus tentáculos azules, semejantes a hebras de seda, y medusas, encantadoras a la vista, verdaderas ortigas al tacto, y que destilan un líquido corrosivo. Entre los articulados, anélidos de metro y medio de largo, armados de una trompa rosa y provistos de mil setecientos órganos locomotores, que serpenteaban bajo las aguas, lanzando al paso todos los resplandores del espectro solar. Entre los peces, rayas molubares, enormes cartilaginosos de diez pies de longitud y seiscientas libras de peso, con la aleta pectoral triangular, el centro del cuerpo algo combado y los ojos situados en los extremos de la cara anterior de la cabeza; ballestas americanas, en las que la Naturaleza no ha empleado más colores que el blanco y el negro; gobios plumeros, alargados y carnosos, con aletas amarillas y mandíbula prominente; escombros, de dientes cortos y aguzados, cubiertos de ligeras escamas; nubes de barbos, ceñidos por franjas de oro desde la cabeza a la cola, que agitaban sus resplandecientes aletas; verdaderas obras maestras de bisutería consagradas en tiempos a Diana, muy solicitadas por los potentados romanos y de las cuales decía el proverbio: *¡Mírame y no me toques!*; pomacantos dorados, con listas esmeraldinas, ataviados del terciopelo y seda, que desfilaban ante nuestra vista como personajes del Veronés; esparos espolonados, que se ocultaban bajo su rápida aleta torácica; clupanadones de quince pulgadas, envueltos en sus fulgores fosforescentes; múgiles, que batían las aguas con su gruesa y carnosa cola; corregonos rojos, que parecían segar las ondas con su tajante pectoral; plateadas selenes, dignos de su nombre, que se elevaban en el horizonte de las aguas, como otras tantas lunas que las iluminaran con sus pálidos destellos.

¡Cuántas preciosidades más hubiera podido admirar, de no haber ido descendiendo el *Nautilus*, poco a poco, a mayores profundidades! Pero sus planos inclinados le sumergieron de dos a tres mil quinientos metros, y allí, la representación de la vida animal quedaba reducida a encrinas, estrellas de mar, bonitas pentacrinas, cabeza de medusa, cuyo terso tallo soportaba un pequeño cáliz, y algunos moluscos de gran tamaño.

El 20 de abril, nos mantuvimos a una altura media de mil quinientos metros. La tierra más próxima era entonces el archipiélago de las Lucayas, diseminadas como pilas de piedras por la superficie de las aguas. Elevábanse allí enormes acantilados submarinos, murallones verticales de pedruscos superpuestos, dispuestos en anchas hiladas, entre las cuales se abrían tenebrosas cavernas, cuyo fondo no alzaban a iluminar los haces de nuestro proyector eléctrico.

Las rocas estaban tapizadas de altas hierbas; laminarias colosales, fucos laberínticos, un verdadero espaldar de hidrófitos dignos de un mundo de titanes.

Hablábamos Consejo, Ned y yo de las descomunales plantas, y la conversación nos llevó, naturalmente, a referirnos a los animales gigantescos del mar, infiriendo que las unas deben estar destinadas a la nutrición de los otros. Sin embargo, a través del mirador del *Nautilus*, casi parado en aquel momento, apenas veíamos pulular entre los largos filamentos a los principales articulados de la división de los braquiuros; algunos lambros, cárabos violáceos y clíos peculiares del mar de las Antillas.

Serían próximamente las once, cuando Ned Land me hizo reparar en un formidable hormigueo producido entre la exuberante vegetación.

—Es natural —le contesté—. Estos antros deben ser verdaderas guaridas de pulpos, y no me sorprendería ver por aquí alguno de esos monstruos.

—¡Cómo —exclamó Consejo—. ¿Calamares, simples calamares, de la clase de los cefalópodos?

—No —le respondí—. Pulpos de gran tamaño... Pero el amigo Ned se ha equivocado sin duda, porque no veo nada.

—Lo siento —dijo Consejo—. Hubiera deseado contemplar frente a frente uno de esos pulpos de que tanto he oído hablar, y que son capaces de arrastrar un buque al fondo del abismo.

—Nunca he creído en la existencia de tales animales —declaró Ned Land.

—¿Por qué no? —arguyó Consejo—. ¡Bien creímos en el narval del señor!

—¡Y bien nos equivocamos!

—¡Indudablemente! Pero no faltará quien siga creyéndolo todavía.

—Es probable —contestó Aronnax—, pero, por mi parte, estoy decidido a no admitir la existencia de esos monstruos, en tanto que no los haya disecado por mi mano.

—¿De modo —preguntó Consejo—que el señor no cree en la existencia de pulpos gigantescos?

—¿Y quién, demonio, ha de creerlo? —replicó el canadiense.

—Muchas gentes, amigo Ned.

—No serán pescadores, de seguro. Sabios, ¡tal vez!

—Perdone usted; pescadores y sabios.

—Pues yo —dijo Consejo con toda seriedad— recuerdo perfectamente haber visto una gran embarcación arrastrada al fondo del mar entre los brazos de un cefalópodo.

—¿Usted lo ha visto? —preguntó el canadiense.

—Sí amigo Ned.

—¿Con sus propios ojos?

—Con mis propios ojos.

—¿Dónde? ¡Diga usted!

—En Saint-Malo —respondió imperturbablemente Consejo.

—¿En el puerto? —inquirió Ned Land, en tono irónico.

—No; en una iglesia —manifestó Consejo.

—¿En una iglesia? —exclamó el canadiense.

—Sí, amigo Ned. Era un cuadro que representaba al pulpo en cuestión.

—En el fondo tiene razón —alegué—. Yo he oído hablar de ese cuadro; pero el asunto que representa está tomado de una leyenda, y ya sabe usted el crédito que merecen las leyendas en materia de historia natural. Además, cuando se trata de monstruos, la imaginación se descarría con facilidad y los inventa a su antojo. No sólo se ha pretendido que tales pulpos podían echar navíos a pique, sino que un tal Olaus Magnus habla de un cefalópodo, de una milla de largo, que tenía más apariencia de isla que de animal. Cuéntase también que el obispo de Nidros instaló cierto día un altar, sobre una roca enorme. Terminada la misa, la roca se puso en marcha y se internó en el mar. Era un pulpo.

—¿Y es eso todo? —preguntó el canadiense.

—No —le contesté—. Otro obispo, Pontoppidan de Berghen, cita igualmente un pulpo, sobre el cual podía maniobrar un regimiento de caballería.

—¡Buenos estaban los obispos de aquellos tiempos! —dijo Ned Land.

—Finalmente —continué—, los naturalistas de la antigüedad mencionan monstruos cuyas fauces se asemejan a golfos y que no podían pasar por el estrecho de Gibraltar.

—¡Atiza! —exclamó el canadiense.

—¿Pero qué hay de cierto en todos esos relatos? —preguntó Consejo.

—Nada, amigos míos —contesté—; por lo menos, nada de lo que traspase los límites de la verosimilitud para caer de lleno en el campo de la fábula o de la leyenda. Sin embargo, la imaginación de los narradores necesita, si no una causa, cuando menos un pretexto. No puede negarse la existencia de pulpos y de calamares de desmesuradas dimensiones, aunque siempre inferiores a las de los cetáceos. Aristóteles comprobó el tamaño de un calamar que medía cinco codos, equivalentes a tres metros y diez centímetros. Nuestros pescadores ven frecuentemente algunos, cuya longitud excede de metro y medio. Los museos de Trieste y de Montpellier conservan esqueletos de pulpos que miden dos metros. Además, según cálculos de los naturalistas, uno de esos animales, de seis pies tan sólo de longitud, tendría tentáculos de veintisiete, y esto basta para convertirlo en un monstruo formidable.

—¿Y se pescan actualmente ejemplares como ésos? —preguntó el canadiense.

—Si no se pescan, los marinos los ven por lo menos. Un amigo mío, el capitán Pablo Bos, del Havre, me ha asegurado diferentes veces que había encontrado uno de esos corpulentos monstruos en los mares de la India. Pero el hecho más asombroso, y que demuestra plenamente la existencia de esos gigantescos animales, ocurrió hace pocos años, en 1861.

—¿Qué fue? —interrogó Ned Land.

—Lo siguiente. En el año 1861, al nordeste de Tenerife y a una latitud aproximada a la en que ahora nos encontramos, la tripulación del aviso *Alecton* vio un monstruoso calamar que nadaba en sus aguas. El comandante Bouguer mandó acercarse al animal, y le acometió a arponazos y a tiros, sin resultado, porque balas y arpones atravesaban aquellas carnes, blandas como gelatina y sin consistencia. Después de varias tentativas infructuosas, la tripulación logró pasar un nudo corredizo alrededor del cuerpo del molusco. El nudo se deslizó hasta las aletas caudales, deteniéndose allí. Entonces, se intentó izar el monstruo a bordo; pero su peso era tan considerable, que la cola se partió, bajo la tracción de la cuerda, y el animal se zambulló en las aguas, privado de su apéndice.

—Eso ya es algo concreto —dijo Ned Land.

—Es un hecho indiscutible, mi estimado Ned; tanto, que se propuso designar a ese pulpo con el nombre de *calamar de Bouguer*.

—¿Y cuál era su longitud? —preguntó el canadiense.

—¿Mediría unos seis metros? —interrogó a su vez Consejo, que, apostado tras de la claraboya, examinaba de nuevo las anfractuosidades del acantilado.

—Precisamente —contesté.

—¿Coronaban su cabeza ocho tentáculos —siguió interrogando Consejo— que se agitaban en el agua como una nidada de serpientes?

—Justo.

—¿Tenía unos ojazos enormes, situados a flor de cabeza?

—Efectivamente.

—¿Era su boca un verdadero pico de papagayo, pero infinitamente mayor?

—Exacto.

—Pues bien —manifestó Consejo con toda calma—. Permítame el señor que le anuncie que tenemos a la vista, si no el *calamar de Bouguer*, un hermano suyo.

Mientras yo contemplaba fijamente a Consejo, el canadiense corrió hacia, la claraboya.

—¡Qué animal tan espantoso! —exclamó.

Miré a mi vez, y no pude reprimir un movimiento de repulsión. Ante mis ojos se agitaba un horrible monstruo, digno de figurar en las leyendas teratológicas.

Era un calamar de colosales dimensiones. Alcanzaría unos ocho metros de longitud, y marchaba reculando con extraordinaria velocidad, en dirección al *Nautilus*, clavando en él sus ojazos de tintas verdosas. Sus ocho brazos, o mejor dicho sus ocho pies, implantados en la cabeza, que han valido a esos animales el calificativo de cefalópodos, tenían un desarrollo doble del de su cuerpo y se retorcían como la cabellera de las furias.

Veíanse distintamente las doscientas cincuenta ventosas distribuidas en la cara interna de los tentáculos, en forma de cápsulas hemisféricas. A veces, dichas ventosas se aplicaban al cristal de la claraboya del salón, produciendo el vacío. La boca del monstruo, una especie de apéndice córneo semejante al pico de un loro, se abría y se cerraba verticalmente. Su lengua, córnea también, y armada de varias hileras de agudos dientes, salía vibrando de aquel verdadero alicate. ¡Qué capricho de la Naturaleza! ¡Dotar de pico a un molusco! Su cuerpo, fusiforme y abultado en su parte media, constituía una masa carnosa que debía pesar de veinte a veinticinco mil kilogramos. Su color inconstante cambiaba con pasmosa rapidez, según el estado de irritación del animal, pasando sucesivamente del gris claro al pardo rojizo.

¿Qué exasperaría al molusco? Probablemente la presencia del *Nautilus*, más formidable que él, y en el cual no podían succionar sus brazos ni hacer presa sus mandíbulas. Sin embargo, ¡qué vitalidad ha otorgado el Creador a esos monstruosos pulpos, qué vigor en sus movimientos, puesto que poseen tres corazones!

El azar nos había deparado aquel encuentro, y no quise desperdiciar la ocasión de estudiar minuciosamente al notable cefalópodo. Me sobrepuse al horror que me inspiraba su aspecto, y tomando un lápiz, comencé a diseñarlo.

—Quizá sea el mismo que el del *Alecton* —dijo Consejo.

—No puede serlo —objetó el canadiense—, puesto que este está entero y aquél perdió la cola.

—Eso no sería óbice —contesté—. Los brazos y la cola de esos animales se reconstituyen por reintegración, y en siete años la cola del calamar de Bouguer ha tenido tiempo sobrado para retoñar.

—Además —replicó Ned—, si no es este, puede serlo alguno de esos otros.

En efecto: acababan de aparecer otros pulpos, a la banda de estribor. Conté siete. Todos escoltaban al *Nautilus*, oyéndose rechinar sus picos, al resbalar sobre el blindaje de acero. Estaba más que colmado nuestro anhelo.

Continué mi tarea. Los monstruos se mantenían en nuestras aguas con tal precisión, que parecían inmóviles. Hubiéraseles podido calcar sobre el cristal, reduciendo su tamaño, tanto más cuanto que nuestra marcha era bastante moderada.

De pronto, se paró el *Nautilus*. Un fuerte choque hizo trepidar toda su trabazón.

—¿Hemos encallado? —pregunté.

—Si acaso —contestó el canadiense— el tropiezo ha debido ser leve, porque seguimos a flote.

El *Nautilus* flotaba efectivamente, pero no andaba. Las aletas de la hélice no batían las ondas. Transcurrido un minuto, entró en el salón el capitán Nemo, seguido de su segundo.

Hacía tiempo que no le veía. Me pareció preocupado. Sin dirigirnos la palabra, sin vernos quizá, se fue a la claraboya, miró a los pulpos y cambió unas frases con su segundo.

281

Éste salió. A los pocos instantes, se cerró la claraboya y se iluminó el techo.

Yo me adelanté hacia el capitán.

—Curiosa colección de pulpos —le dije, con la desenvoltura con que hubiera podido hacerlo un aficionado ante la vitrina de un acuario.

—En efecto, maestro —me contestó—, y vamos a combatirlos cuerpo a cuerpo.

Miré al capitán, creyendo no haber oído bien.

—¿Cuerpo a cuerpo? —repetí.

—Sí, señor. La hélice se ha parado, y supongo que la interrupción obedece a que alguno de esos calamares ha introducido su apéndice córneo entre las paletas.

—¿Y qué intenta usted?

Remontarme a la superficie y exterminar toda esa chusma.

—Difícil me parece la empresa.

—Ofrece realmente sus dificultades. Las balas eléctricas son ineficaces contra esas carnes fofas, en las que no encuentran resistencia suficiente para explotar; pero los atacaremos a hachazos.

—Y a arponazos, capitán —dijo el canadiense—, si no rehusa usted mi ayuda.

—Aceptada desde luego, experto Land.

—Acompañaremos a ustedes —añadí yo.

Y siguiendo al capitán Nemo, nos dirigimos hacia la escalera central.

Allí esperaban ya diez marineros, armados con hachas de abordaje y dispuestos para el ataque. Consejo y yo tomamos dos hachas y Ned Land un arpón.

El *Nautilus* estaba ya en la superficie. Uno de los marineros, situado al final de la escalera, destornilló las bisagras de la escotilla. Pero, apenas retiradas las tuercas, la trampilla se levantó con extraordinaria violencia, —atraída indudablemente por las ventosas del tentáculo de un pulpo.

Al punto, uno de los brazos se deslizó por la abertura, como una serpiente, agitándose otros veinte sobre ella. El capitán Nemo cortó de un hachazo el formidable tentáculo, que resbaló por los peldaños, retorciéndose.

En el momento en que nos abalanzábamos en tropel para salir a la plataforma, otros dos brazos, cortando el aire, alcanzaron al marinero que precedía al capitán Nemo, arrebatándole con irresistible violencia.

El capitán Nemo prorrumpió en una enérgica exclamación y se lanzó al exterior, siguiéndole todos apresuradamente.

¡Qué escena! El desventurado, asido por el tentáculo y adherido a sus ventosas, era balanceado a merced de la enorme trompa. Jadeaba, se ahogaba, profiriendo débiles gritos en demanda de socorro. Aquellas palabras, pronunciadas en francés, me produjeron estupor. ¡Había un compatriota a bordo, varios quizá! ¡Aún me parece oír aquellos desgarradores lamentos!

El infortunado estaba perdido. ¿Quién era capaz de sustraerle a tan potente opresión? No obstante, el capitán Nemo se precipitó sobre el pulpo, descargó un nuevo hachazo y le cercenó otro tentáculo. Su segundo luchaba furiosamente, contra otros monstruos, que rastreaban por los costados del *Nautilus*. La tripulación se batía denodadamente. El canadiense, Consejo y yo hundíamos nuestras respectivas armas en aquellas masas carnosas. La atmósfera estaba saturada de un penetrante olor de almizcle. El espectáculo y la situación eran horribles.

Por un instante, creí que el infeliz, enlazado por el pulpo, sería arrancado a la potente succión. De los ocho brazos del animal, habían sido cortados siete; el único que le quedaba se cimbreaba en el aire, blandiendo a su víctima como una pluma. Pero en el momento en que el capitán Nemo y su segundo arremetían de nuevo contra él, lanzó un chorro de un líquido negruzco segregado de una bolsa situada en su abdomen, que nos cegó. Cuando la nube se disipó el calamar había desaparecido, y con él mi desdichado compatriota.

¡Con qué furor acometimos entonces a los monstruos! Nadie podía dominarse. Diez o doce pulpos habían invadido la plataforma y los costados del *Nautilus*. Todos rodábamos en revuelta confusión entre aquellos restos palpitantes, que se agitaban sobre la plataforma entre oleadas de sangre y de tinta. Parecía que los viscosos tentáculos renacían, como los cabezas de la hidra. A cada golpe, el arpón de Ned Land se hundía en los verdosos ojos de los calamares, abriendo profundas cavidades; pero mi audaz compañero fue súbitamente derribado por los tentáculos de un monstruo, cuyo latigazo no pudo evitar.

¡Ah! ¿Cómo pintar mi emoción y mi espanto? El formidable pico del calamar se abrió sobre Ned Land, amenazando dividirlo en dos. Corrí en su socorro; pero el capitán Nemo se me adelantó. Su hacha desapareció entre las dos enormes mandíbulas, y el canadiense, milagrosamente salvado, se levantó y sepultó el arpón entero hasta el triple corazón del pulpo.

—¡Tenía pendiente esta deuda! —dijo el capitán Nemo al canadiense.

Ned se inclinó, sin contestar.

El combate había durado un cuarto de hora. Los monstruos, vencidos, mutilados, heridos de muerte, abandonaron el campo y desaparecieron bajo las aguas.

El capitán Nemo, teñido en sangre, inmóvil junto al reflector, contempló el mar, que acababa de tragarse a uno de sus compañeros, y sus ojos se anegaron en lágrimas.

XLIII

EL GULF-STREAM.

Ninguno de nosotros podrá olvidar jamás la terrible escena del 20 de abril. Escrito bajo el dominio de una emoción hondísima, revisé mi relato y lo leí a Consejo y al canadiense, quienes lo encontraron exacto en cuanto a los hechos, pero deficiente en sus efectos. Para describir semejantes cuadros, precisaría la pluma del más ilustre de los poetas franceses, el autor de *Los trabajadores del mar.*

He dicho que el capitán Nemo prorrumpió en llanto, al contemplar la superficie de las ondas. Su dolor fue inmenso. Era el segundo compañero que perdía desde nuestra llegada a bordo. ¡Y qué muerte! Aquel amigo, estrujado, asfixiado, destrozado por el tentáculo de un monstruoso pulpo, triturado entre sus mandíbulas de hierro, no reposaría con sus camaradas en las apacibles aguas del cementerio de coral.

Por lo que a mí atañe, el grito de angustia lanzado por el infeliz marinero, me desgarró el corazón. ¡Aquel pobre francés, olvidando su lenguaje convencional, había recurrido al de su patria, al de su madre, para exhalar un supremo lamento! Era, pues, evidente la presencia de un compatriota entre la tripulación del *Nautilus*, unida en cuerpo y alma al capitán Nemo y esquivando, como su jefe, todo contacto con los hombres. ¿Sería el único representante de Francia en aquella misteriosa asociación, compuesta indudablemente de individuos de nacionalidades diversas? Este era uno de los insolubles problemas que me intrigaban incesantemente.

El capitán Nemo volvió a su cámara, y ya no le vi durante algún tiempo; pero, ¡qué triste, qué desesperado, qué irresoluto debía sentirse, a juzgar por las señales del navío, del cual era el alma y que reflejaba todas sus impresiones! El *Nautilus* vagaba sin rumbo fijo: iba, venía, flotaba como un cadáver a merced de las olas. Libre ya su hélice, apenas la utilizaba. Navegaba al azar. No podía separarse del teatro de su reciente lucha, de aquel mar que había devorado a uno de los suyos.

Así transcurrieron diez días. Al fin, el *Nautilus* reanudó resueltamente su ruta hacia el Norte, el 1º de mayo después de avistar las Lucayas a la entrada del canal de Bahama. Seguíamos entonces la corriente del mayor río del mar, que tiene sus riberas, sus peces y su temperatura propias. Me refiero al Gulf-Stream.

Es, en efecto, un río que discurre libremente por el Atlántico, sin que sus aguas se mezclen con las oceánicas: un río salado, más salado que el mar ambiente. Su profundidad media es de tres mil pies; su anchura media de sesenta millas. En ciertos puntos, su corriente marcha con una velocidad de cuatro kilómetros por hora. El volumen invariable de sus aguas, supera al de todos los ríos del globo.

El verdadero nacimiento del Gulf-Stream, descubierto por el comandante Maury, su punto de partida, si se quiere, está situado en el golfo de

Gascuña. Allí es donde comienza a formarse su caudal, débil aún de temperatura y de color. Desciende luego hacia el Sur, costea el África ecuatorial, caldea sus ondas a los rayos de la zona tórrida, cruza el Atlántico, llega al cabo de San Roque, en la costa brasileña, y se bifurca en dos brazos, uno de los cuales va a saturarse todavía de las cálidas moléculas del mar de las antillas. Entonces, el Gulf-Stream, encargado de restablecer el equilibrio entre las temperaturas y de mezclar las aguas de los trópicos con las boreales, empieza su papel de ponderador. Candente en el golfo de Méjico, asciende al Norte por las costas americanas, avanza hasta Terranova, se desvía bajo el empuje de la corriente fría del estrecho de Davis, reanuda la ruta del Océano, siguiendo por uno de los grandes círculos del globo la línea loxodrómica, se divide en dos cauces hacia el grado cuarenta y tres, uno de los cuales, ayudado por el alisio del Nordeste, vuelve al golfo de Gascuña y a las Azores, y el otro, después de haber entibiado las costas de Irlanda y de Noruega, va hasta más allá del Spitzberg, donde su temperatura desciende, a cuatro grados, a formar el mar libre del polo.

Este era el río del Océano por el que a la sazón navegaba el *Nautilus*. A su salida del canal de Bahama, en un espacio de catorce leguas de anchura y en una profundidad de trescientos cincuenta metros, el Gulf-Stream corre a razón de ocho kilómetros por hora. Esta rapidez decrece regularmente a medida que avanza hacia el Norte, siendo de desear que tal regularidad persista, porque si, como se ha creído notar, su velocidad y su dirección llegaran a modificarse, los climas europeos experimentarían perturbaciones de incalculables consecuencias.

Al mediodía, me reuní en la plataforma con mi fiel doméstico, dándole a conocer las particularidades relativas al Gulf-Stream. Terminada mi explicación, le invité a sumergir las manos en la corriente.

Consejo me obedeció, quedando atónito al no experimentar sensación alguna de calor ni de frío.

—Eso consiste —le dije— en que la temperatura de las aguas del Gulf-Stream, al salir del golfo de Méjico, difiere muy poco de la de la sangre. Esta corriente es un vasto calorífero, que permite a las costas de Europa ostentar un eterno verdor. Y si hemos de creer a Maury, el calor de esta corriente, utilizado en totalidad, bastaría para mantener en fusión un río de hierro tan caudaloso como el Amazonas o el Misouri.

En aquel momento, la velocidad del Gulf-Stream era de dos metros y veinticinco centímetros por segundo. Su corriente es tan distinta del mar limítrofe, que sus aguas, comprimidas, sobresalen de las del Océano, estableciendo un desnivel entre ellas y las frías. Más obscuras y muy ricas en materias salinas, se destacan, por su marcado color añil de las ondas verdes que las rodean. Es tal la limpieza de su línea divisoria, que, a la altura de las Carolinas, el *Nautilus* cortaba con su espolón las ondas del Gulf-Stream, mientras su hélice seguía batiendo las del Océano.

La corriente arrastraba consigo todo un mundo de seres vivientes. Los argonautas, tan comunes en el Mediterráneo, viajaban en ella en numerosas bandadas. Entre los cartilaginosos, los más notables eran unas rayas, de cola muy desplegada, que constituía casi la tercera parte de su cuerpo, y que afectaba la forma de grandes losanges de veinticinco pies de longitud, y pequeños escualos de un metro, de gran cabeza, hocico corto y redondeado, agudos dientes dispuestos en varias hileras, y cuyo cuerpo parecía cubierto de escamas.

Entre los peces óseos, observé labros grisones, especiales de aquellos mares; esparos sinagros, cuyo iris brillaba como un foco; escienas de un metro, cuyas amplias fauces estaban erizadas de menudos dientes, y que articulaban un ligero grito; negros centronotos, ya citados en alguna otra ocasión; corífenas azules, recamadas de oro y plata; papagayos, verdaderos arco iris oceánicos, que pueden rivalizar en matices con las más vistosas aves tropicales; blemios de cabeza triangular; rombos azulados, desprovistos de escamas; batracídeos recubiertos de una banda transversal amarilla, que figura una *t* griega; hormigueros de gobios moteados de manchas obscuras; dipterodóneos de cabeza plateada y cola amarilla; diferentes ejemplares de salmones, mugilomosos, esbeltos de cuerpo y de un brillo tenue, que Lacépède consagró a la cariñosa compañera de su vida; un bonito pez, en fin, el caballero americano, que, condecorado con todas las órdenes y emperifollado de cintas, frecuenta las playas de aquella gran nación, en la que tan poco valor se concede a cruces y distintivos.

Añadiré que, durante la noche, las aguas fosforescentes del Gulf-Stream competían con los destellos de nuestro reflector, sobre todo en tiempos tempestuosos, que nos amenazaban frecuentemente.

El 8 de mayo, nos encontrábamos todavía frente al cabo de Hatteras, a la altura de la Carolina del Norte. La anchura del Gulf-Stream es allí de setenta y cinco millas, y su profundidad de doscientos diez metros. El *Nautilus* continuaba errando a la ventura. La vigilancia parecía desterrada en absoluto de a bordo. Preciso es convenir que, en tales condiciones, podía intentarse con éxito una evasión. Realmente, las costas habitadas ofrecían fáciles refugios por doquier. El mar estaba incesantemente surcado por los numerosos vapores que hacen el servicio entre Nueva York o Boston y el golfo de Méjico, y recorrido noche y día por las goletillas que realizan el cabotaje entre los diversos puntos de la costa americana. Había la esperanza de ser recogido. Era, por tanto, una ocasión favorable, a pesar de las treinta millas que separaban al *Nautilus* de las costas de la Unión.

Pero una enojosa circunstancia contrariaba en absoluto los proyectos del canadiense. El tiempo era malísimo. Nos aproximábamos a esos parajes en que las tempestades son tan frecuentes, a la patria de las trombas y de los ciclones, engendrados precisamente por la corriente del Gulf-Stream.

Arrostrar un mar generalmente embravecido en una frágil canoa, era correr a una muerte cierta. El propio Ned Land convenía en ello. Así, tascaba su freno, presa de una furiosa nostalgia que únicamente la fuga hubiera logrado curar.

—Señor Aronnax —me dijo aquel día—, es preciso acabar de una vez. Quiero aclarar todo esto. Su simpático capitán Nemo se aleja de tierra y se remonta hacia el Norte. En su consecuencia, declaro a usted que me ha bastado con el polo Sur y que no le seguiré al polo Norte.

—¿Y qué le vamos a hacer, amigo Ned, si la evasión es impracticable en este momento?

—Insisto en mi idea. Es necesario hablar al capitán. Ya que no quiso usted abordar con él esta cuestión, cuando estábamos en los mares de su país, ahora que estamos en los mares del mío, quiero hacerlo yo. Cuando pienso que dentro de unos días el *Nautilus* se hallará a la altura de Nueva Escocia; que allí, hacia Terranova, se abre una extensa bahía, en la que desemboca el San Lorenzo; que el San Lorenzo es mi río, el río de Quebec, mi ciudad natal; cuando pienso en todo esto, repito, la sangre se me sube a la cabeza y los pelos se me ponen de punta. ¡Mire usted, señor Aronnax, antes me tiraré al mar! ¡Yo no sigo aquí! ¡ Me ahogo!

Era visto que la paciencia del canadiense había llegado al límite de agotamiento. Su vigorosa naturaleza no podía acomodarse a tan prolongado cautiverio. Su fisonomía se alteraba por momentos y tornábase cada vez más huraño. Comprendía su sufrimiento, porque a mí también se me iba invadiendo la nostalgia. Habían transcurrido cerca de siete meses, sin ponernos en comunicación con el mundo. Además, el aislamiento del capitán Nemo, la modificación de su carácter, sobre todo desde el combate con los pulpos, su taciturnidad, me hacían apreciar las cosas bajo un aspecto diferente. Ya no sentía el entusiasmo de los primeros días. Precisaba ser flemenco, como Consejo, para resignarse a semejante situación, en aquel elemento reservado a los cetáceos y demás habitantes del mar. Creo que si el animoso muchacho hubiera tenido branquias en lugar de pulmones, habría sido un pez de lo más distinguido.

—¿Qué resuelve usted? —insistió Ned Land, viendo que no le contestaba.

—¿De modo, amigo Ned, que desea usted que pregunte al capitán Nemo cuáles son sus intenciones respecto a nosotros?

—Sí, señor.

—¿A pesar de que ya nos las ha dado a conocer?

—Sí; quiero saber definitivamente a qué atenerme. Si le parece—, háblele usted exclusivamente en mi nombre.

—Es que le veo tan poco... Hasta parece que huye de mí.

—Razón de más para ir a buscarle.

—Está bien, le interrogaré.

—¿Cuándo? —preguntó el canadiense en tono apremiante.

—Cuando le encuentre.

—Señor Aronnax, ¿quiere usted que vaya yo a buscarle?

—No, déjelo usted de mi cuenta. Mañana...

—¡Hoy mismo! —interrumpió Ned.

—Sea. Hoy mismo le veré —contesté al canadiense, cuya intervención lo hubiera comprometido todo.

Me quedé solo. Decidida la petición, resolví salir del paso cuanto antes. Soy partidario de no dejar para luego lo que se puede hacer en el acto.

De vuelta en mi cámara percibí ruido en la del capitán. No había que dejar perder la ocasión. Llamé, sin obtener respuesta. Repetí la llamada, levanté el picaporte y entré.

El capitán estaba allí. Inclinado sobre su mesa de trabajo, no me había oído. Resuelto a no salir sin interrogarle, avancé hacia él. Entonces, alzó la cabeza bruscamente, frunció el entrecejo y me dijo en tono agrio:

—¡Usted aquí! ¿Qué desea?

—Quisiera hablarle, capitán.

—Ahora estoy ocupado, señor Aronnax, me dedico a mis trabajos. ¿O es que no puedo disfrutar de la misma libertad de aislamiento en que yo le dejo?

El recibimiento no era muy alentador; pero yo estaba decidido a discutirlo todo.

—Capitán —repliqué con frialdad—, he de hablarle de un asunto que no admite demora.

—¿Qué asunto es ése? —preguntó irónicamente—. ¿Ha realizado usted algún descubrimiento nuevo para mí? ¿Le ha revelado el mar nuevos secretos?

Andábamos muy distanciados. Pero sin darme tiempo a contestar, me mostró un manuscrito abierto sobre su mesa y me dijo con cierta solemnidad:

—Aquí tiene usted, señor Aronnax, un manuscrito redactado en varios idiomas. Contiene el resumen de mis estudios relativos al mar y, Dios mediante, no perecerá conmigo. Este manuscrito, firmado de mi puño y letra, completado con la historia de mi vida, será encerrado en un aparato insumergible. El último sobreviviente del *Nautilus* arrojará el aparato al mar, y las olas se encargarán de darle destino.

¡La firma de aquel hombre! ¡Su historia escrita por él mismo! ¿Luego algún día quedaría descorrido el velo de su misterio? Pero, de momento, sólo vi en la notificación una oportunidad para entrar en materia.

—Capitán —le contesté—, no puedo menos de aprobar la idea que ha inspirado su determinación, porque sería una insensatez dejar perder el fruto de sus estudios. Pero el medio adoptado por usted me parece muy primitivo. ¿Quién sabe a dónde llevarán los vientos ese aparato y en qué manos caerá? ¿No cabría utilizar un procedimiento mejor? ¿No podría usted mismo o alguno de los suyos...?

—¡Jamás! —replicó el capitán, interrumpiéndome con viveza.

—En ese caso, mis compañeros y yo estamos dispuestos a conservar en depósito ese manuscrito, y si usted nos devuelve la libertad...

—¡La libertad! —exclamó el capitán Nemo, levantándose.

—Sí, señor, la libertad. Pues es precisamente el tema que deseaba tratar con usted. Hace siete meses que permanecemos a bordo, y hoy he de preguntarle, tanto en nombre de mis compañeros como en el mío, si su propósito es el de retenernos aquí para siempre.

—Señor Aronnax —manifestó el capitán Nemo—, le contestaré hoy lo que le contesté hace siete meses: quien entra en el *Nautilus*, no debe abandonarlo ya.

—Eso es imponernos la esclavitud.

—Llámelo usted como le plazca.

—Y en todas partes, el esclavo conserva el derecho de recobrar su libertad, pudiendo considerar lícitos cuantos medios conduzcan a ese fin.

—¿Quién ha negado a ustedes ese derecho? —replicó el capitán Nemo—. ¿Acaso he pensado en ligarles por un juramento?

Y cruzándose de brazos, me miró fijamente.

—Capitán —le dije—, sería tan desagradable para usted como para mí insistir acerca de este tema; pero ya que lo hemos iniciado, agotémoslo. Repito a usted que no se trata solamente de mi persona. Para mí, el estudio es un recurso, una distracción absorbente, un atractivo, una pasión que puede hacerme olvidar de todo. Como usted, soy hombre apto para vivir ignorado, obscuro, con la débil esperanza de legar algún día al porvenir el resultado de mis desvelos, encerrándolo en un hipotético aparato confiado a los azares de las olas y de los vientos. En una palabra, puedo admirar a usted, seguirle sin disgusto en un papel que alcanzo a comprender en ciertos puntos, aunque otros aspectos de su vida sigan haciéndome vislumbrarla rodeada de complicaciones y de misterios, a los que únicamente somos ajenos aquí mis compañeros y yo. Además, si alguna vez ha hecho usted latir nuestro corazón, impresionado por alguno de sus dolores o conmovido por sus actos geniales y valerosos, hemos tenido que refrenar hasta el más insignificante testimonio de esa simpatía que hace nacer la contemplación de lo bello y de lo bueno, ya proceda del amigo, ya del enemigo. Pues bien; ese sentimiento de ser extraños a cuanto le concierne, es el que nos coloca en una situación inaceptable, insostenible hasta para mí, pero sobre todo para Ned Land. Todo hombre, por el solo hecho de serlo, merece que se le atienda. ¿No ha pensado usted nunca en los proyectos de venganza que el amor a la libertad y el odio a la esclavitud pueden engendrar en una naturaleza como la del canadiense, lo que es capaz de idear, de aventurar, de intentar...?

Hice una pausa. El capitán Nemo avanzó hacia mí, contestándome:

—¿Qué me importa cuanto Ned Land pueda idear, aventurar o intentar? Ni he sido yo quien ha ido a buscarle, ni le retengo a bordo por mi gusto. Por lo que a usted respecta, señor Aronnax, es usted de los que pueden comprenderlo todo, hasta el silencio. No tengo más que decirle. Únicamente le ruego que sea ésta la primera y la última vez que venga a tratar de este asunto, porque ni siquiera le escucharía.

Me retiré. A partir de aquel día, nuestras relaciones fueron muy tirantes. Comunicado a mis compañeros el resultado de la entrevista, dijo Ned:

—Ahora ya sabemos que no hay nada que esperar de ese hombre. El *Nautilus* se aproxima a Long Island. Huiremos, haga el tiempo que quiera.

Pero el cielo se iba cubriendo progresivamente, presentando síntomas de huracán. La atmósfera se hacía más densa y neblinosa por momentos. En el horizonte, los filamentos cirrosos eran reemplazados por nimbocúmulos. Otros nubarrones más bajos huían rápidamente. El mar engrosaba, rompiendo en encrespadas olas. Las aves desaparecían, a excepción de las satánicas, precursoras y amantes de las tormentas. El barómetro descendía notablemente, indicando una fuerte depresión atmosférica. La mezcla del *storm-glass* se descomponía bajo la influencia de la electricidad que saturaba el ambiente. La lucha de los elementos era inminente.

La tormenta estalló el día 18 de mayo, precisamente cuando el *Nautilus* flotaba a la altura de Long Island, a pocas millas de los pasos de Nueva. York. Puedo describirla, porque en lugar de esquivarla, sumergiéndose en las profundidades del mar, el capitán Nemo, por un inexplicable capricho, quiso afrontarla en la superficie.

El viento soplaba del Sudoeste, frescachón al principio, es decir, con una velocidad de quince metros por segundo, que, a las tres de la tarde, se había elevado a veinticinco, cifra denunciadora de las tormentas.

El capitán Nemo, impávido ante las ráfagas, se instaló en la plataforma, amarrándose por la cintura, para resistir los furiosos golpes de mar que la azotaban. Yo me uní a él y me até también, compartiendo mi admiración entre la tempestad y aquel hombre incomparable que la desafiaba.

El embravecido mar era barrido por grandes jirones de nubes, que absorbían sus aguas. No se veían esas pequeñas olas intermedias que se forman en el fondo del espacio que separa a las grandes; sólo extensas ondulaciones fuliginosas, cuyas crestas no rompían, por lo compactas. Su altura iba en aumento, como si obedeciera a impulsos de un estímulo. El *Nautilus*, tan pronto inclinado sobre sus bandas, tan pronto erguido como un mástil, se balanceaba y cabeceaba espantosamente.

A las cinco descargó una lluvia torrencial, que no aplacó los furores del viento ni del mar. El huracán se desencadenó con una velocidad de cuarenta y cinco metros por segundo, o sea unas cuarenta leguas por hora. En tales condiciones derrumba edificios, arranca las tejas y las clava en las puertas, rompe verjas de hierro y desnivela cañones de veinticuatro. Y sin embargo; el *Nautilus*, en medio de aquel temporal deshecho, justificaba la frase de un insigne ingeniero: "No hay casco bien construido que no pueda desafiar al mar." No era una resistente roca, que hubieran demolido las olas; era un huso de acero, dócil y móvil, sin aparejo, sin arboladura, que arrostraba impunemente sus embates.

Contemplé atentamente las imponentes olas. Medían hasta quince metros de elevación, por una longitud de ciento cincuenta a ciento setenta y cinco, siendo su velocidad de propagación de quince metros por segundo, mitad de la del viento. Su volumen y su potencia crecían en proporción a la profundidad de las aguas. Entonces comprendí el papel de aquellas olas, que aprisionan el aire entre sus flancos y lo empujan al fondo de los mares, a donde llevan la vida con el oxígeno. Su extraordinaria fuerza de presión, según se ha calculado, puede elevarse hasta tres mil kilogramos por pie cuadrado de la superficie en que actúan. Olas semejantes fueron las que, en las Hébridas, desencajaron un bloque de ochenta y cuatro mil libras de peso, y las que, durante la tormenta del 23 de diciembre de 1864, después de arrasar parte de la isla de Ledo, en el Japón, fueron a estrellarse, aquel mismo día, en las costas de América, recorriendo setecientos kilómetros por hora.

La intensidad del temporal aumentó al llegar la noche. El barómetro, como en 1860, en la Reunión, descendió a 710 milímetros. Al declinar el día, vi cruzar por el horizonte un navío de gran porte que luchaba penosamente, capeando a baja presión para mantenerse sin zozobrar. Debía ser uno de los vapores de las líneas de Nueva York a Liverpool o al Havre. Al poco rato, desapareció en la sombra.

A las diez de la noche, el cielo era una hoguera y el espacio estaba surcado incesantemente por deslumbradores relámpagos. Yo no podía soportar su fulgor, en tanto que el capitán Nemo los miraba frente a frente, pareciendo aspirar para sí el alma de la tormenta. Un estruendo terrible llenaba los aires, un ruido complejo, mezcla de los rugidos de las olas al romper, de los bramidos del viento y de los estampidos del trueno. El viento saltaba a todos los puntos del horizonte, y el ciclón, procedente del Este, volvía a su punto de partida pasando por el Norte, por el Oeste y por el Sur, en sentido inverso al de las tempestades giratorias del hemisferio austral.

¡Ah! ¡Gulf-Stream! ¡Bien apropiado es su calificativo de rey de las tempestades. Él crea esos formidables ciclones, por la diferencia de temperatura de las capas de aire expuestas a sus corrientes.

Al aguacero sucedió un diluvio de fuego. Las gotas de agua se transformaron en chispas. Habríase dicho que el capitán Nemo, deseando una muerte digna de él, la buscaba en las fulminaciones del rayo. En un espantoso vaivén, el *Nautilus* enderezó al aire su acerado espolón, a manera de pararrayos, del que brotaron numerosas chispas.

Rendido, casi exánime, me dirigí a rastras hacia la escotilla, la abrí y descendí al salón. La tempestad alcanzaba en aquel momento su máximo de intensidad. Era imposible mantenerse en pie en el interior del *Nautilus*. El capitán Nemo bajó a media noche. Oí el ruido del agua que penetraba paulatinamente en los depósitos, y el *Nautilus* se sumergió con lentitud.

Por la claraboya del salón, vi grandes peces que corrían despavoridos, pasando como fantasmas por aquellas aguas en ignición. Más de uno sucumbió a mi vista, herido por el rayo.

El *Nautilus* continuó su inmersión. Supuse que encontraría la calma a los quince metros de profundidad; pero no fue así. Las capas superiores estaban demasiado violentamente agitadas. Fue preciso ir a buscar el reposo hasta cincuenta metros, en las entrañas del mar.

Pero allí, ¡qué tranquilidad, qué silencio, qué apacible ambiente! ¿Quién hubiera creído que se desencadenaba, en aquel mismo instante, un furioso huracán en la superficie del Océano?

XLIV

A 47°24' DE LATITUD Y 17°28' DE LONGITUD.

El temporal nos hizo derivar hacia el Este, desvaneciendo toda esperanza de intentar la evasión en los fondeaderos de Nueva York o del San Lorenzo. El pobre Ned, desalentado, se aisló como el capitán Nemo. Consejo y yo no nos separábamos ni un instante.

He dicho que el *Nautilus* derivó hacia el Este, pero su desviación exacta fue hacia el Nordeste. Durante unos días, erró, ya por la superficie, ya por el fondo, entre esas brumas tan temidas de los navegantes, debidas principalmente a la licuación de los hielos, que mantiene la atmósfera saturada de humedad. ¡Cuántos buques se han perdido en aquellos parajes, a la vista de los inciertos faros de la costa! ¡Cuántos siniestros han ocasionado aquellas espesas nieblas! ¡Cuántos choques en aquellos escollos, por dominar el ruido del viento al de la resaca! ¡Cuántas colisiones entre buques, a pesar de sus luces de posición, a pesar de los avisos de sus sirenas y de sus campanas de alarma!

Así, el fondo de aquellos mares ofrecía el aspecto de un campo de batalla, en el que yacían todos los vencidos del Océano; unos antiguos y deslucidos; otros recientes aún, cuyos flamantes herrajes reflejaban a la luz de nuestro reflector. Entre aquellos despojos, ¡cuántas embarcaciones desaparecidas por completo con su cargamento, con sus tripulaciones, con sus multitudes de emigrantes, en puntos peligrosos señalados en las estadísticas, como el cabo Raza, la isla de San Pablo, el estrecho de Bella Isla, el estuario del San Lorenzo! En el transcurso de pocos años, ¡cuántas víctimas suministradas a esos fúnebres anales por las líneas de la Mala Real de Inmann de Montreal ; el *Solway*, el *Isis*, el *Paramatta*, el *Hungarian*, el *Canadian*, el *Anglo-Saxon*, el *Humboldt*, el *United-States*, todos encallados; el *Artic*, el *Lyonnais*, hundidos por abordaje; el *Presidente*, el *Pacific*, el *City-of-Glasgow*, perdidos por causas ignoradas! El *Nautilus* navegaba entre aquellos restos, como si revistase a un ejército de muertos.

El 15 de mayo estábamos en el extremo meridional del banco de Terranova. Este banco es producto de aluviones marinos, una enorme acumulación de detritos orgánicos, acarreados, ya del Ecuador, por la corriente del Gulf-Stream, ya del polo boreal, por la contracorriente de agua fría que circula a lo largo de la costa americana. También se amontonan allí las moles erráticas arrastradas por el deshielo, viniendo a constituir todo ello un vasto osario de peces, moluscos y zoófitos, que perecen por millares.

La profundidad del mar no es muy considerable en el banco de Terranova; unos centenares de brazas a lo sumo. Pero hacia el Sur, se forma súbitamente una profunda depresión, un hoyo de tres mil metros. Allí se ensancha el Gulf-Stream, se esparcen sus aguas, pierden su velocidad y su temperatura, para convertirse en mar.

Entre los peces, ahuyentados por el *Nautilus* a su paso, citaré al ciclóptero, de un metro, lomo negruzco y vientre anaranjado, que da a sus congéneres un ejemplo poco imitado de fidelidad conyugal; un upernaco de gran tamaño, especie de morena esmeraldina, de un sabor excelente: blenios, ovovivíparos como las serpientes; gobios negros, de dos decímetros; macruros de larga cola, de brillo argentado, peces rápidos, aventurados lejos de los mares hiperbóreos.

Las redes recogieron también un pez osado, audaz, vigoroso, de recia complexión, armado de pinzas en la cabeza y de aguijones en las aletas, verdadero escorpión de dos o tres metros, enemigo encarnizado de blenios, gados y salmones; era la cota de los mares septentrionales, de cuerpo tuberculoso, de un color pardo y aletas rojas. Costó no poco trabajo a los pescadores del *Nautilus* apoderarse de aquel animal, porque, merced a la conformación de sus opérculos, preserva sus órganos respiratorios del contacto desecante de la atmósfera y puede vivir bastante tiempo fuera del agua.

Mencionaré de pasada los bosquinos, pececillos que escoltan largo trecho a los navíos, en los mares boreales, brecas oxirincas, especiales del Atlántico septentrional, y rascacios, para llegar a los gados, principalmente a la especie abadejo, que sorprendí en sus aguas predilectas, en aquel inagotable banco de Terranova.

Cabe calificar a los abadejos de peces montaraces, porque Terranova no es sino una montaña submarina. Cuando el *Nautilus* se abrió paso entre sus apiñadas falanges, Consejo no pudo reprimir una exclamación de asombro.

—¡Calla! —dijo—. ¿Son abadejos? ¡Y yo que me los imaginaba planos, como las platijas y los lenguados!

—¡Inocentón! —le objeté—. Los abadejos sólo son planos en los establecimientos dedicados a la venta de comestibles, donde se les exhibe abiertos y extendidos; pero, en el agua, son peces fusiformes, como el sargo, y perfectamente conformados para la marcha.

—Lo creo porque lo dice el señor —contestó Consejo—. Pero ¡qué nube! ¡Qué hormiguero!

—¡Ah! —le repliqué—. Mucho más abundarían, si no fuera por sus enemigos, los rascacios y los hombres. ¿Sabes cuantos huevos se han contado en una sola hembra?

—Echaré por largo —dijo Consejo—. Quinientos mil.

—Once millones, amigo mío.

—¡Once millones! Por eso sí que no paso, a menos de contarlos yo mismo.

—Cuéntalos cuando quieras; pero será mucho más breve que me creas. Ten en cuenta que hay millares de franceses, ingleses, americanos, daneses y noruegos que se dedican a la pesca del abadejo. Se consumen en cantidades fabulosas, y a no ser por la asombrosa fecundidad de esos animales, no tardaría en desaparecer la especie. Sólo en Inglaterra y en América, existen cinco mil embarcaciones, con setenta y cinco mil tripulantes, destinadas a dicha pesca. Cada embarcación extrae cuarenta mil, por término medio, lo cual hace un total de veinticinco millones. En las costas de Noruega, ocurre lo propio.

—Está bien —contestó Consejo—, me atengo a los informes del señor, y no los contaré.

—¿Qué es lo que no contarás?

—Los once millones de huevos. Pero me permitirá el señor una observación.

—¿Cuál?

—La de que si todas las crías nacieran, bastarían cuatro abadejos para alimentar a Inglaterra, a América y a Noruega.

Al rasar los fondos del banco de Terranova, tuve ocasión de ver esos largos aparejos, provistos de doscientos anzuelos, que cada embarcación tiende por docenas. Los aparejos, lanzados con un pequeño anclote al extremo, se mantenían a flote por medio de sedales sujetos a boyas de corcho. El *Nautilus* hubo de sortear diestramente aquella red submarina. Pero no permaneció largo tiempo en tan concurridos parajes, sino que se remontó hasta el grado cuarenta y dos de latitud, o sea a la altura de San Juan de Terranova y de Heart's Content, punto de amarre del cable transatlántico.

El *Nautilus*, en lugar de seguir derrotando hacia el Norte, hizo rumbo al Este, como si pretendiera recorrer la llanura telegráfica en que descansa el cable, cuyo relieve han dado con minuciosa exactitud los repetidos sondeos efectuados.

El 17 de mayo, a unas quinientas millas de Heart's Content y a dos mil ochocientos metros de profundidad, distinguí el cable que reposaba en el suelo. Consejo, a quien no había prevenido, lo tomó al pronto por una gigantesca serpiente de mar, y ya se disponía a clasificarla con arreglo su ordinario procedimiento. Le saqué de su error, y para consolarle del chasco, le informé de ciertos detalles relativos al tendido del cable.

La instalación del primer cable se verificó durante los años 1857 y 1858; pero, después de transmitidos unos cuatrocientos despachos, cesó de funcionar. En 1868, los ingenieros obstruyeron otro, que medía tres mil cuatrocientos kilómetros y pesaba cuatro mil quinientas toneladas, y que fue embarcado en el *Great-Eastern*. La nueva tentativa fracasó también.

A la sazón, el día 25 de mayo, el *Nautilus*, sumergido a tres mil ochocientos treinta y seis metros de profundidad, se hallaba precisamente en el sitio en que se produjo la rotura que dio al traste con la empresa. Distaba seiscientas treinta y ocho millas de la costa irlandesa. A las dos de la tarde, se observó que acababan de interrumpirse las comunicaciones con Europa. Los electricistas de a bordo resolvieron cortar el cable, antes de pescarle, y a las once de la noche quedaba reparada la avería, mediante un empalme, inmergiéndose de nuevo el conductor. Pero pocos días después volvió a romperse, y no pudo ser recuperado en las profundidades del Océano.

Los americanos no se desalentaban. El acometedor Cyrus Field, iniciador de la empresa, que arriesgaba en ella toda su fortuna, abrió una nueva subscripción, que fue cubierta inmediatamente. El cable instalado entonces reunía mejores condiciones. El haz de hilos conductores, aislados bajo una envoltura de gutapercha, iba protegido por una cubierta de materias textiles, encerrada a su vez en una armadura metálica. El Great-Eastern se hizo nuevamente a la mar el 13 de julio de 1866.

La operación marchó bien, aunque ocurrió un incidente. En diferentes ocasiones, al desarrollar el cable, los electricistas se fijaron en unos clavos introducidos en él recientemente, con el fin de deteriorar el alma. El capitán Andersen convocó a los oficiales e ingenieros, con quienes deliberó, mandando pregonar que si el culpable era sorprendido a bordo, sería lanzado al mar, sin más averiguaciones. En lo sucesivo, no se reprodujo la criminal tentativa.

El 28 de julio, estando el *Great-Eastern* a ochocientos kilómetros de Terranova, recibió aviso telegráfico de Irlanda, comunicándole la noticia del armisticio pactado entre Prusia y Austria, después de Sadowa. El 27, arribó entre brumas al puerto de Heart's Content. Terminada felizmente la empresa, la joven América dirigió a la vieja Europa, como primer despacho, estas sabias palabras, tan raramente comprendidas: *Gloria a Dios en las alturas, y paz en la tierra a los hombres de buena voluntad.*

No esperaba, en verdad, encontrar el cable eléctrico en su estado primitivo, tal como había salido de los talleres en que fue confeccionado. La larga serpiente, recubierta de restos de conchas, erizada de foraminíferos, estaba incrustada en una costra pedregosa que le preservaba de los moluscos perforadores. Reposaba tranquilamente al abrigo de los movimientos del mar, y bajo una presión favorable a la transmisión de la corriente eléctrica, que pasa de América a Europa en treinta y dos centésimas de segundo. La duración del cable será infinita, sin duda, porque se ha observado que la envoltura de gutapercha gana con su estancia en el agua de mar.

Además, en aquella planicie, tan acertadamente escogida, el cable no desciende jamás a profundidades que puedan determinar su rotura. El *Nautilus* le siguió hasta su fondo más bajo, situado a cuatro mil cuatrocientos treinta y un metros, y allí reposaba todavía sin ningún esfuerzo de tracción. Luego, nos acercamos al sitio en que tuvo efecto el accidente de 1863.

El fondo del Océano formaba en dicho punto un valle de ciento veinte kilómetros de anchura, en el que habría podido emplazarse el Mont-Blanc sin que su cima emergiera de la superficie de las ondas. El citado valle aparecía limitado al Este por una muralla cortada a pico, de dos mil metros. Allí llegamos el 28 de mayo, separándonos de Irlanda tan sólo unos ciento cincuenta kilómetros.

¿Seguiría remontando el capitán Nemo, yendo a recalar en las Islas Británicas? No. Con gran sorpresa mía, descendió hacia el Sur, dirigiéndose de nuevo a los mares europeos. Al contornear la isla Esmeralda, divisé un instante el cabo Clear y el faro de Fastenet, que guía a los millares de buques procedentes de Glasgow o de Liverpool.

Entonces, asaltó mi mente un nuevo e interesante problema. ¿Osaría el *Nautilus* aventurarse en el canal de la Mancha? Ned Land, que había reaparecido desde que comenzamos a costear, me asediaba a preguntas.

¿Cómo satisfacer su curiosidad? El capitán Nemo permanecía invisible. ¿Se propondría, mostrar al canadiense las costas francesas, después de haberle dejado vislumbrar las riberas de América?

Entretanto, el *Nautilus* continuaba descendiendo hacia el Sur. El 30 de mayo, pasó a la vista de Land's End, entre la punta más saliente de Inglaterra y las Sorlingas, que dejó a estribor.

Si el propósito del capitán Nemo era embocar el canal de la Mancha, habría de dirigirse decididamente hacia el Este. No lo hizo así.

Durante la jornada entera del 31 de mayo, el *Nautilus* describió en el mar una serie de círculos, que llegaron a intrigarme vivamente. Parecía buscar un sitio que le costaba trabajo encontrar. Al mediodía, el capitán Nemo determinó la posición, personalmente. No me dirigió la palabra y le noté más sombrío que nunca. ¿Qué podía entristecerle de tal modo? ¿Sería su aproximación a las playas europeas? ¿Le asaltaría algún recuerdo de su patria abandonada? En este caso ¿qué sentimiento experimentaría? ¿de remordimiento o de pesar? Estas ideas absorbieron mi pensamiento, durante largo rato, llegando a infundirme como un presentimiento de que la casualidad descubriría en breve los secretos del capitán.

Al siguiente día, 31 de mayo, el *Nautilus* repitió sus maniobras y sus evoluciones. Era evidente que trataba de dar con un punto fijo del Océano. Como la víspera, el capitán Nemo tomó por sí mismo la altura del sol. La mar era bella y el cielo transparente. A ocho millas al Este apareció un vapor de gran porte en la línea del horizonte. No arbolaba en su tope ningún pabellón y no pude reconocer su nacionalidad.

El capitán Nemo, minutos antes de pasar el sol por el meridiano, tomó el sextante y observó con escrupulosa precisión. La calma absoluta de las ondas facilitó su tarea. El *Nautilus* no experimentaba el menor balanceo.

Yo continuaba en la plataforma. El capitán, terminada su operación, pronunció estas dos únicas palabras:

—¡Aquí es!

Y descendió por la escotilla. ¿Había visto el navío que parecía modificar su dirección y acercarse a nosotros? No hubiera podido afirmarlo.

Volví al salón. La escotilla se cerró, percibiéndose el burbujeo del agua al penetrar en los depósitos. El *Nautilus* comenzó a sumergirse verticalmente, porque su hélice, frenada, no le transmitía ningún movimiento.

Pocos minutos después, se detenía a ochocientos treinta y tres metros de profundidad, descansando en el suelo.

Simultáneamente, se apagó el alumbrado del salón y se abrieron las claraboyas, apareciendo el mar vivamente iluminado por los rayos del proyector, en una extensión aproximada de media milla.

Miré a babor, viendo tan sólo la inmensidad de las tranquilas aguas.

A estribor, al fondo, noté una gran prominencia que atrajo mi atención. Hubiérase tomado por un montón de ruinas sepultadas, envueltas en una argamasa de conchas blancuzcas. Examinando más detenidamente.

aquella masa, creí reconocer las formas abultadas de un navío desmantelado, que debió hundirse de proa. El siniestro databa seguramente de fecha remota. El empotramiento del casco en el macizo calcáreo, denotaba que llevaba largos años en el fondo del Océano.

¿Qué navío era aquél? ¿Por qué iba el *Nautilus* a visitar su tumba? ¿Acaso no habría sido un naufragio la causa del hundimiento?

Cuando más perplejo estaba, oí junto a mí la voz del capitán Nemo, que me dijo con acento reposado:

—En tiempos, ese navío se llamaba el *Marsellés*. Montaba setenta y cuatro cañones y fue botado al agua en 1762. El 18 de agosto de 1778, mandado por La Poype-Vertrieux, se batió denodadamente contra el *Preston*. El 4 de julio de 1779, asistió con la escuadra del almirante Estaing a la toma de la Granada. El 5 de septiembre de 1781, tomó parte en el combate del conde de Grasse, en la bahía de Chesapeak. En 1794, la República francesa le cambió de nombre. El 16 de abril del mismo año, se incorporó en Breat a la escuadra de Villaret-Joyeuse, encargada de escoltar un convoy de trigo procedente de América, al mando del almirante Van Stabel. El 11 y el 12 Pradial del año II, dicha escuadra se encontró con la flota inglesa. Pues bien, señor Aronnax, hoy, 13 Pradial, 1° de junio de 1868, hace setenta y cuatro años, día por día, que en este mismo sitio, a 47°4' de latitud y 17°28' de longitud, el mencionado buque, después de un combate heroico, desarbolado por completo, anegados sus pañoles, con la tercera parte de su tripulación fuera de combate, prefirió sepultarse con sus trescientos cincuenta y seis marinos a rendirse, y clavando su pabellón a popa, desapareció bajo las olas al grito de ¡Viva la República!

—¡El *Vengador*! —exclamé.

—¡Sí! ¡El *Vengador*! ¡Hermoso nombre —murmuró el capitán Nemo cruzándose de brazos.

XLV

UNA HECATOMBE.

El tono y la expresión de la frase, lo improviso de la escena, el episodio histórico del patriota navío, cuyo relato comenzó con frialdad y terminó con entusiasmo el extraño personaje, el nombre de *Vengador*, cuya significación no podía pasarme inadvertida, fueron otros tantos factores que contribuyeron a impresionar hondamente mi ánimo. Mi vista no se apartaba del capitán, quien, con los brazos tendidos hacia el mar, contemplaba ansiosamente los gloriosos restos. Quizá no llegase a saber nunca quién era, de dónde venía y a dónde iba, pero notaba en él una distinción cada vez más acentuada entre el hombre y el erudito. No era una misantropía vulgar lo que había encerrado al capitán Nemo y a sus compañeros entre los flancos del *Nautilus*, sino un odio monstruoso o sublime que el tiempo no podía debilitar.

¿Buscaba más venganzas aquel odio? Bien pronto me lo diría el porvenir.

Mientras el *Nautilus* ascendía lentamente a la superficie del mar, fueron desapareciendo poco a poco las formas confusas del *Vengador*. Al poco rato, un ligero balanceo me indicó que flotábamos al aire libre.

En el mismo instante se oyó una sorda detonación. Miré al capitán, que no se movió.

—¿Capitán? —le dije.

No me contestó.

Le dejé y subí a la plataforma, donde ya estaban Consejo y el canadiense.

—¿Qué ha sido eso? —pregunté.

Y miré hacia el buque divisado poco antes. Estaba más cerca del *Nautilus* y se notaba que forzaba su presión. Le separaban de nosotros unas seis millas.

—Un cañonazo —contestó Ned Land.

—¿Qué clase de barco es ése, Ned?

—Por su aparejo y por su arboladura —respondió el interrogado—, apostaría cualquier cosa a que es un buque de guerra. ¡Ojalá venga en nuestro auxilio y eche a pique, si es preciso, a este maldito *Nautilus*!

—Amigo Ned —objetó Consejo—, ¿qué daño puede hacer al *Nautilus*? Será inútil que trate de acometerle en la superficie, y no ha de ir a cañonearle al fondo de los mares.

—Dígame, amigo Ned —inquirí—; ¿alcanzaría usted a distinguir la nacionalidad del barco?

El canadiense frunció las cejas, entornó los párpados, plegando los ojos en los ángulos, y concentró sobre el buque, durante unos instantes, su penetrante mirada.

—No, señor —contestó—, no es posible determinar a qué nación pertenece, porque lleva arriado el pabellón; pero puedo afirmar que es un buque de guerra, por el gallardete que ondea en el tope de su palo mayor.

Por espacio de un cuarto de hora, continuamos observando la embarcación, que se dirigía hacia nosotros. Era inadmisible, sin embargo, que hubiera reconocido al *Nautilus* a tal distancia, y mucho menos, que supiera las características del artefacto submarino.

No tardó en anunciarme el canadiense que el barco en cuestión era un navío de guerra, de gran porte, con espolón y doble puente, y acorazado. Una densa humareda salía de sus dos chimeneas. Sus velas, arriadas por completo, se confundían con la línea de las vergas. No arbolaba ningún pabellón en sus penoles. La distancia impedía distinguir aún los colores de su gallardete, que flotaba, como una cinta.

Avanzaba rápidamente. Si el capitán Nemo le dejaba acercarse nos ofrecía una probabilidad de salvación.

—Señor Aronnax —me dijo Ned Land—, como pase a una milla de nosotros, me lanzo al mar, y le invito a seguir mi ejemplo.

298

No contesté a la proposición del canadiense, y continué mirando al navío, que se agrandaba a simple vista. Fuese inglés, francés, americano o ruso, estaba seguro de que nos acogería, si lográbamos abordarle.

—Tenga en cuenta el señor —agregó entonces Consejo—, que ya hemos adquirido cierta experiencia en materia de natación. Puede abandonar a mi cuidado la tarea de remolcarle hasta ese navío, si le conviene seguir al amigo Ned.

Iba a contestar, cuando surgió un vapor blanquecino a proa del buque de guerra. Unos segundos después, las aguas agitadas por la caída de un cuerpo pesado, salpicaron la popa del *Nautilus*. Instantes más tarde, llegaba una detonación a mi oído.

—¡Calla! —exclamé—. ¡Eso es que tiran sobre nosotros!

—¡Ánimo, valientes! —murmuró el canadiense.

—¡Por lo visto, no nos toman por náufragos asidos a una tabla!

—Salvo mejor parecer del señor... ¡Bueno! —repuso Consejo sacudiéndose el agua que un nuevo proyectil había hecho saltar hasta él—. Salvo mejor parecer del señor, repito, han reconocido al narval y le cañonean.

—¡Pero bien deben vernos! —contesté.

—Quizá por eso es por lo que disparan —replicó Ned Land, mirándome.

Estas palabras fueron una revelación para mí. Sin duda se sabía ya a qué atenerse, respecto a la existencia del pretendido monstruo. Positivamente, en su abordaje con la *Abraham Lincoln*, cuando el canadiense le arponeó, el comandante Farragut se percató de que el narval era un navío submarino, más peligroso que los más colosales cetáceos.

Así debía ser, y seguramente se perseguía en todos los mares, en aquellos instantes, al terrible aparato de destrucción.

¡Terrible, en efecto, si, como todo hacía suponer, el capitán Nemo utilizaba el *Nautilus* para una obra de venganza! Nuestra reclusión de una noche, durante la travesía del mar Índico, ¿no habría obedecido a un ataque realizado contra algún buque? Aquel hombre, que dormía el sueño eterno en el cementerio de coral, ¿no habría sido víctima del choque provocado por el *Nautilus*? ¡Sí! Repito que así debía ser. Comenzaba a traslucirse una parte de la misteriosa existencia del capitán Nemo. Y si su personalidad no estaba identificada, por lo menos las naciones coligadas contra él daban caza a la sazón, no a un ser quimérico, sino a un hombre que les había jurado un odio implacable.

Todo el siniestro pasado apareció a mis ojos. En vez de hallar amigos en el navío que se aproximaba, sólo podíamos encontrar enemigos despiadados.

Entretanto, las balas llovían a nuestro alrededor. Algunas, rasando la superficie líquida, iban a perderse de rebote a considerables distancias; pero ninguna alcanzó al *Nautilus*.

El navío acorazado sólo distaba tres millas. A pesar de su violento cañoneo, el capitán Nemo no salió a la plataforma. Y sin embargo, si una de aquellas balas cónicas hubiera dado normalmente en el casco del *Nautilus*, le habría sido fatal.

El canadiense me dijo entonces:

—¡Señor Aronnax, debemos procurar por todos los medios salir de este mal paso! ¡Hagamos señales! ¡Qué diablo! ¡Quizá comprendan que somos gente honrada!

—Y sacó su pañuelo, para agitarlo al viento. Pero apenas lo hubo desplegado, cayó sobre la plataforma, derribado por una mano de hierro, a pesar de su prodigiosa fuerza.

—¡Miserable! —bramó el capitán—. ¿Pretendes que te clave en el espolón del *Nautilus*, antes de embestir a ese navío?

El capitán Nemo, terrible en su expresión, lo era más aún en su aspecto. Su faz estaba lívida por efecto de los espasmos de su corazón, que debió cesar de latir momentáneamente. Sus pupilas se contrajeron horriblemente. Su voz no era un acento humano, era un rugido. Con el cuerpo inclinado hacia adelante, estrujaba entre sus manos los hombros del canadiense.

Luego, soltándole y volviéndose hacia el navío de guerra, cuyos proyectiles llovían en torno suyo:

—¡Ah! ¡sabes quién soy, buque de un poder aborrecido! —gritó en tono vibrante. ¡Por mi parte, no necesito ver la bandera para reconocerte! ¡Mira! ¡Voy a enarbolar la mía!

Y desplegó a proa un pabellón negro; semejante al que plantó en el polo Sur.

En aquel momento, un proyectil alcanzó oblicuamente al casco del *Nautilus*, sin averiarle, y pasando de rechazo cerca del capitán, fue a perderse en el mar.

El capitán Nemo se encogió de hombros.

—¡Bajen ustedes! —ordenó imperativamente, dirigiéndose a mis compañeros y a mí.

—¿Pero es que se propone usted atacar ese buque? —le pregunté.

—Voy a echarlo a pique.

—¡No lo creo!

—Ya lo verá usted —contestó fríamente el capitán—. No se le ocurra juzgarme, señor Aronnax. La fatalidad le hace testigo de lo que no debería ver. Se me ha provocado a la lucha, y la respuesta dejará memoria. ¡Bajen ustedes!

—¿Qué navío es ese?

—¡Ah! ¿No lo sabe usted? ¡Tanto mejor! Cuando menos, permanecerá secreta para usted su nacionalidad. ¡Bajen ustedes!

El canadiense, Consejo y yo hubimos de obedecer. Unos quince marineros del *Nautilus* rodearon al capitán, mirando con iracunda saña al navío que avanzaba hacia ellos. Notábase que animaba todas las almas el mismo hálito de venganza. En el momento de descender, rozó un nuevo proyectil el casco del *Nautilus* y oí exclamar al capitán:

—¡Hiere, buque insensato! ¡Prodiga inútilmente tus disparos! ¡No te librarás del espolón del *Nautilus*! Pero no es aquí donde debes perecer.

¡No quiero que tus despojos vayan a confundirse con los restos gloriosos del Vengador!

Volví a mi cámara. El capitán y su segundo quedaron en la plataforma. La hélice comenzó a funcionar, y el *Nautilus* se alejó velozmente, poniéndose fuera del alcance de los proyectiles de su adversario. Pero la persecución continuó, y el capitán Nemo se limitó a mantener las distancias.

Hacia las cuatro de la tarde, no pudiendo contener la impaciencia y la inquietud que me devoraban, volví a la escalera central. La escotilla permanecía abierta y me aventuré a salir a la plataforma. El capitán seguía paseándose agitadamente, mirando al navío, que había quedado cinco o seis millas a sotavento. El *Nautilus* giraba en su derredor como una fiera, atrayéndole hacia el Este y dejándose perseguir, sin oponer la menor resistencia. Quizá vacilaba todavía.

Intenté intervenir por última vez; pero, apenas interpelé el capitán Nemo, éste me impuso silencio.

—¡Soy el Derecho! ¡Soy la Justicia! —me dijo—. ¡Soy el oprimido, en presencia del opresor! Por él ha perecido cuanto he amado, cuanto he querido, cuanto he venerado: patria, esposa, hijos, mi padre y mi madre! ¡Ahora, tengo ante mí cuanto odio! ¡No intente usted siquiera apiadarme!

Dirigí una mirada postrera al buque de guerra, que forzaba su presión, y fui a reunirme con Ned y Consejo.

—¡Hay que huir! —me dije.

—Bien —preguntó Ned—. ¿Qué navío es ése?

—Lo ignoro —le contesté—, pero, sea el que quiera, naufragará antes de la noche. En todo caso, vale más perecer con él que hacerse cómplice de represalias cuya equidad no es posible apreciar.

—Esa es mi opinión —replicó fríamente Ned Land—. Aguardemos a la noche.

La noche llegó. A bordo reinaba un profundo silencio. La brújula indicaba que el *Nautilus* no había rectificado su dirección. Se percibían los golpes de la hélice, que batía las ondas con rápida regularidad. Se mantenía en la superficie, balanceándose ligeramente.

Mis compañeros y yo, resolvimos evadirnos en el momento en que el navío de guerra se aproximase lo bastante al nuestro, bien para oírnos, bien para vernos, porque la luna, que debía alcanzar su plenitud a los tres días, resplandecía en el firmamento. Una vez a bordo de aquel navío, si no podíamos evitar el golpe que le amenazaba, haríamos, por lo menos, cuanto las circunstancias nos permitieran intentar. En varias ocasiones, creí que el *Nautilus* se aprestaba al ataque; pero se limitaba a dejar que su adversario acortara las distancias, emprendiendo de nuevo una marcha precipitada.

Así transcurrió parte de la noche, sin incidente. Acechando la ocasión de realizar nuestro propósito, y hondamente emocionados, hablábamos poco. Ned Land hubiera querido lanzarse al agua, pero le obligué a esperar. A mi juicio, el *Nautilus* embestiría al acorazado en la superficie, y entonces sería no sólo posible, sino fácil la evasión.

Invadido por la inquietud, a las tres de la madrugada subí a la plataforma, de la que no se había movido el capitán Nemo. Allí estaba en pie, a proa, junto a su pabellón, que una ligera brisa hacía ondear sobre su cabeza. No apartaba la vista del acorazado, y su mirada fulgurante parecía atraerle, fascinarle, arrastrarle más seguramente que si le hubiera dado un remolque.

La luna pasaba en aquel instante por el meridiano y Júpiter aparecía por Oriente. En medio de aquella apacible naturaleza, el cielo y el Océano rivalizaban en tranquilidad, y el mar ofrecía al astro de la noche el más hermoso espejo que jamás reflejara su imagen.

Al pensar en aquella profunda calma de los elementos y compararla con los desatados rencores que se incubaban entre los flancos del *Nautilus*, sentí estremecerse todo mi ser.

El acorazado distaba tan sólo dos millas de nosotros. Se había ido acercando, guiado por el brillo fosforescente que señalaba la presencia del *Nautilus*. Vi sus luces de posición, verde y roja, y su farola blanca suspendida del estay del trinquete. Una vaga reverberación iluminaba su aparejo, indicando que las calderas funcionaban a toda presión. Sus chimeneas despedían haces de chispas y escorias de carbón incandescentes, constelando la atmósfera.

Así permanecí hasta las seis de la mañana, sin que el capitán Nemo pareciese advertir mi presencia. El acorazado siguió avanzando, hasta distanciarse milla y media, y al alborear el día reanudó su cañoneo. No podía retardarse el momento en que mis compañeros y yo, aprovechando la embestida del *Nautilus* a su adversario, abandonáramos para siempre a aquel hombre, a quien realmente no me atrevía a juzgar.

Cuando me disponía a descender para prevenirles, subió el segundo a la plataforma, seguido de varios marineros. El capitán Nemo no los vio o no quiso verlos. Se adoptaron ciertas disposiciones, que pudiéramos llamar el zafarrancho de combate del *Nautilus*". Eran muy sencillas. Se bajó la barandilla que formaba balaustrada en torno de la plataforma y se encajaron las casetas del reflector y del timonel, hasta quedar casi a ras del casco. Con ello, la superficie del huso de acero quedó libre de obstáculos que pudieran entorpecer su maniobra.

Volví al salón. El *Nautilus* continuó a flote. La claridad matutina se filtraba a través de la capa líquida, reflejando en los cristales, al ondular las aguas, los rojizos destellos del sol naciente.

Amanecía el terrible 2 de junio.

A las cinco, la corredera me dio a conocer que el *Nautilus* moderaba su velocidad. Comprendí que se dejaba alcanzar. Además, las detonaciones resonaban con mayor intensidad. Los proyectiles surcaban las aguas circundantes, produciendo un chirrido singular al hundirse en ellas.

—Amigos míos —dije a mis dos compañeros—, ha llegado el momento. ¡Un apretón de manos, y que Dios nos proteja!

Ned Land estaba resuelto, Consejo tranquilo y yo nervioso, conteniendo a duras penas mi excitación.

302

Cruzamos la biblioteca. En el momento de empujar la puerta que daba a la escalera central, oí cerrarse de golpe la escotilla superior.

El canadiense intentó ganarla, pero le detuve. Un borboteo bien conocido me indicó que el agua penetraba en los depósitos de a bordo. En efecto, en pocos instantes, el *Nautilus* se sumergió unos cuantos metros.

Comprendí la maniobra. Era demasiado tarde para poner en práctica nuestro plan. El *Nautilus* no se proponía embestir la impenetrable coraza del crucero de guerra, sino acometerle por debajo de su línea de flotación, donde la plancha metálica no protege la armadura.

Estábamos recluidos de nuevo, y obligados a ser testigos del siniestro drama que se preparaba. Por otra parte, apenas tuvimos tiempo de reflexionar. Refugiados en mi cámara, nos miramos mutuamente, sin proferir palabra. Un profundo estupor invadió mi cerebro; había perdido la facultad de pensar. Me hallaba en ese estado penoso precursor de las grandes catástrofes. Esperaba, escuchaba; mi vida toda se había concentrado en el sentido del oído.

La velocidad del *Nautilus* fue aumentando progresivamente. Era que tomaba impulso. Todo el casco trepidó.

De pronto, prorrumpí en una exclamación. Se había verificado un choque, aunque relativamente ligero. Noté la fuerza penetrante del espolón de acero; percibí rechinamientos y crujidos. Pero el *Nautilus*, arrastrado por el ímpetu adquirido, pasó como una lanzadera a través de la masa del acorazado.

No pude contenerme. Desatinado, loco, salí de mi cámara y corrí al salón.

Allí estaba el capitán Nemo, sombrío, mudo, implacable, mirando la claraboya de babor.

Una masa enorme se hundía en las aguas, y para no perder ningún detalle de su agonía, el *Nautilus* descendía al abismo con ella. A diez metros de mí, vi el casco hendido, en el que se introducía el agua con fragoroso estruendo, y luego la doble línea de sus cañones y empalletados. Sobre cubierta se agitaban multitud de negras siluetas.

El agua subía. Los infortunados trepaban a los obenques, se encaramaban a los mástiles, se retorcían bajo las aguas. Era un hormiguero humano, sorprendido por el desbordamiento de un mar.

Paralizado por el terror y por la angustia, con los cabellos erizados y los ojos desmesuradamente abiertos, respirando anhelosamente, sin aliento, sin voz, contemplé también el desgarrador espectáculo. Una irresistible atracción me retenía pegado a la vidriera.

El enorme acorazado se sumergió lentamente. El *Nautilus* le siguió espiando todos sus movimientos. Súbitamente, se produjo una explosión. El aire comprimido hizo volar la cubierta del navío, como si se hubieran incendiado los pañoles. La expansión de las aguas fue tal, que el *Nautilus* derivó.

Entonces, el maltrecho acorazado se hundió más rápidamente, viéndose primero las cofas cargadas de víctimas, luego las barras, cediendo al peso de los racimos de hombres, y por último, el tope del palo mayor. La sombría mole acabó por desaparecer, y con ella la tripulación de cadáveres, arrastrados por un formidable remolino... Me volví hacia el capitán Nemo. El terrible justiciero, verdadero arcángel del odio, seguía contemplando su obra. Cuando todo hubo terminado, se dirigió a la puerta de su cámara, la empujó y entró. Yo le seguí con la mirada.

En el testero del fondo, debajo de los retratos de sus héroes, vi el de una mujer, joven aún, y los de dos niños. El capitán Nemo clavó en ellos sus pupilas, durante un rato, les tendió los brazos, se arrodilló y prorrumpió en sollozos.

XLVI

LAS ÚLTIMAS PALABRAS DEL CAPITÁN NEMO.

Las claraboyas se cerraron sobre la espantosa visión, quedando el salón a obscuras. Las tinieblas y el silencio imperaron en el interior del *Nautilus*, que se alejó con vertiginosa rapidez de aquel lugar de desolación, navegando a cien pies de profundidad. ¿A dónde iría? ¿Tomaría rumbo al Norte o al Sur? ¿Hacia dónde huiría aquel hombre, después de la horrible represalia?

Me retiré a mi cámara, en la que se hallaban Ned y Consejo, en actitud meditabunda. Desde aquel momento, el capitán Nemo me inspiró insuperable aversión. Por mucho que fuera el daño infligido, no tenía derecho a semejante proceder. Me había convertido, si no en cómplice, en testigo de sus venganzas. ¡Era ya demasiado!

A las once se restableció la iluminación eléctrica. Me trasladé al salón, encontrándole desierto. Consulté los diversos instrumentos. El *Nautilus* corría hacia el Norte con una velocidad de veinticinco millas por hora, unas veces a flor de agua y otras a treinta pies bajo la superficie.

Verificada la oportuna comprobación sobre la carta, vi que cruzábamos frente a la entrada del canal de la Mancha marchando a toda máquina hacia los mares boreales.

Apenas distinguí, al pasar en desenfrenada carrera, algunos escualos martillo; lizas, muy abundantes en aquellas aguas; grandes águilas marinas; nubes de hipocampos, semejantes a caballos de ajedrez; anguilas, que se retorcían como serpentinas de un fuego de artificio; ejércitos de cárabos, que desfilaban oblicuamente cruzando sus pinzas sobre su caparazón; multitud de marsoplas, en fin, que competían en velocidad con el *Nautilus*. Pero no era ocasión de observar, de estudiar, de clasificar.

Al anochecer habíamos franqueado unas doscientas leguas del Atlántico. Cerró la noche, y el mar quedó envuelto en tinieblas hasta la salida de la luna.

Volví a mi cámara; pero no pude conciliar el sueño, asaltado por las pesadillas. La horrible escena de destrucción se reproducía incesantemente ante mi vista.

A partir de aquel día, ¿quién sería capaz de decir hasta dónde nos arrastró el *Nautilus* por la cuenca del Atlántico septentrional, navegando siempre a incalculable velocidad y entre brumas hiperbóreas? ¿Tocó en los salientes del Spitzberg y en los cantiles de Nueva Zembla? ¿Recorrió parajes apenas conocidos, como el mar Blanco, el mar de Kara, el golfo de Obi, el archipiélago de Liarov y las ignoradas playas de la costa asiática? No me atreveré a afirmarlo. No podía precisar el tiempo transcurrido, porque los relojes de a bordo estaban parados. Parecía que la noche y el día, como en las comarcas polares, no seguía ya su curso regular. Me sentía arrastrado al dominio de lo imaginario, en el que tan a sus anchas fantaseaba la exaltada imaginación de Edgardo Poe. A cada instante esperaba ver, como el fabuloso Gordon Pym, "aquella velada figura humana, de proporciones muy superiores a las de todos los habitantes de la Tierra, atravesada en la catarata que impide el acceso al polo".

Estimo, aunque quizá yerre, que la aventurada carrera del *Nautilus* se prolongó de quince a veinte días, y no sé lo que habría durado, sin la catástrofe que puso término al viaje. Ya no había que pensar en el capitán Nemo ni en su segundo; ni siquiera volvimos a ver a un solo tripulante. El *Nautilus* navegaba sumergido casi constantemente, y cuando se remontaba a la superficie del mar, para renovar el aire, las escotillas se abrían y se cerraban automáticamente. Se acabó aquello de marcar la posición en el planisferio. No sabía dónde estábamos.

Añadiré que el canadiense, agotadas su energía y su paciencia, no se dejaba ver a sol ni a sombra. Consejo no podía arrancarle una sola palabra y temía que en un acceso de delirio, y bajo el imperio de su espantosa nostalgia, intentase atentar contra su vida. Le vigilaba, pues, con incesante y abnegada solicitud.

Como se comprenderá, la situación era insostenible en tales condiciones.

En las primeras horas de una mañana, cuya fecha no puedo determinar, me hallaba amodorrado, sumido en un sopor intranquilo y penoso. Al despertarme, vi a Ned Land, que se inclinó sobre mí, diciéndome en voz baja:

— ¡Prepárese a huir!

—¿Cuándo? —le pregunté, incorporándome presurosamente.

—Esta noche —me contestó el canadiense—. La vigilancia parece absolutamente desterrada del *Nautilus*, como si el estupor reinase a bordo. ¿Está usted dispuesto?

—Sí. ¿Dónde estamos?

—A la vista de tierra firme, que acabo de descubrir esta madrugada entre las brumas, a veinte millas al Este.

—¿Pero qué tierra es ésa?

—No lo sé; pero, sea la que quiera, nos refugiaremos en ella.

—¡Sí, Ned! Sí, huiremos esta noche, aunque haya de tragarnos el mar.

—Realmente, la mar es mala y el viento fuerte; pero no me asustan veinte millas, en una embarcación tan ligera como la canoa del *Nautilus*.

Ya he almacenado en ella unos víveres y algunas botellas de agua, sin que nadie lo note.

—Le seguiré, amigo Ned.

—¡Ah! Le advierto —añadió el canadiense— que si me sorprenden, me defenderé hasta morir.

—Moriremos juntos, amigo Ned.

Estaba decidido a todo. Cuando el canadiense me dejó, subí a la plataforma, en la cual me fue imposible sostenerme contra los embates de la marejada. El aspecto del cielo era amenazador; pero, puesto que la tierra estaba allí, tras de aquellas espesas brumas, era preciso huir a todo trance. No había instante que perder.

Volví al salón, temiendo y deseando a la vez encontrarme con el capitán Nemo, queriendo y no queriendo verle. ¿Qué había de decirle? ¿Podía ocultarle la involuntaria repulsión que me inspiraba? ¡No! Más valía no encontrarme con él cara a cara. Más valía olvidarle. Pero, ¿cómo?

¡Qué largo se me hizo aquel día, el último que debía pasar a bordo del *Nautilus*! Permanecí aislado. Ned Land y Consejo evitaban hablarme, temerosos de descubrirse.

A las seis comí sin apetito. Había de hacerlo forzosamente, a pesar de mi repugnancia, para no debilitarme.

A las seis y media, Ned Land entró en mi cámara para decirme:

—Ya no nos veremos hasta nuestra partida. A las diez, aún no habrá salido la luna y aprovecharemos la obscuridad. Vaya usted a la canoa. Allí le esperaremos Consejo y yo.

Hecha la advertencia, el canadiense salió, sin darme tiempo para contestarle.

—Quise comprobar la dirección del *Nautilus*, y me trasladé al salón. Corríamos hacia el Nornordeste, con una velocidad vertiginosa y a cincuenta metros de profundidad.

Lancé una mirada postrera sobre aquellos prodigios de la Naturaleza: sobre aquellas riquezas artísticas amontonadas en el museo; sobre aquella colección sin rival, destinada a perecer algún día en el fondo de los mares, con el que la había formado. Quise grabar en mi memoria una impresión suprema. Así permanecí una hora, bañado en los efluvios del techo luminoso, pasando revista a los tesoros que resplandecían en sus vitrinas, y regresé a mi cámara.

Allí, después de vestirme un sólido traje de mar, reuní mis apuntes y los guardé cuidadosamente. Mi corazón latía con violencia: no podía comprimir sus pulsaciones. Seguramente, mi turbación, mi inquietud, me hubieran denunciado ante el capitán Nemo.

¿Qué hacía éste en aquel momento? Apliqué el oído a la puerta de su cámara y percibí rumor de pasos. El capitán estaba levantado. A cada movimiento, me parecía verle aparecer y preguntarme por qué intentaba la evasión. Experimenté incesantes alarmas, abultadas por mi imaginación. La impresión llegó a ser tan punzante, que me sugirió la duda de si sería preferible entrar en la cámara del capitán, contemplarle frente a frente y retarle con el ademán y con la mirada.

Era una inspiración vesánica. Afortunadamente, me contuve y me tendí sobre mi lecho, para dominar las agitaciones del cuerpo. Mis nervios se calmaron algo; pero la excitación de mi cerebro, despertó un rápido recuerdo de toda mi existencia a bordo del *Nautilus*, de todos los incidentes y acontecimientos, faustos o infaustos, desarrollados desde mi desaparición de la *Abraham Lincoln*: las cacerías submarinas, el estrecho de Torres, los salvajes de la Papuasia, la varadura, el cementerio de coral, el paso de Suez, la isla de Santorín, el buzo cretense, la bahía de Vigo, la Atlántida, el banco de hielo, el polo Sur, la retención entre los hielos, el combate con los pulpos, la tempestad del Gulf-Stream, el *Vengador*, la horrible escena del buque hundido por su tripulación... Todos estos acontecimientos pasaron ante mi vista, como decoraciones por el foro de un teatro. Y en medio de todo aquel cuadro, se destacaba la figura del capitán Nemo, acentuándose y adquiriendo proporciones sobrenaturales. Ya no le conceptuaba como semejante mío: era el hombre de las aguas, el genio de los mares.

Eran las nueve y media. Hube de sujetar mi cabeza con ambas manos, por miedo a que estallase. Cerré los ojos: no quería pensar. ¡Otra, media hora de espera! ¡Media hora de pesadilla, que podía volverme loco.

En aquel momento percibí los vagos acordes del órgano, una armonía melancólica de motivos indefinibles, verdaderos lamentos de un alma ansiosa de romper sus vínculos terrenales. Escuché con mis cinco sentidos, respirando apenas, sumido como el capitán Nemo en esos éxtasis musicales, que le transportaban fuera de los límites de este mundo.

Una súbita idea me aterrorizó. El capitán Nemo había salido de su cámara y estaba en el salón, por el que forzosamente había de pasar yo para huir. Allí le encontraría por última vez. ¡Me vería, me hablaría quizá! Un gesto suyo podía anonadarme, una sola palabra encadenarme a bordo!

Pero iban a dar las diez. Había llegado el momento de abandonar mi cámara y reunirme con mis compañeros.

No era posible vacilar, aunque el capitán Nemo hubiera de interponerse en mi camino. Abrí la puerta sigilosamente, aunque me pareció que al girar sobre sus goznes producía un verdadero estruendo. ¡Quizá aquel ruido no existiera sino en mi imaginación!

Avancé, arrastrándome por los lóbregos pasadizos del *Nautilus*, deteniéndome a cada paso para comprimir los latidos de mi corazón.

Llegué a la puerta angular del salón, que abrí con gran tiento. La estancia estaba completamente a obscuras. Los acordes del órgano resonaban débilmente. El capitán Nemo no podía verme. Creo que tampoco se hubiera percatado de mi presencia en plena luz; tan absorto se hallaba en su éxtasis.

Me deslicé sobre la alfombra, evitando el menor tropiezo, cuyo ruido me hubiera denunciado. Cinco minutos invertí en ganar la puerta del fondo, que daba a la biblioteca.

Ya me disponía a franquearla, cuando un suspiro del capitán Nemo me clavó en el sitio. Comprendí que se levantaba y aun distinguí vaga-

307

mente su silueta, porque algunos resplandores de la iluminación de la biblioteca se filtraban hasta el salón. Adelantó en dirección a mí, cruzado de brazos, silencioso, como un espectro, y entre fuertes sollozos, que agitaban su pecho, murmuró las siguientes palabras, las últimas suyas que habían de llegar a mis oídos:

—¡Dios omnipotente! ¡Basta! ¡Basta!

¿Era la confesión del remordimiento, escapada involuntariamente a la conciencia de aquel hombre...?

Desatinado, me precipité en la biblioteca. Subí la escalera central, y, siguiendo el pasadizo superior, llegué a la canoa, penetrando en ella por la abertura que había dado ya paso a mis dos compañeros.

—¡Partamos! ¡Partamos! —exclamé.

—¡Al instante! —contestó el canadiense.

Se cerró y atornilló previamente el orificio practicado en el casco metálico del *Nautilus*, utilizando una llave inglesa que se había procurado Ned Land. Se cerró asimismo la abertura de la canoa, y el canadiense comenzó a desatornillar los pernos que nos retenían aún a la nave submarina.

De pronto, nos pusieron alerta unos sordos rumores lanzados del interior y mezclados con voces cruzadas con vivacidad. ¿Qué ocurría? ¿Habían advertido nuestra fuga? Noté que Ned Land deslizaba un puñal en mi mano.

—¡Sí! —murmuré—. ¡Sabremos morir!

El canadiense interrumpió su tarea. Pero una palabra veinte veces repetida, una palabra terrible, me reveló la causa de aquella agitación que se propagaba a bordo del *Nautilus*. No se trataba de nosotros.

¡El Maelstrom! ¡Maelstrom! —gritaban todos los tripulantes.

¡El Maelstrom! ¿Podía resonar en nuestros oídos un nombre más pavoroso, en medio de lo apurado de nuestra situación? ¿Nos hallábamos, pues, en tan peligrosos parajes de la costa noruega? ¿Había sido arrastrado el *Nautilus* a aquella vorágine, en el instante preciso de arriar la canoa?

Sabido es que en el momento de la pleamar, las aguas comprimidas entre las islas Feroë y Loffoden adquieren irresistible violencia, formando un torbellino del que jamás pudo salir ningún navío. De todos los puntos del horizonte afluyen olas monstruosas, originando ese espantoso abismo justamente llamado *Ombligo del Océano*, cuya potencia de atracción se extiende hasta una distancia de quince kilómetros. El remolino absorbe no tan sólo los navíos, sino también las ballenas y los osos blancos de las regiones boreales.

Allí fue donde el capitán Nemo aventuró el *Nautilus*, involuntariamente, o voluntariamente quizá. El buque describía una espiral, cuyo radio disminuía progresivamente, arrastrando consigo el bote, aun sujeto a su costado. Yo lo advertía, comenzando a experimentar ese mareo que sucede a un movimiento giratorio que se prolonga demasiado. Estábamos dominados por el espanto, en el colmo del terror, suspendida la circulación, anulada la influencia nerviosa, inundados de sudor frío, como en las ansias de la agonía. ¡Qué estrépito en torno de nuestra frágil canoa! ¡Qué mugidos, que el eco repetía a varias millas de distancia! ¡Qué estruendo, al estrellarse las olas sobre las salientes rocas del fondo en las que se despedazan los cuerpos más duros y los troncos de los árboles se desgastan hasta convertirse en una *pelleja*, según la expresión noruega!

¡Qué situación! El zarandeo era horrible. El *Nautilus* se defendía como un ser humano. Sus acerados músculos crujían. De vez en cuando se levantaban verticalmente, haciéndonos dar de bruces.

—Hay que afianzanse bien y apretar las tuercas —dijo Ned—. No moviéndonos de aquí, podemos salvarnos todavía.

Antes de terminar su frase, resonó un nuevo y formidable crujido. Los pernos cedieron, y la canoa, arrancada de su alvéolo, fue lanzada en medio del torbellino, como una piedra por una honda.

Mi cabeza fue a chocar contra un pilar de hierro, y la violencia del golpe me hizo perder el conocimiento.

XLII

CONCLUSIÓN.

Así terminó el viaje submarino. Ignoro lo que sucedió durante aquella noche, cómo escapó la canoa del formidable remolino del Maelstrom, cómo Ned Land, Consejo y yo salimos de la sima. Al recobrar los sentidos, me encontré acostado en la cabaña de un pescador de las islas Loffoden. Mis dos compañeros, sanos y salvos, estaban a mi lado estrechándome las manos. Nos abrazamos efusivamente.

Por el momento, no podíamos pensar en volver a Francia. Los medios de comunicación entre el Norte de Noruega y el Sur son muy escasos. Hube, pues, de aguardar el paso del vapor que hace el servicio bimensual del cabo Norte.

Allí, rodeado de aquellas buenas gentes que nos albergaron, repasé el relato de estas aventuras. Es exacto. No se ha omitido en él ni un hecho, ni exagerado un solo detalle. Es la narración fiel de la inverosímil expedición realizada en un elemento inaccesible al hombre, pero cuyo itinerario le allanará algún día el progreso.

¿Se me concederá crédito? No lo sé. Poco importa, después de todo. Por de pronto, puedo afirmar mi derecho de hablar de esos mares, bajo cuyas ondas he franqueado veinte mil leguas en menos de diez meses; de esa vuelta al mundo submarino, que tantas maravillas me ha revelado a través del Pacífico, del Océano Índico, del mar Rojo, del Mediterráneo, del Atlántico, y de los mares australes y boreales.

¿Qué habrá sido del *Nautilus*? ¿Resistiría los tremendos apretones del Maelstrom? ¿vivirá el capitán Nemo? ¿Proseguirá bajo el Océano sus espantosas represalias, o se detendría ante la última hecatombe? ¿Aportarán las olas, algún día, el manuscrito que contiene la historia completa de su vida? ¿Sabré al fin el nombre del misterioso personaje? ¿Nos descubrirá su nacionalidad la nave desaparecida, y por ende, la nacionalidad del capitán Nemo?

Así lo espero, como espero igualmente que su potente artefacto haya vencido al mar en el más terrible de sus abismos, y que el *Nautilus* haya sobrevivido, allí donde tantos navíos sucumbieron. Si así fuera, si el capitán Nemo sigue habitando el Océano, su patria adoptiva, ¡quiera el Cielo que se haya aplacado el odio en aquel corazón indómito y feroz! ¡Que la contemplación de tantas maravillas extinga sus ansias de venganza! ¡Que desaparezca el enjuiciador, continuando el erudito la pacífica exploración de los mares! Sí; su destino es extraño y sublime a la vez. ¿Acaso no lo he apreciado por mí mismo? ¿No he vivido diez meses de esa existencia extranatural? En resumen: a la pregunta formulada hace seis mil años por el Eclesiastés: *¿Quién ha logrado nunca sondear las profundidades del abismo?*, tienen ahora el derecho de contestar dos hombres entre todos: el capitán Nemo y yo.

FIN

INDICE

Colección Literatura Universal ALBA

Alcalde de Zalamea, El	CALDERÓN DE LA BARCA
Amada, inmóvil y otros poemas	AMADO NERVO
Amor y otras pasiones, El	ARTHUR SCHOPENHAUER
Anticristo, El	FRIEDRICH NIETZSCHE
Antígona	SÓFOCLES
Antología	RUBÉN DARÍO
Antología de la poesía hispanoamericana	J. M. GÓMEZ LUAVE
Arte de amar, El	OVIDIO
Así habló Zaratustra	FRIEDRICH NIETZSCHE
Avaro, El	MOLIÈRE
Azul	RUBÉN DARÍO
Banquete, El	PLATÓN
Bucólicas (compendio)	VIRGILIO
Burlador de Sevilla, El	TIRSO DE MOLINA
Cabaña del Tío Tom, La	H. B. STOWE
Cantar de Roldán, El	ANÓNIMO
Cántico espiritual y otros poemas	SAN JUAN DE LA CRUZ
Capital, El	E. MARX
Carmen	PRÓSPERO MÉRIMÉE
Cartas desde mi molino	ALPHONSE DAUDET
Cartas marruecas	JOSÉ DE CADALSO
Cartas persas	MONTESQUIEU
Casa de muñecas	HENRI IBSEN
Celestina, La	FERNANDO DE ROJAS
Conde Lucanor, El	DON JUAN MANUEL
Condenado por desconfiado, El	TIRSO DE MOLINA
Contrato social, El	J. J. ROUSSEAU
Coplas a la Muerte de su padre	JORGE MANRIQUE
Corazón	EDMUNDO D'AMICIS
Crimen y castigo (adaptación)	F. DOUSTOILSKI
Criterio, El	JAIME BALMES
Cuentos	ANTÓN CHIJOV
Cuentos	JUAN DE LA FONTAINE
Cuentos	JOSEPH CONRAD
Cuentos	EDGAR ALLAN POE
Cuento de Navidad	CHARLES DICKENS
Cuentos de la Alhambra	WASHINGTON IRVING
Dama duende, La	CALDERÓN DE LA BARCA

LaVergne, TN USA
13 July 2010
189379LV00001B/27/A